मुर्दों का टीला

(उपन्यास)

मुर्दों का टीला

रांगेय राघव

राधाकृष्ण प्रकाशन

ISBN 978-81-7119-304-2

मुर्दों का टीला (उपन्यास)

प्रकाशन वर्ष : 1948
पहला राधाकृष्ण संस्करण : 1997
पाँचवाँ संस्करण : 2020

मूल्य : ₹895

प्रकाशक
राधाकृष्ण प्रकाशन प्राइवेट लिमिटेड
जी-17, जगतपुरी, दिल्ली-110 051

शाखाएँ : अशोक राजपथ, साइंस कॉलेज के सामने, पटना-800 006
पहली मंजिल, दरबारी बिल्डिंग, महात्मा गांधी मार्ग, इलाहाबाद-211 001
36 ए, शेक्सपियर सरणी, कोलकाता-700 017

वेबसाइट : www.radhakrishnaprakashan.com
ई-मेल : info@radhakrishnaprakashan.com

मुद्रक
यश प्रिंटोग्राफिक्स
नोएडा-201 301 (उत्तर प्रदेश)

MURDON KA TILA
Novel by Rangey Raghav

प्रिय
लाखन
को—

आमुख

ऐतिहासिक उपन्यास के प्रारंभ में जब काल-विशेष पर भ्रम हो सकते हैं तब उस पर कुछ विवेचन करना आवश्यक है। इसका यह अर्थ कदापि नहीं होता कि ऐतिहासिक सत्य का अंतिम रूप लिखा जा रहा है, क्योंकि इतिहास तथ्यों पर निर्भर है; और प्राचीनता के कारण तथ्य हमसे बहुत दूर हो गए हैं। हम उन्हें खोज-खोजकर बाहर निकालते हैं और जो कुछ प्राप्त होता है उसी के आधार पर अपना सत्य गढ़ते हैं। उस प्राचीन काल में आज की भाँति इतिहास नहीं लिखा जाता था। एक वस्तु हमको आज मिलती है, हम उसे देखकर कुछ निर्णय करते हैं; किंतु कल एक ऐसी वस्तु मिल सकती है, जिससे हम किसी दूसरे ही निर्णय पर पहुँचें या अपनी बात को और दृढ़ कर सकें।

मोअन-जो-दड़ो एक ऐसी ही घटना है। पहले के लोग इस पर कभी भी विश्वास नहीं करते कि संसार में एक ऐसा नगर भी इसी पृथ्वी पर अपने वैभव से तृप्त खड़ा था। इटली के पोम्पिआई नामक नगर के विषय में मध्यकालीन यूरोपवासियों में एक किंवदंती मात्र थी, किंतु उसका कोई आधार न था। एक दिन जब उसकी ओर भूगर्भवेत्ता झुके तो उन्होंने ज्वालामुखी में से निकले हुए लावा को खोदने पर विस्मय से एक नगर पाया। नगर और वह भी सभ्य ! किंतु पोम्पिआई मोअन-जो-दड़ो के बहुत बाद की बात है, उसका स्मृति में बना रहना इतना अजीब नहीं। और आज जब मोअन-जो-दड़ो निकला है, इतिहास को बदल देना पड़ा है।

मेरे एक मित्र तक्षशिला की खुदाई में गए थे। विश्वविख्यात तक्षशिला की खुदाई के उस काम में दो-तीन अंग्रेज भी थे। इसमें कोई हानि की बात नहीं है। किंतु उनका दृष्टिकोण इतना संकुचित था कि प्रत्येक वस्तु की मौलिकता यूनान और रोम की ओर खींचते थे जबकि देशीय विद्यार्थी विरोध करते थे। ऐसे कामों में एक दोष हो जाता है—जातीयता वास्तविक ऐतिहासिक अन्वेषण में बाधा बन जाती है और तथ्य ठीक नहीं मिलते। दूसरे, बार-बार कोई उनका पर्य्यालोचन भी नहीं कर पाता।

मोअन-जो-दड़ो का अर्थ है—मृतकों का स्थान, अर्थात् मुर्दों का टीला।

सिंधुनद के तीर पर आज से सहस्रों वर्ष पहले यह व्यापार का एक बहुत बड़ा सुसभ्य केंद्र था। उस समय सुदूर पश्चिम में मिश्र, उत्तर पश्चिम में एलाम और सुमेरु, क्रीट में माइनोन सभ्यता, तथा उत्तर में हरप्पा थे।

मोअन-जो-दड़ो शब्द सिंधी है। वास्तविक नाम क्या होगा, कौन जाने? और सिंधु संस्कृत है। दोनों ही दूसरे रखे जा सकते थे किंतु उससे पढ़ते समय कुछ कठिनता हो जाती। बहुत-सी जगह मैंने संस्कृत शब्दों का इस रूप में प्रयोग किया है कि अर्थ और ध्वनि का भी सामंजस्य हो।

वैल्स के अनुसार आर्य्यों से पूर्व एक ब्रूनेट सभ्यता थी जिसका प्रसार भूमध्य-सागर से सुदूर दक्षिण-पूर्व में जावा तक फैला हुआ था। इस सभ्यता के अपने लक्षण थे जिनमें अनेक बातें हमें सिमाईट सभ्यता से मिली-जुली मिल जाती हैं।

एक मत है कि द्रविड़ भारत के ही रहनेवाले थे। दूसरों की राय है कि ये लोग उत्तर-पश्चिम से आए थे। दूसरा मत मुझे ठीक जँचता है। बिलोचिस्तान के एक भाग में 'ब्राहुई' बोली जाती है जो धुर दक्षिण की एक भाषा से समानता रखती है। या तो द्रविड़, आर्य्यों के प्रहार से एक टुकड़ा छोड़कर बाकी दक्षिण भाग गए, या धीरे-धीरे फैल गए। विषय अत्यंत विवादास्पद है। किंतु एक बात विचारणीय है, भूमध्य-सागर से जावा और सुमात्रा तक व्याप्त जाति परस्पर बिल्कुल समान तो नहीं रही होगी। बदलना भी स्वाभाविक ही रहा होगा। फिर भी समानता थी। मुझे इसी से दूसरी बात ठीक जँचती है। पृथ्वी के विशाल भूखंडों पर ओर से छोर तक व्याप्त जाति या जाति-सगूह निस्संदेह काफी समय में फैला होगा और अवश्य वह फैला ही होगा क्योंकि पृथ्वी पर इतनी बड़ी जाति, जिसके लक्षण एक-से हों, एकसाथ अपने-आप फूट नहीं निकली होगी; अर्थात् इन्होंने अपने से पहले रहनेवाली किसी-न-किसी जाति या जाति-समूह को अवश्य भगाकर अपना घर बसाया होगा। कालांतर में भागे हुए लोग जंगली हो गए होंगे और इन्हीं नामों की सभ्यता फैल गई होगी। और विजेता सदा ही अपनी शक्ति के कारण विजितों के मुँह से भी अपने-आपको सभ्य कहलवा लेते हैं। आज हमारे पास उनकी सभ्यता का मापदंड, उनकी भाषा तक नहीं है। उनकी चित्र-लिपि पढ़ने के प्रयत्न सर्वमान्य नहीं हो सके हैं। अतः हम अधिक तो उनके बारे में कुछ कह भी नहीं सकते। मोअन-जो-दड़ो हमारे इतिहास की प्रचीनतम घटना नहीं है। उससे भी पूर्व की सभ्यता नर्मदा के किनारे अब खँडहरों में मिली है। वास्तव में खुदाई अभी वैज्ञानिक ढंग से नहीं हुई। जहाँ मन चाहा, अधिकांश में वहीं फावड़ा चला दिया गया। भविष्य बहुत-सी बातों को खोलेगा।

3500 ई. पूर्व मोअन-जो-दड़ो का अंतिम समय माना जाता है। इस समय एलाम, सुमेरु, हरप्पा, मिस्र तथा कुछ द्रविड़ जातियाँ हैं। 3500 ई. पूर्व में मिश्र में ग़िज़ा की पिरेमिड बन चुकी थी। यह दासों से बनवाई गई थी जिसमें सम्राट् फ़राऊन की इस क़ब्र ने असंख्य कमकर दासों के प्राण हर लिए थे। यह मिश्री जल-प्लावन से बाद की घटना सिद्ध होती है, किंतु क्योंकि ऐतिहासिकों का गत है कि हाइक्सस आक्रमण इससे पहले हो चुका था, यह सिद्ध होता है कि यहूदी उस समय भी थे, क्योंकि यहूदी हाइक्सस काल के कर वसूल करनेवाले थे; और तब से जो संसार ने उनसे घृणा प्रारंभ की वह निरंतर आज तक इस प्रकार के आर्थिक प्रश्नों के कारण बनी रही। मिश्र एक अत्यंत सभ्य देश था। उसका मोअन-जो-दड़ो से घना व्यापार था। सुमेरु और मोअन-जो-दड़ो की चित्रलिपि में समानता है। मोअन-जो-दड़ो में प्राप्त स्वर्ण मैसूर से, तथा क़ीमती पत्थर नीलगिरि से लाया गया बताया जाता है; अर्थात् इस देश में भी विस्तृत संबंध था। यही नहीं, सभ्यता में भी मिश्र और मोअन-जो-दड़ो दोनों में अत्यंत प्रभावशाली आदान-प्रदान था क्योंकि मिश्र की सूर्य्य-पूजा का प्रभाव हमें द्रविड़ जातियों में भी अंधविश्वास के रूप में मिल जाता है। उनके देवता, सर्प, तूफ़ान आदि का-सा रूप हमें यहाँ भी मिलता है और ऐतिहासज्ञों ने इसे निर्विवाद मान लिया है। इसका एक भौगोलिक कारण भी था। महानद सिंधु के पश्चिम में एक और नदी थी (जिसका नाम मैंने खरस्त्रविणी रख लिया है) जो कि कालांतर में लुप्त हो गई। वेद के सप्तसिंधु के वर्णन में एक नदी अर्जीकीया का वर्णन आता

है। संभवतः यह वही रही हो। इसके कारण भूमि उपजाऊ थी, सिंधु प्रदेश मरुस्थल न था। अतः लगभग 700 ई. पूर्व में बिन-कासिम के आक्रमण का पथ काफ़ी प्रशस्त रहा होगा, जिस पर से व्यापार चलाने में सुगमता होती होगी। जहाज़ी-व्यापार इतिहास में बहुत प्राचीनतम काल से मिलता है। तौल के बाट महानगर में अधिक ठीक थे, एलाम और सुमेरु के इतने नहीं।

जब मैंने मोअन-जो-दड़ो के भव्य स्नानागारों के चित्र देखे और उनकी सुदूर किश की राजधानी के स्नानागार के चित्र से तुलना की तो विस्मयकारिणी समानता मिली। इसी प्रकार हरप्पा और माइनोन के खँडहर प्रासादों की समानता आदि ने यह निश्चय दिलाया कि वे सभ्यताएँ अवश्य बहुत पास-पास की रही होंगी जिनका परिणाम घरों की समानता तक में लक्षित होता है, अर्थात् एक का दूसरी पर गहरा प्रभाव पड़ा होगा।

जो मिश्री शब्द आए हैं उनका अर्थ साथ ही दे दिया गया है। ऐतिहासिक उपन्यास या रचना में लेखक तत्कालीन इतिहास की हर बात नहीं दिखा सकता। उसे कुछ तो छोड़ ही देना पड़ता है और कुछ की ओर वह इंगित मात्र ही कर पाता है। 'अपिस' वृषभ मिश्री उपासना का लक्ष्य था; कौन जाने उसी की समानता शिवनंदी नहीं है। कौन जाने, महानगर की मुद्राओं में अंकित वृषभ मिश्र जा पहुँचा हो। दूसरे, मैंने अरब को चंद्रोपासक दिखाया है। इसका एक कारण है कि अरब ने ही चंद्र के अनुसार अपना पंचांग बनाया है जबकि अन्य देशों में सूर्य्य का कैलेंडर पाया जाता है। शेष कारण उपन्यास में आ गए हैं। प्रत्येक घर में एक कुआँ होता था। आज भी उनमें से पानी निकल आता है। यहाँ ज़ेवर, भोजन, कपड़े, मकान आदि की बात छोड़ दूँ। सर जान मार्शल के अनुसार आर्य्यों का तब नाम भी न था। किंतु मैं उनकी दी हुई आर्य्य-आगमन की तिथि (1500 ई. पू.) को देर की समझता हूँ।

3500 ई. पूर्व ही लगभग आर्य्यों के आने का समय बताया जाता है। क्योंकि अभी तक मोअन-जो-दड़ो में आर्य्य चिह्न नहीं मिले हैं, मैं समझता हूँ वे यहाँ नहीं आए; और जब वे आए तब मोअन-जो-दड़ो नहीं रहा। एक महानगर का मिट जाना आकस्मिक दुर्घटना ही रही होगी। यहाँ कोई ज्वालामुखी नहीं है, न था ही। फिर भी लगता है, पृथ्वी में सब हठात् ही दब गया था। कुछ विद्वानों का मत है कि महानागरिक वास्तव में आर्य्यों से युद्ध करनेवाले असुर थे। मूर्त्तिपूजा न जाननेवाले आर्य्य जब इस देश की भूमि पर आए तो उन्होंने अनेक जातियाँ पाईं जिनका ऋग्वेद के 1-9 मंडल में वर्णन है—जिनमें कीकट, पाणीय, किरात आदि थे। प्रारंभ में ही जो मिले वे उत्तर में ही रहे होंगे। निस्संदेह इनका धर्म और संस्कृति उस काल के सबसे अधिक प्रभावशाली प्रदेश मोअन-जो-दड़ो के असर में रहा होगा। मैंने आर्य्यों के आक्रमण के विषय में कोई कल्पना नहीं की।

उस दृष्टिकोण से, या कहें कि द्रविड़ दृष्टिकोण से वर्णन किया है और ऋग्वेद इत्यादि को ही अपना आधार माना है। गृत्समद प्राचीनतम वेद-कवियों में हैं। आर्य्यों को पूरे भारत प्रदेश में फैलने में सैकड़ों बरस लगे थे, इसी से मैंने उन्हें एकदम मोअन-जो-दड़ो नहीं पहुँचा दिया।

सभ्यता का चिह्न जाँचने का, मनुष्य का उत्पादन के साधन से देखने का, नियम सबसे सरल है। इस दृष्टिकोण से आर्य्य तब पशु चराया करते थे, यही कारण है कि ग्रामों में विभाजित होने के कारण यहाँ के मूल निवासी हार गए। बेघरबार भीड़ें अपने पास तो कुछ होता नहीं, दूसरों को जीत लेती हैं। इस प्रकार आर्य्य जीत गए। यह भी हो सकता है कि आर्य्य

घोड़ों पर चढ़कर लड़ते थे।

अब प्रश्न है कि क्या द्रविड़ हारकर वास्तव में मिट गए? नहीं। उनकी भाषाओं का विकास होता रहा। यहाँ तक कि संस्कृत उनमें घुस गयी, किंतु वे आज भी जीवित हैं। मदरास की तमिल से लंका की तमिल पुरानी है; जावा की उससे भी पुरानी है। तमिल के प्राचीन साहित्य में एकाध स्थल पर ऐसे उद्‌गार हैं जिनमें संस्कृत-पूर्वा सभ्यता पर गर्व किया गया है। और भाषा के अतिरिक्त विजय धर्म की हुई अर्थात् उस काल के दर्शन और विज्ञान की भूख की। द्रविड़ मूर्त्तिपूजक थे। सर्प, महामाई, महादेव, अश्वत्थ, सूर्य्य आदि की पूजा उनमें मिलती है। वे अंधविश्वासी थे, जो उस समय स्वाभाविक था। जादू-टोना भी उनमें काफ़ी था। आर्य्य केवल प्रकृति के उपासक थे, और अभी शायद उसके बाह्य रूप के, अपने स्वार्थ से उसे मेल देते हुए। ऋग्वेद में इसके उदाहरण मिलते हैं। इंद्र की प्रार्थना मात्र प्रार्थना ही नहीं है—हानि-लाभ देखकर की गई है। खेतों के लिए पानी की आवश्यकता थी। बादलों की प्रतीक्षा करनेवाले सहस्रों वर्षों से रहते आए द्रविड़ों के लिए जादू-टोना सहज ही स्वाभाविक था। महानगर में योग-मुद्रा में स्थित तीन सींग के सिरवाली—योग-रूप प्रकट करती मुद्रा मिली है। यह एक विशेष बात प्रकट करती है।

महादेव पर यद्यपि अनेक मत हैं किंतु मुझे यह स्पष्ट लगता है कि वह योग का देवता द्रविड़ संपत्ति ही थी, दक्षिण में ही तांडव भी हुआ था, क्योंकि शिव के लिंग की, शिश्नपूजा कहकर आर्य्यों ने प्रारंभ में निंदा की थी। बाद में स्वयं उन्होंने उसे स्वीकार कर लिया क्योंकि सभी द्रविड़ आर्य्यों के आने पर भाग नहीं गए। दास बनकर भी अपने धर्म पर डटे रहे और मरते-मरते भी अपना प्रभाव छोड़ गए। फर्कुहर तथा सी. वी. नारायण अय्यर ने लिखा है कि आर्य्य-भारत में भी शैव बहुत प्राचीन काल में छुआछूत नहीं मानते थे। जिससे प्रकट हुआ कि द्रविड़ प्रभाव था। यही छुआछूत न मानना आगे चलकर रहस्यबद्ध होकर अनेक वीभत्स शैव क्रियाओं का रूप धर उठा क्योंकि इस सिद्धांत की पृष्ठभूमि अधिकाधिक व्यक्तिगत होती गई। शिव का द्वंद्वस्वरूप, योग से दुख की निवृत्ति इस बात का प्रमाण है कि शिव एक स्थायी रूप से रहनेवाली जाति की उपज रहे होंगे। शिव का स्थान बहुत प्राचीनकाल से ही आर्य्यों में बन गया। और शिव के विरुद्ध युद्ध भी चलता रहा। मिश्र और एलाम, सुमेरु और मोअन-जो-दड़ो के दार्शनिक तत्त्वों की झलक देने का मैंने प्रयत्न किया है। उसमें मैंने विशेष ध्यान रखा है कि उस काल के अनुसार ही उस सबका वर्णन किया जाए। द्रविड़ स्वस्तिका बनाते थे जो स्यात् ऐतिहासिकों के अनुसार गणेश के चतुर्भुज स्वरूप का प्रतिनिधि था। देवताओं में ये विश्वास मेरे नहीं हैं, उस काल के लोगों के अनुरूप दिखाने की चेष्टा है। आजकल हिंदी में बहुत-से उपन्यास निकल रहे हैं जिनमें अद्‌भुत बातें साबित कर दी जाती हैं, अनेक उदाहरण हैं। खेद है, आपको यहाँ 'दास' दासों की-सी बात करता मिलेगा। उसकी परिस्थिति प्रकट है। वह उस काल के दार्शनिकों की-सी शिक्षित बहस नहीं कर सकता, न वह वैज्ञानिक भौतिकवाद मानता है, न द्वंद्वात्मक-ऐतिहासिक व्याख्या ही।

मैं समझता हूँ इतिहास को इतिहास की सफल झलक करके देना ही ठीक है, न कि अपने-आपको पात्र बनाकर किए-कराए पर पानी फेर देना। श्री भगवतशरण उपाध्याय एकमात्र लेखक हैं जिनमें यह दोष नहीं है। मुझे उनसे काफ़ी सहायता मिली है। किंतु उनमें पौराणिकता काफ़ी है।

आज मोअन-जो-दड़ो सिंधुनद से लगभग 55 मील दूरी पर लरकाना ज़िले में [अब पाकिस्तान में—सं.] भग्न पड़ा है। बहुत कम खुदाई हुई है। हवाई हमले से बचने की-सी गुफ़ाओं में घुस जाइए, भीतर नगर अब भी पड़ा है। आज सिंधुनद हज़ारों बरसों में बहुत दूर खिसक गया है जैसे यमुना ने 300 वर्षों में ही अकबर का क़िला दूर छोड़ दिया है। अब सिंधु प्रदेश में पानी बहुत कम बरसता है, खूब गर्मी पड़ती है और रेगिस्तान खिसक आया है। भौगोलिकों का मत है कि मरुस्थल पूर्व की ओर खिसक रहे हैं।

लौहयुग के पूर्व रहनेवाले वे नागरिक, जो अपने-आपको सृष्टि का सर्वश्रेष्ठ प्राणी समझते थे, इस बात का प्रमाण हैं कि वे यदि मनुष्य की ही भाँति सुख-दुख अनुभव करते थे, तो भी अपने समाज से कितने प्रभावित थे; और हम जो आज नई भोर के सामने खड़े हैं, हम अभी भी कितने अंधकार में हैं!

आगे आनेवाली पीढ़ियाँ ही हमारा असली न्याय कर सकेंगी।

—रांगेय राघव

2 सितंबर, 1946

मुर्दों का टीला

"प्रभात! महाप्रभु! प्रभात!!" घनी दाढ़ीवाला मल्लाह मस्तूल पर चढ़कर देखते हुए चिल्ला उठा। "पाल! खोल दो पाल।" मल्लाह रस्सी खींचने लगे। और पतवार चलाते हुए काले दास आनंद में मग्न होकर फिर अपने गीत में तल्लीन हो गए। पोत पर चहल-पहल हो गई।

रात की धूमिल अलकों को प्रभात ने स्नेह से समेटकर उन पर दमकते हुए शुक्र का शीश-फूल अपने काँपते हाथों से खोंस दिया। एक बार सागर का अंचल हरहरा उठा और मदिर स्पंदन से तरंगायित कंपन प्रभात के समीरण में झूम उठा। उस समय नील लहरों पर श्रेष्ठि मणिबंध का पोत थिरक रहा था। उसके आगे और पीछे अनेक मणिरत्नवाही नौकाओं और पोतों की भीड़ थी। मल्लाहों की दृढ़ मांसपेशियाँ भोर के उनींदे आलोक में श्रम से सघन हो उठती थीं और उनकी दीर्घ काया से निकला गंभीर गीत, भारवाही समीरण पर काँपता, झूमता, अपने स्वर को लहरों पर आंदोलित करता, निर्मेघ शीतल आकाश में गूँज रहा था। श्रेष्ठि मणिबंध के ये नए क्रीतदास थे। उसने ये हब्शी मिश्र में खरीदे थे। उसकी दृष्टि में वे मनुष्य की एक कुरूप आकृतिमात्र थे, उनके साथ मनुष्य का-सा व्यवहार करना अपना अपमान करना था। पोत का पशु-मुखाकृति वक्ष लहरों के पाश को काट-काट देता था। फेनों से सनसनाती ध्वनि आ रही थी। सुनहले पाल पवन से भरकर काँपने लगे थे। समस्त बेड़ा एक मंथर गति से धीर संगीत की लय पर फिसलता चला जा रहा था।

ईसा से साढ़े तीन हज़ार वर्ष पूर्व महानद सिंधु के तीर पर मोअन-जो-दड़ो का महानगर अपने वैभव और अभिमान से मदमस्त-सा चुनौती देता-सा आकाश की ओर देखकर उपेक्षा से मुस्करा देता था। आज अनेक वर्षों के बाद श्रेष्ठि मणिबंध अपनी अर्जित संपत्ति के साथ लौट रहा था। उसके हृदय में आनंद संकुल प्रताड़ित-सा फूत्कार कर रहा था।

एक बार उसने आकाश की ओर देखा। देखा कि सुनहली छाया में से किरणें फूट रही थीं, जैसे आज स्वर्ण-रथों पर बैठकर आलोक आकाश भ्रमण के लिए चल पड़ा हो। उसके विशाल वक्ष-स्थल पर मणिमालाएँ श्वासों के साथ फूलते-उतराते कंपन में हिल रही थीं। उसके गहन काले केश कंधों पर लहरा रहे थे। आज उसका शरीर ताम्र की तरह तप्त हो गया था। उसकी आँखों में एक तीव्र आघात करने की शक्ति थी।

और फिर देखा, दूर बहुत दूर एक क्षीण रेखा दिखाई दे रही थी। मल्लाहों के अधिनायक ने हर्ष से एक निनाद किया और वह चिल्ला उठा—"स्वामी! तीर! वह देखो, दूर तीर दिखाई दे रहा है।" उसकी उस हर्षोद्वेलित अवस्था को देखकर मिश्र देश से खरीदकर लाई गई सुंदरियाँ खिलखिलाकर हँस पड़ीं। अधिनायक के सफ़ेद-सफ़ेद दाँत उसकी काली दाढ़ी की तुलना में बहुत ही प्रशुभ्र प्रतीत हुए।

मल्लाहों का गीत और भी सबल हो गया और अब उसकी प्रतिध्वनि भी होने लगी, जिससे यह निश्चय हो गया कि कहीं कुछ बहुत ही निकट है जहाँ ध्वनि टकरा उठी है।

श्रेष्ठि मणिबंध ने चौंककर देखा। सुंदरी नीलूफ़र अपने रत्न-पिटक को खोलकर बैठी थी। दो युवतियाँ उसकी केशसज्जा में लग्न थीं और वह स्वयं उन चकाचौंध करते हीरकों को विस्फारित नयनों से देख रही थीं। उसकी बड़ी-बड़ी काली आँखों में स्वयं दो हीरे थे, जिनको भँवर मारती पुतली ने अपने दृढ़ बहुपाश में कस रखा था। मणिबंध ने देखा, उसका मुख एक अद्भुत अप्रतिम उद्वेग से उच्छ्वसित हो रहा था। युवती की उस विह्वलता पर वह मन-ही-मन हँसा।

उसे याद आने लगा। आज उन्हें यात्रा करते अनेक दिन व्यतीत हो गए थे। यदि यह देवता महादेव की कृपा न थी तो था ही क्या? भीषण समुद्र पर श्रेणीबंध नौकाओं और पोतों से उठता गीत अब भी जैसे आकाश को बीच में से विभाजित कर रहा था।

एक बार चारों ओर देखा। इन पेटियों में वह अपार धन-संपत्ति है जिसके कारण मोअन-जो-दड़ो की अच्छी-से-अच्छी सुंदरी उसके लिए अपने-आपको बलि दे देगी।

एक दिन वह स्वयं एक माँझी बनकर चल निकला था। उस समय संसार में किसी को भी उसकी ओर देखने तक का अवकाश नहीं था। और आज जब वह लौट रहा है तब समुद्र की भयानक लहरों ने सिर झुका दिया है, दूर से प्रतीत हो रहा है मानो महानद सिंधु की भीम लहरें स्वागत में चिल्ला उठी हों, जैसे वहाँ जहाँ दूर आकाश और पृथ्वी मिलकर एक हो रहे हैं, जहाँ अहंकार के धूम में व्यथा की लपट नहीं, क्षितिज ने उसके स्वागत के लिए रोली लगाई है और पटह-ध्वनि से दिग्दिगंत को मुखरित कर दिया है।

नील का वह उन्मत्त हाहाकार! जब तीसरे ही वर्ष श्रेष्ठि मणिबंध की चित्रित गोरखरों अथवा दासों द्वारा खींची गई पालकी महामार्ग पर टनटनाती हुई निकल गई थी तब एलाम के धार्मिकों ने दोनों हाथ उठाकर आशीर्वाद दिया था। देखते-ही-देखते, एक दिन वह भी था जब पिर-ए-मिस की समाप्ति पर उत्सव में महासम्राट फ़राऊन ने व्यापारी मणिबंध का खड़े होकर स्वागत किया था। उस समय आकाश और पृथ्वी वाद्य-ध्वनि के घोर निनाद से काँप रहे थे, राजसभा की प्रस्तर भूमि योद्धाओं के चरणों से आहत होकर समस्त प्रासाद को विक्षुब्ध कर उठी थी। फ़राऊन की वह कठोर मुखमुद्रा भी उसके रत्नों को देखकर एक बार विचलित हो गई थी। अपनी स्वर्गीया माता की ममी के लिए उन्होंने उससे वह नील छाया-स्नात रत्न माँगा था, जिस पर प्रकाश पड़ते ही आँखें खोलना असंभव हो जाता था, जो स्वयं ही अंधकार में एक दीपक था। वह जिसके इंगित पर उत्तर, दक्षिण, पूर्व और पश्चिम भय से स्तब्ध हो जाते थे, वह जिसके एक कटाक्ष में सहस्त्रों के निर्मुण्ड धड़ धूल में लोटने लगते थे, वह जिसकी एक मुस्कान में पिर-ए-मिस का-सा विराट् गर्व था, वह जिसकी जीवन की दुर्दमनीयता प्राणों की भयानक ऐंठन की-सी महान समस्या थी, उसने उस दिन श्रेष्ठि मणिबंध से—एक माँझी, एक दरिद्र भिखारी से—याचना की थी। जिसका शब्द आज्ञा थी, जिसका मौन भयानक से भयानक कठोर कारावास से भी अधिक भयंकर था, उसने कहा था—"मणिबंध! हम तुमसे प्रसन्न हैं।"

मणिबंध को लगा, जैसे उसका हृदय भीतर नहीं समा सकेगा। उसकी उस उद्वेलित तृष्णा में महासागर का-सा गंभीर गर्जन था। व्याकुल होकर उसने अपने नयनों को झुका लिया और तब एक कोमल झंकृति ने उसे खींच लिया। शिराच्छादन पहनकर सुंदरी नीलूफ़र अधलेटी-सी

अपना बरबत बजा रही थी।

आकाश में स्वर्ण-पुरुष रक्तिम-वसना ऊषा के पीछे हाथ खोलकर भाग रहा था।

श्रेष्ठि मणिबंध मुग्ध-सा उसके समीप जाकर बैठ गया। नीलूफ़र ने तारों का झनझनाना बंद कर दिया।

"यह क्या किया इंदीवर!"

नीलूफ़र अपने नाम का श्रेष्ठि की भाषा में अनुवाद सुनकर मुस्कराई। इसका अर्थ था कि उसने इस समय मणियों के बंधन को भी अपनी झंकार में बद्ध कर लिया था। श्रेष्ठि का आकुल स्वर एक अथाह पिपासा से धधक रहा था। उसने पूछा—"नीलूफ़र! तुमने अपनी झंकार को शून्य में हाहाकार करने के लिए ऐसे ही क्यों त्याग दिया?"

नीलूफ़र हँस दी। उसने कहा—"स्वामी! नीलूफ़र एक दासी है, यदि आप चाहें तो वह फिर गा सकती है।"

श्रेष्ठि का मन खट्टा हो गया। तो क्या नीलूफ़र उससे प्रेम नहीं करती? यह भी क्या केवल धन और बल की दासी-मात्र है? क्या होगा इस समस्त वैभव का यदि एक स्त्री भी उसे प्यार नहीं कर सकती! वह आतुर-सा आँखों को विस्फारित किए उसे देर तक घूरता रहा। हाँ, सच ही तो। नीलूफ़र एक दासी ही तो थी। उसने उसे धन देकर ख़रीदा था। वह उसकी एक क्रीत दासी थी। किंतु न जाने इस दासी ने हृदय के किस तार को एक बार अचानक ही झनझना दिया कि स्वामित्व का पर्दा बीच में से अर्राकर फट गया और मणिबंध ने उसे खींचकर अपने वक्ष से चिपका लिया था और कहा था—"मैं तुम्हें प्यार करता हूँ सुंदरी! आज से तुम मेरे हृदय की स्वामिनी हो।"

नीलूफ़र उठकर खड़ी हो गई। उसने हाथ बढ़ाकर कहा—"उठिए स्वामी!"

क्षण-भर को मणिबंध को स्वयं विश्वास नहीं हुआ कि वह इतना अपदार्थ, अकिंचन होकर भी इतनी बड़ी छलना को इतनी सरलता से स्वीकार कर सकेगा। उसने खड़े होकर कहा—"नीलूफ़र!"

नीलूफ़र ने देखा मात्र। कुछ कहा नहीं। श्रेष्ठि मणिबंध ने गंभीर स्वर से कहा—"नीलूफ़र! मेरा देश समीप आता जा रहा है। और अचानक ही मेरे हृदय में एक अज्ञात कंपन हो उठा है। कहाँ जा रहे हैं हम सुंदरी! जहाँ कोई हमें जानता नहीं, जहाँ कोई हम पर विश्वास नहीं कर सकता, जहाँ हम किसी पर विश्वास नहीं कर सकते। मेरा हृदय भीतर-ही-भीतर डूब रहा है। मैं नहीं जानता, आज मैं इतना विह्वल क्यों हो रहा हूँ।"

नीलूफ़र ने विस्मित स्वर से कहा—"स्वामी!"

मणिबंध ने जैसे नहीं सुना। वह कहीं दूर क्षितिज की ओर दृष्टि गड़ाए कुछ देखने की चेष्टा कर रहा था।

"तुम्हारे हृदय में कोई शंका तो नहीं है नीलूफ़र?"

"नहीं तो, स्वामी! इस पोत से उतरने के बाद यह नीलूफ़र गुलाम के नाम से नहीं, महाश्रेष्ठि मणिबंध की स्वामिनी के नाम से प्रसिद्ध होगी।" उसके स्वर में उन्माद का लोहितजिह्व जैसे उन्मादिष्णु होकर हुंकार उठा। जीवन की समस्त तृष्णा को ले जाकर जैसे महानद नील महासागर में अर्पित करके गरज उठता है। नीलूफ़र के काँपते स्वर में यौवन, रूप और संगीत, गुलाम की अनधिकार चेष्टा, एक न्याय बनकर, सत्ता के रूप में जैसे मणिबंध के

चरणों पर पुकार उठे कि तू मेरा स्वामी है, मैं जो कुछ हूँ तेरे कारण हूँ। कितना द्रिमिक आवर्त्तन था उस स्वर में। श्रेष्ठि मणिबंध मन-ही-मन काँप उठा। मैं अपने स्वदेश से डरता हूँ, यह अपने स्वदेश से डरती है। मैं यहाँ एक दिन दरिद्र था, यह वहाँ हाट में बिकनेवाली एक गुलाम थी। और आज कितना भीषण परिवर्तन हो गया था। मणिबंध ने उसकी स्पर्धा, आकांक्षा और धधक उठनेवाली महत्त्वाभिलाषा को एक बार अनुभव किया और कहा—

"नीलूफ़र ! स्वामिनी ! तुम मेरे हृदय की स्वामिनी हो। संसार तो कभी इस सत्य को नहीं पहचान सकेगा !"

नीलूफ़र मुस्करा दी। उसने कहा—"स्वामी ! मनुष्य का हृदय पहचानने के लिए उसके ममत्त्व को देखना चाहिए। फ़राऊन-जैसा कठोर व्यक्ति भी तो अपनी पत्नी को प्यार करता होगा ?"

मणिबंध कठोरता से हँसा। उसने दृढ़ स्वर से कहा—"नहीं सुंदरी ! वह केवल सुंदर स्त्री को ढूँढ़ता है। वह कभी नहीं चाहता कि उसको प्यार करने का भी कोई दुस्साहस करे। क्योंकि तुम्हारा सम्राट् देवताओं का अंश है। उसको प्रेम करके उसके सामने अपना अभिमान दिखलाने का किसी भी व्यक्ति को कोई अधिकार नहीं। उन कठोर पाषाणों में जो मरकर भी जीवित का अभिमान करके रहेगा, वह न जाने किस जीवन की छलना में घोर यातना भोग रहा है।"

"स्वामी !" नीलूफ़र ने भय से चिल्लाकर कहा—"यह आप क्या कह रहे हैं ! ओसिरिस देवता सुनेंगे तो दंड देंगे प्रभु !" मणिबंध के चरणों पर सिर रखकर उसने दयार्द्र कंठ से कहा—"अपने शब्द लौटा लीजिए स्वामी ! यह आपने क्या कहा ? देवता सुनेंगे तो····"

और भय से वह रो पड़ी। स्वयं श्रेष्ठि मणिबंध एक बार डर से काँप गया। यह वह क्या कह गया था ?

नीलूफ़र घुटनों के बल बैठ गई और हाथ बाँधकर भीत स्वर से उसने मिश्री में कहा—"हम तन-मन-वचन से अपराधकारी हैं, दंडनीय हैं, ओसिरिस की प्रबल शक्ति हमारी रक्षा करे !

"अनेक शब्द भूल से फूट जाते हैं, मन के इस अंधकार को हमारे बाहर निकलते ही सूर्य्य की किरणें हमारे अंतर्वाह्य को प्रज्वलित करें !

"विराट् आकाश में जिसके प्रचंड पराक्रम से नक्षत्र निर्वीर्य्य-से भय से काँपा करते हैं, हे परमशक्तिमान ओसिरिस, तू हमें क्षमा कर ! क़ब्र में भी हमारी रक्षा कर !

"जिसकी मुस्कान से महानद नील का जल उफनकर खेतों में भरकर अन्न उगाता है, जिसकी भृकुटि की किंचित् कुटिलता से आकाश में वज्र कड़कने लगते हैं, हे ओसिरिस, हम तुझे प्रणाम करते हैं !" श्रेष्ठि मणिबंध का शीश नत हो गया। नीलूफ़र श्रद्धा से सिर झुकाकर उठ खड़ी हुई। मल्लाहों का गीत फिर प्रारंभ हो गया था।

"हे लहरो ! यह श्रेष्ठि मणिबंध का पोत है; यह नौकाएँ उसी की अर्जित संपत्ति से भरी हुई हैं। जिस बेड़े की महासागर की भयानक ऊर्म्मियों ने झुककर अभिवंदना की है, हे तीर-वासिनी लहरो ! आकर उसके चरणों को प्रक्षालित करके उसका स्वागत करो।

"इस पोतमाला में अनेक-अनेक मिश्र, एलाम और सुमेरु की महासुंदरियाँ हैं जिन्हें देखकर देवता भी विचलित हो-हो जाते हैं। हे समीर ! आकर उनके कोमल-मांसल शरीर को गुदगुदा जा !"

एक खड्गधारिणी हब्शी दासी ने आकर प्रणाम किया और कहा—"महास्वामी !"

तीव्र दृष्टि से घूरते हुए श्रेष्ठि ने कहा—"क्या है?"

"श्रीमान् आमेन-रा अपने पोत से नौका पर बैठकर मिलने आये हैं।"

"उनको आसन दो। हम आते हैं।"

दासी चली गई। मणिबंध ने कहा—"नीलूफ़र, क्या सोच रही हो?"

"मैं सोच रही हूँ कि बसंत का पानी पहले हा-पी में स्वच्छ होता है, फिर ज्येष्ठ के अंत तक उसमें नीली छाया आ जाती है और बरसात में वह खूनी हो जाता है। स्वामी! आपने मेरे हृदय में उथल-पुथल मचा दी है। जैसे-जैसे तीर समीप आता जा रहा है, मेरे हृदय में एक भविष्य की काली छाया उतर रही है।"

मणिबंध ने हँसकर कहा—"डरती हो? तुम्हें कदाचित् अपने ऊपर भी विश्वास नहीं है!"

दासी ने मणिबंध के कंधों को पकड़कर एक बार स्वामिनी की अमोघ याचना-भरी आँखों में झाँका। दोनों मुस्कराए।

मणिबंध बाहर आ गया। श्रेष्ठि आमेन-रा ने हाथ बढ़ाकर कहा—"प्रणाम श्रेष्ठि! स्वर्ग और पृथ्वी का पुत्र तुम्हारी रक्षा करे।"

आमेन-रा के वृद्ध मुख पर एक पुरानी घिसी हुई मुस्कान खेल गई जैसे साँपिन का बच्चा पिटारी से निकलते देखकर सँपेरा उसे फ़ौरन अंदर डालकर बंद कर देता है।

मणिबंध ने मुस्कराकर कहा—"स्वागत, आमेन-रा! ज्ञात होता है, अच्छी नींद आ चुकी है। क्यों?"

दोनों हँसे। आमेन-रा ने कहा—"नींद क्या श्रेष्ठि! आमेन-रा का दिल जैसे-जैसे समुद्र छोटा होता जा रहा है, उसी प्रकार फैलता जा रहा है। आज मुझे याद आ रहा है। एक दिन हम जब ऊँटों पर चले थे; तब किसे ज्ञात था कि यह यात्रा इतनी निर्विघ्न समाप्त होगी।"

"सब देवी महामाई का प्रसाद है आमेन-रा! मिश्र की ही भाँति मोअन-जो-दड़ो में भी तुम्हें दज़ला, फ़रात और हेल्मंद की संतान मिलेगी। एक बार देखोगे कि हमारे देश में भी स्वर्ण और रत्नों के भांडार हैं। खेतों में पानी देने के लिए महानद सिंधु से निकाली गई नहरें हैं। खड़िया मिट्टी और राल लेपित घरों में जब तुम हमारे देश की ऊर्णसज्जित, हाथी-दाँत और जवाहरात के गहने पहनी हुई स्त्रियों को गाते हुए चित्र खींचते देखोगे तब मिश्र की मरुभूमि को भूल जाओगे। तुम्हारे मिश्र में कभी इतनी वर्षा नहीं होती। जब तुम खरस्रविणी के तीर पर बैठोगे तो देखोगे हमारे सुंदर क़ब्रिस्तानों में कैसी निस्तब्धता छाई रहती है। देवता अहिराज के उत्सव में द्राविड़ देशों से भी यात्री आते हैं। आमेन-रा···"

आमेन-रा ने हाथ फैलाकर कहा—"महाश्रेष्ठि! तुम मनुष्यों में रत्न हो।"

दोनों मुस्करा दिए।

आमेन-रा ने फिर कहा—"आमेन-रा साधारण व्यक्तियों के सामने सिर नहीं झुकाता महाश्रेष्ठि! आप-जैसे महापुरुष बिरले ही होते हैं।"

उस समय मल्लाहों का गीत समाप्त हो रहा था—"हे समुद्र! तुझे तेरी अनुकंपा के लिए प्रणाम। हे समीर! तूने कभी अपना विकट रूप धारण नहीं किया, तुझे अभिवादन! तू ऐसे ही हमारी रक्षा कर!

" पुरुषों की पत्नियाँ हैं, उनके अबोध बालक हैं। तेरा धर्म दूसरों का ध्वंस नहीं है। हे

शाश्वत अंतरिक्ष, तुझे प्रणाम !

" बार-बार मनुष्य जन्म लेता है, एक दिन उसका न्याय भी होगा, हे ओसिरिस के पुत्र ! दया कर। हे स्वर्ग और पृथ्वी के अधिनायक, हे द्यावाधरणी के सर्वशक्तिमान शासक, हे पाताल और रसातल के स्वामी, यह श्रेष्ठि मणिबंध का पोत है, हम उसके दास हैं, हमारी रक्षा कर···"

तीर दिखने लगा था। सामने ही वह मधुर उपत्यका लहलहा रही थी। उन दिनों सिंधु देश में मरुभूमि नहीं थी।

मणिबंध की आज्ञा से मस्तूल पर चढ़कर मल्लाहों के सरदार ने पुकारकर आज्ञा दी कि तीर समीप आ रहा है। श्रेष्ठि के सम्मान के अनुकूल सब लोग अपने-अपने वेश धारण करें।

उसके अनंतर बेड़े में एक खलबली मच गई। योद्धा, व्यापारी और स्त्रियाँ अपने श्रेष्ठ से श्रेष्ठ आभूषण और वस्त्र पहनने लगे। केवल काले दास और दासियों ने कोई प्रयत्न नहीं किया। अकेला अपाप नामक काला दास अपने दैत्य-से शरीर पर एक सूत का टुकड़ा डालकर विशाल भुजदंड पर ताँबे का बाहुबंध बाँधकर हँसता हुआ लौट आया। उसने एक कोमल गोरी दासी को हाथों पर उठा लिया और एक बार हवा में घुमाकर फिर उसे नीचे रख दिया। दासी ने क्रोध से उसे गाली दी। दर्शक ठठाकर हँस पड़े। दासी भी हँस दी। काले-गोरे का यह स्नेह देखकर उनको अत्यंत आनंद आता था। वास्तव में अपाप में इतना पौरुष था कि हेका उसके अतिरिक्त किसी और की सोच भी नहीं सकती थी। उस दैत्य की तुलना में हेका का छोटा-सा मुलायम शरीर अत्यंत कोमल प्रतीत होता था। कल तक नीलूफ़र और हेका की समानता थी। आज नीलूफ़र ने जिस अपरूप यौवन से मणिबंध को पराजित किया था, वैसे ही यौवन को हेका स्वयं उस हब्शी दैत्य के अपार बल के सम्मुख हार गई थी। अपाप का हृदय बालकों का-सा था। उसे जब क्रोध आता था तब वह पशु से भी अधिक निर्दय हो जाता था, किंतु हेका के सम्मुख वह एक पालतू जानवर की तरह सिर झुका देता था। आज स्वामिनी बनकर भी नीलूफ़र हेका को भूली नहीं थी। दोनों में अगाध स्नेह था।

हेका नीलूफ़र के पास आ गई। नीलूफ़र अभी भी अपाप की उस क्रीड़ा पर हँस रही थी। हेका ने तिनककर कहा—"सचमुच यह अपाप है, अंधकार का दैत्य !"

नीलूफ़र ने हँसकर कहा—"हेका ! अंधकार के साथ रहने के कारण प्रकाश का रूप कितना खिल उठता है !"

हेका लाज से मुस्कराई। नीलूफ़र ने फिर कहा—"अच्छा ! और तब मुझसे रो-रोकर कहा था कि अपाप के बिना हेका कभी भी नहीं जी सकेगी। तब मैंने व्यर्थ श्रेष्ठि की अनुकंपा ग्रहण की ? यदि श्रेष्ठि उसको नहीं ख़रीद लेता तो क्या तुम दोनों साथ रह सकते थे ?"

हेका ने नीलूफ़र के चरणों को पकड़कर कहा—"स्वामिनी !"

नीलूफ़र लज्जित हो गई। उसके गालों पर एक लाल छाया झलमला उठी। यह सत्य है कि वह आज स्वामिनी है। आज उसे भी इन गुलामों के प्रेम में दिलचस्पी लेने का कोई कारण नहीं रहा है। यदि कोई उच्च वंश की स्त्री होती तो कभी वह गुलामों की ओर मुस्कराकर भी नहीं देखती। किंतु हेका और वह तो साथ-साथ खेली हैं। जब एक बार नजूमी ने हाथ देखकर कहा था—"तू स्वामिनी होगी," और हेका का हाथ परखकर कहा था—"तू एक पशु की स्त्री होगी।" तब वह कितनी प्रसन्न और हेका कितनी उदास हो गई थी ! लेकिन आज हेका उस पशु के साथ भी प्रसन्न और निःशंक है, जबकि वह स्वयं स्वामिनी होकर भी उन बादलों से घिरे

आकाश की भाँति है जो न बरसते ही हैं, न हटने का ही नाम लेते हैं।

उसका हृदय भीतर-ही-भीतर काँप उठा। उसने स्नेह से हेका का हाथ पकड़कर कहा—"हेका ! तेरे लिए तो मैं अब भी वही नीलूफ़र हूँ।"

'वही' शब्द में कितना विषाद था, सोचकर दोनों ने एक बार आँखें फाड़कर एक-दूसरी की ओर देखा। जब जवान होने पर दोनों को स्त्रियों की एक पंक्ति में सिर से लेकर पाँव तक नंगा खड़ा होना पड़ा था और उस दिन श्रेष्ठि मणिबंध ने उन्हें बछड़ों की तरह ठोंक-बजाकर दाँत देखकर ख़रीदा था। अपाप तब वहीं दास था। उसके बाद जब हेका एक रात मणिबंध को संतुष्ट करके बाहर आई, नीलूफ़र ने जो प्रवेश किया, तो वह वहीं स्वामिनी हो गई। और हेका के लिए उसने श्रेष्ठि से अपाप को माँग लिया। श्रेष्ठि ने स्वर्ण की मुद्रा फेंककर अपाप को ख़रीद लिया और अब? यदि श्रेष्ठि चाहे तो इनमें से किसी एक को भी बेचकर उसके जीवन-वृक्ष को बीच में से काटकर गिरा सकता है। और, स्वयं नीलूफ़र का जीवन?

वह काँप उठी। उसने हेका का हाथ कसकर दबाते हुए कहा—"मैं नहीं भूल सकती कि मैं एक गुलाम थी, और आज भी गुलाम हूँ।"

"स्वामिनी !" भयार्द्र स्वर से हेका ने फूत्कार किया।

तीर समीप आ गया था। सामान बाँधा जाने लगा था। हेका उठकर चली गई। नीलूफ़र टहलने लगी। उसके शरीर पर महीन सूत के कपड़े हवा से भरकर काँप रहे थे। उसके हल्के लहँगे की अनेक झिल्लियों-सी किनारी पर सूर्य्य दमक रहा था। कटिबंध में स्वर्ण की चमक का, लाल की दीप्ति से संघर्ष हो रहा था।

पोत दिशा परिवर्त्तित करके तीर की ओर बहने लगे। अब बंदरगाह का कोलाहल सुनाई दे रहा था। एक विस्तृत प्रस्तरनिर्मित घाट के सहारे अनेक नौकाएँ बँधी हुई थीं। अनेक दास वहाँ खड़े इस बेड़े की प्रतीक्षा में हँस रहे थे। धूप निकल आई थी, किंतु सागर को छूकर बहती वायु में एक नमी थी, जिसके कारण शरीर की क्लान्ति अपने-आप मिटती जा रही थी। आज वे फिर भूमि पर चरण धरेंगे, जहाँ फिर से एक नया अध्याय प्रारंभ होगा।

अपाप धड़ाम से जल में कूद गया। उधर घाट के दास भी कूद आए और उन्होंने सबसे आगे की नाव को घाट से बाँध दिया। इसके बाद एक दूसरे से जहाज़ बाँधकर दासों ने सामान उतारना प्रारंभ कर दिया।

मणिबंध ने आकर कहा—"नीलूफ़र !"

नीलूफ़र ने आँख उठाकर देखा। उसे लगा जैसे मणिबंध कुछ कहना चाहता था। उसने उसके शरीर से अपना शरीर सटा दिया और आँखें गड़ाकर कहा—"स्वामी !"

मणिबंध उच्छ्वसित हो रहा था। उसके होंठ काँप रहे थे। उसने धीरे से कहा, "महानगर आ गया सुंदरी ! आओ, चलें।"

वह एकदम गंभीर था। नीलूफ़र समझी नहीं। कैसा व्यक्ति है? इतना धन, इतना वैभव, इतनी स्वतंत्रता होते हुए भी इसका हृदय आज प्रफुल्लित नहीं है। श्रेष्ठि ने फिर कहा—"नीलूफ़र ! मणिबंध ने सदा धन को ही सबसे बड़ी वस्तु माना है। किंतु आज मन कहता है, नहीं—सबकुछ धन ही नहीं है, बल ही नहीं है। यह स्वतंत्रता भी एक बंधन है।"

नीलूफ़र मन-ही-मन हँसी। जिसके पास यह सब है, वह इन सबको कुछ नहीं समझता और जिनके पास यह भी नहीं है, जिन्हें मनुष्य बनकर रहने तक का अधिकार नहीं है, यह उन्हें

भी अपना जैसा समझ रहा है। उसने काँपते स्वर से कहा—"मणिबंध!"

मणिबंध चौंक गया। उसने आँखें मीचकर कहा—"फिर कहो नीलूफ़र! फिर याद दिलाओ कि इस मांसपिंड को भी कोई मनुष्य के रूप में ही पहचानने की कोमलता रखता है।"

नीलूफ़र के मन में आया : जो दूसरों को गुलाम बनाता है, वह स्वयं अपने पापों का गुलाम होता है! किंतु उसने उसके कंधे पर सिर रखकर कहा—"मणिबंध! तुमने मुझे प्यार किया है। भूलोगे तो नहीं?"

मणिबंध ने कहा—"देवी! आज मैं तुमसे झूठ नहीं बोलना चाहता। मिश्र जाने के पूर्व इस देश में मैं...."

एकाएक सुनाई पड़ा—"यह महाश्रेष्ठि मणिबंध के पोत हैं। वे अभी हा-पी से व्यापार करके लौटे हैं। इन पोतों में रत्नों के ढेर हैं। यह किसी साधारण व्यक्ति की संपत्ति नहीं। जब इनका सार्थ चला था तो एक बार मिश्र के महासंपत्तिशालियों ने भी असंख्य ऊँटों को देखकर दाँतों तले उँगलियाँ दबा ली थीं।"

मणिबंध का खुला मुँह बंद हो गया। संसार उसके विषय में क्या सोचता है, और वह यह कहनेवाला था : कोमलता स्त्री के सम्मुख और कुछ नहीं, केवल निर्बलता है। उच्चवंश के व्यक्ति कभी इस प्रकार विचलित नहीं होते। वह मन-ही-मन लज्जित हो गया।

नीलूफ़र ने आँख उठाकर देखा। मणिबंध ने वाक्य पूरा किया—"अत्यंत प्रिय था।"

नीलूफ़र घूरती रही। श्रेष्ठि मणिबंध ने हाथ बढ़ाकर कहा—"मणिबंध हा-पी की सुंदरी का सींधु-तीर पर स्वागत करता है।"

गंभीरमता नीलूफ़र सीढ़ियों पर से उतरने लगी। पीछे मुड़कर देखा, हेका हाथ में रत्न-पिटक लेकर आ रही थी। सम्मुख मणिबंध सिंह की भाँति चल रहा था। उसने सिर झुका लिया।

2

मोअन-जो-दड़ो के महानगर पर साँझ का कोलाहल मुखरित हो उठा था। राजपथ पर चलनेवालों की संख्या बढ़ती जा रही थी। ऊन के हल्के दुशालों से सज्जित युवक, स्वर्ण और रजत के आभूषणों से लदी युवतियों के साथ आनंद से विचरण कर रहे थे। स्त्रियों के ताम्रवर्ण पर स्वर्ण के वे जालीदार कंठहार अपना अर्द्धचंद्र बनाकर उनके चरणों की किंकिणि-शिंजिन से मिलित नूपुर ध्वनि पर झूम उठते थे।

राहों पर धूमिल छायाएँ लोटने लगी थीं। आकाश में तारों का आगमन प्रारंभ हो गया था। हाटों में फूलों की मालाओं की सुगंध पर अगरुधूम सरक रहा था। दीपाधारों में शिखाएँ कभी काँपकर थरथराती थीं और उसके बाद बिल्कुल मूक भयातुर-सी साँस खींचकर इधर-उधर से घिरते अंधकार को देखा करती थीं, जैसे अँधेरे में कोई चमचमाती तलवार लेकर पहरा दे रहा हो। मनोहर पालकियों में बैठकर सुंदरियाँ दुकानों पर सामान खरीद रही थीं। सुदूर उत्तर में हरप्पा जाने के पहले विदेशों से आता माल इसी हाट में पहले परखा जाता है। बाक़ी की जूठन

ही अन्यों के लिए बच रहती है। मिश्र से लेकर दज़ला फ़रात तक की बहुमूल्य वस्तुओं के ढेर उन दूकानों में लगे रहते हैं।

कोई राह के बीचोबीच खड़ा होकर पुकार उठा—"मोअन-जो-दड़ो के भिखारियो ! याद रखो, वह दिन सिर पर खड्ग की भाँति झूल रहा है जब तुम अपने शवों पर स्वयं रोने का प्रयत्न करोगे।" देखा, भिखारी चिल्ला-चिल्लाकर कह रहा था—"जिस प्रकार भूमि में ढँकी नालियाँ बनाकर तुम्हें अपने कौशल का अभिमान है, उसी प्रकार तुम्हें अपने को मनुष्य कहते हुए भी कोई संकोच नहीं। मूर्खो ! क्या तुम नहीं जानते कि उन नालियों में महानगर का समस्त मल और कल्मष बहता है। तुम्हारी नसों में भी अंधकार का विष है जिसे तुम जानकर भी झुठा देना चाहते हो...."

यह कोई नया दृश्य नहीं था। यह भिखारी सदा ही महानगर के पथों पर ऐसे ही बकता फिरता था। लोग उसे पागल कहते थे। किंतु उससे सब ही डरते भी थे। वह किसी को भी कुछ भी सुनाने से कभी भी नहीं हिचकिचाता था। लोग सुनते थे, बार-बार वह वही बात कहता था किंतु प्रत्येक बार उसकी बात सुनने की लोगों में एक उत्सुकता पैदा हो जाती थी। उनके हृदय के अनेक फोड़े जैसे भिखारी अनजाने ही फोड़कर उनकी व्यथा को हल्का कर देता था।

भिखारी के चारों ओर भीड़ एकत्र हो गई थी। उस भीड़ में एक उतावलापन था। किंतु भिखारी को जैसे उन आने-जानेवालों से कोई मतलब नहीं था। वह उस समय हाथ उठाकर चिल्ला रहा था—"मोअन-जो-दड़ो में जिस दिन मनुष्य बसने लगेंगे उस दिन मनुष्यों की ग्रीवा ऊँट की तरह टेढ़ी नहीं रहेगी।"

लोग उसके इस व्यंग को सुनकर एकदम उच्छृंखल-से हँस पड़े। निस्तब्धता की वाह्य परिखा को कोलाहल ने पार कर दिया। भिखारी भी उनके साथ ही हँस रहा था। जब लोग कुछ शांत हुए, उसने दोनों हाथ उठाकर कहा, "सर्प की पूजा करनेवालो ! तुमने आज तक विषैलों को दूध पिलाने के अतिरिक्त और कुछ भी नहीं किया। तुम नहीं जान सकते कि इस जीवन में इस दंभ के अतिरिक्त कुछ और भी है !"

पथ पर गोरखरों के टापों की प्रबल प्रतिध्वनि गूँज उठी। भीड़ अपने-आप एक किनारे हो गई। भिखारी गंभीर हो गया। समस्त समुदाय का ध्यान उसकी ओर से हटकर उस ओर हो गया। दूसरे रथ में मिश्र के ऊँचे-ऊँचे धातु के शिरस्त्राण पहने चपटी दाढ़ीवाले दो व्यापारी खड़े होकर लगाम खींचे हुए थे। गोरखर सरपट भाग रहे थे। राह पर से लोग अपने आप इधर-उधर भाग रहे थे। कितने चमकीले थे वह रथ। दर्शकों की आँखों में विस्मय काँप रहा था। काले दासों की एक भीड़ पीछे-पीछे भाग रही थी। जैसे वे सब बैल थे। जब थक जाते थे तो दम तोड़ते-से श्वास खींचने में हाँफने-से लगते थे और उसके बाद फिर उसी प्रकार दौड़ने लगते थे।

एकाएक रथों की तीव्र गति से भागती पंक्ति को देखकर भिखारी ने मुड़कर पूछा, "यह नया हाहाकार किसका है ?"

भीड़ में से किसी ने चिल्लाकर कहा, "मिश्र देश से अपार संपत्ति लानेवाले श्रेष्ठि मणिबंध का।"

भिखारी अट्टहास कर उठा। भीड़ में एक नवीन उत्सुकता का उदय हुआ। उसने कहा, "यह नया कुष्ट प्रारंभ हो गया ? किंतु अभागा नहीं जानता कि जिसका उसे गर्व है वही उसको

एक दिन कुचलकर रख देगा।"

"किंतु," किसी ने कहा, "आज मोअन-जो-दड़ो में उसका प्रासाद संसार की भव्य गरिमा है। प्रत्येक पाषाण में जीवन की झंकार है।"

किसी और ने भीड़ को कुहनियों से ठेलकर कहा, "और उसकी मिश्र देश की अधनंगी स्वामिनी!"

भीड़ ठठाकर हँस पड़ी।

सुंदरी नीलूफ़र अपनी रूप-राशि के कारण प्रसिद्ध हो चुकी थी। वह कभी किसी की ओर नहीं देखती थी। उसकी गर्व से भरी वह उपेक्षा सबके हृदय को कचोट उठती थी।

किसी ने हँसकर कहा, "कौन, उस पत्थर की मूर्त्ति की कहते हो जिसे उसकी माँ ने मुस्कराना भी नहीं सिखाया?"

भिखारी ने कहा, "आज की अधनंगी कल वह इसी हाट में बिल्कुल नंगी होकर आ खड़ी होगी। तब तुम जो आज उसके छिपेपन को ललचाई आँखों से देखते हो, उसी छिपाव को खुला देखकर लज्जित से आँखें चुराकर भाग जाओगे····"

भीड़ में से आवाज़ आई, "देखा पागल को? अरे, हम तो उसी दिन की प्रतीक्षा में जीवन की रक्षा कर रहे हैं। वह तो तब भी कुछ कम सुंदर नहीं होगी। ऐसी स्त्री तो शायद आकाश और पृथ्वी में कहीं भी नहीं मिलेगी।"

भीड़ में लोग हँसने लगे। किसी और ने कहा, "श्रेष्ठि विश्वविजयी अब वृद्ध हो गए हैं। यौवन में वे क्या थे, यह कौन नहीं जानता। हम तो जीवन-भर में भी उतना मानसिक व्यभिचार तक नहीं कर सकेंगे जो इन्होंने अपने यौवन की एक रात में शारीरिक रूप से किया होगा।"

भिखारी ने कहा, "तुम्हारी सभ्यता या तो छद्म में है या बिल्कुल नंगेपन में, क्योंकि यह नंगापन प्रकृतिदत्त नहीं, तुम्हारी निर्वीर्य्यता का प्रबल प्रतीक है। तुम अपने-आपको ढँक ही नहीं सकते।"

"ढँक तो सकते हैं, किंतु ढँककर भी क्या होगा?"

"नहीं, श्रेष्ठि ने ठीक कहा। हमें अवश्य ढँकना चाहिए। हमारे अंगों में मिश्र की उस गुड़िया जैसा सौंदर्य्य है ही कहाँ?"

भीड़ में जिसके जो मन में आता था, वह वही कह उठता था। भिखारी को केवल अपनी बात कहने से मतलब था। एक ने पतली आवाज़ में कहा, "श्रेष्ठि ने संसार के सब देश देखे हैं। क्या उन्होंने भी कभी इतना वैभव देखा है?"

"वैभव?" भिखारी ज़ोर से हँसा। उसने राह पर से धूलि उठाई और ऊपर फेंककर कहा, "मूर्ख, इससे बढ़कर किसी ने भी नहीं देखा और न कभी दखेगा।"

भीड़ के लोग और अधिक सघन हो गए। चारों ओर कुछ दास भी आ इकट्ठे हुए। उनकी आँखों में एक सुलगती प्यास थी। जाने उनमें भीतर-ही-भीतर सुलगनेवाला कैसा असंतोष घुट रहा था।

"ऐ ऐ," एक संभ्रांत वयस्क ने अपने ऊपर झुके दास के मुँह पर घूँसा मारकर कहा, "देखता नहीं, तू दास होकर यहाँ नागरिकों में क्यों आया है?"

कहनेवाले का स्वर डूब गया।

"मोअन-जो-दड़ो के निवासियो! जो छत सिर पर छाया करना जानती है, वही एक दिन

अर्राकर सिर पर गिर पड़ेगी।" भिखारी नाच-नाचकर गा रहा था, "एक दिन में सृजन हुआ था, किंतु प्रलय होने में एक दिन भी नहीं लगेगा।

"जिस दिन खरस्त्रविणी और महासिंधु की तीव्रभीम धाराएँ वासना से उन्मत्त होकर आलिंगन के लिए व्याकुल हो उठेंगी, उस दिन यह अंगराग और चंदन-सा महानगर अपने-आप मिट जाएगा।"

वह भयानकता से हँसा। उसके बालों की रूखी सघनता ने उसके मुख को विकराल बना दिया था। उसके उस भैरव नृत्य को देखकर एक बार देखनेवालों का हृदय भीतर-ही-भीतर दहल उठा। विराट् अट्टालिकाओं की पृष्ठभूमि के सम्मुख वह दरिद्रता का कठोर अभिशाप उन्मुक्त होकर हाहाकार कर रहा था।

कुछ देर तक कोलाहल यों ही उठता रहा। भीड़ कुछ उत्तेजित प्रतीत हो रही थी। भिखारी ने कहा, "किस दिन की प्रतीक्षा में जीने का दंभ कर रहे हो अभागो? तुम्हारी लाशों तक पर तुम्हारा अधिकार नहीं है। क्या होगा इस धन का? तुम्हारे पुरुष आकाश की महानता के सम्मुख पाताल में नाक रगड़ रहे हैं, तुम्हारी स्त्रियाँ विलासिता की सूली पर टँगी किलकारियाँ भर रही हैं या हाहाकार से उन्होंने पृथ्वी को विक्षुब्ध कर दिया है, यह न तुम बता सकते हो न तुम्हारी बहिन, न तुम्हारी माँ...."

भीड़ क्रोध से चिल्ला उठी, "तेरा नाश हो नीच, तेरा महाध्वंस हो।" उसी समय शांति-व्यवस्थापक सैनिकों ने हाथों में छोटे-छोटे धातु के दंड लेकर उन पर प्रहार किया। उनके शरीर नग्न थे। कमर के नीचे वे तिकोने छोरों के मोटे वस्त्र बाँधे थे जो घुटनों को भी नहीं ढँक पाते थे। बाएँ हाथों में एक-एक बड़ी ढाल थी, जिसके साथ ही वे अपनी उँगलियों में लंबा, पतला, नुकीले फलकवाला भाला लिए हुए थे। उनके मस्तक पर बाल गुँथे हुए थे। एक जो कि गंजा था, अपने हाथ में लटकनेवाला दीपक लिए हुए था। यह मिश्र की सैन्यसज्जा की नकल प्रारंभ हो गई थी। मोअन-जो-दड़ो के श्रेष्ठि-सामंतों ने सुरक्षा के लिए इन नवीन उपकरणों को अपना लिया था। अचानक ही इस वार से लोग घबरा गए। कोलाहल और भी बढ़ गया। किसी के सिर में चोट आई, किसी का हाथ झनझना उठा। एक-एक कर वे सब भागने लगे। सैनिकों ने निर्दयता से उनके समूह को फाड़ दिया। और भीड़ छँट गई। भिखारी अकेला गाता रहा। उस पर किसी सैनिक ने प्रहार नहीं किया। वह तो था ही पागल। कौन नहीं जानता कि एक दिन यही भिखारी मोअन-जो-दड़ो का महाश्रेष्ठि विश्वविजयी था जिसका व्यापार इतना विस्तृत था कि लोग सुनकर सिर झुका देते थे। आज वह किसी कारण से पागल होकर राह की धूल छानता फिर रहा था। लोगों के हृदय में उसके प्रति एक रहस्य की भावना थी। वे लोग उसके बारे में कितना कम जानते थे यह तभी ज्ञात होता था जब वह बीच सड़क पर खड़ा होकर अजीब-अजीब बातें कहता था। उसकी उन अवहेलना-भरी बातों में युगांतर का प्रतिशोध अपने-आप फूट निकलता था। कभी-कभी वह धार्मिकों का-सा अनर्गल प्रलाप करता, तब सब उसके सामने घुटने टेककर बैठ जाते। वह उन्हें मनमानी गालियाँ देता। किंतु भीड़ कभी बुरा नहीं मानती। सैनिक लौट गए। निस्तब्धता लौट आई। धीरे-धीरे दूकानें भी बंद हो गईं। दीपक बुझ गए। आधी से भी अधिक रात हो गई। आकाश में एक धूमिल चंद्रमा निकल आया। उसकी उन सिहरती छायाओं ने विराट् अट्टालिकाओं के नीचे अँधियारा संघटित कर दिया। बड़े-बड़े ऊँचे गृह-शिखरों पर लगी धातु टिमटिमाती-सी चमक उठती थी। पथ के जिस

भाग पर चाँदनी गिरती थी वह और भी भयद प्रतीत होता था, जैसे कोई दुःस्वप्न देखते-देखते जाग गया हो और निश्चय न कर सका हो कि यह सब सत्य है या मिथ्या। भिखारी भूखा ही एक किनारे जाकर लेट रहा। उस समय सड़कों की गंभीर नीरवता में किसी की पगध्वनि सुनाई दी। थोड़ी ही देर बाद किसी ने पथ पर लेटे भिखारी के कंधे पर हाथ रखकर कहा, "हमें आश्रय चाहिए!"

भिखारी हँसा। उसने कहा, "आश्रय? इतने बड़े महानगर में श्रेष्ठि, सामंतों और नागरिकों को छोड़कर एक भिखारी से आश्रय माँगनेवाले तुम कौन हो मूर्ख!"

आगंतुक भय से एक पग पीछे हट गया। उसे धुँधली चाँदनी में एक भयानक व्यक्ति का आकार कुछ स्पष्ट हुआ दिखाई दिया। भिखारी ने अपने कर्कश स्वर से कहा, "अच्छा तो अभी तुम्हें मनुष्य और पाषाणों का भेद मालूम है? पाषाणों में भी आश्रय पाने के लिए मनुष्य की आज्ञा की आवश्यकता है?"

वह हँस दिया और हाथ से दिखाकर कहा, "सारा महानगर तुम्हारा है, जहाँ चाहो रहो, कोई भी तुम्हें रोकने का साहस नहीं कर सकता।"

आगंतुक ने एक-दूसरे की ओर देखा। स्त्री शिथिल हो चुकी थी। पुरुष निरुत्तर हो गया था। उसने स्त्री के मुख की ओर कातरता से देखा। स्त्री ने ही साहस करके कहा, "हम लोग बहुत थक गए हैं। राह बहुत भयानक थी। कभी-कभी ही ग्राम राह में मिलते थे, अन्यथा हिंस्र पशुओं और दस्युओं का ही भय बना रहता था। हम नहीं जानते हम क्या करें?"

भिखारी के स्वर में न जाने क्यों करुणा छलक उठी। उसने पूछा, "तुम कौन हो?"

पुरुष ने धीरे से कहा, "मोअन-जो-दड़ो के उत्तर में बसे कीकट देश के द्रविड़ हैं...."

"कीकट?" भिखारी ने कहा, "जानता हूँ। किरात, शंभु, पणिय, मैंने सबको देखा है। हरप्पा के दक्षिण-पूर्व में है। उसे मैंने दखा है। वहाँ इतना पाप तो शायद नहीं है। वहाँ इतनी उच्छृंखलता भी नहीं," फिर सोचकर कहा, "किंतु उस घुटन से यह उच्छृंखलता कहीं अधिक चेतन है कि यह चेतनता ही जड़ता का अपरूप निर्देशन बन गई है।"

स्त्री ने कहा, "हम वहाँ साथ रहना चाहते थे किंतु नहीं रह सके, तभी सबकुछ त्यागकर यहाँ आ गए हैं।"

भिखारी हँस दिया। उसने गंभीर होकर कहा, "पागल? क्या यह प्रेम वहाँ करना असंभव हो गया था? प्रेम करने के लिए तो किसी की आवश्यकता नहीं होती। फिर इतना उन्माद किसलिए?"

"अधिपति," पुरुष ने आतुर होकर कहा—"देश का अधिपति वेणी पर आसक्त हो गया था। उसने कहा था कि वह वेणी को अपना लेगा। अतः हम लोगों को भाग आना पड़ा, नहीं तो वह हमें जान से मार देता।"

"दोनों को नहीं," भिखारी ने कहा, "एक को मारता, वह तुम्हें मार डालता और तुम्हारी इस स्त्री को भुजाओं में बाँधकर संसार को बाँध लेने का प्रयत्न करता। समझे? स्त्री को तो पशु भी नहीं मारते, यदि उनकी भूख दूसरों का मांस खाकर, लहू पीकर, मिट चुकी हो।"

पुरुष ने कुछ नहीं कहा। स्त्री काँप उठी। वह कुछ भी नहीं समझ सकी। उसने कहा—"विल्लिभित्तूर, अब क्या होगा? क्या यह महानगर भी हमको आश्रय नहीं दे सकेगा?"

"क्यों नहीं दे सकेगा?" भिखारी ने गरजकर कहा—"है किसी में इतना साहस कि वह

अतिथि का अपमान कर सके?"

स्त्री ने कहा—"देव!" और वह बैठ गई।

भिखारी ने कहा—"पेट भरना तो कठिन नहीं। किंतु तुम महाश्रेष्ठि विश्वविजयी के अतिथि हो, तो तुम्हारे सामने समस्त मोअन-जो-दड़ो को सिर झुकाकर स्वागत करना होगा।"

आगंतुक चौंक गए। यह क्या बक रहा था। महाश्रेष्ठि! मन में आया, ठठाकर हँस पड़ें किंतु फिर साहस नहीं हुआ। भिखारी ने फिर कहा—"किंतु तुम्हारा ही क्या विश्वास? अभी तो तुमने केवल दुरभिमान ही किया है।" उसके स्वर में एक तिक्त कठोरता थी। "तुम आज दर-दर के भिखारी हो इसीलिए मेरे पास खड़े हो। लेकिन कल यदि मोअन-जो-दड़ो की समस्त धनराशि तुम्हें ख़रीद लेगी तो तुम····तुम सबसे पहले महाश्रेष्ठि विश्वविजयी की अवहेलना कर उठोगे। तुम झूठे हो। क्यों नहीं करते कहीं वनांत में जाकर प्रेम? तुम्हारे हृदय में अभी महाकांक्षा और भीषण वासना की भयानक भट्ठी धधक रही है। तुम्हें तब तक चैन नहीं मिलेगा जब तक एक-दूसरे को भून न दोगे।" स्त्री उठ खड़ी हुई। जैसे और बैठा रहना अब निरंतर व्यर्थ था। पुरुष भी उदास-सा उसकी बगल में खड़ा हो गया और उसने उसका हाथ किसी भविष्यत् में छाते हुए भय के कारण पकड़ लिया। पुरुष के उस परिचित स्पर्श से स्त्री में कुछ शक्ति का संचार हुआ।

रात का सन्नाटा लरज रहा था। दोनों ने हताश होकर एक-दूसरे की ओर देखा। कोई और पथ ही नहीं था। वही निरुद्देश्य भ्रमण। पेट में आग, मन में और भी भयानक प्यास। वह प्रेम भी नहीं कर सकते! क्या उन्हें अपने जीवन पर भी अधिकार नहीं है? वे वहाँ से चलने लगे, विश्रांत-से, व्यथित-से····

भिखारी ने टोककर कहा—"तुम स्त्री हो? स्त्रीत्व के कुछ आडंबर भी जानती हो? यही कुछ नृत्य, संगीत?"

स्त्री की कला को प्रथम बार इतना कठोर बाण सहना पड़ा। उसने कुछ उत्तर नहीं दिया। पुरुष ने कहा—"वेणी? यह तो अद्भुत नृत्य करती है।"

"ओहो!" भिखारी ने कहा—"फिर भी अधिपति के कलेजे में कटार नहीं उतार सकी? अधिपति की तो कितनी ही पत्नियाँ होंगी।"

"अनेक हैं," पुरुष ने कहा—"प्रतिमास एक नई स्त्री पकड़ी जाती है।"

"और मूर्ख, तुम भी कुछ जानते हो, या प्रेम करना ही सीखा है?" स्त्री अबके हँस दी। जैसे वह भिखारी को समझ गई थी। उसने कहा—"विल्लिभित्तूर की-सी गानविद्या जाननेवाला कदाचित् तुम्हारे महानगर में भी नहीं होगा।"

भिखारी ने कहा—"भोर होने दो। आओ सो रहो। कल सूर्य्य उगने दो। महाश्रेष्ठि विश्वविजयी का आग्रह है कि आज रात की प्रतीक्षा और सही।"

उसने राह की ओर ही इंगित किया। दोनों चकराए। भिखारी ने अबके रूठकर कहा—"अभागो! सो रहो। जब कल गद्दे-तकियों पर लेटकर आकाश की याद में सबकुछ भूल जाओगे, तब मैं ही तुम्हें इस रात की बात सुनाकर पृथ्वी की याद दिलाने आऊँगा।" दोनों वहीं लेटे रहे। भिखारी भी अलग लेट रहा।

रात-भर वेणी को नींद नहीं आई। उसके हृदय में अब भी शंका गरज रही थी। मन-ही-मन एक भय छा रहा था। कहीं आँख लग जाए और प्रातःकाल वह देखे कि

विल्लिभित्तूर उसे छोड़कर चला गया है। उसका क्या है, वह तो अब भी देश लौट जा सकता है। या कहीं भी रह सकता है···· पुरुष ही तो है····उसे किसी पर आश्रित रहने की तो कोई आवश्यकता नहीं। लेकिन वह क्या करेगी? स्त्री भी पुरुष की दासी ही तो है। आकाश में अब भी अनेक नक्षत्र टिमटिमा रहे थे। याद आने लगे वे परिचित मुख, माँ, पिता, भगिनी, सखियाँ, जिनमें से एक में भी इतना साहस न था कि अधिपति से उसकी रक्षा कर सकते। वे सब अपने-अपने सुखों की चिंता में मग्न थे। फिर भी रक्त का वह संबंध एक बार तीव्र कशाघात कर उठा। क्या वे सब अपने नहीं थे?

विल्लिभित्तूर सो रहा था। कितना थका हुआ है। जैसे सबकुछ चूर हो गया है, अब उससे इस तूफ़ान में नाव नहीं खेयी जा सकती। मनुष्य की सहनशीलता की भी एक सीमा होती है।

वे छोटे-छोटे उटज, जिन पर सांध्यगगन की लालिम आभा में, विल्लिभित्तूर का संगीत गूँज उठता था और वह अपने हाथों से मुद्रा बनाती हुई, नूपुरों की हुंकार करती, बाहर निकल आती थी, कितना आकर्षण था उस सबमें····

भिखारी एकाएक न जाने क्यों हँस उठा। वेणी ने भय से अपनी आँखों को मूँद लिया। भिखारी पशु की-सी ध्वनियों का अस्फुट उच्चारण करता हुआ कुछ बोलने का प्रयत्न कर रहा था। वेणी ने काँपते हुए हाथों से विल्लिभित्तूर का कंठ कस लिया।

भिखारी ने ज़ोर से कहा—"ओ परदेसी! तू सारा जीवन सोते में ही गँवा देगा या जागरण से भी तुझे कुछ मोह है?"

वेणी उठकर बैठ गई। हिलाकर विल्लिभित्तूर को जगा दिया। गायक के मुख पर एक कोमलता थी, कुछ स्त्रीत्व था। वेणी की अल्हड़ चपलता ने उस रिक्त स्थान को ढँक दिया था। भिखारी ने देखा और देखता रहा।

भोर हो गई थी। राह पर लोग चलने लगे थे।

धीरे-धीरे दिन उदय होने लगा। भीड़ बढ़ने लगी। भिखारी ने कहा—"परदेसी! तू पागल तो नहीं है?"

गायक के होंठों पर एक फीकी मुस्कान तड़फड़ा उठी। नर्त्तकी ने हँसकर कहा, "मुझको भूख लगी है।"

भिखारी ने बैठे-बैठे ही कहा—"उठाकर पत्थर खा ले, महामाई बनने की इच्छा हो तो इससे सरल उपाय और कोई नहीं।"

उसकी इस कठोरता से वेणी तनिक उदास हो गई। फिर विचार आया, यह तो पागल है। यह नहीं जान सकता कि मनुष्य की सबसे बड़ी शक्ति संवेदना है। कोई जाति हो, कोई देश हो जहाँ मनुष्य के लिए मनुष्य की आँखों में एक समान सहानुभूति है वहीं जीवन का स्वर्ग है।

"मोअन-जो-दड़ो के मूर्खो!" भिखारी ने उठकर ज़ोर से आवाज़ लगाई—"आओ, आज महाश्रेष्ठि विश्वविजयी तुम्हारे पापों का घड़ा भरने के लिए एक नया हत्याकांड दिखाएगा।"

नर्त्तकी और गायक भयातुर-से सहम उठे। भीड़ एकत्रित होने लगी। लोगों ने उन्हें घेर लिया। तरह-तरह के प्रश्न होने लगे—"महाश्रेष्ठि, यह कौन है?"

भिखारी ने कहा—"तेरी माँ!"

रसिक का मुँह उतर गया। भीड़ खिलखिलाकर हँस पड़ी।

भिखारी ने कहा—"मायाविनी! रात को झूठ बोलती थी कि भूख लग रही है····यदि भूख लग रही है तो क्यों नहीं खा जाती, इतने तो मर जाने के लिए स्वयं आ गए हैं। मृत्यु का नृत्य जानती है?"

वेणी ने कहा—"उससे भी बढ़कर! मैं जीवन-नृत्य जानती हूँ।"

लोगों ने चिल्लाकर कहा—"नाचो सुंदरी, नाचो।"

नर्त्तकी ने बायाँ पग उठाया और गायक के कंठ से फूटा—"द्रिमिक-द्रिमिक द्रिम····"

इसी समय किसी ने पीछे से गरजकर कहा—"हट जाओ मार्ग से। अन्यथा अभी घायलों का पथ पर ढेर लग जाएगा।"

नृत्य रुक गया। भिखारी ने चिल्लाकर कहा—"कौन है श्रेष्ठि विश्वविजयी के कार्य्य में बाधा डालनेवाला? किसमें है इतना साहस?"

दास ने भी चिल्लाकर ही कहा—"कौन हो तुम मूर्ख! क्या तुम्हें अपने प्राणों का मोह नहीं? जानते हो किससे बात कर रहे हो? मैं श्रेष्ठि मणिबंध का दास हूँ।"

"दास हूँ," भिखारी ने ज़ोर से हँसकर कहा—"दास को श्रेष्ठि को उत्तर देने का दुस्साहस क्यों हुआ?"

भीड़ ठठाकर हँस पड़ी। जो साहस उनमें नहीं था, वह भिखारी में देखकर उनके मन को जैसे एक महान तृप्ति का आस्वाद मिला। भिखारी नेता के वैभव से ग्रसित-सा बीच में खड़ा था। वेणी ने शंकित आँखों से विल्लिभित्तूर की ओर देखा। गायक के नयनों में जैसे कुछ नहीं था। वह सोच ही नहीं पा रहा था कि क्या हुआ है और न जाने अब क्या होगा?

एकाएक भीड़ ने पथ छोड़ दिया। क्रुद्ध मणिबंध ने प्रवेश किया। उसके पीछे दीर्घकाय अपाप जैसे उसकी कराल छाया थी। मणिबंध के उस उग्र रूप को देखकर लोग सहम गए। भिखारी ने उसे घूरकर देखा और कहा—"तू कभी पहले भी महानगर में था न?"

मणिबंध मन-ही-मन संदेह से जड़ित हो गया। किंतु उसने गंभीर मर्य्यादा धारण करके कहा—"मुझे लगता है, तू पागल है।"

भिखारी ने कहा—"पागल? संसार में कौन है जो पागल नहीं है? महाश्रेष्ठि! याद रख कि तू एक महाश्रेष्ठि से बातें कर रहा है।" नर्त्तकी क्षण-भर कुछ सोचती रही और फिर उसने एकदम अपना नृत्य प्रारंभ कर दिया। गायक ने कहा—"थेई थेई, ता था थइया, थेई थेई, ता था थइया····"

मणिबंध ने देखा और देखता रहा। उस कठोर मुख-मुद्रा पर धीरे-धीरे एक कोमल स्निग्धता छा गई। वह ऐसा प्रतीत हुआ जैसे वर्षा से धुल जाने के बाद विशाल वटवृक्ष का सौंदर्य शत-शत छवि को धारण कर लेता है। लोग भूले-से विमुग्ध-से नृत्य देख रहे थे। किसी ने भी नहीं देखा कि भिखारी अपनी बूढ़ी आँखों से मणिबंध को घूरते हुए जैसे कुछ बहुत पुरानी बात याद करने का प्रयत्न कर रहा था।

नृत्य समाप्त हो गया तो नर्त्तकी ने श्रेष्ठि मणिबंध को प्रणाम करके हाथ फैला दिए। मणिबंध ने क्षण-भर उसकी ओर धीरता से देखा। और गले से उतारकर हीरक का हार उन पर फेंक दिया। एकत्रित भीड़ ने जयनाद किया। भिखारी ठठाकर हँस पड़ा। उसने चिल्लाकर कहा—"द्राविड़ी नर्त्तकी की जय हो!" मणिबंध पराजित हो गया।

भीड़ अट्टहास कर उठी। स्वयं मणिबंध के होंठों पर एक मुस्कान छा गई।

भीड़ ने जय-निनाद किया, "द्राविड़ी नर्त्तकी की जय हो।" श्रेष्ठि मणिबंध लौट गया। महानगर का वह विशाल महामार्ग गूँज उठा। प्रतिध्वनि से अट्टालिकाएँ भी जाग उठीं।

नर्त्तकी ने हर्षित होकर हार विल्लिभित्तूर की ग्रीवा में डाल दिया और आनंद से हँस उठी। किंतु भिखारी ने आगे बढ़कर कहा—"संसार साँप को रस्सी समझता है, हाय री बुद्धि !" और एक बार उसका कर्कश अट्टहास फिर गूँज उठा।

3

महानगर की अनेक सुंदरियों का यौवन उच्छृंखल हो उठा था। उन्नत कुचकलशों पर विभिन्न रंगों के वस्त्र बँधे थे। उनकी कटि पर झनझनाती मेखला बँधी थी। शिर के जूड़े ऊपर की ओर उठाकर बाँधे गए थे। कानों में लटकते मुक्ता के गुच्छे उनके प्रत्येक पग पर झूमने लगते थे। उनके बड़े-बड़े नयनों में कितना उन्माद था, कितनी विसुध छलना थी इसे स्वयं महानगर की विराट् अट्टालिकाएँ भी पढ़ सकने में असमर्थ थीं। उनके उच्च शिखरों पर जब प्रकाश की किरणें किलकिलाने लगतीं, तब भी युवतियाँ आनंद के अतिरिक्त और कुछ नहीं सोचती थीं। वे सब मुक्त थीं और प्रत्येक वर्ष महासुंदरी का निर्वाचन किया जाता था और फिर नवयुवक उसके चारों ओर पतंगे बनकर घूमा करते थे।

कनक कंकणों से उठती ध्वनि से वातावरण क्वणन कर रहा था। उस कलरव करते समुदाय की मस्ती से जैसे जल झूल रहा था और घाट के शुद्ध संगमर्मर पर उनकी प्रतिध्वनि के जगमग करते प्रकाश पर वे रंग-बिरंगे वस्त्र पहने सुंदरियाँ ऐसी लगती थीं जैसे किसी ने धवल महागिरि पर इंद्रधनुष विश्राम करने को रख दिया हो।

युवक उन्मुक्त-से ताल में कूद पड़ते थे। उनके सुगठित शरीरों से लहरें दूर तक चक्कर लगाती हुई फैल जाती थीं और फिर कंपन में आपस में एक-दूसरी को काटती हुई लौट आती थीं। उस स्निग्ध जल पर स्त्रियों के कुंकुम और अंगराग के फूटे हुए चिह्न पानी को रंगीन कर देते थे और उसमें एक मादक गंध का जलनिमग्न प्रसार हो गया था।

ताल के किनारे घाट पर कपड़े बदलने के लिए प्रकोष्ठ थे, जिनमें अगरु को स्तंभों पर जलाया जाता था। लोग नहाने के बाद वहाँ जाकर अपनी इच्छा के अनुसार स्नानांतर शृंगार किया करते थे।

महानगर उर की बात तो दूर, स्वयं दूर-दूर तक विख्यात मनोहर सुमेरु की सुदूर किश की राजधानी में भी बड़े-बड़े प्रासाद थे, किंतु ऐसा स्नानागार उस पश्चिम के महानगर में भी मिलना असंभव था। मोअन-जो-दड़ो के ये स्नानागार भुवन-विख्यात थे। किनारों पर कुंजों को लगाकर शीतल छाया कर दी गई थी, प्रेमियों को गुप्त रूप से मिलने के लिए जैसे कुछ स्थानों की नितांत आवश्यकता थी। ताल के किनारे कुछ-कुछ अवकाश के अनंतर दीपस्तंभ थे; रात में जब उनमें से प्रकाश फूटकर ताल के जल पर फिसलने लगता तब दीपमालिकाओं से जगमगाते महानगर की उपेक्षा-भरी दृष्टि उस पर पड़ती और ताल के नीर में एक मदविह्वल कर देनेवाली वेदना फूट बहती।

साँझ की सुनहली छाया में जब ताल स्वयं पीत पराग से भरे कमल-सा दिखाई देता तब सुंदरियों के शीश, गोता मारने के बाद ऐसे निकलते जैसे महानद में कभी-कभी विषाद के बुद्बुद फूट निकलते हों।

स्त्रियों की किलकारियों से जल एक बार नहीं, अनेक बार काँपकर गूँज उठता था। एक के बाद एक रथ आता था और पेड़ों की आड़ में रुक जाता था। उसके बाद पाषाणों के ऊपर पाँव धरते हुए वे उस स्थान पर आ एकत्र होते थे; जैसे जीवन में कोई चिंता नहीं, जो कुछ है वह भोग के लिए है। ऐसे अवसरों पर कभी कोई गंभीर विषय पर विवाद करने को तत्पर नहीं होता था। पुरुषों के नग्न शरीर पर सूत का एक महीन श्वेत वस्त्र पड़ा रहता था जिसके भीतर से उनके बाहुबंध और वक्षस्थल पर पड़े मुक्ताहार चमका करते थे। उस समय पुरुष के हाथों में न धातु का खड्ग होता था, न स्वर्ण की मुद्रा, वरन् स्त्रियों की उन्नतनितंबपरिवेष्टा कटि पर वे मुग्ध-से मग्न हो जाते थे। उनके चरण एक मस्ती और धीरता से पृथ्वी पर काँपा करते थे। किसी-किसी के शीश पर स्वर्ण का किरीट भी जगमगाया करता था। धनिकों के उस समूह में किसी के भी हाथ पर श्रम के कठोर चिह्न नहीं होते थे। सबसे अधिक विस्मय की बात तो यह थी कि भिखारी एक ओर आज छिपा हुआ-सा बैठा कुछ सोच रहा था। जहाँ वह बैठा था वहाँ से आने-जानेवाले दिखाई पड़ते थे। अपने चिथड़ों में उसने अपना कुरूप शरीर छिपा रखा था। उसके बढ़े हुए गंदे नखों को देखकर सुंदरियाँ घृणा से नाक सिकोड़ लेती थीं। वह मोअन-जो-दड़ो के निवासियों के लिए मिश्री ज्योतिषियों से भी अधिक अद्भुत था। महानगर के वयोवृद्ध नागरिक जब कभी उसकी बात करते थे तो उनका स्वर विचलित हो उठता था। महामाई का नाम लेकर वे आकाश की ओर हाथ उठाकर कहते थे—"उसका-सा हाल हमारा न हो, उसकी संतान की भाँति हमारी संतान की गति न हो।"

कुछ युवकों ने उसे देखा। एक ने कहा—"वह देखो! महाश्रेष्ठि विश्वविजय के उपरांत अब स्त्री के हृदय को पराजित करना चाहता है। कैसा छिपा बैठा है कोने में देखा? महाश्रेष्ठि के हृदय में अब भी आग नहीं तो भस्म अवश्य शेष है!"

दूसरे ने हँसकर समर्थन करते हुए कहा—"अभिसार हो रहा है भाई। आएगी कोई सुंदरी। गले में बाहुमाल डालेगी और फिर रूठे हुए बालम को रिझाएगी। सिर पर जो चाँदी के-से बाल हैं उनसे बढ़कर रमणी को और क्या चाहिए? यौवन में मनुष्य क्या नहीं करता?"

सब ज़ोर से हँसते हुए स्नानागार की ओर बढ़ गए किंतु भिखारी ने कोई उत्तर नहीं दिया। आज उसके मौन की भयानकता उसके प्रलापों की तुलना में कहीं अधिक भयंकर लगती थी। ऐसे अवसरों पर भिखारी सबसे आगे रहकर सबको खरी-खोटी सुनाया करता था। कुलीन स्त्रियों को उससे बातें करके उसे चिढ़ाने में विशेष आनंद आता था। उनके अहंकार की उससे बढ़कर परोक्ष रूप से मनस्तुष्टि करनेवाला महानगर तो क्या, सुदूर-पूर्व के अनेक देशों में भी नहीं था। भिखारी को देखकर उनके हृदय में अथाह कौतूहल जाग उठता था। युवक निर्बंध से उसे घेर लेते थे। भिखारी एकदम उन्मुक्त था।

एकाएक भिखारी चौंककर उठ खड़ा हुआ। उसने आँखों पर हाथ लगाकर देखा। निस्संदेह श्रेष्ठि मणिबंध ही था।

स्वर्णजटित वह रथ हुंकारता हुआ रुक गया। उसके साथ दो रथ और थे। श्रेष्ठि मणिबंध को काले दास ने सहारा देकर नीचे उतारा। मणिबंध के अद्भुत नेत्रों में वैभव का

अहंकार ऐसे जगमगा रहा था जैसे तेल से भीगा हुआ वस्त्र एकदम फक करके जल उठता था।

शेष रथों से दो मिश्री उतरे। उनमें एक वृद्ध आमेन-रा था।

मणिबंध ने कहा—"अपाप !"

अपाप ने झुककर कहा—"महाप्रभु !"

मणिबंध ने कहा—"इनसे कहो, प्रतीक्षा करें।"

अपाप की आज्ञा से वे रथ पीछे की ओर हट गए। और पेड़ों की पंक्ति के पीछे जाकर खड़े हो गए। श्रेष्ठि मणिबंध ने अपाप को देखकर कहा—"दास ?"

"महास्वामी !" दास ने झुककर कहा।

"स्नान के अनंतर वस्त्र पहनने का प्रबंध किया है या मृत्यु की भाँति उसे भी भूल गए हैं ?"

अपाप के सफेद दाँत चमक उठे। उसने कहा—"स्वामी की शंका व्यर्थ है। प्रबंध हो चुका है।"

वृद्ध आमेन-रा आगे-आगे चल रहा था। अब ठहर गया और श्रेष्ठि मणिबंध के आगे हो जाने पर ही उसने अपना पग उठाया। श्रेष्ठि की उस धीर आकृति को देखकर भिखारी न जाने क्यों मन-ही-मन क्षुब्ध हो गया। एक दिन वह भी तो महानगर का प्रसिद्ध महाश्रेष्ठि था। उस दिन उसके प्रत्येक पगविक्षेप से धरती काँप उठती थी और आज जब वह भिखारी है तो जैसे उठाकर आकाश की ओर फेंक देना चाहती हो। श्रेष्ठि मणिबंध के नयनों का वह तेज धीरे-धीरे भिखारी के मन में उतर गया। कितनी भव्य थीं वे आँखें !

और भिखारी ने देखा—रथ सूर्य्य के अमर आलोक में जगमगा रहे थे। कभी-कभी ऊपर लटकती घंटियों की झंकार, सबमें एक मादकता थी, जैसे मदिरामत्त विलासी की फैली हुई भुजाएँ सबकुछ अपने व्याकुल आलिंगन में बाँधकर झकझोर देना चाहती हैं, भूल जाना चाहती हैं....

स्नानागार से सामूहिक संगीत की ध्वनि आ रही थी। श्रेष्ठि मणिबंध के पहुँचते ही जैसे नागरिक-नागरिकाओं में नवीन स्फूर्त्ति की विद्युत् काँप उठी हो। इस समय जल में अनेक किलकारियाँ थीं और मणिबंध आमेन-रा को पानी में उतरने का आह्वान दे रहा था। उसकी हिचकिचाहट पर सब लोग आनंद से हँस रहे थे।

भिखारी चौंक उठा। उसने देखा—नर्त्तकी गायक की कटि में अपनी साँपिन-सी भुजा लपेटे इधर ही आ रही थी। विल्लिभित्तूर के वक्ष पर स्वर्णहार जगमगा रहा था। नर्त्तकी के हाथों में दो कंकण-मात्र थे और उसके शरीर पर कोई आभूषण नहीं था। उसकी कटि से नीचे कच्छमय जानुस्पर्शिनी साड़ी थी और वक्षस्थल पर उसी का एक छोर लिपट रहा था। श्याममेघ-सी मंथर चरण धरती वह अपने प्रिय के साथ चली जा रही थी। विल्लिभित्तूर की गंभीरता को उसकी चपलता ने ढँक दिया था।

महानगर में अनेक देशों के लोग थे, किंतु इन विदेशियों ने जो इतनी शीघ्रता से इतनी ख्याति अर्जित कर ली थी इसका मुख्य कारण भिखारी ही था।

एकाएक दोनों चौंक उठे। भिखारी उन्हें पुकार रहा था।

भिखारी ने ज़ोर से हँसकर कहा—"हे साँपिन ! इधर आ, इधर !"

वेणी ने हँसकर कहा—"क्या है महाश्रेष्ठि !"

विल्लिभित्तूर की कटि से उसका हाथ सरक गया। लज्जा से उसके गालों पर एक अधबैंगनी छवि काँप उठी। उस श्यामलता पर वे उसके बड़े-बड़े श्वेत नयन, जैसे बादलों में तड़पती हुई बिजली काँप रही हो। उसके समस्त अंगचालन में मेघों की-सी हुंकार समस्त मादकता से अस्थिर आलोड़न किया करती थी। विल्लिभित्तूर का कोमल शरीर देखकर कभी-कभी लगता था जैसे दो स्त्रियाँ साथ-साथ चली जा रही हों। किंतु विल्लिभित्तूर के नयनों में कविता का वह महासिंधु हिल्लोलित हुआ करता था जिसके दृष्टिपात में चट्टानों से टकराकर बिखर जानेवाली लहरों का अनंत हाहाकार था।

"कहाँ जा रही हो ?" भिखारी ने कठोरता से पूछा।

वेणी ने ललचाई आँखों से स्नानागार की ओर देखा।

भिखारी ने कहा—"तो महामाई आज स्नानागार की ओर जाना चाहती है ?" उसने मुड़कर विल्लिभित्तूर से कहा—"गायक, तू कवि है ?"

वेणी ने मुस्कराकर कहा—"कवि और गायक दोनों ही।"

विल्लिभित्तूर ने शून्य दृष्टि से देखते हुए कहा—"महाश्रेष्ठि ! मेरे हृदय में वेदना का तार न जाने कौन झनझनाया करता है। मैं स्वयं नहीं जानता !"

"जान जाएगा तू," भिखारी ने कर्कश स्वर से कहा—"जब तेरी यह कविता, यह व्याकुलता की व्यर्थ पुकार कोई सुननेवाला तक नहीं रहेगा और तेरा तार हठात् एक दिन संसार की प्रत्येक वस्तु की भाँति टूट जाएगा। कहाँ जाना चाहते हो तुम लोग ? वहाँ ? भीतर ? वह विष से भरा कुंड है, उसमें नर-नारी नहीं, सजीवित नंगे पाप चिल्ला रहे हैं क्योंकि वैभव की लपटों से वे जले जा रहे हैं। क्या तुम्हें उनके शरीरों के जलने की दुर्गंध नहीं आती, मूर्ख ! आकाश के सतरंगे धनुष पर अपनी धधकती पिपासा का बाण चढ़ाकर स्वर्ग को अपना लक्ष्य बनाना चाहते हो ?"

वेणी ने उदास होकर कहा—"किंतु मुझे भूख लग रही है। कुछ नाच-गाएँगे तो खाने को मिलेगा।"

स्वर में एक व्यथा थी। जैसे किसी ने उसके सबसे प्रिय पुष्प को निर्दयता से भूमि पर कुचल दिया था और मधुमक्खी की भाँति उसका हृदय फिर भी जैसे उसी पर मँडरा रहा था कि इस ध्वंस में जो अतीत का रूप है, यदि यह नहीं तो वही मेरा सबकुछ था क्योंकि मेरे मन की जलन पर वहाँ किसी ने हिमानी का लेप किया था स्नेह से, सहेजकर, दुलारकर।

भिखारी ने क्षण-भर सोचा और फिर घूरते हुए कहा—"अभागी मक्खी को कोई यदि मकड़ी के जाले की ओर जाते हुए रोके तो समझती है कि कोई मुझे पकड़कर मार डालना चाहता है और वह और भी अधिक वेग से जाले में जाकर फँस जाती है। महाश्रेष्ठि विश्वविजयी की आँखें कभी समय के अंधकार में अब पथ भूलना नहीं जानतीं। वह खूब जानता है कि स्त्री का हृदय उस रंगीन तितली का-सा होता है, जिसे पकड़ लेने पर वह छटपटाती है और छोड़ देने पर रंग पकड़ लेनेवाले की उँगलियों पर ही छोड़कर फिर अपने पंखों को फूलों के पराग से रँगने लगती है। किंतु विश्वविजयी देखता है और अभागों पर हँसने के अतिरिक्त कुछ नहीं कर सकता।"

विल्लिभित्तूर ने वेणी के उदास मुख को देखकर कहा—"महाश्रेष्ठि ! तुम तो महाज्ञानी हो। स्त्री का हृदय बालकों का-सा होता है, नहीं जानते ? हो आने दो एक बार। देख आने दो

न?"

भिखारी ने गायक के मुख को निहारकर एक लंबी साँस खींचते हुए कहा— "गायक! एक दिन इसी कुंड में महाश्रेष्ठि भी दम घुटकर मर गया होता। इसमें पुरुष नहीं, मगरमच्छ हैं, इसमें स्त्रियाँ नहीं, केवल काई की एक मोटी पर्त है, जिस पर कोई फिसलने से नहीं बच सकता और जब पुरुष डूब जाता है वह ऊपर से ऐसे जुड़ जाती है, जैसे कभी भी उसमें कोई संधि नहीं पड़ी और वह सदा से ऐसी ही स्निग्ध, एकरस, मनोहारिणी है।"

भिखारी ने चिल्लाकर कहा—"किंतु जो व्यक्ति सोते में से एकाएक उठ बैठता है वह आँखें मींचकर चाहे जिधर चल देता है। वह कुछ नहीं सोचता!" और भिखारी यह कहकर चला गया।

दोनों जाकर एक ओर सोपानों पर बैठ गए। कितना मुखरित आनंद था। वेणी ने कहा— "गायक! भिखारी ने इतनी कठोर बात क्यों कही?"

गायक ने उसके बालों को स्नेह से पीछे हटाते हुए कहा—"पगली! जानती नहीं, वह पागल है? वह सब-कुछ हार चुका है, अब अपनी हार को ही विजय कहकर अपनी ग्लानि को मिटाना चाहता है।"

वेणी ने देखा, विल्लिभित्तूर की आँखों में एक स्नेह की तरलता थी।

उसने कहा—"गाएँ?"

उनका संगीत सुनकर सब उस ओर ही देखने लगे। कितनी व्याकुल संगीत-लहरियों का आक्रांदित उत्थान-पतन था वह, जैसे जल की अपरूप छाया का विवर्त्तन मात्र। सबका हृदय एक बार दूर तक गुदगुदा गया। सब आ-आकर सोपानों से लग गए और गीत सुनने लगे। आमेन-रा के नयनों में विलास की एक काली छाया थी। उसकी चपटी दाढ़ी पानी से भीगकर और चपटी हो गई थी। महाश्रेष्ठि मणिबंध नयन विस्फारित देख रहा था। नर्त्तकी के नयन कभी-कभी उनसे टकरा जाते थे। गायक अपनी तान में विभोर हो उठा था।

जब गीत रुक गया तो श्रेष्ठि मणिबंध ने मुड़कर कहा—"नागरिको और नागरिकाओ! मोअन-जो-दड़ो को अपने अतिथियों का स्वागत करने के लिए हृदय से तत्पर रहना चाहिए। कितने हर्ष का विषय है कि महानगर इन पवित्र गीतों से गूँज उठा है। स्वागत अतिथि! आज हमें अपने ऊपर गर्व है। यह गीत नहीं, मुझे लगता है जैसे अनेक-अनेक स्वर श्रमिक-दासों की भाँति भावना की विराट् पिर-ए-मिस का निर्माण कर रहे हों। इनमें किसी की स्मृति सहेजकर बंद कर दी जाएगी और फिर आकाश और पृथ्वी उस रहस्य को देखकर पलकें मिलाकर आँखें मींच लेंगे।"

गायक ने नयन खोल दिए। महाश्रेष्ठि ने हाथ दिखाकर कहा—"स्वागत अतिथि! स्नानागार में आकर हमें कृतार्थ करें।" किंतु उसके नयन वेणी की ओर थे।

गायक ने मुस्कराकर कहा—"हम श्रीमानों की समता नहीं कर सकते, महाश्रेष्ठि!"

"किंतु यहाँ तो सब नागरिक समान हैं।" मणिबंध ने उपस्थित स्नान करनेवालों की ओर इंगित करके कहा—"देखते नहीं। दासों के अतिरिक्त यहाँ कोई बंधन नहीं है!"

आमेन-रा का मुख कुछ विकृत हो गया। वह इस समानता को पसंद नहीं करता था।

मिश्र का वह व्यापारी फ़राऊन-जैसे कठोर शासक का प्रिय था। वह इस समता को धन-वैभव और रक्त के अतिरिक्त धर्म का भी अपमान समझता था। इन नीचों को अपनी समानता का पद देना उसकी आत्मा कभी भी स्वीकार नहीं करती थी।

"और तुम भी नर्त्तकी," मणिबंध ने पानी को उछालकर कहा—"आज तुम्हें जल पर नर्त्तन करना होगा। मोअन-जो-दड़ो की सुंदरियों के बीच में तुम्हारी शोभा देखकर नागरिक अपनी आँखों की प्यास बुझाना चाहते हैं।"

नर्त्तकी ने उसके शरीर को घूरते हुए कहा—"किंतु महाश्रेष्ठि ने तो कहा है कि हम विदेशी हैं, हमें यहाँ आने का कोई अधिकार नहीं?"

"कौन महाश्रेष्ठि सुंदरी?" मणिबंध ने उत्सुकता से पूछा।

"महाश्रेष्ठि विश्वविजयी!"

स्नानागार एक ठहाके से गूँज उठा। किसी युवक ने कहा—"महाश्रेष्ठि तो महाश्रेष्ठि हैं। मिश्र का फ़राऊन भी उनकी दृष्टि में उनका दास ही है।"

सब फिर हँस पड़े। विल्लिभित्तूर ने एक बार उपस्थित भीड़ की ओर देखा और कहा—"मैं तीर पर से गाऊँगा, आप लोग अपनी संतरण-क्रीड़ा में ही निमग्न रहें। मैं विश्रांत हूँ।"

मणिबंध ने कहा—"क्या हम आपकी कुछ सेवा कर सकते हैं?"

"धन्यवाद!"

किंतु मणिबंध ने पुकारकर कहा—"अपाप! महाकवि के लिए आसव लाओ।"

अपाप चला गया। मणिबंध ने कहा—"देवी! आपको तो कमलिनी की भाँति आज इन अनेक भौंरों का हृदय हर लेने का प्रायश्चित्त करना ही होगा!" मुड़कर कहा—"सुंदरियो! नर्त्तकी का समवेत आह्वान करो।"

'स्वागत,' 'स्वागत' से एक बार समस्त अंतराल काँप उठा।

नर्त्तकी धड़ाम से जल में कूद गई। जल अपनी गहन गंभीरता से उस स्पर्श से एक बार जैसे चिल्ला उठा। लहरें दूर-दूर तक फैल गईं।

मणिबंध ने उसका हाथ पकड़कर कहा—"मोअन-जो-दड़ो के निवासियो! द्राविड़ देश की यह कन्या हमारे कंठ का सबसे कोमल संगीत है। हमारी गति का सबसे मनोहर रूप है।"

नर्त्तकी ने हाथ चलाते हुए कहा—"नर्त्तकी प्रणाम करती है।"

एक युवक ने कहा—"श्रेष्ठि मणिबंध के आगमन से महानगर ही नहीं, स्नानकुंड में भी कुछ अधिक उत्साह भर गया है।"

श्रेष्ठि ने मुड़कर कहा—"नहीं कुमार! पुरुषों से कहीं अधिक भार स्त्रियों में होता है।"

एक स्त्री ने चिढ़कर कहा—"महाश्रेष्ठि फूल से भी हल्के हैं।"

सब हँस पड़े। स्त्री भी हँस दी।

स्नान करनेवालों में शर्त्त हो गई और वे तीर की तरह तैर चले। वृद्ध आमेन-रा जाकर घाट पर बैठ गया। वह थक गया था। थोड़ी देर बैठा रहा और फिर वस्त्र बदलने के लिए उन प्रकोष्ठों में चला गया। श्रेष्ठि मणिबंध इस समय उसे भूल गया था।

नर्त्तकी और मणिबंध दूर जल पर दिखाई दे रहे थे। इस समय नर्त्तकी थककर पानी पर लेट गई थी और मणिबंध धीरे-धीरे संतरण कर रहा था।

गायक के कंधे पर किसी ने हाथ रखकर कहा—"युवक! श्रेष्ठि मणिबंध यहाँ आए हैं?"

गायक ने देखा। एक मिश्री स्त्री का शरीर चमक रहा था।

किसी और ने नीचे से कहा—"हेका!"

"पूछती हूँ स्वामिनी," ऊपरवाली स्त्री ने कहा और पूछा—"युवक, उत्तर नहीं दे सकोगे?"

विल्लिभित्तूर के नयन अभी नीचेवाली सुंदरी पर से हटे नहीं थे। सुंदरी की चढ़ी हुई भृकुटि उतर गई। उसने कहा—"कौन हो तुम युवक?"

"मैं कवि हूँ," गायक ने हिचकिचाकर कहा।

स्त्री मुस्कराई। उसने कहा—"जानते हो, मैं श्रेष्ठि मणिबंध की पत्नी हूँ।"

गायक ने उसी स्वर से कहा—"स्वागत देवि! महाश्रेष्ठि जल-क्रीड़ा कर रहे हैं।"

एकाएक हेका ने चौंककर कहा—"वह, वह स्त्री कौन है उनके साथ?"

"वह मेरी नर्त्तकी है। मेरी सब-कुछ है।"

नीलूफ़र ने देखा और कहा—"और तुम यहाँ बैठे हो?"

काटकर हेका ने कहा—"स्वामिनी! चलिए, लौट चलें।"

नीलूफ़र ने कहा—"कवि! तुम किस देश के वासी हो? तुम्हारे यहाँ की स्त्री को इतनी स्वतंत्रता है?"

गायक ने हँसकर कहा—"हम एक-दूसरे को प्रेम करते हैं। जिस दिन यह हृदय उचट जाएगा उस दिन कोई भी शक्ति एक करके नहीं रख सकेगी। मैं कवि हूँ। प्रेम चाहता हूँ। स्त्री को बाँधना नहीं चाहता।"

"किंतु प्रेम बदला करता है गायक?" नीलूफ़र का स्वर काँप गया।

"यदि बदलता है तो कवि क्या कर सकता है? एक दिन प्रत्येक यौवन वृद्ध हो जाता है। क्या संसार फिर भी यौवन की मादकता को छोड़ सकता है?"

नीलूफ़र नहीं सह सकी। वह लौट गई। हेका भी। अपाप ने लाकर आसव का पात्र रख दिया। मणिबंध और नर्त्तकी लौट आए।

नर्त्तकी ने कहा—"विल्लिभित्तूर, अभी तुम किस स्त्री से बातें कर रहे थे?"

गायक ने उपेक्षा से कहा—"महाश्रेष्ठि की मिश्री पत्नी से।"

दोनों ने एक-दूसरे की ओर संदेह-भरी दृष्टि से देखा। गायक की आँखें निर्मल थीं जैसे प्रभात के समीर पर झूमती किरण उतर रही हो, कमलों को चूमकर जगा देने के लिए। श्रेष्ठि की आँखों में एक अंधकार-भरी छाया क्षण-भर के लिए काँप उठी। उसने देखा—गायक अभी किशोरता को सद्य त्यागनेवाला युवक था और वह····वह अब यौवन के अनेक सोपान चढ़ चुका था। नर्त्तकी ने देखा, गायक विभोर हो उठा था। उसके हृदय को भीतर-ही-भीतर किसी ने एक ज़ोर का घूँसा मारकर जैसे व्याकुल कर दिया। वह कितना तल्लीन था।

नर्त्तकी ने कहा—"विल्लिभित्तूर!"

"ओह! हाँ!" गायक ने चौंककर कहा—"देखती हो वेणी! आकाश में कैसा सुनहला बादल है!"

नर्त्तकी और श्रेष्ठि ने मुड़कर ऊपर देखा। आकाश स्वच्छ था। फिर दोनों ने एक-दूसरे

की ओर देखा।

वृद्ध आमेन-रा वस्त्र पहनकर इधर ही आ रहा था।

अपाप ने खड़े होकर ज़ोर से पुकार लगाई—"महाश्रेष्ठि मणिबंध के सारथियो! रथों को उद्यत करो।"

दूर से उत्तर की प्रतिध्वनि सुनाई दी।

प्रकोष्ठों से लौटते समय मणिबंध ने कहा—"नर्तकी! तुम आभूषण क्यों नहीं पहनतीं?"

नर्तकी उदास हो गई। उसने कुछ कहा नहीं। श्रेष्ठि ने ही कहा—"आभूषणों से तुम नीहारों से सजी हुई श्यामला के समान मनोहारिणी लगने लगोगी।" गायक के पास आकर चलते समय मणिबंध ने कहा—"नर्तकी! भूल न जाना कि तुम्हें महानगर के गौरव को अब अपना सम्मान समझना पड़ेगा। महानगर तुम्हारी सेवा में प्रस्तुत है।" फिर मुड़कर कहा—"महाकवि! वे स्त्रियाँ क्यों आई थीं?"

"आपको पूछती थीं महाश्रेष्ठि!"

"और मेरे लिए प्रतीक्षा तक न की।" श्रेष्ठि ने एकदम दाँतों से नीचे का होंठ काट लिया। यह वह इन विदेशियों के सामने क्या कह गया!

जब मणिबंध और उसके साथी धीरे-धीरे चले गए, नर्तकी की दृष्टि उधर ही अटक गई। एकाएक गायक ने चौंककर कहा—"वेणी! यह मोतियों का हार किसने दिया?"

"मेरी कला ने।" नर्तकी ने आँखें न हटाते हुए कहा।

गायक चुप हो रहा। उसने धीरे से अपनी उँगलियों से उसके बालों को छूकर कहा—"नर्तकी!"

वेणी ने व्यंग को समझा। पलटकर कहा—"गायक!"

दोनों ने एक-दूसरे की ओर देखा। दोनों के नयनों में क्षमा थी, अविश्वास था, किन्तु जहाँ विल्लिभित्तूर के नेत्रों में स्नेह था, समर्पण था, वहाँ वेणी के नेत्रों में प्रतिशोध की एक हल्की छाया थी, तृष्णा थी, और था अतृप्त निश्वासों का गर्म-गर्म उन्माद।

दोनों ने अपने-अपने नयन हटा लिए और विवश-से दोनों चुपचाप चलने लगे। एकाएक महानगर क्षण-भर के लिए काँप उठा। भूमि में से एक भयानक आवाज़ आई जैसे अब सब-कुछ फट जाएगा। उसकी वह भीषणता एक बार हृदय को स्तब्ध कर गई। सबकी छाती पर जैसे शक्ति से किसी ने प्रहार किया। ऐसा लगा, जैसे किसी ने कोई कठोर अट्टहास करके कुछ लंबी साँसें खींच ली हों और उस पर नीरवता फिर सनसना उठी।

नर्तकी ने भय से गायक का हाथ पकड़ लिया। गायक भय से सिहर उठा। उसने नर्तकी को खींचकर अपने शरीर से समेट लिया।

नर्तकी ने व्यथित नेत्रों से देखकर कहा—"विल्लिभित्तूर?"

"वेणी!" गायक ने उसके माथे को छूकर कहा।

"कितने कठोर होते हो तुम पुरुष," वेणी ने साँस खींचकर कहा—"इस भयानक नाद पर भी विचलित नहीं होते।" जाने किधर से निकलकर भिखारी ने हँसकर कहा—"यही जीवन का सबसे बड़ा सुख है अभागो! यही कल्याण का सबसे उज्ज्वल स्वरूप है। जानते नहीं, यह पृथ्वी का हृदय धड़क रहा है? देवताओं ने क्रोध किया है, पापियो! तुम्हारा पाप अधिक दिन तक नहीं चल सकेगा। महामाई की भृकुटि तन गई है...."

वह ठठाकर हँस पड़ा। उस कठोरता में उसका वह रौद्र हास्य देखकर नर्त्तकी चिल्ला उठी। गायक ने उसको शरीर से और चिपकाकर कहा—"वेणी !"

भिखारी फिर भी हँस रहा था। वेणी ने भय से गायक के वक्ष में अपना सिर छिपा लिया।

उस ज़ोर की प्रतिध्वनि से आकाश अब भी काँप रहा था। भिखारी एक ओर भाग चला। उसके शब्द गूँज उठे—"उसे नहीं महामाई, उसे माँ भी छोड़ गई थी। उसे तो तूने ही पाला है, फिर उसी पर इतना क्रोध क्यों...."

दोनों हत्‌बुद्धि-से खड़े रहे। भिखारी की बात कोई नहीं समझ सका।

ताल का पानी अब भी फुंकार रहा था।

4

प्रकोष्ठ में धुँधला अंधकार कभी-कभी साँप की भाँति अपना फन हिलाने लगता था। दीवारों पर लगे राल के जोड़ों पर एक मंद-मंद आभा अपनी जिह्वा काँपती हुई लगाने लगती थी। एकांत नीरवता में कितना उदास सूनापन था जैसे समस्त वायुमंडल किसी अवरुद्ध श्वास की भाँति भारी हो गया हो।

बाहर द्वार से अलिंद दीख रहा है। उसके बाद एक विशाल प्रांगण है। यही है वह स्थान जहाँ आगमन के प्रथम दिन श्रेष्ठि मणिबंध ने नीलूफ़र का मोअन-जो-दड़ो के निवासियों से परिचय कराया था कि....

वातायन में से छन-छनकर आता प्रकाश धीरे-धीरे कुछ गुनगुना उठता था। आलोक की वह मदिर चेतना भीतर फूट रही थी, जैसे मूँगे की भीत अनंत नील महासागर में निकल आई हो और सूर्य्य के उज्ज्वल प्रकाश में आँखें खोलने का प्रयत्न कर रही हो।

गंधाधार की उलझी हुई धूम्रलटें जब प्रकाश के उन फलकों से कटने लगती हैं तब हृदय की अवसन्न पिपासा चाहती है कि उस धुएँ को पकड़ ले, क्योंकि दोष तो उस आग का है, न वह होती न विषादों का यह हाहाकार ही उठता।

नीलूफ़र उदास-सी अपनी शैय्या पर अधलेटी-सी कुछ सोच रही थी। आज हृदय कितना भारी हो गया है, रात-भर के तुषाराघात को सहनेवाले शतदल के समान, जिसके मांसल संपुटों को सूर्य्य के प्रखर ताप की आवश्यकता है कि मांस में फिर से रक्त की दीपित तृष्णा-सी जल उठे, अभिमान करती-सी, आँखों और वक्ष को उठाती हुई। उसके नयनों ने एक बार चारों ओर देखा और फिर एक आलस-भरी अँगड़ाई की मरोर में साँपिन की भाँति उसके कोमल शरीर ने अनेक बल खाए, फिर भी स्पंदनों पर धातु की भाफ....

सोचते-सोचते उसने व्यथा से अपनी आँखें मींच लीं।

आज उसके हृदय में कुछ चुभ रहा था। प्रेम के इस शूल की चुभन के मीठे दर्द के सामने, जो शरीर-भर में झनझनाता हुआ फैल जाता है, समस्त मांसल यौवन को गुदगुदाकर अधीरता से पानी दिखाकर प्यास ही बुझाता है, संसार-भर के समस्त वैभव तुच्छ हैं, भिखारी के

चरणों पर पड़े हुए हा-पी की विराट् लहरों से बड़े-बड़े प्रासाद।

मन कचोट उठा। कहाँ लौटकर जाना चाहता है यह आतुर पक्षी? आज तो वह डाल ही नहीं रही, जिससे एक दिन अपनेपन का दावा करके अहंकार की एक सीमा कर दी थी।

नीलूफ़र ने आँखें खोल दीं। देखा, कहीं कुछ नहीं। वही उदासीनता, वही एकांत भारावृत अहम्मन्य नीरवता का साम्राज्य। क्या हुआ आज? कोई भी उसके समीप नहीं है। चारों ओर पाषाणों के इस तरंगायित सन्नाटे में क्या एक वही हृदय है जो लड़खड़ाकर कुचलकर मिट जाने के लिए है?

कितनी कोमल है यह शैया? इस पर स्वर्ण के तारों का बहुमूल्य आच्छादन है, किंतु····

नीलूफ़र के यौवन की जाली तो किसी निर्ममता ने आज खड्‌ग से काट दी है····

उसने धीरे से आवाज़ दी—"दासी!"

स्वर का अहंकार एक बार लरजा और फिर सिर झुकाकर द्वार में से दूत की भाँति संदेश पहुँचाने बाहर चला गया।

बाहर पगचाप सुनाई दी। दासी ने प्रवेश किया। नीलूफ़र ने उसकी ओर बिना देखे ही कहा—"दासी!"

"स्वामिनी!" शुष्क और कठोर शब्द गूँज उठा।

नीलूफर ने खीझकर कहा—"उत्तर देती है? मूर्ख! जाकर हेका को भेज दे। कहना, तुरंत आए।"

दासी सिर झुकाकर चली गई।

नीलूफ़र अपनी उत्तेजना पर पल-भर को स्वयं ही लज्जित हो गई। एक बार एक पुराने पथिक की भग्न स्मृति की-सी व्याकुल ममता ने कहा—"नीलूफ़र, तू भी इतना अभिमान कर सकेगी?"

थोड़ी देर बाद हेका ने प्रवेश किया। वह मुखरित-सी किसी अज्ञात ऊष्मा से अब भी दीपित थी। उसके मुख पर यौवन की सफलता का चिह्न था। नीलूफ़र का हृदय भीतर-ही-भीतर एक नवीन व्यथा से भर गया। नारी का यह अवसाद युगों से अपमान को प्यार कहकर त्याग का दंभ करता रहा है, अपने-आपको मिटाकर, तो क्या आज वह भी उसके सुख को देखकर डाह करेगी? मन की इस अकर्मण्य अतृप्ति का ही नाम क्या प्रेम की वह भीषण ज्वाला है जो कभी धुएँ के अतिरिक्त और कुछ नहीं दे सकती?

नीलूफ़र ने अवसाद से अपनी आँखें फेर लीं। हेका ने विस्मय से देखा। कुछ भी न समझ सकी। क्या कारण है जो यह स्त्री, जो कल गुलाम थी, कल जिसके हृदय की एकमात्र लालसा थी कि किसी प्रकार स्वामिनी का पद प्राप्त हो जाए, अब भी प्रसन्न नहीं प्रतीत होती।

हेका ने स्नेह से कहा—"स्वामिनी!"

"नहीं हेका, यह तुम मत कहा करो। आज मैं इस शब्द का भीषण शव अपने यौवन और रूप के कंधों पर उठाए-उठाए नहीं फिर सकूँगी।"

हेका ने अनजान बनकर उसकी ओर देखा। स्नेह से उसके निकट आकर बैठ गई। हाथ में हाथ लेकर कहा—"नीलूफ़र!"

उस उच्छ्वसित स्वर को सुनकर नीलूफ़र एक बार सिहर उठी। क्या यह संबोधन ही तो कहीं भविष्य की कठोर छाया नहीं है? किन्तु उसने कुछ नहीं कहा। बड़ी-बड़ी आँखों को फाड़े

भीत-सी उसकी ओर एकटक देखती रही।

"आज स्वामिनी का मन कुछ खिन्न है?" हेका ने शांत होकर पूछा।

नीलूफ़र मुस्कराई। हेका ने कहा—"मुझसे कहो न नीलूफ़र? तुम्हें ऐसा कौन-सा कष्ट है? तुमने मेरे जीवन को स्वर्ग बना दिया है, क्या मैं भी तुम्हारे लिए कुछ कर सकती हूँ?"

नीलूफ़र ने कहा—"हेका! मणिबंध कहाँ है?"

हेका ने उत्तर दिया—"स्वामिनी! मैं तो नहीं जानती। कहो तो अपाप को बुलाकर पूछूँ?"

नीलूफ़र ने एक ठंडी साँस ली। हेका उठकर बाहर चली गई।

जिस समय वह लौटी, अपाप उसके साथ था।

नीलूफ़र ने बैठते हुए कहा—"दास!"

"स्वामिनी!" अपाप ने सिर झुकाकर कहा।

"बता सकते हो, स्वामी कहाँ गए हैं?" नीलूफ़र ने तीखी दृष्टि से देखते हुए खिन्न स्वर में पूछा।

अपाप हिचकिचाया। नीलूफ़र ने दृढ़ स्वर से कहा—"जानते हो, तुम किसके सामने खड़े हो?"

अपाप ने एक बार भय से हेका की ओर देखा। हेका के मुख पर कोई भाव नहीं था, जैसे वह उन पाटों के बीच पिसने के भय से स्वयं रक्तहीन हो गई हो।

अपाप ने कहा—"स्वामिनी! महास्वामी उस नर्त्तकी की झलक प्राप्त करने रथ पर बैठकर कहीं गये हैं।"

शब्द गूँज उठे। हथौड़े की तरह प्रबल आघात करते हुए। नीलूफ़र ने सुना। फिर कहा—"जा सकते हो।"

अपाप सिर झुकाकर लौट गया। नीलूफ़र कुछ क्षण मौन रही। फिर कहा—"हेका!"

"स्वामिनी!" हेका ने उद्यत स्वर से उत्तर दिया।

"रथ तैयार कराओ!"

हेका खड़ी रही।

जैसे नीलूफ़र समझ गई। पूछा—"जानना चाहती हो, कहाँ जा रही हूँ?"

हेका ने मुँह नहीं खोला।

"तो सुनो कि नीलूफ़र उस द्राविड़ भिखमंगे से मिलने जा रही है।"

"स्त्रामिनी!" भय से उसके मुख से एक चीत्कार बरबस फूट निकला।

"शृंगार करूँगी," नीलूफ़र ने निर्विकार स्वर से कहा। हेका वस्त्राभूषण लाने चली गई।

नीलूफ़र ने बहुमूल्य हारों से अपना वक्षस्थल ढँक दिया और सबसे बड़ा हीरा निकालकर कहा—"हेका!"

"स्वामिनी!" हेका जैसे अर्द्धविक्षिप्त थी।

"पुरुष भी तो स्त्री का स्वर्ण-सज्जित स्वरूप अधिक चाहता है?"

हेका ने कुछ नहीं कहा। नीलूफ़र हँस दी। उसने कहा—"लेकिन उसमें एक और भावना होती है। वह चाहता है अपने हाथों से अपने बल और अधिकार से स्त्री को ख़रीदकर उसे सजाए और फिर उसे रिझाए।"

उसकी हँसी की झंकार विशाल भवन के कोन-कोने में व्याप्त हो गई। हेका के नयन भय से विस्फारित हो गए।

नीलूफ़र उठकर खड़ी हो गई थी। उसकी आँखों में एक अद्‌भुत चमक थी। हेका यत्न करके भी नहीं समझ पाई कि उनमें वेदना थी या अतृप्त वासना, या प्रतिहिंसा किंतु था उनमें कुछ और शायद कोई पुरुष देखता तो उसे लगता कि वह कुछ नहीं केवल भूखी आँखें थीं, तड़फड़ातीं''''जो थोड़ी देर में मर जाएँगी क्योंकि उस उन्माद को झेलने की हिम्मत सबमें नहीं है।

रथ में चढ़ते हुए नीलूफ़र ने कहा—"दासी !"

हेका मन-ही-मन काँप उठी। उसने कहा—"स्वामिनी !"

"अपाप से पूछो कि वह गायक कहाँ रहता है ?"

"देवी !"

"भिखारी !" नीलूफ़र के होंठों ने जैसे विष उगला।

हेका भय से जड़ित हो गई।

रथ चल पड़ा। हेका पीछे खड़ी रही। राह के अनजानते युवकों ने उस रूप को देखा और उस उपेक्षा से उनका हृदय भीतर-ही-भीतर चिल्ला उठा। नीलूफ़र का वक्ष किसी उद्वेग से फूल-फूल उठता था।

रथ की धीमी गति पर नीलूफ़र चिल्ला उठी—"सारथी ! सो रहे हो ?"

खींचकर चाबुक मारते हुए सारथी ने कहा—"नहीं देवी !"

ऊँचे-ऊँचे बैल दौड़ चले। उनके पैरों से उठी धूलि से पीछे का पथ ढँक गया। बैलों की दौड़ का वह गतिलय उस क्षिप्तता को नहीं पकड़ सका जो नीलूफ़र के नारीत्व के अंधड़ को पीछे छोड़ जाए।

"सारथी !" नीलूफ़र ने कहा—"जानते हो, कहाँ चलना है ?"

"जानता हूँ देवी," वह उस समय रथ को क़ाबू में रखने में थक चुका था क्योंकि बैल अपनी पूरी गति से भागे जा रहे थे।

रथ रुक गया। नीलूफ़र कूदकर उतर पड़ी। क्षण-भर कुछ सोचा, फिर द्वार पर थपथपाकर कहा—"कवि !"

भीतर से धीमा उत्तर आया—"कौन ? कौन है वहाँ !"

नीलूफ़र ने मुड़कर देखा। इंगित किया। हेका रथ में ही खड़ी रही। फिर धीरे से कहा—"भीतर आने की आज्ञा है ?"

स्वर आया—"आओ अतिथि ! विल्लिभित्तूर का द्वार कभी किसी के लिए बंद नहीं हुआ। उसको अपने किसी भी धन से मोह नहीं है क्योंकि उसके पास प्रेम के धन के अतिरिक्त और कुछ नहीं है, और उस धन को उससे मोअन-जो-दड़ो के महाश्रेष्ठि तो क्या, स्वयं महादेव भी अपनी संपूर्ण समाधि-शक्ति लगाकर भी नहीं छीन सकते।"

नीलूफ़र ने भीतर प्रवेश किया।

"तुम !" गायक ने लेटे-लेटे ही कहा—"स्वागत सुंदरी !"

उसके होंठों पर एक मुस्कराहट फैल गई जैसे कोई विशेष बात नहीं। नीलूफ़र अपमानित-सी खड़ी रही। गायक फिर मुस्कराया। उसने कोमल स्वर से कहा—"देवी ! इतनी

घृणा, इतना अविश्वास ! किसलिए ?"

वह उठकर बैठ गया था। नीलूफ़र ने कहा—"किस देश के रहनेवाले हो तुम कवि ? तुम्हें सत्कार करने की शिष्टता तक नहीं है ?"

विल्लिभित्तूर हँसा। उसने कहा—"क्रुद्ध न हों देवी ! जिस दिन महानगर में दासों को देखकर महाश्रेष्ठि उठकर समानता से स्वागत करेंगे, उसी दिन विल्लिभित्तूर भी धनिकों के लिए आसन छोड़ने लगेगा।" वह फिर हँसा। नीलूफ़र का विक्षोभ विस्मय में परिणत होने लगा। कवि ने फिर कहा—"किसलिए कष्ट किया देवी ने ?"

नीलूफ़र ने इधर-उधर झाँककर कहा—"तो तुम्हारी स्त्री यहाँ नहीं है ?"

"नहीं। मैं अस्वस्थ हूँ। आज मैंने उसे अकेला भेज दिया है।"

"जानते हो, वह आज किसके साथ घूम रही है ?" नीलूफ़र ने कठोर स्वर से आघात किया।

हेका भीतर आ रही थी। उसने बाहर से सुना, कवि कह रहा था—"जब तक वेणी किसी मनुष्य रूप के साथ है तब तक तो कोई चिंता नहीं किंतु यदि कोई हिंस्र पशु····"

नीलूफ़र ने काटकर कहा—"किंतु जानते हो, मनुष्य में भी एक हिंस्र भेड़िया होता है····"

कवि हँसा। कहा—"देवी, आज स्त्री होने के नाते तुम्हें स्त्री के रक्त की चिंता ने व्याकुल कर दिया है।"

प्रवेश करके हेका ने एक बार शंका से नीलूफ़र की ओर देखकर कहा—"स्वामिनी ! विलंब हो रहा है।"

नीलूफ़र ने मुड़कर कहा—"प्रतीक्षा करो, दासी !"

"स्वामिनी की आज्ञा सिर आँखों !" हेका ने सिर झुकाकर कहा और वह बाहर चली गई।

क्षण-भर नीलूफ़र उसके नयनों में झाँकती रही। फिर मुस्कराकर कहा—"तुम कवि हो ?"

गायक ने लाज से सिर झुकाकर कहा—"नहीं देवी ! मैं केवल रूप का दास हूँ, प्रेम का भिखारी हूँ।"

"एक काम कर सकोगे ?"

"देवी आज्ञा दें। सेवक की लाज केवल बात पूरी करने की है।"

"गायक ! मेरी व्यथा पर एक गीत बना सकोगे ?"

"व्यथा ?" गायक ने कहा—"मेरे पास आओ सुंदरी।"

नीलूफ़र निस्संकोच जाकर उसके पास बैठ गई, जैसे हठीला बालक अपनी बड़ी बहिन के पास संदिग्ध-सा जाकर उसे घूरने लगता है।

गायक हँस दिया। उसने कहा—"बड़ी व्यथा है ?"

नीलूफ़र लजा गई। गायक ने कहा—"देवी ! जब मनुष्य की देह पर कोड़ा पड़ता है तब मुझे कभी स्त्री की आँखों के तीर घायल नहीं करते। तुम्हारे महानगर में मनुष्य बड़े विचित्र हैं। अधिकांश रोटी का दान माँगते हैं, कुछ तुम हो जो प्रेम का दान माँगा करते हो। मैं तो कुछ भी नहीं समझ पाता। क्या चाहती हो तुम ? मेरा तो तुमसे कभी इतना मेल नहीं हुआ ? सच देवी ! अद्‌भुत है यह देश जहाँ कवि दूसरों की आज्ञा पर गाया करते हैं। मैं सोचता हूँ क्या तुम्हारी व्यथा वास्तव में इस योग्य है कि मैं उस पर सोचने को विवश होऊँ ?"

किंतु नीलूफ़र ने उसके कंधों को पकड़कर कहा—"तुमने मेरे उपवन में आग लगाई है, तुम मुझे बरबाद करने आए हो। तुम मेरे जीवन को भस्म देने आए हो बर्बर। तुम्हारे भविष्य के सुखस्वप्नों में अपने छोटे जीवन के एकमात्र अधिकार को मैं नहीं खो देना चाहती। मैंने सब-कुछ दाँव पर लगाकर जीता है, तुम उसे ही लूट लेना चाहते हो ?"

"सुंदरी !" गायक पुकार उठा।

नीलूफ़र रो उठी। और वेग से बाहर निकल आई। उसका हृदय जैसे घुट रहा था। हेका ने देखा। स्तब्ध हो रही। नीलूफ़र ने एक बार भी मुड़कर नहीं देखा।

"सुंदरी," स्वर गूँज उठा। हेका ने देखा द्वार पर कवि खड़ा था, किंतु नीलूफ़र ने उधर नहीं देखा। गायक के मुख पर कुछ अद्‌भुत विषाद लोट रहा था जैसे सिकता पर लहर हिचकियों में काँप उठती है। नीलूफ़र का मुख गंभीर था। उसने कहा—"हेका ! चलो।"

उस मंद स्वर को सुनकर हेका मन-ही-मन सिहर उठी। जैसे वज्रपात के पहले आकाश एक बार 'हुँ' करके अपने होंठ बंद कर लेता है। रथ चल पड़ा। नीलूफ़र ने अपने बहुमूल्य पट्ट से गालों पर ढुलक आए आँसुओं को पोंछ लिया।

जनपथ के कोलाहल ने उसे जैसे चैतन्य कर दिया। अब वह फिर दृढ़ता से रथ में अपना सिर उठाकर खड़ी हो गई। हेका उसके पीछे नमित-भाल खड़ी रही। उन दो सुंदरियों को देखकर महानगर का जनपथ जैसे स्वयं एक बार व्याकुल हो उठा।

रथ हाट के महामार्ग से होता हुआ लौट चला।

नीलूफ़र अपने ध्यान में मग्न थी। सारथी की पुकार सुनकर कितनी भीड़ें अपने आप बीच में से राह देती चली जाती थीं, कितनों ने उस पर अपना दृष्टिपात किया, इस सबकी ओर उसका आज तनिक भी ध्यान न था।

हेका अपनी स्वामिनी के महत्त्व को देखकर मन-ही-मन विचलित हो उठती थी। और उस प्रभुत्व के प्रति स्वामिनी की यह उदासीनता उसके हृदय में चुभ रही थी। आकांक्षा ने उपहास किया—नीलूफ़र दासी है ! वह स्वामिनी होने के योग्य नहीं है। किंतु फिर न जाने क्यों वह सिहर उठी। यह वह क्या सोच रही थी और वह भी अपनी स्नेहमयी स्वामिनी के प्रति ?

हेका ने एकाएक चौंककर कहा—"स्वामिनी !"

नीलूफ़र ने उसके स्वर का विस्मय और भय लक्ष्य किया किंतु अविचलित स्वर से बिना मुड़े हुए कहा—"क्या है दासी ?"

हेका मन-ही-मन एक बार विक्षुब्ध हो उठी। उसने कहा—"देवी ! अपराध क्षमा हो !"

"हेका !" नीलूफ़र ने ज़ोर से कहा।

"देवी ! सामने नहीं, दाएँ देखें।" हेका ने नम्र निवेदन करके सिर झुका लिया। नीलूफ़र ने देखा !

"सारथी !" नीलूफ़र ने गंभीरता से कहा।

"देवी !"

"रथ रोक दो।"

रथ रुक गया। दूर मणिबंध और वही नर्त्तकी ! और मणिबंध अपने हाथ से उसके गले में एक नीलम-जड़ित स्वर्णहार पहना रहा था ! नर्त्तकी के श्यामल शरीर पर स्वर्ण का प्रकाश ऐसे दीप्त हो उठा जैसे श्याममेघ में बिजली कौंध उठी हो। मणिबंध मुग्ध-सा देखता रहा।

उसने आँखें न हटाते हुए कहा—"हेका ! सारथी से कहो, रथ लौटा दे।"

रथ लौट चला। सारथी भ्रम में पड़ गया। एक बार पूछने के लिए मुँह उठाया, किंतु स्वामिनी का वह गांभीर्य्य देखकर पूछने का साहस नहीं हुआ।

एकाएक नीलूफ़र मुस्कराई। उसने कहा—"सारथी, कहाँ चल रहे हो?"

"नहीं जानता देवी! आज्ञा दें।" नीलूफ़र सुनकर हँसी। कहा—"मूर्ख! घर और कहाँ?" रथ प्रासाद की ओर लौट चला। मोड़ते समय उस पर लगी तमाम घंटियाँ बज उठीं। एक बार नीलूफ़र ने भी उन घंटियों को क्रीड़ातुर हाथों से उनके चुप होने पर टनटना दिया।

"ज़ोर से हाँको सारथी! ऐसे कि सब घंटियाँ बज उठें।"

सारथी ने नकेल को दोनों हाथों से पीछे खींच लिया। उस झकोर से रथ काँप उठा। समस्त घंटियाँ फिर झनझनाकर बज उठीं।

नीलूफ़र प्रसन्नता से हँस दी। उसने कहा—"सारथी! हेका को अपना नाम बताओ। तुमको पुरस्कार दिया जाएगा।"

सारथी ने हर्ष से कहा, "फिर आज्ञा हो देवी!"

नीलूफ़र ने कहा, "अब नहीं मूर्ख। बार-बार की झंकार से फिर एक ऊब पैदा हो जाएगी।"

एकाएक उसने हेका का हाथ पकड़कर कहा, "हेका! मैं वहाँ नहीं जाना चाहती।"

"स्वामिनी! यह आपने क्या कहा?"

नीलूफ़र हँस दी। उसने उच्छृंखलता से हँसकर कहा, "क्या होगा प्रासाद में जाकर? पाषाणों की उन कठोर आँखों की दृष्टि मुझे अच्छी नहीं लगती। मैं चाहती हूँ वह तिनके, जिन पर पाँव रखूँ और जो मेरा भार न सह सकने के कारण दब जाएँ, राह दे दें।"

हेका जड़ित-सी खड़ी रही। वह सोचने लगी। किंतु नीलूफ़र ने उसके कंधे पर मुड़कर हाथ रखते हुए उसकी आँखों में आँखें डालते हुए धीरे से, बहुत धीरे से मुस्कराकर कहा, "मैं गायक के पास जाना चाहती हूँ। वह मेरी व्यथा पर एक गीत लिख सकता है। आह! वह कितना प्रिय है?"

हेका चकित-सी देखती रही। उसने कोई प्रतिवाद नहीं किया।

रथ फिर गायक के निवास की ओर मुड़ गया। उस समय नीलूफ़र ने रथ के दंड को छोड़कर एक बार अपने शरीर की ओर दृष्टि डाली और फिर उस अपरूप यौवन को देखकर पुलक उठी। मुड़कर हेका को देखा और एक अभिनव संतोष से रोम-रोम काँप उठा। रथ रुक गया। नीलूफ़र ने उतरकर कहा, "देखती रहना हेका।" और वह उत्तर की प्रतीक्षा के बिना ही बढ़ गई। नीलूफ़र द्वार पर पुकार उठी—"कवि!"

भीतर कोई धीरे-धीरे गुनगुना रहा था। किसी ने उत्तर नहीं दिया। नीलूफ़र ने प्रवेश किया। उस समय गायक आँखें मूँदे भावतन्मय-सा कुछ सोच रहा था। नीलूफ़र के आने को जैसे वह नहीं जान सका था। नीलूफ़र पल-भर उसे आतुर नयनों से देखती रही और फिर उसके पास जाकर कहा, "मैं आ गई हूँ कवि! अबके तुम मेरा अपमान नहीं कर सकते क्योंकि मैं स्वयं अपमानित होकर आई हूँ।"

गायक ने अपनी आँखें खोल दीं। नीलूफ़र रुकी नहीं। कहती ही गई, "बोलो कवि! क्या मुझमें कोई अंतर नहीं आया है? क्या मुझे तुम पहचान नहीं सके? क्या मेरी बुझती हुई

ज्वाला पर भी तुम गीत नहीं लिख सकते? क्या तुम मेरे हृदय की इस अथाह पिपासा को दो बूँद भी नहीं दे सकते?"

उसका गला रुँध गया!

"सुंदरी! तुम?" गायक ने विस्मय से कहा, "फिर यहाँ?"

"हाँ, कवि!"

"इतना सौहार्द्र क्यों देवी! एक अज्ञात व्यक्ति से अपने जीवन का रहस्य खोलकर कहने का प्रयोजन?"

"तुम तो कवि हो। लोग कहते हैं कि कवि का अपना-पराया कुछ नहीं होता, वह संसार की वेदना को अपने हृदय में अनुभव किया करता है?"

कवि ज़ोर से हँस दिया। नीलूफ़र भय से चौंक उठी। उसने हठात् कवि के दोनों हाथों को पकड़कर कहा, "मैं तुम्हारा प्रेम नहीं चाहती कि जो मुझे तुम्हारी भुजाओं में बाँध दे। मैं नहीं चाहती कि तुम मेरे यौवन, रूप और वैभव की कीर्त्ति गाओ। मैं नहीं चाहती कि तुम मेरे मन को सांत्वना दो। किंतु क्या इतना भी न कर सकोगे कि मेरी वेदना को स्पर्धा की घृणा से बचा दो? क्या इतना भी नहीं कह सकते कि मैं प्रेम नहीं करती, दासी से स्वामिनी हो जाने के गर्व से अभिभूत होकर अपने अधिकारों के लिए जान दे देना चाहती हूँ?"

कवि देखता रहा। नीलूफ़र की आँखों में आँसू छलछला रहे थे। कवि ने अपने वस्त्र से उन्हें उसके गालों से पोंछ दिया।

"छिः सुंदरी, तुम रोती हो? तब तो तुम्हारे दुख की कोई गंभीरता नहीं। हठीले बालक का विक्षोभ तो बहुत देर तक नहीं ठहरता। फिर तुम चाहती हो मन की उस वेदना को मैं दूर कर सकूँ जो भीतर तुम्हारे हृदय में चुभ रही है!"

नीलूफ़र ने उच्छ्वसित स्वर से कहा, "गायक! समझ सकते हो तुम? तुम सचमुच मनुष्य हो। तुमने आज पहली बार सारे संसार से भिन्न होकर मनुष्य की-सी बात की है····मैं तुम्हें····"

"स्वामिनी!" हेका पुकार उठी। दोनों ने मुड़कर देखा। क्यों? हेका ने झुककर कहा, "देवी! महान् अनर्थ हो गया।"

"अनर्थ!" नीलूफ़र ने वहीं बैठे-बैठे कवि के हाथों को अपने हाथों में रखे ही पूछा, "कहो कि नीलूफ़र गायक से प्रेम करने का ढोंग रच रही है। क्योंकि वह कभी उस समय तक पुरुष को प्यार नहीं कर सकती जब तक वह पुरुष की गुलाम है और इसी से वह केवल छल सकती है, क्योंकि वह पुरुष की इस भीषण क्रीड़ा का उपहास अपना धर्म नहीं समझ सकती।"

हेका प्रतीक्षा करती रही। नीलूफ़र रुकी नहीं। उसने कहा, "तुम लोग भेड़ियों से भी अधिक भयानक हो। तुम चाहते हो कि तुम्हारा शिकार भी इस बात का गर्व करे कि तुम उसे कच्चा चबा जानेवाले हो, कि वह अपने प्राणों की हत्या को अपने-आप अपनी बलि कहे। और हेका समझती है नीलूफ़र पुरुष का प्रेम चाहती है।"

गायक ने सुना और वह केवल चुपचाप मुस्करा दिया। किंतु नीलूफ़र चिल्ला उठी, "कवि!"

कवि ने धीरे से कहा, "देवी! दासी कुछ प्रार्थना करना चाहती है। यदि आज्ञा हो तो प्रारंभ करे?"

नीलूफ़र ने कहा, "तुझसे भीतर आने को किसने कहा था हेका?"

"अपराध क्षमा हो स्वामिनी," हेका ने सिर झुकाकर कहा, "महाकवि की पत्नी ने।"

"कौन, उस नर्त्तकी ने ?" नीलूफ़र के आनन पर व्यंग विषाक्त-सा चीत्कार कर उठा।

"नहीं स्वामिनी।" हेका ने फिर कहा, "देवी नर्त्तकी ने केवल बात दुहराई थी।"

"किसकी बात दुहराई थी मूर्ख।" नीलूफ़र ने क्रोध से तड़पकर पूछा। "जानती नहीं, तू दासी है ?"

हेका ने सिर उठाकर कहा, "महास्वामी, महाश्रेष्ठि मणिबंध की।"

स्वर अनंत फनों से फूत्कारकर समस्त विष को वातावरण में फूँक गया। नीलूफ़र ज़ोर से चीख़ उठी, "हेका !" उस आर्त्तनाद में विल्लिभित्तूर के उदास मुख पर जैसे समस्त जीवन की एक निशानी बच रही थी, आग की-सी भभकवाली भस्म।

हेका पैर पटकती हुई बाहर चली गई। उसके मन में अभी भी उबाल बाक़ी था। उस नीरवता में एक बार नीलूफ़र ने गायक के मुख की ओर देखा और सिर झुका लिया। वह कुछ कहना चाहती थी किंतु अब तो होंठों ने खुलने से इंकार कर दिया। गायक अब भी चुप बैठा था। लगता था वह कुछ सोच रहा था। कुछ क्षण दोनों उसी तरह चुपचाप बैठे रहे। फिर गायक न जाने क्यों एक बार पूर्ववत् मुस्करा दिया।

उसने कहा, "जाओ सुंदरी। तुम्हारे स्वामी आकर बाहर खड़े हैं। उनका स्वागत करने के लिए मुझसे अधिक उपयुक्त तो तुम हो।"

नीलूफ़र काँप उठी। गायक ने हँसकर कहा, "उठो। चलो, मैं भी चलता हूँ। डरती हो ?"

नीलूफ़र भी खड़ी हो गई। बाहर आकर देखा, रथ में सारथी ऊँघ रहा था। हेका कुछ मुँह फुलाए खड़ी थी।

"हेका !" नीलूफ़र ने कहा, "कहाँ है वह नर्त्तकी ?"

"नहीं देवी !" गायक ने मृदुल स्वर से कहा, "अपने स्वामी को पूछो। नर्त्तकी का स्वागत तो मैं स्वयं कर लूँगा।"

नीलूफ़र के मुँह से शब्द नहीं निकला। वह भी तो अब भी किसी की दासी ही है। बहुत ही नम्रता से नीचे तक झुककर हेका ने कहा, "अतिथि चले गए हैं।" नीलूफ़र रथ पर चढ़ गई। रथ चला गया।

देर तक गायक खड़ा बैलों के खुरों से उठी धूलि को निःस्पंद-सा देखता रहा।

'तो क्या वेणी सचमुच नहीं आएगी ?'

रात की अँधेरी आ गई, किंतु वेणी नहीं लौटी। गायक ने उदास होकर आँखें मींच लीं।

5

वेणी के आभूषणों पर प्रभात की मनोहर किरणें जगमगा उठीं। श्रेष्ठि ने उच्छ्वसित स्वर से कहा, "नर्त्तकी ! जिसे तुम पाप कहती हो वह हमारे देश में भी पाप ही समझा जाता है। सुदूर मिश्र में भी उसे पाप ही कहते हैं। किंतु मैं मनुष्य होना चाहता हूँ। और मेरा अंतःकरण कहता है कि प्रेम पाप नहीं, प्रेम सब-कुछ हो सकता है किंतु पाप नहीं हो सकता।"

नर्त्तकी सोचती रही। उसने कहा, "दूसरे की सरलता को उसकी सरलता का प्रतिवाद न देना विश्वासघात है और जो प्रेम विश्वासघात पर पलता है वह प्रेम नहीं है।"

"विश्वास?" मणिबंध ने आगे बढ़कर पूछा, "विश्वास क्या है सुंदरी? परिवर्त्तित होनेवाले संसार में जब भविष्य का प्रत्येक पल अज्ञात है तब अपनी मन में बनाई पुरानी रूढ़ियों की ममता ही तो विश्वास है। तुम जिसे विश्वास कहती हो, मैं उसे अतीत से अकारण स्नेह कहता हूँ। किस बात का विश्वास? अर्थात् तुम वस्तु के दोनों पक्ष देखने से अस्वीकार करती हो। जो सुंदर है वही असुंदर भी है, यह तुम मानना नहीं चाहतीं। मनुष्य चाहता है, जीवन के प्रत्येक पल को आनंद में बदल दे। फिर आनंद की जिस दौड़ में उसका सब-कुछ है उसमें पैर में शृंखला बननेवाले को भी तुम कुछ प्रेम देना चाहती हो? यह निर्बलता नहीं तो क्या है?"

"निर्बलता?" वेणी ने विस्मय से पूछा।

"हाँ, मन की निर्बलता।" मणिबंध ने पूर्ण विश्वास से कहा।

"कैसे श्रेष्ठि?" वेणी ने पूछा, "यदि मनुष्य की स्मृति का एक क्षण भी उसे आश्वासन नहीं दे सकता, तो भविष्य में वह किस सुख के सहारे जियेगा?"

मणिबंध हँस दिया। उसने कहा, "भविष्य से डरती हो? मैं कभी नहीं डरता। जो मैं कल नहीं था वह मैं आज नहीं हूँ और जो कल मुझे होना है, वह आज ज्ञात नहीं है, इसी से मैं क्या वह नहीं रहूँ जो आज हूँ?"

नर्त्तकी ने कहा—"आज 'हूँ' कहकर तो लगते हो, मंज़िलों को केवल छलाँग मारकर चढ़ रहे हो। जैसे जीवन की धारा का वक्ष फाड़कर तुम्हें आगे बढ़ना ही नहीं पड़ता?"

मणिबंध अवरुद्ध-सा छटपटा उठा। उसने तीखे स्वर से प्रतिवाद किया, "नर्त्तकी, जीवन का कौन-सा दंभ है जो आज महानगर का कोई भी व्यक्ति मेरे सामने कर सकता है? कौन-सा उन्माद है जो महाश्रेष्ठि मणिबंध के चरणों पर स्वयं दास बनकर नहीं खड़ा! किंतु तुम भूल रही हो। किसके लिए जीता है व्यक्ति? अतीत के लिए कि भविष्य के लिए? क्या तुम इसलिए जीवित हो कि एक दिन पैदा हुई थीं या इसलिए कि तुम मर नहीं सकीं?"

नर्त्तकी पुकार उठी—"मणिबंध?"

"समर्पण देवी! क्षमा करें। मैं पराजय को स्वीकार करता हूँ।" मणिबंध ने सिर झुकाकर कहा।

नर्त्तकी ने ग्लपित कंठ से कहा—"ठीक है महाश्रेष्ठि! मैं जानती हूँ, मैं हार गई हूँ। तुम देश-देशांतर घूमे हो, बड़े-बड़े सम्राटों से मिले हो, कवियों ने तुम पर गीत बनाए हैं, मैं तुम्हारे सामने हूँ ही क्या चीज़?"

मणिबंध ने हँसकर कहा—"देवी! स्वामिनी हैं। महाश्रेष्ठि उनकी कला के सामने पराजित है। संसार से महाश्रेष्ठि केवल कुछ प्राप्त करता है, कभी कुछ दे नहीं सकता। किंतु देवी का दान मन की तरंगों को कँपा देनेवाला है। युगों की-सी वेदना में यदि कोई सांत्वना देता है तो तुम्हारा गति-लय से भरा वह मादक नर्त्तन। देवी! तुम सचमुच महान हो।"

नर्त्तकी लाज से संकुचित हो गई। उसने अर्द्धस्फुट अक्षरों से कहा—"मैं नहीं जानती, मैं क्या हूँ?"

मणिबंध ने उसके निकट आकर कहा—"तुम? तुम नहीं जानतीं, तुम क्या हो?"

नर्त्तकी ने अनजान नेत्रों से उसकी ओर देखा और कुछ कहने के लिए पुलकते हुए वे

होंठ काँपकर चुप हो गए, जैसे वह मौन भी एक बड़ी बात थी जिसे उसकी अनबूझ आँखों ने कह तो दिया किंतु मणिबंध कुछ समझ नहीं पाया। देर तक दोनों चुपचाप एक-दूसरे को देखते रहे। कुछ भी नहीं था जिस पर मन एकाग्र हो सके। वह नीरवता जैसे एक अगाध सागर थी जिसमें वे दोनों धीरे-धीरे डूबते चले जा रहे थे। आशा थी कि अंत में कोई-न-कोई मोती अवश्य हाथ में आएगा जिससे जीवन का सारा विष अपना समस्त उपालंभ छोड़कर केवल प्यार दे सकेगा। प्यार का नाम याद आते ही वेणी चौंक उठी। उसने कहा—"महाश्रेष्ठि! कल की रात कितनी भयानक थी!"

मणिबंध ने कहा—"अपने बंधनों से बिछुड़ते हुए भी मनुष्य को दुख होता है, यही तो महायोगिराज भी कहते हैं। तो क्या तुम कहोगी कि वे बंधन ठीक हैं? बहुत-सी बातें हैं जिन्हें हम केवल इसीलिए करते जाते हैं कि वे एक परंपरा बन गई हैं। जिसमें शक्ति होती है वह सदा ही झटका देकर अपने-आपको छुड़ा लिया करता है। जिसमें शक्ति के स्थान पर सिर झुका लेने की घृणित परवशता होती है, वह उसे सामंजस्य कहता है।"

"शक्ति!!" नर्त्तकी के मुँह से निकला। उसने मुड़कर मणिबंध के दोनों कंधे पकड़ते हुए कहा—"क्या तुमने सच कहा है महाश्रेष्ठि? तुम्हारे पौरुष का जय-जयकार सारा संसार कर रहा है। क्या यह सच है कि शक्ति को अपने अंदर जगाने के लिए उस सबको भी ठोकर लगाना आवश्यक है जिसे आज तक अपना सब-कुछ मान रखा था?"

मणिबंध भीतर-ही-भीतर काँप उठा। उसकी समझ में नहीं आया कि इसका क्या उत्तर दे। सुनने में प्रश्न कितना सरल लगता है, किंतु है कितना कठोर। अपने ही विश्वासों पर किस स्वार्थ के लिए वह इतना घोर अत्याचार करे? वह कुछ भी नहीं सोच सका। किंतु नर्त्तकी विह्वल हो गई थी। उसने उसके कंधों पर से हाथ हटा लिए और मुँह ढाँपकर बैठ गई। मणिबंध देखता रहा। एकाएक नर्त्तकी ने सिर उठाकर कहा—"तो महाश्रेष्ठि! प्रेम क्या है?"

मणिबंध नहीं बोला। दूर आकाश की ओर देखने लगा। इसका उत्तर शून्य पर भी नहीं है। आकाश में आती हुई यह लालिमा अमर नहीं है। आएगी मिट जाएगी। उसको अपने नए-नए स्वरूप के कारण ही तो शाश्वत नहीं कहा जा सकता। इस रंग को आज देखा है, यह अभी-अभी मिटा जा रहा है। कोई भी चाहे तो इसे पकड़कर नहीं रख सकता। मणिबंध का हृदय व्याकुल हो उठा। उसने एक बार दोनों हाथों को खोल दिया और उसका सिर ऐसे झुक गया जैसे एक दिन सामने विराट् पिर-ए-मिस पर बने सूर्य्य के चिह्न को देखकर सम्राट् फ़राऊन के सामने उसने सिर झुकाया था। याद आने लगा फिर वह वैभव। जीवन की इस दोहरी मार ने कितना दुख दिया है उसे बार-बार। क्यों उसके हृदय में बार-बार यह निर्बलता छलक उठती है? क्या इसीलिए कि एक दिन वह साधारण मछुआ मात्र था। और आज वह जिस जगह खड़ा हुआ है वास्तव में उसके योग्य नहीं है? किंतु जो आज है वह एक घनीभूत योग्यता का प्रसार भी यदि कहा जाए तो क्या कल तक का प्रत्येक क्षण उसमें बूँद-बूँद करके नहीं मिलता रहा है, जो यदि नहीं होता तो आज रूप का यह एकत्व कभी भी संभव नहीं हो पाता? मणिबंध ने सिर उठाकर देखा, नर्त्तकी सिर झुकाए कुछ सोच रही थी। उसके आनन की श्री उस आकाश की-सी थी जिसमें बादलों के भ्रम में धूलि-ही-धूलि झूला करती है, जिसमें साँस को घोंट देने की क्षमता भीतर-ही-भीतर घुमड़ा करती है।

हठात् मणिबंध ने कहा—"देवी, चलो! योगिराज के दर्शन कर आएँ।"

वेणी तैयार हो गई। जब रथ योगिराज के स्थान पर पहुँचा, उन्होंने देखा योगिराज अपनी समाधि में मग्न थे। अनेक पुरुष और स्त्रियाँ आ-आकर उनको सिर झुकाते और अपनी-अपनी राह चले जाते किंतु उन्हें जैसे किसी की ओर देखने का भी अवकाश नहीं था। मणिबंध मन-ही-मन विक्षुब्ध हो उठा। उसने ऊबकर कहा—"सारथी ! लौट चलो।"

वेणी कुछ भी नहीं कह सकी। रथ लौट चला। एक बार मुड़ते समय उसकी सारी घंटियाँ टनटनाकर बज उठीं। वह सोचने लगी—वह साँझ कैसी धूमिल थी, कैसा उदास था वह अँधियारा, जब चारों ओर बसी हुई अट्टालिकाओं पर अवसाद की मद्धिम आभा झलमला रही थी। और अपने एकांत उटज के द्वार पर बैठा गायक अपनी गंभीर गूँजती हुई आवाज़ से हल्के-हल्के गा रहा था कि अब रात का नीरव अंधकार आकर सबको घेर लेगा। उस समय वह अपने घर से निकली थी। बाहर खड़े सब लोग चौंक गए थे। उस दिन उसके नृत्य में जो भयानक उन्माद था, वह तो बार-बार नहीं आया। और अधिपति के तृष्णाकुल नयन खुले के खुले रह गए थे। वह रात कितनी भयानक थी जब युवक ने कहा था—'मेरा सब-कुछ तुम्हारे लिए है, मैं तुम्हारे पीछे अपना सब-कुछ छोड़ सकता हूँ।' संसार बहुत बड़ा है। क्या यह आवश्यक है कि हम अपना सम्मान बेचकर यहीं दासत्व में पड़े रहें ? उस दिन माँ थी, पिता थे, किंतु कोई भी काम नहीं आया। वेणी ने गायक को प्यार किया था। क्या यह ठीक होगा कि उसी व्यक्ति को वह आज छोड़ दे और इस जाल में फँस जाए ? कौन जाने, कल जब पानी उतर जाएगा तब वह यों ही लटकी-की-लटकी नहीं रह जाएगी, छटपटाती हुई !

और एक और भी भयानक विचार आया कि वह किसी की जगह अपहृत कर रही थी। कौन है वह ? और नीलूफ़र का वह सुंदर मांसल शरीर अपने अर्धनग्न स्वरूप को लेकर सामने आ खड़ा हुआ। उस अर्धनग्न शरीर को सारा महानगर लोलुप आँखों से घूर रहा है, जैसे ये सभ्य उसे कच्चा चबा जाना चाहते हैं। समझते हैं कि स्त्री का मांस पशु के मांस से भी अधिक स्वादिष्ट होता है। वेणी को नीलूफ़र से घृणा हो आई। यह सत्य ही है। मणिबंध-जैसा कवि-हृदय कभी भी उस-जैसी चंचल, यौवन बेचनेवाली वेश्या से तृप्त नहीं हो सकता।

इसके बाद इससे भी भयानक बात दिमाग़ में आकर टकरा गई। वही अधनंगी घृणित स्त्री आज उसके अधिकार को कचोट रही है ? केवल इसलिए कि गायक के कंठ में इतना कोमल स्वर छिपा हुआ है ? एक-एक करके उसके कानों में वे शब्द गूँज गए जो उसने कल ही उन दोनों के वार्तालाप में सुने थे !

गायक ! जिसके लिए उसने अपना घर छोड़ दिया। अन्यथा क्या अधिपति की पत्नियों में से होना किसी भी स्त्री को अखर सकता है ? वही आज उसकी ओर आकर्षित है ? यह असह्य है।

वेणी हठात् कह उठी—"महाश्रेष्ठि ! मैं गायक के पास जाना चाहती हूँ।"

मणिबंध चौंक उठा। यह तो किए-कराए पर पानी फिर गया। उसने कहा—"सारथी, रथ उधर चलाओ।"

सारथी ने फिर रथ दूसरी ओर चलाना प्रारंभ कर दिया। उसकी भुजाएँ बैलों को पीछे रोकने में फूल गईं।

वेणी ने फिर कहा—"महाश्रेष्ठि ! मैं उसे एक पाठ देना चाहती हूँ। ऐसी सीख कि वह जीवन में उसे कभी भी नहीं भूल सकेगा।"

मणिबंध ने उत्तर की प्रतीक्षा की। कुछ बोला नहीं।

वेणी ने ही फिर कहा—"उसने मेरे साथ विश्वासघात किया है। मैंने उसे पूर्ण रूप से प्यार किया था, किंतु आज उसने धन की चमक के सामने अपने-आपको बेच दिया है।"

"किसके धन की बात कहती हो देवी ?" मणिबंध ने अनबूझ बनकर पूछा।

"आपकी नीलूफ़र उसको अपने मादक नंगेपन के जाल में फँसा रही है।"

मणिबंध ने गंभीरता से मुस्कराकर कहा—"जानता हूँ।"

"जानते हो, फिर भी कुछ नहीं कहते ?" वेणी ने विस्मय से पूछा।

"नहीं," मणिबंध ने दूर देखते हुए कहा—"कहने की प्रेरणा के पीछे कोई-न-कोई स्वार्थ अवश्य लगा रहता है। नीलूफ़र को स्वतंत्र प्रेम का अधिकार है। केवल इसलिए कि उसने एक दिन मुझे प्यार किया था, सदा ही वह ऐसा करती रहे और मैं अपने धन का उस पर दबाव डालूँ, यह क्या अनुचित नहीं होगा ?"

"मैं समझी नहीं," वेणी ने चौंककर कहा—"मैं समझी नहीं महाश्रेष्ठि।" उसे लगा, यह एक बहुत ज़ोर का थपेड़ा उसके मुँह पर बज उठा था। तूफान की ये लहरें इतनी प्रचंड हैं कि यदि इसी तरह बार-बार टकराती रहीं तो तैरनेवाले का अथाह जलराशि में नामोनिशान तक नहीं बच सकेगा। क्या कह रहा है यह मणिबंध ?

मणिबंध अब भी सुदूर कहीं अपरिलक्षित पर दृष्टि गड़ाए खड़ा था। उसने धीमे से कहा—"देवी इस समय उद्विग्न हैं।"

जैसे समझ में न आने का कारण भी स्पष्ट हो गया था। वेणी ने कहा—"महाश्रेष्ठि !"

मणिबंध ने जैसे सुना नहीं। वेणी को लगा, जैसे वह एक बड़ी महान प्रतिमा के सामने खड़ी याचना कर रही थी, किंतु उसके शब्द उतने महान ही न थे कि जाकर उसके कानों को छू भी जाते।

उसने उसके कंधों पर हाथ रखकर कहा—"महाश्रेष्ठि, मुझे बचा लो। मैं कुछ भी सोच नहीं पाती।" और उसने चिल्लाकर कहा—"महाश्रेष्ठि !"

मणिबंध ने अपने-आप कहा—"सारथी ! प्रासाद की ओर !"

सारथी ने एकबारगी बैलों को मोड़ दिया और फिर उसका कोड़ा हवा में चटचटा उठा। बैल वेग से दौड़ने लगे। रथ की घंटियाँ बजने लगीं। नर्त्तकी ने अपने दोनों हाथों में मुँह छिपा लिया। रथ के वेग से वह हिल उठी जैसे अब गिर जाएगी। तब महाश्रेष्ठि की बलिष्ट भुजाओं ने उसे चारों ओर से घेरकर थाम लिया।

दोनों चुप ही रहे। जब रथ धीमा हुआ तब नगर की अट्टालिकाएँ दिखाई देने लगी थीं। राजपथ पर भीड़ इकट्ठी थी। लोगों ने विस्मय से देखा कि महाश्रेष्ठि मणिबंध के साथ नर्त्तकी खड़ी थी। वह देखते ही रह गए। उनकी कुछ भी समझ में नहीं आया। जब रथ चला गया तब वे आपस में गंदे मज़ाक करने लगे। एक से तो महाश्रेष्ठि होकर काम चलाया नहीं जा सकता ? इतना धन है, इतना अपार ऐश्वर्य्य है, उसे अकेला भोगना उस धन का अपमान करना होगा। उस भीड़ के व्यक्ति कभी आपस में एक-दूसरे पर हँसते, कभी अपने मन की व्यग्र वासना को किसी-न-किसी शब्द द्वारा तृप्त करने का असफल प्रयत्न करते। उसी समय किसी का गंभीर स्वर सुनाई दिया जिसको सुनकर सब चौंक उठे। श्रेष्ठि विश्वजित् था। उसके माथे पर लाल रंग था। एक युवक ने कहा—"बूढ़े को देखो, फिर किसी सुंदरी के आलक्तक-लगे चरण की ठोकर खाकर इधर ही आ रहा है।"

किंतु वृद्ध कुछ गंभीर था। उसने कहा—"किसकी बात करते थे मूर्खो?"

कोई कुछ समझा नहीं। उसने फिर कहा—"मणिबंध की?"

युवक फिर भी चुप रहे। तब वृद्ध क्रोध से चिल्ला उठा—"आज तुम सबकी जीभ तालू से सट गई है और कल जब यही द्राविड़ नर्त्तकी तुम्हारे हृदयों पर प्रहार करेगी, तुम्हारे आत्मसम्मान पर थूकेगी तब तुम ही अपने हज़ार-हज़ार जीभ पाओगे और महामाई के भीषण क्रोध की भाँति चिल्ला उठोगे, किंतु तब तुम्हारा शीश केवल पत्थरों से टकरा सकेगा और कुछ नहीं। समझे? क्या समझे?"

और वह ठठाकर हँस पड़ा।

"मोअन-जो-दड़ो के निवासियो!" भिखारी ने फिर कहा—"तुम्हारी बुद्धि पर पर्दा पड़ गया है। तुम कुछ भी नहीं समझ सकते क्योंकि तुम्हें इस बात का गर्व है कि तुम संसार के सर्वश्रेष्ठ महानगर के निवासी हो, जिसका नाम सुनकर दूर-दूर के लोग अपना सिर झुका देते हैं। आज तुम अपनी शक्ति पर इतरा गए हो, क्योंकि तुम्हारे यहाँ के विद्वानों के प्रचार करने के लिए अनेक माध्यम हैं, अनेक साधन हैं और तुम उनके वाक्चक्रों के मायाजाल में पड़कर अपने जीवन के सारे सत्यों को झुठा बैठे हो। कहाँ है तुममें मनुष्यत्व जो तुम मनुष्य के हृदय की वेदना को पहचान सकोगे? सभ्यता के आडंबर में पलनेवाले घृणित कुत्तो! तुम यह समझते हो कि जो कुछ तुम कर रहे हो उससे बढ़कर कुछ सत्य नहीं?"

युवक स्तब्ध ही खड़े रहे। वृद्ध की बात उनके हृदय को जैसे कचोट उठी। ठीक ही तो कह रहा है यह बुड्ढा, किंतु महानगर का यह वैभव कहता है कि वृद्ध जीवन की निराशा की ओर खींच ले जाना चाहता है। किसलिए? किसका भय करें हम? है कोई जो आज हमारी भाँति संसार में सिर उठाकर खड़ा हो सके? किंतु वृद्ध जैसे अब दूसरे चिंतन में लीन हो गया था। सामने से एक रथ आ रहा था। और फिर वह दृष्टि-पथ से ओझल हो गया।

जब रथ रुका तब मणिबंध बिना अपाप की सहायता के आप ही उतर गया। मणिबंध के प्रासाद में उस समय अगरुधूम प्रकोष्ठों में हिलोरें लेता पवन पर मदमस्त होकर नाच रहा था। मणिबंध ने सहारा देकर वेणी को नीचे उतारा। उस समय मणिबंध के स्पर्श से वेणी को लगा जैसे वह अभिभूत हो गई हो। वह स्पर्श अपनी जल्दी में भी उसके रोंगटे खड़े कर गया और मणिबंध ने उसके सामने हाथ फैलाकर कहा, "आओ सुंदरी!"

वेणी ने देखा। वह धीर और गंभीर था जैसे अचानक के इस स्पर्श ने उसे तनिक भी चंचल नहीं किया था। वेणी के हृदय में एक श्रद्धा हुई। मणिबंध उसकी ओर ही देख रहा था। वेणी कुछ देर कुछ सोचती रही। फिर कहा, "महाश्रेष्ठि!"

"देवी!"

"आप नहीं जानते इस समय मैं क्या सोच रही हूँ?"

"नहीं जानता देवी, पर एक बात अवश्य सोच सकता हूँ!"

"श्रेष्ठि?"

"देवी हिचकिचा रही हैं।"

"मैं अधिकारों की मर्य्यादा पर विचार कर रही थी।"

मणिबंध का वक्षस्थल फूल गया। उसने अधमुँदी आँखों से आकाश की ओर देखते हुए कहा, "अधिकार को बोझ क्यों बनाती हो देवी? अधिकार हमने अपने सुख भोगने के लिए

बनाए हैं। जो अधिकार उन्हें कुचलने के लिए हैं, उन्हें रोकने के लिए हैं, वे अधिकार नहीं, दास्य के बंधन हैं। मणिबंध उन्हें सदा ही निर्ममता से कुचलता रहा है और सदा ही कुचलता रहेगा।"

वेणी ने उस पके हुए पौरुष को देखा। एक नई तड़प होती है, उसमें चंचल तृष्णा, क्षणिक वासना का उन्माद होता है और होती है एक इच्छा कंधे-से-कंधा मिलाकर सोने की। वह विल्लिभित्तूर था। यह एक गांभीर्य्य है, जिससे लेना ही लेना है, जिसे दान कुछ नहीं देना। वहाँ समाधिकारों में परस्पर हीनता का जो द्योतन था, यहाँ संपूर्ण समर्पण में वही पूर्ण निश्चिंत सुख-भोग है, स्वामिनी के रूप में, और निश्चिंतता सबसे बड़ा अधिकार है।

विल्लिभित्तूर का बालक का-सा शरीर। जब वह उसके साथ चलती थी तब कभी उसकी नारी ने अपने साथ एक भव्य गरिमा का अनुभव नहीं किया। वह स्वयं कोमल था। दुर्दिन के मेघों-सी उसकी उदासीनता समावृत्त छाई रहती जिसमें कभी-कभी यौवन की केलि बिजली की भाँति तड़पती और वह मनोरथों की अभिलाषिणी उन्हें पकड़कर आकाश में झूल जाने का प्रयत्न करती। किंतु यह? यह एक गंभीर सागर था जिसके तूफ़ान को तो छोड़ दो, शांति की लहरों पर ही यदि हृदय झूलने लगे तो उस अनंत अविराम निनाद से अतृप्ति का प्रत्येक विवर भर जाए।

उसे और कुछ सोचने की आवश्यकता नहीं हुई। कितना मादक हो जाएगा जीवन? क्या वह विश्वासघात कर रही है? क्या वह पाप कर रही है? पाप?

और तभी वेणी की आँखों के सामने जंघाएँ अधनंगी करके चलनेवाला नीलूफ़र का वह धधकता यौवन उठ खड़ा हुआ।

वेणी आकाश की शुष्कता में श्यामल घटा बनकर आँखों की गर्मी मिटा रही थी। तभी नीलूफ़र बिजली बनकर कौंधी और अपनी सर्प-गति में दर्शक का मन मोहकर लय हो गई। नीलूफ़र! पुरुष को नारी के मन से कभी उतना प्रेम नहीं हो सकता जितना उसके शरीर से।

भीतर घुसते ही अचानक वेणी ने कहा, "महाश्रेष्ठि! आपकी वह मिश्री गायिका थी न? सुनते थे कि आप ही के यहाँ रहती थी?"

मणिबंध ने आगे चलते-चलते ही बिना मुड़े कहा—"पलती थी।"

वेणी ने जैसे सुना नहीं। वह अपनी बात कहने में तल्लीन रही। उसने मुस्कराकर अनजान बनते हुए कहा, "तो वह कहाँ है?"

मणिबंध मुस्कराया।

"वह मेरी क्रीतदासी है।" मणिबंध ने मुड़कर कहा। वेणी एकाएक सकपका गई। पर हठात् सँभलकर चलने लगी।

पूछा—"क्रीतदासी?" वह हँस दी। "महाश्रेष्ठि! मोअन-जो-दड़ो में दास्य? यहाँ तो समान हैं न सब?"

"देवी! मैंने उसे पश्चिम में ख़रीदा था। वहाँ तो यह प्रथा खूब है। मोअन-जो-दड़ो में भी दो पीढ़ी से यह प्रथा प्रवेश कर गई है। इससे व्यापार में बहुत सुविधा हो जाती है।"

वेणी को यह विषय रुचिकर न हुआ। उसने फिर अपनी ही छेड़ी—"कहते हैं, बहुत सुंदर है। मैंने तो उसे एक झलक-भर ही देखा है।"

मणिबंध चुप चलता रहा।

वेणी ने फिर कहा—"क्यों न हो? श्रेष्ठि अपने हाथ से कुछ ख़रीदें और वह श्रेष्ठ न

हो ? कैसे हो सकता है ? पर पश्चिम में तो स्त्रियाँ सचमुच बड़ी सुंदर होती हैं।"

मणिबंध इस बात को टाल देना चाहता था। वह पुराना आदमी था। नारी-सुलभ इस कौतूहल को संसार की सबसे बड़ी अराजकता माना करता था। उसने समस्या का हल निकाला था कि स्त्रियों की बात को मुस्कराकर टाल देना चाहिए।

"आपका उससे बहुत स्नेह है न ?" वेणी समझी इस प्रश्न से वह मणिबंध को अचानक ही चौंका देगी। हठात् वह मुड़कर देखेगा और कहेगा—देवी ! यह आप क्या कह रही हैं ? मेरी हृदयेश्वरी तो आप हैं। पर कुछ नहीं हुआ।

"नहीं," मणिबंध हँसा जैसे वेणी ने कोई बहुत बचपने की-सी बात कर दी थी। और उसकी दृष्टि में उसका कोई मूल्य न था।

प्रकोष्ठ का द्वार आ गया। रुककर वेणी ने कहा—"तो भीतर प्रवेश कर सकती हूँ ?"

मणिबंध ने देखा और कहा—"आपका घर है।"

जब वे दोनों भीतर चले गए, स्तंभ के पीछे खड़ी नीलूफ़र का सिर एक बार झुक गया। अपमान के कशाघात से हृदय एक बार फट जाना चाहता था। वह नहीं सँभाल सकेगी यह वेदना का भीषण प्रहार। अच्छी थी वह नैया, जो लहरों के झटके खाती थी। पानी की चीज़ पानी में तो थी। यहाँ तो लहर ने उसे सूखे में उठाकर फेंक दिया था। नीलूफ़र ने सिर उठाया। देखा, हेका थी।

और दोनों ने एक-दूसरे को ऐसे देखा जैसे आज फिर किसी बाज़ार में बिकने के लिए नंगी खड़ी होने को बाध्य हो गई हों।

आज फिर कोई सहायक शेष नहीं था। हेका की सहानुभूति के स्थान पर विस्मय और व्यथा ने घर कर लिया था। नीलूफ़र की वेदना का स्यात् शतांश भी उस तक नहीं पहुँच सका था क्योंकि वह कभी भी अधिकारों की पहुँच में नहीं जा सकी थी और नीरस रेगिस्तान का रहनेवाला प्राणी जैसे डूबते सूरज और उगते सूरज के फीके लालिम रंग को सब-कुछ मानकर सौंदर्य्य का अंकन करता है, ऐसे ही हेका भी उसके हृदय की उद्वेलित अवस्था को बहुत पास से न पहचान सकी। फिर भी सखी का दुख क्या अपना दुख नहीं है ? जब मनुष्य का हृदय दूसरे की वेदना का साझीदार बनता है तब उसकी निर्बलता एक सौहार्द चाहती है और उस निर्बलता को वह अपनी करुणा समझता है किंतु नीलूफ़र का हृदय भीतर-ही-भीतर जैसे इस भयानक हिमवर्षा में ठिठुरकर रह जाएगा। लहलहाती खेती अब इस बर्फ़ में जल जाएगी, क्योंकि अत्यधिक शीत में जो एकदम रक्तस्राव रोक देने की शक्ति है, वह क्या आग से किसी भी भाँति कम है ?

हेका उदास-सी देखती रही। उसकी समझ में नहीं आता था कि वह क्या करे और नीलूफ़र के क्रोध को, दुख को, ग्लानि को मिटा दे। अब भी नीलूफ़र के वक्षस्थल पर नीलमणि का प्रकाश विकीर्ण हो रहा था। उसके अंग-अंग से वैभव फूट रहा था। क्षण-भर जो मुख नीचा होकर कुछ सोच रहा है, अभी भी इसमें साँप की तरह फिर फन उठा लेने की शक्ति है।

उसके नयनों के आगे एक-एक करके चित्र खेलने लगे। बहुत दिनों की भूली हुई बातें आँखों के सामने चलने लगीं, जैसे उन्हें बीते अभी बहुत दिन नहीं हुए। किंतु स्मृति की जगमगाती रेखाएँ जिसे चेतना पर लिख देती हैं, बहुधा उनका काल-नियम खो जाता है और फिर वह परंपरा का एक भार-मात्र रह जाता है।

बहुत दिनों पहले जब वह मिश्र में बालिका थी तब बाज़ार में बूढ़ा फेरीवाला एक अरब

रहता था। वह कौन था, क्या था, यह शायद किसी को भी नहीं मालूम था। तब वह शायद नौ-दस वर्ष की थी, किंतु वृद्ध उसे पाँच-छह वर्ष की ही समझता था। कभी वृद्ध ने उससे गंभीरता से कोई बात नहीं की और न कभी उसने यही बताया कि उसने हेका को कहाँ पाया, उसके माँ-बाप कौन हैं?

तब कोई विदेशी आक्रमण हुआ था। महानगर में त्राहि-त्राहि मच गई थी। भयानक रक्तपात हुआ था। सैकड़ों स्त्रियों को पकड़ लिया गया था। उसी में वह भी पकड़ ली गई थी। किसी ने कहा था—'बच्ची है, इसे छोड़ दे,' सुनकर पकड़नेवाले ने कहा था—'कल तो बच्ची नहीं रहेगी।'

यहूदियों का एक जत्था राह के पीछे छिप गया था। लोग उनसे घृणा करते थे क्योंकि वे राज्य को कर वसूल करने में मदद देते थे। यहूदियों ने रात को पथ पर प्रतिरोध खड़ा कर दिया। दोनों में घोर युद्ध होने लगा। यहूदी अधिक समय तक नहीं ठहर सके। विदेशियों ने बहुत-से घरों में आग लगा दी थी। सारा नगर धधक उठा था। भयानक लपटों ने धुएँ की घुटन में आकाश को चूमने के लिए अपनी जीभें लपलपाना प्रारंभ कर दिया था। उसी समय हेका से किसी ने कहा—"भाग चल।"

देखा, एक चौदह वर्ष का सुंदर बालक था। हेका उसे देखते ही मुग्ध रह गई थी। काश, वही उसकी सब-कुछ होती तो जीवन कितना सुखमय होता। पर रात में फ़ौजों ने चारों ओर से घेर लिया। गली के मोड़ पर दोनों भय से चिपके खड़े रहे। एक झटके में बालक पृथ्वी पर गिर गया। उसके ऊपर से योद्धा उसे कुचलकर आगे बढ़ गए। हेका को एक और मालिक मिल गया। और प्रभात की मांगलिक बेला में झीनी ठंडक में एक-एक करके विदेशियों को पथ पर मृत्युदंड दिया गया था। हेका को पकड़नेवाला भय से काँप रहा था। उसके गाल पर तलवार का एक घाव था, जिसमें से चू-चूकर रक्त ने उसकी दाढ़ी को भिगो-भिगोकर बालों का एक लौंदा लटका दिया था। हेका उसे देख मुँह बनाकर हँस दी थी। विदेशी का सिर कटकर धूलि में गिर गया था।

नये स्वामी ने हेका को पकड़कर कहा—"चल! इधर! चल!" उसके बाद जब नीलूफ़र कारवान पर आई थी, तब उसी ने उसे खेलते-खेलते उस बड़ी टोकरी में से निकाला था।

हेका ने पूछा था—"तू कौन है?"

उत्तर मिला था—"नीलूफ़र!"

हेका ने प्यार से नीलूफ़र के गाल को चूम लिया था। कितनी सुंदर थी वह, कितनी अबोध! उसकी सरलता ने बालसौहार्द्र बहुत शीघ्र स्थापित कर दिया। हेका और नीलूफ़र साथ ही खातीं, साथ ही सोतीं, और यह मित्रता धीरे-धीरे बढ़ने लगी।

और फिर अपाप का वह दैत्य-सा शरीर आँखों के सामने आ खड़ा हुआ। क्षण-भर बाद अपाप अतीत की ओर खिसकने लगा और छोटा होने लगा। अंत में वह दिन आया जब हेका रो रही थी और उस हब्शी बालक ने पूछा था—'क्यों रोती है लड़की?'

फिर परस्पर मित्रता। फिर हेका और नीलूफ़र के दो के स्थान पर तीन हो गए थे। अब तीन साथ-साथ खाते और साथ-साथ सोते। हेका अपाप का रंग देखकर चिढ़ाती। अपाप गुस्सा हो जाता। तब नीलूफ़र मेल कराने आगे आती। किंतु अपाप भी तो बालक ही के समान था। निश्छल, पवित्र!

अपाप का बूढ़ा बाप नीलूफ़र और हेका को बहुत प्यार करता। और धीरे-धीरे अपाप दैत्य की तरह बढ़ने लगा।

उसका पिता पिरैमिस बनाते समय एक ऊँची बल्ली पर से गिर गया। बूढ़े की रीढ़ में चोट आई। उन्होंने उसे खींचकर एक ओर पटक दिया। वह मूर्छित हो गया था। साँझ हुई। अन्य दास उसके पास गए। उस समय वह मर चुका था। उन्होंने उसको गाड़ दिया। घर आकर सब-कुछ कह दिया। अपाप ने सुना और रो दिया।

तीन दिन बाद अपाप, नीलूफ़र और हेका चुपचाप भाग गए। तब शायद हेका ग्यारह वर्ष की हुई थी और अपाप किशोर हो चला था। भाग्य ने ही उनकी रक्षा की थी।

अपाप और अबोध बालिकाएँ जब नील के मैदानों में खेती करनेवाले किसानों के यहाँ दास हो गए तब जीवन और भी कठिन हो गया। किंतु अपाप और हेका एक-दूसरे की ओर आकर्षित होने लगे। न जाने अपाप में क्या कुछ था कि हेका अपने ऊपर किसी प्रकार का भी कोई अधिकार न कर सकी।

फ़सल कट रही थी। मालिक के कारिंदे खेतिहरों पर काम जल्दी करने को कोड़े बरसाते फिर रहे थे। सबको गाने का हुक्म था ताकि ताकत बनी रहे। वह एक प्रेम-गीत था! कैसी थी वह घड़ी जब दोनों ने एक-दूसरे की ओर देखा था। और वे आलिंगन में बँध गए थे। और हठात् उनकी पीठ पर सड़-सड़ करके कोड़ा बज उठा था।

उसके बाद एक बार हाट में वे बेच दिए गए थे। नीलूफ़र स्वामिनी हो गई थी। अपाप को हेका मिल गई थी किंतु मणिबंध की क्रीड़ा में एक दिन हेका भी फँस चुकी थी। नीलूफ़र को ज्ञात था। तब वह ईर्ष्या नहीं कर सकती थी। अपाप को ज्ञात था कि हेका इस समय श्रेष्ठि मणिबंध के अंक में बँधी पड़ी है और वह बाहर जीभ लटकाए कुत्ते की भाँति पहरा देता खड़ा था।

फिर एक बार अपाप को मणिबंध के कर्मचारियों ने बेच दिया था। हेका उदास विह्वल हो उठी। नीलूफ़र ने देखा, उसका जीवन असंभव हो गया था। नीलूफ़र की आँखों में आँसू आ गए। उसने कहा था—'हेका! तेरा अपाप मैं तुझे ला दूँगी।'

और सचमुच जब मदिरा का प्याला भरकर नीलूफ़र ने मणिबंध को अपने हाथ से पिलाया था तब श्रेष्ठि ने तुरंत आज्ञा दे दी थी और अपाप पुनः ख़रीद लिया गया था। आज अपाप श्रेष्ठि का खास गुलाम है। हेका के पास अपाप है, वह जिसे प्यार करती है वह उसके हृदय में संचित है, हेका को संसार में और कुछ भी नहीं चाहिए। क्या होगा धन का? किंतु क्या अपाप अब कभी भी उससे दूर नहीं होगा?

और जिस नीलूफ़र ने उसके जीवन को स्वर्ग बनाया था, वही आज उससे भी निरीह होकर उसी के सामने सिर झुकाए खड़ी है! अपाप को वापस लाया जा सकता था किंतु मणिबंध को तो वापस नहीं लाया जा सकता? एक का हृदय नहीं केवल शरीर अलग कर दिया गया था। वह दरिद्र था, दास था। हेका ने फिर देखा, अपरूप सौंदर्य्य होते हुए भी नीलूफ़र में अब ताज़गी नहीं रही थी। अनेक वर्ष बीत गए थे। श्रेष्ठि जैसा भी कोई बिरला ही मिलता है, अन्यथा धनी फूल को सूँघकर तुरंत फेंक देते हैं। कौन है यह द्राविड़ नर्त्तकी? क्यों आई है वह नीलूफ़र के वक्षस्थल में बर्बरता से ठोकर लगाने? कैसे हैं ये लोग जो अपने सुखों के लिए दूसरों के अधिकारों का अपहरण करने में ज़रा भी नहीं हिचकिचाते? और स्त्री जो केवल दया

पर पलती है, उस दया के लिए भी परस्पर होड़ करती है? अरे, जैसे आज इसे फेंका, कल वह तुझे भी फेंक देगा।

कैसा है वह पुरुष विल्लिभित्तूर? जिसमें इतनी भी शक्ति नहीं कि अपनी स्त्री को अपने क़ाबू में रख सके? या तो ममता की हीनता के कारण उसे उसमें तनिक भी दिलचस्पी नहीं रही है या वह निर्बल है। किंतु वे दोनों प्रेम के कारण भागकर आए हैं। कीकटाधिपति की वक्रदृष्टि ही उनके पलायन का मूल हेतु है। विल्लिभित्तूर इसे चाहे भी तो अस्वीकार नहीं कर सकता। स्वतंत्र प्रेम! कौन-सा है वह स्वतंत्र प्रेम, जो अपनी वासना की उच्छृंखलता में दूसरों के सुखी जीवन में आग लगाता फिरे। हेका ने नीलूफ़र की ओर देखा। वह अभी तक सिर झुकाए कुछ सोच रही थी जैसे आज उसकी चिंता का कहीं पार नहीं है।

बहुत देर इसी प्रकार बीत गई। दोनों कुछ नहीं बोलीं। हेका का धीरज अब लड़खड़ाने लगा था। वह चाहती थी कि नीलूफ़र अब अपना हृदय उँडेल दे और रक्तरूपी उसके दुख को वह अपनी अंजलि में समेट ले। किंतु कुछ नहीं हुआ। हेका देखती रही और उसने देखा कि सामने जो आकृति खड़ी है, बिल्कुल निश्चेष्ट है, आज नीलूफ़र जैसे जड़ हो गई है।

नीलूफ़र अपने ध्यान में मग्न थी। अनेक बातें वेग से उसके दिमाग़ में घुस आना चाहती थीं, पर कोई एक ऐसी चीज़ थी, जो सबको रोककर स्वयं भयानक नृत्य करने लगती थी।

उसके देखते-ही-देखते घर में कोई और घुस आया है। आनेवाले ने भिखारी की भाँति प्रवेश नहीं किया है, न उसने अपने ऊपर किसी का अहसान ही माना है। उसका अहंकार अक्षुण्ण रहा है। और मणिबंध ने उसकी प्रत्येक अवहेलना को सिर झुकाकर स्वीकार किया है।

किस अपराध के कारण उसे यह दंड मिला है? आज वह अपने ही घर में परदेसी है। अब क्या वह अपने अधिकारों को चला सकेगी? अब घर में शत्रु घुस आया है जिसके मान और मनावन के सामने नीलूफ़र कुछ भी नहीं कर सकेगी।

अभी यहाँ आए ही कितने दिन हुए हैं। कितने दिन के वे कोमल स्वप्न आज अचानक ही आँख खुल जाने से जैसे सिर में दर्द कर उठे हैं। और हाथ पसारकर वह अपने भाग्य से याचना कर रही है कि—'हे परम देवता ओसिरिस! तू एक बार, बस एक बार, सुपने में तो मुझे वह दिखा दे, जिसे अपने जीवन में तो कभी न देख सकूँगी।'

कहाँ जाएँगे वे कोमल स्वप्न? एक झिलमिल थी, वह टूट गई। मन की गहराइयों में से स्वर उठता है कि नीलूफ़र आत्महत्या कर ले। अब क्या रहा है जिसके लिए कुछ भी कर सकेगी तू? क्यों रहना चाहती है? किस स्नेह ने आज भी तेरे प्राणों को इस शरीर में जकड़ रखा है कि तू फिर भी ठोकर को फूलों का स्पर्श समझ रही है।

क्या यह जीवन वास्तव में उसके पहले जीवन से अच्छा है? कल तू दासी थी। किंतु स्वामिनी रह लेने के बाद फिर वही दासत्व? कुलीन-वंश की स्त्री से अपनी तुलना करने लगी थी अभागिन? वह कठोर पातिव्रत बिताती हैं तभी ओसिरिस की महामहिमामयी करुणा से उनके जीवन का दुर्निवार रहस्य अखंड अधिकार बना शक्ति तक को ठोकर नार देता है? और तू क्या है? राह का कीड़ा एक दिन महल में जा गिरा। जब मनीषी परमदैवत और भाग्य पर विवेचन कर रहे थे, जब दार्शनिक सृष्टि पर चिंतन कर रहे थे, कीड़ा उस समय शृंगार कर रहा था और जब उसने दर्पण उठाकर देखा····भयानक! कितना घृणित! नीलूफ़र को लगा, जैसे

मिश्र के पश्चिमी भाग में बसे उस छोटे गाँव में उसने जो गलते बदन का कोढ़ी देखा था वही अब उसके शरीर में घुस गया है और अब फूट-फूटकर निकलनेवाला है। कुलीन ! ! आज कोई उससे पूछे तो वह अपने पिता का नाम नहीं बता सकती। क्या जाने, कौन होगा वह ? और माँ की एक हल्की-सी भी स्मृति शेष नहीं। शायद जब उसने दूध छोड़ा होगा तभी किसी के हाथ बेच दी गई होगी, या उससे भी पहले, ताकि माँ का यौवन इतनी जल्दी ख़राब न हो जाए कि मालिक फिर उसके दाम ही न पटा पाए। माँ ! क्या मुझे इतना भी सुख नहीं बदा था ?

ज्योतिषियों का भयानक ज्ञान ही क्या उसे भस्म कर देने में समर्थ नहीं था ! कहते थे कि लड़की, तू अद्‌भुत है ! तू अन्य दासों की भाँति नहीं है। तू विनाशिनी है, जहाँ तू रहेगी वहाँ शांति नहीं रह सकेगी। क्यों न उन्होंने तभी उसका गला घोंटकर उसे मार दिया। और वह रात ! जब लगा था सप्तर्षि आकाश से पृथ्वी पर उतर रहे थे। वह स्त्री जिसका कुलीन बच्चा अचानक छत से गिरकर मर गया था। वह तो चुप थी ही जो आज उसके प्यासे कंठ में बूँदें डालकर फिर रस की वर्षा बंद कर दी गई, इस निष्ठुरता का कारण ? न मुख से रक्त का स्पर्श होता, न कभी फिर स्वाद का ज्ञान ही कचोटता। बूढ़ी साम्राज्ञी के शयन-कक्ष में अनेक सुंदरी युवतियाँ थीं। क्या वह वहीं नहीं पहुँच सकती थी ? क्या वह सैनिकों में नाच-गाकर पेट नहीं भर सकती थी ?

वह एकाएक हँस उठी। हेका चौंक उठी। उसने अवाक् होकर देखा—नीलूफ़र की आँखों में कुछ भयानक छाया का तीखापन था। वह न जाने क्या निश्चय कर चुकी है। हेका जानती है जब से वह स्वामिनी हुई है, तब से वह कितना अहंकार करने लगी है। उसने विस्मय से कहा—"नीलूफ़र ! मैं जानती हूँ तुम्हें कितना दुख हो रहा होगा।"

नीलूफ़र ने कहा—"हेका !" स्वर कुछ कठोर था। तिक्त भी। उसके होंठ नीचे की ओर घृणा की व्यंजना करते हुए मुड़ गए और उसने दूर कहीं देखते हुए कहा—"तू नहीं जान सकती। तेरे अपाप ने तुझे कभी धोखा नहीं दिया। एक बार भी तेरे हृदय में वह हलचल नहीं हुई होगी। तूने भय के अतिरिक्त और कुछ नहीं जाना। किंतु अबके भय नहीं, मुझे प्यास लग रही है।"

हेका अप्रतिभ हो गई। एकाएक उसकी आकृति झुक गई। और उसने अनिश्चय से कहा—"स्वामिनी !"

'स्वामिनी' शब्द घोर व्यंग बनकर अंतराल में गूँज उठा, क्या हुआ यह ! क्या हेका ने जान-जानकर उस पर बाण मारा है कि कल तक इतना अहंकार किए हुए घूमती थी, कल तो तू कुलीन बन गई थी ? कल क्या तूने मनुष्य को मनुष्य समझा था ? और आज !

नहीं, हेका ऐसा नहीं कर सकती। घृणा करने के पहले वह अपनी रंजिशों को एक बार कहकर सुना लेगी। नीलूफ़र को विश्वास नहीं हुआ। या उसके शब्दों से हेका को चोट पहुँची है जो हठात् ही उसने प्रतिहिंसा का अपना भीषण कुठार उठाकर चला दिया है ?

उसकी आँखों में आँसू झलक आए। वह निश्चय नहीं कर सकी। विवशता ने उसके हृदय को एक बार ज़ोर से मरोड़ दिया। अवरुद्ध कंठ ने बहुत-कुछ कहना चाहा, किंतु न जाने क्यों जीभ एकदम ही तालू से सट गई, और पराजय की उस घड़ी में दोनों हाथ फैल गए, जैसे वह अपनी भुजाओं में जीवन के शेष सुखों को बाँध लेना चाहती है। "हेका !" नीलूफ़र के कंठ से फफकती हुई आवाज़ निकली। और कुछ नहीं कहा। जैसे कहने की कोई आवश्यकता ही

नहीं रही। क्या उसकी भावना उन आँसुओं से झलक नहीं सकी? नीलूफ़र के होंठ काँप रहे थे, बहुत हल्के-हल्के, जैसे अब वह और अपने-आपको अधिक देर तक निश्चय ही नहीं सँभाल सकेगी!

"नीलूफ़र!" हेका ने कहा—"नीलूफ़र!" उसका स्वर हठात् काँप उठा, और वे दोनों आलिंगन कर उठीं। हृदय से हृदय लगकर अपने-अपने भीतर का सौहार्द्र उँडेल देना चाहता है। आनंद का प्रारंभ और दुख का अंत—दोनों का एक ही वाह्य स्वरूप होता है।

एक बार फिर आँखों को उठाकर एक-दूसरी की वेदना को पहचानने के लिए दोनों ने देखा, पर शब्द किसी को नहीं मिले, और दोनों रो उठीं। परवशता की मानवीयता आँखों में से निकल-निकलकर बहने लगी।

6

महानगर में राजपथों पर नई चहल-पहल प्रारंभ हो गई। स्त्रियों के लिए पण्यों में दूकानदारों ने अपना बहुमूल्य सामान दूकान बढ़ा-बढ़ाकर सजा दिया। सड़कों पर गंधित जल पिलानेवाले अपने विभिन्न आकृतियोंवाले मीनाकारी के पात्र लिए घूमने लगे। आज उन्हें विशेष लाभ की आशा थी। फूलों के गजरे लिए युवतियाँ गीत गाती हुई बेचने लगीं। नागरिक रसिक उन्हें छेड़ते और वे आँखें नचाकर मुस्करातीं। वैभव के आवश्यक चिह्न—भिखारियों—ने जगह-जगह अपनी ठौर बना ली।

घर-घर सजाया जाने लगा। फूलों की गंधित मालाएँ लटकाई जाने लगीं। अगरुधूम से घर-घर सुगंधित हो उठा। सुंदरियों ने अपने हाथीदाँत के आभूषणों को साफ़ किया और चमचमाते स्वर्ण के कंगन बाँधे। प्रवाल के हार उनके वक्षस्थल पर खेलने लगे। बहुत दिनों के प्यासे प्रेमी-प्रेमिकाओं को आज मिलने का अवसर मिला। बहुएँ अपनी सासों और बेटियाँ माताओं को बहकाकर अपनी चालें चलने लगीं। उनकी आत्मा में आनंद विस्फुरित हो उठा था। वे सब मंगल-गीत गा उठती थीं।

दिन में सब लोगों ने स्नान किया। स्नानागारों में अपार भीड़ इकट्ठी हो गई। उबटन मल-मलकर पवित्र स्निग्ध शरीर होकर वे जल के तड़ागों में गोते मारते और उच्छृंखल होकर स्नान करते। बाहर तुरही बजती रहती। आते-जाते रथों की घंटियाँ खनखनातीं और सारथियों के संबोधन निर्बुद्धि बैलों को अनेक-अनेक विशेषण देते। प्रभुवर्ग के द्वारों पर दान-दक्षिणा का ताँता लग रहा था। सैकड़ों याचक उनके गुण गाते और आशीष दे-देकर लौट जाते।

कहीं-कहीं धार्मिक प्रवचन करनेवाले एक किसी ऊँचे मंच पर खड़े होकर उपदेश देते। न्यायालय में अभियुक्तों की बात सशक्त शब्दों में रखनेवाले वक्ता उनसे दर्शन पर बहस करते, कहीं मद्य की दूकानों पर भीड़ देखकर भिखारी कहते—प्रभु! दीन-दरिद्र को भी कुछ दो।

किंतु महानागरिक उधर नहीं देखते। नर्त्तकियों के फूल दनादन बिक रहे थे।

विदेशियों ने भी अचरज से देखा। एलाम के पंडे आज कुछ अधिक प्रसन्न थे। दज़ला

और फ़रात की उपत्यका के उन मनुष्यों ने कभी इतना उन्माद नहीं देखा था। स्वयं किश की प्राचीन राजधानी में रहनेवाले सुमेरुवासी भी आज चकित थे। मिश्र के गंभीर पुरुषों ने युद्ध देखे थे, या दार्शनिकों की नीरस वाणी सुनी थी, आज उन्होंने देखा कि जीवन किस प्रकार उच्छृंखल हो उठता है। वे राजपथ पर हँसी-खेल करती नर्त्तकियों को देखते और आनंद से विस्फारित नयनों से देखते ही रह जाते।

महायोगिराज के चरणों पर सिर झुकानेवाले प्रभात से ही अपार भीड़ लगाने लगे थे। माताएँ अपनी संतानों को लातीं और उनके चरणों को दूर ही से प्रणाम करवातीं। मंगल मनातीं, लौट जातीं। राह में बैठे भिखारियों की ओर पैसे फेंक जातीं और सात-सात पीढ़ी तक यश भोगने का वरदान सुन-सुनकर गद्‌गद हो जातीं। महायोगिराज की वह भव्य आकृति विशाल जनसमूह के ऊपर दिखती थी और अपनी समाधि में तल्लीन वह गंभीर पुरुष एक महान अविजेय गौरव की भाँति बैठा था जैसे यह हलचल उसके लिए शरीर पर रेंगनेवाली चींटी का-सा स्पंदन भी उत्पन्न नहीं कर सकी।

नीलूफ़र उदास-सी अपने कक्ष में से निकली। आज शरीर टूट रहा था, जैसे बहुत दिनों से न कुछ खाया है, न पिया ही। आँखें ऐसी लाल थीं, मानो अनेक रात्रि बीत गई हैं और नींद ने इधर आना ही छोड़ दिया है। तुषाराहत कमल का-सा उसका यौवन अपने समस्त सौंदर्य्य की प्रवहमान गरिमा के होते हुए भी इतना उदास है, इतना अवसादपूर्ण है कि व्यथा बार-बार आँखों में से बाहर झाँककर कुछ ढूँढ़ने का प्रयत्न करती है।

जाकर देखा। हेका अभी भी मुँह छिपाए पुआल में सो रही थी। उसका शरीर श्रांत हो गया था। पुआल में उसका काफी शरीर छिप गया है किंतु हाथ और पाँव बाहर फैल रहे हैं जैसे विश्रांति ने उसके समस्त अवयवों को ढीला कर दिया है। उसकी श्वास धीरे-धीरे चल रही है। माथे पर बाल बिखर आए हैं।

नीलूफ़र जाकर वहीं बैठ गई। कुछ देर तक उसने देखा—हेका, एक छोटे क़द की स्त्री, सुंदरी, किंतु फिर भी दासी। और नीलूफ़र ने धीरे से उसके मस्तक पर हाथ फिराया। हेका जाग गई। उनींदी आँखों से एक बार देखा फिर जागकर हठात् चौंक पड़ी। उठकर बैठ गई। पल-भर को जैसे कुछ भी समझ में नहीं आया।

"तुम यहाँ क्यों आईं स्वामिनी !" हेका ने कहा।

नीलूफ़र ने कुछ कहा नहीं। देखा मात्र। नयनों से सब-कुछ बता देने का प्रयत्न किया। बाहर कोलाहल हो रहा था। दासों के कक्षों में से भी कहीं-कहीं गाने की आवाज़ें आ रही थीं।

"उत्सव हो रहा है हेका। तुझे जगा देने आई हूँ।" नीलूफ़र ने कहा, और उसके होंठों पर एक फीकी मुस्कराहट फैल गई। "कहीं सारा आनंद व्यतीत हो जाए और तेरी आँख भी न खुले !"

हेका ने धीरे से कहा—"समझती हूँ।"

उस समय गीतध्वनि और अधिक आने लगी। हेका ने देखा, वही नीलूफ़र जो एक दिन बाज़ारों में संग खड़ी होती थी, वैभव ने उसे कहीं अधिक सुंदर बना दिया था। और वह पुआल पर बैठी थी, ऐसी निस्संकोच! कहीं और कोई दास देख ले तो? उसने भय से कहा—"स्वामिनी ! आप चलिए। मैं प्रासाद में आती हूँ।"

"अपाप कहाँ है ?" जैसे नीलूफ़र ने वह सब सुना ही नहीं। वह सब व्यर्थ था। क्षण-भर हेका अवाक् देखती रही और फिर पूछा—"क्या पूछा देवी ?"

"क्या पागल हो गई है ?" नीलूफ़र ने कहा—"मैंने पूछा कि अपाप कहाँ है ?"

"ओह," हेका ने कहा—"वह तो यहाँ नहीं हो सकता। हाँ, हाँ, स्वामी के साथ गया है न ?"

नीलूफ़र फिर किसी चिंता में पड़ गई। कुछ देर तक वह चुप बैठी रही। हेका अभी पुआल पर अधलेटी ही थी। उठकर खड़ी हो गई। बालों को पीछे कर लिया। कटि के ऊपर का वस्त्र ठीक किया। तब कहा—"हाँ, वह गया है। स्वामी के साथ ही गया है।"

और फिर हेका जाने कुछ कहना चाहती थी। कहते-कहते रुक गई।

रात को अपाप और हेका में बातें हुई थीं। बड़ी देर में सबके सो जाने पर अपाप हेका के पास आ सका था। जब दोनों लेट गए, तब हेका ने नीलूफ़र की सब कहानी सुनाई। अपाप ने कहा था—"वह तो होगा ही। श्रेष्ठि उस नर्त्तकी के पीछे बिल्कुल पागल हो रहा है।"

रात्रि-प्रहरी का स्वर उसकी बात को बीच में से तोड़ गया था।

हेका ने रोककर कहा था—"किंतु नीलूफ़र का क्या होगा ?"

काँपते हुए उस स्वर का कोई प्रभाव नहीं पड़ा। हेका ने फिर कहा था—"अपाप ! नीलूफ़र का सुख-दुख हमारा दुख-सुख है।"

अपाप चुप नहीं रहा था। उसने कहा था—"श्रीमानों की बात श्रीमान ही जान सकते हैं। हम-तुम जिस तरह अपनी बातें सोचते हैं, वैसे ही वह भी सोचते तो ओसिरिस उन्हें भी दास ही बना देता।"

फिर दोनों के स्वर धीमे हो गए थे। हेका जो कुछ कहना चाहती थी उसका समझा देना जैसे उसकी शक्ति के बाहर की बात थी। दोनों ही थक गए थे। अपाप ने कहा था—"तू सो जा हेका। मुझे अभी लौट जाना है। वहाँ मुझे जाना आवश्यक है।"

फिर रात हो गई थी अर्थात् भोर निकट आने लगी थी। और हेका की आँखें नहीं खुलीं। देर तक वह नीलूफ़र के बारे में सोचती-सोचती थक गई। उसे न जाने क्यों, एक बार वह बालक याद आया जो उसे साथ ले भागना चाहता था, पर सेना के नीचे कुचलकर मर गया था।

"अपाप रात को यहीं सोता है ?" नीलूफ़र ने अनजाने ही पूछा। बहुत दिनों से उसने हेका के सुख-दुख के बारे में कभी कुछ पूछना आवश्यक नहीं समझा, अतः आज पास आने के पहले यह समस्यापूर्ति करके स्वभाव व मन का अलगाव दूर करने का प्रयत्न किया।

"सदैव तो नहीं। अधिकांश उसे बाहर की ड्योढ़ी पर पहरा देते बीत जाता है। वही तो स्वामी का सबसे अधिक विश्वासपात्र है न ?"

नीलूफ़र स्तंभित रह गई। और वह इतने दिन तक यह भूल गई थी कि दासों का न कोई वैवाहिक जीवन है, न कौटुंबिक। उसकी आत्मा उसे भीतर-ही-भीतर धिक्कार उठी।

उधर स्नानागार में वेणी और मणिबंध को साथ देखकर महानगर की सुंदरियों में एक कौतूहल पैदा हो गया था। पहली बार वेणी का आगमन कोई विशेष बात न थी। तब उसके साथ उसका विल्लिभित्तूर था, और वह दरिद्र वेश में थी। किंतु इस बार वह मोअन-जो-दड़ो की किसी भी सर्वश्रेष्ठ धनी कुलीन स्त्री की भाँति सज्जित थी। सामने एक स्त्री उसे आँखें फाड़कर

देख रही थी। वह वीणा थी।

वीणा का पति स्वयं एक अत्यंत समृद्ध और धनी व्यक्ति था। उसका व्यापार भी माइनोन जैसे दूर-दूर के देशों तक फैला हुआ था। वह स्वयं एक धनकुबेर की पुत्री थी, अतः ऐसे पति के प्रति उसका विशेष कौतूहल नहीं था। शरीर कुछ गदबदा था और आँखें लंबी थीं। धन की मादकता में वह बहुत कम सोचती थी। प्रभात से संध्या तक ऐसे ही समय निकल जाता था। सुसभ्य समाज में उसकी बहुत पूछ थी। संगीत में उसकी विशेष रुचि थी, नृत्य देखने का अत्यन्त चाव था, यद्यपि वह स्वयं कुछ भी नहीं जानती थी। वेणी की दृष्टि उसी से उलझ गई।

वीणा ने आगे बढ़कर कहा—"आइए देवी! स्वागत!" फिर मणिबंध की ओर उत्सुकता से दखा।

मणिबंध ने कहा—"देवी, वेणी द्राविड़ देश कीकट से आई हैं। अभूतपूर्व नृत्यकुशल! मोअन-जो-दड़ो को ऐसे अतिथि पर गर्व होना चाहिए। स्वागत करो, देवी!"

वेणी को संकोच हुआ। उपस्थित समुदाय ने एक स्वर से कहा—"स्वागत देवी! स्वागत!"

फिर एक ने कहा—"देवी! आप आएँगी न?"

मणिबंध ने कहा—"देवी ने हमें कृतज्ञ किया है। उन्होंने हमारा निमंत्रण पहले ही स्वीकार कर लिया है।"

"मेरा मतलब नृत्य से है।"

"ओह, हाँ, हाँ, नृत्य ही तो," मणिबंध ने कहा—"देवी आज महामाई के उत्सव में नृत्य नहीं करेंगी? अवश्य करेंगी! उन्हें यह आमंत्रण स्वीकार करना ही होगा। देवी वीणा! आप कहें न? स्त्रियों को ही स्त्रियों को समझा-बुझाकर उद्यत कर लेने की क्रिया ज्ञात होती है।"

उपस्थित लोगों के अधरों पर मंदस्मित रेखा डोल उठी। वीणा ने कहा—"देवी! आज मोअन-जो-दड़ो आपकी अद्‌भुत नृत्यकला देखे बिना अतृप्त ही रह जाएगा।"

वेणी ने स्वीकार कर लिया।

आमेन-रा ने आज भी अधिक दिलचस्पी नहीं ली थी। युवक-युवती स्नान में मग्न थे किंतु वह जल्दी से स्नान करके वस्त्रागार में चला गया। कपड़े पहने, कुछ देर धूमगंध से बाल सुखाए और दो चषक मद्य पीकर आराम से चीते के मुख के हाथवाली चौकी पर बैठ गया।

वार्द्धक्य ने उसके हृदय के रस को सुखा दिया था। इस किलकिलाती तृष्णा का अब उस पर कोई प्रभाव नहीं पड़ता था। जब कभी स्त्री की आवश्यकता होती थी, स्त्रियों की कमी नहीं थी, फिर हृदय हारने से लाभ?

यौवन की यह मादकता कितने अंशों में उसके पथ का प्रलोभन रह चुकी है यह उसके लिए स्मरण रखने की कोई बात नहीं है। अब न नयनों का कटाक्ष काम करता है, न पीवर मांसलता। वह जिस पर कवि सौंदर्य्य कहकर कविता लिखते हैं वह पुरुष की अनुभवहीनता और बालचपलता है। स्त्री की जब आवश्यकता हो, तब उसे प्रयोग में लाना चाहिए अन्यथा उसको लेकर समय नष्ट करने से मनुष्य का जीवन बहुत निर्बल हो जाता है।

एक समय था जब उसके हाथ में खड्‌ग देखकर उत्तर मिश्र थर्रा उठा था। उसने अकेले ही फ़राऊन से आज्ञा लेकर उन शत्रुओं को भयानक दंड देकर कुचल दिया था। स्वर्गीय सम्राट्

का शव उसके भी कंधे पर चल चुका था, जब आदरपूर्वक, देवताओं की उपासना करते हुए बड़े-बड़े वैद्यों ने 'ममी' बनाकर उनको अंतिम दिन के न्याय की प्रतीक्षा करने को सदेह स्थापित करके विशाल पाषाणों से द्वार बंद कर दिया था।

आज का स्नान अद्भुत स्नान था। बार-बार किलकारियाँ भागती थीं और गंभीर अट्टहास उनके पीछे पानी पर भीगते हुए तीव्र गति से उन्हें पकड़ने के लिए भागते थे। किलकारी तीर पर छिप जाती थीं और अट्टहास कुछ देर पत्थर के घाटों से टकराता और घूमने लगता। जिन स्त्रियों ने उबटन किये बिना ही जल में प्रवेश कर दिया था उनके स्तनों से छूटे चंदन और कुंकुम ने जल पर केशों की चिकनाई से तैरते हुए अपरूप रंगीन रेखाएँ अंकित कर दी थीं। दस-दस फ़ीट मोटी दीवारोंवाले उस पवित्र तालाब के किनारे लगी आग में तपाई ईंटों पर भी उनकी हँसी बार-बार उस वैभव को ऊर्ज्जस्वित कर उठती थी। जिस समय जल निकलता होता, स्त्री एक कोने में खड़ी दीवार के पीछे हो जाती और तब जल से निकलकर उधर ही से स्त्रियों के वस्त्रागार में जाती क्योंकि भीगा शरीर वस्त्रों से चिपकने से अपने-आपको तनिक भी ढँक नहीं सकता था। जल पर कहीं-कहीं कवरी से छूटे हुए फूल तैरा करते। तट पर नूपुरों का गुंजन होता।

महानगर में दिन-भर वाद्य-ध्वनियाँ प्रतिध्वनित होती रहीं। विभिन्न आकृति के अद्भुत वाद्य बज रहे थे। न केवल महानगर वरन् सभी देशों के वाद्य यहाँ आ चुके थे। कलाकुशलों के घरों से संगीत का अजस्र स्रोत बह रहा था।

चारों ओर यह उच्छरित मांगलिकता बरस रही है किंतु आज केवल नीलूफ़र से कोई बात नहीं करता। वह अकेली ही बैठी रही। जब से अपने प्रकोष्ठ में आई है तब से उदास ही है। हेका कुछ देर बैठी रही फिर उठकर चली गई। नीलूफ़र उठकर प्रकोष्ठ में घूमने लगी। उन्मन होकर देखा—दाह से जैसे समस्त यौवन भस्म का ढेर मात्र बना रह जाएगा।

मध्याह्न के समय श्रेष्ठि मणिबंध और वेणी लौट आए। दोनों ही स्वच्छ वस्त्रों से सज्जित थे, आज की स्वच्छता जैसे नित्य की स्वच्छता से कुछ अधिक थी। नीलूफ़र ने पर्दे के पीछे से छिपकर देखा कि जब दासी उसके चरणों से बंध खोल रही थी, वेणी हँसती-सी शैया पर लेट गई थी। उसके नेत्र अधमुँदे थे। शायद ही क्यों, अवश्य ही वह मदिरा पीकर आई थी।

अपाप ने जाकर देखा, हेका उदास ही बैठी है। अपाप ने कहा—"हेका! नीलूफ़र को दुख है तो तुझे क्या? तू इतनी उदास क्यों बैठी है? अरे, वह आज दासी तो नहीं है न?"

हेका ने देखा। आँखों में तिक्त व्यंग झलक उठा। मान से मुँह फेर लिया।

वह हँसा। हँसकर बाहर चला गया। जैसे यह तो उसका स्वभाव ही है। ऐसे ही आते-जाते वह हेका से मिल जाया करता था। बड़ी देर तक वह चुपचाप बैठी रही। फिर उठी। एक बार जाकर देखा, नीलूफ़र प्रकोष्ठ में रो रही थी। मन किया भीतर जाकर उसे सांत्वना दे; पर अपने कक्ष में लौट आई। बैठी रही। ऐसे ही न जाने कितना समय व्यतीत हो गया। एक बार इच्छा हुई थी कि नीलूफ़र को जाकर सांत्वना दे आए, पर मणिबंध की उपस्थिति में साहस नहीं हुआ। और सांत्वना से तो दबा बाँध भी बाहर ही उमड़ता है।

हेका उठ गई। पाकशाला में जाकर देखा—प्रधान प्रबंधकर्त्ता घूम रहा था। एक बार उसने हेका को देखा, फिर मुस्कराकर कहा, "हेका! भाण्डार में जाकर काम देख।"

हेका सशंक भांडार में चली गई। वहाँ जाकर उसने देखा कोई भी न था। पीछे मुड़कर

देखा, प्रधान खड़ा मुस्करा रहा था। हेका भय से स्तब्ध हो रही। प्रधान ने कहा, "भय करती है ?"

हेका पीछे हटी। एक टकराहट, और एक बड़ा पात्र गिरकर टूट गया। हेका भय से काँप उठी। प्रधान ने कहा, "अपराध ! दंड मिलेगा तुम्हें दासी।"

और प्रधान ने दंड के रूप में उसके गाल पर चुंबन आँक दिया। हेका भय से चुप ही रही। उधर दासियाँ खाना परोसने लगी थीं, क्योंकि मणिबंध और वेणी आ गए थे। बहुमूल्य आसनों पर वे बैठ गए। वेणी मांस अधिक न खाकर शाक, दूध और फल ही अधिक खाती थी। विभिन्न व्यंजन थालियों में आ गए जिनमें मछली, घड़ियाल, बकरी और गाय का मांस विशेष था। पीछे खड़ी दो दासियाँ खजूर के बड़े-बड़े पत्तों के बनाए पंखों से व्यजन करने लगीं। यद्यपि ऊष्मा नहीं थी, तथापि वह एक परंपरा थी। आजकल दासियों को प्रायः उन्हें ऐसा डुलाना पड़ता था कि हवा न आए। दासियाँ चाहती थीं कि गर्मियों में भी वे ऐसे ही काम किया करें। बाहर कोई तारों का वाद्य झुनझुना रहा था।

दोनों धीरे-धीरे खाते रहे। पाकशाला में एकदम सन्नाटा छाया रहा। केवल स्त्रियों के आभूषणों की मदिर खनखनाहट कभी-कभी गूँज उठती थी। पके हुए केलों की गंध फैल रही थी। दोनों इधर-उधर की बातें करते जाते थे। मणिबंध मिश्र के भोजन को बहुत पसंद करता था। वह कह रहा था, "देवी ! वहाँ का गेहूँ बहुत शक्ति देता है। हमारे मोअन-जो-दड़ो में वह बात नहीं आती। मैं अबके वहाँ के कुछ बीज लाया हूँ। यहाँ खेती कराऊँगा। देखें, क्या प्रभाव होता है।"

"परिणाम तो महाश्रेष्ठि," नर्त्तकी ने कहा, "अच्छा ही होना चाहिए।"

जब वे दोनों उठकर आराम करने चले गए, तब हेका ने आकर देखा, अपाप इधर-उधर देखता हुआ वे जूठे स्वादिष्ट मांस के टुकड़े चुपचाप जल्दी-जल्दी चबाता जाता था। वह बिल्कुल ऐसा लग रहा था जैसे मिश्र की महासाम्राज्ञी का पालतू चीता उनके चरणों पर जीभ लटकाए अपने पंजे चाट रहा हो। वह उसे देखती रही। अपाप का मुँह भरा हुआ था। एकदम बोल नहीं सका। अतः अपाप एकदम उसे देखकर हँसा। और हाथ से इशारा करके सिर हिलाकर प्रकट किया—'आ जा, जल्दी आ जा ! तू भी खा ले।'

हेका क्षण-भर वैसी ही खड़ी रही। अपाप उठकर उसका हाथ पकड़कर ले आया। हेका खिंची चली आई। और अपाप ने ज़बर्दस्ती ही उसके गालों को बाएँ हाथ से ज़ोर से दाबा, मुँह खुल गया। दाएँ हाथ से एक मांस का टुकड़ा उसमें भरकर भरे मुँह से ही हँस पड़ा।

हेका ने खाया। खाते ही एक क्षण के लिए सारा अवसाद दूर हो गया। उसे लगा, जैसे नीलूफ़र को इसका दुख है कि अब यह खाना फिर कभी नहीं मिलेगा और उसे भी हमारी ही भाँति रूखा-सूखा खाकर अपना जीवन बिताना पड़ेगा। दूसरा टुकड़ा उठाने के लिए हाथ बढ़ाया, किंतु अपाप ने हँसकर हाथ पकड़ लिया, जैसे अब क्यों ? किंतु हेका अड़कर झपट पड़ी और दोनों खाने लगे। इसी समय पग-ध्वनि सुनाई दी। अपाप उठकर भाग गया। हेका रह गई। देखा—प्रधान घूर रहा था। उसने पात्र में से एक टुकड़ा निकालकर हाथ में ले लिया और हेका के हाथ को पकड़कर उसके मुँह में टुकड़ा रखकर कहा, "नित्य ऐसा ही भोजन कराऊँगा। पाकशाला की सभी दासियाँ मेरी करुणा से यह खाती हैं। तू भी खाया कर।"

हेका हाथ छुड़ाकर भाग गई।

नगर की हलचल बनी रही। सैनिकगण नगर में मदिरा-मत्त होकर घूम रहे थे। शांतिरक्षकों का जाल पूरे नगर में फैल गया था। इसलिए नहीं कि आज कुछ विशेष भय था, वरन् यह देखने को कि सारा काम सुव्यवस्थित चल रहा है। कभी-कभी कोई शांतिरक्षक किसी दीन दरिद्र को पकड़ लेता जो चोरी-वोरी करता मिल जाता तो उसे मारकर छोड़ दिया जाता। अधिकांश नागरिकों के दास ही उनकी सुव्यवस्था के लिए काफ़ी थे।

महामाई का मंदिर अपरूप ढंग से सजाया गया था। काफ़ी नागरिक उसमें लग गए थे। धन का अपार व्यय हुआ था। विदेशों की बहुमूल्य वस्तुओं से आसनों को ढँक दिया गया था। विशेष प्रबंध हुए थे। और सब इतना सुव्यवस्थित था कि देखनेवाले अचरज करते थे। दासों को समय नष्ट करने का तनिक भी समय नहीं दिया गया। प्रभात से लगे निराहार वे साँझ तक जुते रहे।

महायोगिराज अपनी समाधि में तल्लीन थे। अभी भी नयन मुँदे हुए थे। विदेशी उस तन्मयता को देखकर दाँतों तले भय से उँगली दबा लेते। यह व्यक्ति निस्संदेह महादेव ही होगा जो प्रलय से भी शायद विचलित नहीं होगा। जब से देखा है, तब से ऐसे ही बैठा है। जब कभी उसके शंख की घरघराहट गूँजती है, तब समझो इसकी यह भयानक निद्रा टूट गई है। और विदेशी झुककर नमस्कार करते, सिर झुकाते, चाहे वे ओसिरिस के उपासक थे, चाहे सूर्य्य के, चाहे अपने वृषभ के।

पथ पर महाश्रेष्ठि विश्वजित् आज बहुत ही प्रसन्न था। वह फूलों के अनेक गजरे अपने गंदे शरीर पर धारण किए चिल्ला रहा था, "आज तुम मदिरा में डूबकर पापों का प्रायश्चित्त करना चाहते हो? मृत्यु भी तुम्हें शुद्ध नहीं कर सकती, पामरो!" शुभ में वह अशुभ वाणी सुनकर लोगों को बहुत आनंद आता था।

धीरे-धीरे सूर्य्य डूबने लगा और लोगों की भीड़ महामहिमामयी महामाई के विशाल मंदिर की ओर खिंच चली। उस भीड़ में आबाल-वृद्ध, नर-नारी, सब चल पड़े। किंतु फिर भी धक्कमधुक्का नहीं हुआ। वे सब अनुशासन के ज्ञाता थे। केवल दास ही एक हैं जो आसानी से पशुओं की भाँति कोड़े मारकर चलाए जा सकते हैं। स्त्रियों को कहीं भी भीड़ में पिचना नहीं पड़ा। बीच-बीच में नर्त्तकियाँ फूलों के बने गजरों को पहने नृत्य करती हुई आगे बढ़ती जाती थीं। और सब मस्त हो रहे थे। जनपथ नीरव हो गए। व्यापारियों ने अपनी-अपनी दूकानें बंद कर दीं। मद्य-विक्रेताओं की दूकानों में अब बहुमूल्य मदिरा की एक भी बूँद शेष न थी। सब-कुछ बिक चुका था। आज, लाखों-करोड़ों का विक्रय हो गया था। विदेशी व्यापारियों को मुँह माँगे दाम मिल गए थे। सुर्खाब के और शुतुर्मुग के परों की बड़ी माँग थी। जिस समय मंदिर निकट आने लगा वह विराट् जनसमुदाय समवेत स्वर से महामाई की स्तुतियाँ गाते हुए बढ़ने लगा।

महामाई के विराट् मंदिर में लोग खचाखच भर गए। विशेष नागरिकों और विदेशियों के बैठने का ऊँचा मंच था। उसी पर पूजा की समस्त व्यवस्था थी। वह स्थान बिल्कुल महामाई की विराट् मूर्त्ति के चरणों पर श्वेत प्रस्तर का काफ़ी लंबा-चौड़ा था। उससे बहुत दूर तक लंबी-लंबी सीढ़ियाँ थीं जिनके नीचे समस्त समुदाय आ एकत्र हुआ था। पंक्तियाँ बनाकर स्त्री-पुरुष खड़े हो गए। सोपानों पर बीस-बीस करके बालक बिठा दिए गए थे।

पशुमुखाकृति, मुँह से बजाने के बाजों से सम और लय पर उठती हुई ध्वनि सुरीली

मोहिनी बनकर चारों ओर गूँज रही थी। कटि के पास उन वादकों ने छोटे-छोटे बालकों को खड़ा कर लिया था जो मँजीरे बजा रहे थे। स्वागत की यह ध्वनि बहुत दूर-दूर के लोगों के कानों में पड़ रही थी।

धूप-दीपों से समस्त अंतराल भर उठा। गंध से आवृत वातावरण काँप रहा था। गीत की ध्वनि से जब उसका आवर्त्तन होता था तब महानागरिक भी अपने-आपको भूल जाते थे। सम्मानित अतिथि आते थे और अपना-अपना आसन तुरंत जान लेते थे क्योंकि दास उन्हें उनका स्थान दिखा देते थे। वीणा आकर हँसती हुई बैठ गई। पाषाण की बड़ी-बड़ी मूर्त्तियों के वैभव में मनुष्य जैसे अपने-आपको भूल गया। विशाल स्तंभों पर अग्नि खंड-खंड होकर जल रही थी। स्थान-स्थान पर दास मशालें लिए खड़े थे जिन्हें कोई छूकर नहीं चलता था क्योंकि शांतिरक्षक तुरंत रोक देते थे। आग लग जाने का भय था, भीड़ के अव्यवस्थित हो जाने का भी। कोलाहल किंतु मचता रहा। दो-दो आदमियों की बातचीत ही इतनी बड़ी शक्ति बन गई थी कि उस कोलाहल में कोई तीसरा व्यक्ति उन्हें सुनने की चेष्टा भी नहीं करता था।

पहले केवल महानागरिक ही अपना उत्सव करते थे। सब देशी ही जनसमुदाय होता था। किंतु मणिबंध के प्रभाव से अनेक नए आयोजन हुए थे। उन्हीं में एक यह भी था कि महान महामाई की इस पूजा में आज अनेक विदेशी भी आमंत्रित थे। उनकी सम्मति ले ली गई थी। वरन् अधिकांश ने पूजा के लिए व्यय भी किया था। कारण वास्तव में यह था कि उन्हें इस उत्सव से बहुत लाभ हुआ था। उनका बहुत-सा सामान एकदम बिक गया था।

आमेन-रा दर्प से अपने ऊँचे पत्थर के आसन पर गंभीर बैठा था। ऊन से गद्दा बनाकर उस पर हल्के पतले सूत के रंगीन कपड़े डाल दिए थे। उन दिनों चीन के रेशम की कोई खास बात नहीं थी। आमेन-रा अपनी दाढ़ी को कभी-कभी सहला लिया करता था। वह तनिक पहले आ गया था। किंतु उत्सव का कल्लोल समय को बड़ी शीघ्रता से पार कर रहा था।

कोलाहल में सब एक-दूसरे से व्यस्त थे। माताएँ शांतिरक्षकों की देख-रेख में अपने बच्चों को छोड़कर निश्चिंत थीं, केवल दुधमुँहे बच्चे अपनी गोद में लिए थीं। जब वे थक जाती थीं तब उनके अलग बैठने का भी प्रबंध था। उस समय वे वहाँ जाकर बैठ जाती थीं। आकाश में हल्के-हल्के बादलों ने धूमिल छाया कर दी थी। अधिकांश वायुमंडल में मदिरा की भीनी-भीनी गंध धीरे-धीरे व्याप उठी थी। स्त्री-पुरुष दोनों ही इसके उत्तरदायी थे।

उस समय एकाएक नीलूफ़र महल में चिल्ला उठी, "हेका ! हेका !"

हेका दौड़कर सम्मुख आ उपस्थित हुई। दौड़ने के कारण उसका श्वास फूल गया। उसने देखा, नीलूफ़र का मुख विकृत हो गया था और वह अपना नीचे का होंठ बार-बार दाँतों से काट लेती थी, जैसे बहुत ही उद्विग्न हो गई हो। हेका कुछ भयतप्त स्वर से पूछ बैठी, "आज्ञा देवी !"

नीलूफ़र देखती रही।

"क्या है स्वामिनी !" हेका ने फिर याचना की। नीलूफ़र शांत हो गई। वह तूफ़ान शायद सिर पर से निकल चुका था। वह मन को शांत करने का प्रयत्न कर रही थी। हेका भयविह्वल-सी खड़ी रही। स्वामिनी का यह रूप देखते ही वह सब-कुछ भूल जाया करती।

नीलूफ़र उठ खड़ी हुई। दो-तीन पग आगे बढ़ी और हठात् मुड़कर हेका की आँखों में

आँखें डालते हुए कहा, "जानती हो, उत्सव हो रहा है ?"

हेका ने सिर हिलाया जैसे हो तो रहा है, किंतु ऐसी क्या बात है जो स्वामिनी का हृदय खाए जा रही है। उसने अनजान आँखें उठा दीं।

"और मुझे आज वहाँ आमंत्रित भी नहीं किया गया ?" नीलूफ़र ने दोनों मुट्ठियाँ कसकर कहा। हेका की अब समझ में आ गया। नीलूफ़र ने आगे बढ़कर कहा, "मुझे उन्होंने बुलाया तक नहीं है। मैं जानती हूँ, उन्होंने अपने मंदिर में विदेशियों को निमंत्रित किया है।" क्षण-भर चुप रहकर कहा, "क्या यह मेरा अपमान नहीं है ? क्या यह मेरा अपमान नहीं है ? बोलती क्यों नहीं ? उन्होंने द्राविड़ नर्त्तकी को अवश्य बुलावा है। मैं जानती हूँ, उसे आमंत्रित किया गया है। क्यों ? इसलिए कि उसे नृत्य आता है ?" नीलूफ़र खिलखिलाकर हँस पड़ी। शांत होकर उसने कहा, "मैं भी संगीत जानती हूँ।" स्वर डूब गया। वह चुप हो गई।

एकाएक उसने कहा—"हेका, मैं शृंगार करूँगी।"

हेका उसका अर्थ नहीं समझ सकी। हत्‌बुद्धि-सी देखती रही। नीलूफ़र आगे बढ़कर उसके कंधे झकझोरकर बोली, "अरी मैं उत्सव में जाऊँगी।"

हेका बोल उठी—"बिना बुलाए ?"

"हाँ, हाँ," नीलूफ़र ने कहा—"जा ले आ सब, तुरंत, बिन बुलाए ही।"

नीलूफ़र हँस दी। हेका सब ले आई। नीलूफ़र फिर हँस पड़ी। मशाल के प्रकाश में उसने जल्दी-जल्दी अपने शरीर पर आभूषणों को बाँध लिया, पहन लिया। रत्नपिटक ख़ाली हो गया पर मन की तृष्णा नहीं बुझी। विश्वास नहीं हुआ। एक व्यक्ति के दोनों हाथ पकड़कर दो व्यक्ति अपनी-अपनी ओर खींच रहे हैं। यदि बीच का व्यक्ति चुपचाप खड़ा रहे, चाहे वह टूट ही क्यों न जाए, खींचनेवालों की शक्ति का अंदाज़ करने का वही एक ठीक नियम है। यहाँ तो बीचवाला ही दूसरे पक्ष से मिल गया है। नीलूफ़र को विश्वास हो भी तो कैसे। उसने शीघ्रता से अपने वस्त्रों को बदल डाला और सिर पर मिश्री मुकुट पहन लिया जिससे वह साफ़-साफ़ मिश्री पहचानी जाने लगी। फिर एक बार हेका का चिबुक पकड़कर कहा—"सच कह हेका, ठीक है ?"

हेका की आँखें चौंधियाने लगी थीं क्योंकि मशाल के हिलते प्रकाश में रत्न जगमगा उठते थे। उसने कहा—"अद्‌भुत है देवी, अद्‌भुत है !"

नीलूफ़र हँस दी। स्नेह से उसे भुजाओं में भर लिया। कहा—"ले, तू भी पहन।"

हेका ने संकोच करते हुए वे उतारे हुए कपड़े पहन लिए। नीलूफ़र हर्ष से पुकार उठी—"अद्‌भुत है हेका ! तू तो अनिंद्य है।"

और बाहर रथ पर चढ़कर वे दोनों भी उसी भीड़ की ओर चल पड़ीं। रथ भागने लगा। नीलूफ़र ने कहा—"सारथी ! इसी नीरव जनपथ से उत्सव का भी अनुमान करूँ ? क्या इसे ही मोअन-जो-दड़ो में विराट् कहा जाता है ?"

"नहीं देवी," सारथी ने वृषभों को सँभालते हुए कहा—"यह नहीं। यह तो प्रायः बिल्कुल ही निर्जन हो उठा है। उधर मैदान में तो आप देखकर विस्मय करेंगी।"

नीलूफ़र ने होंठों का दायाँ कोना मोड़कर उपेक्षा से मुस्करा दिया। वह और भी बड़े-बड़े जनसमुदाय देख चुकी है, शायद मूर्ख यह नहीं जानता। प्रजा का क्या, जिसे कोड़े मारकर चलाया जाता है।

रथ जब दुराहे पर आया तब हठात् नीलूफ़र ने कहा—"हेका! आज महामाई के क्रोध की ज्वाला को शांत करने का इतना बड़ा आडंबर हो रहा है न? देवता ओसिरिस इन्हें कभी क्षमा नहीं करेंगे।"

हेका ने कहा—"देवी! वहाँ अपार जनसमुदाय होगा। आप शांत रहें, अन्यथा लोग उत्सव न देखकर हम लोगों को देखना प्रारंभ कर देंगे।"

नीलूफ़र चुप हो गई। वह अपनी चंचलता समझ गई थी। फिर भी कहा—"किंतु हेका! देवता क्या इस प्रकार के वासनामय अनाचार को सह सकेंगे? मैंने सुना था, मिश्र में वे कहते थे कि मनुष्य की तृष्णा ही पाप की जड़ है।"

हेका ने कहा—"मैं क्या जानूँ?"

पास की एक दूकान के हल्के प्रकाश में देखा, विल्लिभित्तूर चला जा रहा था। दूकानदार कोई बहुत वृद्ध था जो शायद सौदा देकर पैसों की गिनती भूल जाता होगा, और स्वर्णमुद्राओं का भी यहाँ आगमन होता होगा, एक विवादास्पद विषय ठहरेगा। विल्लिभित्तूर को देखकर एक बार ही नीलूफ़र ठिठक गई। कहाँ घूम रहा है यह व्यक्ति? इसकी प्रिया आज सर्वसम्मानित है तो यह साधारण व्यक्ति की भाँति कहाँ भटक रहा है? क्या इसे कोई ईर्ष्या नहीं? नीलूफ़र को विस्मय हुआ। उसने हेका को इंगित किया। देखा—सिर झुकाए कवि कुछ खिन्न-सा चला जा रहा था। धीरे-धीरे रथ दूर निकल आया। विल्लिभित्तूर पीछे छूट गया।

जिस समय इनका रथ वहाँ पहुँचा, इन्होंने देखा, चारों ओर जयजयकार हो रहा था। काफ़ी लोग आ चुके थे। अपना रथ इन्होंने औरों से ज़रा हटकर छोड़ दिया और भीड़ में घुस गईं। पहले ही से निश्चय कर लिया था कि दोनों के साथ-साथ रहने की कोई आवश्यकता नहीं है। सुरक्षा के लिए एक-एक गुप्त कटारी कमर में छिपा ली थी। भीड़ में उन पर किसी ने भी ध्यान नहीं दिया। एक शांतिरक्षक से नीलूफ़र ने कहा—"मेरे पति आगे हैं। देखना चाहती हूँ।"

शांतिरक्षक ने आज्ञा दे दी। तब वह उन पंक्तियों में आगे जा खड़ी हुई। उस समय तक उत्सव प्रारंभ नहीं हुआ था किंतु लोग काफ़ी अधीर होने लगे थे, क्योंकि विलंब व्यर्थ ही हो रहा था। वास्तव में वे सर्वश्रेष्ठ—धन—और कला की प्रतीक्षा कर रहे थे। नीलूफ़र आँखें फाड़-फाड़कर इधर-उधर देखती रही। किसी ने अचानक ही कहा—"आप परदेशी हैं? मंच पर नहीं बैठीं?" उसी समय मणिबंध और नर्त्तकी वेणी अपने-अपने ऊँचे आसनों पर जाकर बैठ गए। सब लोगों की दृष्टि उधर ही अटक गई। नीलूफ़र वहाँ से भी हट गई। किन्तु इस स्थान पर उस पर प्रकाश पड़ रहा था। यहाँ कोई प्रश्नकर्त्ता नहीं होगा। तभी मुड़कर देखा—एक व्यक्ति को छोड़कर दूसरा व्यक्ति, देखते ही नीलूफ़र सिहर उठी, वह विल्लिभित्तूर था। उसने देखा और मुस्कराहट उसके होंठों पर फैल गई। विल्लिभित्तूर का वह सौम्य रूप देख नीलूफ़र शांत हो गई। गायक ने कहा—"देवी! कुशल से तो हैं?"

"आपकी करुणा है।" पर शब्द अटक गए। फिर कुछ कहना चाहा, किंतु अचानक ही वेणी ने झुककर मणिबंध से कुछ कहा। उस समय उसके नेत्र दीपाधार के प्रकाश में खड़े नीलूफर और विल्लिभित्तूर की ओर थे। नीलूफ़र के शरीर का रोम-रोम भय से सतर्क हो गया। उसे लगा जैसे समस्त जनसमुदाय यह देखकर ठठाकर हँस पड़ेगा कि आज नीलूफ़र नीचे खड़ी है और महाश्रेष्ठि जिस पर उसने इतना गर्व किया है, वह तो किसी दूसरी स्त्री को लेकर ऊपर

बैठा है। किंतु फिर भी विल्लिभित्तूर तो यह नहीं कह सकता। उसकी स्त्री भी तो उसे छोड़ गई है। क्या यह उसके लिए अपमान का विषय नहीं है? पुरुष के तो अनेक स्त्रियाँ होती हैं। स्त्री के तो न यहाँ, न देश ही में, एक पति से अधिक नहीं होता। स्वयं देवता जिनके ऊपर असीम कृपा रखते हैं वे भी ऐसा करने के अधिकारी नहीं हैं, किंतु नीलूफ़र का हृदय तनिक भी शांत नहीं होता। भय-चकित नयनों से देखते-देखते वह विक्षुब्ध हो उठी।

महायोगिराज इस भीषण कोलाहल में भी अपनी समाधि में ही मग्न थे। उन्हें जैसे कोई मतलब नहीं। अनेक युवक उनके उदाहरण को देख-देखकर सब-कुछ छोड़कर योग धारण करने की बात को छेड़ते और फिर पथ की विघ्न-बाधाओं के बारे में सोचकर उन्हें छोड़ रहे थे। ध्यान करना क्या कोई सरल विषय है! तब कोई अन्य युवक व्यर्थ ही सिर हिलाता, किंतु आँखें उसकी नवयुवतियों की ओर ही होतीं। वह शायद रात्रि-मिलन के विषय में सोच रहा था। फिर चौंककर बोल उठा—"नहीं, नहीं, मैं कभी योग नहीं कर सकूँगा। महायोगी स्वयं साक्षात् महादेव हैं।"

पूजा प्रारंभ हो गई। सब लोग उठकर खड़े हो गए। शीश झुकाकर वृद्ध पुजारी ने कहना शुरू किया—"हे महामहिमामयी महामाई!

"जन्म तेरी मुस्कान है, मृत्यु तेरी भृकुटि की कुटिल रेखा है। मनुष्य का अविनश्वर गौरव तेरी शक्ति का विराट् ध्यान है जो महायोगी भी कभी अर्द्धजाग्रतावस्था में ही कर पाते हैं।

"अज्ञान ही मनुष्य का संबल बनकर उसे पाप की ओर आकर्षित करता है, अंधकार ही उसकी मेधा को अहंकार देता है।

"हे महामहिमामयी महामाई! हमारा अन्न तेरी करुणा है, हमारा जीवन तेरी दया है। अबोध का अपराध ध्यान में रखकर तू हमें दंड न दे। देख, सारा महानगर, दूर-दूर के ग्रामवासी आज तेरे चरणों पर अपने पापों के प्रायश्चित्त करने आए हैं। पथ के दस्युओं, और दैत्यों, प्रेतों तथा नारकीय पिशाचों का दमन करनेवाली माता, रत्नगर्भा, सागरांबरा, द्यावा के वक्षस्थल से मिलकर तीव्र श्वास लेनेवाली, महागौरवशालिनी, तू प्रभात की ऊषा के समान पवित्र और निर्मल है।

"अस्वत्थ देव और नाग तेरे भय से जड़ीभूत हो जाते हैं, स्वयं सूर्य्य तेरे रथ का चक्र बनकर घूमता है। हे परमदेवता महामाई! अपनी तनी हुई भृकुटि को नीचे गिरा दे। अनजान की रक्षा कर।

"हम तुझे नतशीश प्रणाम करते हैं!"

वे पवित्र शब्द देर तक उस विराट् जनसमूह पर निस्तब्धता के स्तरों पर हौले-हौले पाँव धरते चलते रहे और अंत में ऊपर जाकर लय हो गए। उन्हें लगा, जैसे अब भय की आवश्यकता नहीं रही। अब धरती कभी नहीं गड़गड़ाएगी। अब कभी वह डरावना वज्रप्रहार नहीं होगा। उनके मुखों पर एक मुस्कान खेल गई। हृदय एक बार ही उत्फुल्ल हो गया।

उसके बाद आनंद प्रारंभ हो गया। वृद्ध पुजारी ने अर्चना की। नागरिकों ने फूल फेंके। समस्त सोपान फूलों से प्रायः ढँक-से गए। गंधधूम की शिखाएँ अब और मोटी हो गईं। मशालों से अधिक आलोक निकलने लगा। समीर चलने लगा था।

पहले बालक-बालिकाओं ने एक गीत गाया। जब वह समाप्त हो गया तब मोअन-जो-दड़ो की सुहागिनें आगे आकर दल बाँध-बाँधकर एकत्र हो गईं और उन्होंने गाना प्रारंभ

किया। वह सुरीली ध्वनि अंतराल कुहर को भेदकर उसमें युगपद्-सी प्रविष्ट हुई और अनेक वादकों ने अपने तारवाले वाद्यों को, वंशी को सँभाल लिया। उन मुखर ललनाओं के गीत के बोल थे—

"माता ! बालक का अपराध देखकर क्या जननी क्रोध करती है ? वह उसके बाल खींचता है किंतु वह तो केवल स्नेह से मुस्कराती है ! जिसे तूने बनाया है, वह जब तक ज्ञान न पा लेगा, तब तक क्या तेरी करुणा के बिना पल सकेगा !

"हे महामाई ! तेरा क्रोध आकाश के वज्रपात, समुद्र के प्रचंड गर्जन और विशाल पहाड़ों के अट्टहास से भी अधिक भयानक है। उस दिन जब तूने अपना श्वास क्षण-भर रोककर पीछे खींचा था, पृथ्वी थर्रा उठी थी, बालकों के रुदन से आकाश फटने लगा था, और अनेक गर्भवती स्त्रियों के गर्भ गिर गये थे।

"दया ! महामहिमामयी ! दया ! शक्तिप्रभासिनी ! जिस प्रकार मेघ-गर्जन की द्रिम-द्रिम को सुनकर मयूर भय से विह्वल होकर चिल्लाता है किंतु समझ में आने पर पंख खोलकर नृत्य करता है, हे महादेव की प्रिया ! हे लिंगोपासिका ! हे भस्मावृत अमर महायोगी की शक्तिकला ! हम तुझे देखकर भय भी करते हैं, प्रीति भी। हमें क्षमा कर। हमारे बालकों को जीवन-दान दे। हे महामहिमामयी महामाई ! हमारे अपराधों को भूल जा।"

जब गीत समाप्त हो गया तब धीरे से उठकर मणिबंध ने कहा—"मोअन-जो-दड़ो के महानागरिको ! आज हमारे पवित्र भू-प्रदेश में साक्षात् नृत्यकला ने प्रवेश किया है। आज का दिन हमारे जीवन का चिरस्मरणीय दिवस रहेगा। ऐसा भाग्य, ऐसा ऐश्वर्य्य संसार के किसी भी प्रदेश में नहीं है। महामहिमामयी महामाई ने, जान पड़ता है, हमारी प्रार्थना स्वीकार कर ली है। आज हमें जीवन स्वर्ग प्रतीत हो रहा है।"

लगता था, महाश्रेष्ठि आनंद से गद्गद हो उठा था और शब्द आ-आकर उसके गले में बार-बार अटक जाते थे।

'साधु, साधु !' की ध्वनि मंच पर सुनाई दी। और महाश्रेष्ठि ने कहा—"द्राविड़ देश की सर्वश्रेष्ठ नर्त्तकी देवी वेणी ने आज महामाई की प्रसन्नता के लिए नृत्य करना स्वीकार किया है। मैं मोअन-जो-दड़ो के महानागरिकों की ओर से उनका स्वागत करता हूँ।" फिर मुड़कर कहा—"देवी ! स्वागत ! !"

सुनते ही हर्ष की ध्वनि चारों ओर किलकारी मारकर गूँज उठी। 'स्वागत' 'स्वागत' का गंभीर घोष गूँज उठा। स्त्रियों ने ईर्ष्या-भरी दृष्टि फेंकी। दासों ने मंच पर के सहस्रों दीपाधार जला दिए। आलोक से आँखें क्षण-भर को चौंधिया गईं। विदेशियों ने प्रसन्न मुख से अभ्यर्थना की। वेणी ने देखा। विस्मय और आनंद ने हृदय को समूल झकझोर दिया। कितना सम्मान ! कितनी महान हो गई है वह आज ! कीकटाधिपति के अंतःपुर में वह केवल विलास की एक कठपुतली-मात्र होती। लोग अत्यंत उत्सुकता से देख रहे थे। तब धीरे से वेणी अत्यंत नम्रता से उठकर नाट्यमंच पर जा खड़ी हुई। मणिबंध अपने आसन पर बैठ गया।

वेणी ने सब ओर सिर झुकाकर प्रणाम किया, जिससे महानगर के निवासियों के हृदय में एक सौम्यता का सृजन हुआ और वे प्रसन्नचित्त होकर प्रतीक्षा करने लगे।

वादकों ने एक बार झूमकर अपने वाद्यों को सँभाला। उनके कंधे तक लहराते केश तैल से सुचिक्कण हो रहे थे। उनके नयन अभी तक मदिरा की तरलता से लालिम थे। तार झुनझुना

उठे, उधर वंशी में कोई श्वास बज उठा, और ज्योंही मृदंग पर थाप पड़ी कि आनंद लास्य नृत्य प्रारंभ हो गया।

नर्त्तकी विभोर लग रही थी। महामहिमामयी की विराट् मूर्त्ति के सम्मुख सुंदरी एकांगिता से अंगचालन कर रही थी। द्राविड़ नृत्य अनेक इंगितों और मुद्राओं की प्रचुरता से सब पर छाने लगा। सहस्त्रों दीपशिखाओं के आलोक में उन्होंने देखा कि नर्त्तकी की छाया विशाल होकर महामाई पर पड़ने लगी। अन्य देशीय नर्त्तकी का देवता के प्रति यह उल्लास देखकर वे बार-बार विचलित हो गए और जब नर्त्तकी के नूपुरों का मंजुल क्वणन होने लगा तो मृदंग से उठते गंभीर घोष से मिलकर वह ध्वनि ऐसी प्रतीत हुई जैसे प्रभात की शांत मनोरम वेला में चमेली का सौरभ और पारिजात के मकरंद से भरे समीरण में मुग्ध विहगबाल आकाश में मेघों का धुकधुकाता गान सुनकर कोमल कंठ के कलरव कर उठे हों।

लोग निस्तब्ध आँखें फाड़े देखते रहे। आज का-सा सौंदर्य्य जीवन में कभी भी नहीं देखा था। लगता था जैसे अपने अनावृत यौवन में महामाई स्वयं योगिराज महादेव की युगांत-व्यापिनी समाधि का स्खलन करने के लिए अपने जीवन का नृत्य कर रही थी।

एकाएक किसी स्त्री का कंठस्वर गूँज उठा। "यह नृत्य ठीक नहीं है ! इस नर्त्तकी के पग-चालन में अनेक त्रुटियाँ हैं।"

नृत्य रुक गया। नर्त्तकी के नयन क्रोध से लाल हो गए। एक स्त्री मिश्री वेशभूषा में सोपानों पर निर्भीक खड़ी थी। जनसमुदाय कुछ निश्चित नहीं कर सका। या तो यह स्त्री पागल है या स्वयं कोई अद्‌भुत नर्त्तकी है। नर्त्तकी ने उस मौन को समझा।

लोग अचरज से भर गये।

मणिबंध ने हठात् अपने आसन पर खड़े होकर कहा—"स्त्री ! कौन है तू नारी ?"

स्त्री ने कहा—"परमदेवता की करुणा ! मैंने झूठ नहीं कहा। मैं इसका प्रमाण दूँगी।"

आमेन-रा ने कहा—"आज तूने महाश्रेष्ठि की स्वागता-अतिथि का अपमान किया है !"

"स्वागता-अतिथि का अपमान नहीं प्रभु," स्त्री ने फिर कहा—"आपकी महामहिमामयी महामाई का अपमान हो रहा है, और आप समझते हैं कि देवी इससे कभी प्रसन्न हो सकेंगी ?"

वीणा कुछ नहीं समझी। उसे इस चुनौती देनेवाली स्त्री में एक असाधारण शक्ति का अनुभव हुआ। फिर महामाई का भविष्य-क्रोध स्मरण करके उसके रोम-रोम में भय चल गया जैसे कोई कीड़ा शरीर पर चलकर अपने स्पर्श से आत्मा तक को सुखा रहा हो।

वीणा उठकर खड़ी हो गई। उसने कहा—"देवी वेणी !" फिर सबको देखकर उसने कहा—"तो क्या हुआ ? यह तो प्रतिद्वंद्विता नहीं। नवागंतुका कहती है कि नृत्य की त्रुटियों से भविष्य में हम सब पर घोर आपत्ति आ सकती है। फिर वह जब प्रमाण देने को कहती है, तो क्यों न उसकी परीक्षा ले ली जाए ?"

बात ढीली पड़ गई। तब तक नीलूफ़र मंच पर जा चुकी थी। और नीलूफ़र और वेणी ने एक-दूसरी की ओर देखा। देखा, घूरकर देखा, दोनों के बीच घोर घृणा थी। घोर हलाहल। वेणी अधिक सह न सकी। उसके मन में आया वह उस स्त्री को वहीं गला घोंटकर मार डाले। क्षण-भर पहले केवल उसी का नाम था। उस विराट् जनसमूह के ऊपर वही थी जिस पर प्रकाश गिर रहा था। जैसे वह अपार जनसमुद्र महामहिमामयी महामाई को भूलकर अब उसी की

उपासना करने को यहाँ खड़ा था।

उसने महाश्रेष्ठि की ओर देखा जो इस समय अवरुद्ध-सा बैठा था। उसकी समझ में न आया वह क्या करे। व्यर्थ विवाद का कोई समय नहीं था। सामने ही वह सर्पिणी बैठी है और खरी चुनौती है कि आओ, मेरे सामने नृत्य करो। यदि अब वह पराजित हो गई तो? विल्लिभित्तूर होता तो यह सब होता?

वह सिहर उठी। विदेशियों को कहीं भी दिलचस्पी न थी। नृत्य और गीत होना चाहिए। चाहे कोई जीते। दोनों ही का शरीर सुंदर है, दोनों युवती हैं। उस अनिश्चय की वेला में उत्सुकता की जड़ें गहरी हो गईं। मन-ही-मन जनसमुदाय अब पक्ष ग्रहण करने लगा।

वीणा ने कहा—"देवी! आपका शुभ नाम?"

नीलूफ़र ने कहा—"महादेवी! अभी मैं सबसे कहे देती हूँ। जानती हूँ, मैंने गुरुतर व्याघात डाला है। मैं देख रही हूँ सब मेरी ओर उत्सुकता से देख रहे हैं।"

वीणा ने कहा—"कहो देवी!"

वीणा एक प्रभु की पत्नी थी। उसके शब्दों में भार था। आगे बढ़कर नीलूफ़र ने कहा—"मोअन-जो-दड़ो के संभ्रांत नागरिको! विदेशियो! नागरिकाओ तथा दासो और दासियो!!"

चारों ओर एक कठोर अट्टहास गूँज उठा। आज तक मोअन-जो-दड़ो के निवासियों में से किसी ने भी ऐसा संबोधन नहीं सुना था। दास इस संबोधन को सुनकर स्वयं लज्जित हो रहे थे।

यह कौन अद्‌भुत प्राणी है? कौन है यह, जो दासों की बुद्धि को भी महत्त्व देना चाहती है? एक ओर हल्का हास्य सुनाई दिया किंतु नीलूफ़र गंभीर बनी खड़ी रही। शांतिरक्षकों ने चिल्लाकर कहा—"शांति! शांति!!" सब चुप हो गए।

नीलूफ़र ने फिर कहा—"मैं एक मिश्री गायिका हूँ। आश्चर्य्य है, नृत्य और गायन में प्रवीण महाश्रेष्ठि मणिबंध भी आज इस साधारण नृत्य की ग़लती नहीं पकड़ सके हैं।"

सभा में सब ओर निस्तब्धता छा देने का प्रयत्न होने लगा था। नीलूफ़र ने कहा—"मैं नृत्य नहीं करूँगी। द्रविड़ देवी नृत्य करें। यदि वह मेरे संगीत पर नृत्य कर सकेंगी तो आपको ज्ञात हो जाएगा कि मैंने क्या कहा। मैं उसी संगीत की लय को आगे चलाऊँगी।"

नीलूफ़र ने अधिक प्रतीक्षा न करके पीछे बैठे वादकों की ओर देखा और सन्नद्ध होकर बैठ गई।

चारों ओर फिर सन्नाटा छाने लगा था।

नीलूफ़र गाने लगी।

स्वर धीरे-धीरे उठने लगे। नीलूफ़र ने जैसे और किसी की राय लेने की आवश्यकता ही नहीं समझी। एक बार टेढ़ी दृष्टि करके देखा, वेणी को, जो उस समय भी अपने अपमान से विचलित हृदय को पूर्ण रूप से वश में नहीं कर सकी थी।

वेणी के पास अब और कोई चारा भी नहीं था। वह केवल रूठ सकती थी। महाश्रेष्ठि उसकी ओर से बोल सकता था, किंतु भरी सभा में चुनौती तो आसमान में विजयी चंद्रमा की भाँति सबसे ऊँची टँगी रह जाती? और वेणी? क्या वह अंधकार में लौट जाएगी? अपमानित कुत्ते की तरह ठोकर खाकर चुप रह जाएगी? और विल्लिभित्तूर यह सब सुनकर क्या कहेगा?

सब-कुछ तो वह त्याग चुकी है। अब उसे तो दाँव पर खेलना ही होगा। विवश होकर उसे नृत्य करना ही पड़ा।

नृत्य की तलवार संगीत की ढाल पर टकराने लगी। दोनों में अपार उन्माद भर गया था। नीलूफ़र का कंठ-स्वर इतना करुण, इतना सुरीला था कि उसने शीघ्र ही वेणी के नृत्य को दबाना प्रारंभ कर दिया। जीवन की वेदना ने वैभव और विलास को कंपित कर दिया।

जैसे वह कलायुद्ध न था, वरन् दो शत्रु एक-दूसरे पर मांत्रिक शक्ति का प्रयोग कर रहे हों। उत्तर का वह अज्ञात जादूगर साँप को खंड-खंड करके फिर जोड़ देता था। यदि नीलूफ़र हार गई तो वह खंड-खंड हो जाएगी। जनसमुदाय केवल उसी दृष्टिकोण से देख रहा था। इतनी कठिन प्रतिद्वंद्विता थी कि शिक्षित गायकों के अतिरिक्त कोई भी स्यात् समझ नहीं पा रहा था। वह आँखों से अद्‌भुत नृत्य देखते थे, कानों से एक अपूर्व संगीत सुनते थे, दोनों जैसे एक-दूसरे के संग बहे जा रहे थे और धारा में पड़कर उनका विकास अधिक हो रहा था, और शक्ति विस्फुरण करने लगी थी।

एकाएक गाते-गाते नीलूफ़र जोर से हँस पड़ी। उसने सम बदल दिए थे किंतु वेणी घूमती चली जा रही थी। नीलूफर आनंद से अट्टहास कर उठी। और पुकारकर कहा—"मोअन-जो-दड़ो के नागरिको ! सत्य विजयी हुआ है। सत्य की श्लाघा महामाई की श्लाघा है।"

कोई कुछ नहीं समझ सका। यह सच है कि जब मृदंग ने स्वर का अनुवर्त्तन करके रुकने की थाप दी थी, तब वेणी का पग रुका नहीं था जैसे भँवर के आवर्त्तन में पड़ा प्राणी अपने को रोकने में असमर्थ हो जाता है। और उसके बाद उस अट्टहास को सुनकर वह स्तब्ध रह गई। उसने आग्नेय नेत्रों से नीलूफ़र की ओर देखा जो विजयमद से मत्त हो रही थी। मणिबंध का सिर झुक गया। वेणी की इच्छा हुई, धरती फटकर उसे निगल जाए।

तभी भीड़ में से किसी का गंभीर घोष गूँज उठा—"मिश्री गायिका ने बेईमानी की है।"

एक कोलाहल जनसमुदाय में इधर से उधर फैल गया। यह आज आख़िर हो क्या रहा है ? कभी नाव डूबती है, कभी लहरें उसे उठाकर तीर की ओर फेंक देती हैं !

नीलूफ़र क्रुद्ध-सी उठ खड़ी हुई। इससे पहले कि कोई और कुछ कहे, उसने चिल्लाकर कहा—"कौन है वह जिसने चुनौती दी है ! मुझको किसी का भय नहीं। कला के क्षेत्र में मैं किसी के भी सामने संकोच नहीं करती। वह सामने आए, जिसे इसमें विश्वासघात लगा हो, ऊपर आ जाए, कला में नीलूफ़र पराजित हो जाने को अपना अपमान नहीं समझती। कला का कोई अंत नहीं है।"

एक व्यक्ति भीड़ में से निकलकर आने लगा। उसका सिर निर्भीकता से उन्नत था। शरीर पर एक भी आभूषण नहीं। कोमल। भय और विस्मय से उसने देखा, सामने विल्लिभित्तूर खड़ा था।

'विल्लिभित्तूर ! आज फिर ! ! अभी भी इसकी तृष्णा का अंत नहीं हुआ ? किसलिए आया है यह अपमानित मूर्ख ? जो पथ मैं सबकी सुगमता के लिए बना रही हूँ उस पर इसी के हाथ काँटे बिछाना चाहते हैं।'

विल्लिभित्तूर के अधमुँदे नयनों में एक अद्‌भुत प्रकाश दीपकों से निकल-निकलकर प्रतिबिंबित हो रहा था। नीलूफ़र ने धीरे से कहा—"गायक ! तुम ?"

विल्लिभित्तूर मुस्करा रहा था। उसने सहसा सिर उठाकर कहा—"मोअन-जो-दड़ो के

महानागरिको ! द्राविड़ नर्त्तकी आज आप सबके सामने पराजित हो गई है। निस्संदेह वह अद्भुत नृत्य करती है किंतु मिश्री गायिका के अपूर्व कंठ के सामने वह ठहर नहीं सकी। पर मैं आपसे एक बात कहना चाहता हूँ। मिश्री गायिका ने उसे चाल से हराया है। अन्यथा नर्त्तकी फिर नृत्य करे। हम गाएँ। परिणाम ही सत्य को सिद्ध करेगा।"

नर्त्तकी तत्पर हो गई। जनसमुदाय मंत्रमुग्ध-सा खड़ा रहा। मणिबंध को एक बार हर्ष हुआ, फिर अचानक एक काली घटा ने उसकी आँखों पर छाया कर दी। वह एक द्विविधा में फँस गया। क्या विल्लिभित्तूर अपनी प्रिया को जीतने का अंतिम प्रयत्न कर रहा है। एक ओर विजय में सुख है, दूसरी ओर विजय में दुख और तब पराजय ही श्रेष्ठतम लगती है। नीलूफ़र उद्विग्न थी। पीछे हटने के लिए एक पग भी नहीं था।

नर्त्तकी फिर नृत्य करने लगी। एक ओर से नीलूफ़र गाती। उसके रुकने पर विल्लिभित्तूर गाता। यह और भी अद्भुत दृश्य था। गीत इतना नहीं जितना नृत्य गीत के दोनों बोल सुनाता। उनके साथ जब नर्त्तकी अंगचालन करती तब बड़े-बड़े संगीतज्ञों के मुख से 'साधु' ध्वनि निकल जाती। एक बार आमेन-रा भी झुककर देखने को विवश हो गया। इतनी घोर निस्तब्धता छा गई थी कि अंतिम पंक्ति में खड़ा व्यक्ति भी नूपुर की वह झंकारती आवाज़ सुन सकता था। समस्त आकाश इस संगीत को सुनने के लिए संकुचित होता चला जा रहा है। वादक श्रम से स्वेद-श्लथ हो गए। आज का-सा अद्भुत व्यापार उन्होंने स्वयं कभी नहीं देखा था। विल्लिभित्तूर तन्मय था, सौम्यता ने शांति से मिलकर मुख पर सुंदर आभा प्रकट की थी, नीलूफ़र उद्विग्न थी। उसके नयन चंचल थे, प्रतिस्पर्धा इस समय लक्षित हो चली थी। और उसके अनंतर विल्लिभित्तूर बोलता चला गया, नर्त्तकी नृत्य करती चली गई, पारा चढ़ने लगा, हठात् विल्लिभित्तूर ने 'हाँ' कहकर नीलूफ़र की ओर हाथ किया, किंतु वह सुनने में भूल गई थी। आवेश से नीलूफ़र के नासापुट फूल गए कि एकदम विल्लिभित्तूर चिल्ला उठा— "द्राविड़ नर्त्तकी की जय ! मिश्री गायिका पराजित हुई है।"

महाश्रेष्ठि मणिबंध मुक्त कंठ से पुकार उठा, "मोअन-जो-दड़ो के महानागरिको ! द्राविड़ नर्त्तकी की जय !"

समस्त समुदाय ने देखा, नर्त्तकी थककर महामाई के चरणों पर लेट गई। उन्होंने गंभीर स्वर से जयध्वनि की, लगा, महामहिमामयी महामाई के अधरों पर क्षण-भर के लिए एक मंद मुस्कराहट छा गई। वृद्ध पुजारी ने उठकर चिल्लाकर कहा, "माता ने अर्चना स्वीकार कर ली है। महानागरिको ! मैंने महामहिमामयी के चेहरे पर मुस्कान लक्षित की है।"

बाँध टूट गया। भीषण जयध्वनि से एक बार आकाश थर्रा उठा। लगा, जैसे अब अंतराल इस भारी निर्घोष से प्रताड़ित होकर टूक-टूक हो जाएगा।

और भीषण कोलाहल मच उठा। वह जयजयकार की मत्त ध्वनि जब मोअन-जो-दड़ो के प्राचीन पाषाणों से टकराकर लौटी तब वेणी अपने आपे में नहीं थी। उस समय उसे विदेशियों ने घेर लिया था। सब उसके पास पहुँचकर उससे दो-दो बातें कर लेना चाहते थे। कैसा मादक और भव्य नर्त्तन था उसका, जैसे समस्त रसों को घोलकर उनकी साकार प्रतिमा नयनों के सामने जीती-जागती खड़ी कर दी थी। सब ही बातें कर रहे थे। सब ही आनंद से मत्त हो उठे थे।

महाश्रेष्ठि मणिबंध और वेणी उनके बीच में थे। वेणी अब खड़ी हो गई थी। श्रेष्ठि ने उसे भरकर मद्य का चषक दिया जिसे वह गट-गट करके पी गई। पीते ही जैसे चेतना का नया

संचार हुआ। शिराओं में स्पंदन होने लगा, स्फीति रक्त का ऊष्मा से गद्‌गद संचार हुआ। उसने कृतज्ञता से मणिबंध की ओर देखा।

आमेन-रा दाढ़ी पर हाथ फेर रहा था। एलाम के पंडे ने हरप्पा के व्यापारी से कहा, "अद्‌भुत ! आज तक न ऐसा कहीं देखा, न सुना। हमारे देश में भी नृत्य होता है, सिंहनृत्य भव्य होता है, पर यह नृत्य था ? लगता था, स्वयं देवताओं में होड़ बैठ गई थी।"

दाढ़ी पर हाथ फेरते हुए आमेन-रा ने मुस्कराकर उसे स्वीकार किया।

श्रेष्ठि मणिबंध ने सहारा देकर वेणी से कहा, "देवी ! आप मेरे आसन पर बैठें और अपनी श्रांति, नृत्यजनित क्लांति को मिटा दें।"

नर्त्तकी मान गई। किंतु वह मणिबंध के ऊँचे आसन पर न बैठकर अपने आसन को ही पहचानकर उस पर बैठ गई।

विराट् जनसमुदाय धीरे-धीरे घटने लगा था। माताएँ शांतिरक्षकों के पास आ खड़ी हुई थीं और अपने बच्चों को साथ ले रही थीं। और अब वे पंक्तियाँ सब एक-दूसरे में मिल गईं, तब वह अव्यवस्थित भीड़ इतनी अपार हो गई जैसे गर्जन करतीं, परस्पर घुलमिल जाती लहरें हों, जो सागर की भाँति अधिक-से-अधिक फैलती चली जाती थीं। धीरे-धीरे लोग फैलने लगे और अपने-अपने घरों की ओर बढ़ने लगे। रास्ते में उनमें से कोई भी प्रशंसा करते हुए आज नहीं अघाता था।

धीरे-धीरे कोलाहल अनंत में लय हो गया। चारों ओर निस्तब्धता छाने लगी। और स्थान प्रायः निर्जन हो गया।

धनीमानी अब बैठकर मदिरा-पान करने लगे थे। सुमेरु के योद्धा मस्त होकर हँस रहे थे। उन पर नशा देर में चढ़ता था। किंतु वे सब स्वभाव से ही चिंताहीन थे। उनका शरीर भारी था, और अपनी वेशभूषा से भी वे किसी की भाँति निर्बल नहीं लगते थे। उनकी काली दाढ़ी घनी थी और वे बार-बार चषक भरते, बार-बार ठहाके लगाते और मदमत्त होकर पीते।

विल्लिभित्तूर खड़ा रहा। उसे किसी ने एक धन्यवाद तक नहीं दिया था। वह प्रतीक्षा में ही था। नीलूफ़र उसके पास आ गई और उसको एक ओर देखता लक्षित कर देखा—वहाँ सामने वेणी दोनों हाथों से बड़ा चषक उठाए गट-गट मद्य पी रही थी। गायक को उसी ओर घूरता देखकर नीलूफ़र हँस पड़ी।

विल्लिभित्तूर ने चौंककर देखा। फिर कहा, "देवी ! हँसती क्यों हो ?"

नीलूफ़र ने कहा, "हँसती हूँ, कि तुम्हारी मूर्खता देखकर रोना चाहती हूँ।"

विल्लिभित्तूर अनजान-सा देखता रहा। नीलूफ़र ने उसकी ओर मुँह मोड़कर कहा, "पतंगा भी दीपक पर जलने जाता है, नक्षत्र पर नहीं।"

"गायिका !" विल्लिभित्तूर पुकार उठा।

नीलूफ़र ने धीमे से कहा, "नादान !"

विल्लिभित्तूर व्याकुल-सा कह उठा, "तुमने मुझसे कहा देवी ? तुमने मुझसे ऐसा कहा ? मैं नादान हूँ ? देवी ! तुमने कहा मैं नादान हूँ, पर मैं तो ऐसा कोई कारण नहीं समझ सकता..."

नीलूफ़र ने काटकर कहा, "और शायद कभी समझोगे भी नहीं।"

7

हठात् नीलूफ़र ने गायक का हाथ पकड़ लिया।

"देवी!" विल्लिभित्तूर ने विस्मय से कहा।

"देवी, नहीं, नीलूफ़र कहो गायक!" नीलूफ़र ने उपेक्षा से कहा—"देवी तो वह है वहाँ जो उन भेड़ियों के बीच में फँस गई है," वह खिलखिलाकर हँस पड़ी, फिर कहा—"मैं भी कभी देवी थी गायक, किंतु तब कुछ दिन उस नशे में मैं नीलूफ़र नहीं रही थी। गायक, उन दिनों मैं स्वर्ण से लदी एक कठपुतली मात्र थी।" और वह एक वीभत्सता से हँसी। आज वह अपनी समस्त तितिक्षा खो चुकी थी। एक बार को लगा जैसे उसके गोरे मुख पर एक भयानक दाहक प्यास थी जो शायद उन फड़कते अधरों से अव्यक्त रूप से पुलक उठी थी। वह वास्तव में एक ऐसी व्याकुलता में पड़ गई थी कि बहुत कुछ आज अवसान की इस वेला में ऐसा आया और लौट गया जैसे लहरें तीर से टकराकर कह रही हों कि अब तूफ़ान बीता जा रहा है।

विल्लिभित्तूर कुछ न समझ सका-सा उसकी ओर देखता रहा। नीलूफ़र का वक्षस्थल श्वास-प्रश्वास से फूल रहा था। विल्लिभित्तूर क्षण-भर नीचे देखने लगा। यदि वेणी उसको अपरिचित स्त्री के हाथ में हाथ दिए खड़ा देखे, तो वह क्या सोचेगी? और कौन है यह स्त्री जो उसे छोड़ना नहीं चाहती। फिर अचानक ही उसके नयन जाकर वेणी से अटक गए, जो इस समय इधर पीठ किए खड़ी थी और सामने मणिबंध खड़ा था। मोअन-जो-दड़ो का सर्वश्रेष्ठ महानागरिक आज उसे अपने हाथ से मद्य पिला रहा था। वेणी इस सम्मान के कारण आज उपस्थित भद्रों में सबसे ऊँची उठ गई थी। अनेक व्यक्तियों ने वहाँ प्रेम किए हैं किंतु कभी अपनी प्रिया को इतना महान आसन नहीं दिया। विल्लिभित्तूर भूल गया कि नीलूफ़र भी खड़ी थी। वह एकदम बेसुध-सा उधर ही देखता रह गया। एकाएक उसके हाथ को झटका देकर नीलूफ़र ने व्यंग से कहा—"मूर्ख! वह अब तुम्हारी ओर नहीं देखेगी। देखते नहीं कि संसार-भर के सर्वश्रेष्ठ धनिक उसकी उपासना कर रहे हैं। स्त्री का हृदय होने के नाते मैं तुम्हें बता सकती हूँ कि स्त्री भी पुरुष की ही भाँति धन की लोलुप होती है। उसका मस्तिष्क भी अधिकारों की अबाध तृष्णा के लिए लालायित रहता है। क्या है उसमें, जो तुम समझते हो वह विचलित नहीं होगी? और क्या है तुममें, जो कोई स्त्री उतना वैभव छोड़कर तुम्हारे दरिद्र चरणों पर अपना सर्वस्व अर्पण करेगी?"

नीलूफ़र हँस दी। इसके अतिरिक्त भी इतना मत्त कोलाहल था, हृदय को विक्षुब्ध कर देनेवाला वातावरण था कि उन अट्टहासों की विभीषिका में विल्लिभित्तूर एकदम विक्षुब्ध हो उठा था। वे सब मत्त होकर जैसे आज उन्मुक्त हो गए थे और विल्लिभित्तूर क्या है? इनकी तुलना में उसका है ही क्या स्थान?

एक भी बार वेणी ने उसकी ओर नहीं देखा।

नीलूफ़र ने कहा—"क्या देख रहे हो गायक? क्या तुम समझते हो वह तुम्हें अपने पास बुलाकर आसन देगी? मुझे तुम्हें देखकर दया आती है।" विल्लिभित्तूर चौंक उठा। दया! उस पर दया!! उसने कहा—"तो तुम क्या चाहती हो?"

नीलूफ़र का मुख कुछ विकृत हो गया था। उसने नीरस स्वर से कहा—"मैं क्या चाहती हूँ? मैं जानती हूँ मैं क्या चाहती हूँ, किंतु बता नहीं सकती।"

विल्लिभित्तूर अवाक्-सा खड़ा रहा। नीलूफ़र ने कहा—"तुम मुझसे डरते हो? एक स्त्री होकर मैं तुम्हारा क्या कर सकती हूँ?"

विल्लिभित्तूर कुछ नहीं बोला। केवल अपनी आँखें फाड़े उसकी ओर देखता रहा। नारी कुछ व्याकुल हो उठी थी। और नीलूफ़र उसका हाथ पकड़कर उसे सीढ़ियों से नीचे उतार ले चली। अब वे लंबी सीढ़ियाँ निर्जन हो गई थीं। नीलूफ़र ने एक भी बार मुड़कर नहीं देखा। और जब गायक ने अपनी आँखों को एक बार पीछे की ओर मोड़ा, उसने झटका देकर कहा—"क्या देख रहे हो वहाँ पागल! उसे भूल जाओ। अब हमारे-तुम्हारे लिए वहाँ कोई ठौर नहीं है।"

विल्लिभित्तूर अभी तक अचरज में था कि यह स्त्री क्यों ऐसी बातें कर रही है जैसे वह एक अत्यंत अंतरंग हो।

भूमि पर फूल पड़े थे। नीलूफ़र को न जाने क्यों उन्हें कुचल-कुचलकर चलने में आनंद प्राप्त हुआ। अभी भी उनमें गंध शेष थी, अभी भी वे मांसल थे, यद्यपि उनकी स्निग्धता में वह दीप्ति नहीं रही थी। आज उसे उन्हें कुचलने में लगा कि हृदय का युग-युग का शून्य अपने-आप भरता जा रहा है।

धीरे-धीरे वे सोपानों से उतरकर नीचे आ गए और रथों की ओर चल पड़े। अंधकार झीना-सा उड़ने लगा था, क्योंकि पेड़ों के पत्तों में से छन-छनकर चाँदनी आ रही थी जिससे भूमि स्फार-स्फार-सी दिखाई देती थी। नीलूफ़र ने धीरे से कहा—"सारथी!"

सारथी स्यात् ऊँघ गया था। उत्तर न मिला।

पेड़ के पीछे से किसी ने धीरे से कहा—"स्वामिनी!"

नीलूफ़र ने कहा—"आ जाओ।"

विल्लिभित्तूर ने कहा—"यह कौन आ रहा है देवी?"

नीलूफ़र ने अंधकार की ओर देखते हुए कहा—"मेरा एकमात्र संबल, क्योंकि तुम पर मुझे अभी विश्वास नहीं हुआ है।" सामने से आकर एक स्त्री खड़ी हो गई। नवीन वस्त्रों में हेका थी। उसने संदिग्ध नयनों से देखा। गायक को इस प्रकार स्वामिनी के साथ देखकर उसका हृदय भीतर-ही-भीतर शंका से भर गया।

"मैं जा रही हूँ, हेका!" नीलूफ़र ने कहा—"चिंता करने की आवश्यकता नहीं।"

"कहाँ जाएँगी स्वामिनी?" हेका ने पूछा।

"कहीं नहीं। तू ठहरना। नीलूफ़र आ जाएगी।" फिर रुककर कहा—"तू जानती है कि नीलूफ़र ने स्वयं अपना पथ खोजकर पग उठाया था और आज भी यदि पथ पर रोक आ खड़ी होगी तो वह उसे ठोकर नहीं मारेगी वरन् बुद्धि से दूर करेगी। वह मूर्खा नहीं कि अपने पाँव को स्वयं ही क्षत-विक्षत कर ले। चली न जाना।"

आकाश में चंद्रमा उदय हुए काफ़ी देर हो चुकी थी। अभी पूर्णिमा नहीं है। निकट ही होगी। स्यात् कल ही है। कल बहुत शीघ्र ही उजाला फैल जाएगा। इस समय सारा संसार दूध से नहा रहा है। प्रत्येक वस्तु कितनी पवित्र दिख रही है। इस चाँदनी में कितनी शक्ति है? मिश्र की महासम्राज्ञी हज़ारों भैंसों के दूध के फेन में स्नान करती है और उनके शरीर की चिकनाई और कोमलता कोई नहीं पा सकता। आज जैसे पृथ्वी उस लावण्य को चुरा लाई है क्योंकि अभी-अभी बादल फट गए हैं।

शीतल समीर अब गूँजने लगा है। हृदय की आग को बार-बार झोंके लगते हैं। शरीर स्पंदित होकर सिहर उठता है। तब उसे एक शरीर की ऊष्मा का आलिंगन प्राप्त करने की आवश्यकता होती है और पत्तियाँ हिल-हिल उठती हैं, कि निस्तब्धता का अंचल और दूर, और दूर फैलता चला जा रहा है, हृदय का विराट्, विराटतम सम्मोहन बनता हुआ, फैलता हुआ। पेड़ और शाखाएँ चाँदनी में चमकने लगे हैं। पीपल के पातों पर जब चाँदनी फिसलने लगती है तब दूर से वे हीरों की भाँति चमकने लगते हैं। और चंद्रमा के साथ एकमात्र रोहिणी है, सारा गगन दूधिया प्रकाश से उपप्लावित हो गया, जैसे उस प्रभावान् के दीपित रथ को देखकर सब छोटे-छोटे मुँह बना-बनाकर ठुमकनेवाले बौने अपने-आप भाग गए हों।

नीलूफ़र ने कहा—"चलो गायक।"

गायक नतशिर चलने लगा। वह अपने विचारों में खोया हुआ था। क्या जीवन की धारा अब एक नए पथ पर बहने लगेगी? अभी तक वह जहाँ चली है उसमें पाषाणों से टकराहट के अतिरिक्त क्या मिला है? बार-बार शरीर छिदा है, फेनों से आत्मा भर-भरकर कराह उठी है, अरमानों के बुलबुले बन-बनकर फूट-फूट गए हैं, कभी भी कुछ नहीं मिला। एक निरवधि हाहा खानेवाली अग्नि जिसने और कुछ न पाकर अपने-आपको ही चाटना प्रारंभ किया और क्या रहा? एक भस्म का ढेर···मात्र भस्म के अतिरिक्त कुछ नहीं। उस दिन घर छोड़ा था! रो-रोकर माँ ने न सुजा ली होंगी आँखें? क्या उन्होंने इसमें अपना अपमान न समझा होगा कि उनका पुत्र वासना के झटकों को सँभाल न सका, झूल गया?

एकाएक उसने ठिठककर पूछा—"कहाँ चल रही हो?"

नीलूफ़र ने कोई उत्तर नहीं दिया। केवल हाथ और कसकर पकड़ लिया। वह जानती थी, पुरुष की शक्ति उसकी शक्ति से कहीं अधिक है, किंतु वह यह भी जानती थी कि नारी जब हाथ पकड़कर अनुरोध से दबाती है तब पुरुष के शरीर में बिजली दौड़ने लगती है और तब वह अपनी निर्ममता दिखाकर बहाना मात्र करता है। उसकी इच्छा होती है यह हाथ उसके चारों ओर और भी बलपूर्वक कसता चला जाए।

विल्लिभित्तूर ने और भी दृढ़ता से उन्मन स्वर से दुहराया—"देवी! आख़िर तुम कहाँ ले जाना चाहती हो? मैं तुम्हारी किसी भी बात का अर्थ नहीं समझ पा सका हूँ। मेरा-तुम्हारा इतना परिचय था ही कब?"

नीलूफ़र हँस दी। कहा—"डर गए? बालक हो न? किंतु तुम मुझसे भय क्यों करते हो? याद रखो, मैंने सब-कुछ खोकर भी मनुष्य का हृदय नहीं खोया और उन्होंने सब-कुछ पाकर भी हृदय ही खो दिया है। जिनसे भय होना चाहिए, उनसे तो तुम्हें भय लगता नहीं····"

"नहीं, मैं आगे नहीं जाऊँगा।" विल्लिभित्तूर अड़कर खड़ा हो गया। उसने नीलूफ़र की बात को समाप्त करने का समय देना नितांत आवश्यक समझा, फिर कहा—"अनागत भविष्य की छलना-सी तुम हो कौन जो मुझ पर इतने अधिकार दिखा रही हो? क्या मैंने कभी इस स्नेह का गौरव पहले स्वीकार किया है?"

नीलूफ़र क्षण-भर स्तब्ध रही। फिर कहा—"जब से तुम्हें देखा है न जाने क्यों मैं तुम्हें अपने बहुत निकट समझने लगी हूँ। न जाने मैं क्यों तुम्हें बिल्कुल अपना-अपना ही मान बैठी हूँ। एक भी बार यदि तुम उस गौरव को स्वीकार कर चुके होते तो क्या आज मुझसे इतनी निष्ठुरता से व्यवहार करते? नहीं, तब तुम सुनते और मैं फिर भी नहीं कहती।" झटके से अपना

हाथ छुड़ाकर विल्लिभित्तूर पीछे हट गया।

नीलूफ़र अपने दोनों हाथों को जोड़कर भींच उठी। उसका सिर ऊपर उठ गया। बड़ी-बड़ी आँखों पर चाँदनी की हल्की किरणें पड़ रही थीं, पत्तों से छन-छनकर। उनमें उसने देखा वे खुलकर क्षण-भर को बिल्कुल फट गईं और चंद्रमा की किरणों में वे सफ़ेद-सफ़ेद पुतलियाँ भयानक-सी दीख पड़ीं। नीलूफ़र ज़ोर से हँस दी। झीने अंधकार पर उसका वह झनझना स्वर सिहर उठा और सिहर उठा तब गायक का वह शरीर ही नहीं, हृदय भी। उसे लगा, उस चाँदनी में मिश्री गायिका वासना से उन्मत्त हो उठी थी। और अब शायद वह उसे पकड़कर आलिंगन में बाँधकर कसक उठेगी।

विल्लिभित्तूर ने उसके कंधों पर हाथ रखकर कहा—"देवी! क्या हुआ है तुम्हें?"

उसका स्वर भयसिक्त था।

"क्या हुआ तुम्हें?" उसने फिर उसी भाँति पूछा और गायिका जैसे उस स्पर्श से एकदम ही शिथिल हो गई थी। उसने आँखों को आधा मूँदकर कहा—"गायक! जीवन में ऐसे क्षण बहुत कम आते हैं। और जब आते हैं तो अधिक देर तक नहीं रह पाते। आज इतने दिनों के बाद मेरे मन की प्यास दूर हो रही है।"

विल्लिभित्तूर के हाथ गिर गए। नीलूफ़र पीछे हटकर उसकी ओर तनिक पीठ मोड़कर खड़ी हो गई और उसने बहुत धीरे-धीरे कहा, जैसे लज्जा के कारण उसका स्वर रुक-रुक जाता हो—"मैं तुम्हें प्यार करती हूँ विल्लिभित्तूर! बहुत दिनों से मेरे भीतर आग लग रही थी किंतु संकोच के कारण कभी भी कह नहीं सकी। धुएँ से जल-जलकर मैं काली पड़ चली हूँ। किंतु तुम? तुमने कभी मेरी ओर एक बार भी स्नेह से नहीं देखा पत्थर! तुम कहते हो तुम कवि हो, मनुष्य की वेदना को जानते हो, किंतु कभी तुम्हें नहीं लगा कि कोई मर रहा है।"

विल्लिभित्तूर पत्थर की तरह खड़ा रहा। वह अब स्तमित नक्षत्र की भाँति था, जैसे थोड़ी ही देर में आकाश में ज्योति की एक लीक बनाकर लय हो जाएगा। उसका सिर चिंता में झुक गया। क्या उत्तर दे वह इस बात का! जो उसने नहीं सोचा था, वह आज यह क्या हो रहा है!

नीलूफ़र पृथ्वी पर बैठ गई और घुटनों पर सिर रखकर रोने लगी। वह फफकने की आवाज़ कवि के कानों में पानी के साँप की फुसफुसाहट के समान उतरने लगी। और नीलूफ़र हृदय की घोर यातना को आज इसलिए उँडेल रही है क्योंकि जहाँ हृदय को बहना है, उसे एक दीर्घ ढाल मिल गया है जिस पर पानी उन्मुक्त भाग सकता है।

कवि किंकर्त्तव्यविमूढ़ हो गया था। उसकी समझ में नहीं आया वह क्या करे। शीतल समीर का झोंका उसके शरीर को छू गया। उसने इधर-उधर देखा, कोई भी नहीं था। क्यों न वह चला जाए? क्यों वह रुककर मनुहार कर रहा है। किंतु नारी के आँसू छोड़कर जाना क्या सरल है?

उसने कहा—"देवी! वहाँ चलो। वहाँ उजाला है।"

नीलूफ़र ने आँख उठाकर देखा। कहा—"किंतु मेरे लिए तो अब सब जगह अँधेरा-ही-अँधेरा छा गया है।"

अब गायक का प्रश्न-भांडार भी चुक गया। अब वह कुछ भी नहीं कह सकता। अँधेरे और उजाले का भेद तो वह करता है जिसके हृदय में संकोच हो। और यह है जो अब इन बातों को कोई महत्त्व नहीं देती। वह यदि अपने सुख का वृत्त अंधकार में ही पूर्ण होता देखती है, तो

अंधकार ही सब-कुछ है, अन्यथा कितना भी प्रकाश क्यों न हो, उसके लिए तो सब अंधकार-ही-अंधकार का भीषण खड्ग है।

विल्लिभित्तूर ने कहा—"देवी! तुम विचलित हो गई हो। मुझे बताओ, मैं तुम्हारी पीड़ा को कैसे दूर कर सकता हूँ?"

और नीलूफ़र ने दोनों हाथ उठाकर कहा—"आओ! मेरे पास!!"

निस्संकोच! निर्द्वंद्व आवाहन! जैसे जादूगर ने कहा हो—आओ मेरे पास! विल्लिभित्तूर!! स्नायविक कंपन-सा यह सनसन करता पवन, चाँदनी का ऊर्जस्वित कंपन....

कवि बैठ गया।

नीलूफ़र पास सरककर बैठी। और उसके दोनों हाथों को अपने हाथों में ले लिया। उन स्निग्ध मांसल हाथों का आकर्षण, कि कवि! दारिद्र्य में पले कवि के हाथों को जैसे किसी ने उनसे चिपका दिया। वह उन्हें दूर न कर सका। और नीलूफ़र ने कहा, धीमे से, लजाते हुए—"जानते हो, मैं तुम्हें प्यार करती हूँ।"

कवि ने धीरे से कहा—"यही एक दिन वेणी भी कहती थी।"

उसके उन शब्दों में नारी के प्रति घोर अविश्वास था, किंतु नीलूफ़र ने इसे नहीं सुना। वह कहती ही गई—"मैं धन के लिए प्यार नहीं करती, मैं तुम्हें वैभव के लिए संगी नहीं चुनना चाहती।" और उसने तीखी आँखों से गायक को देखा। "मैं तुम्हें चाहती हूँ। हम-तुम दोनों ही ठुकराए हुए हैं। तो क्या शेष जीवन ऐसे ही बिता दोगे? किसके लिए विल्लिभित्तूर! क्या हमें अपने जीवन को सुखी बनाने का अधिकार नहीं है?" फिर धीरे से झुककर कहा—"चलो गायक! हम-तुम कहीं भाग चलें!"

अबके कवि हँस पड़ा। नीलूफ़र चौंक उठी। तो क्या सब व्यर्थ हुआ?

उसने कहा—"तुम हँसते हो गायक?"

"हँसूँ न तो क्या करूँ?" कवि ने कहा, "मेरे पास इसके अतिरिक्त और चारा ही क्या है?" वह फिर हँसा। "कहाँ जाएँगे हम लोग? बताओ न देवी? यह तुम्हें अचानक ही क्या सूझा? तुम विक्षुब्ध हो गई हो। लगता है श्रेष्ठि ने तुम्हें अत्यंत स्नेह दिया है। अब यदि उसकी आँखों पर झिलमिल पड़ गई है, तो तुम मुझे लेकर बदला चुका देना चाहती हो...."

"विल्लिभित्तूर!" नीलूफ़र ने चिल्लाकर उसके मुख पर हाथ रखकर उसे बंद कर दिया। फिर कहा—"मुझे देर हो रही है कवि! अब मैं जाना चाहती हूँ। किंतु मेरा एक कहना मानोगे?"

"क्या?"

"कल रात को सिंधु-तीर पर मिल सकोगे?"

"देवी!" वह कुछ सोचने लगा।

"कहो गायक! अवश्य आना पड़ेगा," बड़ी मनुहार थी।

कहा—"आऊँगा देवी! तुम इतनी व्याकुल क्यों हो? आऊँगा, कल रात मैं तुम्हारे लिए सिंधु-तीर पर निश्चय आऊँगा।"

नीलूफ़र ने कहा—"प्रतिज्ञा करते हो?"

विल्लिभित्तूर ने कहा—"हाँ देवी, प्रतिज्ञा करता हूँ। मैं तुमसे भय नहीं करता। अवश्य आऊँगा। आज मुझे तुम्हारी वेदना का कुछ आभास मिला है। मैं अवश्य आऊँगा।"

नीलूफ़र गद्‌गद हो गई। उसने एक बार आवेश में कवि को अपने शरीर से भींच लिया और वह स्पर्श इतना हुआ जैसे वह केवल एक आवेश का स्फुरण-मात्र था, और कुछ नहीं।

नीलूफ़र ने कहा—"मैं जानती थी, तुम एकमात्र मनुष्य हो। ऐसा नहीं हो सकता था कि तुम मेरी आर्त्त पुकार सुनकर अनसुनी कर देते। मुझे तुम पर विश्वास था, अन्यथा मैं जीवन-भर घुट-घुटकर मर जाती किंतु तुमसे कभी भी नहीं कहती।"

दोनों हाथ में हाथ दिए लौट चले।

नीलूफ़र धीरे-धीरे सुस्थिर हो चली थी। उसने उसका हाथ छोड़ दिया। अचानक नीलूफ़र ने कहा—"वह देखो!"

कवि ने सिर उठाकर देखा। प्रकाश में मंच पर होता विलास, दूर से देखा, रंग जमा हुआ था। महानागरिक मदिरा पी-पीकर मत्त हो रहे थे। वे दोनों चुपचाप उधर ही चलने लगे। जब वे सोपानों के निकट पहुँच गए तो एक बड़ी मूर्त्ति की छाया में नीलूफ़र ने गायक को रोक लिया, ताकि वे लोग किसी को दीख न जाएँ। यहाँ से सब दिखाई के अतिरिक्त सुनाई भी देता था।

सुमेरु के योद्धा झूम रहे थे। नशे में बेहोश हरप्पा का व्यापारी वीणा के वक्षस्थल पर सिर रखकर सो रहा था। वीणा स्वयं बिल्कुल बेहोश पड़ी थी। अन्य कुलीन स्त्रियाँ प्रायः अधनंगी हो गई थीं। किसी को भी अच्छे-बुरे का ज्ञान न था।

मणिबंध अधमुँदी आँखों से देखता हँस रहा था, झूम रहा था। दास-दासियाँ भर-भरकर मदिरा लाते थे और उनके चषकों में उँडेल देते थे। कोई अट्टहास कर रहा था और चिल्ला रहा था—"मोअन-जो-दड़ो के महा···ऽऽ ···नागरि ···को ···ओओ ···" और सब हँस रहे थे।

महायोगिराज की समाधि अभी भी नहीं खुली थी। वे वैसे ही थे। उनकी समाधि जैसे अन्यों के अपराधों के सम्मुख अमोघ दृढ़ता थी और वह जैसे समस्त महानगर का प्रायश्चित्त कर रहे थे। उनको देखकर भय होता था, किंतु कभी-कभी लगता था वे स्वयं महादेव ही हैं। महानगर का आनंद उन्हीं की करुणा पर है।

तंद्रा ने एलाम के पंडे के गाल पर चपत मारकर कहा—"हट मूर्ख, तुझसे पी भी नहीं जाती।"

हार हाथ में फँस गया और बड़े-बड़े मोती भूमि पर गिरकर बिखर गए।

एलाम के पंडे ने कहा—"महानगर को फिर आनंद देना चाहिए। फिर एक बार नर्त्तकी वेणी का नृत्य हो, फिर एक बार···"

वह अधिक न कह सका। सभी दुहराने लगे···फिर एक बार···फिर एऽऽक बाऽऽर···

"एक बार क्या?" तंद्रा ने अब भूमि पर औंधे सहारा लेते हुए कहा।

सुमेरु के योद्धा ने अपने वस्त्रों पर मदिरा का प्याला उँडेलते हुए कहा—"एक बार सुंदरी···एक बार···"

तंद्रा खिलखिलाकर हँस पड़ी। सुमेरु का योद्धा चलने लगा और उसके पाँव लड़खड़ाने लगे····

एलाम के पंडे ने कहा—"उत्सव···"

"उत्सव! उत्सव!!" की पुकार चारों ओर गूँज उठी।

सुमेरु के योद्धा ने झूमते हुए उँगली उठाकर मणिबंध से कहा—"महाश्रेष्ठि··· उत्सव···" वह भूल गया था कि वह सभा में है और वह अपनी भाषा बोल उठा।

मणिबंध बैठे-बैठे झूम रहा था''''उसने अंदाज़ से समझा और फिर उसने कहा, "उत्सव ?"

और वे सब उत्सव-उत्सव बकने लगे''''सुमेरु का योद्धा तब तक तंद्रा पर झुक गया था और कह रहा था—"देवी '''' उत्सव''''"

गायक ने हठात् कहा—"पैशाचिक ! मैं जाता हूँ ।"

"ठहरो न ?" नीलूफ़र ने कहा ।

पर कवि चला गया । तब नीलूफ़र थोड़ी देर तक खड़ी-खड़ी सोचती रही । फिर न जाने क्या विचार आया कि जहाँ रथ खड़े थे, वहाँ जा पहुँची । सन्नाटा छा रहा था । नीलूफ़र पैर दबाकर बढ़ने लगी । एक पेड़ के पीछे से उसे लगा, जैसे दो व्यक्ति बहुत धीरे-धीरे बातें कर रहे थे । स्वाभाविक कौतूहल जाग उठा । पास खिसकने लगी । निःशब्द जाकर पेड़ से चिपक गई और समझने का प्रयत्न करने लगी । बहुत शीघ्र ही उसने स्वर से पहचान लिया कि अंधकार में छिपकर अपाप और हेका बातें कर रहे थे । वह छिपकर सुनने लगी । और झाँककर देखा ।

अपाप के वक्षस्थल पर सिर रखे, उसके गले में अपने हाथ डालकर हेका उससे कह रही थी—

"स्वामिनी नहीं आईं । क्या हो गया, जाने उन्हें ?"

"होगा क्या," अपाप ने कहा, "नीलूफ़र क्या इतनी बदल गई है । तुझे याद है, नील के तीर पर वह फेरीवाले का मांसल-सा लड़का । उन दिनों नीलूफ़र की क्या हालत थी ? मैं जानता हूँ कई दिन से श्रेष्ठि मणिबंध उस नर्त्तकी के पीछे बावला हो रहा है । आख़िर तेरी स्वामिनी कब तक बेकार बैठी रहती ?"

"हट," हेका ने कहा—"नीलूफ़र क्या कोई साधारण स्त्री है ?"

"तो क्या वह तुझसे भी असाधारण है ? मेरे लिए तो जो कुछ है, तू है !"

हेका ने रूठकर कहा—"न जाने, तुझे सदा ही हँसी छूटती है । मैं तो जाकर देख आऊँ । न जाने उसे क्या हो गया है ?"

अपाप ने कहा—"छिः-छिः, जो हो रहा होगा, वह तो समझ लेना कठिन नहीं, किंतु उसको जाकर देखेगी तो एक बात तो मैं जानता हूँ ।"

"क्या ?"

"कि तेरे शरीर पर तेरा शीश फिर रह नहीं सकेगा ।"

"क्यों नहीं रहेगा ?" हेका ने कहा, "मैंने तो उसे कई बार श्रेष्ठि के साथ देखा है ।"

"वह तो छिपकर देखा होगा । वह तो दास-दासियों के अधिकार हैं । किंतु गायक तो नया आदमी है । अगर अब जाएगी तो प्राण का भय अवश्य है ।"

हेका ने कहा—"यदि यह बात नहीं हुई तो ?"

"तो," अपाप ने कहा, "वह बात क्या यहाँ नहीं हो सकती थी जो उस ओर अंधकार में जाने की आवश्यकता आ पड़ी ?"

हेका निरुत्तर हो गई । अपाप ने कहा, "उधर देख, कैसे पी रहे हैं ! अब मत्त हो जाएँगे तब क्या करेंगे, जानती है ? इन स्त्रियों का क्या होगा ?"

"क्या होगा ?" हेका ने पूछा ।

"यह," और अपाप ने हेका का मुख चूम लिया । हेका चिढ़ गई । उसी समय पेड़ के

पीछे से निकलकर, हाँफते हुए एकदम ही नीलूफ़र ने कहा, "हेका !" दोनों बिजली की भाँति अलग हो गए। "स्वामिनी !" भयविह्वल हेका के मुँह से निकल गया। भय से कंठ सूख गया। वह निश्चय नहीं कर सकी कि नीलूफ़र अभी आई है या बहुत देर से सुन रही है।

नीलूफ़र ने कठोर स्वर से कहा, "चलो।" और कहा, "सारथी !"

हेका ने एक बार अपाप की ओर देखा जो उस समय सिर झुकाए खड़ा था। रथ इधर बढ़ आया।

"हेका !" नीलूफ़र ने फिर कहा। "अपाप से कहो कि वह जाकर वहाँ काम करे।"

हेका ने कुछ कहना चाहा, किंतु जीभ तालू से सट गई। साहस नहीं हुआ। अपाप चलने लगा।

नीलूफ़र ने हेका का हाथ पकड़कर कहा—"बुरा मान गई ?"

"नहीं तो देवी ! मेरा इतना साहस ?"

"पगली !" नीलूफ़र ने स्नेह से कहा।

अपाप चला गया था।

नीलूफ़र हँसी। उसने कहा, "ये सब कीड़े हैं ! कीड़े !" फिर रथ पर चढ़कर कहा, "सारथी ! घर की ओर !"

सारथी ने चाबुक घुमाया। दोनों स्थिर खड़ी रहीं। किसी ने भी कोई बात नहीं की।

जब प्रासाद पर रथ रुका, नीलूफ़र ने कहा, "सारथी, कल फिर।" और वह भीतर चल पड़ी। हेका पीछे-पीछे थी।

"हेका ! जानती है, मैं कहाँ गई थी ?" नीलूफ़र ने अपने प्रकोष्ठ में पहुँचने पर कहा।

"नहीं तो देवी !"

"मैं गायक को लेकर गई थी। कल वह रात को मुझसे सिंधु-तीर पर मिलने आएगा। मैं तो आज ही सब-कुछ समाप्त कर देती, किंतु वहाँ साहस नहीं हुआ। उसके लिए तो बिल्कुल एकांत की आवश्यकता है न ?"

"किसके लिए देवी ?" हेका ने न समझकर पूछा।

"तू नहीं समझी ?" नीलूफ़र ने अपनी बड़ी-बड़ी आँखों को बल देकर विस्मय से कहा, "तो इतने दिन तूने मेरे साथ रहकर सीखा ही क्या ? अरी, तू तो मुझे बिल्कुल नहीं पहचानती।"

वह ऊँचे आसन पर बैठ गई। हेका ने उसकी ऊनी चप्पलों को उतार दिया। नीलूफ़र कुछ देर लंबी-लंबी साँसें लेती रही। उसका हृदय धड़क रहा था। फिर उसने अपना मिश्री मुकुट उतारकर चौकी पर रख दिया। अब स्त्रीत्व मुख पर अधिक झलक आया। नीलूफ़र उठकर खड़ी हो गई। हेका उसके वस्त्र बदलवाने लगी। नीलूफ़र ने कहा, "हेका ! क्या मैं कुछ ग़लती कर रही हूँ ?"

हेका ने कटिबंध ढीला करके सामने पर्दा खींच दिया।

नीलूफ़र कहती चली गई। हेका सुनती रही।

"सारे संसार का वैभव भी यदि मेरे चरणों पर आकर बार-बार सिर पटककर कहे कि मुझे अपना ले, मुझे अपना ले, तब भी मैं उसे स्वीकार नहीं करूँगी, किंतु जिसे मेरी आत्मा ने अपना मान लिया है उसे मैं कभी भी नहीं छोड़ सकूँगी।"

हेका के हाथ रुक गए। नीलूफ़र ने कहा, "क्यों ? घबरा गई ? अभी तूने देखा ही क्या

है?"

फिर वह हँस दी। कहा—"अरी, परिकर तो ला।"

हेका ने परिकर बाँध दिया। नीलूफ़र ने कहा, "मेरे बाल खोल दे।"

हेका ने गूँधे बालों को उन्मुक्त कर दिया। वे कंधों पर लहराने लगे। एक लट गाल पर सरक आई। उस गोरेपन पर वह अत्यंत काली दिखाई दी। और तब हेका नीलूफ़र के आभूषण उतार-उतारकर रत्नपिटक में सजा-सजाकर रखने लगी।

नीलूफ़र ने अधमुँदी तीखी आँखों से दीवार की ओर घूरते हुए कहा, "तू मुझे सीधी समझती है? कल देखना.... कल...." वह हँसी.... कहा.... "अच्छा, कल ही सब साबित हो जाएगा...." रुककर कहा, "देखें, कौन विजयी होता है...."

उसके प्रत्येक शब्द में हलाहल फूत्कार कर रहा था। हेका उद्‌भ्रांत-सी सुनती रही। अब काम समाप्त हो गया। उसके कंधे पर सारा बोझ देकर नीलूफ़र शैया की ओर चली और तकिये का सहारा लेकर बैठ गई। उसने कहा, "कल रात सारा संसार अपनी करुणा को लेकर मेरी हा-हा खाए....मेरे सामने याचना करे....फिर भी नहीं....फिर भी नहीं....यह भयानक तूफान....यह प्रचंड झंझावात...."

हेका ने रोककर कहा—"स्वामिनी! आप उद्विग्न हैं।"

"उद्विग्न?" नीलूफ़र ने मुड़कर कहा, "उद्विग्न मैं शायद कल भी नहीं होऊँगी जब अपनी यह तेज़ कटार उस निर्वीर्य्य गायक के गले में उतार दूँगी।"

"स्वामिनी.!" हेका भय से चीत्कार कर उठी, "आप? आप हत्या करेंगी? आप हत्या करेंगी?"

उसे विश्वास नहीं हो रहा था। नीलूफ़र स्यात् उससे उपहास कर रही है, उसका साहस परखने की चेष्टा कर रही है। उसने अनजानती आँखों से उसकी ओर देखा।

नीलूफ़र ने कहा—"नहीं। हत्या नहीं करूँगी। मैं अपने अपमान का बदला लूँगी। मैं अपने-आपको मिट्टी में नहीं मिलने दूँगी। मैं जानती हूँ मैं इतनी निर्बल और मूर्ख नहीं हूँ। हेका, मैं निरीह नहीं हूँ कि कोई मुझ पर व्यर्थ ही दया किया करे। दया पशुओं पर की जाती है, मनुष्य पर नहीं।"

हेका चुप हो रही। नीलूफ़र फिर कहने लगी, "हेका! नीलूफ़र सब-कुछ सह सकती है किंतु वह फिर से राह का कुत्ता नहीं होना चाहती। मुझे याद है हमारे देश में लोग कहते थे कि जिस शेर को मनुष्य का रक्त मुँह लग जाता है वह कभी घास नहीं खाता, चाहे भूखा ही क्यों न मर जाए!"

नीलूफ़र ने हठात् कहा—"हेका! तू जा! तू अभी समझ न सकेगी। अभी मैं कुछ निश्चय नहीं कर सकी हूँ। मुझे कुछ सोच लेने दे।"

हेका देखती रही। नीलूफ़र ने कहा, "कंठ सूख रहा है, ज़रा दे तो।"

हेका ने बहुमूल्य हाथीदाँत-जड़ी छोटी चौकी पर रखे सुवर्ण-पात्र को उठाकर उसमें से चषक में मदिरा उँडेली और नीलूफ़र की ओर हाथ बढ़ा दिया। नीलूफ़र ने ऊँचे आसन पर बैठकर विश्रांति से दोनों पाँव फैला दिए थे। उसने ढीले हाथ से चषक पकड़ लिया और एक घूँट में सब पी गई। फिर कहा, "तनिक और...."

"एक चषक और," फिर कहा—"हेका, तू जा"....

वह आँखें मूँदे लेट-सी गई।

हेका चली गई। कुछ देर बाद वह उठ बैठी और घूमने लगी।

आज जैसे वह बौरा गई थी। आज जैसे उसका हृदय प्रलय से आलोड़ित-विलोड़ित हो उठा था। वह कभी बाहर प्रांगण में जाती, कभी फिर प्रकोष्ठ में घूम-घूमकर उन सुंदर मूर्त्तियों को देखती फिरती। कहीं भी शांति का आवास न था। ये पत्थर की मूर्त्तियाँ उसे घूर रही हैं। वे सैनिकों के चित्र! सैनिक अपने भाले उठाए जैसे उस पर अपना निशाना लगा रहे हैं। वे उसकी हत्या कर देंगे। बाहर गई, फिर भीतर भाग आई और फिर एक बार वातायन से छनती चाँदनी को देखा जिसमें एक थकी विवसन सुलग कुहुक उठी थी। अंग-अंग मरोर खा रहा था। न जाने हृदय क्या चाहता है। क्या कर सकेगी वह उस विराट् मणिबंध की शक्ति के विरुद्ध? क्या वह नर्त्तकी के नए और कठोर यौवन को अपनी टक्कर से विध्वस्त कर सकेगी? नहीं, नहीं····

उन्मत्त समीरण चिल्ला उठा····नहीं ···· नहीं····

पाषाण का प्रासाद चिल्ला उठा।···· असंभव···· असंभव!

और वह वहीं सिर पकड़कर बैठ गई।

हेका चुपचाप जाकर अपने दासकक्ष में पड़ रही। भय से कंठ सूख रहा था। आज स्वामिनी क्या कह रही थीं! यदि ऐसा हुआ तो? यदि उसने गायक की हत्या भी कर दी और उसका अनुमान ग़लत निकला? गायक का यदि बीच में कोई हाथ नहीं हुआ तो? तो उस निरीह की हत्या व्यर्थ होगी? और मणिबंध को तो स्वयं ही फिर प्रशस्त क्षेत्र मिल जाएगा। कौन जाने, वह सफल भी हो या नहीं? यदि असफल हो गई तो क्या वह जीवित रह सकेगी? मणिबंध क्या उसे जीवित रहने देगा? नर्त्तकी यदि उससे सच्चा प्रेम करती है तो वह नीलूफ़र के टुकड़े-टुकड़े करवाके चौराहे पर गिद्धों को खिलवा देगी····

रात काफ़ी बीत चली थी। हेका शैय्या पर थर-थर काँप रही थी। काश, अपाप आ जाता तो वह उससे सब बातें कहकर अपना जी हल्का कर लेती, उसकी राय लेती, यदि वह अपाप को लेकर इस अर्द्ध-रात्रि की निस्तब्धता में कहीं भाग जाए तो····

किंतु अपाप हब्शी है। जहाँ भी जाएगा, वहीं दास समझकर पकड़ लिया जाएगा, अभागे के लिए संसार में कोई स्थान नहीं है, वह कहीं भी सुख और चैन से नहीं रह सकता। वह केवल सेवा करने के लिए पैदा हुआ है। उसे कहीं भी मुक्ति नहीं है और स्यात् अपाप कभी भी यह नहीं सोचता कि वह स्वतंत्र भी हो सकता है। उसे जैसे इसकी कोई आवश्यकता ही नहीं।

हेका की आँखों में अतीव करुणा से आँसू आ गए। उसने उन्हें पोंछ लिया। फिर वह सोच में डूब गई। सोचते-सोचते उसका गला सूखने लगा। उठकर एक चुल्लू पानी पिया। फिर लेट गई।

अपाप अभी तक नहीं आया था। आज शायद अभी तक लौटा नहीं। विस्मय हुआ। इतनी रात बीत चली, उत्सव अभी भी समाप्त नहीं हुआ है। अपाप उन्हें भर-भरकर मदिरा के चषक दे रहा होगा। उसे क्या ज्ञात था कि दास भी स्वामि-वर्ग के नशे में चूर होते ही खूब गट-गट कर मदिरा पी रहे थे। किंतु प्रभु को इतना ज्ञान ही कहाँ था कि वे इस बात को पहचान लें।

और फिर याद आया। अब नर्त्तकी यहीं रहने लगी है? क्या नीलूफ़र का चुप रह जाना

ठीक होगा? उससे क्या होगा? होगा क्या? नर्त्तकी स्वामिनी हो जाएगी और नीलूफ़र या तो दासी हो जाएगी या⋯

कुछ समझ में नहीं आया। या वह भी उपपत्नी बनकर रह जाएगी। हेका को याद आया। वह कल ही मिट्टी का गड्ढा खोदकर एक मिट्टी की गुड़िया बना उस पर थूककर उसे शौचगृह की नाली में गाड़ आएगी जिससे उस पर तमाम गंदगी बहती रहे और वह सिंचती रहे। इस प्रकार नर्त्तकी का रूप और यौवन शीघ्र ही नष्ट हो जाएगा। मिश्र के बूढ़े जादूगर ने राजकुमारी को यही तो बताया था जो उनकी दासी ने छिपकर सुना था और मित्रता में हेका को बता दिया था।

अपनी इस सूझ पर वह अत्यंत प्रसन्न हुई। इस प्रकार वह अवश्य नीलूफ़र का भला कर सकेगी और क्या कहेगी नीलूफ़र, जब हेका के कारण उसका स्वामित्व उसी के पास रहेगा, या एक प्रकार से उसे वापस मिल जाएगा⋯

तब हेका स्वतंत्र हो जाएगी?

कौन जाने? होगी भी या नहीं!

किंतु होकर भी क्या करेगी? नीलूफ़र से बढ़कर उसका शुभाकांक्षी कौन होगा?

अरे, अपाप अभी तक नहीं आया? क्या हुआ आख़िर!

गायक का रक्तपात होगा⋯

भावों की उच्छृंखल टकराहट हुई, जैसे वह भटक रही हो। तब आतुर होकर वह उठ बैठी। अंधकार में इधर-उधर देखा और फिर स्वामिनी के प्रकोष्ठ की ओर चली। झाँककर प्रकोष्ठ में देखा, अंधकार छा रहा था। शायद सो रही हैं। किंतु फिर सुनाई दिया कोई बहुत ही धीमा शब्द हो रहा है। अचानक रुक गया। फिर होने लगा। भीतर के छोटे प्रकोष्ठ से नीलूफ़र बाहर आई, इधर-उधर सतर्कता से देखा। हेका पीछे हट गई। नीलूफ़र लौट गई। तब हेका कुछ क्षण बिल्कुल चुपचाप खड़ी रही और फिर पाँव दबाकर चलने लगी। पर्दे के पीछे जाकर श्वास रोककर खड़ी हो गई। धीरे से पर्दा उठाकर भीतर झाँका।

देखा—नीलूफ़र अपनी छुरी घिसती जा रही है, और मुस्कराती जा रही है जैसे उसे अथाह आनंद हो रहा है। पैशाचिक विभीषिका उसकी आँखों में खेल रही थी। अंग-अंग स्फुरित हो रहा था। हेका ने देखा, वह प्रसन्न थी। छुरी उठाई और एक बार अपनी कनिष्ठिका पर उसकी धार को छुला दिया। उँगली कट गई और रक्त झलक आया। नीलूफ़र हँस दी और आनंद से सिर हिलाते हुए उँगली मुँह में रखकर उसे चूसने लगी। हेका स्तब्ध ही खड़ी रही।

नीलूफ़र ने देखा। कहा—"हेका! मेरे साथ चल।"

किंतु जब गायक घर पहुँचा तो उसका मन अत्यंत विचलित था। आज भाव टकराने लगे थे। बहुत दिनों से जो जीवन व्यर्थ लगने लगा था, आज वह फिर सार्थक लगने लगा है। इतने दिनों की उमस के बाद आज यह शीतल समीरण बह निकला है, जिसके स्पर्श से वर्षा होना आवश्यक है।

वह अपनी शैय्या पर लेट गया। चाँदनी भीतर छन-छनकर आ रही थी। द्विविधा में पड़े हृदय की नैय्या लहरों से पथ पूछने का उपहासास्पद कृत्य कर रही थी।

ज्योत्स्ना बह-बहकर इकट्ठी होती जा रही है। अमृत का कुंड बन जाएगा और प्रेमी इसमें आ-आकर स्नान करेंगे; अपनी यातनाओं के भार को धो देंगे, कलुषों को मिटा देंगे।

कैसी सुलगन है जो सबमें आग लगा देना चाहती है!

अचानक ही उसके होंठ हिल उठे और रात की नीरवता पर उसके शब्द गीत की मिश्री में घुलते हुए उसी के मन को मीठा बनाने लगे :

"शीतल समीर मत चल, मेरी प्रिया भ्रम में दूसरे की माया में अपने-आपको खो देगी। जा, मेरी यह वेदना उसके कानों में कह आ कि निठुरे, तेरा प्रेमी दीपशिखा के समान थर-थर काँप रहा है। क्या जाने, वह कब बुझ जाए।

"ओ चंद्रमा! एक बार पृथ्वी पर आकर देख, कि मेरी प्रिया के नयनों के सम्मुख तेरा यह सौंदर्य्य हीरक के सम्मुख धूलि के समान है।

"अरी, निस्तब्ध निशीथ! हृदय पिपासा से पुकार उठा है। आर्द्र हैं मेरी कामनाएँ, बुभुक्षित हैं मेरी याचनाएँ, न दे मुझे यह यातना का वात्या चक्र, कहीं मेरा फूल मुरझा न जाए। सचमुच, तूफ़ान से मैं नहीं डरता, पर मैं नहीं चाहता कि कोई इसको छल से तोड़ जाए।"

रात को जब मणिबंध और वेणी लौटकर आए, दोनों नशे में मूर्छितप्राय थे। दीप के धुँधले प्रकाश में दासियों ने उनके पैरों से वे हल्की पट्टीदार चप्पलें उतार दीं। वेणी के लटकते हुए पाँवों को उन्होंने शैय्या पर रखकर उसे ओढ़ा दिया। हब्शी प्रतिहारी द्वार पर लंबी तलवार लेकर पहरा देने लगी।

नीलूफ़र ने देखा और वह हेका की ओर देखकर बहुत धीरे से हँस दी। उसका वह हास्य अत्यंत कुटिल था। उसने कहा—"चलो, अपने प्रकोष्ठ में चलें।" वे छिपकर अँधेरे में पर्दे के सहारे-सहारे अलिंद में आ गईं और फिर अपने प्रकोष्ठ का द्वार भीतर से बंद कर लिया।

"तू जानती है," नीलूफ़र ने कहा—"यह स्त्री यहाँ क्यों आई है?"

हेका ने उत्सुकता से देखा। नीलूफ़र ने फिर पूछा—"क्या यह वास्तव में गायक को छोड़ आई है?"

हेका ने फिर भी कुछ न कहा। नीलूफ़र हँस दी। जैसे उससे कुछ छिपा न था। उसने कहा—"यह ऐश्वर्य्य आज उनकी आँखों में तीर की तरह गड़ रहा है, मगर यह सुपना मैं आँसू की तरह बाहर निकाल लूँगी। वे इस अपार धनराशि के स्वामी बन जाना चाहते हैं, और सर्प भी कुचला जाए, लाठी भी न टूटे, का यह सिद्धांत नर्त्तकी कभी भी नहीं सोच सकती थी। यदि वह उसका अपमान करती है तो वह सब-कुछ क्यों उसके पीछे त्यागने को भागा करता है?"

नीलूफ़र दो पग हटकर बैठ गई। कुछ देर प्रकोष्ठ में निस्तब्धता रही। फिर वह उठकर खड़ी हो गई। पास आकर हेका के कंधे पर हाथ रखकर कहा—"तू मेरा विश्वास नहीं करती, हेका?"

"क्यों नहीं स्वामिनी! मेरा आपके अतिरिक्त इस संसार में है ही कौन?"

"क्यों, अपाप नहीं है?"

"दास तो दास की शक्ति नहीं है।" नीलूफ़र सोच में पड़ गई। फिर कहा—"मैंने उससे व्यर्थ ही मिलना नहीं सोचा है। मैं जानती हूँ, उनकी दृष्टि श्रेष्ठि की अपार धन-संपत्ति पर है। मोअन-जो-दड़ो में सुसभ्य पशु रहते हैं, मनुष्य नहीं रहते। वे अपनी बात कहना जानते हैं, दूसरों की वेदना समझने की बुद्धि उन्हें उनके देवताओं ने नहीं दी, क्योंकि उससे उनका लाभ नहीं होता। ऐसों का ऐसा ही परिणाम होना चाहिए। गायक ही उपयुक्त व्यक्ति है। सच कह हेका! तू समझती है, गायक और नर्त्तकी मिलकर यह चाल नहीं खेल रहे हैं? वे बड़े सीधे हैं? अरी,

तू तो पागल है पागल," नीलूफ़र ने सिर हिलाकर हाथ हिलाते हुए कहा—"महाश्रेष्ठि तो एक वह है जो सड़कों पर भिखारियों की भाँति घूमता फिरता है। ये धनकुबेर कभी एक-दूसरे की सहायता नहीं करते। और इसी के बल पर गायक ने उसे मिटा देने के पहले, उसको एक विषचुंबन मिलने की व्यवस्था कर दी है। जब तक वह अपने-आपको उसके आलिंगन से छुड़ाएगा तब तक उसका गात अपने-आप शिथिल हो चुकेगा।"

हेका ने कहा—"देवी! यह तो सब अनुमान-मात्र ही है न? यदि इसमें कुछ ग़लती हो गई तो आप तो हत्या के पाप में रंग जाएँगी!"

"नहीं," नीलूफ़र ने दृढ़ स्वर से सिर उठाकर कहा—"नहीं, हेका, नहीं! विल्लिभित्तूर ही नर्त्तकी की शक्ति है। तूने देखा नहीं, वह कितना चतुर है। चलते-चलते रुककर पूछने लगा—कहाँ ले जा रही हो? देखी शंका! मैंने भी तुरंत प्रेम प्रकट करना प्रारंभ कर दिया। किंकर्त्तव्यविमूढ़ हो गया।"

नीलूफ़र अपनी विजय पर हँस दी। फिर कहा—"कुछ भी हो हेका, लगता है वह ऊपर से अत्यंत सीधा है। जैसे बेचारा कुछ जानता ही नहीं। पर वह बहुत ही गंभीर व्यक्ति है। सच, वही उसे द्राविड़ देश से सुपने दिखलाकर यहाँ भगाकर लाया है अन्यथा वह स्त्री तो नितांत मूर्खा है। उसे अहंकार करने के अतिरिक्त आता ही क्या है? पुरुष के सामने विलास के लिए अंगों को खोल देने में ऐसी स्त्रियाँ अपनी पवित्रता ही समझती हैं। एक दिन मणिबंध मुझे ऐसी ही प्रतिज्ञाओं का प्रलोभन दिखलाया करता था। उस दिन मैं समझी थी कि वह सब सत्य कहता था। आज मेरी आँखें खुल गई हैं।"

तनिक रुककर उसने गंभीर स्वर से कहा—"पुरुष स्त्री का स्वामी होना चाहता है, किंतु वह स्वयं न होकर अपने धन और अधिकार से स्त्री को ख़रीद लेना चाहता है, जैसे हम कोई पशु मात्र हों। हेका! यदि मैं कुलीन स्त्री होती तो कभी भी स्त्री की असली वेदना और घोर अपमान का अनुभव नहीं कर पाती और आज जो मैं समझ रही हूँ संसार उसे ईर्ष्या कहकर मुझ पर थूकने का प्रयत्न करेगा। गायक को निश्चय ही हटाना पड़ेगा। मणिबंध को मैं अपना दास बनाकर रखूँगी, जैसे भयानक चीते को महासाम्राज्ञी पैरों के पास बिठाए रखती थीं और तुझे मैं गुलामी से सदा के लिए छुड़ा दूँगी····हेका, नर्त्तकी को दूध की मक्खी की भाँति फेंक दूँगी और यदि यह सबकुछ नहीं हो सकेगा तो यह नीलूफ़र भी योगिनियों की भाँति सब-कुछ छोड़कर निकल जाएगी और लोगों से महायोगी महामाई आदि की रहस्यमयी शक्तियों की झूठें बोला करेगी। देवता ओसिरिस इनका नाश करें।"

वह सब-कुछ उगलकर अपने-आपको हल्का कर लेना चाहती थी। भीतर-ही-भीतर रहेगा तभी तक यह विष अपनी मूर्छित करने की क्रिया में सन्नद्ध रहेगा। क्यों न उसे ही वह उगलकर धूलि में मिलाकर अपने अंतर्तम को शुद्ध कर ले?

हेका चुपचाप सुन रही थी। उसका श्वास अटक-अटककर चल रहा था। सामने एक बहुत भयानक खड्ड था, इतना गहरा कि उसका तल केवल अंधकार था, शून्य अंधकार मात्र, जिसकी थाह पा लेना स्यात् समीरण के लिए भी असंभव था।

नीलूफ़र अपने ध्यान में मग्न थी। उसने कुछ नहीं देखा। कुछ रुककर उसने उन्मत्त की भाँति आँखें उठाकर कहा—"और हेका! तू किसके साथ रहेगी?"

"स्वामिनी के।"

"स्वामिनी के साथ नहीं रह सकेगी तू, हेका ! स्वामी के इंगित पर मरनेवाला दास मनुष्य नहीं कुत्ता है क्योंकि स्वामी और दास का एक ही स्वार्थ कभी भी नहीं हो सकता। प्रतिज्ञा कर कि आज से तू सदा नीलूफ़र के साथ रहेगी क्योंकि हेका पशु नहीं, मानव है और नीलूफ़र भी, देख !"

हेका अनबूझ-सी खड़ी रही। नीलूफ़र ने अपने शरीर का कटि से ऊपरी भाग खोल दिया। उन्नत उरोज दीप के प्रकाश और अंधकार में अत्यंत गोल और सुडौल जैसे रूप के भांडार थे। हेका निःशंक देखती रही। क्या लाज हो सकती है नीलूफ़र को ? दोनों इसी तरह तो हाट में खड़ी हुई थीं जहाँ मणिबंध ने उन्हें ख़रीदा था। यहाँ तो केवल हेका थी। दासी के सामने तो कुलीन स्त्री भी लज्जा का अनुभव नहीं करती। स्त्री को स्त्री से क्या संकोच ? किंतु हाट में तो अनेक पुरुष आते थे। अंग-अंग टटोलकर देखते थे जैसे पशु चुना जाता हो। किंतु नीलूफ़र का अर्थ अपने उन्नत यौवन का प्रदर्शन न था। वह मुड़ गई। दीपक के प्रकाश में हेका ने देखा—कोड़ों का निशान था। उस स्वच्छ कोमल पीठ पर वे दाग़ जैसे····चाँदनी में किसी ने मसि की पतली धाराएँ बहा दी हों। उस स्निग्ध त्वचा पर वह अत्याचार की रेखाएँ बर्बरता का इतिहास बनकर लिखी हुई थीं, जैसे कुशल शिल्पी ने पत्थर पर लकीरें खींच दी हों। याद आया, एक बार वह बुरी तरह पीटी गई थी। नीलूफ़र ने फिर कहा—"और नीलूफ़र भी स्वामिनी नहीं, वास्तव में एक दासी ही है।"

हेका की आँखों में क्रोध की चिंगारी जल उठी। उसने सिर उठाकर कहा— "नीलूफ़र !"

नीलूफ़र ने उसे भुजाओं में बाँध लिया।

8

भोर हो गई। प्रासादों के शिखरों पर अरुण छाया पड़ने लगी। सिंहद्वार पर सेवक वाद्य-ध्वनि कर रहे थे। अँधेरे ही घर झाड़-पोंछकर स्वच्छ कर दिया जाता था ताकि किसी को बाद में कोई असुविधा न हो। उस स्निग्ध शीतलता में देर तक उसकी ओर देखा। वह सो रही थी, जैसे चित्रलेखा सुंदरी हो। अधीर ममता से व्याकुल होकर मणिबंध ने नील-कमल वेणी के कपोल पर धीरे से सहला दिया। कोमल स्पर्श ने गुदगुदी पैदा की और उस मांसल कमल की स्निग्धता ने सुप्त आँखों को एक हलचल दी। मणिबंध को लगा जैसे पंखुड़ी खिल गई पर भीतर से गूँजता भ्रमर बाहर निकल आया। उन अधमुँदी अलसाई आँखों में एक भव्य गरिमा थी, एक अतृप्त तृष्णा उनमें काँप रही थी। कोने में छिपी लालिमा का आह्लाद समस्त भुवन विवर का प्रकाश अपने-आपमें छिपाए हुए थी। मणिबंध मुग्ध होकर देखता रहा। वेणी ने शिथिल बाहुओं को फैला दिया और मंद मुस्कान के साथ कुहनियाँ टेककर इतराती-सी प्रभात की मनोहर किरन के समान लजीली, मादकता में सराबोर, उठ बैठी।

मणिबंध की आँखों में वह स्वरूप जैसे रम गया।

"बड़ी गहरी नींद थी ?" उसने मुस्कराकर पुछा—"देवी की निद्रा में व्याघात डाला है, कहीं इसका दंड तो न मिलेगा ?"

"आप भी श्रेष्ठिप्रवर···?" वेणी हँस दी।

अब वे लोग प्रभात की हल्की धूप में उद्यान में पेड़ों की छाया में वायु-सेवन करने लगे। मनोहारी समीर कलियों को झनझनाकर झकझोर देता था। पुष्प-पराग ठौर-ठौर पर बिखर गया था। दूर्वा पर ओस जमकर प्रभात की ठंडी किरणों में हीरों की-सी जममगा रही थी। मखमली हरे पत्तों पर बैठे कीर कभी पंख फरफराते थे, कभी उड़ जाते थे।

वे लोग कोने में बनी श्वेत प्रस्तर-निर्मित वापी की सीढ़ियों पर पहुँच गए, जहाँ से बाहर की ओर जानेवाला पथ दिखाई देता था।

वेणी कमलों को देखती रही और उसमें तैरते हंसों को देखकर प्रफुल्लित हो गई। रात का नशा उतर गया था, किंतु अभी आँखों से खुमारी दूर नहीं हुई थी। कभी-कभी वह शिथिल-सी अँगड़ाई भरती और सिर पीछे करके शरीर को कड़ा करने का प्रयत्न करती। आज जैसे शरीर में इतना आलस भरा है कि रात्रि-जागरण अब भी सहलाहट पैदा कर रहा है।

मणिबंध देर तक वेणी के सौंदर्य्य और नृत्य की प्रशंसा करता रहा।

"देवी," उसने कहा—"मैं उस स्त्री को कभी भी आपको चुनौती नहीं देने देता, किंतु आप नहीं सोचतीं कि उसमें निर्बलता का आभास था। आप ही बताएँ कि इतने बड़े-बड़े लोग थे, उन्होंने क्या आपकी कला को कल रात नहीं पहचाना?"

वेणी सोच रही थी। क्या कल की विजय उसीकी विजय थी? गायक ने कहा था कि द्राविड़ नर्त्तकी तो पराजित हो चुकी है। अब मैं देखूँगा। तो फिर यदि उसकी विजय न थी तो आगत सभा में उसी का इतना सम्मान क्यों हुआ था। वह इसी चिंता में गहरी उतर गई।

"शीघ्र ही उत्सव होगा देवी?" मणिबंध ने कहा।

"हाँ?" वेणी चौंक उठी! "शीघ्र?"

"हाँ, देवी!" मणिबंध ने कहा—"आपको शायद याद नहीं रहा। रात को हम सब ही ने तो निश्चय किया था।"

"अरे, हाँ, हाँ," वेणी ने लजाते हुए कहा।

"कुछ नया शृंगार नहीं ख़रीदोगी? चलोगी नहीं हाट?" मणिबंध ने निस्संकोच रूप से कहा, "बात यह है बार-बार एक ही वस्त्र, एक ही भूषण पहनकर जाओगी तो लोग मणिबंध पर हँसेंगे नहीं कि···"

नर्त्तकी ने रोककर कहा—"महाश्रेष्ठि!"

मणिबंध ने अविचलित स्वर से कहा—"देवी! अब तो तुम बहुत आगे बढ़ आई हो। स्वर्ग के द्वार पर खड़ी होकर नरक का मोह कर रही हो?"

"महाश्रेष्ठि, यह आप क्या कह रहे हैं?" वेणी ने व्याकुल स्वर से कहा—"यह आप क्या कह रहे हैं? मेरा मस्तिष्क कुछ भी नहीं समझ पाता।"

मणिबंध ने आँखें उठाकर उसे घूरते हुए कहा—"देवी! तुम अभी सरल हो, किंतु संसार बहुत कुटिल है।"

वह अब आप से तुम पर आ गया था। वेणी ने इस बात का कोई प्रतिवाद नहीं किया। मणिबंध ने गंभीरता के दर्प से अपनी भौंहें तानकर कहा—"क्या तुम जानती हो, मणिबंध की नाव को कोई नहीं बाँध सकता? वह तूफ़ानों के झटकों से नहीं घबराती, किंतु उसे एक माँझी चाहिए।"

"मणिबंध!" वेणी चीख़ उठी।

कहने के साथ ही जिह्वा पीछे खींच गई, किंतु, जो बाण अब धनुष से निकल चुका था, अब उसका लौट आना असंभव था। उसके दोनों हाथ आपसे आप बँध गए, जैसे वह कुछ नादानी कर गई थी। उसने भयसिक्त नयनों से एक बार उसकी ओर देखा और अपने-आप लाज से मुस्करा दी।

उस निकट संबोधन को सुनकर मणिबंध ने उसका हाथ पकड़ लिया। उसका हाथ शक्ति का पर्य्यायवाची था। उसमें अपने अधिकार और वैभव का समस्त बल था। फिर उसने अपने दोनों हाथों में उसकी हथेली को लेकर सहला दिया। स्पर्श की ऊष्मा में बिजली का-सा प्रभाव है, कभी वह अलग कर देती है, कभी ऐसा चिपकाती है कि मृत्यु भी अलग नहीं कर सकती।

वेणी छुड़ा न सकी। और हाथ उसी प्रकार उन दो बलिष्ठ हाथों के बीच में दबा रहा। वेणी को लगा जैसे वह मायावी उस स्पर्श के द्वारा ही उसकी सारी शक्ति को अपने अंदर खींचता चला जा रहा था।

फिर धीरे-धीरे उसने कहा—"किंतु क्या मैं स्वतंत्र हूँ? महाश्रेष्ठि····"

"मणिबंध कहो न देवी!" मणिबंध ने टोका।

"मणिबंध!!" वेणी ने कहा—"मैं तुम्हें····"

फिर एकाएक चुप हो गई। केवल कहा—"मैं स्वतंत्र नहीं हूँ।"

"तुम तो किसी की दासी नहीं हो?" मणिबंध ने अचरज से कहा। "तुम तो स्वतंत्र हो।" फिर सोचकर कहा—"वह द्राविड़ युवक तो एक साधारण दरिद्र है। वह तुम्हारा···वह कुछ नहीं देवी!"

मणिबंध बहुत ही स्वाभाविक ढंग से हँस दिया।

"दासी तो नहीं हूँ किंतु गायक···· ?" कह नहीं सकी। दूसरी ओर देखने लगी।

"क्यों, कहो न?" मणिबंध ने हाथ को तनिक दबाकर कहा। वेणी का स्त्रीत्व गायक को ही आज तक पुरुष-रूप में पहचान सका था। किंतु गायक में स्वयं एक कोमलता थी जिसे दांपत्यपूर्त्ति के लिए वेणी की उच्छृंखलता ने पूर्ण कर दिया था। किंतु आज वह एक ऐसे व्यक्ति के सामने खड़ी थी जिसमें कोई भी निर्बलता न थी। वह अधिकारों का स्वामी था। वेणी की चिंता देखकर कुछ सोचकर मणिबंध मौन हो गया। वेणी का हाथ उसके हाथों से छूट गया।

वेणी ने कहा—"महाश्रेष्ठि! आनंद के स्फुरण में ही यदि मनुष्य का सारा जीवन एकरस बीत जाए तो वह कितना सुखी हो जाए····"

मणिबंध ने कुछ नहीं कहा। वेणी उसकी ओर प्रश्नवाचक भाव से देखती रही। उसके उस गंभीर मौन ने उसे बहुत ही अशक्ति की अनुभूति दी। ठीक या ग़लत का वह कोई निर्णय नहीं कर सकी। मणिबंध केवल गंभीर था।

वेणी ने फिर कहा—"महाश्रेष्ठि! मनुष्य सुखी होना चाहता है किंतु वह उसका पथ नहीं खोज पाता। यदि सतत परिश्रम के बाद उसको उसके चिह्न भी मिलते हैं तो भी वह उस ओर फिर अपने पग नहीं बढ़ाना चाहता। तुम क्या कहोगे इसे? क्या यह व्यक्ति की निर्बलता है? क्या यह उसकी आत्मा का हनन है?"

मणिबंध ने फिर भी उत्तर नहीं दिया। वह निस्तब्ध खड़ा रहा। वेणी आतुर कंठ से कहने लगी—"मैं नहीं जानती मैं किधर जाऊँ? क्या जो आज तक किया है वह सब व्यर्थ था? क्या

जाने जो आज हो रहा है भविष्य में उसी से घृणा नहीं होने लगेगी? पर कहाँ है वह भविष्य? भविष्य का अर्थ तो मृत्यु है। और मृत्यु के बाद···दंड, ···अवश्यंभावी दंड···अपराधों के संचित पापलिप्त ढेर की सड़ाँध···जो कुछ हम करते हैं क्या उनका उन्हीं में अंत हो जाता है महाश्रेष्ठि?"

किंतु महाश्रेष्ठि ने कुछ नहीं कहा।

"क्यों नहीं बोलते तुम?" वेणी चिल्ला उठी—"तुम बोलते क्यों नहीं?" वह चुप होकर उसकी आँखों की ओर घूरती रही। महाशून्य-सी वे महाश्रेष्ठि की भयानक आँखें न जाने इस समय किस अंधकार में पथ निकालने का प्रयत्न कर रही थीं। वह ऐसे खड़ा था जैसे समय स्थिर हो गया था। वेणी का हाथ अपने-आप उसके कंधे पर चला गया और हठात् वह कोमल स्वर से मनुहार करती हुई बोल उठी—"मणिबंध! क्या तुम मुझसे प्रेम नहीं करते?"

"करता हूँ।" केवल दो शब्द। गंभीर स्वर के वे दो शब्दमात्र, जो एक तथ्यमात्र बनकर कानों में गूँज उठे हैं। एक इतनी ममता की बात भी इतनी नीरसता से कही जा सकती है, यह सोचना भी असंभव था।

वेणी तृप्त नहीं हो सकेगी इससे। वह चाहती है हृदय के भीतर के कपाट खुल जाएँ और समीरण के झोंके की भाँति उसमें स्पंदन भर जाए। और एक ईर्ष्या के थपेड़े ने जागकर सिर उठाया। नारी की अमोघ तृष्णा किलक उठी, और धीरे से उसने कहा—"मैं गायक से प्रेम करती हूँ। महाश्रेष्ठि! तुम मुझे प्यार करते हो, मैं गायक को प्यार करती हूँ।" स्वर काँप उठा जैसे नवोढ़ा, पुरुष से अस्पृष्ट कुमारी की वासना बिखर उठी हो। उधर पुरुष चुप खड़ा था। अभी तक उसकी गंभीरता का आवरण फिर भी नहीं हटा और वेणी हतप्रभ होने लगी। उसने उत्सुकता से उसकी ओर देखा।

मणिबंध ने कहा—"देवी, यह हो सकता है!"

"और गायक? वह मुझसे प्रेम करता है।"

"यह असंभव है।" हठात् मणिबंध बोल उठा। जैसे वह भटकता हुआ ध्यान फिर उसकी आँखों में केंद्रित होकर वेणी पर जम गया। जैसे सब-कुछ ठीक है, किंतु यह बात उसकी आत्मा कभी भी नहीं सह सकेगी।

वेणी चौंक उठी। वह विश्वास नहीं कर सकी। मणिबंध को इससे कोई ईर्ष्या नहीं कि वह किसी अन्य पुरुष से प्रेम करती है? है तो यही कि वह उसे झूठे विश्वासों में नहीं पड़े रहने देगा।

"तुमने कहा मणिबंध? जीवन के सारे सत्य क्या इसी भाँति झुठलाए जा सकते हैं?" वेणी ने चौंककर कहा—"जिस सत्य को मैं अपनी छाती में आज तक, आज तक चुपचाप, पूर्ण विश्वास से छिपाए रही, वही आज इस प्रकार अचानक ही, चकनाचूर हो जाएगा? यह तुमने क्या कहा मणिबंध? अविश्वास का काँटा चुभा रहे हो और विष से उसे सिक्त किया है, कि बोलते भी नहीं। तुम्हारी बात का प्रमाण?"

"मणिबंध का सत्य कभी मनुष्य की निर्बलता पर निर्भर नहीं रहता वेणी!" मणिबंध ने उसका हाथ कंधे से हटाते हुए कहा। "वह बुद्धि पर विश्वास करता है। क्या था सब वैभव? क्या था सब उन्माद? बुद्धि के फलक पर गिरकर प्रत्येक वस्तु कदली के समान कट जाती है। उसकी घोर मिठास और गंध का भी उसके सम्मुख कोई मूल्य नहीं है। और तुम मुझसे कहती

हो कि मैंने तुम्हारे हृदय में अविश्वास का काँटा चुभाया है, मैंने उसे विष से सींचा है ? सुंदरी ! तुम भूल रही हो। तुम्हारे हृदय के विषाक्त काँटे को मैंने खींचकर निकालने का प्रयत्न किया है। जिसकी व्यापित मूर्छा में तुम्हें यह क्षणभर की चेतना दुख दे रही है, जैसे शरीर में घुसे तीर को निकालते समय घायल कहता है, इसे मत निकालो, मुझे मर जाने दो, किंतु इसे मत निकालो...."

उसका उत्तेजित स्वर सुनकर वेणी भीतर-ही-भीतर काँप उठी। फिर भी मणिबंध कहता ही गया—"रहे, काँटा भीतर ही भीतर कसका करे। तुम ? तुम देवी ? तुम्हारे हृदय की संपूर्ण मांसलता, समस्त ममता भी उसे भीतर-ही-भीतर गला नहीं सकेगी। हृदय का काँटा, पथ पर लगे पग में चुभे काँटे से भी अधिक दुखदायी होता है जिसके कारण राही कुछ भी नहीं कर सकता। एक पाँव पर खड़े होकर जिसने जीवन की डगर पर चलने का प्रयत्न किया है वह कभी भी उस पर पार नहीं हो सका। और बुद्धिमान वही है जो क्षणिक कष्ट का विचार न करके काँटे को काँटे से ही निकालकर उसकी नोंक पत्थर पर घिसकर निर्वीर्य्य बनाकर उसे फेंक देता है।" मणिबंध ने गंभीर स्वर से कहा—"तो कठोर होकर सुनो कि गायक तुम्हारे जीवन के सुख और वैभव में एक काँटा है, फूलों की ज़िंदगी बितानेवाले यदि यह भूल जाएँ कि हर नोंक में मांसल गरिमा को चीर देने की भयानक शक्ति होती है तो शायद महानद सिंधु की लहरें भी अपना कलकल नाद छोड़कर पाषाणखंडों की भाँति स्थिर हो जाएँ और आकाश के नक्षत्र टुकड़े-टुकड़े होकर पृथ्वी पर भस्म की तरह बरसने लगें। इस मनुष्य का हृदय एक आडंबर की सहायता चाहता है, पिंजरे में खड़ा यह व्यक्ति सिंह की भाँति भयानक गर्जन करना चाहता है, किंतु महामाई के चरणों की शपथ, महायोगिराज महादेव परम देवता प्रशांत-निर्जन-कांतार गिरि, कंदर-वासी की युगों की घोर तपस्या में भी उतनी परितृप्ति नहीं जितनी इस एक सत्य में है कि कौन मुझे वास्तव में प्रेम करता है, और किसके स्पर्श में केवल त्वचा की ऊष्मा की मृगतृष्णा-मात्र है। वेणी ! भूलो नहीं कि जब मनुष्य के मुख पर प्रकाश पड़ता है तब उसकी छाया से सारा दिगंत ढँक जाता है, वह उसकी सत्ता की वास्तविकता है।"

"तो मैं क्या करूँ महाश्रेष्ठि ?" वेणी ने काँपते हुए कहा। "मैं क्या कर सकती हूँ। तुमने जो कुछ कहा है वह सब सच है ? नहीं, मणिबंध, मुझसे कहो, तुमने जो कुछ कहा, उसमें कुछ भी सत्य न था। वह एक भ्रांति-मात्र थी, स्वीकार कर लो मणिबंध ! मैं सच कहती हूँ, मैं तुम्हारे इस चापल्य के लिए तुम्हें निस्संदेह निस्संकोच क्षमा कर दूँगी।"

मणिबंध का हृदय आहत सर्प की भाँति तड़प उठा। उसने अपमान के क्षोभ से फन उठाकर अबके पूरा वार किया—

"गायक तुम्हारे उगते हुए सूर्य्य के सामने काले बादल की भाँति सिर उठाए हुए है। उसे या तो अपने भार से बूँद-बूँद होकर झर जाना होगा, आकाश के स्थान पर खंड-खंड होकर पृथ्वी पर निर्वीर्य्य की भाँति लोगों के पैरों के नीचे कुचल जाना पड़ेगा या फिर तुम शोषण कर लो उसका...."

"क्या मतलब ?"

"सुंदर नारी ! पुरुष के हृदय को एक कटाक्ष से जीत लेना तुम्हारा जन्मसिद्ध अधिकार है। किंतु यह नहीं...."

वह मुड़कर खड़ा हो गया। और बोलता रहा—"यह आलिंगन करने की लाज नहीं है,

यह आँखें मिलाने का परिहास नहीं है, समझीं? इसके लिए साहस की आवश्यकता है। जो धातु लकड़ी को काटती है वह भी अग्नि के सामने पहले तो बहुत लाल-पीली होती है, किंतु अग्नि उसे पानी की तरह पिघला देती है। शुभे! तुम्हें गायक को अपने पथ से हटाना होगा, हटाना ही नहीं, मिटा देना होगा।"

वेणी भय से पुकार उठी—"मणिबंध! यह क्या कहा तुमने? तो क्या मुझे हत्या करनी होगी?"

"यह हत्या तो नहीं है देवी!" मणिबंध ने एक पाँव सामने के पत्थर की छोटी सिंह-मूर्त्ति पर रखकर झुकते हुए कहा—"तुम इसे हत्या कहती हो? आज तक उसने कभी किसी को कष्ट नहीं दिया और यदि दिया है तो उसका कारण? आत्मसुख। मनुष्य अपना जीवन भोगने के लिए आता है। मोअन-जो-दड़ो के नागरिक आनंद के प्राचीन विश्वासी हैं। योग तो उनका दर्शनमात्र है।"

"नहीं, नहीं, मैं यह नहीं कर सकूँगी। यह कठोर पैशाचिक कार्य्य मैं नहीं कर सकूँगी। जिन हाथों से मैंने उसे अपने कंठ से लगाकर घंटों उसके हृदय की धड़कन में अपने नूपुरों की ध्वनि का मादक गुंजन सुना है, जिसके रक्त में मेरे प्रति आज भी शत-शत धमनी गमनक स्नेह बह रहा है, उसे मैं एक धातु के दाँत से कुरेदकर बाहर निकालूँगी? असंभव! महाश्रेष्ठि मणिबंध! यह असंभव है...."

किंतु मणिबंध ने काटकर मुस्कराते हुए कहा—"नहीं, देवी, यही होनेवाला है, यही होगा। क्योंकि तुम भावावेश में पड़कर अपना कल्याण भूली जा रही हो। तुम अपनी बुद्धि को प्रधानता दो, कार्य्यकारण की शक्ति को आगे लाओ। जो कुछ नहीं करतीं, या जो कुछ करती हो, वह सब तुम्हारे उत्तरदायित्व पर तुम्हारा अधिकार मात्र है। मणिबंध उस अपराधी की ओर से कभी साक्षी बनकर खड़ा नहीं होता जो अपराध न करके भी अपने को अपराधी समझ लेता है। तुम व्यर्थ झुँझलाहट में फँस गई हो। कार्य्य साधने के समय कायर ही प्रमाण माँगते हैं। जो शासकत्व का दर्प है वह अपने साधन को ही धर्म कहकर प्रमाण बना देता है।"

हठात् उसने बाहर जानेवाले पथ की ओर हाथ दिखाकर कहा—"वह देखो!"

देखा—दूर दो स्त्रियाँ जा रही थीं। कोई कठिन न था। पहचाना। एक नीलूफ़र, दूसरी हेका।

वेणी ने देखा और तब तक देखती रही जब तक वे दोनों आँखों से ओझल नहीं हो गईं। अभी भी द्वार पर खड़े प्रहरियों ने नीलूफ़र का अभिवादन किया। सिंहद्वार में घुसकर वे बाहर निकल गईं। वेणी की दृष्टि शून्य में अटक गई। वास्तव में नीलूफ़र सुंदरी थी। उसका गौर-वर्ण वेणी की आँख में चुभने लगा। एक बार अपनी श्यामलता की ओर भी देखा। तभी उसका ध्यान टूट गया। मणिबन्ध हँसा। उसने मुड़कर देखा, अब वह गंभीर था।

"जानती हो, ये कहाँ जा रही हैं?" मणिबन्ध ने गूढ़ दृष्टि से देखते हुए कहा।

वेणी चुप रही। इस प्रश्न को वह नहीं समझ सकी। यह स्त्री अभी तक उसी वैभव से यहाँ रहती है। श्रेष्ठि ने उसकी स्वतंत्रता में कोई व्याघात नहीं डाला। कैसा है यह व्यक्ति! अद्‌भुत ही तो है। और क्या जाने, इस भ्रमर का काम एक कली से दूसरी कली पर मँडराना ही तो नहीं है। कहीं इसी ने तो नीलूफ़र को भेजकर उस दिन मेरा अपमान नहीं कराया था। किंतु इसका यह व्यवहार, परंतु रहती है वह इसी के प्रासाद में, पलती है वह इसी के अन्न पर...

वेणी और नहीं सोच सकी। उसने आतुर कंठ से पूछा—"ये कहाँ जा रही हैं?"

"ये जा रही हैं गायक के पास।"

गायक के पास!! और मणिबन्ध ने अपने मुँह से कहा है? और उसे तनिक भी संकोच नहीं हुआ। छली!

"प्रमाण!" महाश्रेष्ठि प्रमाण!" वेणी फूत्कार कर उठी।

"प्रमाण!" मणिबन्ध ने हँसकर कहा—"देवी! मैं झूठ नहीं कहता। विश्वास तो तुम्हें अभी हो जाएगा। मैं कई दिनों से ऐसा ही संवाद पा रहा हूँ। नीलूफ़र समझती होगी कि मैं कुछ भी नहीं जानता। ठहरो, मैं अभी इस बात का पता चलाता हूँ।" वेणी ने सिर हिलाया। जैसे अवश्य।

मणिबन्ध ने ताली बजाई। एक बार ही की आवाज़ से स्वर आया—"दास, प्रभु!"और दौड़ता हुआ अपाप सामने आ उपस्थित हुआ। वेणी को विस्मय हुआ कि उस एकांत में यह दास तुरंत कैसे आ उपस्थित हुआ। वह क्या जानती थी कि मणिबन्ध चतुर था और अंगरक्षक दास के बिना वह कहीं नहीं जाता था।

दास ने सिर झुकाया। मणिबन्ध ने उपेक्षा से उससे पूछा—"कहाँ जा रही हैं वे स्त्रियाँ?"

"देव! दास अनजान है।"

मणिबन्ध ने उसे एक बार संदिग्ध दृष्टि से देखा। फिर कहा—"जाओ, पूछकर आओ।"

अपाप चला गया। तब मणिबन्ध के मुख से निकला—"कुत्ते! अबके मैं सब यहीं के दास रखूँगा।"

वेणी ने पूछना चाहा कि वह दास से इतना क्रुद्ध क्यों था, किंतु न जाने क्यों, वह रुक गई। मणिबन्ध ने कहा—"देवी! तुम समझती होगी कि मणिबन्ध तुमसे झूठ बोलकर तुम्हें छल रहा है? अबोध हो तुम वेणी। संसार कितना गँदला है यह तुमने कभी नहीं सोचा क्योंकि तुम आज तक छलनाओं में ही झूलती रही हो।"

नर्त्तकी ने कुछ नहीं कहा। अपाप आता होगा। न जाने वह क्या कहेगा। उसका हृदय धुकधुक करने लगा। न जाने, न जाने···वह अब क्या सुनेगी···

नर्त्तकी साँस रोककर प्रतीक्षा करने लगी।

अपाप लौट आया। उसने कहा—"देव! मैं पूछ आया। पहले तो किसी से ज्ञात नहीं हुआ। किंतु एक रथ के सारथी ने बताया कि सारथी सैंधव अभी वहाँ से एक रथ महादेवी के लिए लेकर गया था और भीतर न जाकर सिंहद्वार से हटकर उनकी प्रतीक्षा कर रहा था। मैंने जाकर देखा। वह सत्य था। रथ दूर भागा जा रहा था···"

"शीघ्र कहो," मणिबन्ध ने टोक दिया।

अपाप ने सिर झुकाकर कहा—"देव! अपराध क्षमा हो, जो सारथी ने कहा वही मैं निवेदन करता हूँ—वे द्रविड़ गायक···"

नर्त्तकी क्रोध से चिल्ला उठी—"यह झूठ है···यह सरासर झूठ है···यह षड्यंत्र है, यह नहीं हो सकता, यह कभी नहीं हो सकता···"

अपाप भय से दो पग पीछे हट गया। किंतु मणिबन्ध बड़ी ज़ोर से ठहाका मारकर हँस उठा! नर्त्तकी ने उसके कंधे पकड़कर विनीत स्वर से कहा—"मणिबंध!"

मणिबंध चुप हो गया। उसने इंगित किया। अपाप पीछे हट गया।

नर्त्तकी ने कहा—"जाओ।"

अपाप हट गया। मन नहीं माना। बेलों के पर्दे के पीछे छिपकर खड़ा हो गया। उसका हृदय बार-बार धड़क उठता था। कितना भयानक काम कर रहा था वह। यदि श्रेष्ठि को तनिक भी संदेह हो गया तो वह कुत्तों से उसका शरीर नुचवा देगा। किंतु फिर भी हेका का प्रेम उसे बाँधे रहा।

उसने सुना—"तो मैं उसकी हत्या करूँगी। आज ही। मणिबन्ध! मुझे क्षमा करो। मैं आज तक साँप को रज्जु ही समझती रही हूँ...."

"किंतु गायक तुम्हें मिलेगा कहाँ?"

नर्त्तकी फिर असमंजस में पड़ गई।

"तब? मैं घर जाऊँ?"

"नहीं, घर तो ठीक नहीं रहेगा वेणी!" मणिबंध ने सोचते हुए कहा—"शीघ्र ही उत्सव है। उत्सव से पहले ही सब काम हो जाना चाहिए...."

"और नीलूफ़र?" वेणी ने कहा—"उसका क्या होगा...."

"वह मैं कर दूँगा सब। सब साफ़ कर दूँगा.... किंतु.... गायक....कहाँ मिलेगा तुम्हें.... अच्छा...." जैसे अचानक ही याद आया, "तब मुझे ही जाना होगा देवी! आज मणिबंध साधारण नागरिक की भाँति रथ पर दासों के बिना जाएगा। कुछ भी हो, आज मैं सब प्रबंध कर दूँगा। सिंधु-तीर पर आज ही रात को तुम सब-कुछ समाप्त कर दो।"

"और वह मिश्री दासी?" वेणी ने पूछा।

"वह तो कुछ भी नहीं, देवी! तुम, तुम मेरे वैभव की, अधिकार की, जीवन की, मेरी—सबकी....एकमात्र स्वामिनी हो...."

अपाप हट गया। उसकी आँखों के आगे एक घना अँधियारा छा गया।

जब नीलूफ़र लौट आई तब मणिबन्ध जाने को तत्पर हो गया। उसने नीलूफ़र से कुछ भी नहीं कहा। जैसे उसकी उपस्थिति का कोई महत्त्व ही नहीं था। वह चुपचाप पशुशाला में चला गया। सैंधव बैलों को खोल चुका था। घास बैलों के आगे डालकर वह सीधा खड़ा हुआ ही था कि मणिबन्ध ने कहा—"सैंधव!"

"महाप्रभु!" सैंधव के मुख से निकल गया।

"देवी जहाँ गई थीं, वहीं मुझे ले चलो।" सैंधव इधर-उधर झाँकने लगा। मणिबन्ध ने कड़ककर कहा—"दूसरा रथ ले लो।"

"यथाज्ञा देव!" सैंधव ने रथ जोत लिया। सिंहद्वार से रथ निकल गया। उसकी घंटी का नाद सुनकर उत्सुक वेणी भावावेश में प्रकोष्ठ में घूमती-घूमती थक गई। शैय्या पर गिरते ही उसे नींद आ गई।

उस समय मणिबन्ध ने भीतर झाँककर कहा—"गायक!"

गायक चौंककर उठ बैठा। आज यह वह क्या देख रहा है? अभी-अभी नीलूफ़र गई है और शपथ दिला गई है कि वह किसी से न कहे।

"स्वागत, महाश्रेष्ठि!" गायक ने बैठे-बैठे ही कहा।

मणिबन्ध का मन एक बार कचोट उठा किंतु फिर वह बैठ गया।

"तुमने उसे छोड़ दिया है?" मणिबन्ध ने एकदम कहा।

"किसे महाश्रेष्ठि?"

"मुझसे नीलूफ़र कहती थी। अभी आई जो थी।"

गायक चौंक उठा। नीलूफ़र ने मणिबन्ध से कहा है। उसे विश्वास नहीं हुआ। किंतु मणिबन्ध प्रशांत था, संदेह से दूर। उसने पूछा—"किसे महाश्रेष्ठि?"

"जिसने तुम्हारे साथ रहने को सब-कुछ छोड़ दिया; जिसने अपने माता-पिता, भ्रातृ-भगिनी, कुल, परंपरा और स्वदेश सब-कुछ त्याग दिया। वह आज कीकटाधिपति की स्वामिनी होती किंतु आज वह बिलख-बिलखकर प्राण दे रही है और मैं उस बालिका को बहलाना चाहता हूँ किंतु हृदय का मोल धन नहीं होता गायक! तुम तो कवि हो न?"

गायक ने हठात् पूछा, "क्या यह सब सच है? महाश्रेष्ठि! मन में कुछ और वचन में कुछ और करना मुझे नहीं आता। मैं एक ही बात जानता हूँ। मैं सच कहता हूँ महाश्रेष्ठि! मुझे विश्वास नहीं होता।"

"उसका दुर्भाग्य," श्रेष्ठि ने उठते हुए कहा, "मैं किसी के सुख-दुख का नियंता नहीं हूँ। जो मेरा कर्त्तव्य था, वह मैं कर चुका।" महाश्रेष्ठि ने द्वार की ओर पग उठाया।

"महाश्रेष्ठि!" गायक हठात् कह उठा, "एक बात मानेंगे?"

मणिबन्ध ने घूमकर देखा—'जैसे क्या?'

"एक बार उससे मिल सकता हूँ?"

"आज रात को सिंधु-तीर पर मिलोगे?"

"तो मैं आज ही वेणी से सिंधु-तीर पर मिलूँगा! महाश्रेष्ठि! यदि आपने सत्य कहा है तो अपने शरीर के रक्त की बूँद-बूँद देकर अपने पाप का प्रायश्चित्त करूँगा। मैं देवता का अपमान नहीं कर सकूँगा महाश्रेष्ठि!"

"किंतु····" मणिबंध ने सोचते हुए कहा, "अच्छा, मुझे विश्वास है, वह अवश्य मिलेगी।"

वह चलने लगा। गायक द्वार तक पहुँचाने आया। उसने देखा, वही सैंधव इस समय भी सारथी था। उसका विश्वास दृढ़ हो गया। नीलूफ़र! तो क्या वह उसे वेणी से दूर कर देने का भयानक षड्यंत्र रच रही है? रथ की घंटियाँ एक बार बज उठीं।

मणिबन्ध के चले जाने पर उसे ध्यान आया कि आज तो नीलूफ़र से मिलने की प्रतिज्ञा की थी न? उसी समय नीलूफ़र आएगी, उसी समय वेणी? क्या दोनों का एक-दूसरी से इस प्रकार मिलना उचित होगा? क्या दोनों ही को गायक से घोर घृणा नहीं हो जाएगी? और वह अकेला क्या करेगा····

क्या दोनों में फिर अविश्वास उत्पन्न नहीं होगा? कहाँ जाएगी यह नौका जिसे पवन और समीर दोनों ही खेल में डुबा देना चाहते हैं।

किंतु वेणी से मिलना जीवन की सबसे बड़ी आवश्यकता है और तभी वह नीलूफ़र भी····

किंतु बात हाथ से निकल चुकी थी।

मणिबन्ध ने कहा, "सारथी!"

सारथी ने चाबुक उठाकर कहा—"महाप्रभु!"

"हमारे यहाँ आगमन की बात गुप्त रहे। अन्यथा····"

"जानता हूँ प्रभु," सारथी ने कहा। वह इस 'अन्यथा' का अर्थ खूब जानता था।

मणिबंध आमेन-रा के महल की ओर चल दिया। राह की ओर उसका ध्यान तनिक भी न था। आमेन-रा के प्रासाद पर पहुँचते ही वृद्ध आमेन-रा ने बाहर निकलकर कहा, "स्वागत, महाश्रेष्ठि! स्वागत।"

दासों ने भूमि पर ऊँट के ऊन का क़ालीन बिछा दिया। मणिबंध उस पर से चलकर भीतर पहुँचा।

दोनों बैठ गए। इधर-उधर की बातें हो जाने पर आमेन-रा ने कहा, "महाश्रेष्ठि! वैसा उत्सव आज तक कभी नहीं देखा।"

दास मद्य का पात्र और चषक रखकर चला गया। मणिबंध ने स्वीकार करते हुए कहा—"श्रीमान्! शीघ्र ही फिर वैसा ही उत्सव होगा। पर उतनी भीड़ स्यात् न हो।"

"मेरे तीन बोहित अब लाल सागर में होंगे। महाश्रेष्ठि, उनके आते ही मैं आपको अबके अद्भुत उपहार दे सकूँगा।" आमेन-रा ने मद्य का चषक मणिबन्ध की ओर बढ़ाते हुए कहा।

मणिबन्ध ने चषक ले लिया और कहा—"मुझे एक वस्तु चाहिए श्रीमान्! बस, एक वस्तु।"

आमेन-रा ने कहा—"अमूल्य है?"

"बहुत," मणिबन्ध ने प्याला ख़ाली कर दिया था। उसने पाँव से चीते की भूमि पर बिछी खाल को रगड़ते हुए कहा—"मुझे दास चाहिए।"

"दास?" आमेन-रा ने कहा—"दास प्राप्त करना क्या कठिन है?"

मणिबन्ध हँसा। कहा—"ऐसे दास नहीं। इन पर मैं विश्वास नहीं कर सकता। मैं चाहता हूँ कि मुझे फ़राऊन के गुलाम-जैसा कोई मिले। पूर्ण विश्वस्त, जो कभी-कभी राय भी दे सके ऐसा चतुर हो।"

आमेन-रा ने कहा—"संभव तो है, किंतु प्रयत्न करना होगा।"

मणिबन्ध हँसा। बोला—"मुझे अपना सबसे विश्वस्त दास दे दो, बदले में चाहे जितने दास ले लो।"

आमेन-रा ने दाढ़ी पर हाथ फेरते हुए कहा—"महाश्रेष्ठि! उन व्यर्थ के दासों का मैं क्या करूँगा, किंतु दास मैं आपको अवश्य दूँगा। आज मैं संध्या समय बयाद से मिलूँगा। वह अवश्य कुछ सुसम्मति दे सकेगा।"

"यह ठीक है," मणिबंध ने कहा—"उस पर मुझे भी विश्वास है। बयाद हमारे लिए गौरव की वस्तु है। शक्तिमान ने उसे अपूर्व मेधा दी है।"

आमेन-रा ने कहा—"तभी वह मेरा मित्र है।"

दोनों हँस दिए।

उधर अपाप ने हेका को चुपचाप अपने दास-कक्ष में चलने का इंगित किया। भीतर जाकर दोनों पुआल में छिप गए और अपाप ने बहुत धीमी आवाज़ में जो कुछ सुना या जाना था सब सुनाने लगा। उसने कहा—"मैंने अभी जाना है कि महाश्रेष्ठि गायक के पास उसी सैंधव नामक सारथी को लेकर गए हैं और अभी तक नहीं लौटे। हेका! अब क्या होगा? नीलूफ़र क्या करेगी? उसे तो हम पर भी अविश्वास हो गया लगता है। वह क्या हमें छोड़ेगा?"

भय से कंठ सूख चला था, भविष्य की भयानक छाया नाच रही थी, पर हेका विस्मय से फिर

भी उछल पड़ी। कुछ देर वह चुपचाप बैठी रही फिर बोल उठी—"अपाप! तूने सच कहा?"

अपाप ने उसके सिर पर चपत जड़ दी। और क्रोध से फुसफुसाकर कहा—"तू तो है मूर्ख। तुझसे कुछ भी कहना व्यर्थ है। इतना बड़ा झूठ तुझसे कहकर, मुझे क्या मिलेगा? ऐसी बात यदि मैं स्वयं महाश्रेष्ठि से कहता तो कहीं ठीक रहता।"

हेका सिर सहला रही थी। यद्यपि अपाप ने एक थपकी ही दी थी, पर हेका के लिए वही काफ़ी थी। वह जब कुछ निश्चय नहीं कर सकी, तो उसने कहा—"मैं नहीं जानती। मैं तो नीलूफ़र से कहे देती हूँ। जो कुछ करना होगा, वही करेगी।"

अपाप ने स्वीकृति दे दी।

नीलूफ़र ने सुना। विश्वास नहीं हुआ। उसकी आँखें विस्फारित हो गईं। हृदय की ग्लानि ने पश्चात्ताप के रक्त को वेदना की ऊष्मा में खौला दिया। सारा रक्त जैसे कनपटियों की ओर वेग से दौड़ने लगा। आँखों के सामने अँधेरा-सा छाने लगा। वह शैय्या की पाटी को पकड़कर एक बार हताश-सी बैठ गई। हेका ने देखा, उसका मुँह बिल्कुल सफ़ेद हो रहा था। वह उठी। एक चषक पानी भरकर लाई और उसके मुख से लगा दिया। नीलूफ़र गट-गट करके पी गई। तनिक रक्त-संचार होने लगा। फिर भी वह फटी-फटी आँखों से ही देख रही थी। स्वामिनी को कभी भी इस परिस्थिति में नहीं देखा था। और अचानक ही हेका को भय हुआ। न जाने स्वामिनी को अब क्या हो जाएगा! वह विवर्ण हो गई थी। उसने उसको अपनी गोद में सँभालकर व्यजन किया। नीलूफ़र ने धीरे से कहा—"पानी!" हेका ने चषक भरकर फिर मुँह से लगा लिया।

सारा संसार अब भी घूम रहा है। क्या मेरी हत्या की जाएगी? आज यह अंत आ पहुँचा है? लगा, रक्त की शिराएँ फट जाएँगी। वह वैंसे ही चुपचाप पड़ी रही। सिर बहुत भारी हो रहा था।

बहुत देर बाद उसने कहा—"हेका! अपाप को बुला तो ज़रा।"

हेका अपाप को बुलाने चली गई। नीलूफ़र का हृदय वेग से धड़कने लगा। यह क्या हुआ? एक बार वह फिर ज़ोर से चक्कर खाकर बैठ गई। मनुष्य के विश्वासों को जब हठात् धक्का लगता है तब वह अपने-आपको एकदम सँभाल लेने में असमर्थ हो जाता है। फिर कुछ देर बाद चेतना लौट आई। अपाप भी आ गया। नीलूफ़र शैय्या पर लेट गई। अपाप चरणों की ओर बैठ गया। नीलूफ़र ने अपाप से उसी बात को दुहरा-दुहराकर तरह-तरह से पूछा। फिर कहा—"अच्छा जा!"

वह मूर्ख हास्य में अपने सफ़ेद-सफ़ेद दाँत दिखाता हुआ चला गया।

नीलूफ़र फिर गंभीर हो गई। तब उसने गायक पर व्यर्थ ही संदेह किया है। वह निरीह, निरपराध है? अभी तक जो उसने सोचा है वह सब चपलता मात्र थी। एक घरौंदा जो एक हल्की-सी ठोकर से ही चूर्ण हो गया? हेका उसके पैरों को गोद में लेकर धीरे-धीरे सहला रही थी।

नीलूफ़र ने कहा—"हेका! तो क्या मैं मूर्ख हूँ!"

हेका ने उत्तर दिया—"मूर्खा नहीं देवी! तुम विक्षुब्ध थीं, तभी अच्छे और बुरे की पहचान नहीं कर सकीं। तुम्हें याद है गायक पहले दिन भी तुम्हें देखकर खड़ा नहीं हुआ था। उसकी दृष्टि में धन का कोई मूल्य नहीं।"

नीलूफ़र ने ठंडी साँस लेकर कहा जैसे अब वह रो देगी—"मणिबंध सदा के लिए मुझे छोड़ चुका है।"

हेका ने कहा—"तो क्या कोई उपाय नहीं है?"

नीलूफ़र ने सिर हिलाकर कहा—"कोई नहीं। जब श्रेष्ठि ही यह कुचक्र कर रहा है तब मेरे लिए स्थान ही कहाँ है?"

आँसू आँखों में झलक आए, विवश, लाचार।

किंतु एक बार नीलूफ़र की मुट्ठियाँ भिंच गईं। वह वेग से उठकर खड़ी हो गई। हेका ने उसका तुरंत अनुसरण किया।

नीलूफ़र ने हेका के कंधे पकड़कर चिल्लाकर कहा—"किंतु मैं यह नहीं होने दूँगी। मैं कभी ऐसा नहीं होने दूँगी। आज की रात जीवन की सबसे भयानक रात होगी।"

"तो क्या करना होगा?"

"नहीं जानती। किंतु नर्त्तकी अपने षड्यंत्र में आज सफल नहीं हो सकेगी।"

नीलूफ़र चुप हो गई। फिर कहा—"उसकी सफलता का अर्थ उसकी विजय मात्र होती तो मुझे कोई विरोध नहीं होता, प्रत्युत वह मेरी पराजय होगी। मुझे ओसिरिस ने संसार में सुख भोगने का एक माध्यम दिया है—रूप, यौवन। इसी को दाँव पर रखकर आज तक मैं जीतती आ रही हूँ—यदि इसी का वार असफल हो गया, तो फिर मेरे जीने से लाभ ही क्या है।" श्वास फूल गया। चुप हो गई।

फिर कहा—"अच्छा जा। साँझ होते ही मुझे जगा देना। बहुत थक गई हूँ। सोना चाहती हूँ। यदि कोई इधर आना चाहे तो मुझे उससे पहले सूचना देना।"

हेका के चले जाने पर नीलूफ़र ने अपनी शैय्या पर नंगी तलवार रखकर गद्दे के नीचे छिपा दी और कमर में बाघनख छिपा लिए। एक अँगड़ाई ली, निश्चिंतता से प्रसाधित। नीलूफ़र लेट गई। नींद बिल्कुल नहीं आई।

धीरे-धीरे साँझ की धूमिल छाया लोटने लगी। मणिबंध ने प्रवेश किया। किसी ने भी उस पर ध्यान नहीं दिया। प्रहरी पहरा बदलने में लगे हुए थे। वह चुपचाप भीतर घुस गया। अपने प्रकोष्ठ में जाकर मुकुट उतारकर रख दिया। ताली बजाई, किंतु कोई दास नहीं आया। मणिबन्ध क्रोध से काँप उठा। उसका ख़ास दास काला अपाप भी नहीं।

वह उसी को खोजने चुपचाप निकल पड़ा। प्रायः कहीं भी ध्वनि नहीं थी। पीछे की ओर कुछ लोग बात कर रहे थे। वह उधर ही चला। उस समय दासियों ने दीप नहीं जलाए थे क्योंकि पीला उजाला बाहर विकीर्ण हो रहा था। स्तंभ के पीछे से, रुककर, अधीर मणिबन्ध ने सुना, अपाप पाकशाला के प्रधान से कह रहा था—"अबके यदि तूने हेका को छेड़ा तो याद रख कि तुझे मैं चटनी करके धर दूँगा।"

अपाप का भयानक भुजदंड क्रोध से फड़क रहा था।

प्रधान ने हँसकर कहा—"जा, जा! अब दास भी सिर उठाने लगे। दासी को भी पातिव्रत कहीं आवश्यक है, ऐसा हमारे पिता ने आज तक नहीं बताया। स्वामी की जूठन हमारा भोज्य है।"

इसी समय मणिबन्ध ने अपाप की ओर घूरते हुए प्रवेश किया। अपाप ने देखा। मन-ही-मन काँप उठा। मणिबन्ध विकराल मृत्यु बनकर सामने खड़ा था।

पशु की-सी दुर्दांत शक्ति एकदम नम्र हो गई। जैसे उसे अपने कृत्य पर घोर पश्चात्ताप

हो रहा है। हेका का मुँह सूख गया। प्रधान स्थिर खड़ा था। केवल उसका सिर कुत्ते की जीभ की भाँति ढीला होकर नीचे लटक गया था।

मणिबन्ध ने क्रोध से कहा—"दास होकर इतना दुस्साहस ? अक्षय !"

"महाश्रेष्ठि !" प्रधान ने आगे बढ़कर कहा।

मणिबन्ध ने कहा—"आज तूने देखा? दास की इतनी स्पर्धा? क्योंकि मोअन-जो-दड़ो के नागरिक समान हैं, दास भी नागरिकों की समानता करने लगे हैं। हमने यह गण अपने रक्त-मांस पर निर्मित किया है। मिश्र के दासों को मोअन-जो-दड़ो का नागरिक बनाकर हम अपने देश का अपमान नहीं करना चाहते। अक्षय! हेका तेरी है। अपाप से कह कि वह मेरी आँखों के सामने से हट जाए।"

अपाप सिर झुकाए चला गया। हेका थर-थर काँपने लगी। भय और क्रोध ने उसे जड़ीभूत कर दिया।

मणिबन्ध ने देखा। हँसा। और भीतर चला गया। और अक्षय ने हेका को खींचकर पाकशाला के भीतर करके द्वार बंद कर लिया। फिर कोई लड़ाई-झगड़े की आवाज़ नहीं आई।

उधर मणिबन्ध ने भीतर जाकर देखा, वेणी बैठी चुपचाप शून्य की ओर देख रही थी। रात आनेवाली है। उसकी भयद छाया अपनी हरी-हरी-सी झाँई मार रही है। हरा रंग ईर्ष्या का प्रतीक है, जैसे महासागर की उद्वेलित लहरों में भी प्रायः आकाश को देखकर मर्मर व्याप उठता है।

वह श्वेत प्रस्तर के एक ऊँचे आसन पर बैठ गया।

वेणी ने आँखें उठाकर देखा।

"देव! प्रतीक्षा करते-करते आज तो थक गई। कहाँ चले गए थे?" वेणी ने मुस्कराकर पूछा।

मणिबन्ध ने कहा—"देवी! जाओगी नहीं?"

"कहाँ?"

मणिबन्ध चौंका।

"देवी! तुम भूल गईं? गायक से मिलने नहीं जाओगी?"

"गायक मिला था?" अबके उसके मुँह से विल्लिभित्तूर नहीं निकला।

"मिला था देवी? वह सुनकर हँस दिया।"

"हँस दिया? क्यों भला?"

"मैं नहीं जानता, किंतु मैंने उसे बहुत कठिनाई से तैयार किया। वह तुम्हारे प्रति बहुत ही उदासीन था।"

वेणी ने सुना। वह अपने निश्चय पर और दृढ़ हो गई।

"तुमने शृंगार नहीं किया? और आज की रात भी नहीं?"

"शृंगार?" वेणी ने उत्सुकता से पूछा—"क्यों? उसकी आवश्यकता?"

मणिबन्ध ने कहा—"कितनी सरल हो तुम? गायक तुम पर व्यंग कसेगा। नीलूफ़र की प्राप्ति का क्या उसे गर्व न होगा? तब तुम क्या साधारण स्त्री की भाँति जाओगी? वह तुमसे ऐसे बातें करेगा जैसे संसार में अनाथ और निस्सहाय हो।"

"मैं उसको इसका प्रतिदान दूँगी," वेणी ने होंठ चबाकर कहा।

वह भीतर जाकर शृंगार करने लगी। उसने द्राविड़ ढंग से सज्जा न करके मोअन-जो-दड़ो के ढंग से शृंगार किया। आँखों में काजर लगाकर कटाक्ष किया। किंतु पत्थर चुप खड़े रहे। कहीं वह पत्थर ही से तो मिलने नहीं जा रही? फिर कवरी में मोंगरे की मालाएँ खोंस लीं और हाथों में कमल उठा लिया।

जिस समय वेणी रथ पर आरूढ़ होकर निकली, रात हो चुकी थी। चंद्रमा आकाश में चढ़ने लगा था। पूर्णिमा की दुग्ध-धवल प्रभा वसुंधरा पर आच्छादित होने लगी थी। विराट् प्रासादों के ऊँचे-ऊँचे शिखर चाँदनी में धातुओं की भाँति चमक रहे थे।

और हेका ने जब नीलूफ़र के प्रकोष्ठ में प्रवेश किया तब वह शिथिल थी। उसके हाथों में दो केले तथा बहुमूल्य मांस के कुछ टुकड़े थे, जिन्हें वह धीरे-धीरे मग्न होकर खा रही थी।

नीलूफ़र ने पास जाकर कहा—"यह बैल का मांस तुझे कहाँ मिला?"

वह हेका को देखकर अचरज में पड़ गई। उसने फिर कहा—"बता न हेका, कहाँ गई थी?"

"महाश्रेष्ठि की आज्ञा से पाकशाला के प्रधान अक्षय की सेवा कर रही थी।" वह हँसी। "देखो तो," उसने हाथ में मांस का टुकड़ा झुलाकर कहा—"अक्षय ने मुझे क्या दिया है?"

नीलूफ़र ने सुना। क्रोध से उसका मुख लाल हो उठा। उसने कहा—"और फिर तूने क्या किया?"

"आत्म-समर्पण।" हेका ने धीरे से उत्तर दिया।

नीलूफ़र झल्ला उठी। तनिक भी मर्य्यादा नहीं? कुछ भी सम्मान नहीं?

"तू डर गई?" नीलूफ़र ने कहा। सुना। मन मसोस उठा पर हेका बोली कुछ नहीं।

नीलूफ़र ने कहा—"अक्षय बहुत शक्तिशाली है? उसका दर्प चूर करना ही होगा।" एकाएक कुछ चबाने का शब्द सुनकर उसने चौंककर देखा।

हेका अभी भी खा रही थी।

नीलूफ़र ने कहा—"बहुत भूख लगती है? तो तूने मुझसे आज तक क्यों नहीं माँगा?"

हेका ने कहा—"अपराध क्षमा हो, तो कहूँ।"

"कह न?" स्वर में स्नेह था।

"स्वामिनी थीं, तब तक आपको कभी चिंता नहीं हुई। आज याद आई है, मेरा भाग्य!"

सत्य बहुत ही कठोर था। अपने आप सिर झुक गया। नीलूफ़र ने कहा—"रात हो आई है। जानती है, आज चलना होगा। मैंने निश्चय कर लिया है।"

"मुझे भय होता है।"

"भय? नीलूफ़र ने आज तक भय नहीं किया। जब उसे अपने विश्वासों का खोखलापन दिखाई देता है तब वह अवश्य निर्बलता का अनुभव करती है, अन्यथा कभी नहीं। स्यात् मैं उस समय तैयार नहीं थी।" उस समय उसके हाथ ने दीवार के भीतर हाथ डालकर एक कटार निकालकर वस्त्रों में छिपा ली।

नीलूफ़र ने अपने केशों पर कंघी फेरी। बहुत ही सादे वस्त्र पहने थे। हेका केला छीलकर खा रही थी। नीलूफ़र ने देखा। फिर आँखें झुकाकर, पैरों में स्वयं ही चप्पलों के बंध बाँधते हुए कहा—"हेका! अपाप ने कुछ नहीं कहा?"

"अपाप! क्या कहता वह?"

"अपाप है कहाँ ?"

"मैं नहीं जानती। वह कहीं चला गया है। जब से महाश्रेष्ठि ने उसे डाँटा है तब से मिला नहीं है।"

"बहुत बुरा लगा होगा उसे।"

"क्यों, बुरा क्यों लगेगा ! यह क्या पहली बार हुआ है ?"

"तो तूने अपाप से प्रधान के विरुद्ध बातें क्यों की थीं ?"

"मैं नहीं जानती क्यों मुझे वह झूठा अभिमान हो गया था। जैसे मैं कोई कुलीन स्त्री थी," फिर मांस का टुकड़ा मुँह में भरकर हेका ने कहा—"कल फिर उसी के पास जाऊँगी। कल अपाप के लिए भी····।"

नीलूफ़र ने आँखें फाड़कर देखा और क्रोध से चिल्लाकर कहा—"हेका !"

"नीलूफ़र !" हेका हँसी। नीलूफ़र सिहर उठी।

"वह रात," हेका ने कहा—"भूल गईं वह रात····जब उन मल्लाहों के साथ····"

नीलूफ़र सिहर उठी।

"कितनी अच्छी लगी थी वह रात। मिठाइयाँ ! मिठाइयों के ढेर के ढेर लगे हुए थे।"

नीलूफ़र के हाथ से रत्नपिटक छूटकर गिर गया। ढकना खुला रहने के कारण वे सब आभूषण पृथ्वी पर बिखर गए। उसने उद्भ्रांत होकर खड़े होते हुए कहा—"तुझे याद है वह हेका ? तुझे याद है ? मैं उसे भूल गई थी।"

हेका ने कहा—"मुझे याद न हो ? जीवन में ऐसे कितने क्षण आए हैं जब स्वादिष्ट भोजन किया है मैंने ? तुम्हारी बात मैं नहीं कहती। तुम तो स्वामिनी हो। तुम क्या अब हमारे दुखों को उतनी निकटता से पहचान सकोगी ?"

नीलूफ़र ने फटी आँखों से देखा।

हेका कहती गई—"तुम्हारा जीवन स्वर्ग है देवी ! हम नरक के प्राणी हैं····"

"हेका !" नीलूफ़र चिल्ला उठी। हेका चुप हो गई। नीलूफ़र ने कहा—"हेका····" फिर कहा—"हेका····" फिर कंठ अवरुद्ध हो गया।

हेका ने कहा—"चलिए देवी ! विलंब हो रहा है।" नीलूफ़र चलते-चलते लौट आई। अपनी शैय्या पर एक बड़ा-सा तकिया रखकर उसे चादर से ढँक दिया। एक बार इधर-उधर देखा और फिर हेका के साथ बाहर निकल गई। सारथी रथ ले आया था। नीलूफ़र के इंगित से वह उतर गया। हेका लगाम सँभालकर खड़ी हो गई।

रथ चल पड़ा। आकाश में चाँद पूरा उग आया था। आज आकाश के वे खंड-खंड ज्योतिर्बुद्बुद इस वेगवती ज्योत्स्ना में छिप गए थे। जैसे शीतल आलोक का ज्वार आया था, कि समस्त धरिणी उन दुग्ध-श्वेत फेनों से ढँक गई थी।

धीरे-धीरे राजमार्ग पीछे छूट गया। ग्रामपथ भी बग़ल के मोड़ों पर पीछे रह गए। जब वे लोग महानगर के बाहरी भाग में पहुँच गए तब नीलूफ़र का हृदय चंचलता से धड़कने लगा। प्रयत्न करने पर भी न रोक सकी। एक बार शरीर स्वेद से झनझना उठा। उसे लगा वह बहुत ही उत्तेजित हो गई थी।

हेका ने कहा—"देवी ! क्या हुआ ?"

नीलूफ़र ने सहसा हेका के कंधे पर हाथ रखकर कहा—"आज की साँझ, प्रतिज्ञा करो,

कभी भी नहीं भूलोगी।"

"दासी अब मध्याह्न और रातों की गणना रखना भूल गई है, क्योंकि याद रखने से कष्ट अधिक ही होता है।"

हेका हँस दी। उसने रुक-रुककर कहा—"स्वामिनी! आप भूल गई हैं कि हम दास हैं। आपकी बुद्धि ने यदि मुझे इतनी सहानुभूति नहीं दी होती तो शायद मैं कभी यह अनुभव ही नहीं करती कि मैं भी मनुष्य हूँ। किंतु क्या कर सकती हूँ मैं?"

नीलूफ़र सिहर उठी।

कितनी दयनीय है यह हेका! कोई भी इसके शरीर से खेल सकता है। इसे अपने शरीर पर भी अधिकार नहीं है, और नीलूफ़र! क्या तुझे ही कल अपने ऊपर अधिकार था? एक दासी यदि स्वामिनी बनकर सुख भोगने लगी तो क्या दासत्व की घोर यातना भी समाप्त हो गई?

'नहीं, नहीं' का विचार चेतना के नेपथ्य में बज उठा।

पहाड़ का-सा अपाप भी कुछ नहीं कर सकता। वह केवल एक पशु है। जिसे कोई अपने अंकुश से मार-मारकर चला रहा है। वह निर्जीव पहाड़ का-सा शरीर केवल भार ढोने के लिए ही था।

नीलूफ़र ने कहा—"अब दूर नहीं है।"

वाक्य ने उसकी अधीरता को स्पष्ट कर दिया। हेका ने कहा, "देवी! अब रथ का पथ समाप्त हो गया है। आगे पथरीली भूमि है।"

रथ को रोक दिया। वे दोनों पथरीली ज़मीन पर चलने लगीं। चंद्र के आलोक में उनकी छाया उनके पैरों के सामने पड़ रही थी। पथ ऊबड़खाबड़ था।

नीलूफ़र ने धीमे से कहा—"धीरे हेका, धीरे, निःशब्द!"

हेका ने कहा—"बहुत कठिन है।"

"तू मेरा हाथ पकड़ ले।"

हेका ने हाथ पकड़ लिया। नीलूफ़र ने कहा—"अब इस राह पर यदि मेरा हाथ छोड़ेगी तो बचेगी नहीं।"

हेका हाँफ-सी गई। कहा—"मैं नहीं छोड़ूँगी। किंतु आपके पाँव तो नहीं डगमगाएँगे?"

"अब जब चलना ही है तो किसका भय करूँ? जब कोई राह न मिले और मैं कहीं खड्ड में गिर जाऊँ तब मुझे खींचकर रोक सकेगी?"

"प्रयत्न करूँगी। आपका पतन भारी जो होगा, किंतु भागूँगी नहीं।"

"मुझे लगता है, उधर कुछ ध्वनि हो रही है। चुप रह। कहीं हमारा शब्द कोई सुन न ले। लगता है वह आ गई है।"

जब वे दोनों चट्टान के पीछे पहुँचीं, उन्होंने सुना—दो आदमी उधर बात कर रहे थे।

सुना। एक स्वर।

"तुम? वेणी!"

"विल्लिभित्तूर!" जैसे एक थकी हुई याचना, आत्मसमर्पण, एक उलाहना, एक पूर्वराग को जगाने के लिए मारा गया पैना अंकुश!

नीलूफ़र साँस रोककर सुनने लगी।

उसी समय पृथ्वी का वक्षस्थल वेग से धड़क उठा। और लोग अज्ञात भविष्य से काँप उठे।

9

उस चाँदनी रात में सिंधु का भीषण प्रवाह खलबला उठा। लहरों की क्रुद्ध फुंकार सुनकर समीरण प्रभंजन बनकर वेग से सिकता पर झपटा और चारों ओर बालू का बवंडर उठने लगा। उस तुमुल निनाद में युगांत की श्वास-रोधिनी घुटन थपेड़े मारकर जल से टकरा उठी और दिग्दिगंत में बधिर कर देनेवाला कठोर हाहाकार व्याप्त होकर समस्त अंतराल को विक्षुब्ध कर उठा।

पशु-पक्षी आर्त्तनाद करते हुए प्रचंड स्वर से रोदन करने लगे। भीम वृक्षों के टूटने की अर्राहट कई-कई जगह एक साथ होने के कारण लगा कि पहाड़ की कठोर कंदराएँ मुँह उठाकर सिंह के समान घोर गर्जन कर उठी हों। और फिर तूफ़ान ने ठहाका लगाकर कहा—"मैं महादेव का सेवक हूँ। मेरा नाम सर्वनाश है...."

लगा, क्षणभर के लिए चंद्रमा आकाश में रक्त की तरह लाल हो गया। सारी वसुंधरा पर ज्योत्स्ना की स्निग्ध श्वेत आभा के स्थान पर रक्तिमवसना विलासभैरवी नृत्य करने लगी और महामहिमामयी महामाई के रौद्र क्रोध में जब महादेव की कल्मषहीन आँखों में खूनी प्रतिहिंसा छलक आई तब जैसे माता धरिणी थर-थर काँपने लगी, उसके वस्त्र अजस्र अकारणता से खिसकने-से लगे। सिकता, चट्टान, जल, वृक्ष, आकाश, सब उस भयानक छाया में प्रगाढ़तम हो गए और एक भीषण अंधकार छा गया।

हवा के उस भयानक झोंके में वेणी की शिथिल कवरी खुल गई। वह भय से पृथ्वी पर गिर गई। कुछ देर वे दोनों उस तूफ़ान में बैठे रहे। और देखते-ही-देखते सब काले-काले घनघोर बादलों को वायु ने कशाघात करके उनके चीत्कारों पर तनिक भी ध्यान न दे, आकाश में से भगा दिया। फिर एक बार शीतल चाँदनी धरती पर खेलने लगी। जैसे घोर यातना के बाद प्रसविनी अब मुक्त होकर, श्वेत वस्त्र धारण करके, शैय्या पर लेटी, शांत मन से, सब-कुछ प्रेमपूर्ण आँखों से निहार रही हो।

विल्लिभित्तूर ने स्नेह से कहा—"वेणी! उस दिन तुम पृथ्वी की गड़गड़ाहट सुनकर मेरे वक्षस्थल से चिपक गई थीं। किंतु आज? आज माता धरित्री का हृदय इतनी ज़ोर से चिल्ला उठा। किसलिए वेणी? इसीलिए कि वह अनाचार नहीं सह सकती। वह प्रेम का अपमान नहीं सह सकती।"

वेणी अनाचार सुनकर मन-ही-मन विक्षुब्ध हो उठी। तब तो विल्लिभित्तूर उसे शीघ्र ही व्यभिचारिणी भी कहेगा। किंतु उसने क्रोध प्रकट नहीं होने दिया। वह रक्त का घूँट पीकर चुप बनी रही।

विल्लिभित्तूर ने फिर कहा—"वेणी! उस दिन तो धरती का कंपन आज के सामने कुछ भी न था। एक साधारण-सी गड़गड़ाहट थी। किंतु वह प्रथम दिन था। और आज? वेणी! मालूम देता है, तुम अभी तक कुछ निश्चित नहीं कर सकी हो! कहाँ जा रही हो तुम? क्या

तुम्हें याद है कि हमने अहिराज की अश्वत्थ की परिक्रमा करके शपथ खाई थी। मैं नहीं जानता, इनसे भी अधिक पवित्र इस संसार में है क्या? वेणी! तुम भूल जाओ! विल्लिभित्तूर भूल जाए, ऐसा वह कृतघ्न नहीं है। वह कभी देवताओं का अपमान नहीं कर सकता।"

नीलूफ़र को उसकी देवताओं की बातों में कोई दिलचस्पी नहीं हुई। वरन् एक बार ओसिरिस जैसे सर्वशक्तिमान की स्मृति करके मुस्कराई भी। अचानक उसने सुना, वेणी कह रही थी—"तुमने इतनी निष्ठुरता क्यों की विल्लिभित्तूर?"

'विल्लिभित्तूर!' शब्द चट्टान को भेदकर नीलूफ़र के कानों में गूँज उठा। वह निश्चय नहीं कर सकी कि यह केवल कृत्रिम संबोधन था, या प्रिया के अंतःकरण से निकली हुई पुकार। ज्योत्स्ना की मादकता और सुलगन में, सारे बंधन तोड़कर, फिर एक बार अपनी समस्त आह्वान शक्ति के साथ, फूट निकली थी।

विल्लिभित्तूर! गायक के प्राण छटपटा उठे। वही स्वर है जिसे सुनकर वह सिंधु की भयानक लहरों में घुसा चला जाएगा, वही स्वर है जिसे सुनकर वह बीहड़ वन में वृक्ष-वृक्ष से व्याकुल कंठ से पूछता फिरेगा, वही स्वर है जो उसे मेघों के प्रचंड गर्जन, पहाड़ों के विजन अट्टहास और कोंपलों की कोमल मर्मर के पार एकरस युगों के निरवधि अंधकार को भेदकर उसी प्राणशक्ति के संबल से बुलाता रहेगा और वह कभी भी अपने-आपको रोकने में असमर्थ हो जाएगा।

वेणी आर्द्र नयनों से उसे देख रही थी, जैसे जो कुछ कहना था वह उस एक वाक्य में कह चुकी थी, उँडेल चुकी थी।

कवि उच्छ्वसित हो रहा था। उसने कहा—"देवता ने संसार में अनेक सौंदर्य्यमयी वस्तुओं का सृजन किया है, किंतु मैंने अपनी आँखों में बसे रूप को सर्वश्रेष्ठ समझने का विश्वास किया था, क्योंकि मुझे तुम पर गर्व था वेणी! तुमसे अधिक मैंने कभी मधु की सुलगन में गंधालस समीरण में झूमते वृक्षों पर बैठी कोयल के अंगार-गीत को भी नहीं माना। मेरे लिए एक सत्य था, एक सत्य ध्रुवतारे की भाँति मेरे मन को निरंतर शक्ति देता रहा है। मैंने तुम्हें प्यार किया है वेणी! किंतु तुम्हें प्यार करने के कारण ही मैं कभी इतना अंधा नहीं हुआ कि दूसरों के स्नेह को घृणा समझकर उसका अपमान करने लगूँ।"

नीलूफ़र ने सुना। हृदय आनंद से गद्‌गद हो उठा। उसने अपना सिर पत्थर पर टेक दिया, जैसे एक बहुत बड़ी तृप्ति ने प्राणों पर पंख खोलकर छाया कर दी, और वह भी उस समय जब चारों ओर भीषण मरुस्थल अग्नि की लपटों की भाँति साँय-साँय करके जल रहा था, दूर-दूर तक, अनंत विश्रामहीन, छायाहीन, चिलचिलाता हुआ⋯

विल्लिभित्तूर ने फिर कहा—"वेणी! यौवन के सबसे पहले स्वर तुम्हारी ही छवि की छाया बनकर उठे थे। तुम्हारे ही नूपुर की ध्वनि पर जब उटजों के ऊपर संध्या का धुँधला अँधेरा झूमने लगता था, मेरी वीणा के तारों ने बोलना सीखा था। उन तारों में मेरे जीवन की रागिणी ने बार-बार तुम्हारे रूप की मनुहार को अपने प्यासे अधरों में भर लेना चाहा था, किंतु उत्तरवासिनी हिमानी की भाँति तुम कठोर ही बनी रहीं। आत्मा का समस्त कलरव भी तुम्हारे अभिमान के सघन कांतार को गुंजरित न कर सका। आज फिर धूप ढलने लगी है। लाओ, मुझे वह प्रभात की नीहारिका लौटा दो, मैं उसे फिर पंखुड़ियों में छिपाकर विभोर होकर गा उठना चाहता हूँ। मध्याह्न की नीरसता का आलस्य अपने-आप इन भारवाही स्मृतियों के नीचे पराजित-सा दब

जाएगा। मुझे तुम पर आज भी विश्वास है, क्योंकि मैं अपने प्रेम को आज भी पहले ही जैसा निश्छल समझता हूँ। वेणी! मैं सच कहता हूँ, अब और कोई इच्छा नहीं है। एक बात जानता हूँ। जीवन में अनेक बार ठोकरें खानी पड़ती हैं। और पाँवों के क्षत-विक्षत भागों से रक्त निकलने लगता है। पथ रक्त से भीग जाए, किंतु चरण फिर भी उठते ही रहें।"

विल्लिभित्तूर ने पीछे हटकर कहा—"किंतु तुम? तुम पाषाणी हो वेणी! कभी तुमने मेरे मन की वेदना को नहीं पहचाना। यह शांत लगनेवाला निरीह गायक अपने भावों में युगों की मर्म-वेदना छिपाए फिरता है, तुम समझती हो, कभी इनका स्फोट न होगा? अत्याचार की भी एक सीमा होती है। जब मैं सह नहीं सकूँगा तब तुम देखोगी, मेरे गीत अग्निस्फुलिंग बनकर फूट निकलेंगे।"

वेणी चौंक उठी। एक बार उसने आकाश में चंद्रमा की ओर देखा, एक बार सिंधु की ओर। फिर कहा—"विल्लिभित्तूर! आओ, आज उसी तरह पुराने ढंग से आलिंगन करके हम सब-कुछ भूल जाएँ।"

विल्लिभित्तूर ने व्याकुल होकर कहा—"आज फिर नहीं वेणी, एक बार नहीं। कहो कि सदा के लिए हम-तुम आलिंगन में बँधकर फिर कभी अलग न हों।"

वेणी ने कहा—"विल्लिभित्तूर," और उसका हाथ उसकी कटि पर चला गया।

हठात् पीछे से कोई ज़ोर से हँस उठा। वेणी का हाथ कटि पर से हट गया। उसने देखा। सामने कोई एक स्त्री की छाया थी। पास आने पर चंद्रमा की किरणों के प्रकाश में दोनों ने उसे पहचाना। वह नीलूफ़र थी। उसके होंठों पर एक भयानक मुस्कान थी और आँखों में जैसे विष घुमड़ रहा था।

"तुम?" वेणी ने फूत्कार किया।

"हाँ, मैं।" नीलूफ़र हँस दी। "श्रेष्ठि की आज्ञा का पालन किये बिना तुम स्वामिनी नहीं हो सकोगी। तुम मेरे रहते हुए विल्लिभित्तूर की हत्या नहीं कर सकोगी। तुम मेरे सामने अपने भयानक कुचक्रों में सफल नहीं हो सकोगी द्राविड़ नर्त्तकी! तुम जैसी मूर्खा भी नीलूफ़र के सामने खड़ी हो जाए तो नीलूफ़र का जीवन व्यर्थ है।"

हठात् वेणी का हाथ ऊपर उठा, और उसके साथ ही नीलूफ़र का भी। और चंद्रमा की किरणों में दोनों कटारियों पर जगमगाहट हुई, धातु चमचमा उठी, प्यासी धातु! और नीलूफ़र ने आगे बढ़कर कहा—"साहस है नर्त्तकी? तूने तो माँ का दूध पिया होगा, मैंने भेड़ियों की माँ का दूध भी पिया है। समझी? यदि तुझे अपने ऊपर गर्व हो तो अभी तेरे अभिमान को सिंधु की प्यासी लहरों में समर्पित कर दूँ?"

नीलूफ़र हँस उठी। वेणी पीछे हट रही थी।

"नीलूफ़र!" गायक पुकार उठा। "यह तुम क्या कर रही हो?"

नीलूफ़र ने हँसकर कहा—"यह स्त्री अपने-आपको बहुत चतुर समझती है, आज मैं इसकी हत्या को देखना चाहती हूँ, अन्यथा मेरे इस समय यहाँ आने का अर्थ ही क्या था?"

"क्या···· यह···· सच···· है····" गायक ने अटक-अटककर पूछा।

"हाँ, हाँ, यह सच है," नीलूफ़र ने बिना मुड़े कहा—"बीच में न आ जाना, अन्यथा यह सर्पिणी अवश्य तुम पर वार कर बैठेगी····"

वेणी पीछे हटती जा रही थी। हटते-हटते वह चट्टान की ओर बढ़ने लगी जिसके पीछे

हेका छिपी खड़ी थी। नीलूफ़र ने कहा—"आज मन करता है कृतघ्न स्त्री तेरा मांस काट-काटकर कछुओं को खिला दूँ। तेरे शरीर में रक्त की जगह गंदा कीचड़ भरा है पापिनी! और नीलूफ़र पर हाथ उठाया है तूने? तेरी इतनी स्पर्धा! क्या समझा था तूने मुझे कि मैं डर जाऊँगी?" और नीलूफ़र ने बहुत घृणित ढंग से कहा—"बेटी! स्वामिनी बनेगी? लेकिन अभी श्रेष्ठि के कोई पुत्र तो हो लेने दे!"

वेणी एकदम झटके से नीचे गिर गई। चट्टान के पीछे से किसी ने झटका देकर उसके हाथ से कटार छीन ली थी। अब वह गायिका के सामने निःशस्त्र पड़ी थी। किंतु उसने सिर नहीं झुकाया।

"गायिका!!" वेणी ने क्रोध से चिल्लाकर कहा—"तू नहीं जानती अभागिन कि तेरे सिर पर मौत नाच रही है।"

नीलूफ़र ठठाकर हँस दी। विल्लिभित्तूर ने, जो इतनी देर तक किंकर्त्तव्यविमूढ़ खड़ा हुआ एक अनहोनी-सी बात देख रहा था, झपटकर नीलूफ़र का हाथ पकड़ लिया। नीलूफ़र ने अपने आप अपनी कटार को छोड़ दिया। गायक ने उसे अपने पाँव के नीचे दबा लिया। किंतु नीलूफ़र ने कहा—"गायक! मुझ पर भी अविश्वास? तुम समझते हो, मैं इस मूर्खा की हत्या करूँगी? इससे क्या मेरा कोई स्वार्थ सिद्ध होता है? मैं तो इसे बता रही थी कि यदि यह अपने को चतुर समझती है, तो मैं भी इससे किसी भी परिस्थिति में कम नहीं हूँ। यह मुझे भयभीत करना चाहती है, किंतु नीलूफ़र ने ओसिरिस के अतिरिक्त किसी के भी सम्मुख शीश नहीं झुकाया।"

नीलूफ़र निर्भय खड़ी रही। उसने घृणा से मुँह फेरकर कहा—"नीलूफ़र सब पाप कर चुकी है, किंतु उसने आज तक मनुष्य की हत्या के प्रलोभनों के सामने सिर झुकाना कभी भी स्वीकार नहीं किया। विल्लिभित्तूर! मेरे साथ अन्याय न करो। मैं कभी भी इस निरीह का रक्त बहाकर बदला लेना नहीं चाहती। इसको क्षमा करने से मेरे हृदय को आनंद हो रहा है, गायक! यदि इस स्त्री देह धारण करनेवाले पशु में कुछ भी मनुष्यता होगी तो इसे आज की रात की नीलूफ़र सदा ही याद बनी रहेगी। क्षमा से बढ़कर मनुष्य के लिए कोई दंड नहीं होता, किंतु यह होती तो कभी भी ऐसा नहीं करती, क्योंकि यह स्वभाव से ही नीच है।" कुछ रुककर उसने कहा—"हत्या से इसकी यातनाओं का अंत हो जाएगा विल्लिभित्तूर! मैं नहीं चाहती कि इसके मन में कोई दुख न रहे। इसने मेरा जीवन नष्ट करने का कुचक्र खेला है, किंतु मुझे इसका खेद नहीं है। इसका भ्रम है। यह कोई नहीं होती। यह भी मैं नहीं कहती कि पुरुष होने के कारण महाश्रेष्ठि ऐसा है। नहीं, उसकी मनुष्यता को उसके धन और अधिकार ने पराजित कर दिया है। मैं इसे जीने दूँगी कि जब-जब इसे मेरी याद आए, तब-तब यह अपनी ग्लानि में तड़पती रहे और श्रेष्ठि की स्वामिनी बनकर भी इसे अपनी तृप्ति का संतोष न हो और मन का पाप सजीव बनकर इसके कलेजे को अपने नखों से कुरेगा करे।"

वेणी का सिर झुक गया।

नीलूफ़र ने फिर कहा—"आज यह मेरे सामने फिर हार गई है गायक! उस दिन भी तुमने ही इसकी रक्षा की थी, और मैं जानती हूँ तुम आज भी अपरूप, मौन रहकर भी रक्षा कर रहे हो। किंतु नीलूफ़र सब-कुछ होकर भी कृतघ्न नहीं है। मैं एक बार कहना चाहती हूँ कि वेणी नीलूफ़र की दासी होने के भी योग्य नहीं है, इसलिए कि उसने अपने प्रेमी से विश्वासघात किया

है, इसलिए कि धन और अधिकार के एक व्यापारी ने उसकी नग्न देही पर अपन समस्त वैभव को न्यौछावर कर दिया है और उस जघन्य आत्मवंचना के लिए इस स्त्री ने अपने-आपको बेच दिया है। और आज यह स्त्री अपने प्रेमी का आलिंगन करते समय हत्या कर देती और उसका हृदय ले जाकर उस व्यापारी के सामने स्वर्ण के दो टुकड़ों के लिए पैरों के नीचे कुचल देती।"

गायक ने कहा—"नीलूफ़र! तुम देवी का अपमान कर रही हो। सब-कुछ कह सकती हो, किंतु यह कहकर तुम मेरा अपमान कर रही हो। 'वेणी ने मुझे प्यार नहीं किया' कहकर तुम वास्तव में यह कह रही हो कि विल्लिभित्तूर ने वेणी को प्यार नहीं किया। नीलूफ़र तुम कर सकोगी, तुम ऐसी कठोर बात कर सकोगी? तुम्हारे हृदय के यदि किसी भी कोने में स्नेह की छाया है, तो यह तुम्हारे लिए असंभव हो जाएगा।"

"किंतु यह सत्य है, विल्लिभित्तूर!" नीलूफ़र ने टोककर कहा—"तुम कवि हो, कल्पना के जगत से तनिक बाहर आकर देखो कि आज की रात मैं न आती तो यह स्त्री इस समय रक्त-रंजित कटार सिंधु की अतल धारा में फेंक चुकी होती।" उसने हाथ उठाकर कहा—"ओसिरिस! तूने उस रक्त की आभा को समस्त सृष्टि में फैला दिया था। महान शक्तिशालिनी! कितना घोर अपराध होता वह कवि? यह सत्य है कि यह तुम्हारी हत्या कर देती।"

"होगा!" विल्लिभित्तूर ने कहा—"किंतु क्या यह इतना बड़ा सत्य है कि आज वेणी अपनी मनोकामना भी पूर्ण न कर सके? नहीं, नहीं, नीलूफ़र, किस प्रयोजन से मेरे प्राण आज इतना स्वार्थ करना चाहेंगे कि वेणी जाकर मणिबंध से यह भी न कह सके कि उसकी आत्मा में भी कुछ बल है अवश्य। किसके लिए छोड़ा था मैंने अपना घर, अपने बंधु-बांधव, अपने स्वप्नों के पीछे ही तो! वे तो मुझसे कोई भी नहीं छीन सका! वे तो आज भी उसी ममता से मेरे वक्षस्थल में कसक रहे हैं। आग लगानेवाले हँस-हँसकर चले जाएँ, वे भले ही सोचते रहें कि उन्होंने अपने अवकाश में एक मूर्ख से खेल खेला था, किंतु क्या उनके अभिमान से मेरी मादक सुलगन बुझ जाएगी? मुझे इस आग से प्यार हो चला है। मैं उस दिन को याद रखता हूँ।" फिर मुड़कर नर्त्तकी से कहा—"आओ वेणी, यदि तुम मेरी हत्या करना चाहती थीं तो फिर विलंब किसलिए?"

किंतु न जाने किस संचित ममता के आक्रंदन से आतुर नीलूफ़र बोल उठी—"विल्लिभित्तूर!"

कितना महान है यह व्यक्ति! जो सब-कुछ होते हुए भी इस समय नीलूफ़र की कटार भूमि से उठाकर वेणी की ओर बढ़ा रहा है। मृत्यु की शांति इसके लिए जीवन के हाहाकार से कहीं अधिक मूल्य रखती है।

और यह नीच स्त्री! जो मनुष्य को केवल रक्त-मांस का पुतला-मात्र समझती है कि स्वार्थ के लिए उसे पशुओं की भाँति काट देना चाहिए। इतना महान व्यक्ति भी यदि इसकी बर्बरता को न मिटा सका, तो निस्संदेह यह स्त्री कोई भेड़िये की बच्ची है और यह विराट् पुरुष है!

नहीं, नीलूफ़र का जीवन यदि सफल हो सकता है तो इसी की छाया में—वह इस विराट् गौरव की शीतलता से गिरते निर्झरों को अपने मरु में बहने देगी और उसकी शक्ति से इस बालू और रेत में हरे-हरे वृक्षों की सघन भीड़ उठ खड़ी होगी, जिनकी छाया में सारा संसार

विश्राम करेगा।

उसने कहा—"विल्लिभित्तूर! आज मुझे लगता है, मैं अमर हो गई हूँ। भूल जाऊँगी सारा दुरभिमान, भूल जाऊँगी मैं अतीत का विषैला अंधकार, मुझे अपने चरणों में आज क्षण-भर स्नेह से बैठा रह जाने दो। कितने महान हो तुम, सिर उठाकर देखती हूँ, तुम्हारा शीश मुझे सप्तर्षियों के भी पार दिखाई देता है, गौरवमय, गरिमामय...., भयमुक्त...."

विल्लिभित्तूर देखता रहा। वेणी बैठी रही, पराजित-सी। जैसे उसमें अब शक्ति ही नहीं थी। वह सोच रही थी कि विल्लिभित्तूर नीलूफ़र से भी अधिक उसका उपहास करने का प्रयत्न कर रहा था। उसने सिर नहीं उठाया। बैठी भूमि कुरेदती रही और तिरछी आँखें इधर-उधर करके देखा।

नीलूफ़र ने फिर कहा—"श्रेष्ठि कुत्ता है, मैं उसको मनुष्य भी मानने को तैयार नहीं हूँ। मुझे तुम पर आज अविश्वास हुआ था विल्लिभित्तूर! मुझे क्षमा कर दो।"

वह घुटनों के बल बैठ गई। उसने गायक का हाथ पकड़कर कहा—"क्षमा न कर देना मुझे! दंड पाकर मनुष्य को पश्चात्ताप की असह्य यातना से छुटकारा तो मिल जाता है। मुझे आज मेरे अपराधों से मुक्ति दिलानेवाला तुम्हारे अतिरिक्त और कौन है? मैं तुम्हारे लिए सबकुछ छोड़ने को तैयार हूँ। गायक, मेरे पास कुछ नहीं है, केवल कुछ मर्म की वेदनाएँ हैं, यदि तुम मुझे अपना स्नेह दे दो तो मैं पवित्र हो जाऊँगी, अपने सब कल्मषों से आज अपने-आपको हीन पाकर, तुम नहीं जानते मुझे कितना हर्ष होगा। तुम यह न करो, विल्लिभित्तूर! यदि रक्त देकर मणिबंध की प्यास ही बुझानी है तो मेरा रक्त दे दो उसे। उसका कार्य्य अधिक सरल हो जाएगा। किंतु तुम? तुम जीवित रहो गायक! संसार में अच्छे आदमी बहुत कम होते हैं। अपने लिए न सही, मेरे लिए, संसार के लिए तो जीवित रहना ही होगा तुम्हें।"

नीलूफ़र रोने लगी। गायक ने झुककर उसे उठाकर कहा—"तुम रो रही हो नीलूफ़र!"

एकाएक हेका ने पुकारकर कहा—"नीलूफ़र! नीलूफ़र!! अपराधी भाग गया।"

उन्होंने देखा। दूर सिकता पर कोई चिल्लाता हुआ भाग रहा था—"सारथी! सारथी!!"

गायक और नीलूफ़र हतबुद्धि-से एक-दूसरे की ओर देख उठे। वह कब निकल गई? क्या इसे अपने प्राणों से इतना अधिक मोह था? क्या इसे भय था कि यहाँ इसकी हत्या हो जाएगी?

हेका ने फिर कहा—"नीलूफ़र! रथ पर पीछा करोगी? कहो तो लाऊँ?"

नीलूफ़र ने कहा—"नहीं हेका! वह डर गई है।"

वेणी का रथ भाग चला था। हेका ने फिर कहा—"साँप अपमानित होकर गया। उसका जीवित निकल जाना ठीक नहीं हुआ।"

विल्लिभित्तूर चिल्ला उठा—"वेणी.... वेणी....लौट आओ। मुझ पर विश्वास करो वेणी! मैं अपने हाथ से तुम्हें अपना हृदय फाड़कर दे दूँगा। न जाओ वेणी! आकाश और पृथ्वी के बीच में सब-कुछ ठीक रहेगा किंतु यह उन्मत्त हृदय कभी भी शांति नहीं पा सकेगा। तुम यदि यही चाहती हो, तो यह भी संभव है वेणी! लाज न करके एक बार अपने मुख से तो कहती जाओ....लौट आओ.... वेणी...."

किंतु ध्वनि निष्फल होकर सिंधु की लहरों की भाँति सदा के लिए बह गई। युगों से यह जल इतनी तरलता के होते हुए भी निर्मम बधिर बनकर अपने ही भयानक गर्जन में खोया हुआ

बहता चला जा रहा है। आज चंद्र की चंचल किरणों में उमड़ा हुआ सुहाग श्रृंगार करने डोल उठा है।

विल्लिभित्तूर के उठे हुए हाथ गिर गए। वह हताश-सा देखता ही रह गया। नीलूफ़र ने उसके कंधों पर हाथ रखकर उसकी आँखों में झाँकते हुए करुण स्वर से मनुहार की—"जाने दो विल्लिभित्तूर! वह तुम्हारे योग्य नहीं है। सच! उसे जाने दो, वह राक्षसी है। वह तुम्हारी हत्या नहीं, अपनी विजय और बुद्धिमत्ता का प्रदर्शन करने आई थी। यदि उसमें साहस होता तो क्या वह भाग जाती? कायर! अंधकार के कीड़े की तरह घृणित, जिसकी सूर्य्य के क्षीणतर आलोक से आँखें बंद होने लगती हैं। क्या वह तुम्हारे समान है? अंक में रस भरे रहनेवाले नारियल के पेड़ कितने महान होते हैं? उन पर चढ़कर उनकी निधि को पा लेना भी सरल नहीं, किंतु उसकी छाया का भी क्या कोई गौरव है? वेणी बिल्कुल उस छाया के समान है। तुम उसके लिए दुख करते हो। तुम गायक और कवि होकर? भूल जाओ उस कलुषित छलना को विल्लिभित्तूर, वह तुम्हारा लक्ष्य होने के योग्य नहीं है।"

"नहीं नीलूफ़र। तुमने मुझे एक मौक़ा भी नहीं मिलने दिया। आज तुमने मेरी इच्छाओं की हत्या कर दी।"

नीलूफ़र रो उठी। हृदय पर जैसे एक घोर प्रहार हुआ था, जो स्यात् तब भी नहीं हुआ जब पृथ्वी का अंतस्थल क्रोध से गुर्रा उठा था।

उसने तो उसी के भले के लिए किया था सब। तो क्या गायक ने उसी को दोषी समझा है? क्या वेणी सब ठीक कर रही थी? क्या यह केवल एक खेल था। वह कुछ भी समझने में बार-बार असमर्थ हो जाती है।

गायक निस्तब्ध खड़ा है। बिल्कुल प्रशांत! जैसे घोर चिंता से आक्रांत हो गया हो।

वह देखती रही।

पंखुरी में काँटा घुसते समय जैसे फूल कराह उठा हो, अपमान के घाव में अमरता का अभिशाप मिल गया हो।

नीलूफ़र का सिर झुक गया। तब वह किसी भी योग्य नहीं है। जिस दुनिया का आज तक स्वप्न देखती रही है वह वास्तव में उसके योग्य कभी नहीं हो सकती और नीलूफ़र ने देखा, गायक चला जा रहा था।

नीलूफ़र ने चाहा कि उसे पुकारकर रोक ले, किंतु किस अधिकार से कर सकेगी वह ऐसा? गायक ने तो उसकी ममता, उसके स्नेह को स्वीकार ही नहीं किया। कितना निष्ठुर है, कितना निर्मम!

और गायक चला जा रहा था, जितना ही वह दूर होता जा रहा था, उतनी ही उसको बुलाने की तृष्णा बलवती होती जा रही थी।

जब वह ओझल हो गया तब वह वहीं बैठकर रोने लगी। गायक!! वह बिना कुछ समझे चला गया था।

नीलूफ़र रोते-रोते वहीं सिकता में लोट गई और एक बार उसके मुख से आर्त्त स्वर से निकल फूटा — "विल्लिभित्तूर···"

हेका निकल आई। उसने रोती हुई स्वामिनी को गोद में रख लिया। नीलूफ़र ने फफककर कहा—"हेका!"

हेका ने कहा—"वह चला गया नीलूफ़र! अब रोकर क्या होगा?"

उसका हाथ नीलूफ़र के बालों को सहला उठा।

हेका ने कहा—"नीलूफ़र! यह स्थान निरापद नहीं है। जल्दी चलो।"

नीलूफ़र ने रोते हुए कहा—"कौन-सा स्थान है जो आज हमारे लिए निरापद है?"

"नीलूफ़र!" हेका के होंठों से केवल एक ही शब्द निकला, जिसे सुनकर नीलूफ़र उठ खड़ी हुई। अर्थात् अब भी संसार में एक ऐसा व्यक्ति है जो उसके लिए सच्चा स्नेह लिए है। हेका अब उसे स्वामिनी नहीं कहेगी? क्या उसके हृदय के सब आवरण फट चुके हैं? मनुष्य ने मनुष्य को पहचान भली भाँति लिया है। एक की व्यथा का नीड़ आज दूसरे की सहानुभूति की डाल पर पल सकता है, पूरे विश्वास से।

हेका ने फिर वल्गा को थाम लिया। नीलूफ़र रथ के डंडे पकड़कर खड़ी हो गई। रथ चल पड़ा।

"कहाँ? नीलूफ़र! घर की ओर?"

"घर?" भय से नीलूफ़र ने कहा—"वहाँ तो नर्त्तकी पहुँच गई होगी। मुझे अब भय लगता है।"

"तब?"

"मैं नहीं जानती।"

हेका ने नकेल खींच लिए। बैल दौड़ चले। वे अब महानगर के बाहर की ओर जा रहे थे। दोनों ही उद्‌भ्रांत-सी थी।

धीरे-धीरे महानगर की प्राचीरें पीछे रह गईं। उन्मुक्त द्वार से रथ निःशंक निकल गया। बहुत-से सार्थ रात ही में पहुँचा करते थे अतः उस भयहीन महानगर के बाहर के द्वार कभी बंद नहीं होते थे। जो जब चाहे तब भीतर-बाहर आ-जा सकता था। हेका ने रथ मोड़ दिया। पथ छोटा था, पर ऊबड़खाबड़ नहीं, स्निग्ध और सीधा....

अब ग्राम-प्रांतों का आरंभ हो गया था। राह में सघन वृक्षों की छाया में फूँस के बँधे हुए गट्ठर पड़े दिखाई देते। कहीं-कहीं कंडों का ढेर था। रात के नीरव सुनसान में कोई नहीं था। केवल सुदूर कुछ कुत्तों का भौंकना सुनाई दे रहा था। हेका ने रथ को उधर ही हाँक दिया। रथ वेग से भाग चला।

नीलूफ़र एक गाँव में जाकर रुक गई।

दोनों रथ से उतर गईं। पास ही एक कुआँ था। नीलूफ़र ने कहा—"हेका! बड़ी प्यास लगी है।"

"किंतु रस्सी तो है ही नहीं। न यहाँ कोई पात्र ही है।"

"अवश्य होगा। कुआँ हो और रस्सी न हो, यह असंभव है। ग्रामीण सीधे और सरल होते हैं। वे दूसरों के सुख-दुख का बहुत ध्यान रखते हैं।"

किंतु हेका सब तरफ़ ढूँढ़ आई। न रस्सी मिली, न धातु का कोई पात्र। ग्रामीणों के विषय में नीलूफ़र की सम्मति ठीक नहीं बैठी।

तब तो गाँव जाना होगा।

"ठहरो," हेका ने कहा—"मैं बैलों को पानी पिला दूँ।" वह बैलों को आगे ले आई। और बैल पानी पीने लगे। उसके बाद उसने बैलों को चुमकारकर कहा—"जाना नहीं, अभी आ

जाऊँगी।"

जुते हुए खेतों की बग़ल से वे झोंपड़ों के पास पहुँच गईं।

नीलूफ़र ने कहा—"हेका! सोते हुओं को जगाएगी कैसे?"

"जगाऊँगी, आवाज़ देकर।"

"किंतु उन्हें संदेह नहीं होगा?"

"क्यों? प्रभुवर्ग तो बहुधा मृगया करने निकलकर पथभ्रांत हो जाता है? यहाँ चीते बहुत होते हैं।"

"किंतु क्या मैं स्वामिनी लगती हूँ? मेरे शरीर पर कोई भी आभूषण नहीं। न मेखला, न कंठहार, न कर्णफूल, साँठ क्या, आज तो मैं चूड़ी तक नहीं पहने हूँ।"

हेका चिंता में पड़ गई। इसी समय उन्होंने देखा, दूर कहीं से धुआँ उठ रहा था। दोनों उधर ही चल दीं। एकाएक नीलूफ़र भय से काँपकर हेका से चिपक गई।

"सुन रही है?"

हेका के भी रोंगटे खड़े हो गए थे। एक बहुत ही डरावनी आवाज़ उस शून्य में करुण स्वर से गूँज उठी। फिर किसी की भयानक कर्कश आवाज़ सुनाई दी। और उत्तर-प्रत्युत्तर करते-से अनेक गीदड़ वातावरण को और भी हृदय कँपा देनेवाला बनाते हुए मनहूस स्वर से रो उठे जिसे सुनकर कोई-कोई बच्चा घरों में रो उठा और माताएँ उन्हें डर से छाती से चिपकाए सुलाने लगीं।

हेका ने कहा—"नीलूफ़र! स्थान निरापद नहीं है।"

किंतु नीलूफ़र ने कहा—"नहीं हेका! देखना चाहिए। कहते हैं, यहाँ जादू बहुत है। कहीं कोई मेरी व्यथा का भी अंत कर सके तो?"

हेका ने कहा—"किंतु यदि हम पर ही प्रहार कर उठे?"

"तो तू भाग जा! मैं नहीं जाऊँगी," और नीलूफ़र उसी धुएँ की ओर बढ़ने लगी। एक वृक्ष के पीछे छिपकर दोनों ने देखा कि कठोर पशुत्व की छाया से आक्रांत दुर्दमनीय पुरुष एक शव पर बैठा है और उसके सम्मुख हड्डी के अनेक ढाँचे पड़े हैं। सामने ही एक स्त्री बँधी पड़ी है जो रह-रहकर गीदड़ों के रोदन-से स्वर में स्वर मिलाकर रो उठती है, जैसे अब वह आकृतिमात्र से मानुषी थी और बाक़ी उसमें कोई चिह्न नहीं था।

नीलूफ़र और हेका भय से स्वेद से भीग गईं। देखते-ही-देखते उस पिशाचाकृति मनुष्य ने उस स्त्री को एक कोड़े से मारना प्रारंभ किया। स्त्री भयानक स्वर से आर्त्तनाद करने लगी।

उसी समय पीछे एक पगध्वनि सुनाई दी। हेका ने मुड़कर कहा—"नीलूफ़र! गाँववाले आ रहे हैं।"

"चलो, मुझे डर लग रहा है।"

"किंतु यदि उन्होंने हम पर ही अविश्वास किया तो?"

तब तक एक स्त्री इनके निकट आ गई। उसने कहा—"कौन हो तुम लोग?" वह स्त्री कटि पर केवल एक वस्त्र बाँधे थी। सीप और कौड़ी के असंख्य आभूषण उसके शरीर पर लदे हुए थे।

हेका ने कहा—"प्यास से कंठ सूख रहा है। पानी पीने आए थे किंतु तुम्हारा ग्राम है या नरक? देखकर हमारे तो प्राण सूख गए। न आगे ही हट सके, न पीछे ही।"

स्त्री भी भयाक्रांत थी। उसने कहा—"यहाँ क्यों खड़ी हो ? उधर आ जाओ, जहाँ सब लोग हैं।"

नीलूफ़र और हेका बिना उत्तर दिए उसके पीछे चल पड़ीं। जहाँ वह रुकी उसने देखा, अनेक कृषक और दास घुटने टेके बैठे थे और उस स्थान से वह भयानक पुरुष और भी साफ़ दिखाई दे रहा था। उसके मुख से कभी-कभी कोई शब्द अस्फुट-सा सुनाई दे जाता—जैसे अश्वत्थ, कभी नाग, कभी मृत्यु····

दोनों भी इंगित पाकर उसी स्त्री के साथ घुटनों के बल हाथ जोड़ सिर झुकाकर बैठ गईं। स्त्री का हृदय-द्रावक चीत्कार अब भी कानों को फाड़े डाल रहा था।

नीलूफ़र ने कहा—"यह कौन है ?"

स्त्री ने कहा—"पहाड़ों का योगी।"

"सारा ग्राम इस घोर अत्याचार को देख रहा है ? और कोई कुछ नहीं कहता ?"

"अत्याचार न कहो स्त्री ! यह ग्राम का प्रताप फैलाएगा, मंगल लाएगा। हमारी नहरों में अबाध जल आ जाएगा और गेहूँ की बीस-बीस बालें बढ़ जाएँगी। श्रेष्ठि मणिबन्ध के ये खेत फिर दसियों हाथ ऊँचे लहलहा उठेंगे।"

"श्रेष्ठि मणिबन्ध ! तुम सब उनकी कौन हो ?"

"हम उनकी प्रजा हैं। वे हमारे भूस्वामी हैं। हमारे ग्रामणी उनके अनुचर हैं। अब अधिकांश कृषकों ने अपनी भूमि को महानगर के व्यापारियों के हाथ बेच दिया है, इससे हमें बहुत-सा सामान सरलता से मिल जाता है।"

"शः" हेका ने कहा—"वह देखो ! वह नरपिशाच क्या कर रहा है।"

नीलूफ़र ने देखा, पुरुष ने स्त्री की दाईं कलाई को उल्टी तरफ़ मोड़ना शुरू किया। वह रो उठी। शायद मूर्छित हो गई।

गाँव की स्त्री ने कहा—"स्त्री ! अपनी कुजिह्वा को रोक। देवता का आराधन हो रहा है। वह हमारे गाँव की ही बेटी है। उसने अपने-आपको देवता की बलि दे दिया है।"

"कौन है तेरा देवता ?" नीलूफ़र ने विक्षोभ से कहा।

"उसके ग्यारह मुख हैं, एक साँप का, एक सिंह का, एक रीछ का, एक वृक का, एक—याद नहीं, केवल ग्रामणी जानते हैं। तू उनका उपहास कर रही है ?"

"उपहास नहीं, पूछती थी," हेका ने कहा।

नीलूफ़र ने फिर कहा—"यह अग्नि क्यों जल रही है ?"

स्त्री ने विस्मय से देखा, जैसे मूर्खों से पाला पड़ गया था। कहा—"मांस क्या तेरे सिर पर पकाया जा सकता है ?"

"अब क्या होगा ?"

"हमारे घरों में वैभव बढ़ेगा। पितर सुखी होंगे। हमारी क़ब्रों को पशु खोदकर खा नहीं सकेंगे। रोगों के प्रेत आकर हमारे बच्चों को सता नहीं सकेंगे।"

और उस समय वह कठोर पुरुष नृत्य करने लगा था। उसने आग के पास से गरम-गरम राख उठाकर अपने शरीर पर मल ली और अट्टहास करता हुआ वह भीम वेग से नाचने लगा जैसे चंद्रमा की उस भयद पूर्णिमा की विभीषिका का उस मूर्छित स्त्री में आवाहन कर रहा था। कभी वह अपने बाल पकड़कर खींचता, कभी फिर कर्णकटु निनाद करता हुआ चिल्ला-

चिल्लाकर छाती पीटने लगता, तब वह स्त्री रह-रहकर हँस उठती....

उस समय सब ग्रामवासी, वह स्त्री, भय से थर-थर काँप रहे थे और सिर पृथ्वी पर टेककर बार-बार हिल उठते थे, जैसे अभी उनमें इतनी शक्ति न थी कि साक्षात् ग्यारह मुखवाले उस विकराल देवता को देख सकें जिसके मुँह में मनुष्य की देह सदा दबी रहती है, वह उसे अपने दाँतों से कचर-कचर चबाया करता है....

आगे बढ़कर उस योगी ने बँधी हुई स्त्री को उठाकर शव के पास रख दिया। बेला निकट आती जाती थी। चारों ओर घोर स्तब्धता थी। तभी उस योगी ने स्त्री के खोल दिया और अपने साथ लाकर शव पर बिठा लिया और शव के टुकड़े काट-काटकर उसे खिला-खिलाकर स्वयं भी खाने लगा।

अनेक व्यक्तियों ने इस जादूगर पर हाथ चलाया था किंतु उसके नयनों की शक्ति ने कभी उन्हें जीवित नहीं रहने दिया। वह क़ब्रें खोदकर शव निकाल लाता था और ग्राम की स्त्रियों को पकड़ लाता और फिर अपनी वीभत्स साधना किया करता।

उस पुरुष ने शव का सिर उठा लिया। वह कट-कटकर हड्डी का ढाँचा मात्र रह गया था। फिर उसने वह सिर उस स्त्री के हाथ में दे दिया और उसे उस शव पर पीठ के बल लिटाकर उस पर पालथी मारकर बैठ गया। कुछ देर उसने चंद्रमा की ओर एकटक देखा और हाथों से स्त्री का गला घोंटने लगा। स्त्री की घर-घर आवाज़ शून्य में रो उठी। उसकी जीभ बाहर निकल आई। शायद वह मर गई थी। उस कठोर पुरुष ने निस्संकोच उसके वक्षस्थल में अपना छुरा घुसेड़ दिया....

हवा का एक तेज़ झोंका आया। नीलूफ़र डरकर भाग चली। हेका पीछे-पीछे भागी। दोनों ने शीघ्र ही रथ को जा पकड़ा। इसी समय हेका के कान के पास से कुछ झनझनाता हुआ तेज़ी से निकल गया।

नीलूफ़र ने हाँफते हुए कहा—"हेका! हाँक! जल्दी!"

बैल एक बार अपने पीछे के पाँवों पर खड़े हो गए-से लगे। खट से कुछ रथ के पीछे आकर गड़ गया। बैल भाग चले। हेका ने हवा में घुमाकर चाबुक मारा। बैलों के मुँह से फेन गिरने लगा। जब वे बहुत दूर निकल आईं, तब हेका ने गति धीमी कर दी। नीलूफ़र ने मुड़कर देखा, रथ के काष्ठ में लंबा-पतला तीर गड़ा हुआ था।

दोनों ही उसे देखकर काँप उठीं।

हेका ने कहा—"इसे कहीं जल के पास फेंकना चाहिए। यह जहाँ गिरेगा वहीं अपशकुन करेगा। उफ़! कितना भयानक था।"

नीलूफ़र सुनकर ही सिहर उठी।

उन्होंने एक जलाशय के पास रथ रोक दिया। पहले दोनों ने पानी पिया और फिर उस तीर को ले जाकर उस पर जूठा पानी उगलकर उसे जलतीर पर गाड़ दिया। उसके बाद वे फिर रथ पर चढ़ गईं और देर तक एक-दूसरी से नहीं बोलीं। भय से जैसे कंठ सूख गया था।

आकाश में अब चंद्रमा मलीन हो गया था। उसकी पीली चमक की जगह सफ़ेद निर्जीवता ने उसका स्थान ले लिया था। राह धुंधली-धुँधली-सी दीख रही थी।

हेका ने कहा—"नीलूफ़र!"

"क्या है?" कितनी घोर पराजय थी कि दो क्षण को किसी के भी पास परस्पर वार्त्तालाप

करने के लिए शब्द भी नहीं रहे थे। हवा अब हल्की हो चली थी। पेड़ों का झीनापन पहले से अधिक साफ़ हो चला था और तब ही अचानक उस निस्तब्धता की कारा को तोड़ते हुए धीमे शिथिल स्वर से नीलूफ़र ने कहा—"हेका! लौटने का साहस नहीं होता।"

हेका कुछ नहीं बोली।

नीलूफ़र ने फिर कहा—"वेणी ने कहा नहीं होगा? ख़ाली हाथ देखकर क्या श्रेष्ठि चुप रह जाएगा?"

हेका क्षणभर सोचती रही। फिर कहा—"किंतु हम जा भी कहाँ सकते हैं? और यदि कहीं भाग गए तो मेरा अपाप? मणिबन्ध उसकी हत्या कर देगा।"

"तो लौट चल।"

"तीनों को भागना होगा।"

"तू डरती तो नहीं?"

हेका ने सिर उठाकर कहा—"तो जाने दो अपाप को भी। मणिबन्ध चाहे तो उसे आग में डाल दे।"

रथ फिर नगर की ओर दौड़ चला क्योंकि नीलूफ़र ने इसे स्वीकार नहीं किया। दोनों ही ओर परस्पर सौहार्द्र की भावना ने अपने-अपने स्वार्थों को तोल दिया था।

किंतु नीलूफ़र को इस समय छलना का वह कारागार याद आने लगा था और घृणा से उसका मन तिक्त हो उठा। क्या वह वहाँ जा सकेगी? मणिबन्ध? कैसे कर सकेगी वह उसका सामना? कहेगा नहीं वह कि मैंने तुझे दासी से स्वामिनी बनाकर तुझ पर असीम अनुकंपा की थी नीच? किंतु क्या मैं इसी से तेरा दास हो गया था जो तू मेरे ही सुखस्वर्ग में आग लगाने लगी।

जब महानगर के राजपथ पर रथ पहुँचा तब दूकानें खुल ही रही थीं। अभी भंगी पथों पर झाड़ू लगा रहे थे! आगे जो पथ था, उस पर रात को सफ़ाई की जाती है क्योंकि वह अँधेरे से ही काम में आने लगता है। भोर की ठंडक में उसका स्वच्छ रहना आवश्यक है। उस समय के भंगी आज के-से अछूत नहीं थे। आर्य्य गौरव के यह पुण्य मोअन-जो-दड़ो के प्राचीन निवासियों को बिल्कुल अज्ञात थे।

हेका ने रथ को अब धीमा करना प्रारंभ किया। बैल थक गए थे। वे रात-भर चल चुके थे और जो थोड़ा-बहुत अवकाश मिला भी था, उस समय भी उन्हें बँधा ही रहना पड़ा था। किंतु हेका का इस सब पर ध्यान न था। वह शीघ्र ही पहुँचकर अपाप को सबकुछ बता देना चाहती थी। नीलूफ़र सोचती थी कि अपाप ही क्या कर सकेगा?

भोर होने लगी थी। प्रकाश ने अंधकार का अंतिम पगचिह्न तक पथ पर से धो दिया था। इस समय एक स्वच्छता से प्रभात का शीतल समीर उस चौड़े राजमार्ग पर चलने लगा था।

नीलूफ़र गंभीर खड़ी थी। उसकी आँखें रात-भर जागने के कारण लाल हो रही थीं। वस्त्र मैले हो गए थे। शरीर आभूषणों से हीन था। और अपनी मिश्री सज्जा में वह ऐसे दीख रही थी जैसे यह शिथिल वसना अभी-अभी सोकर उठी है।

लोगों में जो एक चंचलता थी वह प्रभात की इस मनोहर बेला में और भी मुखर हो उठी थी। उन्होंने देखा—दो सुंदर युवतियाँ खड़ी हैं। एक रथ चलाने में व्यस्त है, दूसरी अपना भाल उठाए स्वामिनी के गर्व से खड़ी है। उसकी आँखों में उस अपार जनसमूह के प्रति घोर उपेक्षा

है, जैसे वे सब पशु मात्र हैं।

मद्य की दूकान में अभी से भीड़ एकत्र होना प्रारंभ हो गई थी। विलासी युवक अपनी तृषित आँखों से नीलूफ़र के गोरे शरीर को घूरने लगे। रात-भर के छिप-छिपकर किए विलास ने भी उनकी आँखों पर मर्य्यादा की पट्टी नहीं बाँधी। उन्हें काम ही क्या था? पिता के पास अपार धन होना चाहिए। जब हमारी आयु होगी तब हम भी अर्जन करेंगे। तब तक यह स्वर्ण-सी अनमोल काया क्या यों ही विनष्ट कर देने के लिए है?

हेका ने कहा—"नीलूफ़र! यह भीड़ तो बढ़ती जा रही है...."

किसी ने भीड़ में से चिल्लाकर कहा—"कुचल दो सुंदरी! कुचल दो!" भीड़ बढ़ने लगी। महामाई के मंदिर की ओर जनसमूह उमड़ा पड़ रहा था। आज फिर उसके हृदय में शंका हो आई थी। अभी-अभी तो इतना विराट् उत्सव हुआ है। पुजारी ने कहा था कि उसने महामहिमामयी महामाई के मुख पर मंद स्मित देखी थी, फिर रात को ही यह भयानक शब्द पृथ्वी के भीतर से क्यों सुनाई दिया? क्या महामाई रक्त की प्यासी हो उठी है जो उसने चंद्र को रक्त में डुबाकर क्षण-भर में फेंक दिया कि हम उसकी उस कठोर तृष्णा को समझ सकें?

नीलूफ़र ने देखा। हेका को विवश होकर रथ की गति को धीमा करना पड़ा क्योंकि जनसमूह उमड़ा पड़ रहा था। लोग इस समय मंदिर की ओर जाने में तन्मय थे। जब बैल सिर पर ही आ जाते थे तब वे हटते अन्यथा किसी प्रकार भी कोई ध्यान नहीं देते।

सहसा किसी ने भीड़ में से चिल्लाकर कहा—"यह देखो! मिश्र की गायिका! इसी ने हमारी महामाई की अर्चना में बलात् व्याघात डालने का प्रयत्न किया था। मिश्री देवताओं की इस दासी ने हमारे देवता के विरुद्ध अपना विद्वेष दिखाया था। अन्यथा रात को धरती फिर कभी क्रुद्ध नहीं होती।"

नीलूफ़र ने भी सुना। वह विवर्ण हो गई।

लोग ठठाकर हँस पड़े। उन्होंने कहा—"चींटी पहाड़ को हिलाने का दंभ कर रही है। जैसे हमारी देवी, देवता, अर्चना कुछ नहीं? देखो तो, कैसा अभिमान है इसे? विद्वेष की विषैली पुतली! स्त्री की देह पाकर तो अपने-आपको साक्षात् मोहिनी समझने लगी है?"

और जनसमुदाय-पथ होने के कारण भीड़ हो गई और भीड़ विचारहीन होने के कारण ठठाकर हँस पड़ी।

नीलूफ़र का मुख क्रोध से लाल हो उठा। किसी ने फिर कहा—"मोहिनी है, तभी तो ऐसी अधनंगी रहकर अपने वक्ष का उभार और जंघाओं की कोमलता संसार को दिखाती फिरती है कि आओ और मेरी पाप की धारा में अपने आपको डुबाकर सदा के लिए मर जाओ! व्यभिचारिणी, कृतघ्न, लज्जाहीन...."

एक आवाज़ हुई और नीलूफ़र का हाथ कोड़े को झटका देकर ऊपर ले गया और उसने सड़-सड़ दो कोड़े वक्ता के मुँह पर जड़ दिए। लोग उसे पकड़कर सँभालने दौड़े। उसके मुख से रक्त गिर रहा था। वह मूर्छित हो गया था। लोग रथ के समीप आते जा रहे थे। अब रथ के चारों ओर सिर ही सिर थे। आगे जाने का कहीं भी पथ न था।

उसी समय किसी ने रथ के बैलों को सामने से पकड़ लिया। वह विश्वजित् था। उसने कहा—"कहाँ जा रही हो सुंदरी! आज यह भूखे भेड़िये, तुम्हारा मांस खा जाने की भूख लेकर तुम पर टूटे हैं। बहुत अभिमान करती थीं कि तुममें बहुत शक्ति है, आज मिटा सकोगी इनकी

भूख ? कहाँ है वह तुम्हारा मणिबन्ध...."

नीलूफ़र चिल्ला उठी—"वह मेरा कोई नहीं है। वह मेरा कोई नहीं है...."

विश्वजित् ठठाकर हँस पड़ा। उसने भीड़ से कहा—"देखते क्या हो मूर्खो ! यह नर्त्तकी हो या गायिका; पकड़ लो इसे। ले चलो इसे शांति-दंड-विधान-नायक के पास !"

उत्तेजित भीड़ ने चारों ओर से घेर लिया। लगा, अब उन्हें जीवित नहीं रहने देंगे। कोलाहल से राजपथ काँप उठा। वे सब पागल हो रहे थे।

हेका ने भयातुर स्वर से कहा—"स्वामिनी, भीड़ क्रुद्ध हो उठी है, चलिए उतरकर भागिए।"

नीलूफ़र पहले तो कुछ भी नहीं समझी किंतु तुरंत परिस्थिति ने अपने-आपको उसके सामने साफ़ कर दिया। उसने कहा—"हेका ! तू उतर जा।"

हेका कूद गई; और नीलूफ़र ने कंधों से जानु तक लटकता वस्त्र पीछे से उठाकर अपने चारों ओर लपेट लिया। पलक मारते ही कूदकर हेका का हाथ पकड़ लिया और दोनों भीड़ में ही बल प्रयुक्त करके धँसती चली गईं। लोग चारों ओर से अंधे होकर टूट रहे थे। नीलूफ़र के प्रति उनका विद्वेष काफ़ी हो चुका था।

भीड़ नीलूफ़र को न पाकर विक्षुब्ध हो उठी। उन्होंने इधर-उधर खोज की, किंतु तब तक वे दूर निकल चुकी थीं। भीड़ में निराशा से उपस्थित लोगों ने एक-दूसरे की ओर देखा। उन्हें अत्यंत ग्लानि हुई कि शत्रु हाथ में आकर भी ऐसे सुयोग पर निकल गया।

कुछ लोगों ने ठहाका लगाया। लोग चौंक उठे। उन्होंने देखा कि शत्रु गया सो गया, इधर एक नया खेल था।

"मूर्खो ! वह भाग गई। वह तुम्हारी भाँति मंद बुद्धि होती तो मिश्र से इतनी दूर कभी नहीं आती। समझे ? जाओ, मूर्खो, जाओ।" महाश्रेष्ठि विश्वजित् उस समय रथ पर बैठकर हाँकने का प्रयत्न कर रहे थे। बैल एक बार पीछे की ओर हटे। किंतु विश्वजित् के हाथों ने कुशल सारथी की भाँति उन्हें सँभाल लिया।

किसी ने कहा—"महाश्रेष्ठि के यौवन का फिर से प्रभात हो रहा है। महाश्रेष्ठि विश्वजित् की जय...."

सबने जयकार किया और समवेत स्वर से ज़ोर से हँस उठे। महाश्रेष्ठि ने चिल्लाकर कहा—"और बोलो मूर्खो ! और बोलो !" भीड़ वहीं रह गई किंतु विश्वजित् रथ को दौड़ाने लगा। अब पथ काफ़ी साफ़ हो गया। लोग अपने-आप उसे सारथी के स्थान पर बैठा देखकर हट जाते, क्योंकि वह तो पागल था, जिसको अपने ऊपर गर्व हो, सामने आ जाए, वह उसे ही कुचल देगा। उसे क्या किसी का डर है ?

बैल जब मणिबन्ध के सिंहद्वार पर पहुँचे, तो ठिठके और वे वहाँ आपसे आप जाकर रुक गए। महाश्रेष्ठि विश्वजित् समझ नहीं सके। उन्होंने कोड़ा उतारकर दनादन मारना शुरू किया। बैल फेन उगलते हुए खाल फरफरा उठे।

दासों ने रथ की ध्वजा को देखकर तुरंत पहचान लिया कि यह रथ मणिबन्ध का ही है। उन्होंने कहा—"महाश्रेष्ठि ! आपसे स्वामी मिलने की प्रार्थना करते हैं।" विश्वजित् प्रसन्नता से तैयार हो गए। दास एक महाश्रेष्ठि को दूसरे महाश्रेष्ठि के पास ले गए। उनके लिए एक अच्छा परिहास का विषय था। श्रेष्ठि विश्वजित् की चाल में एक गौरव आ गया। वे ऐसे पग धरने लगे जैसे स्वयं मणिबन्ध रखता था। और नौकर-चाकर, या कर्मचारी, अथवा दास कौन नहीं

जानता कि महाश्रेष्ठि विश्वजित् सभी से उच्च हैं, महान हैं। और उन्होंने एक महाश्रेष्ठि को दूसरे महाश्रेष्ठि के सम्मुख ले जाकर खड़ा कर दिया।

उस समय मणिबन्ध कारवानों पर पश्चिम एशिया को जानेवाले माल की सूचियाँ तैयार करवा रहा था। उसने सिर उठाया। देखा, सामने ही मोअन-जो-दड़ो का वास्तविक वैभव खड़ा था। उसके देखते ही सेवकों का सिर झुक गया।

मणिबन्ध ने कहा—"शिल्पहास! यह क्या है?"

शिल्पहास ने नतशिर होकर कहा—"महाप्रभु! स्वागत! आज हमने महाश्रेष्ठि विश्वजित् का स्वागत किया है। कौन नहीं जानता कि उनका महान यश मोअन-जो-दड़ो के आबाल वृद्ध एक स्वर से गाते हैं?" मणिबन्ध देखता रह गया। सुना परंतु पहले तो वह कुछ भी नहीं समझ सका। उसने प्रश्नवाचक चिह्न से फिर देखा। शिल्पहास ने कठिनता से अपनी हँसी रोककर कहा—"महाप्रभु! महाश्रेष्ठि आपके दर्शनार्थ द्वार पर रुक गए थे। हमारा कर्त्तव्य था कि उन्हें आपके सम्मुख ले आएँ। अपराध क्षमा हो, दास निरपराध है।"

"महाश्रेष्ठि!" उसने मुड़कर विश्वजित् से कहा—"स्वागत है।"

'स्वागत' मणिबन्ध ने कहा। विश्वजित् आगे बढ़ने लगा। मणिबन्ध ने उसे घूरकर देखा। पहले तो यह सब रहस्य-सा प्रतीत हुआ किंतु जब उसने प्रयत्न किया वह समझ गया। वह मुस्करा दिया।

शिल्पहास ने पास जाकर चुपके से मणिबन्ध ने कहा—"महाप्रभु! पागल आपके रथ पर बैठकर आया है। इसी से हम इसे पकड़ लाए हैं।"

"मेरा रथ?" मणिबन्ध ने विस्मय से पूछा।

"जी हाँ," शिल्पहास ने कहा—"उस पर आपका ही ध्वज-चिह्न है।"

"मेरा ध्वज-चिह्न?"

"दास उसे खूब पहचानता है।"

"अच्छा तू जा।"

शिल्पहास पीछे हट गया। लेखक वृषभ ने कहा—"हाँ देव! लिख लिया। एक सौ पचास बड़े पिटक में लाक्षा...."

किंतु मणिबन्ध का ध्यान उधर न था। लेखक वृषभ अपने स्थूल शरीर को लेकर उठ खड़ा हुआ। उसके हाथ में धातु की सींक लगी ही रही। चमड़ा भूमि पर ही रखा रहा। वह उन अंकित स्थानों में मसि भरकर बाद में पोंछ देता था। चित्रलिपि ऊपर उभर आती थी। और मणिबन्ध की आँखों के आगे भय नाच गया। तो क्या वेणी? वह भिखारी की घूरती आँखों को देखकर सिहर उठा। भिखारी उसे आत्मा का पूरा बल लगाकर घूर रहा था।

मणिबन्ध ने अपने-आपको सँभाल लिया। उन आँखों की चुंबक की-सी आकर्षण शक्ति उसके मन को डरा रही थी। एकाग्र नयनों का वह प्रचंड तेजस उसके अतीत को न जाने क्यों एक बार झकझोर गया। उसने विश्वजित् से कहा—"स्वागत! महाश्रेष्ठि, स्वागत!"

किंतु विश्वजित् ने कुछ नहीं कहा। वह अपलक उसे निहारता रहा। मणिबन्ध ने कहा—"महाश्रेष्ठि, आओ! उधर एकांत में वार्त्तालाप करेंगे।"

उत्तर की प्रतीक्षा न करके वह आगे-आगे चल दिया। श्रेष्ठि विश्वजित् ने हत्प्रभ मुख से देखते अनुगमन किया।

एकांत में जाकर मणिबन्ध ने पूछा—"तुम्हें यह रथ कहाँ मिला महाश्रेष्ठि!"

भिखारी ने कहा—"पथ पर।"

"पथ पर?" मणिबन्ध ने उत्सुकता से पूछा। "वहाँ कैसे पहुँचा? कौन से पथ पर?"

"मोअन-जो-दड़ो के राज-पथ पर," वह बिल्कुल ठीक था। उसके स्वर में कहीं भी पागलपन का कोई चिह्न न था। यदि वह अपने ढंग से बात करता तो कहता—"महाश्रेष्ठि मणिबन्ध! मुझसे पूछते हो? सारा महानगर जानता है कि महाश्रेष्ठि विश्वजित् को यह रथ मोअन-जो-दड़ो के भुवनविख्यात प्रशस्त राज-पथ पर मिला है।" और उसने वह सबकुछ न कहकर केवल मतलब का छोटा-सा उत्तर दिया है।

"मोअन-जो-दड़ो के राजपथ पर?" मणिबन्ध के मुख से निकला। भिखारी ने सिर हिलाया जैसे हाँ।

मणिबन्ध एकदम गंभीर हो गया।

उसकी समझ में नहीं आया। वेणी तो सारथी के साथ गई थी न? यदि वेणी नहीं आई तो सारथी का क्या हुआ? तब तो सैंधव को बुलाकर पूछना होगा। किंतु वेणी के साथ तो सैंधव नहीं गया था। फिर यह रथ? यह कैसी अव्यवस्था? उसे लगा उसकी सारी महानता धूलि में बिखर गई थी। उसे इस प्रकार चिंता में पड़ा हुआ देखकर बहुत ही गंभीरता से सिर हिलाकर धीरे से पगले भिखारी ने कहा—"तुम नहीं समझते मणिबन्ध! स्त्री का हृदय जानना बड़ा कठिन है। मैं भी कभी महाश्रेष्ठि था। मैं जानता हूँ कुलीन स्त्रियों का सदाचार अधिकांश दूसरे नागरिक वीरों के यहाँ रात को सोया करता है। तुम्हारी प्रिया, मिश्री गायिका जब रात को किसी से विलास-क्रीड़ा करके चुपचाप उनींदी आँखों से देखती, शिथिल-वसन रथ पर अपनी दासी के साथ लौट रही थी तब जनपथ पर उसने गर्व से राह चलतों पर कोड़े का वार किया। लोगों ने उसे घेर लिया। वह भाग गई। मैं जानता हूँ वह अत्यंत चतुर स्त्री है।"

मणिबन्ध चौंक उठा। उसके मुख से निकला—"नीलूफ़र! वह रात बाहर थी?"

"हाँ मणिबन्ध!" पागल ने कहा—"महाश्रेष्ठि विश्वजित् इन बातों को खूब जानता है। तुम जब किसी दूसरी स्त्री को आलिंगन में भरोगे तब क्या तुम्हारी पहली प्रिया तुम्हारे पगचिह्नों को रोया करेगी? अरे यही तो वैभव है कि अनाचार देखकर लोग उसे कह देने का साहस न करें अन्यथा उसमें गौरव ही क्या है?"

"नीलूफ़र!!" मणिबन्ध ने कहा—"नीलूफ़र!"

भिखारी हँसने लगा था। उसने हँसते हुए कहा—"तुम झूठ बोलते हो। एक बात पूछता हूँ। बताओगे? तुम बताओगे? है इतना साहस?"

मणिबंध ने छाती फुलाकर गंभीरता से कहा—"क्या है?"

भिखारी का पागलपन देखकर वह गंभीर हो गया था। इससे उसके आत्मसम्मान में बाधा पड़ती थी।

"पूछूँ? बता सकोगे? नहीं, नहीं, मैं जानता हूँ तुम क्रुद्ध हो जाओगे! महाश्रेष्ठि! तेरा बाप कौन था? तू क्या यहीं का है?" भिखारी अट्टहास करता हुआ बाहर भाग चला। मणिबन्ध पूर्ण विश्वास से नीलूफ़र के प्रकोष्ठ में जा पहुँचा। देखा रत्नपिटक बिखरा पड़ा है। भोर के अँधेरे में काम होने से शीघ्र न हो सका था। अतः वे लोग द्वार बंद करके प्रहरी बिठाकर चले गए थे। विस्मय से उसने देखा, शैय्या पर तीन-चार खड्गों के वार थे। उसने चादर पलट

दी। देखा, तकिये के टुकड़े पड़े थे। वह विक्षुब्ध हो उठा। आज रात क्या वह लोग चुपचाप इस तकिये को सिंधु में फेंकने ले जाएँगे, मूर्ख?

मणिबन्ध कुछ देर तक सोचता रहा फिर ताली बजाई। प्रहरी भीतर आ गया।

मणिबन्ध ने कहा—"रात को उन लोगों में तू भी था?"

"हाँ महाप्रभु!"

"और तुमने यही किया है?"

दास ने देखा। भय से घुटने के बल गिरकर काँपने लगा। मणिबन्ध ने क्रोध से कहा—"मेरे प्रकोष्ठ में अपाप को भेज दे।" वह अपने प्रकोष्ठ में चला गया। अपाप प्रहरी के कहते ही भाग चला। राह में आँख बचाकर उसने नीलूफ़र का प्रकोष्ठ देखा। तुरंत समझ गया। उसे आशंका थी। मणिबन्ध ने कठोर स्वर से देखते ही पूछा—"नीलूफ़र कहाँ है अपाप?"

अपाप ने अनजान बनकर कहा—"नहीं जानता स्वामी! मैं, ओसिरिस के चरणों की शपथ, नहीं जानता। हेका अवश्य जान सकती है। वह स्वामिनी की दासी है।"

मणिबन्ध को अपाप और हेका का संबंध ज्ञात था। उसने कहा—"फिर?"

"प्रभु! मैं अनजान हूँ। मैं नहीं जानता कि स्वामिनी कहाँ गई हैं...."

"और तुम्हारी हेका कहाँ है? मैं यह व्यर्थ की बातें सुनना नहीं चाहता।" और आगे बढ़कर, दीवार पर लटकी हुई झालर को थपकी-सी देते हुए उसने कहा—"समझा? हेका कहाँ गई है?" उसे याद आया—पागल ने कहा था कि नीलूफ़र के साथ दासी भी थी। और कौन होगी! अपाप शांत खड़ा था, जैसे वह कुछ नहीं जानता। उस समय प्रकोष्ठ के द्वार पर झालर की थपकी पर दौड़े हुए दास एकत्र हो गए थे।

मणिबन्ध ने दीवार पर टँगा कोड़ा उतार लिया और कहा—"कृतघ्न! पशु!! इसीलिए मैंने तुझे ख़रीदा था? इसीलिए मैंने हेका को तेरे पास रहने दिया? और आज तू मुझ ही से विश्वासघात कर रहा है?"

अपाप चुपचाप खड़ा रहा। एकाएक दास काँप उठे। मणिबन्ध ने चिल्लाकर कहा—"बता कहाँ है हेका? बता, कहाँ गई है वह? आज मैं तुम सबकी बुद्धि को ठीक कर दूँगा।"

और कोड़ा चटचटाकर उठता और सड़ाक से उसके शरीर पर वेग से आ लिपटता, जब मणिबन्ध उसे छुड़ाता तो धातु के टुकड़ोंवाला वह गैंडे की मोटी खाल का कोड़ा अपाप की चमड़ी को उधेड़ देता। मणिबन्ध क्रोध से विक्षुब्ध हो रहा था। जीवन में जैसे पहली बार उसका अपमान हुआ था। आज तक उसने ऐसी उद्दंडता कभी नहीं देखी थी।

गुलाम का रक्त पृथ्वी पर टपक गया। किंतु अधिकार की वह भयानक मार नहीं रुकी। दासों की धमनियों में जैसे रक्त जम गया। उनके रोंगटे खड़े हो गए। उन्होंने मुड़कर देखा। बल्लम लिए कठोर मुख के प्रहरी उनके पीछे न जाने कब और कैसे आ इकट्ठे हुए थे। भय से वे सब घुटनों के बल सिर झुकाकर बैठ गए।

अपाप की सारी देह लहूलुहान हो गई थी। वह एक बार भी नहीं कराहा। किसी ने जैसे मुँह सी दिया था, और "कहाँ है हेका" का प्रश्न कोड़े के वार के साथ उसके तन और मन पर बज उठता, किंतु वह अचल खड़ा था।

फिर एक बार अपाप के दोनों हाथ फैल गए और वह लड़खड़ाकर मुँह के बल धरती पर गिर गया।

घृणा से मणिबन्ध ने कोड़ा फेंक दिया और कहा—"निकल जाओ।"

अपाप का सिर अपने ही रक्त पर टिक गया।

इसी समय एक दास ने आकर कहा—"महाप्रभु ! श्रीमान् बयाद दर्शनेच्छु हैं।"

"आसन दो," मणिबन्ध ने आँखें निकालते हुए गरजकर कहा। दास भाग चला।

मणिबन्ध ने कहा—"ले जाओ इसे।" दासों ने तुरंत उसे उठा लिया और पशुशाला की एक गंदी कोठरी में डाल दिया जहाँ वह देर तक अर्द्धमूर्छित-सा पड़ा रहा। शरीर बिल्कुल निर्जीव हो रहा था।

उधर दासों ने प्रकोष्ठ की भूमि को पोंछकर फिर साफ़ कर दिया। एक दास ने कोड़े को पोंछकर टाँग दिया। उसी समय द्वार पर एक वृद्ध दिखाई दिया।

दास ने कहा—"श्रीमान् बयाद !"

अब प्रकोष्ठ में मणिबन्ध अकेला था, जैसे कुछ हुआ ही न था। दास चले गए थे। मणिबन्ध ने द्वार पर खड़े होकर कहा—"स्वागत् श्रीमान् ! स्वागत।"

वह हाथ खोलकर मुस्करा रहा था। उसने आगे बढ़कर बयाद का हाथ पकड़ लिया और कहा—"मेरे भाग्य ! कब-कब ऐसा सुअवसर आता है।"

बयाद ने अपनी सफ़ेद भौं उठाकर कहा—"दास द्वार पर है। महाश्रेष्ठि उपहास न करें।"

मणिबन्ध ने मुस्कराकर कहा—"दास तो वह है जो आज तक प्रतीक्षा करता रहा है।"

दोनों ने ही भाषा का अच्छा प्रयोग किया। इसी समय एक दास ने आकर कहा—"महाप्रभु ! ज्योतिषियों ने निश्चय किया है अपने पोत····"

मणिबन्ध ने काटकर तुरंत कहा—"आते हैं।" दास अपनी बात को अधूरी ही छोड़कर चला गया।

बयाद ने कहा—"श्रेष्ठि व्यस्त हैं ? मैंने आकर व्याघात उपस्थित किया है ?"

"किसी दिन बदला लूँगा। आप व्यर्थ चिंता न करें।" कहकर मणिबन्ध हँसा। उसने चौकी की ओर इंगित करके कहा—"विराजिए !"

बयाद बहुत वृद्ध था। उसके बैठने पर मणिबन्ध भी बैठ गया।

कुछ इधर-उधर की बातें हो जाने पर मणिबन्ध ने पूछा—"श्रीमान् ! आज कैसे कष्ट किया ? आपको इस आयु में इतना दुख सहन करने की क्या आवश्यकता थी, मुझे ही क्यों न बुला लिया। इधर मैं बहुत व्यस्त था, शीघ्र ही समय निकालकर आपके यहाँ उपस्थित होऊँगा।"

बयाद प्रसन्न हो गया। किंतु उसने देखा मणिबन्ध कभी ऊपर देखता, कभी इधर-उधर, उसे शांति नहीं है। उसने बात बदलने का प्रयत्न किया किंतु मणिबन्ध का आज किसी बात में जी नहीं लग सका। वह हर बात का ऐसा अनमना-सा उत्तर देता और बयाद समझ गया कि महाश्रेष्ठि आज कुछ व्यग्र हैं।

बयाद ने कहा—"महाश्रेष्ठि कुछ अस्वस्थ हैं ?"

मणिबन्ध ने कहा—"नहीं तो।"

फिर भी उसकी उदासीनता छिपी नहीं रही। वह कुछ उद्विग्न था। बयाद की वृद्ध आँखों ने इसे पहचान लिया। वह उठ खड़ा हुआ। उसने कहा—"तो आज्ञा है, महाश्रेष्ठि !"

मणिबन्ध भी उठ खड़ा हुआ। उसकी समझ में नहीं आया वह क्या कहे ? फिर भी यह तो ठीक नहीं हो रहा था। उसने कहा—"आज मैं अस्वस्थ हूँ श्रीमान् ! मुझे क्षमा करें।"

बयाद ने गद्‌गद होकर कहा—"मैं फिर आऊँगा महाश्रेष्ठि। आप विश्राम करें।"

मणिबन्ध द्वार तक बयाद को पहुँचाने गया।

जब लौटा तब प्रकोष्ठ में अकेला घूमने लगा, उसके भारी पगों से दीवारें जैसे काँप उठीं। दृष्टि उठी और दीवार पर अटक गई। साँप का-सा कोड़ा लटक रहा था। न जाने उस पर कितने आदमियों का रक्त लग चुका था कि सूख-सूखकर रक्त ने उसे काला बना दिया था। उसकी मूठ का सोना चमक रहा था। मणिबन्ध की प्रतिहिंसा, उसे घूरती रही।

उधर अपाप जाकर दास-कक्ष में लेट गया था। होश में आने पर उसने देखा, वह उस गंदी कोठरी में अकेला पड़ा था। बड़ी चेष्टा करने पर वह उठ सका। बहुत प्रयत्न करके दीवार पकड़कर खड़ा हो गया। उस दैत्यशरीरी को भी एक बार चक्कर-सा आ गया। कुछ देर वैसे ही दीवार पकड़े खड़ा रहा फिर धीरे-धीरे चलकर वह अपने कक्ष में पहुँचा। अपाप ने देखा, न हेका थी, न नीलूफ़र। जैसा वह कक्ष को छोड़कर गया था, कक्ष वैसा ही पड़ा था।

शरीर दुख रहा था। अंग-अंग में घाव थे और अब वे सब जलने लगे थे।

उसने चाहा कि आँख बंद न करे, किंतु वह उसमें असमर्थ हो गया। नयन निर्बलता के कारण अपने आप मुँद गए और वह चेष्टाहीन निष्प्राण-सा लेटा रहा। कक्ष का सूनापन उसे एक सांत्वना देने लगा। किंतु पीड़ा तीव्र हो रही थी और एक बार वह ऐसे कराह उठा—जैसे प्राणों में ऐंठन हो रही थी। उसे लगा कि अक्षय के हाथों में कटने से पहले मुर्गा क्यों एकदम छटपटा उठता था। आज उसकी समझ में आया। अक्षय के प्रति उसे घोर घृणा हुई जो निरीह पशु-पक्षियों को निस्संकोच दयाहीन हाथों से एकदम मार डालता था, जैसे न उनके हृदय में अनुभूति है, न वेदना। फिर उसे उस गाय की याद आई जो अपने बछड़े से अलग होने पर रो दी थी और उसकी आँखों का वह गँदला-गँदला पानी बाहर बह आया था, जैसे पशुओं के अतिरिक्त वह कुछ नहीं सोच सकता था।

धीरे से भीतर झाँककर हेका ने कहा—"अपाप ?"

अपाप ने मुड़कर देखा और घावों के दर्द से फिर उल्टा होकर पड़ रहा। हेका ने देखा और झपटकर उसके पास आ गई।

आर्त्त स्वर में उसने कहा—"यह क्या हुआ अपाप ?"

अपाप ने कुछ नहीं कहा। वह रूठ गया था। उसे हेका पर क्रोध आ रहा था। क्यों यह नीलूफ़र के इन चक्करों में व्यर्थ पड़ रही है। नीलूफ़र मणिबन्ध के सामने है ही क्या ?

हेका ने रोते हुए स्वर में कहा—"यह किसने किया अपाप ? यह तेरा शरीर इतना घायल क्यों है ? किसने तेरे ऊपर यह घोर अत्याचार किया है ? मैं उसका मुँह नोंच लूँगी, बता मुझे, मैं आज मृत्यु का भी सामना करने को तैयार हूँ अपाप...." फिर रुककर कहा—"तू बोलता क्यों नहीं ?"

हेका का वह भयार्त्त स्वर सुनकर नीलूफ़र अब भीतर घुस आई। उसने देखा और तुरंत समझ गई। वह हेका से कहीं अधिक चतुर थी। उसने आर्द्र कंठ से कहा—"नादान ! यह मणिबन्ध ने किया है। उसके अतिरिक्त किसी में इतना साहस नहीं कि दैत्यकाय अपाप को क्षतविक्षत कर सके। और इसका कारण जानती है, क्या हो सकता है ?"

हेका की आँखों में आँसू भर आए। अपाप ने पड़े-पड़े ही कहा—"इसका कारण तुम हो नीलूफ़र, इसका कारण तुम हो।"

नीलूफ़र चौंकी नहीं। उसने कहा—"मैं जानती हूँ। मैं जानती हूँ कि वैभव से मत्त व्यक्ति अपनी मनुष्यता को जघन्यता के हाथों बेचकर झूठा सम्मान अर्जित करता है।

नीलूफ़र उसके सिर पर हाथ फेरने लगी। कहा—"हेका, जाकर पानी तो ला।"

हेका के पानी लाने पर उसने अपाप से कहा—"ले, पी ले।" अपाप ने पानी पिया। कुछ शक्ति आई।

नीलूफ़र ने कहा—"रो नहीं हेका! तेरा अपाप अपार बलशाली है। वह अवश्य अच्छा हो जाएगा।"

अपाप ने क्रुद्ध फुसफुसाहट की—"उसने मुझसे पूछा था कि हेका कहाँ गई है। मैं कैसे बता देता?"

नीलूफ़र ने पूछा—"नर्त्तकी कहाँ है?"

"उसका कोई पता नहीं है।"

"रात को नहीं आई?"

"नहीं।"

नीलूफ़र चिंता में पड़ गई। उसने हेका से कहा—"देख तो बाहर, कोई है तो नहीं?"

हेका ने झाँका। कोई न था। अपाप ने फिर कराहकर पूछा—"रात क्या हुआ नीलूफ़र! काम हो गया?"

"नहीं," नीलूफ़र ने कहा—"पर वह भी असफल हो गई।"

हेका ने सब बताया। सब। देर तक अपाप सुनता रहा। फिर धीरे से उसने हँसकर कहा—"रात श्रेष्ठि के आदमियों ने नीलूफ़र की हत्या कर दी है।"

नीलूफ़र समझकर हँस दी। उसे उस तकिये की याद आ गई।

अपाप ने कहा—"श्रेष्ठि ने पहरा बिठा दिया है।"

नीलूफ़र ने कहा—"किंतु उद्यान की ओर के गुप्त द्वार पर तो कोई नहीं होगा न?"

"नहीं," अपाप ने कहा—"श्रेष्ठि उत्तेजित है। उसे इतनी बातें शायद याद भी न होंगी।" रुककर कहा—"हेका! वह तुझे पकड़ना चाहता है, क्या करेगी तू? यदि उसने तुझे पकड़ लिया तो? वह तुझे जीवित नहीं छोड़ेगा हेका, वह तेरी हत्या कर देगा।"

फिर नीलूफ़र से कहा—"तो तुम गायक को लेकर भाग क्यों नहीं जातीं कहीं?"

"गायक क्या मेरे साथ जाएगा?" कुछ रुककर कहा—"हेका! मेरा यहाँ रहना आपत्ति से ख़ाली नहीं है। छिपकर तो तू भी रहना, जब तक अपाप तनिक स्वस्थ न हो जाए फिर तीनों ही भाग चलेंगे, जैसे उस दिन मिश्र में भाग गए थे। एक काम करेगी? उद्यान की ओर से मेरे प्रकोष्ठ में प्रवेश कर और जो मैं कहूँ, ले आ।"

नीलूफ़र ने उसे समझा दिया। कहा—"सावधानी से जाना।"

हेका छिपकर उद्यान में पहुँच गई। एक सघन कुंज में खड़े होकर इधर-उधर देखा कि पीछे से उसे किसी ने अपनी ओर खींच लिया। हेका के प्राण सूख गए। परंतु देखा—अक्षय था। वह हँस दी। कहा—"अभी लौटकर आती हूँ। जानते हो, नीलूफ़र मर गई है?"

"मर गई?" अक्षय ने विस्मय से कहा—"तू कहाँ जा रही है?"

"मैं? मैं?" हेका ने कहा—"डरती हूँ, किसी से कह दोगे।"

"अरे मैं?" अक्षय ने कहा और उसे आलिंगन में बाँधते हुए कहा—"कभी नहीं। मुझ

पर विश्वास क्यों नहीं करती ?"

"मैं उसके आभूषण ही चुरा लाऊँगी।"

"और मुझे क्या दोगी ?"

"जो तुम चाहो।"

"अरे वाह मेरी प्राणप्यारी !" अक्षय ने उससे कहा—"मुझे दिखाकर जाना। जो मुझे चाहिए वह मैं ले लूँगा। किसी से नहीं कहूँगा। मुझे भी देना होगा।"

"अवश्य। पर अब मुझे छोड़ दो। देर हो रही है।"

"देर हो रही है ? क्यों, किसके लिए जाना है ?"

"अपाप को स्वामी ने मारा है आज। वह घायल पड़ा है।"

"क्यों ? क्यों मारा ?"

"उन्हें संदेह है कि मैं ही नीलूफ़र के साथ थी। पर मैं तो····मैं तो····" वह लजा गई।

"तो उसमें क्या ? किसी के साथ सो रही थी रात को ? अपाप को बता दिया ?"

"उसे बताऊँगी ? वह तो केवल तुम्हें बताया है।"

"अच्छा है, अच्छा," अक्षय ने कहा—"ऐसे ही सब चलने दे। मैं कह दूँगा स्वामी से कि हेका रात आपकी आज्ञा से मेरे पास थी, ठीक है ?"

"हाँ। अब जाऊँ ?"

"चली जाना, जल्दी क्या है ? किसी से मिलना है ?"

हेका अजीब झगड़े में पड़ गई। प्रधान अब आगे बढ़ता आ रहा था। उधर नीलूफ़र प्रतीक्षा कर रही थी। कुछ समझ में नहीं आया। कहा—"स्वामी यदि जान गए तो ?"

प्रधान ने कहा—"चल, स्वामी से अपराध क्षमा करा दूँ।"

हेका ने भय से देखा, किंतु प्रधान हाथ पकड़कर खींच ले चला। हेका चुपचाप पीछे चलती रही। उसका हृदय कंठ की ओर खिंचता आ रहा था। न जाने में भी निस्तार नहीं था। दुष्ट की सहानुभूति भी सदा संकटमय परिस्थिति ही पैदा कर देती है जिसमें से सरल व्यक्ति एक बार विवश होकर फँसने पर, न बचता ही है, न डूबता ही।

अक्षय प्रधान उसे अपने साथ प्रासाद में ले गया। 'तू यहीं खड़ी रह' का आदेश दे वह मणिबन्ध के प्रकोष्ठ की ओर चल दिया। कुछ देर बाद जब वह लौट कर आया तब वह प्रसन्न था। उसने कहा—"आ जा।"

हेका डरते-डरते भीतर गई। मणिबन्ध लेटा हुआ था। उसने कहा—"क्या है हेका ?"

फिर रुककर कहा—"तब तो अपाप का दोष नहीं। मैंने व्यर्थ ही उसे दंड दिया। यह तो तू सचमुच अपाप से कहकर नहीं जा सकती थी। पर तू अपाप से क्या कहकर गई थी ?"

हेका ने काँपते हुए कहा—"कि मैं स्वामिनी के पास जा रही हूँ।"

मणिबन्ध हँस दिया। वह प्रधान से प्रसन्न रहता था क्योंकि प्रधान पाकशास्त्र में निपुण था। बड़े-बड़े अतिथि उसके यहाँ भोजन पर आकर प्रशंसा करने में नहीं अघाते थे। वह अभी सूची लिखवाकर आया था, विश्राम कर रहा था। उसने करवट बदलकर कहा—"अच्छा जा।"

"महाप्रभु !" प्रधान ने आनंदातिरेक से कहा—"महादेव की भाँति आपका क्रोध भयानक है पर करुणा में आप सहनशीला धरिणी से भी अधिक हैं। आपकी गरिमा युग-युग तक गाई जाएगी।"

ताँबे के चक्र पर बैठे सफ़ेद काकतूआ ने भी मोटी आवाज़ में दुहरा दिया—"गाई जाएगी, गाई जाएगी।"

प्रधान ने हेका को इंगित किया। दोनों बाहर आ गए। हेका ने निर्जन अलिंद में कृतज्ञता से कहा—"प्रधान! तुम सचमुच बहुत अच्छे हो, तुम बहुत अच्छे हो।"

मणिबन्ध फिर खेरावन के बारे में सोचने लगा था जहाँ से टीन आनेवाला था। संभव है और पश्चिम जाना पड़े।

"यहाँ नहीं, यहाँ नहीं," प्रधान ने कहा—"वहीं कुंज में चल।"

दोनों कुंज में आ गए। प्रधान ने कहा—"अब कह। तू मुझे बहुत प्यारी लगती है, छोटी-सी, मन में आता है तुझे हृदय में छिपाकर रख लूँ।"

फिर वही प्रारंभ हो गया। हेका छूटकर भागना चाहती थी। पर यह नीच तो सीधा कक्ष में आ जाएगा और वहीं नीलूफ़र बैठी है। फिर चुप हो गई। प्रधान ने उसे भूमि पर बैठा लिया था। वह चुप बनी रही। प्रधान पुराना आदमी था। "स्त्रियों से तभी काम निकाल लेना चाहिए जब वह दबी हुई हों, अन्यथा काम निकल जाने पर वह तुरंत अच्छी बन जाती हैं।"—इस सिद्धांत को वह कभी नहीं भूलता था।

कुछ देर बाद हेका ने कहा—"बस? अब तो जाने दो।"

प्रधान ने कहा—"जल्दी आना।"

हेका चुपचाप नीलूफ़र के प्रकोष्ठ में गुप्त द्वार से घुस गई। प्रहरी ने बाहर का द्वार बंद कर ही रखा था। देखा भूमि पर ही आभूषण पड़े हैं। तीन उठा लिए और नीलूफ़र की सब आवश्यकताओं को इकट्ठा कर लिया। दृष्टि बचाकर वह जब उद्यान में पहुँची, प्रधान ने कहा—"मुझे भूल गई।"

"तुम्हारे ही पास तो आ रही थी।"

और उसने गठरी खोल दी। अविश्वास से प्रधान ने दो आभूषण अपने हाथ में उठाकर वस्त्रों में छिपाते हुए कहा—"यही मिला।"

"अधिक समय न था।" और दोनों अच्छे आभूषणों को इस प्रकार उठाते देखकर वह भीतर-ही-भीतर जल गई।

"अब जाऊँ?"

"कल आएगी?"

"अवश्य। बैल का मांस दोगे?"

"चाहे जितना, मेरी कोयल!"

जब हेका कक्ष में पहुँची, बहुत देर हो गई थी। नीलूफ़र ने एकदम उसके हाथ से गठरी लेकर कहा—"कहाँ हो गई इतनी देर?"

हेका ने पूरी कहानी सुना दी। नीलूफ़र ने प्रसन्न होकर कहा—"खूब हेका! तू तो बड़ी चतुर है।"

और दासी जो फिर दासी हो गई थी, स्वामिनी का अभिमान अब बीच में नहीं आया। किंतु अपाप कराह उठा, जैसे घायल सिंह को घोर पीड़ा हुई हो। हेका ने उसका सिर अपनी गोद में धर लिया।

नीलूफ़र ने चीज़ों को देखकर कहा—"अब कोई भय नहीं है हेका! मैं सब ठीक कर

लूँगी। अच्छा हुआ कल भी तू कटार छीनते समय सामने नहीं आई थी। नर्त्तकी ने तुझे नहीं पहचाना होगा।"

"आपने अंत में मेरा नाम लिया था।"

"परंतु तब वह रथ में थी बदहवास। उसने क्या इतनी दूर से सुना होगा?"

साँझ की उतरती छाया में सिंहद्वार से एक लड़का बाहर निकल गया। बाहर आकर वह राज-पथ की ओर चल पड़ा। राह की किसी भी वस्तु को देखकर वह ठिठक जाता और फिर हँसकर आगे बढ़ जाता। धीरे-धीरे नगर के बाहर नदी तीर पर जा पहुँचा। सिंधु अशांत थी। आकाश में आँधी छा रही थी। चारों ओर उसके कारण संध्या की छाया में ही रात आ बसी थी। घटाओं से आकाश घिरा हुआ था। न जाने क्यों महानगर की जलवायु में हठात् यह परिवर्त्तन आ गया था। लड़का कुछ देर आकाश की ओर देखता रहा, फिर उसने अपने ऊपर दृष्टि डाली और सफलता का चिह्न उसकी आँखों में बरबस झलक आया। धीरे-धीरे सिकता उड़ने लगी। आँधी चलने लगी थी। लड़का आश्रय के लिए उधर चल पड़ा जहाँ मल्लाहों की छोटी-सी बस्ती थी।

कई बार उसे ठोकर लगी, किंतु अंत में उसने एक घर का द्वार थपथपा दिया। भीतर से कोई वृद्धा निकलकर आई और बकने लगी। उसकी निरर्थक गालियों को सुनकर लड़का अँधेरे में हट गया। वह फिर टोह लेने लगा। अंत में वह एक जगह बैठ गया। अँधेरे में किसी की ठोकर लगी। कोई व्यक्ति लड़खड़ाकर धम्म से गिरा। लड़का फिर वहाँ से हट गया। कहीं भी चैन न था। अंत में उसने देखा कि एक धुँधले दीपक के प्रकाश में मल्लाहों का एक झुंड बैठा है। वह वहीं जा पहुँचा। मल्लाह सस्ता और निकृष्ट मद्य पी रहे थे, गालियाँ बक रहे थे।

लड़के को देखकर वे चिल्ला उठे—"आ जा बेटा! तू भी पी ले।"

लड़का हँसकर बैठ गया।

एक मल्लाह ने कहा—"किस देश का है तू?"

"मिश्र का," लड़के ने कहा। फिर कहा—"मद्य नहीं देगा? अभी तो कहता था पिलाएगा?"

मल्लाह ने मिट्टी का पात्र भरकर देते हुए कहा—"तेरे बहिन है?"

एक घूँट पीकर लड़के ने कहा—"है...."

"कितनी बड़ी है...."

"चौदह बरस की...."

दूसरे मल्लाह ने घुटनों को दबाकर कहा—"तुझ जैसी ही है?"

"नहीं," लड़के ने कहा—"मुँह पर चेचक के दाग हैं, एक आँख नहीं है, काली है...."

"असंभव!" मल्लाह ने कहा, "तेरी सगी बहिन है?"

लड़का लगता था खूब पी गया था, पर वास्तव में वह नीचे फैलाता जा रहा था। उजाला बहुत कम था। कोई देख न सका। उसी समय एक वृद्ध मल्लाह अपनी गोद में एक चंचल बालक लिए वहीं आ बैठा। बालक भूमि पर खेलने लगा। वृद्ध तो बैठते ही दो-तीन पात्र भरकर मद्य पी गया और उसके बाद उसे दीन-दुनिया की भी सुधि नहीं रही।

"मेरी माँ जब युवती थी....अच्छा जाने दो।" लड़के ने कहा—"तुम मद्य तो देते नहीं, मैं नहीं कहता...."

"हाँ, हाँ," एक ने कहा—"दे दे न, जलनाग! ले तू पी···" और लड़के की ओर पात्र भरकर बढ़ा दिया।

लड़का कहानी बनाकर कहने लगा—"मैं जब पैदा हुआ था तब मेरी माँ अत्यंत सुंदर थी। किंतु मेरे पिता उपनिवेश अरब के एक दास की संतान थे। दास की संतान होने पर भी वे कुलीन लगते थे, क्योंकि उनका एक कुलीन माता की कोख से जन्म हुआ था, समझ गए?"

मल्लाहों ने दिलचस्पी से सुनना प्रारंभ किया। बालक अब लड़के से खेलने लगा था। लड़के ने फिर कहा—"तो जब पिता बड़े हुए तो उनका भी वही हाल हुआ। मैं एक कुलीन स्त्री का पुत्र हूँ किंतु मुझे जन्म होते ही दासियों ने छिपा लिया। और मेरी बहिन एक हब्शिन के गर्भ से हुई है।"

"तेरा पिता उसके पास क्यों गया?" जलनाग ने पूछा —"कुलीन स्त्री को छोड़कर उधर उसने क्यों देखा?"

लड़के ने कहा—"क्योंकि मुझे उसी हब्शिन ने पालना स्वीकार किया था। उसे भी तो कोई लाभ होना चाहिए?"

"तो यह उसे लाभ हुआ?" जलनाग कह उठा।

खेलते बालक ने उसके सिर पर बँधे उष्णीष की किनारी को खींचा···

और मल्लाह ठहाका मारकर जलनाग की बात पर हँस रहे थे। लड़का बोल उठा—"मेरी माँ····"

और बालक ने उष्णीष खींच दिया। लड़के के कंधों पर बाल झूलने लगे। जलनाग हठात् चिल्ला उठा—"अरे यह तो स्त्री है।"

कोलाहल मच उठा।

"स्त्री है?" एक ने कहा—"पकड़ लो।"

"जाने न देना।" दूसरे ने कहा।

"कोई गुप्तचर है जो लड़का बनकर आई है।"

वे सब ढूँढ़ने लगे। अचानक ही जलनाग खंभे से टकराया। दीपक लुढ़ककर बुझ गया। और नशे में मत्त वे सब चिल्लाने लगे।

नीलूफ़र अँधेरे में भाग चली। भागते-भागते उसने उष्णीष को गले में लपेट लिया। सहसा किसी ने कहा—"वह जा रही है।" नीलूफ़र पूर्ण वेग से भाग चली। भीड़ पीछे ही चढ़ी आ रही थी····

सामने महानदी आँधी में फुंकार रही थी।

एक बार तीर पर रुककर देखा। मल्लाह अब सिर पर आ गए हैं, और कोई पथ नहीं था। सिंधु में कूद गई। उसके साथ ही कई मल्लाह भी पानी में कूद पड़े। नीलूफ़र नाक बंद करके सीधी पानी में उतरती चली गई। भीतर पानी में हलचल भी न थी। वैसे भी अब आँधी उतर चली थी। बहाव के साथ वह बहुत दूर तक बहती चली गई। काफ़ी विस्तार पर जब उसने सिर पानी से बाहर निकाला तो कोई नहीं दिखा। तीर लगभग दो सौ हाथ दूर था और धारा भी उल्टी पड़ रही थी। दम फूलने लगा था। शायद उसे कहीं न पाकर मल्लाह लौट गए थे। वह बहुत अधिक हाँफ रही थी।

तैरते-तैरते जब वह थक गई तो पानी पर कुछ देर सीधी लेटी रही जैसे वह सो रही थी।

प्रायः आध घंटे में जब उसकी थकान कुछ दूर हुई तब वह लंबे-लंबे हाथ मारकर तीर की ओर बढ़ने लगी। सारा शरीर पानी पर अब थोड़ा-थोड़ा दर्द करने लगा था। केवल पानी का प्रचंड गर्जन शून्य में गूँज रहा था। उस समय महासिंधु पर छाए हुए अँधेरे में वह नौका भी नहीं देख सकी क्योंकि आँधी में माँझी अपने-अपने दीप बुझाए किनारे से नावें बाँधकर या तो मद्य के पात्र ख़ाली कर रहे थे, या सो रहे थे।

यदि उसे मल्लाह पकड़ लेते तो ! ! इतनी भयानक कल्पना थी कि वह एक बार सिर से पाँव तक काँप उठी। देश-देश घूमनेवाले इन पशुओं में न स्नेह होता है, न मनुष्यता, न दया। न इनमें कोई घर की ममता है, न पवित्रता की ज्योति। हर बंदरगाह की वेश्याओं से घृणित बीमारियाँ लेते-देते यह इसी प्रकार मर जाते हैं सड़-सड़कर। नीलूफ़र को, याद करते ही दुर्गंध-सी आई। कहीं वह इनमें फँस जाती ? ? ?

तीर पर पाँव लगे। वह खड़ी हो गई। ऊपर से नीचे तक भीग रही थी। सारा शरीर टूट रहा था। खड़ा रहना असंभव हो गया। वहीं सिकता पर गिर गई। कुछ देर बाद साहस करके बैठ गई, वह क्यों आई थी। इसलिए कि शायद लड़के के रूप में छिपकर किसी दूर देश को निकल जाए। पर वह नहीं हुआ। लेट गई। बड़ी देर तक अब आकाश में असंख्य रेंगते हुए तारों को छिपाते चंद्र को देखती रही। इतनी भी शक्ति न थी कि अपने कपड़ों को उठकर निचोड़ तो ले। ठंडी सिकता पर वे गीले कपड़े पहने हुए पड़ी ही रही। जब ध्यान आया तब देखा, सप्तर्षि अब आकाश से उतर जाने की चेष्टा में हैं। भोर दूर नहीं है, सोचकर वह लाचार होकर उठ बैठी और उसने एक बार अपने ऊपर दृष्टि डाली। कितनी गंदी हो रही थी।

सारे वस्त्रों को एक बार झकझोरकर पहने-ही-पहने फटकारा। सीलन रह गई थी। हाथ-पाँव और गर्दन पर लगी रेत को छुड़ा दिया। फिर उसने अपना उष्णीष खोलकर फटकारा और अपने बिखरे हुए बालों को गाँठ देकर ऊपर से उसे लपेटकर कसकर बाँध लिया। वस्त्र अब ढीले-ढीले लटकने लगे थे। आधी जंघा तक उसका ऊपरी वस्त्र लटक रहा था। कटि पर एक बंध था, भीतर वह एक ऊँचा जाँघिया पहने थी। गले के सामने गाँठ थी और दोनों छोरों का फंदा-सा लग रहा था किंतु वह लटकता वस्त्र उसके घुटनों तक पहुँचता था। उसने अपने टुगा को ओढ़ लिया जैसे कुछ ठंड लग रही थी। पाँवों की रेत को चप्पल खोलकर निकाल दिया। जब रात को वह दास-कक्ष में पहुँची, हेका सिमटकर सो रही थी। अपाप भी सो रहा था। जिस समय वह सिंहद्वार में घुसी थी, दास और प्रहरी सब ही सो रहे थे। उन्हें किसी का भय नहीं था।

और नीलूफ़र उन दोनों का वह विश्रांतिपूर्ण शांत मिलन देखकर क्षणभर के लिए स्तब्ध खड़ी रह गई। बाहर कभी-कभी रात्रि-प्रहरी का स्वर चाँदनी में खेलकर फैल जाता था।

मन में आया, लौट जाए। किंतु अभी आकर अभी ही लौट जाना संदेह से पूर्ण था। उसने निश्चय किया कि कुछ भी हो, रात तो यहीं काटनी होगी। और अब वह जाएगी भी कहाँ। बार-बार की असफलताओं से उसका साहस खंड-खंड हो गया था। और उसे अचानक याद आया—गायक।

कहाँ होगा वह ? क्या उसकी छाया में नहीं काट सकेगी वह अपना शेष पथ ? ध्यान टूट गया।

नीलूफ़र देखती रही। फिर हिलाकर कहा—"हेका ?"

"कौन? नीलूफ़र? तू कब आई?"

"अभी-अभी।"

"काम नहीं हुआ?"

"नहीं।"

"अब?"

दोनों चुप।

हेका ने देखा। छूकर कहा—"तू तो भीग रही है!!"

नीलूफ़र ने कहा—"बहुत थक गई हूँ। सोना चाहती हूँ।"

"कहाँ गई थी?"

"नहीं कहूँगी। इस समय सारा शरीर टूट रहा है।"

"पर तू सोयेगी कैसे? यह गीले कपड़े पहनकर?"

"क्यों, क्या हुआ?"

हेका हँस दी। कहा—"अब तू नहीं सो सकेगी। कल तक तू शैय्या पर सोई है, बहुमूल्य शैय्या पर। पर तू सोएगी भी कहाँ?"

हेका चिंता में पड़ गई। ऐसा प्रबंध करना था कि नीलूफ़र किसी को बाहर से झाँकते समय दिखाई न दे जाए। नीलूफ़र समझ गई। उसने कहा—"मैं बताती हूँ, तू वैसा कर।"

हेका ने बहुत-सा पुआल इकट्ठा करके बिछा दिया। अपाप के बग़ल में जगह छोड़ दी और फिर पुआल की एक दीवार-सी खड़ी कर दी। नीलूफ़र उसके पीछे चली गई। कमर तक वह ढँक गई। पीछ ही दीवार थी। उसने अपना उष्णीष उतारकर फैलाकर दीवार पर टाँग दिया। सादा वस्त्र था जिस पर किसी को भी संदेह नहीं हो सकता था। और लेट गई। किंतु सीले हुए वस्त्रों की कसमसाहट ने उसे सोने नहीं दिया। हेका से कहा—"नींद नहीं आती।"

"यह ले," हेका ने एक कपड़े का टुकड़ा बढ़ाकर कहा—"इसे पहनकर सो रह।"

नीलूफ़र ने वही कपड़े का टुकड़ा कमर पर बाँध लिया और नंगी ही सो रही। अपाप और नीलूफ़र के बीच में हेका लेट गई। आज उसे फिर अपने स्वामित्व के संकोचों को छोड़ देना पड़ा। अपाप ने क्या नहीं देखा। उसने उसे बाज़ार में स्वयं ले जाकर खड़ा किया था।

नीलूफ़र ने कहा—"हेका! अब क्या होगा?"

हेका ने कहा—"सोती क्यों नहीं? कल प्रातःकाल सोचना, इस समय सो रह।"

"पर मेरे कारण तुम लोगों को जो कष्ट हो रहा है? यह तो मेरा हृदय स्वीकार नहीं करता। मन चाहता है कि सबकुछ छोड़कर मैं आत्महत्या कर लूँ।"

"पगली," हेका ने धीरे से कहा—"क्या आत्महत्या से तेरी व्यथा समाप्त हो जाएगी? जब तक न्याय का दिन नहीं आएगा तेरी आत्मा इसी घोर यातना में तड़पती हुई घूमा करेगी और तू समझती है, दुष्ट आत्माएँ तुझे तंग नहीं करेंगी? कहते हैं जो आत्महत्या करके मरता है उसे ओसिरिस भी क्षमा नहीं करते। मैं नहीं जानती वह सब, किंतु मैं तुझे मरने नहीं दूँगी, चाहे तू कुछ भी कहे।"

"किंतु तुम दोनों का क्या होगा?" नीलूफ़र ने फुसफुसाकर कहा—"क्या यह बात बहुत दिनों तक छिपी रहेगी? यदि नर्त्तकी लौट आई और उसने सब कह दिया तो क्या मणिबन्ध चुप रहेगा?"

हेका ने कहा—"तू चुपचाप सो रह न? रात के अंधकार में जब मनुष्य सोता है तब वह बहुत अधिक चिंता करता है और कभी भी शक्ति का अनुभव नहीं कर पाता। वह थककर सो जाता है।"

हेका का कंठ अवरुद्ध हो गया। उसने कहा—"तू अपनी चिंता कर। हमारा ध्यान रहने दे। हमारा क्या? आज हैं, कल नहीं हैं। जीवन में यदि मृत्यु पर एक भी सच्चा आँसू बहानेवाला मिल जाए तो समझ लो जीवन सफल हो गया। संसार में मनुष्य बहुत कुछ करता है, किंतु उससे उसका अंत तो नहीं सुधरता?"

नीलूफ़र ने सुना। प्रश्न उठा—"तो क्या हम मर जाने के लिए ही सब-कुछ करते हैं?"

हेका कह रही थी—"जिसकी मौत पर भी सबके होंठों पर घृणा ही दिखाई दे, तो वह कितना ही धनी क्यों न हो, समझ लो वह मनुष्य बनकर पृथ्वी पर नहीं जिया।"

नीलूफ़र की आँखों से पानी बह चला।

वह सोचने लगी। क्या हेका ने यह सब सच कहा है? क्या उसके जीवन का कोई मोल नहीं है? और यह हीरा केवल धूलि में पड़ा रहने के लिए है। और वह दैत्याकार भीषण कुरूप काला अपाप, जिसमें इतने दुष्ट दुर्गुण होते हुए भी जिसके हृदय में इतना अजस्र स्नेह है। मनुष्य को मनुष्य के रूप में पहचानकर चलनेवाले इस संसार में कितने हैं?

सब ही तो अपने-अपने स्वार्थ में मग्न रहते हैं····

और तब करवट बदलकर थका हुआ अपाप जाग उठा। हेका ने धीमे से उस पर हाथ रखकर कहा—"सो जा।"

अपाप कराह उठा। और सोने का प्रयत्न करने लगा।

नीलूफ़र सोचने लगी। क्या हेका सुखी है? क्या स्त्री का सबसे बड़ा सुख यही है कि उसे सुख-दुख में साथ चलनेवाला एक प्रेमी मिल जाए? क्या इससे नारी की पूर्ण तृप्ति हो सकती है? क्या हेका का सुहाग बिल्कुल अकृत्रिम है?

सोचते-सोचते वह ऊँघ गई। बहुत दिनों बाद आज फिर नीलूफ़र अपनी जगह लौट आई थी।

10

चार-पाँच सौ आदमियों की एक भीड़ चली जा रही है। कोई किसी से बातें नहीं करता। जैसे वे सब के सब निर्जीव गूँगे हैं। प्रायः सभी लोगों के गाल बैठे हुए हैं। जैसे कई दिनों से भोजन उन्हें प्राप्त नहीं हुआ है। उनका गला बैठ गया है, आँखें सूज आई हैं। विश्रांति के चिह्न भय बनकर उनके मुखों पर जम गए हैं। उस भीड़ में आबालवृद्ध, नर-नारी सब ही घिसटते चले जा रहे हैं। सभी के पाँवों का एक ही गंतव्य है, हृदय में एक भावना की तृष्णा है, मर न जाऊँ। और पहले एक दिन वे सबके सब सोचते थे, मर न जाएँ। 'बहु' एक 'एक' हो गया, क्योंकि प्राणों पर विपत्ति आ गई थी। वे कुछ भी और सोचने में असमर्थ हो गए हैं। क्योंकि बहुत दिनों से भोजन न मिलने के कारण मेधा धीरे-धीरे निर्बल होती जा रही है। उनके पाँव मुश्किल से उठते

हैं जैसे किसी ने उन्हें भारी-भारी शृंखलाओं से बाँध दिया है। बात वास्तव में यह नहीं है। वे इतने थक चुके हैं कि उनमें जीवन-शक्ति का कोई चिह्न शेष नहीं रहा है।

उनकी भाषा प्राचीनतम तमिल जैसी है। वे कभी-कभी अस्फुट शब्दों का उच्चारण करते हैं किंतु फिर कोई उत्तर न पाकर अपने-आप मौन हो जाते हैं।

एक लड़की कहने लगी—"माँ! अभी कितना और चलना है?"

माँ ने कहा—"बस थोड़ी दूर और बेटी!"

माँ जानती है वह झूठ कह रही है। बालिका भी बार-बार यही उत्तर पाकर माँ को झूठा समझने लगी है, किंतु माता ही बालिका का एकमात्र आश्रय है जहाँ वह संसार का सबसे अधिक सुख प्राप्त करने की आशा करती है। वह खीझकर कहती है, "तू सदा यही कहती है। न जाने अभी कितना और चलना है...."

सबके मन में गूँजता है—न जाने अभी कितना और चलना है...

कोई कुछ नहीं बोलता।

किसी के भी पास शब्द नहीं हैं। उनका मौन उनकी पराजय का प्रतीक है। वे सब हारे हुए हैं। भागकर आ निकले हैं। एक दिन वे उन जंगली बहुत काली जातियों को असभ्य कहकर हँसते थे, आज वे स्वयं जंगलों की ओर भागे जा रहे हैं। गिरि कंदर जहाँ भी सिर पर साया है वहीं जैसे उनका घर हो सकता है। पर कुछ लोगों का विचार और है जिसकी आशा पर वे आगे की ओर ही खिंचे चले जा रहे हैं।

महानगर अब दूर नहीं होगा। पीछे की याद करते ही कलेजा मुँह को आने लगता है। और उस ध्वंस की स्मृति आते ही उनका रक्त प्रतिशोध की भावना से खौल उठता है। आशा ही मनुष्य की सबसे बड़ी शक्ति है। जीवित रहने की लालसा का इससे बढ़कर कोई संबल नहीं।

प्रायः दो मास बीत चुके हैं।

राह में एक गाँव मिला था। उसके निवासियों ने इन्हें देखकर बिना कुछ समझे-बूझे इन पर हमला कर दिया था। उनका विश्वास था कि जो उत्तर से आता है वह बहुत भयानक और वीर होता है। तब इतनी भूख नहीं व्याप सकी थी। और दोनों ओर से घमासान युद्ध हुआ था। ग्राम तो नहीं बच सका किंतु आधे से अधिक मनुष्य इधर भी खेत रहे थे। घायलों को गाड़ने की भी किसी ने चिंता नहीं की। कराहतों को छोड़कर वे आगे बढ़ चले थे। उस समय निकट से निकट संबंधी का कातर चीत्कार भी हृदय को नहीं छू सका था। जैसे पीछे लौटने का तो क्या, रुकने का भी समय नहीं है। जो कुछ है उसे सुरक्षित रखने की यह दृढ़ तृष्णा उन्हें पाषाण से भी अधिक कठोर बना चुकी है।

इस प्रकार न जाने कितने गाँव बीत चुके हैं। राह का कोई अंत नहीं है। किंतु चलना तो अविराम है....विवशता के बंधनों में शक्ति नहीं असाधारण आवश्यकता है।

हरप्पा के दक्षिण से द्राविड़ देश की उत्तरी सीमा मिली हुई थी। पश्चिम का भूभाग जंगल से मिला हुआ था। कहा जाता है, हरप्पा पर भी उन्हीं का घोर प्रहार हुआ था और अब वह विशाल महानगर धूलि में बिखरा पड़ा था। उन्होंने उसके नागरिकों को देखते-ही-देखते तलवार के घाट उतार दिया।

और उस दिन....

रात हो गई थी। सब अपने-अपने घरों में सो रहे थे। अभी-अभी कीकटाधिपति की रात्रि-सभा समाप्त हुई थी जिसमें नृत्य और गीतों का मंगलमय कोलाहल हो रहा था। अब आकाश में असंख्य तारे झलमला रहे थे।

अभी कुछ देर पूर्व उन्होंने सामूहिक नृत्य किए थे। स्त्रियाँ और पुरुष दोनों उसमें विभोर हो गए थे। और कीकटाधिपति के वृद्ध गुरु ने उन्हें अनंत काल तक राज्य करने का आशिष दिया था। पैतृक वंश सत्ता पर उन्होंने अपने बाहुबल से अपना शासन स्थापित किया था।

नृत्य से शिथिल होकर उन्होंने गाते-गाते प्रस्थान किया था। और अब भी वे अगले दिन के लिए आनंद की खोज कर रहे थे, निश्चिंत। उनकी पृथ्वी ने अपार अन्न उगला था जिससे उनके समस्त भंडार भर जानेवाले थे।

अचानक ही रात को कुत्ते भूँकने लगे। किसी ने भी कोई विशेष ध्यान नहीं दिया। किंतु रह-रहकर कुत्तों का भूँकना बढ़ता ही गया। पहले दूर के कुत्तों का कर्कश स्वर सुनाई दिया। फिर और पास के, फिर और पास के, लोगों में एक उत्सुकता हुई। उन्होंने फिर भी यही समझा कि कुछ नहीं है। किंतु कुत्ते अब बुरी तरह भूँकने लगे थे।

उठकर देखा। कुछ विदेशी घरों में आग लगा चुके थे।

स्वप्न में भी अज्ञात वे आकृतियाँ वेग से इधर-उधर भाग रही थीं। द्रविड़ों को देखकर वे विदेशी पेड़ों के पीछे छिप गए। घरों से लपटें उठने लगी थीं! फूस का भाग एकदम धधक उठा था। केवल पक्के घर अभी आग की प्रतीक्षा कर रहे थे। किंकर्त्तव्यविमूढ़ता में कोलाहल होने लगा। आग अपना रौद्र स्वरूप धरे बढ़ी आ रही थी।

जब द्रविड़ निकल-निकलकर भागने लगे, विदेशियों ने उनके ऊपर तीरों की वर्षा प्रारंभ कर दी। कोई माता वेग से बच्चे को लेकर भागी किंतु उसी समय एक तीक्ष्ण बाण ने उसे आहत करके गिरा दिया। लपटों ने धीरे-धीरे उसे घेर लिया और हिल-डुलकर भाग जाने में असमर्थ बालक वहीं चिल्ला-चिल्लाकर जलने लगे। जलते हुए घर भयानक शब्द करते हुए गिरने लगे जिनके कारण आग की चिंगारियाँ दूर-दूर तक झुलसाने लगीं। अंधी भागादौड़ी में द्रविड़ अपने ही सहायकों से टकराकर मुँह के बल गिरने लगे। बालिकाएँ भयभीत-सी अपने माता-पिताओं से चिपक गईं किंतु तब तक बहुत-सी जगह आग फैल गई और वे मृत्यु की भयानक प्रतीक्षा करने को विवश हो गए। चारों ओर हाहाकार मच गया। बच्चों का आर्त्त क्रंदन हृदय को कंपित करने लगा। आज तक कीकट पर किसी ने ऐसा कठोर प्रहार नहीं किया था। अत्याचारियों का गिरोह कसता जा रहा था। प्रचंड हुंकारों से गगन काँप उठा।

अग्नि की उन सर्वग्रासिनी लपटों के साथ-साथ भागने-दौड़ने से भूमि विक्षुब्ध हो गई और धूलि उड़ने लगी जिसके धुँधलके में सब-कुछ एक जाल में बिंध गया।

वृद्ध पुजारी ने बार-बार लिंग को सामने रखकर कहा—"महादेव! यह क्या हो रहा है? क्या तू हमसे क्रुद्ध है? क्या हमने तेरी सेवा नहीं की?

"हे महामाई! अपने प्रिय स्वामी की उपेक्षा का कारण पूछकर हमें बता। हमने तेरे पुत्र अहिराज को अपनी सुंदरी कुमारियों से उन्हें अमावस्या की अंधकारमयी रात्रि में गहन कानन में भेज-भेजकर, दूध पिलवाया है।

"हे महामाई! तू जिस अपार सृजन से प्रसन्न होकर माता के समान स्नेह करती है, उस अपार सर्जक से पूछ कि आज उसने अपना नाशवान नेत्र क्यों खोल दिया है।"

किंतु देवता ने कुछ नहीं कहा। वृद्ध पुजारी ने रोते-रोते लिंगमूर्त्ति को हृदय से सटा लिया। बाहर भीषण चीत्कार होते रहे। कीकटाधिपति का दुर्ग बंद था। उन्होंने रात-भर ऊँची प्राचीरों से अग्नि-वर्षा की। किंतु उससे उनके अपने आदमी हताहत हुए। नगर से उठते हुए धुएँ से गहन आकाश घोर से घोरतम हो गया किंतु उस पर जगमगाती सर्वभक्षिणी लपटों के प्रकाश में इधर से उधर चिल्लाते हुए, भागते हुए लोगों के अतिरिक्त कुछ भी दिखाई नहीं देता था।

भोर होते ही देखा, विदेशियों की अल्प संख्या थी। उनका रंग हिम के समान श्वेत था। सिर के बाल स्वर्ण के समान सुनहले थे, जैसे आग की चमचमाती लपटें हों। उनकी उठी हुई नाक लंबी थी और बड़ी-बड़ी आँखें कान तक फैली हुई थीं। उनकी पुतलियाँ काली नहीं थीं, उनमें एक नीलापन था या वे कंजी थीं। दीर्घ भुजदंड, उन्नत ललाट, ऊँचे-ऊँचे वे गंभीर दृढ़ पुरुष अपनी बलिष्ठ ग्रीवा को इधर-उधर मोड़कर देखते। वे हाथों में धनुष और फरसे लिए थे। किसी-किसी के पास भाले और तलवारें भी थीं। कटि पर मेषचर्म बद्ध था। और वही आधा वक्ष ढँककर पीछे बाँध दिया गया था। यही सज्जा उनकी स्त्रियों की भी थी। मेषचर्म का ऊन उनके सुंदर गौर शरीर पर अत्यंत सुंदर लगता था। उनके केश आजानु लहरा रहे थे। एक वृद्ध की बातें सुनकर वे उत्साह से भर गए। सुननेवाले द्रविड़ कुछ नहीं समझे। वे कोई नई भाषा बोलते थे। आज तक शायद किसी ने भी नहीं सुना था। निस्संदेह वे कोई पहाड़ी आखेटक थे, किंतु उनके साथ उनकी युद्ध करनेवाली स्त्रियाँ अत्यंत चतुरता से इधर-उधर देख रही थीं। सामने से वे मुट्ठी भर-से दिखाई दिए।

दुर्ग पर से द्रविड़ सैनिकों ने उनकी ओर देखा। और उसके बाद गर्व से उनके वक्षस्थल फूल उठे। प्राचीर पर धौंसा बजने लगा और अधिपति ने उनकी उस अल्प संख्या को देखकर हर्ष से निनाद किया। विदेशी धनुषों पर बाण चढ़ाकर तुरंत सन्नद्ध हो गए। और दुर्ग का सिंहद्वार खुल गया। आनंद गर्व से उन काले द्रविड़ों की विजय-वाहिनी, अधिपति की सेना हुंकारकर आगे बढ़ी।

द्रविड़ों का भयानक वार वे विदेशी नहीं सह सके और अद्भुत शब्द चिल्लाते हुए भागने लगे। उनके दाँत खट्टे होने लगे और छक्के छूट गए। उनकी त्राहि-त्राहि से दिगंत थर्रा उठा। द्रविड़ योद्धा ऐसे टूटते जैसे बतख को काला बाज झपटकर टुकड़े-टुकड़े कर दे। पर विदेशी चिल्लाते रहे—"वज्रधर! रक्षा करो। महाइंद्र! रक्षा करो।" द्रविड़ सेना रुक गई। किंतु विदेशियों ने पीछे से हमला किया।

अश्वारोहियों के उस प्रबल आघात से अधिपति की सेना खंड-खंड होकर लड़ने लगी। बहुत से सैनिक इधर-उधर भागने लगे। विदेशियों ने अत्यंत कौशल से उनका नाश किया। वे अपने घोड़ों को लेकर उनके समूह पर टूट पड़ते और पलक मारते तितर-बितर कर देते, क्योंकि वे ऊँचे पर थे। उन्हें फरसा अथवा भाला चलाने में सरलता होती थी।

द्रविड़ रणनीति में पूरे सैनिक एक-दूसरे के सामने आकर लड़ते थे। किंतु यह विदेशी धोखे से, अलग-अलग होकर, लड़ते थे। इनका ध्येय स्यात् किसी भी तरह जीतना था। वे आत्म-सम्मान रखनेवाले योद्धा न थे। क्षण-भर जो द्रविड़ उन पिटते हुओं का पशु सदृश अमानुषिक हाहाकार सुनकर रुक गए थे, दुगुने वेग से लड़ने लगे। बहुत दिनों से उन्हें युद्ध का अभ्यास नहीं रहा था क्योकि कोई लड़ता ही न था। प्रायः एक ही बोली बोलनेवाले पड़ोसी

स्नेह से ही रहते और परस्पर नृत्य और संगीत पर विवाद होते।

और वृद्ध द्रविड़ पुजारी चिल्ला-चिल्लाकर उकसाता रहा—"महादेव के उपासकों की जय...."

वीर द्रविड़ भटों के प्रचंड पराक्रम से एक बार इन विदेशियों को पसीना आ गया। उनके घोड़ों के मुख से फेन गिरने लगा।

उसी समय कहीं शंखनिनाद हुआ। द्रविड़ समझे, अधिपति मारा गया और तब जिसको जिधर जाना था, हथियार फेंककर भाग चला।

क़िला जाता रहा। कीकटाधिपति पकड़ लिए गए।

द्रविड़ों का धौंसा फाड़ दिया गया।

त्राहि-त्राहि के उस अंधड़ में रक्त से भीगी पृथ्वी पर बार-बार उन विदेशियों ने वज्रकंठ से जय-निनाद किया जिसको सुनकर बचे-खुचे द्रविड़ योद्धा अपने-अपने अस्त्र फेंक जंगलों में जा छिपे और उस वज्रध्वनि पर गूँजते हुए शंख की हरहराती आवाज सुनकर थर्रा उठे।

अधिपति ने दासत्व स्वीकार कर लिया। उसने घुटने टेककर कहा—"मैं तुम्हारा दास हूँ प्रभु! मुझे जीवनदान दो। तुम सिर पर अग्नि धरकर चलते हो, तुम्हारा शरीर महागिरि के हिम का बना है, तुम्हारी आँखें झील-की-सी स्वच्छ और पवित्र हैं, तुम स्वयं देवता हो, मैं तुमसे युद्ध नहीं कर सकता। तुम मेरे स्वामी हो, क्योंकि मैं देवता को अपना स्वामी मानता हूँ।"

साँझ की सुनहली बेला में विदेशी अत्यंत प्रसन्न होकर परस्पर वार्तालाप करने लगे। उनकी बोली कोई भी नहीं समझ पाता था। वे नितांत नए थे। आज तक किसी ने वैसे रूप के मनुष्य ही नहीं देखे थे। उन्होंने द्रविड़ अधिपति की बोली को नहीं समझा। केवल घृणा से हँस दिए। एक गोरी लड़की ने आकर उसके मुँह पर थूक दिया। वह ग्लानि से मुँह छिपाकर रोने लगा। तब उन श्वेतवर्ण विजेताओं ने उस पर बार-बार थूका और वे बार-बार हँसे।

वृद्ध द्रविड़ पुजारी अभी अपने हृदय से लिंग देवता को सटाए खड़ा था।

एक लड़की ने कौतूहल से छीनने को उसे धक्का दिया। वह नीचे गिर गया। लिंग महादेव उसके हाथ से छूट गया।

स्त्रियों ने कौतूहल से देखा, किंतु कुमारियाँ और युवतियाँ लज्जा से पीछे हट गईं। पुरुषों ने देखा। एक ने अपनी भाषा में कहा—"दुहितर! यह क्या है?"

दुहितर लगभग पैंतीस वर्ष की थी। उसने घृणा से मुँह फेरकर एक और से कहा—"पास आकर देख भ्रातर! यह लोग कितने असभ्य हैं?"

वृद्ध पुजारी भय से काँप रहा था। कल तक कीकटवासी उसके एक-एक शब्द को धर्म मानकर चलते थे। गोरों ने देखा और एक घृणा से चिल्ला उठा—"शिश्न! यह तो शिश्न है।"

पितर पुकार उठे—"क्या कहा सोम? क्या कहता है?"

किंतु सोम ने कहा—"यह इनका देवता लगता है।"

घृणा से युवक ने लिंग देवता को ठोकर मारी। पुजारी कराह उठा—"तुम्हारा देवता जीत गया है, किंतु मेरे देवता को मेरे लिए छोड़ दो।"

किसी ने नहीं सुना। वे ऐसी अश्लील बात नहीं सह सकते थे। पुजारी विरोध करते में कुचल दिया गया। लिंग देवता को उन्होंने तोड़कर पत्थर दूर-दूर फेंक दिए।

उसके बाद वे सब अग्नि के चारों ओर बैठ गए। उस समय उन्हें अपनी विजय पर गर्व

हो रहा था।

"सोम," पितर ने कहा—"तू कहाँ है ?"

"यह रहा पितर।" सोम ने कहा।

"अद्‌भुत योद्धा है तू सोम," एक कुमारी ने कहा। युवक मुस्करा दिया।

पितर ने कहा—"सारा जीवन लड़ते बीता। पितर का भी यों ही गया। न जाने इस भूमि में इतने बर्बर हैं, इंद्र इन सबका ध्वंस क्यों नहीं कर देता ?"

"करता तो है," गृत्समद ने हँसकर कहा।

"आज कितना आनंद है सच, जैसे हम सदा ऐसे ही अबाध लड़ते हुए वीरों की भाँति बढ़ेंगे," और मुड़कर कुमारी ने कहा—"आज तो तूने नया गीत बनाया होगा ? गा न ?"

गायक उठकर गाने लगा। द्रविड़ उस गीत को नहीं समझ पाए। पर गायक का गीत उठता रहा। उसके गीत का अर्थ था—हे वज्रधर ! तेरे जलधरों की प्रचंड हुंकार से हिमवान थर्रा उठता है, और वे जलधर तेरे अनुचर मात्र हैं, जब तेरा वज्र उठता है तब भयानक कड़क से भुवन हिल उठता है और मेघ लाचार से चिल्ला-चिल्लाकर आर्त्तस्वर से रोने लगते हैं।

हे वज्रधर ! तू वरुण से भी अधिक शक्तिवान है, कहकर हम वरुण को हीन नहीं बताते वरन् तेरी उससे मित्रता अधिक हो, यही चाहते हैं।

धीरे-धीरे समवेत स्वर से सब ही गाने में तल्लीन हो गए। उनके पुरुषों का गंभीर और मोटा स्वर था, और स्त्रियों का कोमल, पतला कंठ-स्वर, दोनों एकसाथ उठते और एकसाथ गिरते। उन्होंने गाया—

हे दिवस्पितर ! तूने कीकट का दुर्ग पल-भर में भस्मसात् कर दिया। कीकट का यह बर्बर अन्यधर्मा अधिपति आज हमारा दास है। उसका अंधकारमय बल और वैभव हमने सत्य और शक्ति से कुचल दिया है। हे पुरीष ! तू हमें शक्ति दे कि हम इन बर्बर, नीचों को ऐसे ही कुचल सकें।

तू हमारी टुकड़ियों के आगे-आगे चल। तू छाया कर, तू जल दे, तू शत्रु का कड़ककर नाश कर, तू हमें द्रव्य दे, इनके कोष दे, जिनमें यह दास यह कृतघ्न अपार धनराशि एकत्र करके रखते हैं।

हे महाइंद्र ! जब हम पराजित होते हों तू शत्रु की भुजा पकड़ ले, जब हम उनकी भाषा नहीं समझते हों, तू उनको मूक कर दे, हे प्रबुद्ध बलशाली, यह अन्यव्रत, धर्म, देवता, नियम से तेरे विरोधी हैं, इनका नाश कर, इनका नाश कर।

और उन्होंने इंद्र के प्रति घोर जयघोष किया।

एक बलिष्ठ युवक ने उठकर कहा—"पितर ! पराजित बाँधकर पटक दिए गए हैं। जो आज्ञा हो वही किया जाए।"

कुमारी ने कहा—"तुमने उन्हें छुआ द्रुह्यु ? तुम्हारे हाथ काले तो नहीं हो गए ? कैसे लगते हैं जैसे गंदे चूहे। मुझे तो सच, देखकर घिन लगती है। और कैसी हैं उनकी स्त्रियाँ जो शरीर पर इतने सीप-घोंघे पहने रहती हैं जैसे कोई जलमानुस पानी से बाहर निकल आया हो। पितर ! द्रुह्यु को अग्नि का स्पर्श कराइए न।"

पितर उस समय सोमचषक हाथ में लिए नशे की गुलाली में मत्त हो रहा था। उसने कहा—"द्रुह्यु ! वही कर जो हमने पणियों के साथ किया था। यह कीड़े ! न जाने क्यों वरुण

इन्हें अपने पाश में बाँधकर नष्ट नहीं कर देता। लोहितजिह्व अग्नि को भी भूख नहीं लगती इन्हें देखकर। समस्त वसुंधरा इनके स्पर्श से अपवित्र है। वर्षों बीत गए। कहते हैं यह उधर असिक्नी तक फैले हुए हैं।"

द्रुह्यु लौट गया। सब उठ गए। उन्होंने घूम-घूमकर बंदियों को देखा। कुमारी उन बंदियों की शक्ल देख-देखकर हँस देती। उसे उनकी छोटी नाकें देखकर बहुत हँसी आती। और वे इतने काले क्यों थे? वे अवश्य उन असुर दैत्यों के वंशज हैं जिन्हें इंद्र परास्त करता है। उसकी शक्ति से इन भयानक योद्धाओं को हम जीत लेते हैं।

द्रविड़ स्त्रियाँ बाँट ली गईं। अधिकांश युवतियाँ सैनिकों ने अपनी सेवा करवाने के लिए चुन लीं। और दास स्त्रियों का क्या? काम के बिना वे बिगड़ जाएँगी। न ये युद्ध करना जानती हैं, न आखेट ही। शिश्न की पूजा करनेवाली अनाचारिणी स्त्रियाँ, यह क्या पशुओं से किसी भाँति कम हैं?"

और द्रविड़ सिर झुकाए खड़े थे। उनके हाथ पीछे की ओर बँधे थे। उनके सामने ही उनकी माता, भगिनी और पुत्रियों को अपमानित करके बाँट लिया गया था। अब उनके खेत, इन विदेशियों के खेत हो जाएँगे। उनका दुर्ग, उनके घर, गोरों का दुर्ग, गोरों के घर हो जाएँगे। उन्हें अब कोई स्थान शेष नहीं है। किसका भरोसा करें। अवश्य ये कोई शक्तिशाली हैं, जिनसे इतना घोर संग्राम करने पर भी यही अंत में विजयी हुए। कीकट की अधीश्वरी भी उस उत्सव में दासी थीं। उनकी आँखों से निरंतर अश्रुधारा गिर रही थी। अपनी अधीश्वरी की यह अवस्था देखकर उनको आँखें बार-बार भीग गईं और हृदय घोर विक्षोभ से फटने लगा। कल तक इन्हें अक्षुण्ण गौरव की अपार मर्य्यादा थी और आज इनके कोमल चरण पाषाणों से ठोकर खाकर फट गए हैं, जिनसे रक्त चू रहा है, कौन हैं ये विदेशी गोरे जो हमारे सुख और शांति को पूर्णतः कुचलकर भी अभी अपमानित करने में तृप्त नहीं हो सके हैं?

सोम ने अपना खड्ग उठाया। बंदी योद्धा एक-एक करके लाए जाने लगे। और गोरी स्त्रियों को पुकारकर अनु ने कहा—"तुरीया! बहुला! श्वेता! आओ, आओ, दुहितर, भगिनी, मातर, सब आओ। आओ आज फिर वही खेल दिखाएँगे। देखना, यह लोग कितना डरते हैं।"

उस समय एक बार द्रविड़ों ने देखा कि उनका नगर अभी तक भी जल रहा था, लपटें उसे धीरे-धीरे भस्म किए दे रही थीं। किंतु वे कायर नहीं हैं। वे हर्ष से मर जाएँगे। उन्होंने हर्ष से युद्ध किया था और ऐसा युद्ध किया था कि इन गोरों के दाँत खट्टे कर दिए थे किंतु वे तो पशु पर चढ़कर लड़ते थे!

तब तक गोरी स्त्रियाँ आ गईं और अन्य सब भी आ जुटे और प्रसन्न मन देखने लगे।

एक-एक करके द्रविड़ों के शीश कट-कटके धूलि में गिरने लगे। जब अधिपति की बारी आई तब वह मुँह के बल पृथ्वी पर गिर गया और हा-हा खाने लगा। उसने भूमि की ओर इशारा किया, फिर आकाश की ओर, फिर अपनी ओर और थर-थर काँपते हुए बार-बार भूमि पर सिर पटकने लगा।

बंदी द्रविड़ों के मुख से क्रोध की हुंकार फूट निकली। वे विक्षोभ से पागल हो उठे। अधीश्वरी ने चिल्लाकर कहा—"निशांत!"

किंतु निशांत भूमि पर पड़ा-पड़ा खिसक रहा था। उसकी आत्मा मर चुकी थी।

अधिपति पितर के चरणों पर गिरकर रोने लगा। वह अपने हाथ से इंगित करने लगा जो

साफ़-साफ़ समझ में नहीं आते थे।

पितर ने पूछा—"क्या कहता है यह द्रुह्यु?"

कुछ देर चुपचाप देखकर, सोचते हुए धीरे से शंकित द्रुह्यु ने कहा—"पितर! इसे रख लिया जाए। लगता है, इसके पास धन है। यह हमें देगा। यह स्यात् स्वामिभक्त बन जाएगा। इसे जीवित छोड़ें। वरन् इसे अपने साथ मिला लें। यह पूरा देश विजित करने में सहायता देगा।"

पितर ने हँसकर कहा—"अधिपति! तुम हमारे मित्र हो। हम तुम्हारी भक्ति से प्रसन्न हैं।"

द्रुह्यु ने अधिपति की पीठ ठोंकी। इंगित किया। एक अधेड़ गोरी औरत ने अपने पात्र में से खाते-खाते एक मांस का जूठा टुकड़ा ही उसकी ओर फेंक दिया।

अधिपति ने देखा। पितर ने इशारा किया जैसे खाओ, खाओ····और कहा— "सोम! अच्छा आदमी लगता है।"

और कायर चुपचाप पशु की भाँति उस जूठे टुकड़े को खाने लगा।

उत्सव फिर प्रारंभ हो गया। वे अग्नि के चारों ओर बैठ गए। उन्होंने मांस पकाना प्रारंभ किया। जो कुछ द्रविड़ों के यहाँ खाद्य सामग्री थी वह ले आए थे। जो कुछ लूटा था उसका ढेर लगा दिया था। पितर की आज्ञा से उसका वितरण हो जाएगा। वे सोम से चषक भर-भरकर पीने लगे।

गायक फिर गाने लगा—

"हे वैश्वानर! तेरी विकराल डाढ़ों में किसी का भी गर्व भस्म हो जाता है। तू महान है, तू विराट् है, तू प्रत्येक वस्तु की आत्मा है, शक्ति है।

"हे प्रज्वलित अग्नि! स्वर्ण का-सा तेरा शरीर है, सबसे पहले तूने हमें अपना संरक्षण दिया है, सृष्टि के आदि में तू ही जागृत था, हे दिवस और रात्रि में भिन्न रूप धरकर चलनेवाले तेरी प्रभा से समस्त स्वर्ग प्रकाशवान है, तू हमें शक्ति दे।

"हे प्रबल सहायक! जहाँ हम नहीं जा पाते तू वहाँ हमारा पथ प्रशस्त करता है। हे महान! हम तेरी शक्ति की श्रद्धा में तेरी लपट पर मांस डालते हैं, हे गंध से उदर भरनेवाले महाशक्तिवान! ले अपनी लपटरूपी जिह्वा से चाट ले, हम तेरा उच्छिष्टान्न खाएँगे तो हमारे शरीर में अपार वीर्य्य ऊर्जस्वित हो उठेगा और शत्रु हमारे सामने ऐसे भागेगा जैसे शीत और अंधकार तेरे सामने से भाग जाते हैं।····"

और यह भीड़ वहीं से अपनी जान बचाकर भाग निकली थी। जब बंदी बनाए जा रहे थे तब यह भाग चुके थे। और राजकुमारी चंद्रा इनकी अग्रगामिनी बन गई।

एक स्त्री अपने घुटने पकड़कर बैठ गई। अब और चलना उसके लिए असंभव था। उसने निराशा से इधर-उधर देखा! अब वह कुछ देर में अकेली रह जाएगी। थोड़ी देर बाद कानन में नीरवता छाने लगेगी। कुछ क्षण इन पगध्वनियों का आश्वासन-सा मिलता रहेगा, फिर वह भी नहीं, फिर वह भी नहीं, रात्रि का गहरा अंधकार····और कानन के भयानक हिस्र जंतु, भेड़िये, रीछ····

स्त्री डरकर ज़ोर से चिल्ला उठी।

और सब बढ़ते ही चले गए। उन्हें आशा थी! वे एक आशा हृदय में दबाए चले जा रहे

थे। उनकी ममता अपने भीतर संकुचित हो गई थी। घर नहीं, ग्राम नहीं, उन्हें प्रतिशोध चाहिए। यह एक-एक मृत्यु हो रही है, हम इन्हें नहीं भूलेंगे। उन विदेशी गोरों की रक्त की प्रत्येक बूँद में हमारे दुख का हलाहल है। उनसे बदला लेना ही हमारा धर्म है। हत्या को वह सभ्यता कहते हैं, अपनी बोली बोलकर दूसरों की नहीं सुनते····

अनंत पथ, विराट् भूमि सामने पड़ी थी।

देवताओं के पुत्रों ने उनके देश को जीत लिया था, किंतु इनका देवता भी निर्बल नहीं है। वह किसी कारण से रूठ गया है, अन्यथा पहले तो सब उसका भय करते थे।

महानगर अब दूर नहीं रहा है, पथ जितना ही समाप्ति के निकट आता जाता है उतनी ही अधीरता बढ़ती जाती है और पथ दूर लगता जा रहा है····

और वह थकी हुई भूख से तड़पती भीड़ चली जा रही है, न तन का ध्यान है, न प्राण का, जो जीवित रहे वही काफ़ी है····

अब वह हाल ही में छोड़ दी गई स्त्री अंधकार में प्यास से तड़प-तड़पकर चिल्ला रही होगी, गोरे गीत गा रहे होंगे, अधिपति पितर के चरण धो रहा होगा···· विक्षोभ, क्रोध, प्रतिहिंसा, लहू की प्यास····

पश्चिमोत्तर से दल के दल बाँधकर आनेवाले उन विजेता आर्य्यों का आगमन प्रारंभ हो गया था।

11

एक दिन, एक रात बीत चुके थे। आज दूसरा दिन लग गया था। वेणी अभी तक नहीं आई थी।

मणिबन्ध आतुर-सा टहलने लगा। प्रासाद का वह लंबा प्रकोष्ठ अपने सुंदर स्तंभों की उपस्थिति से भी उसका मन न मोह सका। पहले वह दीवारों पर बने चित्रों को देखता रहा। सुंदरी नागकन्या खरस्त्रविणी में स्नान में मग्न थी। वह केवल कटि पर एक वस्त्र बाँधे हुई थी। अपने रत्नाभूषण उसने तीर पर रख दिए थे। सिंधु के पश्चिम की उपत्यका में घूमते हुए अहिराज उधर से आ निकला। देवता ने वह अपरूप अस्पृश्य यौवन देखा और मोहित हो गया। उसने सोचा कि यदि ऐसी सुंदरी उसकी नहीं हो सकती तो फिर संसार में है ही क्या जिसका भोग किया जाए। मोअन-जो-दड़ो के घर-घर में स्त्रियाँ चरखा चलाती थीं। किंतु वेश्या उस महीन सूत के होते हुए भी प्रायः ही नग्न रहती थीं। नागकन्या के रूप को देखकर अहिराज को लगा कि सबकुछ होते हुए भी वह सूना था। उसके बाल खुले हुए थे। और अहिराज का बाएँ कंधे पर पड़ा सूती दुशाला दाहिने कंधे के नीचे से····पर वेणी का कहीं पता न था और फिर ध्यान उचाट हो गया। वह उद्भ्रांत-सा घूमने लगा।

चित्र में अहिराज के छोटी-सी दाढ़ी थी। बालों को ऊपर ले जाकर एक बड़ी चोटी बना दी गई थी। और अहिराज ने नागकन्या को अपने वश में करने के लिए काले-काले मेघों से आकाश ढँक दिया। उस अंधकार में बिजली चमकने लगी और अहिराज ने नागकन्या की ओर

हाथ बढ़ाया, पर नागकन्या उस समय उसे नहीं मिली····

वेणी कहाँ चली गई ? वह रात गई, एक दिन, एक रात और बीत गए किंतु कोई चिह्न नहीं····

अहिराज वन-वन घूमने लगा····

नागकन्या उस समय जल की धारा पर सो रही थी। अहिराज ने उसे पकड़ लिया····

मणिबन्ध सिहर उठा। वह कुछ नहीं सोच सका। अब उसके पाँव जल्दी-जल्दी उठने लगे। विशाल प्रकोष्ठ में वह कई बार इधर-से-उधर और उधर-से-इधर घूमता रहा, किंतु मन को कहीं भी तृप्ति नहीं मिली। उसने एक स्तंभ के सहारे सिर टेक दिया। कुछ देर बाद जब उसका ध्यान टूटा, उसने ताली बजाई।

अपाप द्वार पर दिखाई दिया। उसके शरीर के घावों के देखकर मणिबन्ध को घृणा हो आई। उसके काले शरीर पर उफने-उफने वे मांस के लोथड़े ! कितना घृणित था वह दास ! उसके घावों में भी मणिबन्ध को कोई सौंदर्य्य दिखाई नहीं देता। उसने उधर देखे बिना ही कहा—"अपाप !"

"महाप्रभु !" दास ने सिर झुकाकर कहा। वह भय और शंका से भीतर-ही-भीतर काँप रहा था। अभी भी चलने-फिरने से उसके घावों में पीड़ा होती थी।

"वेणी कहाँ है ?" मणिबन्ध ने उपेक्षा भरे गंभीर स्वर में पूछा।

अपाप सोचने लगा। क्या जाने प्रभु का ध्यान किधर है। अतः उसने पहले सोचा कि कुछ कह दूँ किंतु यदि भविष्य में वह सब असत्य निकला तो ? एक बार अपने शरीर के उन वीभत्स घावों की ओर देखा और धीमे से किंतु दृढ़ स्वर में उसने पृथ्वी की ओर नम्रता से देखते हुए सिर झुकाकर कहा—"देवी ? प्रभु ! मैं नहीं जानता।"

मणिबन्ध ने मुड़कर अपनी ज्वलंत आँखों से देखा। क्या लाभ ऐसे दासों से जो कुछ भी नहीं जानते।

"जाओ।" उसका कठोर स्वर दास के कानों से टकरा उठा। अपाप नतशीश चला गया। बड़े भाग्य। वह बच निकला था। अवश्य ही महाप्रभु कृपा कर जाते हैं। कल का विकराल स्वरूप याद करके दास एक बार फिर सिर से पाँव तक काँप उठा।

मणिबन्ध कुछ देर बैठा सोचता रहा। उसने फिर ताली बजाई। द्वार पर फिर अपाप आ उपस्थित हुआ।

"रथ तैयार कराओ।"

"जो आज्ञा," अपाप भाग चला। दो जगह से इस श्रम के कारण उसके घाव फट गए और रक्त निकलने लगा किंतु विलंब करने का उसमें आज साहस नहीं था।

मणिबन्ध सज्जित रथ पर जा खड़ा हुआ। उसके शीश पर रत्नजटित स्वर्णमुकुट उसकी गरिमा को सौ गुना बढ़ा रहा था।

सारथी ने विनीत स्वर से कहा—"महाप्रभु !"

मणिबन्ध ने कहा—"चलो।"

सारथी ने उस शब्द को सुनकर और कुछ पूछने का साहस नहीं किया। जैसे रथ खड़ा था उसी ओर उसने वल्गा को खींचकर बैल को बढ़ा दिया।

मणिबन्ध को अचानक ही याद आया। उसने कहा—"कहाँ जा रहा है ?"

"देव ! !" सारथी को कोई उत्तर नहीं सूझा।

"सारथी ! !" मणिबन्ध ने कहा—"कौन, सैंधव ? ?"

"महाप्रभु !"

मणिबन्ध ने कहा—"परसों रात देवी वेणी को तू ले गया था ?"

"नहीं प्रभु !"

"तो वह कौन था !"

"चतुष्पाद।"

"कब लौटा ?"

"परसों ही रात को।"

"फिर तो कह। देवी को कहाँ छोड़ आया था ?"

"उनके गायक के पास।"

मणिबन्ध क्रोध से फुसफुसा उठा—"तो उधर ही चल।"

जब वे लोग पहुँचे, मणिबन्ध उतरकर द्वार तक गया जो बंद था। गायक था नहीं। लाचार लौटना पड़ा।

हृदय में आँधी चल रही थी। क्या गायक जीत गया ? क्या वह अपनी प्रिया को लेकर भाग गया ? क्या उस दरिद्र की तुलना में नर्त्तकी इस महान अधिकार और वैभव को ठोकर मारकर चली गई ? क्या उसकी दृष्टि में इस सबका कोई मूल्य नहीं ठहर सका ? क्या गायक के एक गीत में इतनी शक्ति थी कि वह सुंदरी को, बीन बजाकर चकित हरिणी के समान हर ले गया ?

और मणिबन्ध ने कहा—"सारथी ! सिंधु की ओर !"

सारथी का कंठ भय से सूख गया था। वह जहाँ तक होता मंणिबन्ध के सामने पड़ने से सदैव बचता रहता था।

रथ सिंधु तीर की ओर भाग चला।

आज सिंधु में भी कोई विशेष बात नहीं थी। पाँच नदियाँ जिसका उदर भरने के लिए पहाड़ों पर से घट भर-भरकर लाती हैं वह भी कैसी नतशिर उदास बही चली जा रही है। और सिंधु की उन लहरों ने न मणिबन्ध की ओर इंगित किया, न वे कुछ बोलीं ही। उदासी का यह अवसाद धीरे-धीरे उसके हृदय को नोचने लगा। सारे महानगर में काम हो रहा है। कोई भी निश्चिंत नहीं है और जिसे कार्य में रत होना चाहिए था वह दिशावधि व्याकुल भटक रहा है। क्या वह निर्बल हो गया है। क्या वह वास्तव में अब वृद्ध हो चुका है ? उसकी आयु है कि वह आज एक युवक का पिता होता। वह अनेक पुत्रों का पिता होता, जो भिन्न माताओं से जन्म लेते, किंतु उसके कारण संसार उन्हें एक समझता। वह वेणी ! जो उसकी लड़की हो सकती थी, और तब मणिबन्ध के हृदय में अपना ध्यान न रहकर अपने कुटुंब का, अपने परिवार का होता, और इस बढ़ी हुई आयु पर उसके हृदय में यह दुखद चंचलता नहीं होती। क्या रूप और शक्ति अपने-आपको उससे खींचे लिए जा रहे हैं।

मणिबन्ध विक्षुब्ध हो उठा—फिर प्रश्न उठा। क्या अब वह धन-संपत्ति के स्वर्ण के टीले पर आयु के जर्जर पाँवों पर बिना दाँत के बूढ़े के समान लड़खड़ाएगा और जो स्वर्ण उसने अपने खाने के लिए बनाया है, वही उसे उल्टा खाने लगेगा ? मणिबन्ध वृद्ध हो चला है। अब

वह स्त्री के यौवन को धन देकर भी नहीं ख़रीद सकता?

किंतु प्रतिशोध पुकार उठा—'मणिबन्ध आज तक कहीं भी पराजित नहीं हुआ।' और आत्मा की भयानक प्यास ने स्वीकार करते हुए धीरे से कहा—'वह आज भी पराजित नहीं होगा।'

मणिबन्ध ने कहा—"सैंधव! आमेन-रा के प्रासाद की ओर चल।" सुनते ही सैंधव सकपका गया। मणिबन्ध ने देखा, सारथी काँप उठा था। वह उसके भय को देखकर मन-ही-मन प्रसन्न हो उठा। उसे अचानक याद आया कि वह कौन था आख़िर? वह अपने को साधारण समझने की भूल क्यों कर जाता है?

फिर एक ऐसी स्मृति जिसे वह चेतना के नीचे-से-नीचे के स्तर से भी निकालकर बाहर फेंक देना चाहता है। वह नहीं चाहता कि अतीत फिर लौटकर आँखों के सम्मुख नाचने लगे। उसमें कितना घोर विक्षोभ और कितना भीषण अपमान का काला धुआँ है, जिसके आँखों में लगते ही, मनुष्य रोता हुआ आँखें बंद कर लेता है और फिर धुएँ के साथ-ही-साथ अग्नि की लपटें जल उठती हैं।

आमेन-रा के द्वार पर रथ झनझना उठा। दास ने दौड़कर भीतर सूचना दी। आमेन-रा ने द्वार पर आकर स्वागत किया। जब वे दोनों बैठ गए, आमेन-रा ने कहा—"महाश्रेष्ठि! महानगर में अब कोई नवीनता नहीं रही। मैं साहसिक हूँ। मुझे कुछ नयापन चाहिए। जब से जन्म लिया है तब से मैं निरंतर इतना कार्यरत रहा हूँ कि मुझे कभी भी अपने विषय में सोचने का अवकाश नहीं मिला।"

मणिबन्ध ने हँसकर कहा—"स्वाभाविक ही है। आपके मुख पर यह अपार शक्ति समय ने स्वयं अपने हाथ से अंकित की है।"

आमेन-रा हँसा। उसने कहा—"यदि शक्ति ही जीवन का चिह्न है तो फिर चलिए न? किसी दिन आपके ग्राम-प्रांतों में चलकर आखेट ही करें। मैं सच इस संसार को और अधिक जानना चाहता हूँ। आप कहते थे, यहाँ के पड़ोसी प्रायः आपसे ही सभ्य हैं?"

"क्यों नहीं," मणिबन्ध ने कहा—"यहाँ तक कि हमारे यहाँ का गेहूँ भी वही है जो उत्तर में हरप्पा में खाया जाता है। हमारा उनसे बहुत अधिक संबंध है।"

"तो क्या वे सब भी गण हैं?"

"नहीं। यह तो आवश्यक नहीं। अपनी-अपनी स्वतंत्रता है। वास्तव में हमें उनसे उतनी ही सहानुभूति है कि वे हमारे धर्म को मानते हैं और हमसे व्यापार करते हैं।"

आमेन-रा प्रसन्न हो गया। उसने कहा—"यह ठीक है महाश्रेष्ठि किंतु बहुधा ऐसी स्वाधीनता आगे चलकर हानिकारक होने लगती है।"

"हानिकारक?" मणिबन्ध ने उपेक्षा से कहा—"मोअन-जो-दड़ो पर किसी का साहस नहीं कि अपनी आँख भी उठा सके। आप भूल कर रहे हैं। मोअन-जो-दड़ो!! मोअन-जो-दड़ो संसार का सर्वश्रेष्ठ महानगर है।"

इसी समय मणिबन्ध का ध्यान टूट गया। उसने चुप होकर देखा, दो दासियाँ हाथों में थालियाँ लेकर आ रही थीं। उन्होंने उन थालियों की चौकी उनके सामने खींचकर, उस पर रख दिया। बहुमूल्य वस्त्र उन पर से हटाते ही फलों की भीनी सुगंध से प्रकोष्ठ भर गया।

आमेन-रा ने कहा—"कृतार्थ करें।"

दोनों फल खाने लगे। दासियाँ दौड़-दौड़कर काम करने में मग्न थीं।

आमेन-रा ने एक दासी की ओर देखकर इंगित किया। दासी भीतर चली गई। कुछ देर बाद उसने लौटकर कहा—

"प्रभु! दासी कह आई है। नर्तकियाँ आ रही हैं।"

आमेन-रा ने कहा—"कुछ अधिक नहीं महाश्रेष्ठि! वृद्ध के पास अनमोल रत्न तो मिल ही कहाँ सकते हैं?"

दासियाँ हटकर बैठ गईं। नर्तकियाँ आ गईं। वे मिश्री ढंग की सज्जा में थीं। उनके वक्षस्थल पर उभार भी पूरी तरह ढँका नहीं था और बहुत ही छोटे-छोटे चुस्त जाँघिए थे। अन्यथा पूरा शरीर नग्न था। वे आमेन-रा के विलास-भवन की कठपुतलियाँ थीं। नृत्य तो कुछ विशेष न था; किंतु उनका यह नंगा शरीर वास्तव में अत्यंत वासनामय था। मणिबन्ध बहुत प्रसन्नता से उसे देखता रहा। तारोंवाला वाद्य भी मिश्री था जिस पर कोई नर्तकी नाचते-नाचते हाथ झनझना देती थी और फिर उनके कंठों से मिश्री गीत फूट निकलता था।

एक अत्यंत नवीन यौवना, अभी प्रस्फुटित होती कली के समान, सुंदरी को देखकर मणिबन्ध के हृदय में ज्वार-सा आ गया। विवाहित व्यक्ति की तृष्णा बहुधा जल्दी बुझती है, किंतु जो अविवाहित रहकर स्त्री को केवल उसके यौवन के दृष्टिकोण से देखता है उसकी मरीचिका का कहीं अंत नहीं होता।

मणिबन्ध ने कहा—"अद्‌भुत! धन्य हैं आप! यह तो एक से एक अनमोल रत्न हैं। आप तो कहते थे, नहीं हैं।"

"तो जिसे आप चाहें आपके चरणों पर उपस्थित हो?"

"श्रीमान्! वह कौन है?"

"महाश्रेष्ठि, यह मेरे अंतःपुर की 'श्नीन'* है।"

श्नीन शब्द सुनते ही मणिबन्ध को नीलूफ़र की याद हो आई।

नृत्य तो थोड़ी देर बाद समाप्त हो गया, किंतु मणिबन्ध के हृदय में वह कमल फिर खिल उठा। कीचड़ में से पैदा होने पर भी उसमें मादक सुरा थी, मनोहर रूप था। सूर्य्य यदि उगता हो तो कमल उसकी रश्मियों के सम्मुख अपने-आप अपनी पंखुरियाँ खोल देता है, और यह डूबते रवि का अस्तप्राय—मंद-मंद लय होता आलोक, वह क्या स्पंदित कर सकेगा इस कमल को, जो बूढ़े को अपने-आप छोड़कर निष्ठुरता से बंद हो जाता है।

मणिबन्ध बिदा लेकर फिर रथ पर आ बैठा। उसने कहा—"सैंधव!"

सैंधव ने उत्तर देने के स्थान पर लगामों को सँभाल लिया।

ढलती छायाओं का वह फैलता-फैलता विस्तार अब राहों पर अपनी विश्रांति को धीरे-धीरे छाने लगा था! संगीतज्ञों को अपने-अपने वाद्यों पर झुकने की इच्छा होने लगी थी। मध्याह्न बीत चला था। और महानगर में यदि जीवन है, तो वह रात को। बाज़ारों में अब शिथिलता छाने लगी थी। कार्यनिवृत्त होकर भीड़ें अधिक होने लगी थीं। सुनार धौंकनी फूँक रहा था। उसके यहाँ प्रायः धातु मिलाई जाती थी। टीन के बर्त्तन वह बहुत अच्छे बनाता था।

सारथी का मुख सूख रहा था। प्रातःकाल से अभी तक वह इतना व्यस्त रहा था कि उसे

---

* श्नीन—कमल का मिश्री शब्द।

खाने का अवसर ही प्राप्त नहीं हो सका था। किंतु कहता भी वह किससे? यदि स्त्रियाँ लेकर जाता है तो उनकी करुणा को कचोटकर अपना काम बना लिया जा सकता है, पर यह तो स्वयं भूत की तरह सिर पर चढ़ा रहता है।

अश्रद्धालु सेवक मन-ही-मन रुष्ट हो रहा था।

'और नागरिक विलास के प्रेमी आज अभी नहीं आए हैं!' मणिबन्ध के सोचते हुए ही रथ फिर चल पड़ा। अब वे महामाई के विराट् मंदिर की ओर जा रहे थे।

मणिबन्ध सिंहद्वार में से पैदल घुस चला। उस समय शिथिलकाय ऐसा प्रतीत हुआ जैसे घोर युद्ध करके महाभट अत्यंत थक गया हो।

आमेन-रा की बात उसके दिमाग़ में थोड़ी देर तक घूमती रही। मोअन-जो-दड़ो को भय? शक्ति को अपनी प्रतिद्वंद्विता का मिथ्या भय? किसमें इतना साहस है? हमारे शांति-रक्षक?

किंतु शांति-रक्षक अकेले क्या कर सकते हैं? मिश्र के फ़राऊन के पास दुर्दांत वाहिनी है जिसके पगविक्षेप मात्र से सहस्त्रों शीश अपने-आप कटकर धूलि में लोटने लगते हैं। किंतु वह इन बातों को क्यों सोच रहा है।

हताश वैभव आज अपने सूनेपन पर रो उठा था।

मणिबन्ध घुटने टेककर बैठ गया। उसने हाथ फैलाकर कहा—"हे महामहिमामयी महामाई! आज तक तूने मुझे अपनी शक्ति देकर संसार में इतना महान बना दिया है। यदि तू चाहे तो सबकुछ ले ले और मुझे फिर राह का भिखारी बना दे। तू अपने हाथ से मनुष्य के कपाल में भाग्य की रेखा अंकित करती है। उसके लिए मेरा कोई प्रयत्न ऐसा नहीं रहा है कि मैं अपराधी ठहराया जाऊँ। माँ! मुझे इतनी व्याकुलता क्यों है?"

प्रशस्त वक्षस्थल फूल गया। उसने सिर पीछे उठाकर महामाई की विराट् मूर्त्ति की ओर देखते हुए कहा—"मैंने जीवन में तेरी शक्ति पर कभी भी अविश्वास नहीं किया। और मुझ भूखे बालक को किसी ने भी यह नहीं सिखाया था। मिश्र का ओसिरिस भी मुझे कभी तेरे सम्मुख अपनी ओर नहीं खींच सका। माँ! फिर आज यह हृदय किस व्याकुलता में पड़कर अपने-आपको इतना क्षुद्र गिनने लगा है! सबकुछ दिया था तो मुझे वह कुलीन रक्त भी क्यों न दिया, जिसके कारण मुझे यह निर्बलताएँ कभी नहीं सतातीं। माता! मेरे अपराधों का प्रायश्चित्त, जानता हूँ, मेरे अतिरिक्त कोई नहीं कर सकता, किंतु मैंने ऐसा अपरूप तो कुछ भी नहीं किया। मैंने तो समुद्र के भयानक तूफ़ानों को भी तेरी अपार अनुकंपा से ली गई परीक्षा ही समझा है। मुझ पर दया कर, मैं तेरा अनुचर हूँ, पुत्र हूँ, जैसे मुझे जन्म में तू सँभाले थी, मृत्यु में भी तू ही सँभाल सकेगी।"

सीढ़ी से उतरते समय वह भव्य पौरुष एक देखने योग्य वस्तु थी। अभी जो बातें हुई हैं उस शक्ति का कितना विराट् संतोष है कि मणिबन्ध में अब वह खिन्नता नहीं रही है। वह अपने भीतर एक प्रसन्नता का अनुभव कर रहा था। जैसे किसी ने उससे कहा है कि मणिबन्ध! व्याकुल न हो। जीवन में ऐसे अनेक पल भी आते हैं। क्या यह दिन उस दिन से भी अधिक भयानक है जब गहरी अँधेरी रात में लकड़ी का छोटा-सा जहाज़ लहरों के झटकों पर निर्जीव-सा झूल रहा था और भयानक तूफ़ान में सब अपने यत्न छोड़कर मृत्यु की प्रतीक्षा में घुटने टेककर प्रार्थना करने लगे थे! किसने आकर उस दिन तूफ़ान को रोक दिया था? किसने जहाज़ को

अपने हाथ से खींचकर तीर पर छोड़ दिया था?

पास बैठे एक तापस को देखकर उसका हृदय उत्सुकता से भर गया। तापस बिल्कुल शांत बैठा था। उसके लिए जीवन का अर्थ है इसी भाँति भागते हुए पलों को अपने आसन में बाँधे बैठे रहना। क्यों हैं यह संसार में बहुकृत्य, बहुकरणीय, बहुकथनीय, बहुप्रवचनीय बातें? यदि यह व्यक्ति उन सबको व्यर्थ समझकर यहाँ जीवन से दूर मौन बैठा है तो कोई तो कारण होगा ही? क्या इसे जीवन का इतना वैभव कभी अपनी ओर आकर्षित नहीं करता? क्या इसे कभी स्त्री का यौवन अच्छा नहीं लगता?

मणिबन्ध देखता रहा। वह स्त्री का नाम याद आते ही सिहर उठा।

स्त्री!! स्वयं महामाई!!! त्राहि माम!!! त्राहि माम!!! अखंड ज्योति से पाषाण का घना स्तर भी दीप की लौ की भाँति जगमगा उठे, पहाड़ प्रतिध्वनि करना छोड़ दें, सागर सदा के लिए अपनी आलोड़ित-विलोड़ित लहरों का कंपन छोड़कर रुद्ध-सा स्तब्ध हो जाए, किंतु स्त्री कभी अपनी आँखों को तिरछा करके देखना नहीं छोड़ेगी। यह एक प्राकृतिक अस्त्र है उसका, जिसे फ़राऊन की प्रिया से लेकर दासी तक जानती है। मणिबन्ध की मेधा हृदय की इस ऊष्मा को नहीं जीत सकेगी। स्वयं महादेव की अचल समाधि को महामाई ने नृत्य करके खंडित कर दिया था। तो वह महायोगिराज? कौन है उसका विजेता? क्यों बैठा रहता है यह ऐसे ही? बार-बार जागकर भी वह फिर-फिर क्यों उसी गहन नींद में डूब जाता है? क्या यह नींद जीवन के इन सब व्यापारों से वास्तव में बहुत अच्छी है?

जब वह सिंहद्वार के पास पहुँचा, किसी ने हाथ बढ़ाकर कहा—"स्वामी! भूखा हूँ।"

मणिबन्ध ने देखा। वह कोई विदेशी था। उसकी मुखाकृति विकृत थी। वह निश्चय ही या तो ग्राम प्रांतों का था या फिर उत्तर का कोई द्रविड़। इतने फटे थे उसके वस्त्र कि वह नग्नकाय अपनी निकली हुई पसलियों को भी नहीं छिपा सका था जिन्हें देखकर किसी भी व्यक्ति को उस पर घृणा और दया दोनों आ सकती थीं। नयनों में अथाह अतृप्ति थी, भूख, जैसे वह अपने जीवन की सब मर्य्यादा भूल गया था। जीवित रहना ही सबसे अच्छी वस्तु है। चाहे किसी भी परिस्थिति में क्यों न रहना पड़े।

दया के कगारे सदा के लिए खड़ी रहनेवाली उदासीनता की चट्टान की भाँति नहीं होते, क्योंकि मनुष्य का धर्म भी उसके स्वार्थों की रक्षा करने पर ही उसकी अर्चना को प्राप्त करता है।

मणिबन्ध ने स्वर्ण-मुद्रा फेंक दी। स्वर्ण की वह मुद्रा जो एकसाथ मनुष्य का एक बालक और दो गाय के बछड़ों को ख़रीद सकती थी, राह पर पड़ी थी! भिखारी ने देखकर अचरज से आँखें फाड़ दीं। उसका मुख खुल गया। क्या यह मनुष्य है? कितनी दया है इसमें? किंतु वह भूल गया था कि मनुष्य की दया भी उसके साधनों पर निर्मित होती है, यदि उसे कोई आधारभूत हानि नहीं हो।

एलाम के पुजारी ने रथ में से जाते हुए यह देखा और उसके मुख से निकल गया—"धन्य महाश्रेष्ठि! धन्य! आप निस्संदेह मोअन-जो-दड़ो क्या, संसार के सभ्यों में धन्य हैं!"

रथ रुक गया था। एलाम के पुजारी ने कुछ अपनी भाषा में धार्मिक उच्चारण किए जो शायद कुछ कविता-सी थी जिसे किसी ने नहीं समझा। किंतु उसने परिणाम निकालते हुए कहा—"उर में सुख है। पर उर के मनुष्य में दुख है, धन में सुख है, पर धन के व्यय में दुख है, पर महाश्रेष्ठि! तू मनुष्यों में सुख है, पर तेरा न होना मनुष्यों का दुख है।"

बात मणिबन्ध को अच्छी लगी। उसने कहा—"अधिक नहीं महापंडित, अधिक नहीं। मणिबन्ध देवताओं की आराधना करनेवाले महाज्ञानियों के मुख से स्तुति सुनता रहे इतना निर्लज्ज वह नहीं है।"

"यही तो महानता है महाश्रेष्ठि! अन्यथा संसार का कौन-सा ऐसा व्यक्ति है जो सबका विजेता नहीं बनना चाहता?" पुजारी ने साँस लेकर कहा—"सर्वश्रेष्ठ नररत्न श्रेष्ठि! आप वास्तव में दान से लाभ प्राप्त करते हैं।"

मणिबन्ध हँस दिया। उसने कहा—"मैं रक्षा हो जाए, यही चाहता हूँ।"

रथ चला गया। और भिखारी भी अब चला गया था। अब पता नहीं वह संत्रस्त था या बहुत प्रसन्न। एक नई समस्या थी कि उसके हाथ में स्वर्णमुद्रा देखकर लोग तो उसे चोरी का ही माल समझेंगे। तब न्यायाधीश के सम्मुख वह क्या कहेगा?

ऊपर मणिबन्ध प्रसन्न लगता था। उसे भी एलाम के पुजारी के प्रति कुछ स्नेह हो गया। अच्छा कहा था उसने, सच, किंतु भीतर ही भीतर वह अशांत होता जा रहा था। दानी दान करके आज थोड़ा भी महत्त्व अनुभव नहीं करता तो क्या वह पापी है? अविश्वास क्यों किया उसने कि करुणा की नींव दूसरे की निर्बलता के स्थान पर कल्पना से अपने-आपको रखकर, तुलना करके, जो भय उत्पन्न होता है, वही नहीं है? और भिखारी चला गया था अब और कोई मोह नहीं? क्या वह व्यक्ति सचमुच इतना मुर्दा है कि न वह सुख में दूसरों की याद करता है न चाहता है कि वह दुख में अकेला रह जाए। एक परंपरा। व्यक्ति का भय और प्रेम ही जीवन की सबसे बड़ी सूचना हैं किंतु वह तापस किसी की भी चिंता नहीं करता। स्वयं महायोगिराज का-सा ही है। न जीवन के जाल में मक्खी फँसती है, न उसे चूसनेवाली मकड़ी ही मरी है। दोनों का काम चल रहा है।

धीरे-धीरे अँधेरा छाने लगा। लोग अपने दीपक जलाने में व्यस्त हो गए। अब रात्रि का प्रारंभ हुआ है। रात्रि का आदि ही वैभव का मदमत्त नर्त्तन करने का समय है जो ढलती रात तक इसी प्रकार गूँजता चला जाएगा और वे सब फिर विभोर हो उठेंगे।

लेकिन इस सबमें मनुष्य की शांति कहाँ है? क्या इन सब बातों से हृदय का सूनापन भर सकता है? जिसके पास धन नहीं है वह महामाई से केवल धन के लिए प्रार्थना करता है, किंतु जिसके पास है वह उससे उतना उचाट क्यों खाने लगता है? क्योंकि मनुष्य की कहीं तृप्ति नहीं होती।

न जाने उसने क्यों कहा—"सैंधव! मोड़कर इन छोटे पथों से ले चलो।"

वह शायद फिर देखना चाहता था कि उसे बिल्कुल भूल न जाऊँ और मणिबन्ध का रथ संकुचित पथों से चलने लगा। यहाँ जीवन का एक अजीब सन्नाटा है। राजपथ के प्रशस्त वक्ष पर मनुष्य धारा में बहता है, यहाँ जैसे वह अपनी इच्छा पर चलने के लिए स्वतंत्र है। महानगर की दांभिक प्रवृत्ति की जड़ता यहाँ कमज़ोर हो जाती है क्योंकि यहाँ व्यक्ति को अपने हृदय की अच्छाई पर अधिक ध्यान देना पड़ता है, क्योंकि उसके पीछे कोई कोलाहल नहीं है। मणिबन्ध को विस्मय हुआ। महानद की प्रचंड लहरों के कुछ ही नीचे की स्तब्ध लहरों के समान।

वैभव के जिस रूप में वह आज भाग रहा था उसमें उसे सोचने तक का अवकाश नहीं था, जैसे जो कुछ है एक बँधा हुआ कार्यक्रम केवल अभिमान में बँधा-सा दौड़ा चला जा रहा है। वहाँ भिखारी को देखकर कभी उसकी वेदना से हृदय आर्द्र नहीं हुआ। दान से यश है, यही

एक परंपरा निभाई और चल दिए जैसे कर्त्तव्य की छिछली पूर्त्ति से उसके अस्तित्व को भी स्वीकार नहीं किया गया।

राह पर कोई नर्त्तकी नृत्य कर रही थी। उसके चारों ओर भीड़-सी खड़ी थी। सैंधव ने रथ रोककर कहा—"ऐ ! हटो····हटो ····"

किंतु मणिबन्ध ने टोककर कहा—"सैंधव।"

सैंधव विस्मय से चुप रह गया। अंधकार में ही मणिबन्ध रथ से उतरकर उस भीड़ में जा खड़ा हुआ। इस समय उसका सिर नंगा था। किसी एकआध ने देखा भी तो विस्मय नहीं किया। कुलीन महामानी भी बहुधा अपने वेश को छिपाए इधर आ जाते थे क्योंकि वेश्याओं के यहाँ आने-जाने में इधर बहुत स्वतंत्रता रहती थी।

मणिबन्ध ने देखा। नर्त्तकी अत्यंत अश्लील नृत्य कर रही थी। वास्तव में वह कोई वेश्या थी जो अपने प्रेमी के साथ मदिरापान करके पथ पर ही मदमत्त हो गई थी और अब उस पर कोई प्रतिबंध न था। मणिबंध ने पहचाना क्योंकि वेश्या महानगर में भी कटि के ऊपर कोई वसन नहीं पहनती थी।

नहीं, वह वेणी नहीं थी। और मणिबन्ध को यह सोचकर लज्जा हुई कि वेणी अब भी पथ पर नृत्य कर सकती है !

वह रथ के पास लौट आया। उसकी आँखें फिर घूमने लगीं। पान की दूकान पर एक सुंदर स्त्री बैठी थी। वह हँसती जाती थी। मणिबन्ध ने देखा। वह उसे अत्यंत आकर्षक प्रतीत हुई। दीपकों के प्रकाश में वह जल्दी-जल्दी पान लगा-लगाकर सामने बैठे रसिकों को देती जा रही थी। उसकी सज्जा साधारण स्त्रियों की-सी ही थी। ग्राम और नगर का अद्‌भुत संयोग था। कटि के नीचे टखनों तक धोती और ऊपर से एक वस्त्र दोनों कंधों पर पड़ा था जो सामने गोल-सा वक्षस्थल ढँकने का सफल प्रयत्न कर रहा था। स्त्री की हल्की श्यामलता पर वह चाँदी का बाजूबंद सुंदर था। वह····मणिबन्ध ने अकेला हो जाने की बात को सोचा। कठिन नहीं था।

मणिबन्ध ने कहा—"सारथी ! इतना शिथिल क्यों है ?"

सारथी को भूख लग रही थी। बार-बार विचार आता था, पर साहस नहीं था कि एक भी बार मुँह खोलकर कह सके।

उसने कहा—"प्रभु ! वृषभ विश्रांत हो गए हैं। बहुत देर से चलते-चलते उनको भूख लग आई है।"

बात सँभल गई। बड़ी बुद्धिमत्ता से उसने अपनी वेदना को प्रकट कर दिया। बैल तो स्वामी के प्रिय हैं। उनकी बात कहने में क्या हानि ?

मणिबन्ध हँसा। एक स्वर्ण-मुद्रा फेंक दी। आज उसने बहुत पास से इस बात को समझा और कहा—"सैंधव ! जा ! तुझे भूख लगी है तो खा ले ? मेरे बैल इतने निर्बल नहीं जितना तू। मूर्ख ! मुझसे सीधा नहीं कह सकता था ? तू क्या मेरा अपना आदमी नहीं है जो मैं तेरी चिंता नहीं करता ?"

सारथी को विस्मय हुआ। उसने सिर झुकाकर कहा—"स्वामि ! अपराध····"

"जा ! जा !" मणिबन्ध ने कहा—"मैं जानता हूँ। रथ मेरे हाथ में रहने दे। मुझसे कहा कर ! तेरे सुख-दुख का स्वामी मेरे अतिरिक्त और कौन है ?" गद्‌गद-सा सिर झुकाकर सारथी चला गया।

जब वह दृष्टि से ओझल हो गया तो उसने घर का रास्ता लिया। खाने को वही नित्य का है ही, स्वर्ण-मुद्रा बीच में बच गई सो अलग। बड़ों की दया ही से तो जीवन चलता है।

मणिबन्ध चुपचाप रथ के पास खड़ा रहा। नर्त्तकी नाचती हुई किसी गली में घुस गई थी। और पानवाली अभी तक हँस रही थी।

मणिबन्ध समझ सकता है, यहाँ के निवासी अधिकांश खाना-भर प्राप्त करते हैं। और जीवन के सुख इनके भाग्य में लिखे ही नहीं गए। उत्सव-त्यौहार को मंगल मन गया, मन गया। अन्यथा जीवन खिंच रहा है····

पथ पर सन्नाटा-सा था। कोई-कोई व्यक्ति थका-सा, कोई-कोई मत्त-सा।

और वह पानवाली जो हँस-हँसकर पान लगाती जाती है, अकेली है। अच्छी आय है। नवागंतुक को देखकर तुरंत मुस्कराती है। और उस मुस्कराहट का मोल दिए बिना कोई नहीं जाता। ऊपर लटके पिंजरे में से उसका तोता कभी-कभी चिल्ला उठता है—'तिरछे नैनन'—फिर रुककर कहता है—'बस मोरे बलमा!'

और ग्राहक प्रसन्न होकर हँसते हैं।

पिछले दिनों की, वर्षों पूर्व की, बातें एक-एक करके आँखों के सामने से गुज़र गईं। और उन स्मृतियों ने हृदय पर ऐसे अमिट चिह्न छोड़े हैं जैसे गर्म धातु लेकर मांस को दागने पर····

जिन बातों को मनुष्य भूल जाना चाहता है, वही उसे बार-बार क्यों याद आती हैं, क्या मनुष्य का अतीत एक वह भयानक पिशाच है जो उसके भविष्य में वर्त्तमान का पत्थर बनकर पड़ा रहता है?

मणिबन्ध ने रथ लौटाकर एक स्थान पर ले जाकर रोका। निश्चिंत होकर रथ अंधकार में खड़ा कर दिया। और फिर नीचे उतर आया।

उस समय पानवाली अकेली बैठी अपने बालों का जूड़ा जल्दी-जल्दी ठीक कर रही थी। एक बार उसने फिर अपनी एक छोटी डिबिया में शलाका डाली और लंबी पलकों को काजल से रँग दिया। आँखें सचमुच बड़ी नुकीली हो गईं। अकेली जानकर उसने अपने वक्ष पर पड़े कपड़े को भी ठीक किया। मणिबन्ध उसे देखकर चंचल हो गया। विलासी किंतु अविवाहित व्यक्ति का चित्त अधिकांश चंचल ही होता है किंतु विवाहित की भाँति वह एकदम बढ़ नहीं जाता। मणिबन्ध की इच्छा हुई····इच्छा हुई कि वह सब बन्धन तोड़कर एक बार फिर अपनी उसी पुरानी उच्छृंखलता पर लौट जाए। किंतु वह मिश्र था। वहाँ जो कुछ किया वह क्या अब किसी को ज्ञात है? वह साहसिक यौवन के दिन थे। यहाँ वह महाश्रेष्ठि है, मर्य्यादा की रोक····

अरे छोड़ो, वह मर्य्यादा क्या जो जीवन के आनंद भी न भोगने दे। कितना सुंदर हो यदि मणिबन्ध इस स्त्री से स्वतंत्रता से दो बातें ही कर सके? किंतु यह स्त्री दुनिया में कहती फिरेगी, गर्व करेगी····मेरे पास मणिबन्ध आया था····

और भव्य समाज क्या कहेगा? मणिबन्ध एक साधारण वेश्या के यहाँ गया था।

और यह भी सच है। उसे क्या स्त्रियों की कमी है?

किंतु फिर शृंखला झनझना उठी। मणिबन्ध अपने आनंद का स्वयं स्वामी बनना चाहता है। जो उसके सामने सिर उठाएगा, मणिबन्ध उसे कुचलने में तनिक भी नहीं हिचकिचाएगा। हृदय एक बार ज़ोर से धड़क उठा। एक समय था, जब सत्तरह वर्ष की आयु पर मिश्र के उन गंदे बाज़ारों में शायद ही कोई वेश्या थी जो उससे प्रसन्न न थी, उसे बुलाती न थी····

तभी देखा। एक आदमी जो सूरत से ही घृणित लगता था, दूकान पर आकर बैठ गया। मणिबन्ध को लगा कि वह उस आदमी का रूप देखकर सह नहीं सकेगा। वह व्यक्ति लंबा और ढीला-ढाला-सा था। वक्ष फुलाने के प्रयत्न में उसकी पीठ खोखली हो गई थी। मुँह टेढ़ा करके आँख तरेरकर बात करता था, जैसे वह अपने रूप का अभिमान लाचार होकर करता था। सूरत पर की जड़ता में मणिबन्ध ने उसके शरीर के भीतर मूर्खता का पशु देखा जो धीरे-धीरे उस व्यक्ति के मस्तिष्क को कचर-कचर करके चबाए जा रहा था। और पानवाली उससे भी हँस-हँसकर बातें कर रही थी। मणिबन्ध की इच्छा हुई, दोनों को ही कोड़े से मारे।

और मणिबन्ध घृणा से और पीछे हट गया जब उस व्यक्ति ने दीपक के पास खड़े होकर कुछ कहा क्योंकि उस समय उसने देखा, उस व्यक्ति के मुँह पर दाग़ थे और शरीर की खाल उधड़ी-उधड़ी-सी थी। मणिबन्ध को वैसे इन लक्षणों से घृणा नहीं, पर वह उसकी अभिमान-प्रेरणा देखकर जल गया।

व्यक्ति ने पानवाली के गाल पर चिकोटी काट ली।

पानवाली ने पान दे दिया। उसने एक ताँबे का टुकड़ा फेंक दिया और चलने लगा।

पानवाली ने रोककर कहा—"ऐ, पूरे पैसे तो देते जाओ!"

"क्यों? पान के पूरे पैसे नहीं आए?"

"तो तुमने केवल पान लिया है?"

"और क्या?"

पानवाली एकदम चिल्लाने लगी—"हाय रे, लूट ले गया! मुझे बचाओ, मुझे बचाओ।"

आवाज़ सुनकर एक बलिष्ठ व्यक्ति दूकान के भीतर से निकल आया और उसने लंबे व्यक्ति की गर्दन पकड़ ली। मणिबन्ध को लगा कि अब व्यक्ति की गर्दन टूट जाएगी। लंबे व्यक्ति ने तुरंत दो चाँटे खाकर और पैसे फेंक दिए। एक लात देकर बलिष्ठ युवक ने उसे छोड़ दिया। लंबा व्यक्ति छूटते ही भाग चला और पानवाली खिलखिलाकर हँस पड़ी। बलिष्ठ युवक उसके पास जा बैठा। देखकर मणिबन्ध को अपने जीवन के अनेक दृश्य स्मरण हो आए। प्रसन्न-मन-सा मणिबन्ध रथ पर आ गया। दुष्ट को अच्छा दंड मिल चुका था। बड़ा विलासी रसिक बनकर निकला था। और मणिबन्ध ने सोचा, क्या आज वह वहाँ जाने पर इसी परिणाम का भागी नहीं होता? निस्संदेह दासों के बिना ऐसे स्थान पर नहीं जाना चाहिए। अपनी हिचकिचाहट उसे कायर दृष्टिकोण न लगकर इस समय दूरदर्शिता और बुद्धिमत्ता लगने लगी। उसने रथ हाँककर मोड़ दिया। फिर राजपथ पर पहिए दौड़ने लगे।

चाँदनी रात निखर आई थी। शीघ्र ही भीड़ पीछे छूट गई। क्या उसे आज कोई ढूँढ़ रहा होगा? क्या किसी का हृदय उसके लिए आतुर होगा? क्या कोई चाहता है कि मणिबन्ध नाम का मनुष्य अच्छा है, वह कुछ देर आकर पास बैठे? या केवल यही कि महानगर में मणिबन्ध एक महाश्रेष्ठि है। उसके पास धन और वैभव की कमी नहीं जिसके कारण उसके पास शक्ति है। उससे दबकर रहना चाहिए। अन्यथा वह काफ़ी हानि पहुँचा सकता है।

कितना निर्जीव स्वागत हो गया यह जीवन का कठोर सत्य! उसके व्यक्ति को कोई प्यार नहीं करता।

नगर को घेरकर जाती हुई सड़क पर रथ दौड़ चला।

यदि वह विवाहित होता तो कुछ भी हो उसकी पत्नी उससे अवश्य प्रेम करती और फिर

एक पुत्र के कारण वह स्नेह का बंधन इतना अटूट हो जाता कि वह स्त्री बिना मणिबन्ध के अपनी सत्ता को स्वीकार करने में विवश, असमर्थ हो जाती।

फिर एक विचार आया। क्या मनुष्य का सुख इसी प्रकार बँधे रहने में है? क्या खराबी है? वह अकेला है, अकेला ही रहेगा। विजय! विजय करेगा वह सबकुछ, वह नहीं चाहता, उसके ऊपर किसी का अधिकार चले।

वह समर्थ है अर्थात् सब पर उसका अखंड अधिकार चलेगा।

मणिबन्ध का हृदय भीतर-ही-भीतर कचोट उठा। क्या यह दंभ नहीं है?

तापस के सामने इस दुरभिमान का भी क्या मूल्य है? और तृप्ति का यह अंकन क्या उसकी अपनी प्यास का ही द्योतक नहीं है? क्योंकि प्यास चेष्टा का मूल कारण होते हुए भी एक निर्बलता का आधार है....

क्या वास्तव में उसके लिए कोई वस्तु प्राप्य है? यदि है तो क्या वह एक निरीह स्त्री का प्रेम मात्र ही है? क्या वह उससे भी बड़े काम नहीं कर सकता? क्यों वह अपनी शक्ति को एक गड्ढे में संकुचित करके अपनी उद्दाम धारा को गँदला करने का प्रयत्न कर रहा है? एक स्त्री उससे प्रेम का अभिनय भी कर ले, उसके पीछे अपने प्राण दे देने को भी तत्पर हो जाए, किंतु मणिबन्ध को उससे क्या मिलेगा?

उद्विग्न होकर वह लौट चला।

नहीं चाहिए मणिबन्ध को कुछ भी। वह सबकुछ छोड़ देगा। किसलिए जन्म दिया गया था उसको? किसलिए इतने कठिन दुख झेले हैं उसने? और क्यों फिर धन के समुद्र में उसे तैरने के लिए फेंक दिया गया है? एक बार भी हाथ चूक जाए तो वह अपने ही मद में अपने आप डूब जाए? क्या होगा इस सबका? मणिबन्ध आतुर हृदय घोड़ों पर चाबुक फटकार उठा।

राजपथ का वैभव आज उसके हृदय को सर्प की भाँति डस रहा था। क्या यह विलासी नागरिक जो घूम रहे हैं, जिनकी बग़लों में उन्नत कुच पीवर नितंबिनी स्त्रियाँ चल रही हैं, सुखी हैं? क्या यह जानते हैं कि इनके जीवन का अंत क्या है? क्यों है यह उन्माद यदि इन्हें यह भी नहीं ज्ञात कि यह किस पथ के पथिक हैं।

है महानगर, है यह वैभव, है यह दुर्दम्य शक्ति, किंतु किसलिए? काल का अजगर अपनी साँस से ही मनुष्य और वैभव के हरिण को अपनी विकराल डाढ़ों में छिपा लेता है। महायोगी! मणिबन्ध आज व्याकुल हो उठा है। वह जो भाग्य के निष्ठुर हाथों में आज तक निर्वीर्य्य-सा झूलता रहा है, जिसने अपनी प्रत्येक निर्बलता को शक्ति समझा है, जिसे पराजय को देखकर विजय का भ्रम होता रहा है।

रथ रुक गया। मणिबन्ध प्रासाद में घुस गया। वह किसी से बोलना नहीं चाहता।

रात हो आई है, किंतु क्या यह रात भी विलीन नहीं हो जाएगी? आना, जाना, पर किसलिए! और यह धधकती चाँदनी! अरमानों की गर्म-गर्म आह जैसे चंद्रमा से लू की तरह चल रही है, जैसे मिस्र के रेगिस्तानों पर एक-एक चिलचिलाहट काँप रही हो।

वह अपने आसन पर पीठ टेककर बैठा रहा। शिथिल काया फैल गई, पर सिर भारी हो रहा है। इसी समय एक पगध्वनि सुनाई दी।

दासी ने आकर कहा—"प्रभु! भोजन लाने की आज्ञा दीजिए।"

मणिबन्ध चौंक उठा। उसने पूछा—"क्या?"

दासी को लगा कि स्वामी उस स्वर को सुनकर संतुष्ट नहीं हुए थे। वह सकपका गई। उसने फिर पूछा—"देव! अक्षय प्रधान ने पूछा है कि आज्ञा हो तो भोजन यहीं ले आऊँ?"

मणिबन्ध ने कहा—"ओह! हाँ! नहीं, नहीं, मुझे भूख नहीं है।"

दासी ने सिर झुका लिया। मणिबन्ध को लगा जैसे वह स्त्री व्यथित हो गई थी। उसने कहा—"दासी! तेरा नाम क्या है?"

"प्रभु! मुझे तारा कहते हैं।"

'तारा!' अपने-आप नयन वातायन से बाहर जाकर आकाश में नक्षत्रों पर अटक गए। वे बहुत दूर हैं, और सब समझते हैं कि टिमटिमाकर वे अपनी ओर बुला रहे हैं, किंतु वे मृत मनुष्यों की आत्मा हैं जो चमक रही हैं और उनके पास जाने के पहले मृत्यु प्राप्त कर लेना आवश्यक है।

उसने कहा—"जाओ तारा। मुझे भूख नहीं है। आज मेरा भोजन तुम लोग खा लो।"

दासी चली गई। उसने जाकर अक्षय प्रधान से कहा। कुछ देर वह सोचता रहा, फिर बोल उठा—"तो आ न तारा। हम तू उसे खा लें।" तारा समझ गई। अक्षय प्रधान को सब दासियाँ खूब जानती थीं।

मणिबन्ध भूखा बैठा रहा। किंतु भूख उसे वास्तव में नहीं लग रही थी। मणिबन्ध! जो स्वर्ण से भी मूल्यवान मणियों का बंधन है! यदि वह सब त्याग दे! तो उसकी जगह वे अनेक कुत्ते ले लेंगे जो मणिबंध बनने के लिए जीभ निकालकर हाँफते हुए भाग रहे हैं किंतु क्या मणिबन्धत्व उस प्रकार समाप्त हो जाएगा? मणिबन्ध को अब विरक्ति हुई है क्योंकि अब उसके आगे मणिबन्ध नहीं है। कभी नहीं होगा।

आधी रात बीत चुकी थी।

'नहीं होगा' का दर्प क्या वास्तव में कोई कठोर सत्य है? क्या उससे पहले कोई न था?

रात के घंटे बज रहे हैं। कटोरा जल में डूब गया होगा और निशा के सन्नाटे पर वह स्वर गूँज उठा।

प्यासा कंठ चटकने लगा। इच्छा हुई किसी दासी को बुलाया जाए। दो पल उसी से आनंद हो, किंतु वह सब आज कुछ नहीं होगा।

मणिबन्ध ने उठकर मदिरा से प्याला भर लिया। एक ही साँस में गट-गट कर पी गया। प्यास नहीं बुझी। दूसरा प्याला भरा। फिर प्याला छोड़ दिया जो नीचे बिछे ऊनी क़ालीन पर गिर गया।

मणिबन्ध लौट आया। आकाश की निर्जनता में वे तारे! बुला रहे हैं? क्यों? क्यों है उन्हें मनुष्य के जीवन से इतना मोह? मृत्यु के बाद मनुष्य इतनी दूर कैसे चला जाता है। क्या महादेव! इन सबके भी परे रहता है वह सर्वशक्तिमान! क्या हैं हम उसके सामने?

उसका सिर झुक गया।

हल्के सुरूर की मादकता में उसकी इच्छा हुई, वह कोई गीत सुने। गीत जो उसके सूनेपन के प्रत्येक रंध्र में भर जाए। मरु की छाती पर जो आग व्यर्थ ही धधककर सुलग उठी है उस पर श्याम-घटा बनकर मँडराए और थिरक-थिरककर नृत्य करता हुआ रिमझिम फुहार से उसे बुझा दे।

मणिबन्ध को नीलूफ़र की याद हो आई। ऐसी ही रात को उन दोनों में स्नेह उदय हुआ

था। किंतु अब वह कहाँ है?

फिर भी नीलूफ़र के प्रकोष्ठ में वह जा पहुँचा और अभ्यास से शैय्या पर ही बैठ गया।

नीलूफ़र का प्रकोष्ठ सूना पड़ा था। सारे आभूषण पिटक के पास बिखरे पड़े थे। उसे विस्मय हुआ। भय के कारण किसी में कुछ चुराने तक का साहस नहीं रहा है।

सारा प्रकोष्ठ घूम रहा है और नीलूफ़र, कहाँ है वह गीत के तारतम्य पर बजती हुई वंशी की अंतःकरण को मदविह्वल कर देनेवाली काँपती हुई रागिणी? जिसे सुन-सुन नूपुर अपने-आप बोलने लगें। धरती पर सबसे बड़ा वरदान संगीत है जिसे सुनकर पाँव चलने लगते हैं और इस बर्बर मनुष्य का समस्त शरीर, रोम-रोम एक साम्य और मृदु लय पर झूमने लगता है। किंतु नीलूफ़र चली गई है। रूठ गई है वह? आज यह अभिमानी पुरुष भी कितना अकेला रह गया है। उसने उसके सम्मान की रक्षा नहीं की, कहाँ होगी वह नीलूफ़र?

आकाश में बादल छा गए थे।

मणिबन्ध हताहत की भाँति लौट आया। अपने प्रकोष्ठ में वह घायल चीते की भाँति हाँफता हुआ चंचल गति से टहलने लगा। सारा महानगर उस पर अट्टहास कर रहा है। क्यों? क्या किया है मैंने? आतुर उपेक्षा की घृणा! बोल! यह कैसा विद्रूप है? मणिबन्ध का पौरुष आज अपनी ही वासना के पिशाच के पैरों के नीचे कुचला पड़ा है।

एक बार इच्छा हुई कि उन्मुक्त कंठ चिल्ला उठे। चिल्ला उठे कि यह सब झूठ है।

उसने दासी को उठाकर आँखों पर रख लिया था किंतु क्या इसी से वह उससे बँध गया! कहाँ की रीति है कि पुरुष एक ही स्त्री से बँधा रहे? कहाँ है संसार में ऐसा नियम? यदि यह पाप था तो धार्मिक पुजारियों ने उसकी प्रशंसा क्यों की थी? यह सरासर झूठ है। मणिबन्ध स्त्री का दास बनकर नहीं रह सकता। वह उन्मुक्त है।

और नीलूफ़र! क्या उसे इतना दंभ होना उचित था? क्या वह नहीं जानती कि पहाड़ से गिरती धारा पृथ्वी का वक्ष फोड़कर अपना मार्ग बनाती है? क्यों सोचा उसने कि साहसिक यशस्वी महाश्रेष्ठि मणिबन्ध जो समुद्र के आलिंगन की चिंता करने को बाध्य नहीं हुआ वह उसके एक निर्बल स्त्री के आलिंगन को सबकुछ मानकर अपनी अतृप्ति की जगमगाती मशाल को बुझा देगा?

रात के अंधकार में घरों की छाया में छिपता हुआ मणिबन्ध प्रासाद के पिछले द्वार से निकल गया। आज, महानगर का सर्वश्रेष्ठि महानागरिक धनिकों की ईर्ष्या का पात्र महाश्रेष्ठि जिसके रत्नों को देखकर कठोर फ़राऊन्न भी विचलित हो गया था, जिसका नाम सुनकर किश की सुंदरियाँ आँखें चलाने लगती थीं, जिसके सार्थों की धूम से सुमेरु के महावीर, एलाम के महाधार्मिक, आदर से सिर झुका देते थे, जिसके व्यापार की माया से दूर-सुदूर समुद्र में स्थित माइनोन के वासी विस्मित से देखते रह जाते थे, जिसके प्रबुद्ध यश से कीकट, पणिय, शंयु और किरात दब गए थे, जिसका नाम पहाड़ की प्रतिध्वनियों में गूँजता था, जिसके चरणों के चिह्नों को सुहागिनें देखकर बिछल जाती थीं, वही आज पैदल उन्मत्त-सा भागा जा रहा था! भागा जा रहा था वह जिसके पाँवों के नीचे स्वर्ण बिछता था! जिसके एक-एक पाँव के उठने की निर्निमेष रहकर प्रतीक्षा की जाती थी। जिसके प्रत्येक पगविक्षेप में मनुष्यों का जीवन और मृत्यु खेलते थे। वह आज व्याकुल-सा भागा जा रहा था। आज नगर का वैभव उसको बाँध नहीं सकता। आज नहीं, आज नहीं।

नदी सामने फुंकार रही थी। अभागे निर्बल मनुष्य! तू अपने व्यक्ति को इतने अभिमान, इतने गौरव, इतने उपहास से जर्जर क्यों कर लेना चाहता है? क्या है तू?

मणिबन्ध ने उन लहरों का भीमनाद सुना जो रात के सन्नाटे में गरज रहा था। इसकी एक भी लहर मणिबन्ध को नहीं पहचानती।

एक-एक पल में एक-एक मृत्यु है, एक-एक जीवन है, जीवन और मृत्यु! मृत्यु और जीवन! एक-एक पल। बस और कुछ नहीं, कुछ नहीं····

किंतु मणिबन्ध!

स्वामी!

और महानदी का वह चंचल अट्टहास····

क्या एक दिन सबका यही अंत है? क्या महाश्रेष्ठि विश्वजित् भी एक दिन इसी प्रकार व्याकुल हो उठा था? क्या वह विश्वविजयी भी एक दिन इसी पराजय को विश्वविजय समझ बैठा था।

मनुष्य का रक्त जिसकी यशगाथा को नहीं लिख सकता वह क्या महान है?

मणिबन्ध के कंठ से फूट निकला—"रक्त! मनुष्य का रक्त!! गौरव! रक्त लिखित गौरव!!"

एकाएक पृथ्वी बड़े ज़ोर से गड़गड़ा उठी। उस ध्वनि के अनुकूल स्वरूप-सा 'अब नहीं, अब नहीं' समीर प्रभंजन बनकर पुकार उठा, चिल्ला उठा और कड़कते वज्रों की भीषण हुंकार ने कहा—आज मैं तेरे अभिमान को खंड-खंड कर दूँगी। तब भय से विस्मित मणिबन्ध ने आकाश की विकराल डाढ़ों को खुलते हुए देखा और एक घरघराती आवाज़ सुनी—सर्वनाश! सर्वनाश!! और वह चीत्कार तूफ़ान की हहर में साँप की विषैली फूत्कार की भाँति कानों को डस गया। घनघोर अंधकार ने वेग से प्रहार करके सूचित कर दिया कि अब वह पिशाची नृत्य करेगी! ढँक दो! आकाश के इन रंध्रों को ढँक दो, जिनमें से मृत आत्माएँ झाँक रही हैं। चंद्र भागकर बादलों के, धूलि के उन काले बादलों के पीछे प्राणभय से छिप गया। कायर! घृणा से डूबती किरणों ने चिल्लाकर आर्त्तनाद किया और वे सिंधु में डूब गईं, और प्रकाश की नोकों को भीतर घुसते देखकर वेदना से सिंधु में खलबल-खलबल करके लहरें टंकार उठीं कि सावधान! घर में शत्रु घुसा आ रहा है!

मणिबन्ध भय से बालू पर बैठ गया। प्राण हिल गए। जब पृथ्वी का वह कठिन गर्जन दिशाओं के अंत में पहुँचने लगा, उसकी टकराहट से क्षितिज टुकड़े-टुकड़े होकर गिर गए और वह कठोर निनाद आगे बढ़कर स्वर्ग का ध्वंस करके चल दिया, जिसने आज महादेव के विराट् क्रोध को चुनौती दी है और अब जो दोनों में रौद्र घमासान युद्ध होगा, महामाई की समस्त शक्ति भी उसके सामने सींक की तरह टूट जाएगी और वह शब्द अब आकाश पर चढ़कर प्रचंड कंठ से फिर सब पर डरावने अँधेरे में हँस उठा।

मणिबन्ध उठा किंतु अचानक ही गिर गया। हवा के झोंकों से सिंधु की सिकता का अंबार चल रहा था और हिल्लोलों की थहरन उस पर बार-बार झपटकर उसे पराजित कर देना चाहती थी। मणिबन्ध की साँस में कुछ घुटन का अनुभव हुआ।

उसकी इच्छा हुई वह वहाँ से भाग जाए। और वह सब प्रकार का महान, प्रचंड, वीर, ज्ञानी व्यक्ति इस इच्छा-शक्ति की प्रेरणा से सबकुछ भूलकर इसी में लग गया। क्या जाने किस

क्षण सिंधु, भूखी सिंधु उसे निगल जाए ?

आँधी चल रही थी। वह एक ओर चलने का प्रयत्न करने लगा। किंतु हवा इतनी अधिक तेज़ थी कि वह बार-बार गिर जाता। प्रयत्न करके भी उसमें पाँव जमा लेना कठिन था। उसके हाथ खुल जाते और विक्षुब्ध पवन वक्ष से टकरा जाता। धूलि में कुछ भी दिखाई नहीं देता था। आँखें बंद हो गई थीं।

कुछ देर वैसे ही चलता रहा। पर हवा में कुछ पकड़ रखना असंभव था। अंत में धूलि के एक ढेर पर गिर गया। पड़ा रहा, पड़ा रहा। आँधी चलती रही, जैसे अब समस्त पृथ्वी हिल उठी है। सब इसमें गिरकर समाप्त हो जाएगा।

प्राणशक्ति ने फिर चेष्टा की।

मणिबन्ध उठकर फिर भागने लगा किंतु तेज़ हवा अब उतनी तेज़ नहीं रही थी कि एकदम गिरा दे। वह धीरे-धीरे भागता रहा। अंधकार में अभी कोई कमी नहीं आई थी।

मणिबन्ध के फैले हुए हाथों में कुछ आकर लग गया। उत्सुकता में अँधेरे में उसके हाथ ने किसी कोमल वस्तु का स्पर्श किया। मणिबन्ध ने उसे दृढ़ता से पकड़ लिया। अब उसका संतुलन नष्ट हो गया। उस वस्तु के साथ-ही-साथ ढाल पर वह भी लुढ़कने लगा। जब पृथ्वी पर फिर पाँव टिके तो उसने देखा कि आँधी कम हो चली थी और वह किसी मनुष्य को पकड़े हुए था।

कम होती हुई हवा के शोर में मणिबन्ध ने हाँफते हुए भयार्त्त स्वर में पूछा—"जीवित हो या मृत।"

उत्तर नहीं मिला। शायद व्यक्ति मर चुका था। हो सकता है केवल मूर्छित ही हो!

मणिबन्ध ने उसे बड़ी कठिनता से सीधा किया और अपनी ओर खींचा। व्यक्ति ने इस समय भी कोई चेष्टा नहीं की। वह मूर्छित था।

मणिबन्ध ने आतुर स्वर से कहा—"कौन हो तुम राही? कहाँ जा रहे हो?" राही चुप ही रहा। मणिबन्ध ने झुककर देखा। चन्द्रमा निकल आया था। वह वेणी थी।

मणिबन्ध चिल्ला उठा।

12

भोर के उस शीतल आवरण में उद्यान में कमल खिलने लगे। वेणी उस समय बाहर निकल आई। प्रभात की मनोहर बेला में एक हृदय को पराजित कर देनेवाली सुरभित शांति थी। रात की थकान अभी अंगों से दूर नहीं हुई थी। कितना भयानक तूफ़ान था वह। यदि मणिबन्ध न मिलता तो क्या वह जीवित रहती? एक ही थपेड़े में जब वह मूर्छित हो गई तो न जाने वह कितनी देर वैसी ही पड़ी रहती।

पीछे एक धीमी पगध्वनि सुनाई दी। जैसे कोई पैर दबा-दबाकर चल रहा हो।

वेणी ने घूमकर देखा।

मणिबन्ध था।

'सुसमय है महाश्रेष्ठि,' वेणी ने सरल कंठ से कहा—"मनोरम बेला है।"

मणिबन्ध ने मुस्कराकर उसके काव्य-हृदय को पहचानने का इंगिता किया, और अपना कुतूहल तृप्त न होता देखकर पूछा, पूछा जैसे बात बात नहीं है, वरन् हृदय एक दूसरे हृदय से पूछ रहा है—'देवी, तुम सोईं नहीं?'

उसके स्वर में प्रिय के प्रति अनिष्ट की एक आशंका थी जिसका वेणी ने अनुभव किया और उसके भीतर-ही-भीतर एक गौरव और स्नेह का स्पंदन अपने-आप चलकर लय हो गया। उसने चंचलता से अपनी भुजाओं को उठाकर अँगड़ाई लेते हुए तिरछे नयनों से श्रेष्ठि की ओर देखते हुए कहा—"क्या करूँ मैं? बड़ी देर तक शैय्या पर करवटें बदलती रही। फिर उठ आई। नींद नहीं आ सकी महाश्रेष्ठि!"

मणिबन्ध ने विस्मय-सा दिखाते हुए कहा—"कहाँ चली गईं ऐसी?"

दोनों हँस दिए। मणिबन्ध और वेणी एक स्निग्ध पत्थर की चौकी पर बैठ गए।

मणिबन्ध ने कहा—"देवी! रात को थक गई थीं, मैंने कष्ट देना उचित न समझा।"

वेणी ने समझकर कहा—"महाश्रेष्ठि! जब मैं सोचती हूँ कि कल एक महाश्रेष्ठि मुझे अपने ऊपर ऐसे उठा लाया जैसे कोई दास, तो लज्जा से मेरा सिर झुक जाता है।"

मणिबन्ध ने देखा, उसके मुख पर कृतज्ञता झलक रही थी। उसने मुस्कराकर कहा—"देवी! वह वास्तव में तुम्हारा दास ही था। उसे अन्यथा समझकर उसके साथ अन्याय न करो।"

कुछ देर और बीत गई। और वेणी ने कहा—"मैं नहीं जानती मुझे क्या हो गया था महाश्रेष्ठि! आज जब मैं अपने वे दो दिन याद करती हूँ तो हृदय काँप उठता है। कितनी पागल हो गई थी। धर्म, धन, मर्य्यादा सबकुछ भूल गई थी मैं। न जाने मुझे क्या हुआ था।"

"फिर?" मणिबन्ध ने उत्सुकता से प्रश्न किया।

वेणी ने कहा—"रात की उस सुलगती चाँदनी में जिस समय मैं वहाँ पहुँची, मेरा हृदय धुक-धुक कर रहा था। एक ओर लगता था कि मैं अपने स्वार्थ के लिए एक घृणित और जघन्य कृत्य करने जा रही हूँ और दूसरी ओर विचार आता था कि यह तो स्वार्थ नहीं। माना कि हमें बार-बार जन्म लेना है किंतु जब तक जीवन है तब तक उसका हनन क्यों किया जाए?"

मणिबन्ध चुपचाप सुनता रहा। वेणी कहती गई—"और वह सनसनाता समीर मुझे छू-छू मानो कह रहा था कि तुम कहीं अपने-आपको आज भूल मत जाना। सच कहती हूँ, महाश्रेष्ठि! मन नहीं मानता। आज मैं तुमसे कुछ भी छिपाकर नहीं रखूँगी। जिस पर अविश्वास होता है उसी से बातें गुप्त रखी जाती हैं। किंतु मुझे और तुम पर अविश्वास? और वह भी अब? असंभव!"

और वह भागता रथ!

हठात् सारथी ने मुझसे कहा—"देवी! स्थान आ गया। मैं उसे एक ओर छोड़कर वहीं नियत स्थान पर पहुँची। विल्लिभित्तूर आ गया था। वह मुस्करा रहा था, उसके नेत्रों में एक दयनीयता थी।

"मैं कुछ भी नहीं समझ पाई। क्या यही व्यक्ति मेरा जीवन नष्ट कर देना चाहता था? क्या यही व्यक्ति जो एक दिन मेरे लिए सब-कुछ अर्पित कर देने को प्रस्तुत था, आज मुझसे मिलना नहीं चाहता था? महाश्रेष्ठि! यदि तुम न जाते तो क्या वह आता? प्रश्न का उत्तर यदि

अस्वीकृति होगा तो कोई वह प्रश्न पूछेगा ?

"किंतु कर्त्तव्य की दृढ़ता से मनुष्य का अंकन होता है। कठोर-से-कठोर बाधाएँ जब कोमल-से-कोमल स्वरूप धरकर सामने आती हैं तब मनुष्य अच्छे और बुरे का ज्ञान भूलकर अपने-आपको खो बैठता है। मैंने देखा उसके मुख पर वही मुस्कान थी। मैं हार गई महाश्रेष्ठि ! मेरा साहस नहीं हुआ।"

मणिबन्ध ने सिर उठाया। वेणी अपनी बात में विसुध थी। उसने महाश्रेष्ठि की घूरती आँखों को नहीं देखा। श्रेष्ठि ने कहा—"और उसके बाद ? उसके बाद क्या हुआ देवी ?"

"उसके बाद क्षण-भर मुझे लगा, मैं बह जाऊँगी। उसके शब्दों में युगों की याचना थी। किंतु वह धोखा था। वह अंतिम बार मुझे जड़ से उखाड़कर सिंधु में फेंक देना चाहता था कि मेरा चिह्न भी इस पृथ्वी पर किसी को खोजे भी न मिले। कितना भयानक था वह षड्यंत्र।"

उसका श्वास फूल गया। उसने रुककर कहा—"मैंने देखा। वह कहने लगा कि अभी भी उसके हृदय में वही स्नेह था। तब अचानक ही मुझे याद आ गई और मैं एकदम चैतन्य हो गई। उस फिसलन में निस्संदेह अपने पाँव जमाने में कठिनता हुई किंतु महाश्रेष्ठि ! स्त्री का गंभीर मौन उसकी मुखर वाचालता से कहीं अधिक भयानक होता है क्योंकि वह तब कुछ करना चाहती है जो वह कह नहीं सकती।

"जीवन का कितना कठिन पल था वह जब एक क्षण में युगों का इतिवृत्त समाप्त होनेवाला था, इधर या उधर। मैंने अपना मायाजाल फैला दिया। उसे विश्वास ही नहीं हुआ। मैं अपनी बात पर अटल हो गई। मनुहार में छल घुस चला और स्नेह की डोरी अविश्वास के धागों को नहीं काट सकी। मैंने समझा मैं सफल हो जाऊँगी। मैंने कहा—'तुमने इतनी निष्ठुरता क्यों की विल्लिभित्तूर !' सच वह पागल कर देनेवाला स्वर था। जैसे अब यातना के परे मेरे जीवन् में कोई और सुख नहीं है। तू उसे अपनी उपेक्षा के हलाहल में क्यों मूर्छित किए दे रहा है निष्ठुर ! क्या तू मेरी यह पुकार सुनकर भी विचलित नहीं हो सकता ?

"मैं नृत्य के पीछे पागल हूँ किंतु वह नृत्य मुझे आज तक कभी भी नाचना नहीं पड़ा। मैं हत्या करना चाहती थी कि मेरे सामने मनुष्य के रूप में एक भेड़िया खड़ा था जिसे यदि मैं छोड़ देती तो वह मेरे अंग-अंग को फाड़कर खा जाता, मेरे लहू से अपनी प्यास बुझा लेता। मैंने अपनी कटि पर हाथ डाला। गायक विभोर लग रहा था, किंतु हठात् वह हट गया और मैंने देखा, नीलूफ़र···"

"नीलूफ़र !" मणिबन्ध ने विस्मय से पूछा।

"हाँ, महाश्रेष्ठि, वही। नीलूफ़र !" वेणी ने उसी गंभीर मुद्रा से उपेक्षा और अक्षम्य घृणा दिखलाते हुए कहा—"उसको देखा और उसके अनंतर मैं अवाक् रह गई। नीलूफ़र मुझे देखकर हँस दी। उसने कहा—'धन्य है द्रविड़ कुमारी ! धन्य है। प्रेमी से ऐसे भी मिला जाता है यह मुझे आज तक अज्ञात था'।"

"प्रेमी !" मणिबन्ध ने घृणा से होंठों को काटकर कहा।

वेणी ने कहा—"मैं पीछे हट गई। उसकी बात को सुन नहीं सकी। मैंने कटार खींचकर उसी की हत्या करने का विचार किया, किंतु वह सन्नद्ध थी। उसके पास भी कटार थी। इतनी बर्बर कृतघ्नता महाश्रेष्ठि ! तुम समझते हो, यह सब अपने-आप हुआ। गायक के अतिरिक्त उसे बुलानेवाला और कौन था ? मैंने और तुमने तो किसी से कहा नहीं।"

"ठहरो देवी !" मणिबन्ध ने कहा—"भीतर चलें। यह स्थान इन बातों के योग्य नहीं।"

वे दोनों भीतर चले गए। मणिबन्ध ने प्रकोष्ठ में पहुँचकर कहा—"फिर क्या हुआ देवी ?"

"मैं हटने लगी। नीलूफ़र मेरी ओर बढ़ती आ रही थी। निस्संदेह मैं दो का सामना नहीं कर सकती थी। अतः मैंने अपनी सुरक्षा की ओर ही ध्यान दिया। पर आगे जो भी हुआ मैं उसे कभी भी स्वीकार नहीं कर सकती थी। क्योंकि स्वीकृति भी किसी-न-किसी आशा पर निर्भर रहती है।

"और वह गायक मेरी ओर देखकर मुस्करा रहा था, चुपचाप, और उस प्रेमी का वह रूप देखकर मेरे मन में आग लग गई।"

मणिबन्ध मुस्करा दिया।

वेणी कहती गई—"किंतु इतना ही नहीं। हटते-हटते मैं चट्टान से लग गई, तभी किसी ने झटका देकर चट्टान के पीछे से मेरे हाथ से कटार छीन ली।"

"कोई और भी था ?" मणिबन्ध ने चौंककर पूछा।

"था महाश्रेष्ठि !"

"उफ़ ! मैं वहाँ न हुआ।"

उसकी बात पर ध्यान न देकर वेणी कहती गइ—"तब जानते हैं महाश्रेष्ठि ! तब नीलूफ़र ने कहा…"

"क्या कहा देवी ?" मणिबन्ध की भृकुटि तन गई।

"उसने कहा—मैं उसे कभी भी नहीं भूलूँगी। उसने कहा—'मैंने अपने-आपको बेच दिया है। मैं वास्तव में स्त्री नहीं हूँ। मैं एक कठपुतली मात्र हूँ। और आप…आप एक कुत्ते हैं….' "

मणिबन्ध गरज उठा—"नर्त्तकी !" उसका गंभीर स्वर प्रकोष्ठ में गूँज उठा।

वेणी ने फिर कहा—"महाश्रेष्ठि ! उसके मुख पर अपार आनंद हिलोरें ले रहा था। उसने कहा कि आकाश में आँधी छाई थी, चंद्र लाल हो गया था क्योंकि महाश्रेष्ठि अपने खूनी हाथों से दुनिया को ग्रस लेना चाहता था…"

मणिबन्ध, लगा जैसे ऊपर से नीचे तक पत्थर का हो गया था। उसका मुख कठोर हो गया था। आँखें तन गई थीं। जैसे वह बहुत दूर की कोई डरावनी बात सोच रहा था।

"जब मैंने कोई भी मार्ग नहीं देखा, तो मैं चुपचाप जब वे अपना प्रेमालाप कर रहे थे…"

"कौन कर रहे थे…" मणिबन्ध ने टोककर पूछा।

"नीलूफ़र और विल्लिभित्तूर…"

मणिबन्ध सिहर उठा। इतना भीषण प्रतिदान ! दासी का इतना साहस ?

"मैं, महाश्रेष्ठि, मैं वहाँ से भाग गई।"

"उसके बाद ?" मणिबन्ध अपने हाथीदाँत के मकराकृति आसन पर बैठ गया। वेणी ने एक लंबी साँस छोड़ी जैसे अब दूसरा पृष्ठ पढ़ेगी। मणिबन्ध उत्सुक बैठा था।

वेणी फिर कहने लगी—"उसके बाद मैं अशांत हो गई। जब रथ कुछ दूर भाग गया, तब मुझे ध्यान आया। मैंने सारथी से कहा—ठहर जा।"

"कौन था वह देवी !" मणिबन्ध ने पूछा।

"मेरा हृदय जल रहा था। मैं नहीं जानती। मैंने उससे पूछा भी नहीं। जब काफ़ी देर हो गई तो मैंने अपना निश्चय बार-बार मन में दुहराया और कहा—सारथी ! चलो।

"मैं स्वयं उसे पथ बताने लगी। सारथी भी मेरी इस विह्वलता पर चकित हो गया। किंतु उसका साहस नहीं हुआ कि मुझसे कुछ पूछता।

"मैंने कहा—'सारथी ! तेरे पास शस्त्र हैं ?'

" 'हैं देवी।' कहकर उसने अपनी कटार मुझे दी।

"मेरे दिमाग में एक बात थी जो हथौड़े का-सा प्रहार कर उठती थी। मैं बदला लेना चाहती थी। मैं बदला लेना चाहती थी गायक से ! वह तब तक लौट आया होगा। मैंने कह दिया था महाश्रेष्ठि कि नीलूफ़र तेरे सिर पर मौत खेल रही है। तब गायक के घर के पास पहुँचकर मैंने सोचा कि यदि सारथी रहेगा तो स्यात् फिर व्याघात पड़े। बात का खुलना ठीक न समझकर मैंने रथ लौटा दिया।

"सारथी के चले जाने के बाद मैं चुपचाप गायक के द्वार के पास पहुँची। भीतर अँधेरा था। कान लगाकर सुना, कोई भी न था। अतः निश्चय किया कि जब भी रात को वह आएगा मैं उस नीच पर चुपचाप हमला करके उस जीवित पाप को सदा के लिए मिटा दूँगी।

"और मैं गायक के द्वार के पास छिपकर बैठ गई।"

मणिबन्ध उत्तेजित-सा उठकर खड़ा हो गया। उसकी आँखों का क्रोध और विस्मय छिपा नहीं रह सका। उस समय उसकी आकृति कोई देख लेता तो समुद्रों के पार भी थर्रा उठता। वह तपा हुआ ताम्रवर्ण जैसे रक्त की भाँति लाल हो उठा था क्योंकि आज वह अपमान से खौल रहा था। उसके खड़े होने से जैसे पहाड़ का अपने स्थान से हट जाना था। उसने कहा—"फिर क्या हुआ वेणी ?"

वेणी चुप रही जैसे वह कह नहीं सकेगी। वह शायद अब मूर्छित हो जाएगी। मणिबन्ध ने उसके कंधों पर हाथ रखकर उत्साह से फिर पूछा—"फिर क्या हुआ देवी ?"

शब्द निष्फल हो गए। और वेणी ने आँखें न मिलाते हुए, भूमि की ओर देखते हुए धीमे से कहा—

"किंतु रात बीत गई। गायक नहीं आया।"

मणिबन्ध के हाथ गिर गए। जैसे मछली की आशा में पानी में हाथ डाल मछुआ अपनी ग्रसित वस्तु को बाहर निकाल ले, और वह कोई गलती-सड़ती हुई चीज़ अपने हाथ में देख ले।

उसने तड़पकर कहा—"और तुम रात-भर वहीं बैठी रहीं।"

"और क्या करती मैं महाश्रेष्ठि ? सारी रात मैंने अपनी आँखों में बिता दी। मैं सोचने लगी, कहाँ जाऊँ ? मैं सोचने लगी, यदि काम अपूर्ण छोड़कर मैं तुम्हारे पास आई...."

"क्यों देवी ? तुम्हें मुझ पर अविश्वास हुआ ?" मणिबन्ध काटकर पूछ उठा। "क्या तुम्हें मेरे पास आने में कुछ आशंका हुई ! ऐसा क्यों महादेवी ?"

उसके स्वर में स्नेह उफन रहा था। वेणी ने उसे पहचाना। और उसने कहा—"नहीं महाश्रेष्ठि ! तुम पर अविश्वास नहीं, मुझे अपने ऊपर विक्षोभ था।"

"ओह !" मणिबन्ध ने कहा, और वह पीछे हटकर कुछ सोचने लगा। फिर कहा—"तो तुम रात-भर जागती क्यों रहीं ? घर आकर सो क्यों न गईं ?" स्नेह के उस आधिक्य में बचपन-सा था, वेणी हँस दी। महाश्रेष्ठि स्वयं मुस्करा दिया।

उसने फिर कहा—"महाश्रेष्ठि ! मेरे आभूषण देखकर पथ पर सब विस्मय करने लगे कि यह कौन कुलीन स्त्री इस प्रकार पथों पर मारी-मारी घूम रही है ? अतः पहले तो मैंने उतारकर उन्हें बाँध लिया किंतु फिर…"

"किंतु फिर…" मणिबन्ध ने पूछा। वह बैठ गया था।

"मैंने उन्हें एक जलाशय में फेंक दिया। वह बहुमूल्य भूषण मैंने फेंक दिया।"

"तो क्या हुआ ?" जैसे कुछ नहीं।

"महाश्रेष्ठि !" वेणी ने गद्गद स्वर से कहा—"तुम महान हो।" कुछ देर वह स्तब्ध रह गई, फिर कहने लगी—"और दिन-भर मैं व्याकुल होकर इधर-उधर घूमती रही। साँझ हो गई, रात हो चली। फिर भी गायक कहीं नहीं मिला। मैं निराश होने लगी। बार-बार सोचती थी कि तुम क्या सोचते होगे ? खाने को भी कुछ नहीं था। आभूषण फेंक देने पर मेरे पास ताँबे का भी टुकड़ा न था। एक जगह चुपचाप लेट गई। थक गई थी। फिर साहस करके उठी और घूमने लगी।

"कल पूरा दिन मुझे फिर उसी प्रकार घूमते बीत गया। अंत में मैं हार गई। सोचा कि गायक और नीलूफ़र अब महानगर छोड़कर कहीं भाग गए हैं। किस मुँह से लौट सकूँगी तुम्हारे पास ? और फिर वे आभूषण भी नहीं थे। मेरे हृदय की यातना को तुम सोच भी नहीं सकते महाश्रेष्ठि ! मैंने अंत में एक उपाय सोच निकाला। सिंधु में डूब मरने चल पड़ी…"

"देवी !" मणिबन्ध के मुँह से निकला, पर वह कहती गई—"कल रात मार्ग में एक स्थान पर धर्मोपदेश हो रहा था। काफ़ी भीड़ उसके चारों ओर एकत्र हो गई थी। कोई शंयु था। वह चिल्ला-चिल्लाकर कह रहा था कि आत्मा को दुख देना ही जीवन का सबसे बड़ा सुख है। मुझे वह बहुत अच्छा मालूम हुआ। मैं भी भीड़ में ही मिल गई। अकेले रह-रहकर मेरा हृदय व्याकुल हो उठा था।

"और अचानक ही मेरा भाग्य देवता मुझे उत्साहित कर उठा। सामने मैंने देखा, विल्लिभित्तूर ! विल्लिभित्तूर खड़ा था।

"व्याख्याता बड़े जोश में चिल्ला रहा था। कभी-कभी कोई उससे ऊटपटाँग प्रश्न कर बैठता था जिससे वह बहुत शीघ्र क्रुद्ध हो जाता और फिर सब लोग चंचलता से इधर-उधर चलने लगते। उस हलचल में बहुत-से नए लोग भी आ जाते, मुझे लगा वह मुझसे खो गया…"

"खो गया ?" मणिबन्ध को जैसे विश्वास नहीं हुआ।

"नहीं महाश्रेष्ठि ! खो गया नहीं, मैं कह रही थी, खो गया होता।"

"होता !" मणिबन्ध ने सिर उठाकर नीचे किया, जैसे वह कोई बात नहीं।

"तो," वेणी ने कहा—"कुछ देर प्रतीक्षा करने के बाद भी जब उसने मुझे नहीं देखा तो मैंने उसके पास जाने का विचार किया। मैं उसके निकट गई। वह मग्न था। मैंने उसके कंधे पर हाथ रखा। वह मुझे देखते ही चौंक उठा। उसने कहा—'वेणी ! तुम कहाँ चली गई थीं ?'

"'तो क्या रात मुझे वहीं मार डालना चाहते थे ?'

"वह अप्रतिभ हो गया। किंतु मैं उस अभिनय को खूब समझने लगी थी। मैंने कहा—'यहाँ नहीं। इस भीड़ से अलग चलो। वहीं बातें करेंगे।'

"उत्तर की प्रतीक्षा न करके मैं भीड़ से बाहर निकलने लगी। लाचार उसे भी आना पड़ा। बीच-बीच में उसे देखती जाती थी कि कहीं ओझल न हो जाए।

"जब हम एक एकांत स्थल पर पहुँच गए, उसने मुझसे कहा—'अब कहो देवी !' उसकी बात पर एकदम बिना रुके मैंने कहा—'कायर ! तुम परसों इतने डर क्यों गए थे ? क्यों बुलाया था तुमने उसे ? विल्लिभित्तूर ! तुमने उसकी बातों का विश्वास कर लिया है ? क्या तुम पुरुष नहीं हो जो मैं अकेली स्त्री तुम्हारी हत्या कर देती कायर ?'

"'कायर !'—उसने कहा, 'मैं डर गया था ? विल्लिभित्तूर वेणी से डर गया था ?'

"'नहीं तो क्या ? उस रात मैं तुम्हारे घर गई थी।'

"'विल्लिभित्तूर ने रोककर कहा—'अपने कहतीं तो अच्छा होता।'

"'वह कैसे हो सकेगा विल्लिभित्तूर ? अगले दिन, अगली रात, फिर आज का दिन, यह सब कहाँ बीत गए ?'

"'देवी, मैं तब से विक्षुब्ध होकर घूम रहा हूँ। मुझे भूख लग रही है।'

"'भूख ?'—मैंने कहा, 'खाना चाहते हो ?'

"वह हँसा। उसने कहा—'मेरी आत्मा को भूख लग रही है।'

"फिर रुककर वह मुझे घूरकर बोल उठा—'एक बार फिर वहीं चलना चाहता हूँ। चाहता हूँ, तुम भी मेरे साथ चलो।'

"मेरी मनोकामना पूर्ण हुई। 'कायर' शब्द ने उस पर अपना प्रभाव कर दिया था और हम उसी स्थान पर सिंधु तट पर पहुँचे जहाँ दो दिन, दो रात पहले मेरे आत्मसम्मान को एक दासी ने ठोकर मारकर कहा था कि 'हे सिंही ! तू वास्तव में गीदड़ी है। इस बात को भूल जा कि तू अपनी इसी तुच्छता से सिंही बन जाएगी।' महाश्रेष्ठि ! तब मैं नहीं थकी थी। उस समय मेरी धमनियों का रक्त वेग से भागने लगा था। और वह सुलगती चाँदनी मेरी आग को धधका उठी।

"रात्रि की बेला में जब महानगर के दीपक प्रायः बुझ चुके थे, मैंने कहा—'विल्लिभित्तूर ! तुम नहीं जानते उस रात से मैं तुम्हारे लिए दर-दर भटकती घूम रही हूँ। किंतु तुमने क्या इसे सोचा होगा ?'

"मैं चाहती थी कि जब मैं उसके अधरों पर अपने होंठ रखकर उसे विभोर कर दूँ तभी मेरी कटार उसकी आँतों को काट दे, जैसे ज़हरीली नागिन का फन झुके, उसमें से लाल-सी एक पतली जीभ क्षण-भर के लिए लपलपाए और सदा के लिए वह नीच खून थूक उठे।

"मेरी उस आतुरता को देखकर वह हँस दिया। मुझे लगा, मैं उसके सामने एक उपहासास्पद वस्तु थी।

"विल्लिभित्तूर ने कहा—'वेणी ! आज मेरे जीवन की सब कल्पनाएँ चूर-चूर हो गई हैं। जाओ ! तुम्हें जहाँ भी रहना हो चली जाओ। मैं तुम्हें नहीं रोकता, क्योंकि मैं जानता हूँ मैं वैसा नहीं कर सकता। और मुझे न किसी का भय था, न आज ही है। पहले एक ममता अवश्य थी, किंतु अब उसने भी घर छोड़ दिया है। विल्लिभित्तूर किसी के मार्ग में काँटा बनकर नहीं रहना चाहता, न यह ही चाहता है कि उसके पथ में आकर फूल बनने के बहाने कोई काँटा बनकर पड़ा रहे। मैं अकेला नहीं हूँ देवी ! सब छोड़ जाएँ, पर मैं अकेला नहीं हूँ। मेरे हृदय में एक मूर्त्ति है, जिसे मैं अपने स्नेह से पाल रहा हूँ।'

"मैंने सुना। विद्वेष से मेरा हृदय जल उठा। कौन हो सकती है वह मूर्त्ति ? जिस हृदय में एक दिन मैं थी उसमें आज एक दासी बैठी है ? मैं उस हृदय को ही फाड़ दूँगी जो इतना कृतघ्न

हो सकता था। किंतु गायक स्थिर था। निर्भय। उसके सामने मेरी अधीरता तुच्छ से तुच्छतर होती गई। मुझे लगा, मैं क्षण-भर बहुत ही हीन थी। आज मेरे हृदय में भी तो उसकी मूर्त्ति न होकर, कोई दूसरा ही स्वरूप आ बैठा था। सच कहती हूँ महाश्रेष्ठि! मेरे मन में डर पैदा होने लगा था। मोह ही तो हमारी कायरता का कारण है। मैं पीछे हट गई।

"गायक फिर हँसा। उसने कहा—'तो क्या आज अपनी कटार भूल आई हो?'

"मैंने कहा—'विल्लिभित्तूर! यदि तुम यही समझते हो तो लो'—मैंने कटार उसकी ओर बढ़ाते हुए कहा—'यह लो, आज सारे द्वन्द्वों को यहीं समाप्त कर दो। यदि मैं तुम्हारी हत्या करना चाहती तो क्या कोई और मार्ग न था? तुम निरीह कवि! तुम्हें अभिमान हो गया है?'

"विल्लिभित्तूर फिर हँस दिया—'ओह हो! तुम तो बिल्कुल नई बातें सीखकर आई हो। मैंने कब कहा कि तुम मेरी हत्या करने आई हो। मैंने पूछा था कि क्या अपनी कटार आज भूल आई हो? वह तो तुम नहीं भूल सकीं। अपने बहुमूल्य आभूषणों की रक्षा⋯पर आभूषण कहाँ गए?'

"किंतु मैंने कठोर होकर कहा—'सुनो विल्लिभित्तूर! मैं तुम्हारे हाथों अपने-आपको अपमानित कराने के लिए तुम्हारे साथ नहीं आई हूँ। मैं जानती हूँ, तुम पहले ऐसे न थे।'

"'किंतु देवी! पहले तो तुम भी ऐसी न थीं?'

"'नहीं थी, यही तो मेरा दोष था। यदि होती तो क्या आज यही दिन देखना पड़ता?'

"'फिर? अब क्या करोगी?'

"'मैं तुम्हारी उस प्रिया की हत्या करूँगी, विल्लिभित्तूर!'

"'किंतु वह तुमसे कहीं अधिक सशक्त है। एक बार तो देख चुकी हो, शायद मणिबन्ध तुम्हारे क्रोध को प्रयत्न करके ठंडा कर सके।'"

"मणिबन्ध! उसने मणिबन्ध का नाम लिया था देवी?" मणिबन्ध ने चौंककर पूछा।

वेणी ने स्वीकृति में सिर हिलाया।

"तब तो मणिबन्ध को सचमुच तुम्हारा क्रोध ठंडा करना होगा," महाश्रेष्ठि ने दृढ़ता से कहा। वेणी को सुख हुआ। उसने कहा—"तब विल्लिभित्तूर मेरे पास आ गया और उसने कहा—'तो क्या इसके बिना काम चल ही नहीं सकता? क्या बिगाड़ा है नीलूफ़र ने तुम्हारा? क्या दासी होने से ही वह मनुष्य नहीं है? क्या उसके मांसपिंड में नारी का हृदय नहीं है? क्यों हुआ यह दंभ तुम्हें नर्त्तकी? तुम तो उसके सामने कुछ भी नहीं हो। कला तर्क में तुम उसे परास्त नहीं कर सकीं, इसलिए नहीं कि तुम्हें नृत्य नहीं आता, वरन् इसलिए कि आज तुम्हें नृत्य नहीं चाहिए, विलास का तांडव चाहिए, तांडव!'

"मैंने घृणा से मुँह फेर लिया।

"'तुम सब वैभव के दास हो। नीलूफ़र आकाश में जगमगाता नक्षत्र है। मेरा गीत उसके लिए फूट सकता है। तुम लोगों के लिए मेरी जीभ पीछे लौट जाती है। तुम सब मृत्यु की मरीचिका हो। नीलूफ़र जीवन की ज्योति है। वह अवश्य विजयिनी होगी। कोई नहीं रोक सकेगा उसे, तुम सब उसके सामने अपदार्थ अकिंचन हो।'

"विल्लिभित्तूर कहकर जब चुप हो गया तब उसकी घूरती आँखों ने क्षण-भर के लिए मेरी समस्त शक्ति को जड़ित कर दिया।

"'तुम समझते हो कि मनुष्य को पराजित करने के साधन अपने पास एकत्र करके तुम

सारे संसार पर अपना दानवी प्रलय फैलाकर सबकुछ डुबा दोगे और उस समय केवल तुम्हारे प्रासाद पानी के ऊपर बचे रह जाएँगे। असंभव है नर्त्तकी ! तुम्हारा यह स्वप्न सबसे बड़ा झूठ है। वह कभी नहीं हो सकेगा। नीलूफ़र के हृदय में मनुष्य की वेदना है, वह कभी भी कलुषित नहीं होगी, वह दुखों को जानती है....'

"मैं अवाक् सुनती रही। हठात् चिल्ला उठी—'विल्लिभित्तूर ! क्या कह रहे हो तुम ? आकाश से सूर्य्य का आलोक यदि ऊपर ही ऊपर जाने लगे और पृथ्वी पर घटाटोप अँधेरा छा जाए, यदि गिरिकंदराओं में शब्दों की प्रतिध्वनि न हो और वे सब हवा के झोंकों में उड़ने लगें, यदि स्त्री के गर्भ से पत्थर के टुकड़े पैदा होने लगें और बालकों का जन्म बंद हो जाए, यदि महासिन्धु समुद्र की ओर बहना छोड़ दे और गरजकर महावेग से महागिरि पर चढ़ने लगे, यदि सिंधु की इस हरी-भरी उपत्यका में सुदूर पश्चिम की गर्म-गर्म रेत छा जाए और वेगवती खरस्त्रविणी में जल के स्थान पर रक्त बहने लगे, तब भी वह नीच दासी केवल एक दासी मात्र बनी रहेगी और कुछ नहीं।'

"विल्लिभित्तूर हँस दिया। मैं सच कहती हूँ, मेरा मन भीतर-ही-भीतर भय के कारण काँप उठा।

"नीलूफ़र आकाश में हँस उठी। मैंने आँख फाड़कर देखा। सिंधु की अतलांत लहरें दुर्दम्य दंभ से चिल्ला उठीं—'नीलूफ़र अपराजित है। वह मानुषी है, वह मानुषी है, उसमें मनुष्य का हृदय है, मैं और मेरी यह भयानक ऊर्मियाँ उसके सामने कभी नहीं ठहर सकतीं।'

"आशंका का उद्वेग कितना भयानक और तीखा होता है महाश्रेष्ठि ! रात फैल रही है क्योंकि चाँदनी की परतें अब और दूर-दूर तक आकाश फेंकता चला जा रहा है....

"किंतु तभी आकाश में अचानक बादल छाने लगे और देखते-ही-देखते अंधकार छा गया। उस समय विल्लिभित्तूर एक कर्कश हँसी हँसा।

"भविष्य का अंधकार आँखों के सामने आकर खड़ा हो गया। और अब अंधकार में से चंद्रमा की कोई किरण नहीं आती। परंतु नीलूफ़र इस अंधकार से भी गहरी होकर बादलों पर घूम रही है। कवि ने कहा है, वह आकाश का नक्षत्र है। आज तक तो उसने किसी के भी लिए ऐसा नहीं कहा।

"हाथ और पाँव शिथिल होने लगे। मुझे लगा, मैं बहुत थक गई हूँ। जिस राह पर मैं यह समझकर चल रही थी कि अब मंज़िल पास आ गई है, वह मेरा भ्रम था, और वास्तव में इस राह का कहीं भी अंत नहीं है....

"कलेजा मुँह को आने लगा। मुझे प्रतीत हुआ कि नीलूफ़र अब आकाश से मेरी ओर उतरती आ रही है, उसके हाथ में उस दिनवाली वही कटार फिर बदला लेने को मेरी ओर सधी हुई है....

" तब तो उसके आने के पूर्व ही मैं अपना काम समाप्त कर दूँ....

" किंतु मैंने अपना कटारीवाला हाथ वेग से ऊपर उठाया, और वार करने ही वाली थी कि एकाएक पृथ्वी में से भीषण गड़गड़ाहट हुई। क्यों हुई यह कठोर भूमिवाणी ! क्या मैं वास्तव में पाप कर रही हूँ ? कल नहीं हुआ कुछ। परसों रात अचानक ही यह भीषण रव हो उठा था, जैसे धरती का वक्षस्थल वेग से धड़क उठा था, कि यह असह्य है, यह असह्य है....

"विल्लिभित्तूर ठठाकर हँस पड़ा और उस समय आकाश में बड़े वेग से बिजली कड़क

उठी और प्रबल आँधी जैसे बंधनों में से छूट निकली। लज्जा, क्रोध, विवशता और असामर्थ्य में मैं थर-थर काँपने लगी।

"छुरी मेरे हाथ से छूट गई····विल्लिभित्तूर ने उसे उठा लिया और कहा—'कायर मैं हूँ या तुम, नर्त्तकी? मैंने तुमसे व्यर्थ ही नहीं पूछा था। लो! माता वसुंधरा का हृदय धड़क उठा है। आकाश में बादलों ने चंद्रमा को ढँक दिया है। महानिनाद से वज्रध्वनि हुई है। लो, अब प्रकृति ने क्रोध से अपना मुँह छिपा लिया है, वह इस पाप को नहीं देखना चाहती, किंतु तुम तो अपना काम करो, अन्यथा मणिबन्ध प्यासा रह जाएगा।'

"मैं दहशत से भरी भाग चली। और कुछ भी सुन सकना मेरे लिए असंभव था। दो दिन की भूखी रहने के कारण मुझ पर एक निर्बलता छा गई। हवा के झोंकों में पाँव लड़खड़ाने लगे। फिर भी जी-तोड़ श्रम करके मैं आगे बढ़ने लगी। अँधेरा सघनतम हो चला था, हाथ को हाथ नहीं सूझता था। सिंधु का फेनिल फूत्कार गरज रहा था····

"भयानक तूफ़ान चल रहा था····उसके गर्जन में कुछ भी सुनाई नहीं देता था। मैं बार-बार गिर जाती थी किंतु भय के कारण फिर-फिर उठकर चलने का प्रयत्न करती रही।

"पाँव बहुत भारी हो गए। और उस तूफ़ान में मुझे लगा अब यह प्रकृति का क्रोध मुझे खा जाएगा। मैं कभी भी संसार में नहीं लौट सकूँगी····

"एक बार मैंने तुम्हारा नाम लिया और महामाई का स्मरण करके मैं फिर उठी। किंतु तब तूफ़ान और भी भयानक हो उठा था। मुझे चक्कर आने लगा और मैं काँप उठी। महाश्रेष्ठि! मैं थकित-सी गिर गई। उसके बाद जब मुझे चेतना आई, तुम मेरे पास थे। महाश्रेष्ठि! क्या मैं अपराधिनी हूँ?"

"नहीं देवी।" मणिबन्ध ने कहा—"तुम वास्तव में बहुत कोमल हो।"

वेणी ने कहा—"किंतु मैं और कर भी क्या सकती थी। लेकिन एक काम नहीं किया, वह भूल गई। आपको उस दिन साथ ले जाती तो यह सबकुछ न होता।"

मणिबन्ध ने उठते हुए पूछा—"और गायक?"

"मैं नहीं जानती उसका क्या हुआ?"

"देवी! तुम विश्राम करो।" कहकर मणिबन्ध बाहर निकल आया।

अगले प्रकोष्ठ में आकर उसने कहा—"दासी!"

दासी आ उपस्थित हुई।

"महाप्रभु!" उसने सिर झुकाकर पूछा।

"जानती है, नीलूफ़र कहाँ है?"

"मैं क्या जानूँ देव?"

"दासी!" मणिबन्ध ने गरजकर कहा। वह उस अनम्र उत्तर से क्रुद्ध हो उठा था। दासी काँपने लगी। मणिबन्ध ने फिर कहा—"जा! अपाप को भेज दे।"

दासी भाग चली। थोड़ी ही देर में उसने अपाप को लेकर महाश्रेष्ठि के सम्मुख उपस्थित कर दिया। मणिबन्ध आसन पर बैठ गया और उसने अत्यन्त उपेक्षा से पूछा—"अपाप! नीलूफ़र कहाँ है?"

"सच कहता हूँ स्वामी! मैं नहीं जानता।" अपाप ने दृढ़ता से कहा। उस समय मणिबन्ध उसके शरीर के उन घावों को देख रहा था। अपाप ने सोच लिया था कि आज तनिक-सी चूक

हो जाने पर उसके प्राण नहीं रहेंगे, किंतु यदि बता दिया तो महाश्रेष्ठि नीलूफ़र की खाल खींच लेगा और फिर भी क्या अपाप और हेका जीवित रह सकेंगे?

"जानते हो तुम किससे बातें कर रहे हो?" मणिबन्ध ने घूरते हुए पूछा।

"महाश्रेष्ठि! साहस नहीं कि उस महानता को अपनी क्षुद्रता से आँकने की चेष्टा करूँ।"

मणिबन्ध ने मुड़कर कहा—"जाओ। यदि कहीं कुछ पता चले तो तुरन्त सूचना देना।"

अपाप सशंक नेत्रों से देखता चला गया।

पास खड़ी दासी ने सुना। वह ऐसी खड़ी थी जैसे कुछ समझती ही न हो। मणिबन्ध के भीतर जाते ही वेग से भाग चली। उसका स्त्री-हृदय उस अपूर्व रहस्य को सुना देने के लिए आतुर हो उठा था। स्त्रियाँ बदनामी फैलाने में नीतिकुशल होती हैं।

बाहर आकर दासी ने दासकक्षों में पूरा समाचार सुना दिया। दासों को अपार विस्मय हुआ। इधर जो दो दिन से नीलूफ़र दीखी नहीं उसके विषय में कल्पनाओं के अनेक वितान बाँधे गए किंतु सूर्य्य की किरणें सबको भेद गईं। कहीं पार नहीं मिला। अब रहस्य साफ़ हो गया। स्वामिनी के इस प्रकार अदृश्य होने पर उन्हें दूसरा विस्मय हुआ।

हेका ने भय से पूछा—"अब क्या होगा नीलूफ़र? यदि श्रेष्ठि जान गया तो?"

नीलूफ़र ने सुना और वह पुआल के ढेर में और भी भीतर घुस गई। उस समय हेका लेटकर एक गीत गुनगुनाने लगी। नीलूफ़र बिल्कुल नहीं दीखती थी। जिस निश्चिंतता से हेका ने द्वार खोल रखा था उसके कारण किसी को भी संदेह होना कठिन ही था। अपाप ने प्रवेश किया। उसके मुख पर घबराहट दौड़ रही थी। यदि वह उतना काला न होता तो निस्संदेह उसके चेहरे के बदलते हुए रंग भी साफ़-साफ़ दिखाई दे जाते। अभी हेका और अपाप के अतिरिक्त और किसी को भी ज्ञात नहीं हो सका था कि नीलूफ़र कहाँ है? दोनों ही बुद्धिमत्ता से बाहर निकलकर टहलने लगे।

वही दासी अब भी कार्यरत-सी थी जैसे जहाँ तक हो सकेगा वह उस संवाद को फैला देगी।

हेका ने पुकारकर कहा—"ओ कोकिला! क्या वसन्त का संदेश सबको ही सुनाकर मानेगी?"

दास-दासियों में इस अनहोनी-सी बात पर काफ़ी चहल-पहल हो गई।

जो अवकाश में थे वे एकत्र होकर बैठ गए। हेका और अपाप भी जा बैठे। बातें होने लगीं।

एक दास ने कहा—"हेका, तू तो नीलूफ़र की दासी थी न? तुझे तो मालूम होगा वह कहाँ है?"

कहनेवाला काना था। एक बार उसके पहले स्वामी ने क्रोध में आकर उसकी आँख में अपनी स्त्री की तकली घुसेड़ दी थी।

हेका ने कहा—"ओसिरिस की क़सम! वैसी मूर्ख तो दुनिया में शायद ही हो। क्या नहीं था उसके पास!"

सबने स्वीकार किया।

एक और दास ने कहा—"महाश्रेष्ठि को क्या अब कोई स्त्री नहीं मिलेगी? अभागिन थी, अभागिन, जो सबकुछ छोड़कर भाग गई। सात देशों में ऐसा सामर्थ्यवान पुरुष मिलना दुर्लभ है,

दुर्लभ।"

दूसरे ने स्वीकार किया और कहा—"असंभव है, असंभव!"

धीरे-धीरे साँझ हो गई। हेका कक्ष में लौट आई। उसने कहा—"अपाप अभी कुछ देर में आ जाएगा। खोज बढ़ती जा रही है, मेरी राय में तू कुछ देर के लिए कहीं घूम आ न?" और कहते-कहते हेका हिचक गई जैसे यह नीलूफ़र का अपमान था। किंतु नीलूफ़र ने बुरा नहीं माना। उस कठिन परिस्थिति में भी वह अविचलित खड़ी रही। उसने धीरे से कहा—"यदि मैं जाकर न लौटूँ तो?"

हेका ने कहा—"किंतु हेका इसका विश्वास न करना ही अच्छा समझती है।"

फिर धुँधलके में एक सुंदर नाटे और छरहरे क़द का तरुण सिंहद्वार से ही बाहर निकल गया। वह साधारण वस्त्र पहने था। वह नीलूफ़र थी जो उस दिन के बाद अपने वस्त्र तक बदलने का अधिकार खो चुकी थी। कुछ दूर निकल जाने पर उसका चित्त स्वस्थ हुआ। अब कोई भय का कारण नहीं है। यहाँ पथ पर अनेक लोग हैं जिनके बीच में वह एकदम पहचाना नहीं जा सकता। वह इस विचार से अत्यंत प्रसन्न हुआ। बाज़ार की रंगीनियों में उसका दिल उलझने लगा।

अभी वह नट का तमाशा देख ही रहा था कि एकाएक युवक ने देखा—मणिबंध और वेणी एक रथ पर हैं और साथ में अनेक रथों पर अनेक स्त्रियाँ तथा अनेक महानागरिक। दास पथ साफ़ करते हुए आगे-आगे दौड़ रहे थे। न जाने वे कब बाहर गए थे कि इस समय दल-बल के साथ लौट आए थे। अब ऊपर सब मत्त हो जाएँगे। उनके वैभव और विलास का नृत्य होगा, गीत होंगे, और इन लोगों के जीवन में आख़िर कुछ हो भी तो!

नीलूफ़र लौट आई। राह में हेका मिली।

उसने कहा—"कहाँ जा रहा है रे?"

नीलूफ़र ने कहा—"घर जाऊँगा।

हेका ने कहा—"घर क्यों जाता है? मुझे कहीं भगाकर क्यों नहीं ले चलता?"

नीलूफ़र हँस दी। उसने कहा—"तू जाएगी तो तेरा वह अपाप क्या करेगा?"

"कोड़े खाएगा और क्या?" दोनों हँस दीं। और तब नीलूफ़र ने उसे लौटने का कारण बता दिया।

हेका ने सुना। कहा—"फिर?"

"फिर? मैं कहीं भाग जाना चाहती हूँ।"

"मैं भी चलूँगी।"

"सच कह हेका। तू इन परिस्थितियों में कहाँ भाग सकेगी? मेरे लिए इतना कष्ट क्यों सहती है?"

हेका ने उत्तर नहीं दिया। कहा—"एक बात मानेगी?"

"क्या?"

"उधर जो चतुष्पथ पर ज्योतिषी बैठता है उससे जाकर पूछ तो।"

नीलूफ़र को यह सलाह जँच गई। वह उधर ही चल पड़ी।

देखा। ज्योतिषी के चारों ओर भीड़-सी थी। वह बैठा-बैठा धूलि में कुछ लकीरें बनाता था और उस पर उँगली रखवाता था।

नीलूफ़र भीड़ में आगे बढ़ गई। उसने भी उँगली रख दी। चतुष्पथ पर बैठनेवाले ज्योतिषी ने देखा और कहा—"जन्म से स्त्री। कर्म और वेशभूषा से पुरुष। जन्म से दासी, किंतु प्रयत्न से स्वामिनी। भविष्य घोर अंधकारमय।"

"क्या कह रहे हैं आप?"

ज्योतिषी ने चिल्लाकर कहा—"जा भाग जा। तेरे पास मुझे देने को एक ताँबे का टुकड़ा तक नहीं है।" फिर रुककर कहा—"और कभी होगा भी नहीं।"

पीछेवाले ने नीलूफ़र को हटा दिया। नीलूफ़र बाहर आ गई। वह निराश हो गई थी। सोचती रही। फिर एक बार भीड़ में घुसकर कहा—"मैं जाना...."

ज्योतिषी ने कहा—"तू स्वयं नहीं आता, तेरे पैरों में देवता की कुदृष्टि है। जा, तू वहाँ नहीं जा सकेगा, जहाँ जाना चाहता है।"

नीलूफ़र भयभीत हो गई। ज्योतिषी औरों से बातें करने लगा था। उसका सिर घूमने-सा लगा।

वह लौट आई।

सिंहद्वार पर एक प्रहरी ने टोककर पूछा—"तू कौन है लड़के?"

लड़के ने बिना हिचके कहा—"अक्षय प्रधान का सेवक।"

प्रहरी ने उसे भीतर चला जाने दिया।

हेका अपाप के शरीर को सहला रही थी। अभी भी उसके शरीर के घाव पूरी तरह पुरे नहीं थे। दांपत्य के उस सुख को देखकर नीलूफ़र एक बार चुप रह गई। क्या उनके स्वर्ग में वही अभागिन काँटे बो रही है?

मन किया यहीं से लौट जाए। किंतु फिर जाए भी कहाँ?

वह चुपचाप बैठ गई।

हेका ने उसे देखा और कहा—"अपाप! मेरा प्रेमी आ गया है।"

अपाप ने कहा—"नीलूफ़र! तुम्हें प्रायः सभी दास ढूँढ़ रहे हैं। अभी-अभी एक यहाँ आया और अविश्वास से सब जगह ढूँढ़ गया है। भाग्य अच्छा था जो उस समय तुम यहाँ थीं नहीं। मैंने उसे खूब डाँटा। अब यदि कोई आ गया तो बड़ी मुसीबत होगी। बताओ न, क्या करोगी?"

नीलूफ़र समझ गई। उसने कहा—"डरो नहीं अपाप! घबराओ मत! लो, मैं चली जाती हूँ।" उसके स्वर में एक तिक्त व्यंग था।

स्त्री के उस उलाहने को सुनकर पुरुष को दया हो आई। हेका ने किंकर्त्तव्यविमूढ़ होकर देखा।

अपाप धीरे से हँसा। उसने कहा—"स्वामिनी!"

"क्या है?" नीलूफ़र फुंकार उठी।

"उसके पीछे मैंने आपकी शैय्या सजा दी है।"

हेका हँस पड़ी। उसने भी कहा—"चलो न?"

नीलूफ़र पुआल के पीछे ही छिपकर बैठ गई। उसने अपने उष्णीष को गुड़ीमुड़ी करके उसका ही तकिया बना लिया और चुपचाप लेट गई। आज वह दासी मात्र थी। उसे अपने ऊपर क्षोभ हुआ। इतने अच्छे आदमियों पर उसने क्रोध किया।

स्यात् इसलिए कि वह स्वामिनीत्व का दंभ छोड़ नहीं सकी थी और क्षण-भर उसने सोचा था कि वह उनसे कुछ नहीं, बहुत ऊँची थी।

निराशा और भय! भय और निराशा! नीलूफ़र ने देखा। दास अब इधर-उधर हो गए थे। उसने निश्चिंतता से एक साँस ली। अब अपनी ओर ध्यान गया। चुपचाप पड़े-पड़े तमाम शरीर अकड़ गया था।

उठकर बैठ गई। तभी कानों में एक अट्टहास सुनाई दिया, जिसके साथ ही अनेक पुरुषों के हास्य गूँज उठे। नीलूफ़र सुनने लगी। फिर हल्की-सी छनन-छनन। नृत्य हो रहा था। मदिरा की मादक गंध कक्ष में भी आ रही थी।

हेका ने धीमे से कहा—"अपाप! कंठ सूख रहा है। ले आ न जाकर?"

अपाप हँसा। बोला—"प्रयत्न करता हूँ।"

वह वास्तव में चला गया।

ऊपर प्रकोष्ठ में नर्त्तकी मग्न होकर नृत्य कर रही थी और महानागरिक चारों ओर बैठे हुए थे। मणिबन्ध को वे सब नगरोद्यान में मिल गए थे। नर्त्तकी को देखकर स्त्रियों ने हठ पकड़ लिया कि वे उसका नृत्य देखे बिना नहीं जाने देंगी। अतः नर्त्तकी ने लाचार होकर स्वीकार कर लिया किंतु मणिबन्ध ने प्रासाद में चलकर आनंद मनाने का प्रस्ताव किया। और वह स्वीकृत हो गया। और सब यहीं चले आए।

नीलूफ़र ने हँसकर कहा—"हेका! मैं फिर गाने चली जाऊँ?"

"और पकड़ लिया तो?"

"तो मृत्यु।"

"न, न, मैं तुझे नहीं जाने दूँगी।"

नीलूफ़र हँस दी। उसने कहा—"तो क्या होगा अब?" उसी समय मणिबन्ध का स्वर स्पष्ट सुनाई दिया—

"नहीं, मित्र! वह गायिका तो मेरी मिश्री दासी थी। उसे मैंने स्वतंत्रता दे दी थी। वह कुछ नहीं जानती।"

फिर स्वर धीमा हो गया। नीलूफ़र के कान खड़े हो गए। ईर्ष्या से एक बार एक आँख मींचकर दाँतों से नीचे का होंठ काट उठी। उसका मुख वीभत्स हो गया जैसे इस स्त्री के हृदय में कोई भयानक विष पैदा हो गया है।

फिर एक मद-प्लावित झनकार! फिर किसी के उदाहरणस्वरूप उपस्थित संगीत के बोल और फिर वही किलकारता, घहरता हास्य…

नीलूफ़र ने भी सुना, और हेका ने भी।

"सुना तूने हेका?"

"सुना, तो।"

इसी समय किसी ने धीरे से कहा—"हेका!"

"कौन है!" हेका चौंक उठी। वह लपककर बाहर आ गई। और स्वर उसके मुख से फूट निकले। "तुम कौन हो? क्यों आए हो? क्या काम है मुझसे?"

उसकी उस चपलता और भय से नीलूफ़र भी काँप उठी।

भय एक पाकशाला के प्रधान का था। और हेका ने देखा—प्रधान ही था।

प्रधान ने कहा—"चलो भीतर हेका ! अपाप तो भीतर गया है प्रासाद में ? चलो न ?"

हेका ने अनमने स्वर से कहा—"आज नहीं, आज नहीं...."

"आज क्यों नहीं," प्रधान ने कहा, "आज क्या तुम....तुम हेका नहीं हो, मैं प्रधान नहीं हूँ...." वह पी आया था।

किंतु हेका यौवन की बाजी लगाकर बाहर खड़ी कह रही थी—"प्रधान ! क्या कह रहे हो ?"

"तुझसे तो कुछ नहीं कहता हेका," प्रधान ने कहा—"सुन तो तनिक।"

हेका प्रधान के पीछे-पीछे चलने लगी। दूर से दो-एक दासियों की दबी हुई हँसी सुनाई दी। वे सब प्रधान की उस एकांत में कही जानेवाली महत्त्वपूर्ण बात को जानती थीं।

और नीलूफ़र सोच-सोचकर, काम करने के बजाय बैठे-बैठे समय बिता चली।

जब अपाप आया तब उसने मदिरा का चुराकर, छिपाकर लाया हुआ पात्र भूमि पर रखकर देखा—हेका वहाँ नहीं थी।

पात्र रखा रहा। वह लेट गया। नीलूफ़र कुछ भी नहीं बोली। उसका हृदय फटा जा रहा था।

13

मणिबन्ध प्रयत्न करके भी नहीं जान सका कि नीलूफ़र एकदम अंतर्धान कैसे हो गई। सारा प्रासाद छान डाला गया। स्वयं अक्षय प्रधान जैसे स्वामिभक्त ने दासों का एक-एक कक्ष स्वयं अपनी आँखों से देखा और नीलूफ़र तो क्या उसका एक चिह्न तक नहीं मिला। उसने स्वयं प्रासाद के जितने गुप्त स्थान थे, ढूँढ़ लिए थे और रथों पर बैठकर उसके चर दूर-दूर तक ढूँढ़ आए थे, पर कोई फल नहीं निकला।

उसकी समझ में नहीं आया कि आख़िर नीलूफ़र गई कहाँ ? स्वामिनी का पद छोड़कर क्या वह फिर दासी बन सकेगी ? वह कहती थी कि उसे सच्चा प्रेम था। सच्चा प्रेम था तो प्रेमी के मुख का उसे इतना ही ध्यान था ? यदि वह स्वयं वेणी के लिए प्रयत्न करती ! वेणी आई है और चली जाएगी, किंतु नीलूफ़र ! ! !

वह समझता था कि उसके भय से समस्त मोअन-जो-दड़ो आक्रांत था। किसी में भी इतना साहस नहीं था कि कोई उसे अपने यहाँ आश्रय दे सके। और फिर सोंचता कि आख़िर नीलूफ़र ने यह सब किया ही क्यों ? क्या वास्तव में उसके लिए उचित था कि वह कुलीन स्त्रियों की-सी स्पर्धा करती ? फिर भी न जाने कौन-सी ममता उसके हृदय में शेष थी कि वह मन-ही-मन कहता कि यदि वह लौट आए और मुझसे प्रार्थना करे तो अवश्य उसे क्षमा कर दूँगा। किंतु नीलूफ़र नहीं आई। दिन और रात एक के बाद एक प्रतीक्षा करते हुए बीत गए।

और यहाँ यह परिस्थिति थी कि नीलूफ़र दिन-भर उसी जगह पुआल में छिपी रहती। सायंकाल कभी-कभी पुरुष वेश में बाहर चली जाती और फिर आकर सो रहती। अपाप और हेका उसे अपने रूखे-सूखे भोजन का भागी बना लेते या वह कभी-कभी स्वयं बाज़ार में भीड़

से घुसकर कुछ चुरा लाती क्योंकि उसके पास ताँबे का भी कोई टुकड़ा नहीं था। हेका जिस आभूषण को चुराकर लाई थी उसे हाट में निकालना भय र ख़ाली न था। उतने साधारण हाथों में उतना बहुमूल्य आभूषण। और आभूषणों के भीतर मणिबन्ध का नाम लिखा था! फिर!

मणिबन्ध चिंताग्रस्त-सा प्रकोष्ठ में घूम रहा था। उस खिड़की से देखा, दूर कुछ लोग नगर-प्रसार करने की योजना में नई नाली बनाने के लिए नाप जोख कर रहे थे। नगर दिन-दिन बढ़ता जा रहा था। संसार में प्रत्येक देश के धनी अपना-अपना घर वहाँ रखना आवश्यक समझते थे। बड़ी-बड़ी धर्मशालाएँ बढ़ती जा रही थीं। उनमें प्रत्येक प्रकार के मनुष्य आकर ठहरा करते थे। वेश्या, ऊँट और यात्रियों से सदा ही वहाँ भीड़ बनी रहती, क्षण-भर भी विश्राम नहीं मिलता और यह लोग अब नई अट्टालिकाएँ बना देंगे। अतः पहले ही नालियाँ भूमि के भीतर बना दी जाएँगी ताकि बाद में कोई गड़बड़ न हो जाए। महानगर बढ़ता चला जाएगा, किंतु उससे उसके मन को शांति कहाँ मिलेगी?

मन उचाट हो गया। वह खिड़की से हट गया। कुछ देर टहलता रहा। फिर बाहर आ गया। सब दास अपने-अपने कार्य्यों में व्यस्त थे। केवल पशुशाला में से गाने की हल्की आवाज़ आ रही थी अर्थात् कोई काम नहीं है। मणिबन्ध मनुष्य की इस प्रवृत्ति पर मन-ही-मन हँसा कि क्षण-भर का भी विराम मिलते ही वह अपने-आपको सुखी करने के प्रयत्न में जुट जाता है और सुख? वह उसे कभी भी नहीं मिलता। शरीर का विश्राम ही वास्तविक सुख है।

वह पहली छत पर आ गया। वह छत ही इतनी ऊँची थी कि सारा दृश्य दूर-दूर तक वहाँ से दिख रहा था। वीणा के पति नया महल बनवा रहे थे। उनके पास अपार धन आया था। नगर में आज यदि कोई मणिबन्ध बनने के प्रयत्न में था तो वही। मणिबन्ध उसकी चेष्टाओं को देखकर मुस्करा देता।

बल्लियों के सहारे दास कर्मकर ऊपर चढ़े हुए थे। उनके शरीरों पर कटि पर एक-एक कपड़ा बँधा था, जिसे चिथड़े से अधिक कुछ नहीं कहा जा सकता। उनका काम देखने के लिए एक सेवक उनसे अच्छे वस्त्र पहने पास ही कोड़ा लिए खड़ा था।

मणिबन्ध को याद आया, जब वह कोड़ा मारता था तो दास चिढ़कर कहते थे—'सिंधुदत्त! तू इतना क्यों मारता है? तू तो स्वामी नहीं है? कुत्ता भी मालिक की चीज़ों की इतनी रखवाली नहीं करता।'

उस दिन मणिबन्ध का हृदय न जाने क्यों तड़प उठा था।

देर तक वह उस दृश्य को देखता रहा। बहुत अच्छा लग रहा था सब। बहुत दूर हो गया था वह उस सबसे, किंतु फिर भी मन को वह सब पास, बहुत पास-सा प्रतीत हो रहा है। कोड़े मारनेवाले सिंधुदत्त के हृदय में धीरे-धीरे बीज के अंकुर निकलने लगे थे। जो वह आज कोड़ा लिए खड़ा था, कल तो उसके हाथ में कुछ भी नहीं था? तब क्या सिंधुदत्त कभी यह सब सोचता था?

मणिबन्ध बाहर ही देखता रहा।

एक समय था जब मणिबन्ध स्वयं एक मजदूर-मात्र था। दास न होने के कारण वह स्वामी की आँख पर चढ़ गया। अँधेरी रात को स्वामी की हत्या से मणिबन्ध के हाथ रँग गए और वह स्वामी बनकर सार्थ को लेकर व्यापार करने चल दिया। सेवकों ने विद्रोह किया, किंतु मणिबन्ध ने अपने कुछ व्यक्तियों का मुँह सोने से भरकर उन्हें कुचलकर फेंक दिया। और

उसके बाद जब विरोधी समाप्त हो गए तो मणिबन्ध ने एक-एक करके विश्वस्तों को परस्पर लड़ाकर अपनी राह से हटा दिया। जिस समय वह लौटा उसका नाम मणिबन्ध था। लोग सिंधुदत्त को भूल गए थे। उसका नाम लोगों में पहले भी किसी को याद न था। और न जाने कैसे सिंधुदत्त इतना कुशल निकला कि उसका व्यापार बढ़ने लगा। उसका एक भी सार्थ निष्फल नहीं लौटा। अवश्य ही उसका भाग्य बलिष्ठ था। अपने पूर्व स्वामी की स्मृति फिर हो आई। उसने उसे अपना पुत्र मानकर सबकुछ सिखाया था, किंतु यह भी उसी ने बताया था कि व्यापारी की कोमलता उसे दरिद्र कर देती है। उसे अपने लाभ के सामने किसी भी वस्तु की चिंता नहीं करनी चाहिए। अन्यथा वह कभी संसार में सम्मानित नहीं हो सकता। और जो व्यापारी अपनी गुप्त बातें बता देता है वह शीघ्र ही समाप्त हो जाता है। क्या मणिबन्ध ने हत्या करके पाप किया है?

शृंखला फिर झनझना उठी। लगा कि कड़ियाँ अब छिन्न-भिन्न हो जाएँगी।

हत्या! यदि वह हत्या नहीं करता तो आज संसार उसके सामने कभी सिर नहीं झुकाता। आज धर्म उसके सामने घुटने टेककर याचना करता है, उस दिन उसका मनुष्यत्व कुत्तों की तरह जूठन पर पल रहा था।

उसे याद आया, जब नाव पर एक मिश्री ने उसकी नाक पर इतनी ज़ोर से घूँसा मारा था कि उसकी नाक फूट गई थी। कारण था कि सिंधुदत्त बात करते समय इतनी उद्दंडता से क्यों बोलता है, सिर क्यों नहीं झुका लेता! और आज! आज सारा संसार उसके सामने सिर झुकाता है।

मणिबन्ध दूर बैठे योगियों को देखता रहा। वे नहीं जानते कि गौरव क्या है। यदि हत्या पाप है तो फ़राऊन का इतना विराट् साम्राज्य कभी भी उठकर खड़ा नहीं होता। क्या मनुष्य अपनी संपत्ति को बचाने के लिए युद्ध नहीं करता? किंतु संपत्ति तो स्वामी की थी। स्वामी की? संपत्ति उसकी होती है जिसकी बुद्धि होती है। पिता पुत्र के लिए चाहे जो छोड़ जाए किंतु यदि पुत्र मूर्ख होगा तो वह कुछ भी नहीं बचा सकेगा।

फिर देखा। योगी! इनका भी कोई जीवन है? क्यों खड़े हैं ये सिर के बल? किसलिए है यह कठिन यातना सहने की भावना इनमें?

स्वर्ग का वह अनमोल सुख! जहाँ महादेव और महामाई लज्जाहीन अजस्र केलि करते हैं, जहाँ लिंग देवता···

इसी समय दास ने आकर सूचना दी—"महाश्रेष्ठि! खरस्रविणी के उत्तरी भाग से एक व्यापारी आए हैं जो आपके दर्शन के इच्छुक हैं।"

मणिबन्ध ने उदासीनता से कहा—"उससे कह दो, इस समय अवकाश नहीं है। फिर कभी आए।"

दास नतशीश लौट गया। मणिबन्ध फिर उन योगियों की ओर देखने लगा। क्या है इस संसार में?

तभी दास फिर लौट आया और बोला—"स्वामी!"

"क्या है?" मणिबन्ध ने झुँझलाकर पूछा, "क्यों लौट आया?"

"प्रभु," दास ने कहा—"मैंने उनसे कह दिया। किंतु उन्होंने कहा कि जैसे तुम दास हो, वैसे ही मैं भी प्रभु का दास हूँ। यदि कार्य्य आवश्यक न होता तो···"

"ले आओ।" मणिबन्ध ने काटकर कहा।

व्यापारी सामने आया। मणिबन्ध ने पहचानकर कहा—"अराल!! तू इस दशा में?"

अराल के वस्त्र मूल्यवान होते हुए भी जगह-जगह फटे हुए थे जिसमें से उसका शरीर चमक रहा था। टूटा हुआ-सा वह भयाक्रांत था। चकित दृष्टि से इधर-उधर देख रहा था।

मणिबन्ध ने दास की ओर देखा जो पास ही खड़ा था। दास हट गया। तब व्यापारी दोनों हाथ खोलकर उद्वेग-प्रबल स्वर से मणिबन्ध को देखते हुए भयार्त्त-सा चिल्ला उठा—

"महाश्रेष्ठि? महाश्रेष्ठि!"

"अराल!" महाश्रेष्ठि ने न समझ सकने के कारण विस्मय से कहा—"क्या हुआ आख़िर? यह तेरे सिर पर रक्त? किसने घायल किया तुझे? क्या हुआ तेरा वह अरबी तुरंग?"

व्यापारी ने झुककर मणिबन्ध के चरणों को पकड़कर कहा—"महाश्रेष्ठि! मैं लुट गया। नाम से अराल हूँ अवश्य, किंतु आज बिल्कुल सीधा हो गया हूँ। मैं कहीं का नहीं रहा। आज मैं दर-दर का भिखारी हो गया हूँ। आप नहीं समझ सकते मेरी ग्लानि को। एक व्यापारी के ऊपर आपने विश्वास करके अपना सार्थ भेजा था किंतु वह सब अब नहीं रहा। क्षमा करें स्वामी!"

मणिबन्ध ने कहा—"फिर?"

मात्र एक शब्द। व्यापारी ने कहा—"देव! जब हम हरप्पा से पश्चिम मार्ग के कानन पथ पर मुड़े तब कुछ दूर तक तो उस पाषाण नगर के दृढ़ योद्धा हमें पहुँचाने आए, किंतु फिर जब वे लौट गए तब हम पर किसी ने आक्रमण किया। हमने उनसे निरन्तर युद्ध किया किंतु वे घोड़े पर चढ़कर लड़ते थे। हम उनका सामना नहीं कर सके। देखते-ही-देखते उन्होंने हमारे अनेक व्यक्तियों को धराशायी कर दिया और हमारी सब धन-संपत्ति को लूट लिया। अनेक दासों को पकड़ ले गए। घोर युद्ध करके भी हम हार गए। महाश्रीमान्, हम कुछ न कर सके।"

और वह रोने लगा। उसकी दशा को देखकर मणिबन्ध को हँसी आ गई। कैसा व्यक्ति है? व्यापारी का हृदय इतना छोटा? तब यह लाभ क्या उठाएगा जो हानि उठाने का साहस नहीं रखता! और यही अराल जब अपने अरबी तुरंग पर चढ़कर निकलता था, अपने-आपको बड़ा भारी योद्धा समझता था। मणिबन्ध ने पूछा—"और तेरा अरबी तुरंग क्या हुआ? तू आया कैसे?"

"पैदल आया हूँ श्रीमान्! एक लुटेरे को वह तुरंग पसंद आ गया।"

मणिबन्ध ने विक्षोभ से कहा—"कायर!"

"महाप्रभु!" व्यापारी ने पैरों पर सिर टेककर कहा—"आप मुझे चाहे जो कह सकते हैं, मैं जानता हूँ मेरा अपराध अक्षम्य है, किंतु मैं लाचार हो गया था। वह तो मुझे मार ही डालते यदि मैं चातुर्य से जान बचाकर भाग नहीं आता। न जाने स्वामी! किस घड़ी में गए थे हम कि वह लुटेरे एकदम टूट पड़े। कौन थे न जाने?"

"वह कोई बर्बर रहे होंगे।" मणिबन्ध ने उपेक्षा से कहा—"वह कौन हो सकते थे। आज तक तो उत्तर-पश्चिम के मार्ग पर ऐसा कभी नहीं हुआ? फिर यह एकदम उनका इतना प्रचंड पराक्रम बताता है कि अभी तक इसकी घिग्घी बँधी हुई है।" फिर कहा—"बर्बर ही होंगे अराल! तू डर गया है।"

"नहीं श्रीमान्, वे गोरे रंग के थे। उनकी बोली हम नहीं समझ सके। उनके शरीर हमसे कहीं अधिक दृढ़ थे। एक हाथ से ही एक लुटेरे ने वेग से भागते हमारे एक ऊँट की रस्सी पकड़कर इतनी ज़ोर से खींचा कि ऊँट की नकेल से खून टपकने लगा और वह चिल्लाकर वहीं खड़ा हो गया। मैं डरा नहीं हूँ श्रीमान्!"

"तो कोई पहाड़ी जाति रही होगी। और तो कोई उधर होता नहीं न?"

"होते नहीं, तभी तो मैं भी अब सोचता हूँ तो बात स्वयं अविश्वसनीय-सी लगती है।" मणिबन्ध फिर सोच में पड़ गया। उसे याद आया—अरब के लोग कुछ-कुछ ऐसे ही तो होते हैं? वही अरब जो फ़राऊन का उपनिवेश है, उसके विराट् मिश्री साम्राज्य का। किंतु कहाँ अरब! कहाँ यह उत्तर-पश्चिम? और गोरे?

पूछा—"गोरे? कैसे गोरे थे वे अराल?"

"महाप्रभु!" अराल काँप उठा—"हिम के समान श्वेत थे। बड़ी ज़ोर से चिल्ला-चिल्लाकर बात करते थे। बड़े असभ्य थे महाश्रेष्ठि! उनके बाल आग की तरह जल रहे थे।"

"जल रहे थे?" श्रेष्ठि ने चौंककर पूछा।

"हाँ स्वामी! उनका लपटों का-सा रंग था।"

मणिबन्ध ऊब गया। वह तो अराल को बुद्धिमान समझता था, पर यह तो नितांत मूर्ख निकला। ऐसी कोई जाति आज तक तो देखी नहीं। देश-विदेश घूम चुका हूँ किंतु ऐसे व्यक्ति कभी नहीं देखे। और होते, और न देखता मणिबन्ध! देखा, चोट कोई बहुत अधिक न थी। मणिबन्ध ने मुस्कराकर कहा—"अराल! तेरी कहानी सचमुच अद्भुत है।"

"किंतु मैं सच कह रहा हूँ महाश्रेष्ठि! आप चाहें तो मुझे गण से प्राणदंड दिला सकते हैं।"

"ऐसा नहीं होगा मूर्ख, ऐसा नहीं होगा।"

"ऐसा नहीं होगा प्रभु?" व्यापारी ने विस्मय से कहा—"प्रभु! आप देवता हैं। आप महान हैं। स्वयं महादेव का भी हृदय इतना विशाल नहीं हो सकता। आपने मुझे क्षमा कर दिया? क्षमा कर दिया आपने मुझे?"

मणिबन्ध ने हँसकर कहा—"जा भाग यहाँ से। व्यर्थ ही कोलाहल मचा रखा है। चल, बैठा क्यों है?"

व्यापारी हर्ष से चिल्ला उठा। बार-बार उसने मणिबन्ध के चरणों पर सिर टेका और बाहर भाग चला। जो राह में आया उसी से कहा—"महाश्रेष्ठि महादेव से भी महान है। उसने पच्चीस लाख, साठ हज़ार की हानि पर भौं तक नहीं सिकोड़ी।"

बिजली की तरह बात महानगर में फैल गई कि अराल को उत्तर-पश्चिम में लुटेरों ने लूट लिया था। उसमें महाश्रेष्ठि की तीस लाख, सत्तर हज़ार स्वर्ण मुद्राओं की संपत्ति आ रही थी। महाश्रेष्ठि ने सुना और उसने अराल को क्षमा कर दिया।

मार्ग चलते लोग ठिठककर खड़े हो गए। उन्हें अपने कानों पर विश्वास नहीं हुआ। बात दीवारों से टकराती फैलती चलती चली जा रही थी क्योंकि अब तीस लाख, सत्तर हज़ार नहीं; सत्तर लाख, सत्तानबे हज़ार का हिसाब चल रहा था। कुछ ही क्षणों में बात करोड़ों तक पहुँच जाती।

राह चलते एक व्यक्ति ने कहा—"देखा तुमने? धनी इसे कहते हैं।"

दूसरे ने कहा—"तो क्या हुआ?"

"तो क्या हुआ ? जैसे कुछ हुआ ही नहीं ?"

"अरे चल हट। ऐसी बातों का नीलाभ विश्वास नहीं किया करते।"

पहले ने चेतकर कहा—"ठीक ही तो है। श्रेष्ठि नीलाभ पैदल चलने के शौक़ीन हैं। वह यही विश्वास नहीं करते कि रथ के बैल पाँवों से अधिक तेज़ चल सकते हैं।"

दोनों झगड़ने लगे।

मणिबन्ध को जैसे कुछ नहीं। एक साधारण-सी बात हुई थी जिसके लिए इतना कोलाहल करना मनुष्योचित नहीं। किंतु उसे क्या मालूम था कि इस समय तक जो संख्या बताई जा रही थी वह करोड़ों से ऊपर थी और उसकी हानि पर विस्मय न करना स्वयं एक विस्मय की बात थी।

नीचे आकर वह अपने दैनिक कृत्यों में लग गया था और उस बात को प्रायः भूल चुका था किंतु नगरवासियों को इतनी कृतघ्नता नहीं आती। वह किसी बात को तब छोड़ने को विवश हो जाते हैं जब पिंजरों में टँगे पक्षी भी उसे बार-बार दुहराने लगते हैं। स्त्रियों को विशेष दिलचस्पी थी। जैसे उनका अपना नुकसान हुआ था।

प्रातःकाल से दोपहर तक दान देनेवाले श्रेष्ठि चन्द्रहास ने सुना तो उदास होकर प्रकोष्ठ में जा बैठा। वह इतना दान करता है किंतु कभी महानगर में उसकी चर्चा तक नहीं हुई। उसके द्वार पर महानगर का गंदे से गंदा, गलित से गलित भिखारी आकर खड़ा होता है, फिर भी जैसे वह कोई बात ही नहीं ? और यहाँ एक व्यापारी को क्या क्षमा कर दिया, सारा महानगर गूँज उठा। उसकी पत्नी ने पति की ऐसी दशा देखी और उसके हृदय को बहुत सुख प्राप्त हुआ। वह चाहती थी कि कोई ऐसे समय मणिबन्ध की प्रशंसा करे।

"यह मणिबन्ध मनुष्य है या देवता ?" उसने बात छेड़ी—"जिसको देखती हूँ वही उसके गुण गा रहा है।"

बाण ठीक स्थान पर जाकर चुभा। श्रेष्ठि ने मुड़कर कहा—"तू भी ऐसा ही कहती है मूर्खा ! क्या वह तेरे पति जैसा दानी है ?"

"मैं क्या जानूँ ? किंतु किसी ने आज तक श्रेष्ठि चन्द्रहास की प्रशंसा नहीं की।"

"नहीं की क्योंकि वह भिखारियों को देता है जो प्रशंसा नहीं आशीर्वाद देते हैं।" वह प्रार्थना करने लगा—"हे महादेव ! हे महामाई ! हे अहिराज ! दुष्टों का दर्प दलन करो ! वे तुममें मेरी अटल जमी भक्ति को आज डगमगाए दे रहे हैं। तुमने जो मुझे दिया है, वह मैं तुम्हें वापस दे रहा हूँ...."

किंतु पत्नी उस समय उठ गई थी और श्रेष्ठि चन्द्रहास अपने प्रकोष्ठ में पड़ा-पड़ा बड़ी देर तक प्रार्थना करता रहा।

दास के मुख से आगमन की सूचना प्राप्त करके मणिबन्ध ने उठकर आमेन-रा का स्वागत किया।

इधर-उधर की बातें हो चुकने पर आमेन-रा ने कहा—"महाश्रेष्ठि ! आपके अक्षय दान को सुनकर मुझे तो अचरज से आँखें खोल देनी पड़ीं। एक करोड़, बीस लाख ! धनकुबेर ! धन्य हो, धन्य हो।"

मणिबन्ध को स्वयं अचरज हुआ। उसने कहा—"वह तो कुछ भी न था, यह आप क्या कह रहे हैं ?"

"मैं जानता हूँ, महाश्रेष्ठि, मैं जानता हूँ। आमेन-रा कभी साधारण व्यक्ति के सामने सिर नहीं झुकाता, निस्संदेह वह तो कुछ भी न था। आपके चरण-स्पर्श से मिट्टी सोना हो जाती है।"

मणिबन्ध चुप हो गया।

कुछ देर तक दोनों सोचते रहे। फिर आमेन-रा ने कहा—"महाश्रेष्ठि! बहुत दिनों से मैं जो कुछ कहना चाहता था वह मैं आपसे आज कह गया हूँ। मनुष्य संसार में आता है, आकर चला जाता है। क्या छोड़ता है वह विश्व में? यश! फ़राऊन का यश युगों तक पृथ्वी के वक्षस्थल पर अमर खड़ा रहेगा। सूर्य्य उसकी रक्षा कर रहा है। आप कहेंगे कि फ़राऊन तो नहीं रहेगा। इससे उसे क्या मिलेगा? किंतु मैं कहता हूँ, मनुष्य को किसी से भी क्या मिल जाता है? वह तो सदा के लिए पृथ्वी पर नहीं रहता?"

"यह तो ठीक है श्रीमान्," मणिबन्ध ने कहा, "फिर भी क्या मनुष्य यश ही के लिए पृथ्वी पर जीता है?"

"मनुष्य का जीना अनेक प्रकार का होता है महाश्रेष्ठि! मनुष्य फ़राऊन बनकर भी जीवित रहता है, मनुष्य दास बनकर भी पृथ्वी पर जीवित रहता है।"

दासों के बारे में बातें चल पड़ीं। मणिबन्ध ने आमेन-रा को नीलूफ़र के विषय में अवगत किया। आमेन-रा सोचता रहा।

मणिबन्ध ने कहा—"मैं नहीं जानता, वह कहाँ चली गई।"

"महाश्रेष्ठि! जो स्त्री एक व्यक्ति को अपने गर्भ में छिपा सकती है, वह क्या अपने लिए छिपने का कोई स्थान नहीं बना सकती?"

"वह केवल भूगर्भ में छिप सकती है!"

आमेन-रा सुनकर हँस दिया।

मणिबन्ध ने कहा—"वह बहुत ही प्रवंचिनी निकली श्रीमान्! मणिबन्ध ने आज तक ग़लती नहीं की। यदि की तो यही कि एक स्त्री का कुछ अंशों में विश्वास किया।"

आमेन-रा ने कहा—"महाश्रेष्ठि! मैं स्त्रियों का विश्वास नहीं करता।"

"तो आप क्या समझते हैं?"

"मैं क्या समझता हूँ यह तो एक व्यर्थ का विषय होगा महाश्रेष्ठि! संभव है आप स्वीकार न करें और आप जैसे मित्र को रुष्ट करे ऐसा आमेन-रा भी मूर्ख नहीं है। किंतु फिर भी एक बात अवश्य कहूँगा।"

मणिबन्ध ध्यान से सुनने लगा। आमेन-रा कहता गया—"जो स्त्री कुलीन नहीं होती वह पुरुष की स्थायी संपत्ति नहीं होती। जो अन्य स्त्रियों के छल में फँसता है वह हापी के भीषण आवर्त्तों में घूमने लगता है। वह एक तीखा विष है, जिससे मनुष्य को कभी मुक्ति नहीं मिल सकती। आपकी नीलूफ़र एक दासी थी। कौन कह सकता है, वह सुंदर नहीं थी, किंतु वह कुलीन निस्संदेह नहीं थी, अतः वह उड़ गई।"

मणिबन्ध का सिर झुक गया। उसे अपने ऊपर घोर पश्चात्ताप होने लगा। यह क्या कह रहा है? क्या यही एक कारण है? क्या कुलीनत्व किसी विशेष बाजीगरी का नाम है? क्यों है यह भय लोगों में—इस शब्द के प्रति? यदि रक्त का भेद है तो वह स्वयं क्या है? झूठ है सब! वह अनेक मिश्र के व्यापारियों से परिचित था जो अकुलीन थे। भाग्य चाहिए। सबकुछ अनिश्चित है। यदि भाग्य है तो सबकुछ है, अन्यथा अनिश्चय के पारावार में कुछ भी नहीं है,

क्योंकि कोई नहीं जानता कौन-सी लहर कब उठेगी, कब गिरेगी ?

आमेन-रा तो चला गया किंतु मणिबन्ध में वह विष धीरे-धीरे फैलने लगा : नर्त्तकी कौन कुलीन है ? आज वह नीलूफ़र को ढूँढ़ रहा है। क्या जाने कल उसे नर्त्तकी को भी ढूँढ़ना पड़े ?

मणिबन्ध का हृदय आतुर हो उठा : तब ? कुलीन स्त्री सचमुच कहीं भागकर नहीं छिप सकती क्योंकि वह उतने दुख ही नहीं सह सकती। अतः यदि उसके भी एक अन्तःपुर होता तो क्या आज वह इस प्रकार भटकता फिरता ? क्यों है उसे स्त्री के प्रति इतना व्याकुल कर देनेवाला आकर्षण ?

बना-बनाया घरौंदा एक बात की ठोकर से ही चूर हो गया।

वह निश्चय ही वेणी को फिर अपने विशाल प्रासाद से उठाकर भूमि पर, बाहर पथ की धूलि में फेंक देगा। और लोग उसे देखकर हँसेंगे कि यही है वह स्त्री जो भाग्य को अधीन बना देनेवाले पुरुष-सिंह की छाया में महान बन जाना चाहती थी ? नीलूफ़र ने उसे हँसने का अवसर नहीं दिया किंतु वेणी पर वह अवश्य अट्टहास करेगा।

वह वेणी के प्रकोष्ठ-द्वार तक जा पहुँचा। हृदय में अंधड़ मच रहा था। जैसे वह जाते ही अपने-आपको सँभालने में भी असमर्थ हो जाएगा। जैसे-जैसे वह सोचता उतना ही उसे लगता, वह अपनी बात से दूर होता जा रहा है।

वेणी सो रही थी। देखता रहा।

अनिंद्य था वह सौंदर्य्य। एक हाथ माथे के पास, एक हाथ पेट पर, और पाँव घुटनों पर से किंचित मुड़े हुए निश्चिंतता की नींद, नींद जिसमें कौन जाने सीपी-सी पलकों में कितने स्वप्नों के दीप जल-जल उठते होंगे। बुझ-बुझ जाते होंगे। और अधखुले उसके उन्नत पीवर उरोज, जो श्वास के खींचने के साथ फूलते हैं, छोड़ने के साथ गिर जाते हैं और उनमें एक अद्‌भुत आकर्षण है जो नयनों को नहीं छोड़ना चाहता। और तकिए पर बिखरे हुए सुरभित फूल !

उस सौंदर्य्य ने उसे कुछ ऐसा वशीभूत कर दिया कि वह जड़ीभूत-सा देखता ही रह गया। आमेन-रा और उसका उपदेश व्यर्थ हो गया। स्त्री तो विराट् शक्ति है। आमेन-रा वृद्ध हो गया है। मणिबन्ध अभी वृद्ध नहीं है, और वह अपने मन की शक्ति से, तन से अधिक सशक्त है।

वृद्ध ! मणिबन्ध ! तू वृद्ध हो चला है ? महाश्रेष्ठि ने भुजाओं को फैलाकर देखा। वह स्निग्ध और कठोर थीं। झूठ है। कौन कहता है कि अब शक्तिहीन और रसहीन हो गया है ?

वह लौट आया।

किंतु विचार, एक भयानक विचार था। यह आकर फिर कभी भी नहीं जाता, और यौवन ? वह जाने के बाद फिर कभी लौटकर नहीं आता। कितना कठोर है प्रकृति का नियम ? लेकिन जब सूखा पत्ता गिरता है तब कभी हरे पत्ते उसे देखकर हँसते नहीं, कल ही जो उनका भविष्य होनेवाला है उसे देखकर डर से मर्मर करने लगते हैं। और वह निर्जीव पीला पत्ता कुछ देर आँखें फाड़-फाड़कर ऊपर पेड़ की ओर देखा करता है, हवा के निर्दय झोंकों में उड़ जाता है और किसी का पाँव पड़ जाने पर दर्द से कराह उठता है।

सारे केंद्र अपने-आप आकर सुव्यवस्थित हो जाते हैं। एक आदमी नहीं रहे, संसार नहीं रुक सकता। मणिबन्ध भी नहीं रहे तो क्या ?

किंतु मणिबन्ध क्या इतना निर्जीव है ?

किसी दासी का बच्चा मर गया था। वह उसकी याद करके एक गीत गा रही थी। मणिबन्ध उसे सुनने लगा। दासी गा रही थी, रो रही थी—

"एक दिन तू बड़ा होता मेरे लाल! तू मेरी गोदी में बड़ा होता।

"श्रेष्ठि तुझे नहीं बेचता। वह मान जाता, मेरे आँसू उसे पिघला देते, तब तू और मैं गाय और उसके बछड़े की भाँति खड़े रहते।

"ओ मेरे लाल! मेरे आँसू श्रेष्ठि के सोने को भी यदि पिघला लेते तो क्या? तू जहाँ चला गया है, वहाँ से कोई भी नहीं लौटता? दास तो न्याय के दिन भी फिर से बाँट दिए जाएँगे····"

गीत उसके प्रति प्रशंसा नहीं था। फिर भी उसे कुछ ऐसा अच्छा लगा कि वह चुपचाप सुनता रहा। कितनी करुण वेदना थी उसके आर्त्त स्वर में।

माँ को अपने शिशु से इतना स्नेह क्यों होता है? क्या वह सदा ऐसे ही अपने बच्चों को प्यार करती चली जाएगी? मणिबन्ध! तू क्या जाने ममता की इन दैनिक स्वाभाविक छोटी से छोटी भी बातों को? एक दास को वह सबकुछ मिल सकता है, किंतु तेरे सामने सिर झुकाने को सब तैयार हैं, कोई भी ऐसे हाथ नहीं, जो घृणित से घृणित रूप में भी मणिबन्ध के खड़े होने पर, अपने आप खुल जाएँ, जैसे स्नेह····स्नेह सबसे बड़ी वस्तु है····

और उसे लगा, वह बहुत थक गया है—बहुत। अर्थात् उसका कोई नहीं है? क्यों नहीं है उसका कोई? क्या रक्त का बन्धन ही इस संसार में एकमात्र बंधन है? क्या धार्मिक विवाह की स्त्री ही वास्तविक प्रेम करती है? वह पातिव्रत का यश कमाती है या वास्तव में प्रेम करती है? वैभव और विलास का मदमत्त प्राणी आज चाहता है कि उसे कोई प्यार करे। यदि उसे स्नेह का चुंबन नहीं मिल सकता तो इस उफान का वेग कुछ महास्फूर्त्ति चाहता है, जो रक्त जैसी भीषण तृष्णा तक पहुँच सकता है।

वह बैठ गया। आसन की भुजा पर उसने अपनी भुजा रखकर सिर उस पर टेक लिया और सोचने लगा। हलचल चाहिए। कोलाहल। और उस विराट् ध्वनि-पुंज पर एक ही शब्द गूँज उठे—महान! महाश्रेष्ठि मणिबन्ध! और जो आज प्यार नहीं कर सकते कल उन्हें भय से सिर झुकाना पड़े, श्रेष्ठि का सूना अभिमान पूरा हो जाए।

बहुत देर बीत गई। तभी वेणी ने प्रवेश करके कहा—"महाश्रेष्ठि!"

मणिबन्ध उस समय आँखें मूँदे अपने स्वप्न का आनंद ले रहा था। कोई हाँफ रहा है, कराह रहा है, स्वयं फ़राऊन अपने ही गुलाम की तरह उसके चरणों पर पड़ा काँप रहा है····उसने नहीं सुना। और पास आकर वेणी ने कहा—'महाश्रेष्ठि! वृद्ध····'

"वृद्ध?" मणिबन्ध ने चौंककर कहा—"कौन कहता है मैं वृद्ध हूँ?" और पहचानकर कहा—"देवी! मैं वृद्ध?" भौं आकर सामने मिल गई और होंठों पर व्यंग की मुस्कान।

"मैंने कहा, वृद्ध पुजारी भी इतना घोर चिंतन नहीं करते जितना आप?"

"पुजारी!" मणिबन्ध ने उठते हुए कहा—"वे इतना काम भी नहीं करते देवी! आजकल मुझे बहुत कुछ देखना पड़ता है। मकड़ी के जाले की भाँति यह उत्तरदायित्व बढ़ता ही जा रहा है।"

"महाश्रेष्ठि मकड़ी हैं?" कहने को तो बाल-चपलता में कह गई किंतु फिर जीभ काट ली और मणिबन्ध ने मुस्क़राकर देखा वह लजा गई थी। दोनों ठठाकर हँस पड़े।

मणिबन्ध को यह अच्छा लगता है। जब वह चाहे तब लोग उससे ऐसी बातें क्यों नहीं करते? वेणी! वह सर्वथा उपयुक्त है। नीलूफ़र! वह सदा दासी बनकर बातचीत किया करती थी।

वेणी की उस सरलता पर वह रीझ गया और उस नवीन चपलता पर जब उसे क्षण-भर विस्मय हुआ तब उसे याद आया—अब वह वास्तव में युवक नहीं था। तभी शायद नीलूफ़र चली गई।

नीलूफ़र ने सुना। वह चुपचाप लेटी थी। उस समय कक्ष में कोई न था। स्वर पहचान गई। कैसे आनंद हो रहे हैं? और नीलूफ़र! स्वयं अभागिन! दूसरों के भी जीवन को इतना अधिक ख़तरा दिए है। क्यों नहीं वह आत्महत्या कर लेती? किंतु आत्महत्या! सिंधु की तरंगों ने ही जब उठाकर बाहर फेंक दिया, आँधी में भी जब वह विचलित नहीं हुई, क्या वह वैसे ही नष्ट हो जाएगी? नीलूफ़र को लगा वह साधारण स्त्री नहीं है। उसने एक बड़े भयानक पशु को एक दिन अपने पाँव के नीचे दबा लिया था। और आज वही पशु उसकी ओर देखकर गरज उठा है। क्या हार जाएगी नीलूफ़र? क्या आज उसकी भृकुटि में इतना बल नहीं कि जब वह तने तो पुरुषों के खड्ग म्यान के बाहर चमचमाने लगें····

और उधर····वेणी ····और ····मणिबन्ध ····

दोनों उन्मत्त से हँस रहे थे। नीलूफ़र का सिर पुआल में छिप गया।

वह एक दीन स्त्री की भाँति सुबक-सुबककर चुपचाप रोने लगी।

इसी समय हेका ने प्रवेश करके कहा—"धीरे नीलम, धीरे! कोई सुनेगा।"

नीलूफ़र ने आँसू-भरी आँखें उठा दीं। आज उसे रोने तक का अधिकार नहीं था।

14

महानगर में अहिराज की पूजा के महोत्सव का आयोजन हो रहा था। नए सार्थ आकर अरब से एकत्र हुए थे। इनमें से कई जातियाँ चन्द्रोपासना करती थीं। मिश्र के भेजे हुए सार्थ भी आ पहुँचे थे। तब चंद्र की उपासना का अर्थ सूर्य्य के शत्रु की पूजा हुई। पर सूर्य्य तो मरु में उतनी सहायता नहीं करता जितना चन्द्र। यात्रा में, प्रकाश में, शीतलता में सबमें ही चन्द्र सहायक है, रक्षक है। हाँ, चन्द्र की देवत्व छाया में रात पलती है। वह पंद्रह दिन स्वर्ग में विश्राम करने चला जाता है। उस समय उसके शत्रु सर्प पृथ्वी पर घूमने लगते हैं। देवताओं में परस्पर शत्रुता रहे, मनुष्य के लिए दोनों ही देवता हैं।

देवत्व की इस भावना का प्रश्न जब-जब उठता है, तब-तब उच्च वर्गों में मति विभाजित हो जाती है।

मोअन-जो-दड़ो में दार्शनिकों की कमी नहीं। मिश्र के प्राचीन विचारक अपने-आपको किसी से कम नहीं समझते। हीब्रू भाषाभाषियों के आने के पूर्व, नाम न मिश्र था, न मिस्रेम, वरन् काली मिट्टी की भूमि को वे 'केमी' कहते थे। उन्हें वह सब याद था। विराट् जलप्लावन की बात नहीं, नील की बाढ़ें बनी रहें, जो नहीं होती, उस वर्षा की उन्हें कोई आवश्यकता नहीं।

अच्छा, मोअन-जो-दड़ों के वासी महादेव को अपना मांगलिक अन्नदाता भी कहते हैं। किंतु हा-पी की भाँति बादल कोई निश्चित स्वरूप नहीं है। हा-पी के अनेक रूप हैं जो वर्षा के रथ पर बदलते रहते हैं। बादल सदा नहीं उठा करते।

अशतरत, आमेन-रा का चषक वाहक, क्षुद्रमति होते हुए भी एक अच्छी व्याख्या देता था कि पहले 'केमी' पर मनुष्य नहीं, देवताओं ने ही राज्य किया। ज्वालामुखी की अग्नि सदृश देवता प्ताह, रा (सूर्य्य), शु, सेब (शनि), हेशर अर्थात् ओसिरिस, सेतिप्रभंजन और होर अर्थात् हारमेख्त, ओसिरिस पुत्र—के उस शासन में सब सुखी थे। किसी को भी कुछ कमी नहीं थी। देवताओं के उस अखण्ड शासन में प्रकृति को पूर्ण स्वतंत्रता थी और पैतृक सत्ता शांति से चल रही थी। कमी तब होती है जब मनुष्य देवताओं से दूर हो जाता है। तेरह सहस्त्र और सौ कम एक सहस्त्र, अर्थात् कुल मिलाकर उन्होंने तेरह सहस्त्र नौ सौ वर्ष भूलोक पर राज्य किया, जिसमें सूर्य्य वर्ष प्रधान है। सूर्य्य के प्रत्येक वर्ष में नील का हा-पी देवता चार बार अपना रंग बदल देता है। एक बार जब फ़सल खड़ी रहती है तब उसकी प्यासी जीभ लपलपाती है और मनुष्य का अन्न समेटकर ले जाता है। लोगों को, जहाँ हा-पी के पाँच खंड होकर समुद्र में मिलते हैं, केवल काली मिट्टी के अतिरिक्त और कुछ भी नहीं मिलता। नहीं मिलता क्योंकि प्राचीन दार्शनिकों ने बताया है कि यह उपजाऊ भू-भाग हा-पी के मुखों पर आ गए हैं, इन्हें समुद्र ने दान दिया है, क्योंकि सेब और हेशर पर वह प्रसन्न था। मेनीस और उपदेवताओं ने उनके अनंतर ही सबकुछ अपने हाथों में पाया जिन्होंने चार हज़ार वर्ष तक अपना अखण्ड राज्य किया। मेनीस (मनु) मनुष्यत्व की ओर अधिक था। वह अवश्य भिन्न रहा। उसने पैतृक सत्ता को समाप्त कर दिया। आमेन-रा ने भी कहा—"पितरों का आशीर्वाद है सब।"

मोअन-जो-दड़ो के ज्ञानी भी पितरों के इस पक्ष को स्वीकार करते, मनुष्य मरता है तो आत्मा बाहर जाती है। बूँद आकाश से गिरती है तो कहाँ जाती है, बहती है। बहकर? रा (सूर्य्य) खींच लेता है। क्यों?

क्यों का कोई उत्तर नहीं है। यदि 'रा' अपना काम छोड़ दे तो स्वर्ग से देवताओं को पानी पीने बार-बार पृथ्वी पर आना पड़े। किंतु विद्वानों ने कहा है कि रा केवल खींचता है। और मोअन-जो-दड़ो में जो पानी बरसता है वह कहाँ से आया? महादेव देता है न उसे?

तब मिश्र के प्राचीन विद्वानों का विचार कुछ देर को स्तब्ध हो जाता। वे फिर महायोगी के विषय में बातें करने लगते और फिर बात जादू की ओर खिंच जाती और रहस्यमय अंधकार में किसी के भी हाथ में कुछ नहीं लगता, जैसे मिश्री कथन के अनुसार सूर्य्य के क्षेत्रलोक में सब ही आत्माएँ नहीं घुस सकतीं। 3000 वर्ष पहले मरी हुई आत्माएँ बार-बार पृथ्वी पर जन्म लेती हैं क्योंकि न्याय का दिन बहुत दूर रह जाता है।

जब बयाद ने प्रवेश किया था तब आशा थी कि बात कुछ अधिक सुलझ जाएगी। किंतु उसका मत कुछ स्थिर नहीं था। वह पहले एक गुलाम मात्र था किंतु उसकी घोर बुद्धिमत्ता के कारण बड़े-बड़े महाश्रेष्ठि और मिश्र के (प्रांताधिपति) 'हा' ही नहीं, सुमेरु और एलाम, हरप्पा और कीकट, सब ही उसका सम्मान करते। उसकी भौं तक सफ़ेद हो चुकी थीं। महावृद्ध था वह। कमर झुक गई थी। किंतु उसकी बोली में अब भी मिठास थी, जिसके बल पर उसने कठोर से कठोर योद्धा को अपने वश में कर लिया था। वह कभी तय नहीं कर सका कि यहूदी जो कहते हैं कि 'वह' एक है, तो वह एक क्या है? वास्तव में यहूदी समझते उतना नहीं, जितना

लड़ते हैं। बड़े कठोर होते हैं वे। कहते हैं हम 'उसकी' संतान हैं।

उनसे पूछिए—"हम कौन हैं। हम फिर किसकी संतान हैं?"

उत्तर होगा—"किंतु उसके चुने हुए तो यहूदी ही हैं।"

"और बाकी?"

"हम नहीं जानते। यदि तुम नहीं समझते तो यह हमारा दोष है, उसका दोष नहीं।"

हापी का लाल जल भी इतना भयानक गर्जन नहीं करता जितना उनके वह सफ़ेद दाढ़ियोंवाले वृद्ध करते हैं। वे कभी विश्वास का कारण समझाने-बुझाने को उद्यत नहीं हैं। किंतु उससे क्या हुआ? प्रत्येक देवता के 'पुत्त' हैं, कुटुंब हैं। प्रत्येक नगर देवता का अपना वंश है। तो क्या देवता मनुष्य हैं?

पुरुष को भी स्त्री चाहिए। जब संभोग है, तब नया जन्म है। संभोग के भी तो कई रूप हैं। फूलों का संभोग मनुष्य और पशु के मैथुन के समान नहीं होता। मनुष्य के मैथुन में एक वासना होती है, वह अपने उद्वेग से काँपने लगता है। उसका शरीर मर्य्यादा के बाहर हो जाता है। देवता उस समय मनुष्य की ओर नहीं देखते। किंतु फूल क्यों काँपता है? देवता संभोग नहीं देखते? फूलों को भी नहीं देखते? यह प्रश्न दुर्निवार है। यदि फूलों का भी पाप है तो देवताओं का भी पाप ही होना चाहिए। हीब्रू कहते हैं 'वह' नहीं करता।

मिश्री लेखक लाबान् पूछता है फिर देवता की बहिन कहाँ से आ गई अर्थात् उससे पहले भी यही होता रहा है और स्त्री का द्वंद्व स्वरूप है। प्रत्येक देवता की बहिन क्यों है?

तब मोअन-जो-दड़ो के पुजारी कहते कि पुरुष ही प्रधान है। उसी की अनुकंपा से सबकुछ होता है। उसका स्वरूप तप और त्याग है, कठोरता है। कठोर का अर्थ क्रूर नहीं है। वह शांति और वैभव है। इसी कारण साध्य और साधन की छाया स्वरूप दुख और सुख हैं। वह महादेव है, वह सबसे ऊपर है। किंतु जो अपने-आपमें भूला रहता है वह कुछ कैसे कर सकता है? इसका तो बहुत सरल उत्तर है। महामाई उसकी स्त्री है। वह उसे जगाती है, तब दोनों का मिलन ही गति का सर्जन करता है।

"हूँ," एलाम का पुजारी कहता—"यदि महामाई उसी की बनाई है, तो पुत्री हुई न वह? वह स्त्री कैसे हो जाएगी?"

मोअन-जो-दड़ो के पुजारी हँसते। कहते—"तुम नर और नारी को अलग क्यों करते हो? एक ही के दो आधे-आधे रूप हैं। रचना होती है जब पूर्णता में दोनों खंड मिलकर एक हो जाते हैं। महामाई स्नेह है, ममता है, संक्षेप में सब रूप से स्त्री है; महादेव पुरुष है, आदर्श है।"

"तब?" सुमेरु का चिंताहीन योद्धा कह उठता—"पाप क्यों है?"

"पाप है क्योंकि अहिराज है।"

"वह कैसे हुआ।"

"वह अंधकार में, महादेव का अर्द्धजाग्रत पुत्र, पैदा हुआ। इसी से उसका द्वंद्व स्वरूप हुआ।"

किंतु यहाँ कोई मत स्थिर नहीं होता। अहिराज की वासना की तृप्ति कहाँ होती है? दूध में। क्यों? क्योंकि दूध स्त्री की वासना का रस है। तत्त्वों के देवता और वासना, ईर्ष्या, क्रोध, उद्वेग के देवता, सभी का अपना-अपना स्त्री स्वरूप नहीं है, किंतु सभी स्त्री-देवता के अनुचर हैं। किंतु ओसिरिस, आइसिस और होरस सर्वप्रधान हैं। सारा मिश्र अब उन्हीं के अधिकार में है।

इन अनेक रूपों के परे क्या है? कुछ नहीं है। तब मोअन-जो-दड़ो के वाक्-चतुर इस पर हँस पड़ते और अपने घरों में जब आपस में बातें करते तब कहते कि यह कैसे हो सकता है? परे न होना ही तो देवता को मनुष्य से एक कर देता है। महादेव तो अप्रत्यक्ष हैं। स्वयं दिन को रात, और रात को दिन समझनेवाले महायोगिराज ने भी आज तक यह दावा नहीं किया कि वह कुछ समझ सके हैं। आमेन-रा कहता है कि जो नहीं जाना जा सकता, वह हमारे देवता जानते हैं। यदि इसे स्वीकार करें कि ज्ञान जानते ही बताया नहीं जाता, पर वह बताया जा सकता है तो इतने दिन तो बीत गए फिर अभी तक क्यों नहीं बताया गया?

इस प्रकार आमेन-रा का विचार अधिक नहीं जाता। अच्छे और बुरे में सदा लड़ाई होती रहती है। दोनों में स्त्री और पुरुष का-सा द्वंद्व है। कभी कोई जीतता है, कभी कोई परास्त हो जाता है।

अब एक ओर का दृश्य है।

सूर्य्य ने अंधकार को परास्त किया है। दूसरी ओर अंधकार ने भी तो सूर्य्य को परास्त किया है। यदि यह नहीं होता तो दिन के बाद रात क्यों हो जाती है? और होती है तो फिर दिन क्यों आता है। इससे यह सिद्ध हुआ कि दोनों की समान शक्ति है। बल्कि मिश्र की इस बात पर तो मोअन-जो-दड़ो के दार्शनिक कहते हैं कि जिसे अच्छाई का देवता कहते हो वह तो बुराई के देवता से निर्बल है।

"कैसे?" मिश्री उत्सुकता से पूछते।

मोअन-जो-दड़ो के विचारक इस बात पर तुरन्त उत्तर देते—

"ऐसे कि अँधेरा तो सूर्य्य के उगने पर खंड-खंड होकर अपनी रक्षा कर लेता है। यदि तिनका भी हो तो सूर्य्य उसे भग्न करके, अंधकार को नष्ट नहीं कर सकता, जो उस तिनके को ही ढाल बना लेता है। दूसरी ओर देखिए। यह हार है। जैसे गीदड़ और जरख की चीख़ रात में चिल्ला-चिल्लाकर ऊधम करती है पर प्रातःकाल छिप जाती है, वैसे ही अंधकार के आने पर सूर्य्य छिप जाता है।"

"किंतु चंद्र जो उपदेवता है...." मिश्री कहते हैं, किंतु काटकर बीच ही में इस पर अरब-वासी अस्वीकार करने लगते हैं, "चंद्र उपदेवता नहीं है। पर यदि न होता तो अरब मिश्र का उपनिवेश क्यों होता? प्ताह देवता अपनी स्त्री पश्त, और बहिन बश्त, पुत्र नेफ़र-तुम के साथ रहता है। वह भी देखता है कि आकाश में नक्षत्र खंड-खंड हैं। रात को सूर्य्य के इतने टुकड़े क्यों हो जाते हैं और भोर होते ही वह सब एक होकर कैसे जगमगाने लगते हैं? और देवता प्ताह कुछ नहीं करता? अपनी प्रचंड शक्ति के रहते हुए भी? उसकी हुंकार से पृथ्वी काँप उठती है। और उसी के पुत्र नेफ़र-तुम के सिर पर कमल, उसमें मधु है। किंतु क्या वह मुरझाता है? मिश्र के वासी इस पर भी अपनी दृढ़ सम्मति नहीं दे पाते। देवताओं के विषय में कुछ भी कहना कठिन है। कुछ देवता तो हैं ही, कुछ देवता जन्म लेकर आए हैं, जन्म की दूसरी छाया—एक अविनश्वर अवश्यंभावी छाया है—मृत्यु। तब तो देवताओं को भी न्याय के विराट् चक्र में दासों की भाँति पिसना पड़ता होगा?

और वह भी तो देवता हैं जिन्हें अपने पिता का भी नाम ज्ञात नहीं। जिनकी माता में किसी ने बीज नहीं रखा। कोख भर गई और जन्म हुआ। कुछ और हो नहीं, केवल माता ही हो, तो वह जन्म अपने-आपमें सार्थक कहाँ है? पर ऐसा जो है उसका यह रूप प्रचलित है कि माता

में पुरुष का बीज ही पड़कर बीज ही जन्म का द्वार खोलता है। स्त्री के गर्भ में वही रहस्य है, जो सृष्टि के गर्भ में है। अर्थात् दोनों ही अज्ञात हैं, फिर पुरुष का अनाम बीज क्या है?

और पशु-मुखधारी देवताओं की बात भी समझ में आ सकती है। आत्मा का रूप ही मुख से स्पष्ट होता है। मनुष्य की रक्षा के लिए ही ऐसा स्वरूप धारण किया जाता है।

उच्च वर्ग के ज्ञानी जब थक जाते तो मदिरा पीते और सो जाते, इस आशा में कि जो रहस्य जाग्रत में नहीं खुलते वह स्वप्न में आकर स्पष्ट हो जाते हैं। पर स्वप्न में बात और जटिल हो जाती और उस पर विवाद करने में बड़े-बड़े ज्ञानियों को पसीना आ जाता।

देवता 'हा' (तूफ़ान) केवल अंधड़ है। स्वप्न उसी की माया है। वह केवल 'है' (अस्ति); जब 'है' फैलता है तब उसके खंडित रूप अनेक आकार ग्रहण करते हैं, उसी में वह भी है जो अपने-आपमें पूर्ण शक्तिवान है, अनादि भूत पदार्थ है—वह भूत पदार्थ जिसमें से देवताओं का निर्माण हुआ। पर वह कहाँ से आया? देवता में वासना क्यों है कि उसे स्त्री की आवश्यकता हुई? और यदि वासना है तो देवता की भगिनी का प्रकोप कहाँ शांत होता है? वही 'हा' (तूफ़ान) का अपरूप दिग्दर्शन है।

सूर्य्य-किरणें बहुत दूर से चलकर पृथ्वी पर आती हैं। क्यों?

केवल मोअन-जो-दड़ो का तापस कहता है कि सूर्य्य पृथ्वी के लिए बना है। यदि यह नहीं होता तो सूर्य्य ऊपर-ही-ऊपर किरणें फेंक देता। सारी पृथ्वी मनुष्य के लिए बनी है।

शक्ति व्यक्त है, अव्यक्त है....

अग्नि का प्रकाश व्यक्त है, गर्भस्थित ताप अव्यक्त है। इसी प्रकार पुरुष एक व्यक्त शक्ति है, स्त्री एक अव्यक्त शक्ति है। स्त्री और पुरुष के मिलन के समय यह समझना भूल होगी कि अव्यक्त शक्ति के आनंद के लिए ही व्यक्त शक्ति आंदोलन करती है। नहीं, व्यक्त शक्ति का पुनर्जन्म अव्यक्त के द्वारा होता है!

धरती में बीज बोने से ही अंकुर फूटता है।

स्त्री पुरुष के सामने इसी से अपूर्ण है। पुरुष भी अपूर्ण है। एक के बिना भी परंपरा नहीं चल सकती।

टिड्डी दल का भयानक वार जैसे खेतों को नाश कर देता है उसी प्रकार पुरुष का बीज अव्यक्त को नाश कर व्यक्त रूप धारण करता है और अपने-आपको प्रकट करता है। उस समय वह शक्तिवान नहीं होता, इसी से अव्यक्त अपनी शक्ति का संचय पुनः कर लेती है।

समय इसमें सहायता देता है। कुछ का मत है कि देवता 'सेब' समय ही है, परंतु कुछ इसी को निश्चित मानते हैं कि वह केवल शनि है। सेब के अंक में सब देवता हैं, सब मनुष्य हैं, सबकुछ है, किंतु सेब फिर भी अपना स्वामी नहीं है क्योंकि उसका महत्त्व और मूल्य अन्यों की उपस्थिति से है, जिनके बिना वह निराकार है, न बोला जा सकता है, न सुना ही, किंतु महानागरिक समय को भी महादेव का दास कहते हैं, योग में समय स्थिर हो जाता है। जो हो चुका है, जो हो रहा है, और जो होगा—इन तीनों का कोई भेद नहीं रहा। योग में जो हुआ वह नहीं हुआ, जो है वह नहीं है, जो होगा वह नहीं होगा, और कारण यह है कि जो तीन अंकों में एक को बाँधा गया है, वह तभी तक है जब तक मनुष्य और देवता कर्म में बँधा है। जब आत्मा मुक्त है तब उसके लिए समय की गति का कोई अर्थ नहीं है।

वे समय में बद्ध आत्मा को एक यात्री के रूप में उपस्थित करके, मिश्रियों को मिस्र के ही

उदाहरण देकर समझाने की चेष्टा करते। मान लो कि अब एक कोई यात्री है। मिश्र में नुबिया में वादी हल्फ़ा (उपत्यका) से चलकर कोई पथ पार करे किंतु यदि गंतव्य ही भूल जाए तो वह कुछ नहीं कर सकता। वह केवल वादी हल्फ़ा लौट सकता है। किंतु जीवन एक यात्री के समान स्वतंत्र नहीं है। एक बार जन्म लेकर व्यक्ति फिर उसी प्रकार उसी जीवन में जन्म नहीं ले सकता। आवागमन एक कठोर दंड है। पुण्यात्मा भी उसे दंड ही समझता है। कभी मनुष्य पशु बनता है, कभी कुछ। पशु भी तो पूज्य हैं। 'अपिस' वृषभ भी तो पूज्य है। और 'अपिस' वृषभ की आराधना से मनुष्य का एक स्वार्थ सिद्ध हो सकता है। वह सर्वशक्तिमान से निकटता अनुभव करता है। किंतु मोअन-जो-दड़ो के निवासी देवता की आराधना को अपनी स्वार्थसिद्धि नहीं कहते। वे उसे देवता को प्रसन्न करने का अपना कर्त्तव्य समझते। क्योंकि मनुष्य आत्मा के रहते देवता को प्रसन्न रखने का अधिकार रखता है। अतः मिश्रियों की यह वृषभ आराधना श्रेष्ठ है।

आत्मा शरीर से शरीर में घूमती रहती है। उसे योगी के अतिरिक्त और कहीं विश्राम नहीं है। वह घोर श्रम करती है। छटपटाती है। वह अपने अनंत सुख की चेष्टा में रत रहती है, श्रम करती है। नरक की घोर यातना सहकर भी वह मरती नहीं। बराबर जिए चलती है। कहीं शूलों पर सोना पड़ता है, कहीं अग्नि की लपटों में झुलसना पड़ता है। नरक के वे डरावने द्वार जहाँ कुत्तों के खूँखार पंजे और वे नुकीले पैने दाँत उसका स्वागत करने की प्यास लिए खड़े रहते हैं, उन प्रहरियों को सजग जीभ लपलपाते देखकर तो बड़े-बड़े सम्राट् भी थर्रा जाते होंगे, किंतु आत्मा को वह सब भी देख-सुनकर, सहन करना ही पड़ता है। न्याय के दिन तक सम्राट् मरकर भी अपनी क़ब्र में अच्छे से अच्छा भोजन, वस्त्र, आराम और दासों का सुख पाता है, किंतु उसके बाद? उसके बाद तो कोई विशेष भेद होता नहीं।

इस पर मोअन-जो-दड़ो के विद्वान कह उठते—

"सम्राट् फ़राऊन गिज़ा प्रांत में पिरेमिस बना सकता है किंतु वह लिंग की महानता को चुनौती नहीं दे सकता।" मोअन-जो-दड़ो के दार्शनिक अपने इस सिद्धांत का सशक्त शब्दों में प्रतिपादन करते।

मिश्री पूछते—"कारण?"

"कारण तो स्पष्ट है। फ़राऊन सप्राण दासों से पत्थरों की पिरेमिस बनवाता है। महादेव लिंग देवता, मनुष्य के निष्प्राण बीज—किंतु कहो जीवनशक्ति से—स्वयं मनुष्य बना देता है जिसे संसार में कोई नहीं बना सकता। मनुष्य की देह में अनेक जाल हैं, अनेक सूक्ष्म और स्थूल रहस्य हैं। खाल कटने पर तो रक्त बहता है किंतु कान और नाक के इतने छेद रहने पर भी बाहर नहीं निकलता। क्या यह साधारण शक्ति है? जीवित को मृत किया जा सकता है, मृत को कोई जीवित कर सकता है?

साइदोर (उत्तरी मिश्र) से आए व्यापारी-दार्शनिकों के मुख से प्रश्न टकरा जाता। वे सदा उत्तर देते—"नहीं, महानागरिको! नहीं जिलाया जा सकता।"

महानागरिक कहते—महादेव की निद्रा अगाध है क्योंकि योगनिद्रा में जीवित के ज्ञान से भी अधिक ज्ञान है किंतु वह स्थिरता है, उसमें सबकुछ तो है, परंतु चल शक्ति नहीं। वही महामाई युगों में एक बार जगा पाती है और युगों तक वे केलि करते हैं। फिर महादेव संध्या में बंद होते कमल-से बंद हो जाते हैं। तब वे युगों तक दुर्भेद्य हो जाते हैं। दक्षिण मिश्र में भयानक

क़िले हैं। किंतु उनको बिल्कुल ही दुर्भेद्य नहीं कहा जा सकता। उनके अंदर भी सूर्य्य का प्रकाश पहुँचता है, पवन की गति को कोई नहीं रोक सकता। तो वह दुर्भेद्य नहीं रहे। दुर्भेद्य 'एक' है। वही मनुष्य की रचनात्मक शक्ति भी है क्योंकि देवता ने उस पर अपनी योग शक्ति का कवच डाल दिया है। मृत्यु भी उसका नाश नहीं कर पाती।

मोअन-जो-दड़ो के दार्शनिक सिर उठाकर कहते—"वही हमारा महादेव है। अमर पुरुष। सृष्टि का मूल कारण—एकमात्र लिंग।"

वे समझाते—"देवताओं ने यदि आक्रमण किया तो उनका पौरुष स्वयं नष्ट हो जाएगा। उस लिंग को देवता न कहना पाप होगा। वह चिह्न है। पर्वत, सागर, गह्वर, कानन, सबकी सृष्टि होती है। सृष्टि के लिए तो जैसे कहा जा चुका है, स्त्री और पुरुष की आवश्यकता है, जैसे आकाश और पृथ्वी के मिलने से ही क्षितिज जन्म लेता है, उसी प्रकार इस युगल की प्रत्येक क्षेत्र में आवश्यकता है। लिंग महादेव के अपार पौरुष का ही नहीं उनकी संयम शक्ति का चिह्न है। सुंदरी स्त्री हो, कुरूपा हो, वह तब तक रचना नहीं कर सकती, जन्म नहीं दे सकती, जब तक वह महादेव के लिंग देवता की उपासना नहीं करे। जो कुछ जन्म और मृत्यु है वह इसी की देन है।"

वोस्तानी (मध्य मिश्र) का कम बोलनेवाला पुजारी अपने को 'शेषांक' से कम नहीं समझता जैसे वह स्वयं सूर्य्य का अपना ही पुजारी था, बहुत देर में बोला करता था, अब मजबूर हो गया। उसने कहा—"वैद्य रात में जंगल में जाता है, तब उसे अनेक जड़ी-बूटी वहाँ दीपक की भाँति चमकती हुई दिखाई देती हैं, किंतु वह सब रात के अंधकार में नक़ली प्रकाश मात्र होती हैं। उनका सच्चा प्रयोग करने के लिए सच्ची, ज्ञान की ठीक मात्रा प्राप्त करनेवाली, बुद्धि की आवश्यकता पड़ती है। मैं नहीं समझता कि यह ठीक है, या नहीं, किंतु लिंग की शक्ति बहुत बड़ी है यह मैं समझने की चेष्टा कर रहा हूँ।" महानागरिक रंग चढ़ता देखकर कहते—"महादेव! तू महान है।" और कहते कि "सुनो! बहारी (निम्न मिश्र) जहाँ हा-पी की समुद्र से बातचीत होती है, देवता शून्य की लहरों में नावें चलाते हैं और अपनी पृथ्वी की यात्रा को सुगमता से पार कर सकते हैं, किंतु यदि लिंग नहीं है तो न देवता हो सकता है, न देवता का पुत्र। वह अखंड विलास भी है, अखंड संयम भी; स्खलन भी, निरोध भी; शक्ति भी, क्षमा भी; वह आनंद है, वह विरक्ति है; वह कारण है, वह कार्य्य है, वही परिणाम भी...."

इसी पर मिश्री बौखला उठते। सच ही तो है। इनका यह देवता तो विराट् है। न उसकी विस्तृति का अंत है; न संकोच का। प्रकृति है। उसमें कुछ होता है तभी सृष्टि होती है। क्या होता है उसमें? सारी सृष्टि मनुष्य के लिए बनाई गई है। अर्थात् रचना के लिए मनुष्य का जो साधन है, वही देवताओं के सबसे अधिक निकट है। अर्थात् लिंग देवता का सृजन में मुख्य हाथ है। वासना से उद्रेक होता है। उद्रेक से गति आती है। आकाश में, पृथ्वी में उसी महादेव का विराट् पौरुष डोल रहा है। महामाई उसी के लिए वासना से उन्मत्त होकर तड़प रही है।

महामाई का रहस्य अपनी पूर्त्ति कहाँ पाता है? जब उसके गर्भ में बीज पड़ता है और वही बीज फिर सर्जक का रूप धारण करके संसार में आता है। कहते हैं पहले माता की कोख में बीज आता था, तब वह स्वतंत्र थी। कोई नहीं जानता था कि बीज कैसे आया? किंतु तब वह स्वामिनी थी। फिर पुरुष को ज्ञान हुआ क्योंकि महामाई ने तब महादेव को जगा दिया था। युगों की योग-निद्रा टूट गई थी। भस्मावृत ज्वालामुखी पहाड़ की भाँति सुंदर उस विराट् देवता

ने आँखें खोलीं और देखा कि महामाई अधनंगी पड़ी थी। वह अपने स्वरूप के दूसरे खंड को देखकर व्याकुल हो गया। और महामाई के आनंद में संसार ने जाना कि आनंद का माध्यम महादेव का यह अपार पौरुष ही है, जिससे पुरुष को सुख है, स्त्री को सुख है, संतान को सुख है क्योंकि देवता हर्त्ता ही नहीं, पालक भी है, और रक्षक भी। और यदि संसार में लिंग नहीं है तो सृष्टि नहीं है।

महानागरिक चुप होकर प्रभाव देखते। पुरुष का वह पूर्ण आधिपत्य देखकर स्त्रियाँ स्तंभित रह जातीं। देवता कोई भी रूप धारण करके रह सकता है। किंतु यह तो बहुत ठोस बात है। अन्यथा सृष्टि का मूल कारण कुछ भी समझ में नहीं आता।

बहारी (निम्न मिश्र) के ज्ञानी कहते—"अद्‌भुत है तुम्हारा दर्शन महानागरिको! हमारे देश में तो क्या और कहीं ऐसा नहीं सुना। क्या कीकट, पाणीय, शंयु और किरात, सबमें यही देवता हैं?"

"क्यों नहीं," मोअन-जो-दड़ो के नागरिक कहते—"यही तो वास्तविक देवता हैं। जन्म का प्रतिपादन यहाँ सत्य उतरता है। महादेव के अनेक रूप हैं। अनेक साधना हैं। प्रत्येक भू-भाग में उनके अनेक दास-देवता हैं, अनुचर हैं, जो कहीं शीतला, कहीं महामारी, कहीं अकाल, कहीं कुष्ट बनकर मनुष्य की गति सुधारते हैं, भूत और पिशाच का रूप धरकर, उनको ज्ञान देते हैं, उनका अभिमान नष्ट करते हैं।"

यह बात प्रायः सब समझ लेते। मिश्री भी अपने वैद्यों को प्रायः इन कुदेवताओं का निकट मित्र ही समझते थे, जिनके कहने से रोग मनुष्य को छोड़ जाते थे।

मोअन-जो-दड़ो के निवासी सारी बात समझाने का यत्न करते हुए कहते—"पहले महादेव और महामाई का मिला हुआ एक स्वरूप था जब महादेव ने सोचा कि सृष्टि हो...."

"क्यों हो?" मिश्री पूछते। मोअन-जो-दड़ो-वासी तुरंत कहते, "असीम अनुकंपा।" महानागरिक तो जैसे समझे बैठे हैं।

"किस पर?" सुमेरु के मंदबुद्धि योद्धा का कुंठित प्रश्न उठता।

"मनुष्य पर।" महानागरिक उत्तर देते।

हाँ, मनुष्य है। सबसे प्रथम वही है, इस पर किसी को भी भ्रम नहीं। तो कथा चलती है कि महामाई का स्वरूप महादेव ने अपने से अलग कर दिया, क्योंकि जब तक दो के संघर्ष से पूर्णता नहीं होगी, सृष्टि नहीं होगी। एक स्थिर पूर्णता व्यर्थ है। और फिर खंड रूप में महादेव ने जन्म लिया, महामाई ने जन्म लिया, वह पुरुष और स्त्री हुए, अन्यथा पूर्ण का जन्म स्थिरता में यदि होता भी तो एक पूर्ण ही होता और प्रत्येक आकृति महादेव महामाई के पुराचीन स्वरूप जैसी रहती, परस्पर कोई भेद नहीं रहता। फिर न कामना रहती, न वासना। तब स्पंदन नहीं होता और महामाई के प्रचंड क्रोध की छाया-मृत्यु सबको ग्रस लेती, और महादेव का अनुकंपा-जीवन कहाँ बचता। दोनों का समान संतुलन हुआ—वही जीवन और मृत्यु की परंपरा हुई।

सब देशों के विद्वान् दबक जाते। उनका विचार पीछे की ओर लौटने लगता था, किंतु भय उनकी चेतना को रुद्ध करने लगता था कि कहीं उनके देवता उनसे रुष्ट होकर उनका अनिष्ट न करने लगें। बयाद को यहूदी याद आते। वे कभी कुछ भी स्वीकार नहीं करते। केवल अपनी बात कहना जानते हैं। उनके समक्ष और कुछ भी सत्य नहीं है। फिर बयाद की बात पर सब ध्यान देते। वह कहता—

"पाप का आवरण उज्ज्वल है। भीतर ही अंधकार का निवास है। ऊपर वह चिलकता है। प्रमाण है। सर्प की केंचुली को देखकर उसके विषय का अनुमान नहीं किया जा सकता।"

अद्भुत! किंतु क्या यह महादेव से भी छिपा है? वास्तव में पाप के अनेक स्तर हैं। जब महामाई पाप को पकड़ती है तब वह ऊपर की तह को छोड़ देता है और उसे हानि-हीन समझकर महामाई पुरुष के प्रसाधन में लग जाती है। उसका प्रसाधन अपने-आपका प्रसाधन है। वह ऋतुओं के अनोखे वस्त्र धारण करती है। स्नान के लिए मेघों को बुलाती है। जो सागर में से घड़े भर-भरकर उस पर उँड़ेलते हैं! संध्या के समय जो आकाश में लाल और सुनहले रंग दीखते हैं वे उसी के चरण और वस्त्रों के स्वर्णिम छोर हैं।

अन्यधर्मा जब देवताओं के इस वैभव की कथा सुनते तो उन्हें खेद होता। उसके देवता तो उनसे इतना अपार द्रव्य माँगते हैं। मिश्र में 'ममी' के पीछे इतना व्यय होता है। यहाँ आत्मा को वह प्रतीक्षा नहीं करनी पड़ती जो मिश्र में करनी पड़ती है।

उच्च वर्गों में यह नित्य प्रति के विवाद काफ़ी गंभीर रूप धारण कर लेते और उनमें एक अशांति-सी बनी रहती। वे जिन कारणों को समझने का प्रयत्न करते उन्हीं को रहस्य बनता देखकर उन्हें अधिक ही भय लगता।

और सब दार्शनिकता का बाह्य आधार सुलभ वैभव होता है। मोअन-जो-दड़ो इसमें सबसे आगे था। प्राचीनतम हो या गहनतम जब प्रत्यक्ष का प्रश्न था, तो और कौन आगे बढ़ता? मिश्र के लंबे-चौड़े क्षेत्र में एक दहशत छाई रहती, वह यहाँ कहाँ? यहाँ आनंद का प्रखरतम उन्माद है और दार्शनिक दुखवाद से प्रदीप्त अमरता की खोज करते हैं। जीवन की अमरता मृत्यु की अमरता से ऊँची है। एक ओर भविष्य का भय है, आत्मा विनीत है, दूसरी ओर आत्मा निर्भय सब पर अपना अधिकार जमा लेना चाहती है। अतः कब्र से योग ऊँचा ठहरा। कब्र के लिए त्याग नहीं चाहिए, पर योग में तो भरे प्याले को ठोकर मार देना है। उसमें बंधन अपने-आप टूट जाते हैं।

इसी बात में मोअन-जो-दड़ो अपने को सबसे कठिन प्रमाणित कर देता था। सुंदरियाँ अपने दार्शनिकों पर गर्व करती थीं! समाज में महत्त्व पाने के लिए वे भी विवाद करती थीं और उनकी अनेक मूर्खताओं को पुरुष नहीं पकड़ पाते थे क्योंकि उस समय उन्हें उनका मन जीतने के लिए इस बात को भूल जाना पड़ता था।

दासों को केवल विश्वास करने का अधिकार था क्योंकि उन्हें सुनने तक का अवकाश मिलना असंभव था। ज्ञान की बातें वे नहीं कर सकते हैं। उच्च वर्ग की घृणा इससे अधिक बढ़ती थी और वे उन्हें केवल पशुमात्र समझते थे।

और मोअन-जो-दड़ो न केवल अपने वैभव वरन् अपने व्यापारियों के दुस्साहस के कारण प्रसिद्ध था। यहाँ के दुर्दांत व्यापारी देश-देश में बहुसंख्या में जा-जाकर व्यापार करते। मिश्र, एलाम, हरप्पा, सुमेरु, कीकट, आसपास के सब ही देशों में इसकी भाषा का प्रचार था। अधिकांश लोग उसको समझ ही नहीं लेते, वरन् अपने-आपको व्यक्त भी कर लेते। उसका वैभव अपनी इतनी सांस्कृतिक विजय कर चुका था कि बहुधा उनके निकट संबंध में आनेवाले, अपनी भाषा छोड़कर, उसी भाषा में बातें करते और इस प्रकार अपने मन में गौरव का अनुभव करते।

मोअन-जो-दड़ो के व्यापारियों की चित्र-लिपि आज देश-विदेश में प्रचलित थी। यह

सत्य है कि कीकट, किरात, पणिय और शंयु का सांस्कृतिक और धार्मिक रूप मोअन-जो-दड़ो से बहुत अधिक भिन्न न था। निकटता सदियों से चली आ रही थी। उनमें परस्पर सौहार्द्र था। उत्तर-पश्चिम की ओर प्राचीन ब्राहुई बोली जाती थी, किंतु अधिक भेद उससे भी न था । इन प्रदेशों के तनिक भी शिक्षित लोग मोअन-जो-दड़ो की भाषा को सरलता से बोल सकते थे। भेद एक विशेष था। मोअन-जो-दड़ो के निवासी हल्के ताम्रवर्ण के थे, तब तुलना में कीकट कुछ गहरा उतरता था।

और मोअन-जो-दड़ो के निवासी सब पर कृपा करने के लालायित थे। वे मिश्री की प्रशंसा करते, कभी-कभी बोलने की टूटी-फूटी चेष्टा करते, यद्यपि काफ़ी समझ लेते थे, क्योंकि मिश्र व्यापार का बड़ा क्षेत्र था, और मिश्र के काले दासों और गोरी दासियों को कौन-सा महानागरिक पसंद नहीं करता था। जब कभी कीकट, शंयु, पणिय अथवा किरात मिलते वे मोअन-जो-दड़ो को अपना अग्रणी मानते और अधिक-से-अधिक महानागरिक बनने के लिए इसी भाषा में बातें करते। मोअन-जो-दड़ो के निवासी उसकी इस हीन भावना पर मुस्कराते, सिर हिलाते, जैसे बहुत ठीक। अच्छा ही है। इस एलाम और सुमेरु के व्यापारी अपने ऊपर गर्व करने का दिखावा करते, अपनी बोली में भी बोला करते, किंतु महानागरिक कभी अपना दंभ नहीं छोड़ते, जैसे यदि सुनने योग्य कोई बात कही जाती है तो वह इन्हीं के मुख से और कोई ऐसी भाषा ही नहीं जो इनकी दृष्टि में भावों को व्यक्त कर सके। विवश होकर, एलाम हो या सुमेरु उसे झुकना पड़ता और महानागरिक अकेले में जब मिलते तो कहते कि सब बर्बर हैं, बिल्कुल महानगर के दक्षिण की जंगली जातियों से घोर काले, कुरूप, दुर्गंधित, जिनके देवता कभी पत्थर में सुंदर आकृति धारण नहीं करते थे और जिन्हें महानागरिकों के देवता ने बार-बार बर्बर कहकर दुत्कार दिया था।

महानगर की माताएँ बालक-बालिकाओं को सिखातीं—जो महादेव और महामाई के बात करने की माध्यम-वीथिका है, वही हमारी है। पहले कोई शब्द नहीं था, सर्वप्रथम महादेव ने ध्वनि की। वह ध्वनि हमने मिट्टी पर बकरे की खाल मढ़कर पकड़ ली अर्थात् मृदंग पर।

बालक विस्मय से मुग्ध हो जाते। माताएँ कहतीं—"फिर महादेव ने नृत्य किया।" उस समय उनकी पगध्वनि सागर में व्याप गई और पहाड़ों की जीभ निकलकर अग्नि की भाँति आकाश को छूने लगी और उन्होंने कहा—"हमें भी कुछ दो, किंतु पगध्वनि विराट् थी, वही उनमें भी समा गई और जाकर प्रतिध्वनि बन गई।" और कानों में प्रभंजन उन्मत्त-सा भागने लगा जिससे मरमर गूँज उठी और अन्यधर्मा देशों ने दूर-दूर से सुना। वे उस ध्वनि की नक़ल करने लगे किंतु ध्वनि दूर थी, इससे वे अच्छी तरह सुन नहीं पाए और इसी से उनकी विभिन्न भाषाएँ बनीं।

बालक पूछते—"फिर⋯"

माताएँ कहतीं—"हमने उनकी महामाई से बात सुनी।"

"हमने ?" बालक पूछते।

"अर्थात्, हमारे पूर्वजों ने।" माताएँ समझातीं, "और हम सर्वश्रेष्ठ हुए। महादेव पिता हैं, महामाई हमारी माता हैं। जब विनाश की शंका होती है तब महामाई की उपासना होती है, वह पाप के अंधकार अहिराज अहंकार को पकड़ती है। अहिराज केंचुल छोड़कर भागता है। महामाई अपने पुत्र की केंचुल को हीन-से-हीन समझकर उसे छोड़ देती है, तब हम सर्वत्र व्याप्त

महादेव-पुत्र, देवता अहिराज की प्रार्थना करते हैं····"

"क्यों माँ," बालक जिज्ञासा करते—"महादेव और महामाई के ऐसा बुरा पुत्र क्यों हुआ ?"

और माताएँ कहतीं—"तू अभी नहीं समझेगा···जो कहा है, उसे मान ले···बस··· देवताओं को बुरा नहीं कहा करते····"

इस प्रकार बात सिद्ध हो जाती।

15

दोपहर का समय था। बाहर पटह-ध्वनि हो रही थी। प्रांगण में अनेक पुरुषों के पगों से पृथ्वी बार-बार बज उठती थी। उसमें ईंटें ऐसी जड़ी गई थीं जैसे कमल का खिला हुआ फूल हो। वेणी शैय्या पर अधलेटी-सी सुन रही थी। मणिबन्ध कह रहा था—"देवी ! मणिबन्ध नीलूफ़र को उसके अपराध के लिए कभी भी क्षमा नहीं करेगा। मैं जानता हूँ उसने तुम्हारा अपमान क्यों किया है ?"

वेणी ने आँख उठाकर देखा। मानो पूछा—"क्यों ?"

मणिबन्ध ने आँखें झुकाकर कहा—"वह अपने समस्त आभूषण और धन लेकर भाग जाना चाहती थी। मैंने उससे भी नहीं रोका किंतु, वह मुझे और गायक दोनों को ही मूर्ख बनाकर रखना चाहती थी। किंतु तुमने मुझे बचा लिया वेणी ! तुमने मुझे उस विषैले पाश से मुक्त कर दिया, अन्यथा पाँव के सामने के इस भीषण गड्ढे को मैं कभी भी नहीं देख पाता।"

वेणी सुनती रही।

मणिबन्ध कहता गया—"वेणी ! किसलिए तुमने किया है इतना उपकार मुझ पर ? किसलिए वेणी ? मैं अकेला था। नीलूफ़र एक दासी थी। जीवन से थककर मैंने उसे देखा। मैंने उसे कभी प्यार नहीं किया देवी ! वह एक दासी थी। उसमें यौवन था। वह समझती थी कि उस यौवन से वह सबकुछ जीत सकती थी। अतः मैंने उसे सुवर्ण से ढँक दिया। उसने अभिमान किया कि वह जीत गई थी और मैं उसकी नादानी पर मन-ही-मन हँस देता था। सुंदरी ! वह निस्संदेह सुंदरी थी किंतु उसमें स्त्री का हृदय नहीं था। वह केवल धन को चाहती थी किंतु धन पाकर भी वह मुझे अपना स्नेह नहीं दे सकी।"

मणिबन्ध कहकर चुप हो गया। वह अत्यंत पराजित-सा लग रहा था, जिसे देखकर कोई भी अचरज कर उठता। विस्मय से नर्त्तकी वेणी ने कहा—"महाश्रेष्ठि ! आपको क्या दुख है ? मुझे तो आश्चर्य हो रहा है। आप पुरुष-सिंह····"

काटकर मणिबन्ध बोल उठा—"पुरुष पहले कहो वेणी, सिंह को छोड़ दो। मेरा हृदय कुछ चाहता है, जिसे मैं आज तक नहीं समझ सका।"

मणिबन्ध उठकर टहलने लगा। वह उद्‌भ्रांत था। हठात् उसने शैय्या के पास रुककर कहा—"मैं नहीं जानता मैं क्या चाहता हूँ।"

वेणी ने श्रेष्ठि का हाथ पकड़कर उसे शैय्या पर बिठा लिया और कहा—"मनुष्य वास्तव

में कुछ भी नहीं चाहता महाश्रेष्ठि!" उसने अपने बालों को पीछे करते हुए वाक्य समाप्त किया—"वह स्नेह चाहता है, क्योंकि जीवन का भीषण बोझ, आख़िर वह पार करे तो कैसे?"

दोनों उद्वेग में थे। नर्त्तकी के नयन नीचे हो गए। मणिबन्ध की आकर्षक आँखें समस्त शक्ति से उस पर गड़ गईं। लाज की एक हल्की रेखा नारी के कपोलों पर क्षण-भर झनझना उठी और लय हो गई। मणिबन्ध हतचेत बोल उठा—"किंतु तुम जीवन का स्वर्ग हो वेणी! तुम धन की प्यासी नहीं हो। मैं इस अपार धन से घृणा करने लगा हूँ। यह सोना मेरी आँखों में आग की लपटों की भाँति जलता है। इसकी भयानक प्यास को मैं कभी भी नहीं बुझा सका। पहले यह मेरी संपत्ति था, आज मैं स्वयं इसकी संपत्ति हो गया हूँ, यह मुझे खा जाना चाहता है। मैं नहीं बच सकता वेणी! मुझे सँभाल लो, मुझे इस दुर्वह पीड़ा के पथ से अलग खड़ा कर दो। मेरा हाथ पकड़कर कहो—मणिबन्ध उधर नहीं, उधर नहीं।"

वेणी की आँखें विभोर हो गई हैं और वह शिथिल काय-दृप्ता नारी बैठी है जैसे एक सम्मोहन हो, एक छवियों का जाल हो। सहसा मणिबन्ध ने वेणी का हाथ पकड़ लिया। उच्छ्वसित तृष्णा अब धमनियाँ में बज रही है और अंधकार छा जाए यह एक प्रबल इच्छा है, जो बार-बार ललकार उठती है। दोनों ने देर तक एक-दूसरे को आँख भरकर देखा किंतु वासना से जलती उस दृष्टि में उन्हें शून्य के अतिरिक्त और कुछ भी नहीं दिख सका। और वे भूले हुए-से एक-दूसरे की ओर झुकने लगे जैसे आकाश झुक रहा था, पृथ्वी उठी आ रही थी, एक विराट् किंतु स्पंदित आकर्षण, धीरे-धीरे अपनी समगति पर मुग्ध····मणिबन्ध के गर्म-गर्म श्वासों ने वेणी के होंठों को छू लिया कि दोनों अब····

उसी समय किसी ने बहुत ज़ोर से छींका और फिर एक कुटिल हास्य सुनाई दिया।

मणिबन्ध ने वेणी का हाथ छोड़ दिया। क्रोध से वह पागल हो उठा। वेणी ग्लानि से पीछे हट गई। स्त्री को ऐसे समय में देख लेने से वह चाहती है कि भूमि फट जाए और वह सदा के लिए उसमें समा जाए।

और मणिबन्ध की भौं कमान की तरह चढ़ गईं। इतना साहस? किसमें है इतना साहस? साक्षात् मृत्यु का-सा कराल क्रोध आज प्रतिशोध के लिए पागल हो उठा है।

मणिबन्ध ने गरजकर कहा—"दास!"

"महाप्रभु!" दास ने प्रवेश करके कहा।

"तूने अभी छींका?"

"नहीं महाप्रभु! मुझमें इतनी धृष्टता?"

खोज होती रही। मणिबन्ध को संतोष नहीं हुआ। एक बार फिर दास को बुलाकर कहा—"तूने किसी को देखा?"

"किसको स्वामी?"

एक बार इच्छा हुई पूछ ले, किंतु फिर जीभ रुक गई। कैसे कह दे वह वेणी के सामने नीलूफ़र का नाम? उसके अतिरिक्त और कौन हो सकता है? किंतु वेणी क्या समझेगी? और फिर नीलूफ़र यहाँ कैसे आ सकती है? उसने रुककर कहा—"छींकनेवाले को।"

"नहीं महाप्रभु!"

"अच्छा जा।"

दास फिर बाहर आ गया। एक बार मन-ही-मन हँसा। वह स्वयं ही तो छींका था।

अनुमान के बल पर काम होता रहा, खोज होती ही रही, किंतु कोई परिणाम नहीं निकला। वही पहले की भाँति फिर अक्षय प्रधान एक बार सब जगह चक्कर लगा आया। और हेका के द्वार पर पहुँचकर उसे कुछ भी और याद नहीं रहता था। उसकी इच्छा थी वह हेका के ही कक्ष में घुस जाए। उससे अन्यों को ज्ञात भी नहीं होगा, किंतु हेका तुरंत बाहर निकलकर अपाप के आने का भय दिखाती और सबके बीच में अक्षय के साथ चले जाने में उसे कोई झिझक नहीं होती थी।

मणिबन्ध नीलूफ़र के प्रति क्रोध से अंधा हो गया। जिस समय उसकी कल्पनाएँ आकार ग्रहण करके पृथ्वी पर साक्षात होकर उतरनेवाली थीं, उस समय जो अपशकुन हुआ है वह और किसके सिर पर मँढ़ा जा सकता है? नीलूफ़र के अतिरिक्त और कोई महल के उन गुप्तमार्गों को नहीं जानता। उसे खेद हुआ कि क्यों उसने उस तुच्छ स्त्री को वह सब बता दिया। हो न हो, नीलूफ़र उन्हीं गुप्त स्थानों में जा छिपी है।

मणिबन्ध वेणी के पास से सीधा प्रासाद के उन गुप्त स्थानों को ढूँढ़ने लगा। एक दास ने उसे प्रकोष्ठ में जाते तो देखा किंतु जब वह स्वयं भीतर गया तो उसे कुछ भी नहीं मिला। मणिबन्ध वहाँ था नहीं। वह वहीं बैठकर विस्मय से प्रतीक्षा करने लगा। बहुत देर बीत गई। दास ऊँघने लगा। उसी समय बाहर किसी के बातें करने का शब्द सुनाई दिया। दास उठकर बाहर आया। मणिबन्ध को बाहर देखकर उसके विस्मय की सीमा नहीं रही। वह बार-बार सोचता किंतु किसी भी परिणाम पर नहीं पहुँच पाया और मूर्ख की भाँति कुंठित हो गया।

उधर नीलूफ़र पुआल पर ही बैठी थी। उसे इस विषय में कुछ भी ज्ञात न था। हेका दौड़ी-दौड़ी आई और द्वार के सहारे लेट गई। अक्षय आया और रात का वचन लेकर चला गया। उसके चले जाने पर हेका ने कहा—"जानती है, यह ऊधम क्यों हो रहा है?"

नीलूफ़र ने कहा—"नहीं तो।"

मुस्कराकर हेका ने कहा—"वह सब तुझे आज फिर ढूँढ़ रहे हैं।"

नीलूफ़र सिहर उठी। हेका ने कहा—"जैसे अभी तक ढूँढ़कर पा लिया है; वैसे ही आज भी ढूँढ़कर पा लिया होगा।" उसके स्वर में मनोरंजन की भावना थी। फिर कहा—"पर कारण जानती है?"

नीलूफ़र ने कहा—"बता न?"

हेका ने बताया और जब उसने कहा कि दास ने उससे कहा कि उसे ही स्वयं छींक आ गई थी, नीलूफ़र भी हँसे बिना नहीं रही। नीलूफ़र फिर चिंता में पड़ गई। अपराधी अपने ऊपर होनेवाले संदेह को पहले ही से ताड़ जाता है।

उसने हेका से कहा—"आज मणिबन्ध प्रासाद के सब गुप्तपथों को अवश्य ढूँढ़ेगा।" फिर हँसी, "किंतु उसे मिलेगा क्या? धूलि?"

वह धीरे से फिर हँस दी। कुछ देर बीत जाने पर उसने कहा—"हेका!"

"हूँ।"

"ऐसे कितने दिन बिताने होंगे?"

हेका चुप रही।

"पर अब मैं यहाँ नहीं रहूँगी।"

"क्यों?"

"सोचती हूँ।"

"वही तो पूछा।"

"मेरा यहाँ रहना ठीक नहीं है।"

हेका रुष्ट स्वर में बोली—"बस, यही कहना है ?"

"नहीं और भी है।"

"क्या ?"

"आज मैं फिर उत्सव में जाऊँगी।"

"उत्सव में !" हेका ने चौंककर कहा। "आज तुझे यदि मणिबन्ध ने देख लिया तो तू कभी भी नहीं बच सकेगी। वह तेरी खाल खिंचवा लेगा।"

"वह तो देखा जाएगा। पर उत्सव में गए बिना मेरा जी कैसे लगेगा ?"

हेका को विस्मय हुआ। उसने चेतकर कहा—"अच्छा, बहुत अच्छा। जो तेरे जी में आए, कर।"

और नीलूफ़र ने देखा, उसकी आँखों के कोनों से एक बूँद, बस एक हल्की-सी बूँद गिरी। नीलूफ़र ने आँखें फाड़कर कहा—"हेका ! तू रोती है ?"

"क्या करूँ ? तू मानती है किसी की ! जानती नहीं, वह तुझे भूमि में गड़वाकर तुझ पर शिकारी कुत्ते छुड़वा सकता है...."

और उस भयानक विचार के उठते ही दोनों के रोंगटे खड़े हो गए।

नीलूफ़र ने धीरे से कहा—"तू समझती है मैं तुझसे ऊबकर जा रही हूँ ?"

कोई उत्तर नहीं।

"नहीं सुनना चाहती ?"

"क्या है ?"

"अपाप को दुख होता है।"

"मैं नहीं समझी।"

"तू मेरे कारण बार-बार मुझे बचाने अक्षय के पास जाती है, यह वह पसन्द नहीं करता। यदि मैं नहीं जाऊँगी तो बहुत शीघ्र अपाप मुझे स्वार्थ की पराकाष्ठा समझकर मुझसे घृणा करने लगेगा।"

हेका ने गंभीरता से कहा—"अक्षय के पास मैं तेरे कारण जाती हूँ ?"

"नहीं तो ?"

"अच्छा, अब न जाऊँगी। अपाप उसे रोक लेगा ?" फिर कहा—"मैं अपाप को याद दिला दूँगी कि मैं उसकी पत्नी नहीं हूँ। अक्षय चाहे तो महाश्रेष्ठि से कहकर हममें से किसी भी एक को हाट में बिकवा सकता है। मैं स्वामी की सम्पत्ति हूँ। अपाप यदि कुछ और सोचने लगा है तो उसे याद दिला दूँगी कि वह एक दास है। उसको उड़ने का प्रयत्न नहीं करना चाहिए।"

नीलूफ़र ने सिर झुका लिया। हेका ने फिर कहा—"उस दिन स्वामी ने अक्षय को अधिकार दिया था। तब क्या किया था अपाप ने ? क्या उसकी भुजाओं में शक्ति नहीं रही थी। नीलूफ़र ! यदि तू स्वामिनी होकर कुछ दिन नहीं रहती, सच, तो यह कोई द्वंद्व नहीं होता। हम भी अन्य दासों की भाँति दासत्व में ही सुखी रहते।"

नीलूफ़र चुप हो गई। पर सोचकर कहा—"मैं आज उत्सव में तो अवश्य जाऊँगी।"

“और उत्सव के बाद आज मणिबन्ध से मिलने जाऊँगी।”

उसका व्यंग सुनकर नीलूफ़र के दाँत चमक उठे। उसने कहा—“खीझती क्यों है? मैं क्या कोई मूर्खा हूँ। जानती है मेरा रूप कोई भी नहीं पहचान सकता। मैं पुरुष वेश में जाऊँगी।”

“पर आज न जाने मुझे इतना डर क्यों लग रहा है?”

“तू मुझे अपाप से भी अधिक प्यार करने लगी है।”

“हट, पागल!”

“अच्छा, स्नेह बाँटना अच्छा नहीं लगता?” और नीलूफ़र ने दीर्घ श्वास लेकर कहा—“हेका! काश मेरा भी अपाप जैसा कोई प्रेमी होता, तो क्या तब मैं सुखी नहीं होती?”

हेका ने मुड़कर देखा। कहा—“बचपन में तूने कहा था, हेका तू पशु की होगी और नीलूफ़र स्वामिनी बनेगी। याद है वह ज्योतिषी?”

नीलूफ़र रोने लगी। और वह करती भी क्या? हेका उसे सांत्वना देने में स्वयं रो दी।

और धीरे-धीरे साँझ हो चली। मटमैली छाया ने आसमान में अपना मुँह दिखाया और रात की पगध्वनि सुनकर शीघ्रता से भागने की तैयारी करने लगा।

उत्सव के लिए भीड़ें इकट्ठी होने लगीं।

क्या कारण है कि महामाई का इतना विराट् पूजन हुआ किंतु उसका कोई भी परिणाम नहीं निकला। धरती फिर क्रुद्ध हो उठी और अबके उसका क्रोध पहले से भी अधिक भयानक प्रमाणित हुआ था। अतः महाविद्वानों ने पुजारी से मिलकर सम्मति की और उन्होंने यही निश्चय किया कि अबके सर्पराज की पूजा की जाए, जिससे पाप की परितुष्टि हो। उसके लिए मनुष्य पर कोई बंधन नहीं होगा और वह अपने देवता को प्रसन्न करने के लिए सबकुछ कर सकेगा।

अहिराज का उत्सव समस्त सिंधु प्रदेश में एक विशेष घटना थी। वर्ष में एक बार तो वह नागसप्तमी को अवश्य ही होता था, किंतु अबके वह गतवर्ष की पूजा से पूर्ण रूप से संतुष्ट नहीं हो सका था। उसे बीच में ही भूख लग आई थी। इसी से शायद वह पाताल लोक में ध्वंस करने लगा था। भूख के कारण वह अपने महल में नीचे-ही-नीचे सबकुछ तोड़-फोड़ रहा था। अतः प्रमाणित है कि जब वहाँ उसे कुछ नहीं मिलेगा तब वह बाहर आकर पृथ्वी को तोड़कर खा जाने की व्यर्थ चेष्टा करेगा।

भीड़ में अनेक देशीय एकत्र होकर परस्पर विवाद करने लगे। आज उनके हृदय में शंका थी। जीवन या तो अंत के निकट आ गया है, या देवता अकारण क्रोध करने लगे हैं। मिश्र में ज्वालामुखी देवता प्ताह है। वह बार-बार मिश्र की रक्षा करता है, किंतु मोअन-जो-दड़ो में कभी पहले भूकंप नहीं आए थे। और कुछ होता भी तो नहीं, केवल पृथ्वी का हृदय फड़क उठता है। आकाश अनेक-अनेक भाँति से भयभीत करने की चेष्टा करता है।

और नागरिक घर में बातें करते। क्या होगा आख़िर? क्या महानगर में कोई ऐसा घोर पापी आ गया है जिसे देवता स्वीकार नहीं करना चाहते? कौन आया है ऐसा? मणिबन्ध या उसकी रखैल मिश्री अधनंगी गायिका? पाप पुरुष का नहीं होता क्योंकि पाप का कारण स्त्री है। यदि स्त्री न हो तो पुरुष पाप कैसे करेगा? अतः मणिबन्ध नहीं, यह उसकी मिश्री गायिका ही है। उसी ने उस दिन महामाई की पूजा में व्याघात डाला था। पुजारी ने समझाया था कि महामाई ने नृत्य को स्वीकार किया था किंतु उसके बाद जब उसमें बाधा पड़ गई तब वह रुष्ट

हो गई। नर्त्तकी के नृत्य ने उसे फिर प्रसन्न कर दिया किंतु वह वास्तव में एक अन्यव्रत से संघर्ष था। महामाई उसी को देख रही थी। उसने हमारी मूल प्रार्थना पर ध्यान ही नहीं दिया।

महानागरिकों ने उस वृद्ध मुख से निकली बातें स्वीकार कर लीं क्योंकि धर्म के विषय में उससे अधिक कौन जानता था? वह संसार को आलोक दिखाने के लिए ही तो अभी तक कार्यरत है, अन्यथा क्या महायोगिराज की भाँति वह भी अखण्ड आनंद नहीं भोग सकता?

अहिराज का मंदिर भी अत्यंत विशाल था। पाषाण पर स्थान-स्थान पर सर्प का अंकन था। कहीं सुंदरियाँ उसे दुग्ध-पान करा रही हैं, कहीं सर्प ग्रीवा उठाकर आकाश में स्थित माता और पिता को देख रहा है। जगह-जगह लाक्षा लगाकर प्राचीरों को एक चमक दे दी गई थी, जिसका हृदय पर बहुत गंभीर प्रभाव पड़ता था।

सामने के उच्च मंच पर परंपरा के अनुसार अरब के व्यापारियों का भी आसन था क्योंकि वे भी सर्प की पूजा में अत्यंत श्रद्धा रखते थे। हज़ारों बरस से ऐसा होता रहा है। मणिबंध के मिश्री मित्र इस बात को अच्छा नहीं समझते थे क्योंकि अरब मिश्र का एक उपनिवेश मात्र था और मिश्र का प्रत्येक व्यक्ति उनके राजा के समान था। किंतु मोअन-जो-दड़ो अपने सब विरोधों के होते हुए भी गण था और विदेश में वह इस पर वास्तव में आपत्ति कर भी नहीं सकते थे। और आमेन-रा आया, अपने रथ से उतरकर स्वाभाविक ही मंच पर मणिबन्ध के निकट बैठा। वेणी भी उसकी बाईं ओर बैठ गई। वीणा का अभी तक भिन्न विचार था। वह अकेली थी जो वेणी की पीठपीछे मिश्री गायिका की प्रशंसा करती थी कि यदि नीलूफ़र नहीं बताती तो महामाई उस त्रुटिपूर्ण नृत्य से बहुत क्रुद्ध हो जाती।

संध्या हो गई। जब सारा प्रांगण खचाखच भर गया और शान्तिरक्षकों ने अपनी सुव्यवस्था की घोषणा करते हुए नरसिंह बजा दिए कि कार्य्य प्रारंभ हो अब कोई गड़बड़ नहीं होगी, दासों ने दीप जला दिए। चंद्र का अब ढलता पक्ष प्रारंभ हो चुका था। बहुत देर में उदय होता और बहुत शीघ्र अस्त हो जाता, अतः दीपकों का प्रकाश बहुत ही तीव्र और सुखकर प्रतीत हुआ।

सुंदरी कुमारियों ने अहिराज की मूर्त्ति के सम्मुख अपने कन्यात्व की शपथ लेकर दूध अर्पित किया। वाद्यध्वनि हुई और भीड़ स्तब्ध खड़ी रही। वह आज केवल उत्सव के लिए नहीं आई थी। निस्संदेह ही इस पाप का शमन होना है, महादेव द्वारा या अहिराज की स्वयं अनुकंपा से।

पुजारियों ने इकट्ठा होकर गंभीर भाव से अगरु जलाया और फिर पके हुए फलों की गंध ने एक पवित्रता की अनुभूति का संचरण किया। सब लोग उठकर खड़े हो गए। वृद्धतम पुजारी ने प्रार्थना की। वह काँप रहा था। अन्यथा समय में इतना वृद्ध कभी भी काम नहीं करता किंतु उसका पुरानापन ही उस समय उन सबके हृदय को सांत्वना दे रहा था जैसे बालक पिता से भी अधिक पितामह को समर्थ समझता है क्योंकि उसमें भी यह जाँच लेने की बुद्धि होती है कि किसका वरदहस्त किसके सिर पर है और पिता भी कभी-कभी निराशा में उसी ओर देख उठता है। वृद्ध ने भी समय कठिन जानकर अपने ऊपर आज की पूजा का उत्तरदायित्व ले लिया।

वृद्ध ने काँपते हुए स्वर से कहा—"उस दिन पृथ्वी पर घनघोर अंधकार छा रहा था। तब परम देवता की योगनिद्रा खंडित हो गई क्योंकि महामाई अपनी किंकिणि को पवन के झकोरों में मदमत्त होकर बार-बार बजा देती थी। और अपने बाएँ कर से पड़े-पड़े समुद्र को ऐसे

खलबला देती थी जैसे बालक पात्र में भरे जल को। महाशक्तिमान ने जब असमय महानारी को वासना से मदमत्त देखा तब उन्हें क्रोध हुआ किंतु विक्षोभ भी और उस समय के परिणामस्वरूप जो बालक उनके उत्पन्न हुआ, वह हे अहिराज! पूर्वजों ने हमें बताया है कि तू ही था।"

अनेक पीढ़ियाँ बीत गई हैं। प्राचीनों ने कहा है कि पहले जब वह स्वर्ग में थे तब तू नहीं था। उसके अनन्तर जब वह इस भूमि पर आए तब महामाई ने अपनी प्रजा पर बर्बर जातियों का प्रहार होता देखकर उन्हें शक्ति दी। स्वयं महादेव ने उनसे युद्ध किया और वे बर्बर वन-पर्वतों में जा छिपे। फिर महामाई ने महादेव पर मोहित होकर दिन में आह्वान दिया, रात को आह्वान दिया और समान प्रजा हुई और फिर क्रोध के अवशिष्ट क्षणों में वह फिर अपनी समाधि में तल्लीन हो गए। महामाई बिलख-बिलखकर रोने लगी और हे अहिराज! तूने देखा और तभी से मुझमें वासना का भयानक स्वरूप भर गया। उस समय अंधकार ने मैत्री का कर बढ़ाया।

हे महानागश्रेष्ठ! तू मनुष्यों पर दया करता है क्योंकि वे तेरी उपासना करते हैं। रात के अँधियारे में जब तेरा फन आकाश में खुलकर फैल जाता है तब नागकन्या आकर तेरा शृंगार करती है और अनेक मणि तेरे फन पर चमकने लगते हैं। भोर होते ही तू अपने प्रासाद में चला जाता है।

आज तू क्यों व्याकुल हो उठा है देवाधिदेव! हम मनुष्यमात्र एक हैं, हम सब शांति और स्नेह से यहाँ रहते हैं। हमारे खड्ग अत्याचार करने को नहीं हैं, आत्मरक्षा करने को हैं। क्या सृष्टि सचमुच ही समाप्त होनेवाली है? क्या अब यह धरती सूनी हो जाएगी? हे अहिराज! हमारी भूल मत सोच! हमें क्षमा कर। हमें क्षमा कर।"

पुजारी ने चुप होकर पृथ्वी पर सिर टेक दिया और उसके ऐसा करते ही वह अपार जनसमुद्र भी धरती पर सिर टेकने लगा।

जब प्रार्थना हो चुकी, कन्या और कुमारियाँ आने लगीं। अनेक सँपेरे अपने-अपने साँप लिए आए और सोपानों पर उन्हें दूध पिलाया गया और फिर सँपेरे अपने-अपने गाल फुला-फुलाकर बीन बजाने लगे और उन सबकी बीन से एक स्वर उठता, साथ ही गिरता और बार-बार झूम उठता। सर्प तो क्या उस मनोहारिणी प्रबुद्धचेतन रागिणी को सुनकर मनुष्य भी विमोहित हो गए और धीरे-धीरे वे सब अपने-अपने स्थानों पर जाकर चुप हो गए। सँपेरों ने अपने सर्प पिटक में बंद कर दिए।

क्षण-भर के लिए एक निस्तब्धता छा गई जैसे संध्या के धुँधले आकाश में गहरा सूनापन घहर उठता है। पुजारी ने फिर कहा—"अब तो तुम्हारी भूख मिट गई अहिराज! हमारी कुमारियों के कौमार्य्य का भोग करके तो तुम्हारी तृष्णा मिट गई महानागराज! रोक दो यह पृथ्वी के हृदय को खंड-खंड करने की कठोरता। क्षमा कर दो प्रभु! हम अनजान में अपराध करते हैं। इसके लिए तुम हमें क्षमा नहीं करोगे महायोगी देवाधिदेव के विलास के एकमात्र प्रतिनिधि?" पुजारी अपनी बात कहकर बैठ गया। उसके साथ ही सब लोग बैठ गए।

उसके बाद नृत्य-गीत होने लगे। अबके न बालकों ने गाया, न सुहागिनों ने, वरन् महानगर की सर्वश्रेष्ठ चपल युवतियों ने अहिराज की वासना को तृप्त करने के लिए वह भयानक नृत्य किया कि उसे देखकर स्वयं महायोगिराज भी डगमगा जाते। अच्छा था उनका भाग्य कि वे महामाई के महामंदिर में थे। क्या है यह नृत्य! केवल अजस्र विलास! कटाक्ष!

मदिरेक्षणी मादक स्त्रियों के नूपुर की झंकार ने अहिराज को डाँवाडोल कर दिया। एक दिन महामाई ने लिंग देवता को विचलित कर दिया था। आज यह श्यामा सुंदरियाँ स्वर्ण के आभूषणों से सज्जित, केशों को बाँधकर, जब अपनी बंकिम भृकुटियाँ उठाकर अपनी बड़ी-बड़ी आँखों को विभोर होकर चलाती हैं तब कलकंठनिनादिनी वेश्याएँ अपना मुखर गीत गाती हैं और फिर केवल मृदंग की गंभीर आवाज़ घहरती हुई सुनाई देती है और फिर नर्त्तकियों के एक-एक नूपुर का संचालन होता है जिसका वह क्वणन उनकी थिरकन को अखंड वैभव, अद्‌भुत चांचल्य देता है, जैसे हे सूर्य्यकिरण सदृश तपनेवाली विलासिनी नारी ! तेरे इस स्पर्श से स्तर पर स्तर जमा हुआ महामहिम गिरि भी धार-धार होकर बहने लगेगा। आकाश के नक्षत्र आज पतंगों की भाँति इकट्ठे हो जाएँगे। हे यौवन की प्रभा से जलनेवाली शिखाओ ! ठहरो नहीं अन्यथा हठात् ही हृदय की स्पंदन-शक्ति रुक जाएगी क्योंकि अब वह नृत्य के साथ घूम रहा है। जिस समय प्रधान नर्त्तकी ने अपने हाथ खोलकर आलिंगन किया उस समय उसकी पीठ जनसमाज की ओर हो गई और दीपकों के प्रकाश में उस शिथिलसमाना गुरुनितंबिनी की छाया अहिराज की मूर्त्ति पर विराट् होकर गिरी जैसे सचमुच उसने अहिराज को अपने आलिंगन में बाँध लिया।

सुमेरु का योद्धा हर्ष से व्याकुल हो उठा था। वह जैसे अपने-आपको भूल चुका था। और उसके बाद युवतियाँ भागकर मंच के भी ऊपर जा चढ़ीं और वे उस विराट् घंटे को बजाने लगीं, जिसकी प्रतिध्वनि से दिग्दिगंत डोल उठा और धातु के उस शब्द की गूँज सन्नाटे में झनझनाती हुई समुद्र की ओर भागने लगी।

उस समय पुजारियों ने समवेत स्वर से कहा—

"तू महान है, क्योंकि हम तुझसे भय करते हैं।

"तू विराट् है क्योंकि सूर्य्य और चंद्र तेरे सामने दीपक के प्रकाश के समान हैं।"

और विराट् जनसमुदाय ने दुहराया और कहा—"तू हमारा अग्रज है, हमें क्षमा कर। हे महावीर ! ले तेरा विलास आज पूरा हो।"

हे विराट् ! हमारे अपराधों को भूल जा। हम तेरे सामने नतशीश हैं।

और वह स्वर इतना गंभीर हो गया कि सुननेवालों के हृदय पर एकदम एक भार-सा छा गया। पुजारियों ने स्वर उठाकर कहा—"महामहिमामयी महामाई ! अपने पुत्र को स्नेह दे। अपने पुत्र को वरदान दे।"

आकाश में यही स्वर गूँज उठा। उनको लगा वह स्वर ऊपर चढ़ता चला गया और अब स्वयं महामाई ने उसे सुन लिया होगा।

फिर नर्त्तकियाँ नृत्य समाप्त करने की मुद्रा दिखाती हुई लौट आईं। आज यह युवतियाँ सफल हैं, आज तो वे वेश्या भी सफल हैं जिनका यौवन देवता को प्रसन्न करने के काम में आ रहा है। धीरे-धीरे नृत्य समाप्त हो गया और युवतियाँ और वेश्याएँ देवता को दंडवत् करके नीचे उतर चलीं और लोगों ने समवेत स्वर से जयजयकार करके ज्योंही मुख बंद किया, उसी समय बाहर कोलाहल होने लगा। बहुत से लोग एकदम बहुत कुछ बोल जाने का प्रयत्न कर रहे थे किंतु जैसे सबकुछ एक ही दम कह देना असंभव था। सब लोग चौंक उंठे। किसी की भी कुछ समझ में नहीं आया। ऊँचे मंच पर बैठे उच्च वर्ग के सभ्यों ने अपने स्वभाव के अनुसार बहुत अधिक उत्सुकता नहीं दिखाई। किंतु फिर भी चिंता होने लगी।

शांतिरक्षकों ने अपना मुख कोलाहल की ओर मोड़ा और उसी ओर भाग चले, और भीड़ में यद्यपि कुछ दिखाई नहीं दिया फिर भी ऐसा प्रतीत हुआ कि कुछ लोग जो कहना चाहते हैं उससे उन्हें रोका जा रहा है और वे इसी से चिल्ला रहे हैं, अपनी बात को हृदय में रख छोड़ना उनके लिए असंभव है। भीड़ भी अशांत हो गई थी, जानना चाहती थी। पीछे के लोग भी कभी-कभी कुछ चिल्ला उठते थे जिससे कोलाहल दुगुना हो रहा था।

उत्सव के मनोहर कलकलनाद पर वह चिल्लाहट भयानक रूप से छा गई जिससे उन सबका आनंद भग्न हो गया। प्रत्येक उत्सव के समय ऐसे अपशकुनों को देखकर उन्हें एक आशंका होने लगी। पुजारियों ने क्रोध से उस ओर देखा। उनकी वृद्ध भृकुटियाँ पीछे की ओर खिंच गईं। क्या देवता की इच्छा यही थी? क्या उसे यही स्वीकार था? यह कैसा भीषण उपद्रव है कि पुरुष, स्त्री, बालक, सब एकसाथ मिलकर इतने अपस्वर से चिल्ला रहे हैं जैसे मृत्यु इनके सिर पर नाच रही है। आज तक मोअन-जो-दड़ो में ऐसा नहीं हुआ। कोई भी इस प्रकार भीड़ों में आर्त्तनाद करता नहीं सुना गया फिर आज यह क्या? क्या यह कोई विदेशी हैं? उनका स्वर तो कोई अधिक विदेशी नहीं लगता।

मणिबन्ध ने उत्सुक आँखों से आमेन-रा की ओर देखा। आमेन-रा ने समझा। और वही भाव उसकी भी आँखों में डोल गया। वेणी ने झुककर कहा—"क्या हुआ महाश्रेष्ठि?"

"कौन जाने?" मणिबन्ध ने विस्मय से कहा—"कुछ भी ज्ञात नहीं होता। किसी से पूछने पर स्यात् कुछ पता लगे।"

अब ऊँचे मंच पर बैठे हुए धनिकों के अंगरक्षकों ने अपने स्वामियों से अपना फ़ासला कम कर दिया। उनके भाले और खड्ग दीपकों के प्रकाश में चमचमा उठे। उनके बीच में धनी घिर गए। उन्होंने इन मनुष्यों को खिला-पिलाकर इसीलिए हट्टा-कट्टा बना दिया था कि ख़तरे के समय अपने प्राणों को अपना न समझकर उनकी संपत्ति समझें।

मणिबन्ध ने अपने एक अंगरक्षक को बुलाकर कहा—"उल्लास! यह सब क्या है?"

उल्लास ने कहा—"महाप्रभु! मैं नहीं जानता।"

मणिबन्ध ने उसे हाथ से इंगित किया। वह भीड़ में उतर गया। उसके स्थान को भरने के लिए एक और अंगरक्षक आ खड़ा हुआ।

कोलाहल के कारण अब सब व्यग्र हो उठे थे। इतनी बड़ी भीड़ थी कि कारण को समझ लेना कुछ कठिन काम था।

और मणिबन्ध प्रतीक्षा करने लगा। देखें अंगरक्षक आकर क्या उत्तर देता है। उसके हृदय में भी अन्यों की भाँति कुछ शंका होने लगी किंतु महाश्रेष्ठि दब जाए यह कुछ साधारण बात न थी। वे धनिक वर्ग के सुसभ्य अब कभी-कभी दबी आँखों से देख लेते कि अंगरक्षक सन्नद्ध खड़े हैं।

शांतिरक्षकों का सब प्रयत्न निष्फल हो गया। वे इधर-उधर दासों से कहते हुए भागने लगे। और दास अपने हाथों में जलती मशालें लिए भाग चले, कभी इधर कभी उधर। भागने से मशाल की लपट फरफराने लगी और दृश्य में सत्वर कौतूहल उदय हो गया।

सुमेरु के योद्धा के भुजदंड फड़क रहे थे। उसे ऐसे आनंद के समय इस प्रकार गुरुतम व्याघात अत्यंत अखरा और उसने विक्षोभ से आसन के हाथ पर हाथ मारते हुए कहा—"अमानुषिक! नितांत अमानुषिक।"

पास बैठे माइनोन के सार्थवाह ने टूटी-फूटी मोअन-जो-दड़ो की भाषा में कहा—"पाशविक ! पूर्ण पाशविक।"

सुमेरु का दृढ़ योद्धा उसकी संपत्ति से प्रसन्न हो गया और चुपचाप बाईं ओर धरे मद्यपात्र को ललचाई दृष्टि से घूरने लगा।

उत्सुक जनसाधारण चिल्लाने लगे। जिसके जो मन में आता था वही बकता था। किसी ने चिल्लाकर कहा—"कौन है, क्या चाहते हो ?"

"बताते क्यों नहीं ?"

"क्या स्वयं अहिराज की सेना आ गई है ?"

इस पर सब हँस पड़े और बहुत से इधर-उधर खड़े लोग जो हँसी का कारण नहीं समझ सके इसी पर चिल्लाने लगे और पुकार-पुकारकर एक-दूसरे से पूछने लगे। भीड़ अब सामने न देखकर पीछे मुड़-मुड़कर देख रही थी और जो जितना ऊँचा था उससे अधिक ऊँचा होने के लिए अपने पंजों पर खड़ा होकर उचककर देखने के प्रयत्न में था।

कोलाहल अब बढ़ गया था। उसमें कुछ बहुत ही करुण चीत्कार थे जैसे इतने दिनों की लगन जिसके बल पर इतने दिन जिए वह ऐसी टूट जाएगी इसकी तो कभी भी आशा न थी।

मशालों और सहस्रों दीपों के प्रकाश में जगमगाता वह स्थान एक भगदड़ में पड़ गया। अधिक प्रतीक्षा करने में उन्हें कोई बुद्धिमत्ता नहीं दिखाई दी। उत्सव तो अब क्या होगा और धरती फिर एक बार धड़क उठेगी क्योंकि पूजा निर्विघ्न समाप्त नहीं हुई है। दूसरे कहते थे, कि पूजा तो हो चुकी, वह कभी की सकुशल समाप्त हो गई। पूजा के बाद के नृत्यों से हमें तो वैसे भी कोई विशेष तात्पर्य नहीं। किंतु कारण अवश्य जान लेना चाहिए। आख़िर यह है क्या आपत्ति ? जो सुख की इस शांति में इतना भयानक चीत्कार कर रहे हैं।

जब देखा कि समागत भीड़ बौखला उठी है और उसे वश में रखना अब शांति-रक्षकों के बस की बात नहीं रही है, और सब लोग असंतुष्ट से चले जा रहे हैं, जो आज तक महानगर के किसी भी जनोत्सव में नहीं हुआ, तब दृढ़ निश्चय करके अंगरक्षकों को पीछे हटाकर मणिबन्ध अपने आसन पर खड़ा हो गया।

उसको इस प्रकार खड़े होते देखकर समस्त मंचस्थित धनिक और विद्वान संप्रदाय आदर से खड़ा हो गया। सुमेरु का वह लंबा और दीर्घकाय योद्धा भी अपना धातु का भयानक कवच पहन चुका था। युद्ध की या प्रजा के कोलाहल की ध्वनि हो और वह चुप रहा आए। नितांत असंभव था। यह स्वर उसके पौरुष को आवाहन देता था।

मणिबन्ध ने एक बार उस अपार सिंधु तरंगों की भाँति हिलते जनसमुदाय को दंभ से देखा।

अंगरक्षकों ने चिल्लाकर कहा—"ठहरिए, ठहरिए, महाश्रेष्ठि मणिबन्ध आपसे कुछ कहना चाहते हैं।"

किंतु उस शब्द को ऊँचे पर होने के कारण उच्चवर्ग के लोग ही सुन सके। वे तो समझ ही गए थे। जनसाधारण के लिए शांतिरक्षक चिल्लाने लगे—

"ठहरिए ! ठहरिए ! महाश्रेष्ठि मणिबन्ध आपसे कुछ कहना चाहते हैं।"

पहले आगेवालों ने सुना, उनको रुकता देख पीछे की पंक्तियों में बिखरे लोगों ने सुना और धीरे-धीरे बात सभी के पास पहुँच गई। अब नरसिंगे बजने लगे, फिर दास अपने-अपने

स्थानों पर वही जलती मशालें लेकर लौट आए और जनसमाज सुव्यवस्था में सिद्ध, अपनी-अपनी पंक्तियाँ बनाकर खड़ा होने में लग गया। फिर एक शंख-ध्वनि हुई। इसमें काफ़ी विलंब हुआ क्योंकि भीड़ की अपार संख्या थी, जिस तक एकदम बात पहुँचना एक कठिन काम था।

जब सबकुछ देर को शांत हो गए, मणिबन्ध ने कहा—

महानगर की गौरवशाली परंपरा में आज पहली बार एक ऐसा उदाहरण दिखाई दिया है जिसके कारण अपने विदेशी मित्रों के सम्मुख हमें लज्जा हुई है। हम जानते हैं हमारे विदेशी मित्र हमसे सच्ची सहानुभूति रखते हैं और वे हमें उसके लिए क्षमा कर देंगे।

पुजारी वृद्धों के मुख पर मुस्कराहट डोल गई। उन्होंने कहा—"वह तो उन्हें करना ही होगा महाश्रेष्ठि, क्या वे हमारे सच्चे मित्र नहीं?"

मणिबन्ध ने रुककर अपने मित्रों की ओर देखा जो अब प्रसन्न दिखाई देते थे। सुमेरु के योद्धा ने कहा—"हम कृतज्ञ हैं महाश्रेष्ठि! हम कृतज्ञ हैं!!" और अबके उसने न केवल मदिरा-पात्रों की ओर ही देखा, वरन् सामने बैठी एक षोडशी पर भी उसकी दृष्टि जा अटकी।

सभा के अँधेरे कोने से एक लड़का चिल्ला उठा—"आगे बढ़कर क्यों नहीं बोलते? क्या सुननेवाले ऊपर-ही-ऊपर हैं। यदि उन्हें ही सुनाना था तो फिर हम सबको रोककर हमारा समय व्यर्थ नष्ट क्यों किया?"

आवाज़ बहुत दूर नहीं चली। गला भर्रा गया।

बहुत से लोगों ने स्त्री स्वर समझकर मुड़कर देखा किंतु एक लड़का देखकर फिर आँखें फेर लीं।

मणिबन्ध ने कोई ध्यान नहीं दिया। उसने गरजते हुए कहा—"महानागरिको! आज महानगर में एक नई बात हुई है। शांतिरक्षकों ने कहा है कि हमारे उत्सव में कुछ नवीन अतिथि आए हैं, जिन्हें पहले वे समझ नहीं सके थे।"

पीछेवालों ने पथ छोड़ दिया। कुछ भूखे थे वे। सौ, डेढ़ सौ, दो सौ....अरे वह तो काफ़ी थे। पथ अपने-आप उनके लिए बनने लगा यहाँ तक कि शांतिरक्षकों की भी आवश्यकता नहीं हुई। वे सब उत्सुक हो गए थे।

उस भव्य सभास्थल में वे भूखे बीचोबीच बढ़ने लगे। उनका शरीर बहुत ही गंदा था। आबालवृद्ध, नर-नारी वे सब चुपचाप उस स्थान में टूटे-फूटे से प्रतीत हुए। विश्रांति ने उनको चूर-चूर कर दिया था। किसी आशा मात्र पर उनका जीवन था और शायद उसके पूर्ण होने की संभावना ने उनके बुझते हुए दीपकों में फिर से लौ को उकसा दिया था।

मणिबन्ध के बैठने के साथ ही धनी भी बैठ गए। पुजारियों ने फिर अपनी जगह सँभाल ली। भिखारी मंच के नीचे आ इकट्ठे हुए और कई मंच के सोपानों पर चढ़कर खड़े हो गए। मंच पर चढ़कर भीड़ की ओर एक लड़की ने हाथ उठा-उठाकर चिल्ला-चिल्लाकर कहना शुरू किया—"मोअन-जो-दड़ो के भुवनविख्यात नागरिको! मेरे देश के सब वासी तुम्हारी भाषा को नहीं बोल सकते। किंतु जो तुम्हारे वैभव को जानता है, वह किसी भी देश में हो, उसने तुम्हारी भाषा को सीखकर गर्व का अनुभव किया है। आज हमें इसी प्रकार भूखे-प्यासे चलते हुए महीनों बीत गए। सैकड़ों राह पर ही मर गए। पिता ने अपने पुत्र को मरते हुए देखा है किंतु वह लाचार था। उसने उसके अर्धजीवित शरीर को प्यास से तड़प-तड़पकर मर जाने के लिए वहीं

छोड़ दिया। महानगर के आँसुओ ! प्रतिशोध की आग को बुझाने के लिए आज भूल से कहीं गिर न जाना। हम सब कौन हैं? हमारे देवता एक हैं, हमारी शांति एक है, व्यापार और सुख एक हैं। किंतु आज पणिय और कीकट भग्न हो गए हैं। आज उनके द्रविड़ नतशीश एक नवीन आक्रमणकारी के पग तले कुचले जाकर दासत्व करने को विवश हो गए हैं, अथवा हमारी भाँति दर-दर भटकते फिर रहे हैं। क्या किया था हमने कि आज हमारा घर हमारा घर नहीं है और हम अपने ही घर में नहीं घुस सकते? बर्बर अत्याचारियों ने हमारे घरों में आग लगा दी थी और हमारे बच्चों और स्त्रियों को, बूढ़ों को उन्होंने तलवार से मौत के घाट उतार दिया। बोलो महानागरिको ! कीकट का आत्मसम्मान अपने भाई के सामने हाथ खोले खड़ा है। लाओ, मेरी झोली में शस्त्र डालो और मुझे वचन दो कि तुम बदला लोगे। क्योंकि ये सब मेरी और तुम्हारी भी प्रजा है, यह तुम्हें समझ सकते हैं किंतु अपने-आपको शीघ्रता से समझा नहीं सकते, आज मैंने फिर इनकी ओर से संसार के सर्वश्रेष्ठ महानागरिकों की सभा में आकर प्रार्थना का दुस्साहस किया है। मैं तुम्हारी भाषा जानती हूँ, क्योंकि मैं राजकुमारी हूँ, मैं कीकट की पराजित राजकुमारी हूँ...."

"राजकुमारी? राजकुमारी?" चारों ओर कोलाहल हो उठा। क्या आज कीकट नहीं रहा? क्या हुआ उसके अधिपति का? क्या वे सब कुचल दिए गए? और आज राजकुमारी इस दशा में? जो एक दिन प्रासादों में पली होगी और जिसके पाँव कभी धरती पर नहीं पड़ते होंगे वह आज भिखारिन की भाँति अधनंगी सिर के बाल खोले, मैली-कुचैली, फटे कपड़े पहने खड़ी है? आज न उसके सिर पर आकाश है, न पाँव के नीचे धरती?

कुछ समझ में नहीं आया। यह तो रहस्य-सा जान पड़ता है।

राजकुमारी ने फिर कहा—"हमारा देश आज खँडहर पड़ा है। अब न हम कभी उसमें नृत्य कर सकेंगे, और न उसमें हमारे पवित्र गीत ही गूँज सकेंगे। अब उनमें वे बर्बर अपने जंगली गीत गाते हैं जिनमें स्वर तक का ज्ञान नहीं। उन्हें आलापन तक नहीं आता। सुनकर हँसी आती है। वे धोखे से लड़ते हैं और उन्हें मनुष्यता छू तक नहीं गई है। क्या तुम सोच सकते हो कि माँ खड़ी रहे और उसका पुत्र अग्नि में जलता रहे। क्या तुम सोच सकते हो कि पिता के सामने पुत्री पर बलात्कार किया जाए? क्या तुम सोच सकते हो, महानगर के भुवनविख्यात नागरिको ! कि हमारा गौरव पराजित होने के कारण ही आज दासत्व में परिणत हो गया है और हम केवल दास हैं?"

एक व्यक्ति ने आगे बढ़कर कहा—"कौन राजकुमारी? तुम कीकट की राजकुमारी हो?"

स्वर में संदेह था। और मुड़कर राजकुमारी ने कहा—"हाँ, मैं राजकुमारी चंद्रा हूँ। मेरी बड़ी बहिन, मेरी माँ आज दासी बना ली गई हैं," वह रुआँसी हो गई।

"और अधिपति?" प्रश्न उत्सुकता से भरा था।

"अधिपति !" लगा जैसे राजकुमारी का कंठ अब नहीं बोल सकेगा। उसने कहा—"उस पापी ने उन बर्बरों का दासत्व स्वीकार कर लिया" और राजकुमारी ने घृणा से थूक दिया। फिर कहा—"यदि चाहो तो इन भूखे आत्मसम्मानवाले मनुष्यों से पूछ लो। मैं झूठ नहीं कहती। हम हार गए हैं किंतु हमारा सत्य नहीं हारा है।"

सभास्थल में गूँज उठी : 'विल्लिभित्तूर ! विल्लिभित्तूर ! !' सबका विस्मय बढ़ गया।

एक व्यक्ति को घेरकर बहुत-से भिखारी खड़े हो गए थे। एक ने कहा—"कहाँ हो तुम गायक? तुमने जब से देश छोड़ा तब से हम भी हम नहीं रहे। कीकट का अधिपति एक कुत्सित कुत्ता था। यदि हम तुम्हारे साथ अन्याय होने के समय ही उसे निकाल सकते तो आज यह सब क्यों होता।"

नर्त्तकी वेणी अपने आसन पर उठकर खड़ी होकर देखने लगी। उसने देखा। स्तंभ के ऊपरी भाग पर जो सिंह-मुख है उसके ही नीचे कंदील के प्रकाश में विल्लिभित्तूर खड़ा है। राजकुमारी अब उसके सामने जा खड़ी हुई है।

मणिबंध ने देखा। वह निश्चिंत ही बैठा रहा। जब गायक इस भीड़ में है तब वह निकलकर कहाँ जा सकेगा? उसके अंगरक्षक क्या साधारण हत्यारे हैं?

भिखारियों की परस्पर बातचीत बहुत अधिक बढ़ गई। विल्लिभित्तूर को देखकर चन्द्रा ने कहा—"महानागरिको! हमारे मर जाने में अब कोई संदेह नहीं रहा है। हम एक, केवल एक आशा पर किसी तरह यहाँ जीवित रहकर आए हैं। उत्तर के बर्बर अत्यंत असभ्य हैं। महानगर को उनसे हमारा प्रतिशोध लेना होगा। महानगर को उनसे हमारे दुधमुँहे बच्चों के खून का बदला लेना होगा।"

कोलाहल होने लगा। राजकुमारी कहती गई—"हम शताब्दियों से शांति से रहते चले आए हैं। हमने किसी पर अत्याचार नहीं किया। किंतु यह बर्बर! वे हमारे रंग से घृणा करते हैं क्योंकि वे भस्म की तरह सफ़ेद हैं...."

"सफ़ेद हैं?" मणिबन्ध ने उठकर पूछा। अराल की बात मस्तिष्क में घूम गई।

"हाँ, हाँ, सफ़ेद! घृणित हैं उनके मुख! उनके आनन पर इतनी-इतनी लंबी नाक है जितनी मनुष्यों के मुखों पर नहीं होती और उनकी स्त्रियों की आँखों में काली छाया तक नहीं जैसे आकाश की सूनी नीलिमा हो। वह अपने-आपको आर्य्य कहते हैं...." बात पूरी नहीं हुई।

"आर्य्य?" एलाम के पुजारी ने ठहाका मारा—"आर्य्य!! यह क्या अजीब नाम है?" सब चौंक उठे।

"आर्य्य?" एलाम के पुजारी ने हँसकर कहा—"क्या कहा तुमने राजकुमारी? आर्य्य?"

"हाँ, हाँ, आर्य्य!" राजकुमारी ने घबराकर कहा।

"नहीं, नहीं, आर्य्य कार्य्य नहीं, वह शब्द कुछ हारवार होगा? भला क्या अर्थ हुआ इसका? आर्य्य?"

और सभास्थल उसके प्रबल अट्टहास से गूँज उठा। उच्छृंखलता फैल गई। वे प्राचीन सभ्य वास्तव में अपने उपहास को प्रकट होने से नहीं रोक सके। और प्रायः सब ही हँस दिए। राजकुमारी विक्षुब्ध हो-होकर इधर-उधर देखने लगी और चिल्ला उठी—"तुम नहीं जानते महानागरिको! कि वे भेड़ियों से भी अधिक क्रूर हैं। वे हमसे घृणा करते हैं...."

"तो हम ही कौन उनसे प्रेम करते हैं...." सुमेरु के योद्धा ने कहा। राजकुमारी कहने लगी—"वे अत्यंत भ्रष्ट हैं, पतित हैं, मांस को भूनकर खाते हैं...."

किंतु कोलाहल में कुछ भी सुनाई नहीं दिया। उसकी विफल पुकार डूब गई क्योंकि सब हँसने लगे थे, उच्छृंखल हो उठे थे, और सुमेरु के योद्धा ने उठकर एक हाथ में अजामुखी गोल सुराही उठा ली और ऊपर से चषक में धार छोड़ने लगा। प्याला भर गया। ऊपर बुलबुले दिखाई देने लगे। नर्त्तकियाँ ताली बजाकर हँसने लगीं। भिखारियों से वे कीकट के द्रविड़ उस

मद विलास को देखकर संकुचित हो गए। उन्हें कुछ भी नहीं सूझा। यहाँ जो सहस्रों-लक्षों व्यक्ति खड़े हैं कोई भी उनकी बात पर विश्वास नहीं करना चाहता। धनी लोग आपस में आँख नचाते हैं और मंच पर बैठी स्त्रियाँ किलकारियाँ मारकर हँस उठती हैं और सभा में विराट् जनसमूह सागर के उन्मत्त थपेड़ों की भाँति हँस उठता है। अंगरक्षकों के भालों के फलक दीपक-ज्योति में चमचमा रहे हैं। दासों की मशालें अब भी फरफरा रही हैं। शांतिरक्षक भी उन्मत्त हो उठे हैं, कि दासों ने पात्र भर-भरकर लोगों को मदिरा पिलाना प्रारंभ कर दिया। समस्त मंच पर मदिरा की गंध व्याप गई जिससे उनकी सोच-विचार की शक्ति और कम हो गई और वे अपना धीरज खो बैठे। यह क्या कह रही है राजकुमारी! कीकट तो इतने भीरु नहीं थे। फिर आज यह क्या सुना है। भयानक कोलाहल मच उठा।

सुमेरु के योद्धा ने अपना प्याला ऊपर उठाकर कहा—"वह नहीं आ सकते यहाँ? हम उन बर्बरों को तोड़कर फेंक देंगे। आज तक कभी किसी ने सुना है? सुना है कि कोई आर्य्य नाम के भी लोग होते हैं और पहाड़ों से आए हैं? बर्बरों पर बर्फ़ जम गई होगी, मूर्ख स्नान तक नहीं करना सीखे?"

घृणा से उसका मुख विकृत हो गया।

"क्या कहती हो राजकुमारी? कीकट में लगता है कायरों की भरमार है, नितांत कायर, आर्य्य!!!" और प्रबल सुमेरु के योद्धा का कठोर अट्टहास दिशा-दिशा में गूँज उठा और फिर वह दोनों हाथों से बड़ा पात्र मुख से लगाकर गट-गट पीने लगा।

"हट जाओ, हट जाओ" की मदविह्वल पुकार गूँज उठी—"आनंद! अखंड आनंद होने दो। यह सब नहीं चाहिए हमें...."

इसी समय श्रेष्ठि विश्वजित् ने आगे बढ़कर कहा—"वैभव और विलास में मत्त रहनेवाले महानागरिको! बार-बार धरती काँप रही है, बार-बार देवता कोप करते हैं, और आज सुना है कि पणिय और कीकट भी किसी नवीन बर्बर जाति के पद तले रौंदे जा चुके हैं। उस समय तुम आँखें बंद किए मदिरा पी रहे हो? किसलिए आए हैं ये यहाँ? इसीलिए न कि सभ्यता को बचाने के लिए भाई ने भाई को पहले से चैतन्य किया है? आज तुमने उसकी बात तक नहीं सुनी। क्योंकि आज मदिरा और स्त्री, स्वर्ण और अधिकार के वैभव ने तुम्हें अंधा कर दिया है?"

महाश्रेष्ठि विश्वविजयी की बात सुनकर महासभा में फिर सन्नाटा छा गया। लोग उसकी बात को अवश्य सुनना चाहते थे क्योंकि वह निर्भय जो था, सबके मुख पर खरी-खरी सुना देता था। उस समय आसन पर आगे झुककर पुराचीन मिश्र के कुलीन वंशी आमेन-रा ने अधखुली आँखों से देखते हुए कहा—"जब देवता की आराधना होती है तो मनुष्य को एकाग्रचित्त होना चाहिए। आज महानगर और प्राचीन मिश्र का बंधन इतना गाढ़ हो गया है कि दोनों एक-दूसरे के देवताओं की पूजा करने लगे हैं। देखते नहीं तुम्हारे देश में अपिसवृषभ की भी पूजा होने लगी है। फिर जब दो वज्रशक्तियाँ एक हैं तब किसका भय? महाश्रेष्ठि! तुम संसार से दूर हो गए हो। आओ, एक प्याला पियो तो जानोगे कि जीवन में मनुष्य को इतनी निर्भयता का प्रसाद कहाँ से मिलता है? और तुम महाश्रेष्ठि? जिसने सारे विश्व को जीत लिया है, आज एक स्त्री के कहने से व्याकुल हो गए हो? जिनका हमने नाम तक नहीं सुना उनसे तुम्हें इतना भय? क्या हम मिट्टी के पुतले हैं? आने दो उन्हें, हम उनकी बड़ी-बड़ी नाकें काटकर फेंक देंगे, उनको उन्हीं

की अग्नि में भूनकर काला कर देंगे। ऐसी बर्बर जातियों से आपको, महाश्रेष्ठि! विश्वविजयी! को इतना भय? आश्चर्य है," उसने मणिबन्ध की ओर मुड़कर देखा जो उस समय मुस्करा रहा था, फिर कहा—"कौन हैं यह लोग? मैं धर्म की शपथ देकर पूछता हूँ क्या कोई सोच सका है कि जो वर्णन इस बालिका ने किया है, उसके अनुसार वे लोग कैसे होंगे? और बर्बर गाते भी हैं? कैसा होगा उनका संगीत? क्या है उनके पास वाद्य?"

राजकुमारी ने कहा—"उनके पास शंख था, और तो हम देख नहीं सके।"

आमेन-रा ने हँसकर कहा—"देखा महानागरिको! उनके पास शंख था, और वे उसकी घरघराहट पर ही स्यात् स्वर-में-स्वर मिलाकर गाते थे, धन्य हो, धन्य हो देवी तुम्हारा साहस और वे तुम्हारे महाबली आर्य्य...."

और फिर वे लोग 'आर्य्य' शब्द सुनकर उपहास से अट्टहास कर उठे।

विश्वजित् का पागलपन अब धीरे-धीरे व्यक्त होने लगा था। जैसे उस मदिरा की गंध उसे अब उन्मत्त बनाने लगी थी। वह अपने-आपको अत्यंत निर्बल अनुभव कर रहा था। आज तक उसकी बात का सामने खड़े होकर उत्तर देने का किसी में भी साहस नहीं था। वृद्ध को वृद्ध ही मिला था, जैसे तलवार को तलवार ही मिल गई थी और एक क्षण दोनों अटककर अधर में प्रतीक्षा कर रही थीं।

उस समय पंचनद प्रदेश में आर्य्य हरप्पा की प्राचीन नगरी का सर्वनाश कर चुके थे। किंतु महानागरिकों को उनका प्रचंड पराक्रम अज्ञात था। वे क्या जानते थे कि आर्य्य यहाँ बेघरबार आते हैं, उन्हें मरकर भी हानि नहीं होती और जनशक्ति की उनके पास कमी नहीं है। यहाँ बसे लोग अलग-अलग रहते हैं और अधिक सभ्य हैं। मनुष्य की हत्या करने में भी उतनी सरलता अनुभव नहीं करते। बर्बर नई जाति के पास न कोई चिंता है, न अपना आत्म-सम्मान। जब पिटाई होती है तब चिल्लाते हुए जंगलों में भाग जाते हैं और फिर लौटकर धोखे से प्रहार करते हैं। उनके लिए अपने जीवन का मूल्य है। दूसरों के बारे में वे कभी नहीं सोचते। जो उनके लाभ की बात है वही उनका देवता करता है, क्योंकि देवता और आख़िर करे भी तो क्या?

श्रेष्ठि विश्वजित् ने फिर कहा—"महाश्रेष्ठि! समय व्यर्थ नष्ट हो रहा है। बेला बीतती जा रही है। महानगर की अपार प्रजा आज किसी निश्चय पर पहुँचना चाहती है। आज यह कोलाहल किसी परिणाम पर अपना अंत करना चाहता है।" विश्वजित् ने हाथ उठाकर कहा—"मैं भी मिश्र गया था। मैंने भी वह अपार वैभव देखा है। मेरे सामने पिरैमिस बनानेवाला फ़राऊन एक छोटा-सा बालक था। आज तुम मुझसे दर्प से बातें करते हो? और यह विदेशी व्यापारी आमेन-रा, जिसने अपने अनेक वर्ष युद्ध में भी बिताए हैं, इतना वृद्ध होकर भी कुछ सोच नहीं सकता? क्या कीकट के आँसुओं का बदला यही है? क्या कीकट और पणिय जिसने अनादिकाल से हमें अपना माना है, जिनसे हमारा अबाध व्यापार चला है, आज भस्म में पड़े रहें और हम उस समय यहाँ मदमत्त होकर विलास करें? क्या कीकट का उन्नत शीश झुक जाए और हमारे भल्ल एक भी बार आकाश में चमचमाएँ तक नहीं।

विश्वजित् का श्वास फूल गया। वह कहता गया—"महानागरिको! मोअन-जो-दड़ो के विश्वप्रसिद्ध व्यापारियो! वीरो! सुनो! किंतु कभी भी अविश्वास न करो। जब मैं मिश्र में था तब अनेक बार विदेशी बर्बरों के आक्रमण होते थे।"

आमेन-रा ने गरजकर कहा—"किंतु हमारे प्रचंड प्रहार के सामने वे कभी भी खड़े नहीं रह सके। महाश्रेष्ठि! तुम वृद्ध ही नहीं, पागल भी हो।"

"पागल तू, तेरा बाप," विश्वजित् ने कहा—"सावधान।" आमेन-रा की इच्छा हुई कि वह उसका गला घोंट दे। आते समय राह में ही जहाज़ क्यों नहीं डूब गया। आज मिश्र के महान योद्धा को यह भरी सभा में क्या सुनना पड़ा है? उसने मणिबन्ध की ओर देखा। मणिबन्ध ने कहा—"महाश्रेष्ठि, यह आप क्या कह रहे हैं? सुसभ्यगण सुनें! आज मोअन-जो-दड़ो का शीश झुक गया है। आज हमें कहीं मुँह दिखाने को जगह नहीं रही है। क्या सुन रहे हैं आप? और कोई कुछ बोलता तक नहीं····" किंतु अधिकांश लोग चुप ही रहे क्योंकि गाली प्रारंभ करनेवाला तो आमेन-रा था। और बल्कि विश्वजित् तो साधारण रूप से बुद्धिपूर्वक बात कर रहा था। किसी के न बोलने से मणिबन्ध का मुँह उदास हो गया। उसने कहा—"मैं क्षमा माँगता हूँ श्रीमान्! महानगर की ओर से मैं आपसे क्षमा माँगता हूँ।" गण स्तब्ध रह गया।

विश्वजित् ने चिल्लाकर कहा—"श्रेष्ठि मणिबन्ध! तू क्षमा माँगा कर, उसके लिए तेरे पास सुंदरियों से भरे अनेक विलास भवन हैं, जहाँ तू पाँवों की ठोकर खा-खाकर उन्हें अपने वक्षस्थल से लगाता रहे। किंतु यह समय गंभीर है। एक ओर देवता क्रुद्ध हो रहे हैं, दूसरी ओर हमारे पड़ोसी भिखारी हो गए हैं। आज हमारा व्यापार-क्षेत्र पहले से कितना कम हो गया है।"

"हम उन्हें गाजर-मूली की तरह काट देंगे····"

"हम उन्हें टिड्डी दल की भाँति खाकर ठूँठ छोड़ देंगे····"

उस कोलाहल पर भी विश्वजित् चिल्लाता रहा—"आकाश टूटकर गिर जाएगा तब तुम समझोगे कि पीपल का पत्ता आकर तुम्हारे सिर पर गिर गया है मूर्खो, जब धरती फटेगी, तुम्हें लगेगा महामाई तुम्हारे महानगर के वैभव के लिए नई नाली बना रही है, सर्वनाश तुम्हारे सिर पर खेल रहा है, और तुम अंधे हो गए हो····"

किंतु कोई बात नहीं सुनी गई। सुमेरु का योद्धा अपना बड़ा चषक उठाकर कह रहा था—"ऐसी अनेक जातियाँ मेरी मदिरा पर बुलबुले बनकर छाती हैं और मैं उन्हें फूँक मारकर वायु में विलीन कर देता हूँ।" विराट् जनसमुदाय अब अनिश्चय में फिर चिल्लाने लगा। उसकी समझ में कुछ भी नहीं आया। और विश्वजित् अपने बालों को हाथ से खींचता हुआ भाग चला, वह फिर पागल हो गया था····

महानागरिक मंच पर अब मदिरा के चषक भर चुके थे और अब वे मत्त होकर हँस रहे थे। सुंदरियाँ किलकारियों से वह कोलाहल झनझना देती थीं।

दासों में चहल-पहल हो गई थी। और कीकट की राजकुमारी अब सोपान पर सिर पकड़कर बैठ गई थी। भिखारी बीच में शोर कर रहे थे।

मणिबन्ध ने मुड़कर देखा—वेणी अपने आसन पर नहीं थी। वह कहीं चली गई थी। उसने इधर-उधर देखा। कहीं भी नहीं दिखी। फिर उसे याद आया। चुप बैठा रहा। आमेन-रा अब फिर सुस्थिर हो चुका था। उसने कहा—"मेरी ही गलती थी महाश्रेष्ठि! वह तो पागल था। किंतु मिश्र में श्रीमानों का अपमान नहीं हो सकता। आपके गण में तो यहाँ क्या-क्या होता है, कौन जाने?"

मणिबन्ध ने कहा—"नहीं, श्रीमान्! कोई इसी से नहीं बोला कि वह किसी समय स्वयं एक महाश्रेष्ठि था और यह सब लोग," उसने हाथ से जनसमाज की अपार भीड़ की ओर इंगित किया,

"उसी की बात सुनना चाहते हैं, उसके लिए बहुत श्रद्धा रखते हैं, अन्यथा उसे दंड अवश्य मिलता।"

इसी समय भीड़ में से कोई बहुत भयानक आर्त्तनाद करता हुआ चिल्ला उठा। भिखारियों का वह भीड़ में खड़ा झुंड एकदम जो चिल्लाया तो शांतिरक्षक उधर ही दौड़ पड़े। कुछ दास भी मशाल लिए टूट पड़े। और फिर अंधकार में एक स्त्री का कंठ भयानकता से चिल्ला उठा—"यहाँ देखो।" "वह कौन है?" "एक स्त्री है?" और उसके बाद—'हत्या! हत्या!!' का डरावना शब्द गूँज उठा।

फिर सब चौंक उठे। किंतु अपार भीड़ तब लौटने लगी थी। इसी से बहुत से तो सुन ही नहीं सके। राजकुमारी चंद्रा ने जाकर देखा, एक पुरुष मर गया था और हत्यारे का कहीं भी पता न था।

एक अंगरक्षक ने आकर कहा—"देव! कोई मारा गया है।"

मणिबन्ध ने कहा—"कौन है?"

अंगरक्षक ने कहा—"कोई भिखारी ही है देव!"

तभी वेणी अपना चषक भरवा रही थी। दास उसमें मदिरा उँडेल रहा था।

मणिबन्ध अपने स्थान पर बैठा रहा। एक बार उसका हृदय भीतर-ही-भीतर गुदगुदा उठा। क्या यह हो सकता है? वेणी तो प्रसन्न ही लगती थी। किंतु वह चिल्लाया' कौन था? वह तो कुछ-कुछ नीलूफ़र का-सा स्वर लगता था न?

आमेन-रा ने हाथ हिलाते हुए कहा—"निकाल दो इन्हें, निकाल दो...."

सुमेरु के योद्धा ने झूमते हुए कहा—"दीर्घायु हों श्रीमान्! दीर्घायु हों। क्या बात कही है। धन्य हो, धन्य हो। ऐसे समय यह मूर्ख! क्या जाने यह कि मदिरा की मस्ती में कितनी शक्ति है? और इतनी रूपवती सुंदरियों का ऐसा अपमान? धिक्कार है, धिक्कार है...."

आनंद में व्याघात पड़ रहा था। कोई भिखारिन उस मरे हुए शव पर वहीं रोने लग गई थी और उसकी वह कर्णकटु आवाज़ सचमुच बहुत ही अतुलनीय और वीभत्स प्रतीत हुई। क्या शव यहीं पड़ा रहेगा? मणिबन्ध ने भी इंगित किया। अंगरक्षक समीप आ गए। आमेन-रा ने फिर उधर न देखकर हाथ हिलाते हुए कहा—"निकाल दो, इन भिखारियों को, निकाल दो...."

सुमेरु के योद्धा ने चिल्लाकर कहा—"निकाल दो इन्हें, निकाल दो...."

वेणी अपने स्थान पर आ बैठी थी। शांतिरक्षक टूट पड़े। उन्होंने सोच-विचार छोड़कर एकदम प्रहार करना प्रारंभ कर दिया। पहले ही भिखारी बहुत निर्बल थे। वे इस आघात को नहीं सह सके और भागने लगे। अँधेरे में नगरवासी भी घायल होने के भय से जिधर राह मिलती उधर ही भागने लगे। उस द्रविड़ भिखारी का शव वहीं पड़ा रहा। उस पर किसी ने भी ध्यान नहीं दिया। अँधेरे में भीड़भाड़ में वह खूब कुचल दिया गया। जब सब भाग गए तो धनियों ने एक संतोष की साँस ली। उस समय सुमेरु का योद्धा पूर्णरूप से मत्त हो चुका था और उसने एक नर्त्तकी को पकड़कर अपने पास बिठा लिया था और उसे भर-भरकर चषक पिला रहा था जो पीती जाती थी, हँसती जाती थी और बेहाल हो चली थी। अखण्ड आनंद होता रहा।

अँधेरे में दो व्यक्ति भागे चले जा रहे हैं। उनका श्वास फूल गया है।

एक पुरुष ने कहा—"अभी कितना और भागना है? क्या डर है ऐसा तुझे?"

दूर पहुँचने पर लड़के ने विल्लिभित्तूर से कहा—"अब हमें कोई भय नहीं है। अब यहाँ

कोई नहीं आ सकता। वे सब अंगरक्षक और शांतिरक्षक हमारी ओर क्यों टूट पड़े थे, जानते हो?"

स्वर बहुत कोमल था। विल्लिभित्तूर ने कहा—"नहीं तो?"

"वे सब हमें मार डालना चाहते थे।"

"अरे तू बालक है, डर गया है। भला हमने क्या अपराध किया था, बता तो?"

लड़के ने कहा—"हूँ। मैं डर गया था और यह मैं अकेला ही भागकर आया हूँ। तुम नहीं भागे जैसे।"

विल्लिभित्तूर हँस दिया। लड़का भी खिलखिलाकर हँसने लगा। आनंद की उद्वेगजनित स्फूर्ति में गायक ने लड़के को अपने हृदय से लगा लिया। वह चौंक उठा। यह उसके वक्षस्थल पर क्या गड़ गया? वह पीछे हट गया। लगता था अभी-अभी उसने खींचकर किसी स्त्री को अपने वक्ष से लगा लिया था और उसने तनिक भी आपत्ति नहीं की थी।

गायक ने भयविकंपित स्वर से कहा—"तू, तू कौन है...."

लड़का हँस दिया। कहा—"डर गए? अपने प्राणरक्षक को देखकर डर गए?"

"नहीं," गायक ने कहा—"तू स्त्री है।"

"तो स्त्री से डरना चाहिए?" लड़के का हाथ ऊपर उठा। उष्णीष नीचे गिर गया और गायक ने देखा, वह नीलूफ़र थी।

"नीलूफ़र!" गायक हर्ष से चिल्ला उठा—"तुम? तुमने ही मेरी रक्षा की है? जब उस हत्यारे ने छुरा चलाया था तुमने ही मुझे पीछे खींच लिया था?"

नीलूफ़र ने आगे बढ़कर कहा—"क्या मैं नीलूफ़र होने से ही अब तुम्हारे स्पर्श के योग्य नहीं हूँ?"

गायक ने उसका हाथ पकड़कर कहा—"तो फिर वह मरा कौन?"

"कोई अनजान व्यक्ति!"

"अनजान व्यक्ति?" गायक उदास हो गया। फिर कहा—"यह तो अच्छा नहीं हुआ।"

"तो तुम मर जाते वह अच्छा होता?"

गायक हँस दिया। बड़ा कठिन प्रश्न था। नीलूफ़र ने ही फिर कहा—"जो मर गया है उसके प्रति मुझे कोई विशेष सहानुभूति नहीं है। क्योंकि यदि मैं मर जाती तो उसे भी कोई सहानुभूति नहीं होती। तुम खेद नहीं करते तब भी एक बार सोचते अवश्य।" और उष्णीष उठाकर कंधे पर रख लिया।

गायक ने स्त्री की कोमल मर्म वेदना को पहचाना। कहा—"मनुष्य के मरने पर यदि कोई रोए तो मरनेवाले को उससे क्या मिल जाता है?"

"पितरों की यह भेंट, यह देह क्या चील-कुत्तों के खाने के लिए है? इसे और कौन सुरक्षित रख सकता है।"

गायक चुप हो गया। फिर कुछ देर नीरवता बनी रही। और तब नीलूफ़र ने ही कहा—"जानते हो न, वह प्रहार तुम पर किसने किया था?"

"नहीं तो।"

"बड़े भोले हो तुम।"

"बताओ न, किसने किया था?"

"वेणी ने।" नीलूफ़र ने घूरकर कहा।

"वेणी ?" गायक काँप उठा। नीलूफ़र ने उसके दोनों हाथ पकड़कर अपने गालों पर रख लिए और कहा—"मन को इस विचार से चोट पहुँचती है ? किंतु यदि आज मैं न होती तो वह निस्संदेह अपनी राह का काँटा हटा चुकी होती। और वह तो अब भी यही समझती होगी कि अब संसार में उसके पापों को उघाड़ने के लिए न नीलूफ़र रही होगी, न विल्लिभित्तूर !"

"नीलूफ़र क्यों ?" गायक ने पूछा।

"क्योंकि वह एकदम गायब हो गई है !"

गायक ने देर के बाद कहा—"नीलूफ़र ! तुमने मुझे आज दूसरी बार जिला दिया है। एक दिन पहले भी यदि तुम न होतीं तो आज यह मांसपिंड सिंधु की लहरें कभी की खा गई होतीं। क्यों उठाती हो इतना संकट नीलूफ़र, और केवल मेरे लिए ?"

नीलूफ़र ने हाथ छोड़ते हुए कहा—"इसलिए कि विल्लिभित्तूर अभी कोमल है। वह अभी तक उस विष की पुतली को अमृत समझने की भूल करने में तनिक भी लज्जित नहीं होता।"

"तुम ऐसा कहती हो नीलूफ़र ?"

"नीलूफ़र मणिबन्ध को छोड़ सकती है, किंतु मूर्ख विल्लिभित्तूर दुष्टा वेणी को नहीं छोड़ सकता क्योंकि उसकी आत्मा निर्बल है और वह बुद्धिहीन संवेदना का शिकार है !"

गायक का सिर झुक गया। वह सोचने लगा—'क्या यह ठीक है ?' हवा अब भी मनोहर थी। और अंधकार घिरा ही रहा।

नीलूफ़र ने उसका हाथ पकड़कर कहा—"चलो, मैं थक गई हूँ !"

"कहाँ चलोगी ?"

"जहाँ मैं तनिक विश्राम कर सकूँगी।"

"अर्थात् ?"

"क्या संसार में दो हाथ ऐसी पृथ्वी नहीं मिल सकती जहाँ मैं विश्राम कर सकूँ ? मेरा यह अधिकार तो निस्संदेह बहुत बड़ी माँग नहीं। फ़राऊन तो पिरैमिस बनवाता है। क्या तुम्हें यह भी अधिक लगता है ?"

कुछ देर बाद सिर उठाकर विल्लिभित्तूर ने अनमने स्वर से पूछा—"क्या तुम मिश्री हो ?"

"हाँ, क्यों ?"

"तभी तुम इतनी निर्मम हो। किंतु मैं सचमुच बहुत निर्बल हूँ। एक बार जिसे प्यार किया है...."

"प्यार या मोह ?" नीलूफ़र ने काटकर पूछा।

"नीलूफ़र ! ! !" गायक पुकार उठा।

नीलूफ़र हँसी, उसने कहा—"मैं तो केवल दासी हूँ। तुम कभी भी मुझे देखकर मिश्र की स्त्रियों का अनुमान नहीं कर सकते। वहाँ की कुलीन स्त्रियाँ बहुत गंभीर और आदर्श ढंग से रहती हैं। वह क्या हर एक से मेरी भाँति बातें कर सकती हैं। किंतु एक तो थी, जिसे मैं जानती थी। मैं जानती थी एक अरब का सुंदर दास, लड़का-सा था, उसका मित्र था, और वह उसे बहुत प्यार करती थी। एक बात बड़े मज़े की थी। वह मेरे हाथों उसे मिठाई भेजती थी और मैं राह में ही थोड़ी-सी खा लेती थी और बाक़ी फिर उस अरब लड़के से प्रेम करके खा जाती थी।"

गायक चौंक उठा। "तुम नीलूफ़र···"

"हाँ, हाँ, चौंको नहीं पागल। यहीं लेटूँगी मैं तो। खेत है। कोई भी नहीं देख सकेगा। क्या तुम मुझे कुलीन स्त्री समझा करते थे? कुलीन स्त्री क्या तुम्हारे श्रेष्ठि के साथ बिना विवाह किए आ जाती? धन्य हो विल्लिभित्तूर! और तुम कहते हो कवि हो? धन्य हो।" उसने अपने हाथ से अपना माथा ठोंक लिया। गायक चुप रह गया।

दोनों खेत में लेट गए। पतला चाँद उठ आया था।

"हाँ, तो नीलूफ़र!" गायक ने फिर कहा—"तुमने कहा, तुम दासी थीं?"

"थी, हूँ और रहूँगी! समझे? मुझे तनिक सोने दो। मुझे नींद आ रही है। मैं बहुत थक गई हूँ।"

गायक को खीझते देखकर वह हँस दी। कहा—"इतने व्याकुल क्यों होते हो गायक? मैं किसी दिन तुम्हें पूरी कहानी सुनाऊँगी। समझे? अब सो जाओ तनिक! मुझे बहुत थकान लग रही है। सिर में दर्द हो रहा है।"

"कुछ दबा दूँ?" गायक ने पूछा।

"नहीं!"

"कुछ गाऊँ?"

"क्षमा करो। मुझे नहीं चाहिए वह मनोरंजन। कहीं खेतवाला आ गया तो कहेगा कि दुनिया-भर के चोर चले आए, यहीं गाना गाएँगे, अब जैसे यहीं रहेंगे।"

गायक उस चपलता पर रीझ गया। वह लेटकर सोने का प्रयत्न करने लगा। नीलूफ़र ने भी आँखें बंद कर लीं और करवट बदलकर लेट रही। कुछ देर बाद देखा। विश्रांत-सा गायक सो गया था। नीलूफ़र फिर करवट बदलकर सो गई। और भारी पलकों में स्वप्न नाचने लगे।

वह एक काली नदी की ओर देख रही है। सहसा किसी ने उसे ऊपर से धक्का दे दिया और वह उस ज़हरीले पानी की ओर उस गहरी ऊँचाई से गिरने लगी। एक बार चिल्लाने की इच्छा हुई किंतु कंठ रुँध गया।

अब वह एक रेगिस्तान में भाग रही है। सामने पानी दिखाई दे रहा है। जितना ही वह उसकी ओर भागती है, उतना ही वह पानी उससे दूर होने लगता है। एकाएक वह ठिठक जाती है! पाँव में एक ठोकर लगती है। देखती है। हाथ में एक हड्डी का कपाल है। तप्त। नीलूफ़र सोचती है, कोई नहीं कह सकता कि यह खोपड़ी किसकी है?

और फिर नीलूफ़र थक गई है। जिस चट्टान पर वह बैठती है वही इतनी लचकीली है कि बीच में से झुकती चली जाती है—नीचे, और नीचे, और नीचे····

नीलूफ़र स्वप्न में चौंक उठी। फिर देखा—गायक एक फूल है। एक झोंका आकर उसे गिरा देना चाहता है। नीलूफ़र अपने कंधों पर लटकनेवाला 'टुगा' उसके सामने पकड़ लेती है। हवा भरकर कपड़ा पाल की भाँति फूल जाता है, क्योंकि कपड़ा खिसक रहा है, किंतु हवा उधर नहीं निकल पाती?

तब आकाश में कोई गरज रहा है। नीलूफ़र काँप रही है।

सामने एक चिड़िया है। वह पूछती है—"तू कौन है?"

"हम? हमारा नाम है वेणी।"

नीलूफ़र हँसकर कहती है—"चिड़िया! वेणी! उड़ जा, उड़ जा, फुर्र!" देखो तो। अपने

को 'हम' कहती है।

चिड़िया उड़ गई। नीलूफ़र फिर वह फूल तोड़ने जा रही है। राह में एक साँप पड़ा है।

नीलूफ़र को देखते ही वह फन उठाकर फूत्कार कर उठा !····

नीलूफ़र की आँख खुल गई। उसने देखा वह अत्यंत शिथिल हो चुकी थी और सारा शरीर भय से पसीने-पसीने हो गया था। उसे भय लगता रहा। क्या अभी राह में कोई साँप है? क्या वह उसे नहीं पा सकेगी? कौन है वह साँप? क्यों डसना चाहता है उसे? क्या बिगाड़ा है नीलूफ़र ने उसका?

सरककर नीलूफ़र ने विल्लिभित्तूर के वक्षस्थल पर अपने उभरे वक्षस्थल को रख दिया—उरोज दबकर फैल गए। फिर दोनों हाथों में उसने उसे कोमलता से बाँध लिया और गर्म श्वासों से तपे हुए अपने प्यासे होंठ गायक के अधरों पर रख दिए।

गायक जाग उठा। उसने भयाक्रांत स्वर से कहा—"नीलूफ़र!"

नीलूफ़र निर्लज्जता से हँस दी। ऊपर चाँद की ओर देखा और फिर गायक को, पर वह फिर सो गया था—नीलूफ़र वैसे ही पड़ी रही।

चाँद झुकने लगा था।

16

द्रविड़ों की इस भीड़ के नगर में आने से काफ़ी तहलका-सा मच गया। भूखे दिन-भर इधर-उधर घूमते, जैसे उन पर कोई रोक-टोक नहीं। वे चाहे जहाँ घूम-फिर सकते हैं। उनके मैले-कुचैले, फटे हुए वस्त्र, उनके भूख से विकृत मुख, और दुर्बल शरीर बहुत ही डरावने मालूम देते। मोअन-जो-दड़ो में भिखारियों की भीड़-सी लगने लगी। अब नित्य ही कुछ-न-कुछ भूखे महानगर में आ घुसते। स्वयं पहले के ही भिखारी थे, अब यह नए भिखारी तो ऐसे हो गए जैसे वैभव को अब उस कठोर दरिद्रता ने ढँक दिया था। और वे जो कल सुखी थे उनकी यह दशा देख-देख लोग मन-ही-मन काँप जाते।

बाज़ारों-हाटों में लोग आपस में इसी विषय पर बातें करते।

हठात् ही व्यापारियों को हानि हुई। उनके बने-बनाए बाज़ार उनके हाथ से चले गए। अब कहाँ जाएँगे उनके सार्थ? किससे व्यवहार होगा उनका? आर्य्य तो नितांत बर्बर कहे जाते हैं। यदि उनसे संबंध भी किया जाए तो किस आधार पर? जब श्रेष्ठिगण कभी-कभी यह सोचते, साधारण जन सदैव बर्बर आर्य्यों को ध्वंस कर देने की बात करते। वे कभी सोच भी नहीं सकते थे कि सभ्य जन ऐसे बर्बरों के साथ अपना संबंध स्थापित रख सकेंगे। मर्य्यादा का मर्य्यादा से मेल व्यवहार होता है। जो अपने ऊपर इतना दर्प करते हों वे क्या किसी के विश्वसनीय हो सकते हैं!

आर्य्य जाति के प्रति लोगों में एक ओर तो भय उत्पन्न हुआ, दूसरी ओर कुछ थे जो सदैव हँसी उड़ाते थे। यदि आर्य्य यहाँ भी आ गए तो? कभी-कभी जब वे घरों का, अपने देश का जलता हुआ चित्र कल्पित करते तब उनके रोंगटे खड़े हो जाते और आशंका विराट् बन

जाती, किंतु फिर प्राचीनता की शक्ति उन्हें निश्चय दिलाती कि वे कभी भी नहीं मर सकेंगे, क्योंकि वे अत्यंत सभ्य और बहुत प्राचीन हैं। किंतु केवल प्राचीनता ही तो किसी की शक्ति बनकर उसके हृदय में दृढ़ विश्वास नहीं जमा सकती। महानगर वास्तव में विलास का एकमात्र केंद्र हो रहा था, वहाँ के वासी इस युद्ध की बातों को बर्बरता कहकर कभी के भूल चुके थे।

श्रेष्ठि विश्वजित् बाज़ार के बीचोबीच खड़ा होकर चिल्लाने लगा। बहुत दिन बाद आज उसका यह रूप देखकर सत्वर भीड़ एकत्रित हो गई। उस दिन जो उसने खुले आम मुँह पर आमेन-रा को गाली दी थी उससे जनसमाज में उसके प्रति कहीं अधिक आदर बढ़ गया था जैसे विश्वजित् वास्तव में एक बहुत बड़ी शक्ति है जिसके रहते कोई कुछ नहीं कर सकता। स्वयं मणिबंध ने उस दिन गण से कहा किंतु किसी में भी साहस न था जो विश्वजित् से उठकर एक शब्द भी कहे, वरन् स्वयं महाश्रेष्ठि मणिबन्ध को ही अपनी ओर से क्षमा माँगने को विवश होना पड़ा था क्योंकि और कोई उपाय ही नहीं था।

विश्वजित् कह रहा था—"महानगर के निवासियो! ध्वंस की बेला अब सिर पर आ गई है किंतु तुम अपनी मोहनिद्रा में अभी तक मत्त पड़े हो। तुम्हारा यह झूठा भ्रम कि तुम समान हो, तुम एक गण के संचालक हो जो अब खंड-खंड हो जाएगा। तुम्हें कभी भी क्षमा नहीं किया जा सकता क्योंकि अपने व्यापार के लिए कायरो, तुममें झूठ के अतिरिक्त कुछ भी नहीं बचा है! तुम्हारा गणाधिनायक एक नपुंसक सम्राट् की भाँति धनियों के लेखों पर मुद्रांकन मात्र किया करता है।"

लोग हँसने लगे।

विश्वजित् ने एक नागरिका की गोदी से बच्चा छीनकर ऊपर उठाकर दिखाते हुए कहा—"वह दिन दूर नहीं है जब उत्तर के बर्बरों के भालों पर तुम्हारे यह नन्हे दुधमुँहे बच्चे मुर्दों की भाँति टँग जाएँगे।"

नागरिका ने झपटकर बच्चा छीन लिया और पीछे भाग चली। किंतु विश्वजित् कहता रहा—"तुम नरक के कीड़े हो, पामरो! तुमसे अधिक नीच कहीं भी नहीं मिलेंगे। अपने को सभ्य कहते हुए तुमने मनुष्य को दास बनाया है और तुम समझते हो यह दास तुम्हारी खोखली सभ्यता की रक्षा कर सकेंगे? जिस दिन इन दासों में मनुष्यता जाग उठेगी उस दिन ये तुम पर एक होकर वज्र की भाँति टूट पड़ेंगे और तुम? तुम विलास के पैशाचिक बंदी, अपनी शृंखलाओं में फँसकर अपने-आप ध्वस्त हो जाओगे।"

लोग कुछ देर को सन्नाटे में पड़ गए। ठीक ही तो कहता है विश्वजित्। क्या यह वास्तव में पागल नहीं है? भीड़ और पास आ गई। और बड़ी हो गई।

विश्वजित् ने फिर कहा—"तुम समझते हो कि सागर पार तक तुम्हारा नाम सुनकर शत्रु थर्रा उठते हैं किंतु अब तुम्हारे घर, तुम्हारे प्रासाद अग्नि की भीषण लपटों में हरहराकर जल उठेंगे और तुम्हारी सड़कें किसी के प्रचंड घोड़ों के खुरों से टूट जाएँगी, तुम्हारी स्त्रियाँ दासियाँ बनकर अपने ऊपर सहर्ष बलात्कार करवाएँगी, तुम अपने बालकों की लोथ पर खड़े किए जाओगे और तब तुम आकर पूछोगे—'विश्वजित्! हम क्या करें?' लो, यह भस्म! इसे देखकर अपनी आँखें खोलो और उत्तर से आती उस आँधी को रोकने के लिए सन्नद्ध हो जाओ।"

नागरिक विक्षुब्ध हो उठे।

विश्वजित् ने फिर कहा—"रात होने के पहले जो अपने पथ को ढूँढ़ लेता है वही बुद्धिमान है क्योंकि उसके बाद उसे कोई कठिनाई नहीं होती। किसान अपनी डगर पर गाड़ी छोड़कर सो जाता है, किंतु बैल अपने-आप पथ पर चलते जाते हैं। मूर्खो, तुम क्या बैलों से किसी भी प्रकार अच्छे हो? तुम नहीं जानते कि तुम्हारे स्वामी को सोया जानकर कोई गाड़ी को दूसरी दिशा की ओर मोड़े दे रहा है और फिर गाड़ी कहाँ जाकर खड्ड में गिर जाएगी यह तुम कभी नहीं पहचान सकोगे क्योंकि तुम्हें केवल चलना आता है, दूसरों का बोझ ढोना आता है। आओ! मेरे पीछे आओ! मैं तुम्हें आज तुम्हारा खोखलापन दिखाऊँ! देखूँ किसमें साहस है जो आज मेरे सामने आकर खड़ा हो सके।"

उसकी बात ने प्रभाव डाला। वह एकदम चल पड़ा। सबने देखा और विश्वजित् के पीछे एक भीड़-सी चलने लगी। उसमें महानगर के साधारण नागरिक, पथिक और बच्चों की संख्या बढ़ने लगी। बच्चे खूब कोलाहल करने लगे। वे घुटनों से ऊँची छोटी-छोटी धोतियाँ पहने थे। गले और हाथों पर चाँदी और ताँबे के छोटे-छोटे मंत्र-सिद्ध गुटका कवच बँधे थे जो माला के समान लटक रहे थे। माताओं के अपार स्नेह के यह परिणाम—छोटे-छोटे तावीज—प्रायः प्रत्येक बच्चा पहनता। स्त्रियों ने घरों में से यह कोलाहल सुनकर देखा और वे स्तब्ध-सी देखती रहीं। उनकी कुछ समझ में नहीं आया। वृद्धाओं ने माथे पर हाथ लगाकर देखा। श्रेष्ठि विश्वजित् पागलपन करे तो वह तो स्वाभाविक है किंतु नागरिक उसके साथ मिल जाएँ यह एक आश्चर्य की वस्तु थी। युवतियों ने कुछ देर तो उसे देखा किंतु जब उन्हें अपने-अपने घरों के पुरुष और बच्चे भी दिखाई दिए तब कौतूहल अधिक हो गया और वे भी भीड़ में मिल गईं।

शांतिरक्षकों ने एक बार सोचा कि भीड़ को तितर-बितर कर दिया जाए किंतु उनको किसी की आज्ञा नहीं मिली थी और फिर श्रेष्ठि विश्वजित् कोई मामूली व्यक्ति नहीं था, यह सब जान चुके थे। तथापि भीड़ ने कोलाहल के अतिरिक्त और कुछ भी नहीं किया था। यदि उन पर दण्ड प्रहार होता भी तो क्यों? वैसे ऐसे अवसर आते ही उन्हें एकदम बिना सोच-विचार के हमला कर देने में आनंद आता, किंतु उस दिन जो विश्वजित् उस रूप में दिखाई दिया जैसे अहिराज स्वयं फन से फूत्कार कर उठा था।

अतः वे चुपचाप भीड़ को घेरकर चलने लगे और विश्वजित् चिल्लाता जा रहा था। "आओ! अपने-अपने घरों के बाहर आओ पागलो! बाहर हवा चल रही है, तुम अंदर की गर्मी में व्यर्थ ही घुट रहे हो। आओ, आओ...."

भीड़ बढ़ती जा रही थी। बच्चों का कोलाहल भी बढ़ता जा रहा था और उस कोलाहल से चारों तरफ़ सनसनी फैल गई। बहुत से छोटे दूकानदारों ने डर के मारे अपनी दूकानें बंद कर दीं और आश्चर्य से मुँह फाड़ दिए। विदेशियों की आत्मा क्या कुछ करने लगी! जब से वे इस भुवनविख्यात महानगर की प्रशंसा सुन-सुनकर यहाँ आए हैं, प्रायः नित्य ही कुछ-न-कुछ अजीब बात दिखाई देती है, जिसमें से कारण किसी का भी समझ में नहीं आता। वे किंकर्त्तव्यविमूढ़-से देखते रहे। और भीड़ धीरे-धीरे उच्छृंखल होने लगी क्योंकि पथ अब घिर गया था। परस्पर, भीड़ के कारण अब कुछ धक्कमधक्का भी होने लगी थी और सब ही अव्यवस्था से चिल्लाने लगे थे। उनमें से किसी को भी नहीं मालूम था कि वे कहाँ जा रहे हैं, क्यों चिल्ला रहे हैं।

जब भीड़ मोड़ पर पहुँची तब उसमें एक लड़का आ मिला। उसकी भी कुछ समझ में

नहीं आया। वह नीलूफ़र थी। तब बच्चों का कोलाहल आकाश को सिर पर उठाए लेता था। नीलूफ़र भीड़ में पुरुष वेश में खड़ी रही। उस समय विश्वजित् चिल्लाने लगा—"मोअन-जो-दड़ो के महान नागरिको! किसने छीन ली तुमसे तुम्हारी वीरता? किसने कर दिया है तुम्हें इतना भीरु...."

तभी नीलूफ़र ने एक आदमी के पीछे से हाथ बढ़ाकर फलवाले की दूकान से केलों का गुच्छा उठा लिया। बग़लवाले व्यक्ति ने भी देखा-देखी उसकी डलिया में हाथ डाल दिया किंतु दूकानदार ने उसे देख लिया और उसका हाथ पकड़ लिया। आदमी ने छुड़ाने के लिए ज्यों ही बल प्रयोग किया, दूकानदार नीचे आ रहा और उसके साथ ही अनेक फल, डलिया भी आ गिरीं और फल बिखर गए, जिन्हें गिरता देखकर बच्चे चिल्लाते हुए उन पर टूट पड़े और जल्दी-जल्दी बाक़ी दूकानदार 'लूट, लूट' चिल्लाते हुए दूकानें बंद करने लगे.। विश्वजित् चिल्ला उठा—"तुम सब लुटेरे हो, जंगली हो, चोर हो...." किंतु तब तक शांतिरक्षकों ने प्रहार करना प्रारंभ कर दिया था। नीलूफ़र ने देखा, भीड़ पिटती हुई तितर-बितर हो रही थी। कौशल से फिर वह उसे छोड़कर लौट चली।

पिटते हुए लोग चिल्लाते हुए उसकी बग़ल से भागने लगे तब नीलूफ़र ने उस केले के गुच्छे को, अपने कंधे पर लटकते कपड़े को आगे लाकर उसमें लपेटकर हल्के से बग़ल में दबा लिया और तुरंत बड़ा मार्ग छोड़कर एक वीथिका में घुस गई। एक अंधे भिखारी ने कहा—"प्रभु! कुछ खाने को...."

नीलूफ़र ने कहा—"कुछ नहीं है।" फिर कहा—"ठहर जा" और चुपचाप कपड़े के भीतर हाथ डालकर एक केला तोड़ लिया और उसके हाथ पर धर दिया। अंधा स्पर्श से पहचानकर आशीर्वाद देने लगा। तब तक लड़का दूसरी वीथिका में मुड़ चुका था।

साँझ के धुंधलके में इधर अँधेरा हो चुका था। नीलूफ़र ने एक छोटे से घर के सामने जाकर हल्के से दस्तक दी।

आवाज़ आई—"खुला है।"

नीलूफ़र भीतर घुस गई। उसने पहले तो द्वार बंद कर दिया और फिर देखा, अभी दीप भी नहीं जलाया गया। सब ओर अँधेरा छा रहा है। दीप जलाकर देखा कि उस छोटे से घर में गायक बैठा कुछ सोच रहा था। वह मुस्कराई। पास जाकर बैठ गई। उष्णीष बँधा का बँधा उतारकर बग़ल में रख दिया और फिर केले खोलकर सामने रख दिए।

कहा—"क्या सोच रहे हो?"

उत्तर मिला—"कुछ नहीं।"

"तो दीप क्यों नहीं जलाया?"

"अँधेरा अच्छा लग रहा था।"

"हूँ। और द्वार क्यों खुला था?"

"तुम न आनेवाली थीं।"

उत्तर प्रत्युत्तर चोट के पाकर वह कुछ चेतकर बोली—"तुम उठकर द्वार नहीं खोल सकते थे?"

"वह तो तब यदि मैं तुम्हारे लिए द्वार बंद कर देता।"

"यदि कोई और आ जाता तो!"

"नीलूफ़र के अतिरिक्त किसी में इतना साहस नहीं।"

और अचानक ही उसकी दृष्टि केलों पर पड़ी।

"अरे, यह कहाँ मिले? बड़े अच्छे हैं," कहकर उसने गुच्छा उठा लिया। नीलूफ़र ने उसके हाथ से लेते हुए कहा—"नहीं, उतने अच्छे नहीं हैं।"

विल्लिभित्तूर ने कहा—"हमारी नीलूफ़र बड़ी अच्छी है। बिना दाम दिए बाज़ार से सामान ख़रीद लाती है।" इस पर नीलूफ़र हँस दी। पूरी कहानी सुनाई। दोनों ही हँस दिए। और फिर एक-एक करके धीरे-धीरे खाने लगे।

इसी समय किसी ने द्वार पर धीरे से कहा—"माँ!"

कोई उत्तर नहीं।

स्वर आया—"माँ?"

गायक ने नीलूफ़र की ओर देखा। फिर कहा—"कौन है?"

"एक भिखारिन ...."

"कोई नहीं है यहाँ, जाओ, आगे जाओ," नीलूफ़र ने एक और केला छीलते हुए कहा और फिर गायक से बोल उठी—"धीरे-धीरे खाओ। इतनी फुर्ती क्यों करते हो?"

द्वार पर एक 'हाय' सुनाई दी। सचमुच वह हृदय-द्रावक आवाज़ बहुत ही करुण थी। गायक ने द्वार खोल दिया। भिखारिन ने देखा और पीछे हटकर चल दी, बोली, "तुम नहीं...तुम नहीं...तुम भी पुरुष हो...भूखे भेड़िए...."

तभी नीलूफ़र ने झाँककर कहा—"क्या है री? क्यों चिल्लाती है?"

"तुम? तुम स्त्री हो?" भिखारिन ने पूछा। नीलूफ़र ने दीप आगे कर दिया। प्रकाश भिखारिन के मुख पर झलमला उठा।

"तुम?" विल्लिभित्तूर ने कहा—"चंद्रा!"

"कौन?" भिखारिन बैठ गई। अब वह शायद खड़ी नहीं रह सकती थी।

"मैं हूँ विल्लिभित्तूर।"

"विल्लिभित्तूर!" भिखारिन मूर्छित हो गई। नीलूफ़र ने एक बार संशय से देखा और गायक से कहा—"चलो, मुर्दा उठाओ।"

गायक भिखारिन को उठाकर भीतर ले गया। नीलूफ़र ने द्वार बंद कर दिया। विल्लिभित्तूर उसके मुँह पर पानी के छींटे देने लगा। थोड़ी ही देर में वह चैतन्य हो गई। पानी पिया और स्तंभ के सहारे टिककर बैठ गई।

"अब तो ठीक हो राजकुमारी?"

गायक ने धीरे से पूछा।

"राजकुमारी? मत कहो मुझसे यह शब्द कवि, मैं इसे नहीं सह सकती।" चंद्रा रोने लगी।

"तो तुम हो कीकट की राजकुमारी?" नीलूफ़र हँस दी।

चंद्रा ने कुछ नहीं कहा। वह विक्षुब्ध थी।

"तो तुम पुरुष से इतना डरती क्यों हो?"

"वे...वे बड़े ख़राब होते हैं। और महानगर के...."

वह सिहर उठी।

"क्यों ? सब तो बुरे नहीं होते। गायक तो बड़ा अच्छा है।"

चंद्रा चुप रही। फिर कहा—"मैं उनसे खाने को माँगती थी वे मुझसे····" फिर रुक गई। नीलूफ़र ने समाप्त किया—"बदला माँगते होंगे ?"

"हाँ।"

"तो हर्ज क्या है ? तुम्हारे पिता से जो खाना माँगते थे उनसे पिता दासत्व माँगते थे कि नहीं ? तुम्हारे पिता के असंख्य स्त्रियाँ थीं। कभी तुमने उनकी वेदना को भी समझा था ? कितने स्वार्थी हो तुम लोग। अभी तक तुम उस पथ पर चलती थीं जिसे दूसरे साफ़ करते थे, आज स्वयं काँटे चुभे हैं। और तुम ? तुम उनकी इच्छा पूरी करती थीं ?"

"मैं विवश थी।" राजकुमारी का सिर झुक गया।

"क्यों, मर क्यों नहीं गईं ?"

चन्द्रा उत्तर नहीं दे सकी। कातर दृष्टि से देखा।

नीलूफ़र ने ही कहा—"बहुत कठिन काम है वह।" फिर रुककर कहा—"कुछ आनंद आता था ?"

गायक पुकार उठा—"नीलूफ़र !"

"उफ़ ! धीरे बोलो। कोई सुनेगा। सच गायक। मैं तो जानती हूँ। कितने समय आनंद लेना चाहिए और कितनी देर में उसका धन निकाल लेना चाहिए····" हँसकर वह उठ गई।

उसने खाना लाकर सामने रख दिया। कहा—"खाओ राजकुमारी।"

चंद्रा ने निराश दृष्टि से विल्लिभित्तूर की ओर देखा।

विल्लिभित्तूर ने समझकर कहा—"नीलूफ़र ! तुम बड़ी निष्ठुर हो।"

"हाँ, हाँ," नीलूफ़र ने सिर हिलाकर कहा—"ऐसा लगता है अवश्य। आख़िर महानागरिक कैसे बताएँ विदेशियों को कि वे पुरुष हैं। लेकिन राजकुमारी, एक बात अवश्य है। न स्त्री बुरी होती है, न पुरुष। धन बुरी वस्तु होती है। अधिकार बुरी वस्तु है। धन और अधिकार को ठीक कर दो, फिर संसार में कुछ भी बुरा नहीं है····"

"खाओ न चंद्रा !" गायक ने कहा। चंद्रा ने भीत दृष्टि से नीलूफ़र को देखा। नीलूफ़र ने हँसकर कहा—"अच्छा राजकुमारीजी नहीं, चंद्रा। बस ?" चंद्रा खाने लगी। नीलूफ़र ने कहा—"बहुत अच्छा तो नहीं है। ऐसे ही जो चावल मिल गया पका लिया। थोड़ा-सा घड़ियाल का मांस है। और के लिए साधन ही नहीं है। न ये ला सकते हैं, न मैं। खा लो ! तुम्हें तो यह भी नहीं मिलता आजकल। एक समय मैं भी बड़ा अच्छा खाना खाती थी। वैसा तुम भी क्या खातीं ? जाने दो, जाने दो। पर हाँ, इससे अधिक न माँगना चाहे भूखी ही रह जाओ। और मिलेगा भी कैसे ? है ही कहाँ ?"

नीलूफ़र को हँसी आ गई। फिर सिर हिलाकर कहा—"क्या संसार है ! राजकुमारी को भी अपना शरीर दो दानों के लिए बेचना पड़ता है। क्यों चंद्रा ? कहते होंगे—अभी तो तू युवती है····क्यों ?" चंद्रा सकपका गई। गायक ने घूरा। और नीलूफ़र भीतर जाकर कपड़े बदलने लगी। वह कोई गाना गुनगुना रही थी। भीतर से कहा—"गायक ?"

"क्या है ?"

"कहना चंद्रा से, मैं लड़का नहीं हूँ, स्त्री हूँ, वह भूल न कर जाए।"

चंद्रा ने धीरे से पूछा—"विल्लिभित्तूर ! यह तुम्हारी कौन है ?"

इसके पहले कि गायक कुछ कहे, भीतर से स्वर आया—"क्यों तुमको क्या? विवाह करना चाहती हो उससे? उस दिन तो अपनी सेना के बल पर निकाल दिया था न उसे? उसे मत बहकाओ। समझीं। मैं इस मूर्ख की पत्नी हूँ, पत्नी।"

गायक ग्लानि से अर्द्धक्रुद्ध-सा भीतर घुस गया। वह उसे डाँटना चाहता था। नीलूफ़र कपड़े बदल रही थी। गायक ने देखा, दीपक की हल्की लौ के प्रकाश में कि वह अत्यंत सुंदर थी, अपरूप। उस अधनंगी-सी अवस्था में भी गायक को देखकर उसने अपने को छिपाने का प्रयत्न नहीं किया।

नीलूफ़र ने देखा। कहा—"क्यों मैंने झूठ कहा?"

"नितांत।"

"हूँ। तो तुम अभी तक मूर्ख ही बने रहे?"

"चाहे तुम कुछ भी समझो।"

गायक सिर झुकाकर सोचने लगा।

"इतना मान? पूछ सकती हूँ किसलिए?"

"मैं समझा नहीं।"

"यदि तुम इतने ही बुद्धिमान होते तो क्या आज तुम्हारी यह दशा होती?"

हठात् कवि चिल्ला उठा—"तुम्हें क्या हो गया है? तुम्हें शायद याद नहीं रहा कि मैं पुरुष हूँ।"

नीलूफ़र हँस दी। उसने एक बार गायक की ओर दृष्टि भरकर देखा। गायक पीछे हट गया था और अब बाहर की ओर देख रहा था। और उसने सुना, धीरे से सिर उठाकर नीलूफ़र ने कहा—"मैं तो मनुष्य नहीं हूँ। फिर लाज क्यों? जो बाल्यकाल से सिखाया गया है वही तो किया है मैंने, मेरे न माँ थी, न पिता। जब-जब भी मुझे किसी ने पसंद किया है, तब-तब मुझे उसके सामने इसी रूप को लेकर अपना पथ बनाना पड़ा है। अन्यथा है क्या मुझमें? न धन, न कुल, न बंधु, न अधिकार। केवल एक मांसपिंड हूँ। संसार ने आज तक इसी का मोल दिया है, आज भी इसी का मूल्य मिलेगा। तुम शायद भूल गए हो कि यह जो तुम्हारे सामने एक शरीर है, यह नीलूफ़र मणिबन्ध की प्रिया नहीं, वही हाट-बाज़ारों में बिकनेवाली एक दासी है...."

गायक ने दखा। वह काँप रही थी। एक बार एक चक्कर-सा आया। लगा वह गिर जाएगी। तभी गायक ने उसे पकड़कर सँभाल लिया। नीलूफ़र ने उसके कंधे पकड़ लिए और रोती रही।

दासत्व!!

कितना कठोर था वह शब्द! विल्लिभित्तूर एक बार स्वयं सिहर उठा। उसने नीलूफ़र की व्यथा को पहचाना। स्नेह से सिर पर हाथ फिराया।

नीलूफ़र ने धीरे से कहा—"तुमने बुरा तो नहीं माना गायक?"

"नहीं, नीलूफ़र, मैं तुम्हारे दुख को जान गया हूँ।"

"एक दिन तुमने मेरा उपहास किया था।"

"उस दिन तो तुम नीलूफ़र नहीं थीं, मणिबन्ध की रखैल थीं। आज मैं तुम्हारी वेदना पर गीत बना सकता हूँ।"

"सच?" नीलूफ़र ने विस्मय से आँखें फाड़कर कहा। गायक ने स्वीकृति से सिर

हिलाया।

"बड़े अच्छे हो तुम," नीलूफ़र ने उसके कंधे पर सिर टेककर कहा— "विल्लिभित्तूर! तुम मनुष्य नहीं हो सकते। तुम अवश्य कोई देवता हो। किंतु तुम मुझ पर गीत न बनाना कवि! लोग सुनेंगे तो हँसेंगे। दासी पर भी कहीं गीत बनाए जाते हैं?"

और फिर वह भयानक शब्द बार-बार कवि के मस्तिष्क पर हथौड़े की चोट की तरह बजने लगा। उसने आवेग से नीलूफ़र के शरीर को अपने शरीर से चिपटा लिया जैसे सारा संसार उसे निगलने के लिए बढ़ा आ रहा था। छल-छंद की वह ऊँची-ऊँची प्राचीरें चारों ओर से घेरती हुई कसती आ रही थीं।

"डर तो नहीं लगता?" गायक ने धीरे से पूछा।

"नहीं।" नीलूफ़र ने उसे और कसकर पकड़ लिया।

गायक को आज तक अनुभव नहीं हुआ था कि उसमें कुछ शक्ति भी है! स्त्री के उस निस्सहाय स्पर्श ने पहली बार उसमें इतनी घृणा भर दी कि संसार के प्रति वह मनुष्य को सचमुच प्यार करने लगा।

"आज से तुम्हारी रक्षा मैं करूँगा नीलूफ़र।" गायक ने उच्छ्वसित स्वर से कहा—"आज से तुम मेरी हो।" फिर रुककर कहा—"न मैं तुम्हारा हूँ, न तुम मेरी हो। हम दोनों किसी की भी संपत्ति नहीं हैं। किंतु मैं तुम्हारी रक्षा करूँगा क्योंकि वे सब तुम पर अत्याचार करते हैं।"

नीलूफ़र को सुख हुआ। आज जीवन में स्वयं उसे भी पहली बार अनुभव हुआ कि वह स्त्री है। जिसकी उसे युगों से आवश्यकता थी वह उसे मिल गया था। और वह पेड़ पर चढ़ी बेल की भाँति गायक से सटी खड़ी रही। उस निर्बल गायक में इतनी सामर्थ्य है कि नहीं, इस पर विचार करने की प्रेरणा नीलूफ़र को एक बार भी नहीं हुई।

सूर्य्य ने आकाश से उतरकर एक बार भी इधर नहीं देखा। न जाने अब वह कितनी दूर चला गया होगा। आकाश में एक क्षीण-सा चाँद है, अब अनेक नक्षत्र हैं। रात का अँधेरा सब जगह हो चुका है। अब चारों ओर एक सूनी-सूनी निस्तब्धता छाती जा रही है। गायक ने धीरे से उसके बालों पर हाथ फेरकर कहा—"सो जाओ नीलूफ़र! तुम थक गई हो।"

नीलूफ़र चुप रही। गायक ने उसे लिटा दिया। और नीलूफ़र की शैय्या पर ही बैठ गया। नीलूफ़र उसके हाथ को अपने हाथ में लेकर उसका मुख देखती रही। आज जो हो रहा है उस पर स्वयं विश्वास नहीं हो रहा किंतु वह विभोर-सी उसे देख रही है। गायक ने अपने हाथ से उसकी पलकों को बंद कर दिया और बाल सहलाता रहा।

"गायक!"

"नीलूफ़र!"

"तुम बहुत अच्छे हो।"

गायक ने धीरे से कहा—"सो जाओ, नीलूफ़र! तुम बहुत थक गई हो।" जब नीलूफ़र सो गई, उसने स्वप्न में देखा—एक विस्तृत राह है। उस पर कहीं कोई आदमी नहीं है। जितने पगचिह्न हैं सब जाने ही वालों के हैं, लौटनेवाले का एक भी नहीं। वह खड़ी-खड़ी सोच रही है। तभी ठंडी हवा चल रही है। मादक सुरभि भी चारों ओर व्याप्त हो चली है और कहीं बहुत दूर कोई अत्यंत कोमल कंठ से गा रहा है।

नीलूफ़र चल पड़ी है।

आकाश में एक चाँद निकल आया है, फिर कुछ देर को लगा, दो चाँद भाग रहे हैं। वह दृष्टि गड़ाकर देखती है। नहीं चाँद तो एक ही है। यह भाग नहीं रहा उसके सामने बादल भाग रहे हैं, जल्दी-जल्दी····

नीलूफ़र चलने को पग बढ़ाती है, हठात् चाँद निकल आता है। वह प्रकाश में देखती है, सामने एक लंबा काँटा निकल आया है। वह उसे हाथ से तोड़ना चाहती है। किंतु वह बहुत पक्का है। वह पसीने-पसीने हो गई है। हर्ष से काँटा खींचकर देखना चाहती है तभी घटा चाँद को ढँक लेती है। अँधेरा हो जाता है और फिर जब चाँद निकलता है, देखती है काँटा वहीं है। नहीं, यह दूसरा है, ठीक वैसा ही····वह कब तक जीवन-पथ के काँटे तोड़ा करेगी? घटा अब पूरे आसमान को निगल चुकी है····भयानक तूफ़ान चल रहा है। वह भाग रही है····भाग रही है। कभी-कभी वज्र कड़कता है; और प्रकाश चौंधियाने लगता है! नीलूफ़र ने देखा, सामने एक भयानक जंतु खड़ा उसकी ओर लोलुप दृष्टि से देख रहा है। तूफ़ान उसे आगे की ओर धकेले दे रहा है। वह ज़ोर से चिल्ला उठी है····

गायक ने उसके सिर पर हाथ फेरते हुए कहा—"क्या हुआ नीलूफ़र?"

नीलूफ़र काँप रही थी। शरीर पसीने से भीग गया था। आँखें फाड़-फाड़कर उसने देखा।

"तुम····तुम कौन····हो ····?"

"मैं हूँ, मैं हूँ विल्लिभित्तूर, तुम्हारा गायक। क्यों?"

"उफ़!" नीलूफ़र को जैसे चेतना लौटने लगी। फिर पूछा—"मैं कहाँ हूँ गायक?"

"तुम? तुम मेरे पास हो पगली। देखो! मैं तुम्हारे पास हूँ। देखो।"

नीलूफ़र ने देखा। उसका हाथ पकड़ लिया। क्षीण स्वर से कहा—"मुझे एक हिंस्र पशु घूर रहा था।"

"हिंस्र पशु?"

"हाँ, हाँ, वह मुझे खा जाना चाहता था। बड़ा ही भूखा लगता था वह।"

"क्या हुआ नीलूफ़र?"

"गायक! बहुत ही डरावना सपना देखा है मैंने।"

"कोई डर नहीं, देखो। बाहर चंद्रा सो रही है। मैं तुम्हारे पास हूँ। तुम तो इतनी निर्बल नहीं थीं?"

"हाँ गायक! वह मेरा दंभ था। आज मुझे जो शक्ति मिली है, वह मेरे पास कभी भी नहीं थी।"

गायक ने समझा। कुछ कहा नहीं। वातायन में वह पतला चाँद दिखाई दे रहा था क्योंकि वह बहुत छोटा था। और प्रकोष्ठ में निस्तब्धता थी।

"सो जाओ।" गायक ने कहा।

"तुम नहीं सोए?"

"नहीं।"

"क्यों?"

"नींद नहीं आई थी। तुम सो जाओ। अब सुपना नहीं दीखेगा।"

"क्यों?"

"मैं नहीं जानता।" नीलूफ़र भारी पलकों से देखती रही।

गायक ने कहा—"डरो नहीं नीलूफ़र!"

नीलूफ़र उठकर बैठ गई।

"क्यों?" गायक ने पूछा—"सोओगी नहीं।"

"नहीं, मन नहीं करता।"

गायक ने उसके माथे पर लटकता बालों का गुच्छा अपने हाथ से पीछे कर दिया। नीलूफ़र मुस्कराई।

"आज मेरा जीवन प्रारंभ हुआ है गायक।"

"आज मेरा सुपना टूट गया है।"

"जागरण अच्छा लगता है?"

"बहुत सुंदर। सुहावन। यदि तुम न होतीं तो शायद यह अभागा उसी निर्जीव नींद में बेसुध पड़ा रहता।"

"ऐसा न कहो कवि! गाओगे?"

"सुनने की इच्छा होती है?"

नीलूफ़र ने स्वीकृति से सिर हिलाया।

गायक पहले गुनगुनाता रहा, फिर गाने लगा। उस समय उसकी आँखें बंद हो गईं और विभोर हो उठा। नीलूफ़र गीत की कोमल स्वर-लहरियों को सुनती-सुनती अपने-आपको भूल गई।

जब गीत समाप्त हुआ, नीलूफ़र ने कहा—"उस दिन तुमने मुझे हरा दिया था। याद है?"

"नहीं, उस दिन भी मैं ही हारा था। यदि तुम क्रुद्ध नहीं होतीं तो अवश्य समझ लेतीं।"

"क्यों?"

"तुमने कहा था नीलूफ़र, कला में पराजित हो जाने को मैं हार नहीं कहती। केवल देवता को प्रसन्न होना चाहिए।"

नीलूफ़र ने सिर झुकाकर कहा—"हाँ, याद है। पर तब मैं देवता को प्रसन्न करने नहीं गई थी। वह मैंने झूठ कहा था।"

"फिर मुझे क्यों ले गई थीं?"

"उस दिन मैं तुम्हारी हत्या करना चाहती थी।"

"अरे सच!" गायक हँस दिया—"मूर्ख, कहते में हिचक तक नहीं!"

"तुम कहोगे मुझमें वासना है किंतु मैं तो उसे प्रेम नहीं मानती जिसमें शरीर भी मिला हुआ न हो। मन में विचार कर लेने से ही तो कोई बात हो नहीं जाती। उल्टे एक ढोंग हो जाता है।"

"मैंने कभी इस पर विचार नहीं किया। फिर भी तुम कहती हो तो मैं इसे बिल्कुल ही अस्वीकार नहीं करूँगा।"

"क्यों!"

"क्योंकि तुम सताई हुई हो।"

"और तुमने शायद बड़ा सुखी जीवन बिताया है।"

"हाँ। वह मुझे चाहती थी।"

अबके नीलूफ़र हँस दी। व्यंग से कहा—"ऐसे ही एक दिन मणिबन्ध नीलूफ़र से कहा करता था। और नीलूफ़र ने उस दिन उस पर सचमुच विश्वास कर लिया था। आज जो कहा है उस पर विश्वास की आवश्यकता नहीं। झूठ ही सही, पर एक क्षण तो मन को सुख हुआ है।"

गायक चिंता में पड़ गया। उसने कहा—"तो फिर विश्वास कैसे हो?"

"उसकी आवश्यकता ही नहीं मेरे गायक। तुम बहुत अच्छे हो—मन बार-बार यही कहता है। आज तक इसमें से कभी भी ऐसी ध्वनि नहीं निकली। विल्लिभित्तूर! मुझे गुलामी में भी दुख नहीं होता, यदि मुझे कोई यह न ज्ञात होने देता कि गुलाम क्या होता है?"

"अच्छा, तुम गुलाम हो। किंतु तुम मूर्ख क्यों नहीं हो?"

"क्योंकि मैं सुंदर हूँ, क्योंकि मेरे यौवन में अभी एक गर्मी है और उच्च कुल के पुरुष इसे भींचकर चूर-चूर कर देना चाहते हैं और मैं जानती हूँ उस दान के लिए मुझे स्वयं अधिकारों का एक कोष चाहिए। विल्लिभित्तूर, यह एक दुख-भरी कहानी है। क्या करोगे उसे सुनकर? जीवन की कठोरताओं ने मुझे यह बुद्धि दी है। क्या इतना ही काफ़ी नहीं कि मैं तुम्हारे सामने इतनी निस्सहाय बैठी हूँ।" फिर श्वास लेकर कहा—"मैंने दृढ़ निश्चय कर लिया है कि किसी भी पुरुष के सामने इसे स्वीकार नहीं करूँगी। किंतु तुम वैसे नहीं हो। वह मुझे अपनी संपत्ति बनानेवाले हिंस्र पशु थे। तुम तो मनुष्य हो। सच, आज तक मैं समझती थी कि स्त्री पुरुष को, अपना पेट भर लेने मात्र के लिए खोजती है। आज मुझे ज्ञात हुआ कि स्त्री पुरुष से स्नेह करती है, यह प्रकृति का नियम है, अन्यथा क्या आज मैं कभी हारती?"

"इसे तुम अपनी हार समझती हो?"

"अब तो नहीं। और यदि यह हार ही है तो स्त्री के लिए इससे बढ़कर कोई विजय नहीं।"

लाज से नीलूफ़र ने सिर झुका लिया। गायक ने पूछा—"यह आमेन-रा कौन है?"

आमेन-रा का नाम सुनते ही नीलूफ़र काँप उठी। आज उसे उससे भय हुआ।

"वह? वह एक कठोर पिशाच है। मैं उससे घृणा करती हूँ। हृदय से घृणा करती हूँ। उसी ने मणिबन्ध को इतनी मदिरा पिलाकर मत्त कर दिया है, अन्यथा पहले वह इतना अंधा तो सचमुच नहीं था।"

वह चुप हो गई। फिर बोली—"लेकिन आज मैं उन सबकी याद करना नहीं चाहती। मुझे उन सबको भूल जाने दो गायक! आज मैं नहीं चाहती, मेरे सुख का प्याला मेरे होंठों से लगने के पहले ही छलक जाए।"

"ऐसे ही बैठी रहोगी?"

"हाँ।"

"सोओगी नहीं?"

"नहीं।"

"रात-भर बैठी रहोगी?"

"तुम बैठे रहोगे तो क्या मैं सो सकूँगी?"

"तो मैं सो जाऊँ? क्यों?"

"नहीं।"

विल्लिभित्तूर फिर मुस्करा दिया। किंतु नीलूफ़र एकटक देखती रही। चंद्रा सो रही थी। खाना खाकर कुछ देर तो प्रतीक्षा की किंतु फिर सोचा कि पति-पत्नी ही तो हैं। क्या ठीक, भूल गए हो। वहीं लेट गई पत्थर पर। कुछ ही देर में नींद आ गई। थकान बहुत थी और बहुत दिनों के बाद तनिक स्नेह से कुछ खाने को मिला था। नीलूफ़र की बातों से उसने समझा कि शायद इसका स्वभाव ही टेढ़ा है।"

"लगता है चंद्रा वहीं सो गई है। कल भोर होगी। फिर क्या होगा नीलूफ़र?"

नीलूफ़र ने आतुर कंठ से कहा, जैसे वह बहुत ही व्याकुल हो गई थी, "फिर क्या होगा विल्लिभित्तूर?"

दोनों चुप हो गए।

"कौन जाने?"

"कोई राह नहीं है?"

"मैं तो कुछ भी नहीं देखता।"

स्वप्न में भी सघन अँधेरा ही था। केवल कभी-कभी चाँद पथ दिखाता था मुझे। वह तुम ही होगे। और एक भयानक काँटा!" नीलूफ़र सिहर उठी।

गायक ने कहा—"काँटा सदा तो नहीं रहेगा?"

"किंतु वह निकला था उसी स्थान से।"

"स्वप्न था न?"

"चलो भाग चलें।"

"अरी मूर्ख! भागकर जाएगी कहाँ?"

"कहीं।"

गायक सोचने लगा।

नीलूफ़र ने कहा—"तुम्हें वेणी का अभी भी मोह है?" गायक का सिर झुक गया। क्या वह कहे—'हाँ?' यदि 'हाँ' नहीं कहता तो क्या वह झूठ होगी? आज तो सचमुच उसके पाँव डगमगा गए हैं।

"मैं प्रेम को वासना की वस्तु नहीं समझता नीलूफ़र! वासना का प्रथम उद्वेग भी बड़ा प्रबल होता है। बहुधा लोग उसे ही प्रेम समझ लेते हैं।"

"यदि प्रेम वासना से परे होता है तो संसार में पुरुष और स्त्री ही क्यों प्रेम करते हैं। क्या इनका अलग-अलग संसार नहीं हो सकता?"

गायक फिर चुप हो गया। उत्तर नहीं था पास जो छूटकर बाहर निकल आए। नीलूफ़र एक स्निग्ध हँसी से प्रकाशमान लग रही थी।

गायक ने कहा—"जैसा तुम ठीक समझो नीलूफ़र!"

"मैं जानती थी कि तुम झूठ नहीं बोलोगे। अब तुम्हारा भ्रम दूर हो गया है।"

"भ्रम दूर नहीं हुआ। दुगुना हो गया है।"

"क्यों?"

"मैं सोचता हूँ, मैं वैसा क्यों सोचता था?"

"क्योंकि तुमने तब तक न संसार की कुटिलता देखी थी, न अत्याचार।"

फिर दोनों चुप हो गए। और बहुत देर बाद नीलूफ़र ने कहा—"मैं बाज़ारों में नंगी बिक चुकी हूँ। कितने पुरुषों ने मुझसे विलास किया है स्वयं मुझे ही याद नहीं। विल्लिभित्तूर! मैं अपने-आपसे घृणा करती हूँ। तुम तो नहीं करते?"

"करता हूँ।"

"करते हो? गायक? तुम मुझसे घृणा करते हो?" उसकी आँखों में पानी छलक आया।

"तुमसे नहीं नीलूफ़र। उनसे करता हूँ जिन्होंने तुम्हें अपने-आपसे घृणा करना सिखाया।"

"गायक! तुम देवता हो।"

"नहीं नीलूफ़र! मनुष्य भूल गया है कि वह वास्तव में है क्या और उसे होना क्या चाहिए। जो उसे होना चाहिए आज स्वार्थों के वश वह उसे देवता की आवश्यकता कहकर छोड़ता जा रहा है।" गायक का स्वर धीमा हो गया, "जो तुम्हें पापिनी कहता है उससे बढ़कर संसार में कोई पापी नहीं है। जो तुम पर दया करता है वह अत्यंत दुरभिमानी है। जो तुम्हें देखकर अपने-आपसे घृणा करे वही वास्तव में मनुष्य है नीलूफ़र! पापी पिता का बालक नादानी में, निर्बलता में उसी के अन्न पर पलता है, तो क्या उसे अच्छा पथ न दिखाकर मार डालना चाहिए? वह तो सताया हुआ अबोध, लाचार दुधमुँहा है। हमें चाहिए हम उस पापी से उस पुण्य को छीन लें ताकि वह उसे कलुषित नहीं कर सके।"

नीलूफ़र हर्ष से आँखें मींचकर चिल्ला उठी।

"नीलूफ़र," गायक ने उसके कंधे पकड़कर कहा—"क्या हुआ तुझे?" फिर ठीक करके कहा—"क्या हुआ तुम्हें?"

"तुम्हें नहीं गायक! तुझे कहो। बहुत अच्छा लगता है। कहो गायक।"

"तुझे?" गायक ने कहा—"क्या हुआ है तुझे पगली।"

"मेरे अच्छे गायक, आज लगता है मैं इस सबको सह नहीं सकूँगी।"

"क्यों?"

"आज तू मेरे पास है पागल। मेरे पास····आज मैं सुहागिन हूँ····"

उसने हर्ष से गायक के शरीर को अपनी भुजाओं में भरकर कहा—"छोड़ोगे तो नहीं?"

"नहीं।"

"फिर कहो गायक।"

"नहीं।"

उस समय चाँद झुक चुका था। प्रकोष्ठ के अंधकार में गूँज उठा—'नहीं····'

और फिर नीलूफ़र स्नेह से हँस दी।

गायक ने कहा—"सो जाओ नीलूफ़र।"

"नींद नहीं आ रही है। आज मैं तुम्हें रात-भर देखती रहूँगी, ऐसे ही अपलक····प्यासी आँखों से····चुपचाप।"

अंधकार हिल उठा।

17

मणिबन्ध चिंतित-सा बैठा था। उसकी भृकुटि तन गई थी। हथेली की पीठ पर चिबुक गड़ गया था। और आँखें पृथ्वी को न देखती हुई पृथ्वी को घूर रही थीं। अनेक चित्र आ-आकर अपना रूप दिखाते, नाचते और फिर अपने-आप दूसरों को स्थान देकर एक उलझन-सी पैदा कर देते और मस्तिष्क इतना भाराक्रांत हो जाता कि मणिबन्ध एकाएक सिहर उठता और आकुल नेत्रों से इधर-उधर विस्फारित-सा देखता, फिर पराजित-सा हाथ पर गाल रखकर अपनी उलझनों के समुद्र में डूब जाता, जैसे जो कुछ वह सोच रहा है वह इतना गहन है कि स्वयं वह उसको लाँघने में नितांत असमर्थ हो गया है। समय निकट आता जा रहा था। यही अधिक चिंता का विषय था। वहाँ अनेक प्रकार के लोग होंगे। उनके अपने-अपने मत और सिद्धांत होंगे। कोई किसी की सुनने का ध्यान नहीं रखता। कुछ भी हो⋯कुछ भी हो⋯मणिबन्ध ने निश्चय किया। उस समय उसकी दोनों मुट्ठियाँ तन गईं और वह उठकर प्रकोष्ठ में टहलने लगा।

उधर स्तंभ के पीछे एक दासी उसे खड़ी-खड़ी घूर रही है, इसकी ओर भी उसका ध्यान नहीं गया। वह अपने विचारों में इतना तल्लीन था कि कुछ भी नहीं जान सका। धीरे-धीरे समय ढल गया। द्वार पर दुंदुभि बजने लगी। तब मणिबन्ध सज्जा में तल्लीन हो गया। उसने दर्पण के सामने जाकर एक बार अपने-आपको देखा। हाथों पर स्वर्ण के जड़ाऊ कंगन बाँधे और गले में मोतियों की मालाएँ धारण कीं, तथा स्वर्ण की लाल और पन्ना जटित हँसुली पहनी। सिर के बालों को कंघी करके नीचे लटकते बालों को गूँथकर पीछे ही लटका दिया और एक ओर झुककर अपना महीन सूती उष्णीष बाँधा।

जब सज्जा पूर्ण हो गई तब प्रतिबिंब को एक बार परितृप्ति से देखा और बाहर आकर रथ में बैठ गया। सारथी रथ हाँक चला। महाश्रेष्ठि के आभूषणों पर दृष्टि नहीं ठहर पाती थी। उपेक्षा से उसने देखा, महानगर अपनी उन्हीं मूर्खताओं में व्यस्त था।

जब रथ रुका, महाश्रेष्ठि दो दासों के कंधों पर हाथ रखकर बहुत धीरे-धीरे उतरा। आज वह महाश्रेष्ठि नागरिक बनकर गण की सभा में आया था।

मंत्रणागृह में दीप जल चुके थे। स्थान-स्थान पर बहरे-गूँगे प्रहरी हाथों में दंड लिए खड़े थे। द्वार पर हब्शी दासियाँ चमचमाते खड्ग लिए खड़ी थीं। अपने-अपने आसनों पर नगर के प्रमुख गण बैठ गए थे। मणिबन्ध को देखकर वे सब आदर प्रदर्शन करने के लिए उठ खड़े हुए क्योंकि वह उपगणपति था। उसके बैठ जाने पर गणपति ने प्रवेश किया। वृद्ध को देखकर फिर सब खड़े हो गए।

जब सब बैठ गए, साधारण निमित्त के कार्य्य जल्दी-जल्दी तय हो गए। कुछ नगरनिर्माण, कुछ व्यापार आदि के विषय थे। इस पर किसी ने भी अधिक विवाद नहीं किए। किंतु आज एक और गंभीर विषय था जिसके कारण सबकुछ अधिक चिंतित थे।

अंत में गणपति उठ खड़े हुए। उनके वृद्ध मुख पर संसार के अनेक अनुभव कठोर होकर प्रतिच्छायित हो रहे थे। महानगर का जो अभिमान प्रत्येक व्यक्ति के मुख पर लिखा हुआ था वही उनके मुख पर अत्यंत प्रगाढ़ होकर दिखाई दे रहा था।

सबने अपना ध्यान उसकी ओर केंद्रित करके सुनना प्रारंभ किया। आज उनके मुखों पर उत्सुकता थी। मणिबन्ध निरातुर-सा घुटनों पर हाथ रखे भव्य-सा बैठा रहा। गूँगे दास-दासियाँ

अब स्तंभों के पीछे सतर्क-से खड़े हो गए।

"मोअन-जो-दड़ो के महानागरिक गण प्रवर!" वृद्ध का गंभीर स्वर सभामंडप में डोल उठा—"आज महाश्रेष्ठि मणिबन्ध, उपगणपति ने प्रस्ताव किया है कि व्यापार की सफलता के लिए हम अपने गण में मिश्री व्यापारियों को भी ले लें। यह इस कारण और भी अधिक आवश्यक हो गया है, क्योंकि उत्तर में हरप्पा और द्रविड़ प्रांत धीरे-धीरे एक बर्बर जाति के अधीन हो गए हैं जिनसे अब हम स्वतंत्रता से व्यापार नहीं कर सकते। महानगर की राजनीति पर सबकुछ आश्रित है। विषय बहुप्रवृत्त विचारों का उत्पादक है। मैं गण से प्रार्थना करता हूँ कि वे इस पर विचार करें और विनिमय से लाभ का आदान-प्रदान करें।"

गणपति बैठ गए। कुछ देर तक मंत्रणागृह में सन्नाटा-सा छाया रहा। घनी दाढ़ीवाले विशालाक्ष ने एक बार चारों ओर देखा। मणिबन्ध उदासीन-सा बैठा था। गण में इतना साहस शायद ही किसी में हो जो उसकी बात का विरोध कर सके। तब गण-सदस्य विशालाक्ष ने उठकर कहा—"गणपति की आज्ञा शिरोधार्य्य है! मोअन-जो-दड़ो के महानागरिक गणप्रवर सुनें। इस समय क्या हम अपनी स्वतंत्रता पर एक प्रकार का हस्तक्षेप उत्पन्न नहीं कर रहे हैं? क्या इसका कोई निश्चित प्रमाण है कि मिश्री व्यापारी मिश्र के फ़राऊन का लाभ न सोचकर, गण का ही लाभ सोचेंगे। कौन नहीं जानता कि मिश्र के व्यापारियों के पीछे असंख्य वाहिनी चलती है, जो किसी को भी अपना उपनिवेश बना लेने में नहीं हिचकिचाती। इस समय न हमारे पास सैन्यबल है, न नगर-रक्षा का ही कोई उपाय है। मैं, विशालाक्ष, नागरिक गण-सदस्य, अनेक पीढ़ियों के बाद अक्ष वंश का उत्तराधिकारी, आपसे प्रार्थना करता हूँ कि इस विषय को गुरुतम समझकर किसी निर्णय पर पहुँचें। गण के लिए व्यक्ति की महत्त्वाकांक्षा से अधिक लाभकारी है समुदाय की महत्त्वाकांक्षा जिसके बिना परस्पर कोई केंद्रीय शक्ति स्थापित नहीं रह सकती। हमें कोई भी शक्ति खंडित नहीं करनी है, क्योंकि उत्तर अरक्षित है। महाश्रेष्ठि विश्वजित् सड़कों पर कहता फिर रहा है कि उत्तर के बर्बर इतने असंख्य हैं कि जब वे सिंधु में उतरेंगे तब सिंधु के इधर पानी आना बंद हो जाएगा और बाढ़ से सारी वसुंधरा ढँक जाएगी।" वह बैठ गया।

सब विचार में पड़ गए। विशालाक्ष पुराना आदमी था। उसके अनुभव की रेखाएँ न केवल उसके मस्तक पर दिखाई देती थीं, वरन् उसकी काली दाढ़ी में मिले हुए सफ़ेद बालों के रूप में भी विद्यमान थीं। उसका भर्राया-सा स्वर इस बात का प्रमाण था कि भावानुभूति की चंचल संवेदनाओं से अब उसे कोई मतलब नहीं रहा है। वह सुंदरी के हृदय को जीत लेना इतना महत्त्वपूर्ण कार्य्य नहीं समझता जितना नए प्रांत में अपना सार्थ भेज देना और चुंबन उसके लिए अब सार्थ के लौटने की तुलना में कोई भी गुरुत्व नहीं रखता।

वे सब परस्पर बातें करने लगे। विशालाक्ष ने ठीक ही कहा है। किंतु यह व्यक्ति की महत्त्वाकांक्षा का संकेत किस ओर है? यदि यह मणिबन्ध की ओर है तो नितांत असत्य है। मणिबन्ध तो अपने अधिकार इतनी सीमा तक छोड़ दे रहा है कि विदेशियों को भी समान अधिकार दे देना चाहता है? विश्वजित् ने कहा है। वह नगर में फैलाता फिर रहा है! किंतु बात तो भयानक है। नगरवासी क्या सोचते होंगे? और यह क्यों भूला जाए कि वह पागल है। कुछ द्रविड़ आ गए हैं, क्या इसी से यह समझ लेना चाहिए कि महानगर बिल्कुल निर्बल हो गया है?

कुछ भी निश्चित नहीं हो सका। सब कानाफूसी-सी ही करते रहे। उस अनिश्चय से सब

ऊब उठे। कोई बात साफ़ नहीं थी। तब गणपति ने उठकर कहा, "मोअन-जो-दड़ो के महानागरिको! अनेक पीढ़ियों से मंत्रणागृह में पहले विचार होता रहा है। अनेक गंभीरतम विषयों पर वाद-विवाद हो चुके हैं। किंतु आज पहली बार सभा इतनी अव्यवस्थित हो गई है कि हम किसी भी निश्चय पर नहीं पहुँच सके हैं।"

सबने आश्चर्य्य से देखा कि महाप्रस्तर की भव्य गरिमावाले गणपति, जिस पद पर नियुक्त होकर मनुष्य साक्षात महादेव के पुत्र के समान माना जाता था, आज कुछ विचलित हो गए थे, जैसे उनका अंतःकरण भविष्य की किसी छाया को देखकर दूर ही से काँप उठा था। फिर स्वर सुनाई दिया—'यदि मंत्रणा का कोई परिणाम नहीं है तो वह स्थगित की जाती है। महानागरिक गणप्रवर सोचें और शीघ्र ही किसी परिणाम पर पहुँचकर कार्य्य प्रारंभ करें, क्योंकि भविष्य अनिश्चित-सा है। सभा विसर्जित की जाती है।"

गणपति पीछे हट गए। गणसदस्य एकदम उठकर पीछे हट गए और गणपति के मंत्रणागृह से निकल जाने पर चलने लगे।

सभा विसर्जित हो गई। गण-सदस्य अब खुलकर परस्पर बातें करने लगे। मणिबन्ध ने बाहर गणपति से कुछ सत्वर परामर्श किया और फिर रथ पर जा बैठा।

उसने कहा—"सारथी! प्रासाद की ओर।"

"जो आज्ञा प्रभु," कहकर सारथी ने रथ हाँक दिया।

रात की छायाएँ अब महानगर में इकट्ठी होने लगी थीं। महामार्ग पर रथ के निकलते समय मणिबन्ध ने देखा, संगीत के वृद्ध मिश्री आचार्य्य के यहाँ वेणी सहस्रों दीपों के प्रकाश में धीरे-धीरे वीणा के तार झनझना रही थी जैसे उस वृद्ध के बोलों को वह उसमें पकड़ने का प्रयत्न कर रही थी। आचार्य्य के यहाँ अनेक देशीय व्यक्ति बैठे थे। वे सब प्रायः संगीतज्ञ ही थे जो आचार्य्य का यश सुनकर दूर-दूर से उनकी सेवा में उपस्थित हुआ करते थे।

रथ प्रासाद के भीतर जाकर रुक गया। दीपों के धुँधले आलोक में मणिबन्ध भीतर आकर बैठ गया। वह चिंताग्रस्त था। आज यह गणसदस्य विशालाक्ष ने अपना कौन-सा रूप दिखाया है? क्या यह विद्रूप उसी पर किया गया था? क्या नगर-रक्षा का यह प्रयत्न उसे महत्त्वाकांक्षी प्रमाणित कर रहा है? क्यों हैं यह लोग इतने कलुषित? क्यों नहीं कर सकते यह किसी पर भी विश्वास?

मणिबन्ध उसी प्रकार विक्षुब्ध-सा बैठा रहा। प्रकोष्ठ में इतनी निस्तब्धता थी कि कोई नहीं जान सकता था कि वह वहाँ बैठा है। एक कोने में सोई एक दासी को एक दास आकर चुपचाप जगाने लगा, तब अचानक उसकी दृष्टि मणिबन्ध की पीठ पर पड़ गई और वह दासी को वहीं छोड़कर भाग गया। दासी हड़बड़ाकर उठी और मणिबन्ध को देखकर चुपचाप पर्दे के पीछे सरककर लेट गई। मणिबन्ध को किंतु फिर भी कुछ ज्ञात नहीं हुआ। वह बैठा सोचता ही रहा। दासी का शरीर उस विचित्र ढंग से लेटे रहने से दुखने लगा, किंतु उसमें बाहर भाग जाने का साहस नहीं हुआ।

उसी समय उसी दास ने आकर सूचना दी—"प्रभु! श्रीमान् आमेन-रा उपस्थित हैं।"

मणिबन्ध ने चौंककर कहा—"ऐं? कौन?"

दास सकपका गया। उसने कहा—"श्रीमान् आमेन-रा···"

"आसन दो दास।" मणिबन्ध ने भूले हुए स्वर से कहा—"मध्य प्रकोष्ठ में प्रकाश है न?"

"है प्रभु !"

मणिबन्ध वैसे ही उठ खड़ा हुआ, कपड़े बदलने की भी आवश्यकता नहीं समझी। द्वार पर खड़े होकर स्वागत किया और आमेन-रा के दोनों हाथ बढ़कर पकड़ लिए। दासों ने दियों की लौ ऊँची कर दी और दासियाँ मद्य-पात्र रख गईं। इंगित पाकर सब प्रकोष्ठ छोड़कर चले गए।

तब दोनों बैठ गए। मणिबन्ध मदिरा ढालने लगा। हल्की गंध से प्रकोष्ठ भर गया। चषक भरकर आमेन-रा की ओर बढ़ाकर मणिबन्ध ने कहा, "श्रीमान् ! कृतार्थ करें।"

आमेन-रा ने चषक लेकर सिर से लगाकर कहा—"मैं धन्य हुआ।"

वह हँसा। और उसने देखा कि मणिबन्ध के होंठों पर एक फीकी मुस्कान थी। उसने घूरते हुए देखा। और वृद्ध की पुरानी आँखें समझ गईं। उसने उत्सुकता प्रदर्शित करते हुए कहा—"महाश्रेष्ठि ! आज कुछ चिंतित हैं ?"

"नहीं तो।" मणिबन्ध ने चौंककर कहा।

"तो आज आपके भव्य ललाट पर यह रेखाएँ क्यों ?"

"नहीं तो ?" मणिबन्ध ने फिर कहा—"कुछ तो नहीं।" उसने पात्र उठाकर आमेन-रा का चषक फिर भर दिया। और भूल गया। मदिरा बाहर गिर गई।

"महाश्रेष्ठि ! जो सीमा पहले से न बाँधकर ऊपर से धार छोड़ता है, वह उसे पकड़ नहीं पाता। आनंद के लिए पहले उसे अपने अधिकार से बाँध बनाने पड़ते हैं।"

मणिबन्ध सुनता रहा। अचानक ही कहा—"ओह, हाँ।" हाथ रुक गया। देखा। लज्जा से सिर झुक गया। कहा—"श्रीमान् ! क्षमा करें ? मैं कुछ सोचता रह गया था।"

आमेन-रा ने ध्यान न देकर कहा—"अपना चषक भरिए।"

मणिबन्ध ने ध्यान से भरा। ठीक। और आमेन-रा की ओर देखा। आमेन-रा ने हँसकर कहा—"अशांति ! महाश्रेष्ठि ! अशांति ! चषक में ऊपर फेन उबल रहे हैं। बनते हैं, फूट जाते हैं; फूट जाते हैं, फिर बन जाते हैं !"

मणिबन्ध ने देखा। आमेन-रा चषक मुँह से लगाकर पी रहा था।

मणिबन्ध ने कहा—"यही कुछ राज्य-व्यवस्था की झंझटें हैं।"

"मैं समझता हूँ महाश्रेष्ठि।" आमेन-रा ने सिर हिलाकर उत्तर दिया।

"आप ?" मणिबन्ध ने विस्मय से पूछा—"आप जानते हैं ?"

"हाँ महाश्रेष्ठि ! यह तुच्छ बुद्धि," आमेन-रा ने तनिक आगे को झुककर कहा—"मोअन-जो-दड़ो का प्रबन्ध सुव्यवस्थित नहीं है।" मणिबन्ध ने चौंककर सुना। पूछा—"कारण ?"

"कारण महाश्रेष्ठि ! एक नहीं अनेक हैं।" वह अच्छी तरह जमकर बैठ गया। रिक्त चषक उठाकर सामने रख दिया और फिर कहा—"सुव्यवस्था भय से होती है। भय के लिए राजशक्ति बनती है। जो राजशक्ति भय पर आश्रित नहीं रहती, वह अपनी व्यवस्था कभी सुचारु रूप से नहीं चला सकती; क्योंकि शक्ति का कोई केंद्र नहीं बन पाता, क्योंकि उसके पीछे कोई गुरुतम स्वार्थ नहीं होता। और स्वार्थ के बिना महाश्रेष्ठि ! संसार में कोई काम नहीं चलता।" उसने अपने दोनों हाथ खोल दिए और घूरकर देखा, जैसे अब सबकुछ कह चुका। मणिबन्ध ने उपेक्षा से कहा—"तो श्रीमान् का तात्पर्य है कि मोअन-जो-दड़ो में सबकुछ उच्छृंखल है और यहाँ किसी भी बात में कोई नियामकता नहीं है। श्रीमान् ! यह मिश्र की

सभ्यता का दर्प हो सकता है किंतु इसके पीछे मुझे बुद्धि की प्रेरणा नहीं दिखाई देती। हमने व्यापार किया है और मिश्र भी हमारी टक्कर नहीं ले सका है।"

मणिबन्ध की बात का कोई प्रभाव नहीं पड़ा। वह विक्षुब्ध हो गया। उसने कहा—"श्रीमान्! आपने स्यात् मेरी बात पर ध्यान नहीं दिया?"

उसकी इस परेशानी से एक अद्भुत विस्मयपूर्ण आनंद प्राप्त करके आमेन-रा हँसा। उसने कहा—"आपके कथनानुसार मिश्र ने व्यापार में उन्नति नहीं की। किंतु आप कुछ बातें भूल जाते हैं। मिश्र एक दूर-दूर तक फैला देश है। ऐसा कि मोअन-जो-दड़ो यदि कीकट, पणिय, शंयु और किरात को अपने आपमें मिला ले तब शायद वह मिश्र के बराबर बैठे। मिश्र में अनेक भाषाभाषी हैं, अनेक जातियाँ हैं। मिश्र में मरु है, उपत्यका हैं, ज्वालामुखी हैं, महान नदियाँ हैं। मिश्र में भयानक पथ हैं, अनेक ख़तरे हैं। मोअन-जो-दड़ो में यह सब कहाँ हैं? और मोअन-जो-दड़ो को कोई भय नहीं, किंतु मिश्र को नित्य नए आक्रमणकारियों का सामना करना पड़ता है। महाश्रेष्ठि! छोटे-छोटे बिखरे राज्य या गण, कोई भी आक्रमणों को तब तक नहीं झेल सकते जब तक वे स्वेच्छा से, या बल के भय से एक नहीं हो जाते····एक ····एकच्छत्र सम्राट् के अधीन····"

"किंतु हमारी रीति तो यह नहीं है!" मणिबन्ध ने कहा।

"सहस्रों वर्षों से एक रीति चली आई है यही क्या सबसे बड़ा कारण है? आप गण को लिए फिर रहे हैं। किंतु गण में क्या सब समान हैं? वह हो ही नहीं सकता महाश्रेष्ठि! जब तक वज्रमुष्टि नहीं होती पशु क़ाबू में नहीं आते। देवता ने सबको अलग-अलग काम करने के लिए बनाया है। उनका केंद्रीकरण होना आवश्यक है। यदि मिश्र में फ़राऊन न होता, तो भय नहीं होता। यदि भय नहीं होता तो एलाम हो, या मोअन-जो-दड़ो, दुर्दांत दस्युओं की लूट से व्यापारी कभी भी नहीं बच पाते और मोअन-जो-दड़ो का सर्वश्रेष्ठ नरपुंगव मुझसे गर्व नहीं करता कि मोअन-जो-दड़ो व्यापार में सबसे जीत गया है····"

"श्रीमान्!" मणिबन्ध ने चौंककर कहा किंतु आमेन-रा कहता गया—"मैं समझता हूँ महाश्रेष्ठि! आप चौंकें नहीं। प्रलय से पहले मिश्र में भी फ़राऊन नहीं था। तब हा-पी के किसान विदेशी बर्बरों के आक्रमण से संत्रस्त होकर देवता से प्रार्थना करने लगे कि हे प्ताह! हे ओसिरिस! पहाड़ों के पार आत्मा को ले जानेवाले देवता! क्यों दिया है यह जीवन यदि इसमें एक भी क्षण की शांति नहीं है। मनुष्य के पापों से पृथ्वी विक्षुब्ध हो उठी है, महाश्रेष्ठि! ईश्वर ने दंड दिया।

"सब डूब गए। वसुन्धरा धुल गई। जब पृथ्वी निकली तब उसने अपना दूत भेजा। मनुष्यों ने कहा—'हमें अपना जैसा एक रक्षक दे।' देवता ने सुना। उसने देखा। सबसे बड़ी और ऊँची क़ब्रवाले को एक पराक्रमी बालक दिया जिसने बड़े होकर कहा कि आओ, मैं तुम्हारी रक्षा करूँगा। किसानों ने कर दिया। छोटे-छोटे प्रांतपतियों ने उसके चरणों पर सिर झुकाया। वही फ़राऊन है, जो तमाम अत्याचारियों से अपनी प्रजा की रक्षा करता है। देवताओं की भाँति उसकी शक्ति इस पृथ्वी पर निरंकुश है। वह किसी के सामने सिर नहीं झुकाता····"

मणिबन्ध उठकर टहलने लगा। उसका हृदय उद्वेग से विचलित हो उठा था। क्षिप्र चरणगति से उसकी चंचल विचारधारा प्रकट हो रही थी। वह कुछ भी निश्चय नहीं कर पा रहा है। क्या कह रहा है यह मिश्री? जिसने जीवन में अनेक अनुभव किए हैं, जिसके ललाट पर पत्थर की-सी लकीरें खिंची हुई हैं। मणिबन्ध का हृदय जलने लगा। वह अभी बहुत कुछ सुनना

चाहता है। शायद यहीं सारी उलझन की राह निकल आए। क्या हो गया है उसे? इतनी व्याकुलता किसलिए?

मणिबन्ध को उस प्रकार घूमता हुआ देखकर अब आमेन-रा भी उठ खड़ा हुआ। उसने फिर कहा—"शक्ति महाश्रेष्ठि! शक्ति!! वह मनुष्य क्या जिसके इंगित पर करोड़ों मनुष्यों का जीवन घास की भाँति नहीं काँप उठता...."

"ठहरो श्रीमान्!" मणिबन्ध ने टोककर कहा—"गण में यह नहीं हो सकता। सदस्य स्वीकार नहीं करेंगे। वे एक व्यक्ति के अधीन रहना स्वीकार नहीं करेंगे। वे कभी तुम्हारे प्रांतपतियों की भाँति किसी के पाँव पर अपना सिर झुकाने नहीं आएँगे। वह मिश्र था, यह प्राचीन मोअन-जो-दड़ो है।"

आमेन-रा दो पग पीछे हटकर तनकर खड़ा हो गया। उसकी विकराल आँखों को देखकर कोई भी उस समय सहम उठता। उसने कहा—"महाश्रेष्ठि! जो सिर धड़ के साथ नहीं झुकेंगे, वे धड़ से अलग करके पाँवों पर झुकाए जाएँगे। प्रांतपति अपने-आप नहीं आए थे। फ़राऊन का खड्ग उन्हें खदेड़कर लाया था। जो मंदबुद्धि स्वीकार नहीं करेंगे उनको विचार करने का अधिकार दिया जाएगा। इस समय उत्तर से बर्बरों का आक्रमण होनेवाला है। आपके पास कोई वाहिनी नहीं है। कल मोअन-जो-दड़ो और मिश्र के व्यापार का बेड़ा साथ-साथ उत्तर से आती लहरों में डूब जाएगा। हमें पत्थरों से उसे रोक देना है अन्यथा महामाई के मंदिर में बर्बर अपने पशु बाँधा करेंगे और हम और आप दास बनकर उनके सामने खड़े रहेंगे।"

मणिबन्ध को लगा जैसे उसका मस्तिष्क फट जाएगा। वह स्तम्भ पकड़कर ऐसे सुनने लगा जैसे आकाशवाणी हो रही थी। आमेन-रा कह रहा था—"गण के सदस्य अपने-अपने व्यापार की चिंता में रहेंगे और शक्ति खंड-खंड हो जाएगी। हमें चाहिए एक अपराजित शक्ति, जो अपने साथ औरों को बचा सके। जो अन्यों की रक्षा करेगा उसके सामने रक्षितों को सिर झुकाना ही होगा। क्यों होता है एक व्यक्ति ऐसा जो सबसे अधिक बुद्धिशाली और सामर्थ्यवान हो? औरों को अपने अधीन करने के लिए। महाश्रेष्ठि!"

मणिबन्ध ने धीरे से कहा—"कहे जाओ श्रीमान्! आज यह मैं क्या सुन रहा हूँ। क्या मनुष्य का शब्द ही मुझे विभोर किए दे रहा है?"

"पाप के बीज बोनेवाले या, बीज-देवता को पृथ्वी में गाड़कर पाप उपजानेवाले," आमेन-रा ने कहा, "आप दोनों में से किसे महान समझते हैं? मनुष्य प्रथम है, संसार दूसरा। प्रतिपक्ष से इसका विपरीत भी ठीक है। किंतु फ़राऊन से कोई नहीं बोलता। सब उसके पाँव चूमते हैं। क्यों वह साक्षात् ईश्वर से बातें करता है। क्यों? क्योंकि आज वह ईश्वर की असंख्य सृष्टि का पिता है। यदि ईश्वर उससे बातें न करे तो वह अपनी प्रजा को भूल जाए? महाश्रेष्ठि! मनुष्य की कुलीनता की पहचान उसका अधिकार-सुख है। जिसके पास वही नहीं वह दास से भी गया-बीता है। स्वर्ग में भी उसे स्थान नहीं मिलता।" आमेन-रा रुक गया। मणिबन्ध को लगा जैसे सारा संसार काँप रहा है। काँप रहा है क्योंकि उसे कोई सँभालनेवाला नहीं है। असंख्य प्रजा त्राहि-त्राहि कर रही है क्योंकि उसका संरक्षक उसे कहीं भी दिखाई नहीं देता।

उसे लगा, वह चक्कर खाकर बैठ जाएगा। क्या कह रहा है यह वृद्ध?

मणिबन्ध व्याकुल-सा सोचने लगा। उसके भीतर एक उथल-पुथल मच रही थी। उसका

कंठ सूख गया। एक प्यास-सी लगने लगी। वह वास्तव में महत्त्वाकांक्षा की प्यास थी। वह पागल हो उठा था। आकाश से नक्षत्र पृथ्वी पर उतरे आ रहे थे और चारों ओर भव्य आलोक फैलता जा रहा था।

बकरे की दुमदार खाल ओढ़नेवाले फ़राऊन्न के सिर पर रत्न-जटित स्वर्णमुकुट रहता है जिसकी प्रभा से मिश्र में दिन और रात होते हैं। वह इतना महान है कि संसार के सब व्यक्ति उसके सामने सिर झुकाते हैं मणिबन्ध ! ! क्या वह कभी उतना महान हो सकता है ? एक परंपरा की धारा में बहते जाना श्रेष्ठ है, या सारा संसार अपनी दया पर चले वह महानता है ? मणिबन्ध स्थिर नहीं कर सका। विचार फिर दौड़ने लगा, भटकने लगा। प्यास और उत्कट हो उठी।

साक्षात् ईश्वर से जो बातें कर सकता है वह फ़राऊन्न, वह दुनिया की सबसे बड़ी क़ब्र में मृत्यु के उपरांत विश्राम करता है और मृत्यु के बाद भी उसका राजसी ठाट कम नहीं हो पाता। उसकी दुर्दांत वाहिनी पवन-वेग से चलती है, जो उसकी राह में आता है उसे वह आँधी में हिलते पेड़ों की भाँति झकझोरकर उखाड़ फेंकती है।

सारा शरीर स्वेद से भीग गया। आमेन-रा गंभीरता से देख रहा था।

मणिबन्ध ने कहा—"क्या सचमुच ही तुम्हारा फ़राऊन्न ईश्वर से बातें कर सकता है ? क्या वास्तव में मनुष्य उतना महान हो सकता है ?"

आमेन-रा ने कहा—"मैंने कहा न महाश्रेष्ठि ! मिश्र में क्या विद्वान नहीं रहते ? वे क्या व्यर्थ की बातों का विश्वास कर सकते हैं ?" उसने हाथ फैलाकर कहा—"अविश्वास निर्बलता का चिह्न है। जब सप्तवर्षीय दुर्भिक्ष पड़ा था, जब प्रजा में हाहाकार मच उठा था, जब देवताओं ने स्वप्न में आकर फ़राऊन्न से सब समझाकर कह दिया था, उस समय, उस समय अपने पवित्र भ्रातरों से स्वयं संरक्षक अन्नदाता यूसुफ़ ने यह कहा था महाश्रेष्ठि ! क्या वे झूठ कह सकते थे ? नहीं महाश्रेष्ठि ! पूर्व का वह अद्‌भुत सुंदर पुरुष दैवशक्ति से अनुप्राणित था तभी तो फ़राऊन्न का प्रिय पात्र बन सका। यहूदियों के पैगंबरों ने भी यही कहा है। महाश्रेष्ठि ! शक्ति ! वह शक्ति जो बादलों में बिजली की भाँति अट्टहास कर सके। वह शक्ति जिसके तूर्य्यनाद को सुनकर समुद्र की चंचल लहरें थर्रा उठें...."

मणिबन्ध विस्फारित नयनों से देखता रहा। आमेन-रा कह रहा था—"वह शक्ति जो जब छूटे तो आकाश में भयानक प्रकाश करती हुई, वज्रनिनाद करती हुई विस्फोट करे...."

"आमेन-रा ! !" मणिबन्ध ने चौंककर कहा—"तुम मुझे पागल बना रहे हो।"

आमेन-रा हँसा। कहा—"नहीं, मैं सोए हुए प्रचंड देवता को जगा रहा हूँ। मैं उस शक्ति को यह याद दिला रहा हूँ कि अनजान बने रहना पाप है, अपनी शक्ति का उपयोग न करना संसार की सबसे बड़ी भूल है। महाश्रेष्ठि ! सारा मोअन-जो-दड़ो भस्म में खो जाएगा। रोकिए ! किंतु कार्य्य तो सरल नहीं। चारों ओर मुझे अँधेरा दिखाई दे रहा है। केवल एक प्रकाश है जो अभी भस्मावृत पड़ा है। वह नहीं जानता कि उसकी एक भभक में बड़ी-बड़ी रुकावटें भी भस्म की भाँति झरने लगेंगी और वह इतना प्रबल प्रकाशपिण्ड है कि उसका प्रखर आलोक सहन कर लेना एक दैवी कृत्य है। महाश्रेष्ठि ! उसकी कल्पना करते ही मेरे रोंगटे खड़े होने लगते हैं।"

मणिबन्ध ने सुना, आमेन-रा कह रहा था—"शक्ति पैदा की जाती है महाश्रेष्ठि ! अपने-आप नहीं आ जाती। बहारी, बोस्तानी और साइदोर के शासक भी कम शक्तिशाली नहीं किंतु फ़राऊन्न के सामने वे कुत्तों की तरह दुम हिलाते हैं। क्यों ? क्योंकि फ़राऊन्न अपने सामने

किसी को भी मनुष्य नहीं समझता। जब उसकी भृकुटि उठती है, समुद्र में ज्वार आता है, जब उसके होंठों पर मुस्कराहट क्षण-भर काँपती है तब आकाश में चंद्रमा निकलता है। महाश्रेष्ठि! बंधन कहाँ नहीं होते? वह उतनी ही बड़ी शक्ति होती है जिसके सामने जितने अधिक बंधन और रुकावटें पड़ती हैं, बाधाएँ आती हुई शक्ति की सफलता का प्रतीक हैं। जो मनुष्य महत्त्वाकांक्षा को अपने ही भय में गाड़ देता है वह वास्तव में मनुष्य नहीं है।"

मणिबन्ध ने कहा—"तो मुझे क्या करना होगा?"

"क्या करना होगा?" आमेन-रा ने कहा—"गण के जो सदस्य आपके विरुद्ध हैं, उन्हें आपको कुचल देना होगा। अपनी वाहिनी को इतना विराट् बना देना होगा कि जब वह चले तब उसकी प्रचंड मेघगर्जन की-सी पगध्वनि सुनकर उत्तर के बर्बर भागकर फिर गिरि-कंदराओं में जा छिपें। उसके लिए आपको सम्राट् बनना होगा। देवता की प्रेरणा बोल रही है मुझमें महाश्रेष्ठि! मोअन-जो-दड़ो और मिश्र की रक्षा के लिए शक्ति को केंद्रित करना होगा। सभ्यता की रक्षा के लिए आपको इन सबको अपना दास बनाना होगा। साधन आपके पास हैं। धन की कमी नहीं। आमेन-रा आपका मंत्रित्व करेगा। एक बार मोअन-जो-दड़ो के भव्य शासक को देखकर फ़राऊन भी विस्मय कर उठे, तब तो जीवन धन्य है।"

मणिबन्ध सुनता रहा। वह अवाक् खड़ा रहा। एक-एक शब्द में जादू था जो धीरे-धीरे उसके शरीर के भीतर घुसा जा रहा था और अब चक्करदार भँवर की भाँति बीच में एक जगह छोड़कर घूमने लगा था। क्या यह हो सकता है? किंतु क्या यह कठिन नहीं है? मणिबन्ध! महान मणिबन्ध! सम्राट्····

आमेन-रा की बात ने फन उठाकर मणिबन्ध का मस्तक डस लिया। विष फैल गया। मणिबन्ध के नथुने फूल गए। दर्प से उसका वक्ष बाहर निकल आया। भुजदंड फड़क उठे। आँखों में एक दीप्ति आ गई। आमेन-रा ने उसका वह परिवर्त्तन देखा। वह मुस्करा उठा।

मणिबन्ध पुकार उठा—"आमेन-रा! क्या तुम मेरे साथ रहोगे? मनुष्य की, सभ्यता की रक्षा करना हमारा धर्म है। हमें संसार के लाभ के लिए यह काम करना ही होगा। प्रजा का उद्धार करने के लिए ही देवता ने हमें अपार शक्ति दी है। बर्बरों के उस अभिमान को हम खंड-खंड करके फेंक देंगे। आमेन-रा, शक्ति! शक्ति!" मणिबन्ध व्याकुल-सा हाथ खोलकर चिल्ला उठा—"महाशक्ति! आमेन-रा—महाशक्ति!!"

आमेन-रा ने गद्‌गद होकर कहा—"धन्य हो महाश्रेष्ठि! धन्य हो। जीवन सफल हुआ। आप मनुष्यों में रत्न हैं। जो पग आपने उठाया है वह युगों तक मनुष्य की पृथ्वी पर अक्षय कीर्त्ति बनकर जीवित रहेगा। यदि शक्ति होगी तो संसार की सर्वश्रेष्ठ सुंदरी आप पर अपना रूप और यौवन बलिदान दे देने में अपने जीवन की सार्थकता समझेगी। यदि शक्ति होगी तो कवि आप पर गीत लिखेंगे, महाश्रेष्ठि! फ़राऊन नहीं रहेगा किंतु पिरेमिस युग-युग तक अनंत की ठोकरों में अपराजित सिर उठाए खड़ी रहेगी और युगांत तक मनुष्य की संतान उसकी भव्य गरिमा को देखकर अपना सिर झुका देगी। महाश्रेष्ठि! आमेन-रा को जितना आनंद आज हुआ है उतना जीवन में कभी नहीं हुआ।"

महाश्रेष्ठि ने धीरे-से कहा—"भूल न जाना श्रीमान्! मुझे भविष्य बहुत संघर्षमय प्रतीत हो रहा है।"

"देवता हमारी ओर हैं। शत्रु कभी भी सिर नहीं उठा सकेगा।"

आमेन-रा चला गया। मणिबन्ध चिंतित-सा वहीं खड़ा रहा। कुछ देर बाद धीरे-से वेणी ने प्रवेश किया। किंतु मणिबंध उसकी पगध्वनि से नहीं चौंका, वह अपने ध्यान में इतना तल्लीन था कि उसे उसका आना ज्ञात ही नहीं हुआ। नारी पुरुष के इस रूप को सदा अपने सौंदर्य्य के प्रति उपेक्षा और उसके बाद एक चुनौती समझती है। वह क्षण-भर देखती रही। फिर अनजाने ही एक भौं चढ़ गई और वह मुस्करा उठी। मणिबन्ध उस समय अपनी शक्ति की विराट् उच्छृंखलता देख रहा था।

वेणी ने कहा—"महाश्रेष्ठि किस चिंता में निमग्न हैं?"

और महाश्रेष्ठि ने गंभीर और कठोर मुद्रा से सिर न उठाकर कहा—"कौन?"

"दासी।"

"जल ले आओ।"

वेणी लाचार हो गई। जाकर पात्र में पानी भरकर ले आई।

"महाप्रभु!"

"क्या है?"

"जल।"

स्वर कुछ पहचाना हुआ-सा लगा। उत्सुकता से महाश्रेष्ठि मणिबन्ध ने सिर उठाकर उसकी ओर देखा और हठात् कहा—"वेणी तुम?"

वेणी हँस दी।

"तुमने मुझसे पहले क्यों न कहा?"

नारी की लाज अभिमान का हल्का कंपन बनकर कानों को लाल कर गई।

"तो क्या हुआ?"

"नहीं देवी! यह तुम्हें शोभा देता है?"

"क्यों?"

"नहीं, देवी, नहीं।" वह कुछ कहना चाहता था जिसे कह देना अत्यंत कठिन लग रहा था। वेणी ने आश्वासन देते हुए नयनों से देखा। मणिबन्ध ने कहा—"तुम नहीं जानतीं, तुम क्या हो वेणी।"

"क्या हूँ मैं महाश्रेष्ठि?"

मणिबन्ध ने कहा—"तुम महासाम्राज्ञी बनोगी।" स्वर काँप उठा। "मोअन-जो-दड़ो की सर्वश्रेष्ठ नर्त्तकी! कला पारंगता, भुवनमोहिनी, वशीकरण शक्ति! तुम कल मोअन-जो-दड़ो के एकच्छत्र साम्राज्य के अधीश्वर की पत्नी बनोगी।"

"महाश्रेष्ठि!" वेणी ने चौंककर कहा।

"सच कहता हूँ, देवी। मणिबन्ध झूठ नहीं बोला करता। अभी तक तुमने मुझे स्नेह में देखा है, अब तुम मेरे प्रचंड पराक्रम को देखना। सुमेरु के वे भयानक सामरिक भी यदि मेरे पगतल में अपने शीश नहीं झुका दें, तो कुछ भी कह लेना।"

वेणी कुछ नहीं समझी। मणिबन्ध कहता गया—"कोई नहीं। कोई नहीं है इतना सामर्थ्यवान्। किसी में नहीं है इतना साहस जो महासिंधु की भीषण धारा-सी इस शक्ति को झेलकर सँभाल ले—कि ठहर जा पागल महानद! आज मेरे भुजदंड तुझे परास्त करके ही रहेंगे। मोअन-जो-दड़ो उच्छृंखल हो रहा है। उसकी यह उच्छृंखलता उसका नाश कर देगी। मैं

इन बिखरे हुओं को एक कर दूँगा और उत्तर के बर्बरों को निकालकर फेंक दूँगा। देवी! महाश्रेष्ठि नहीं, अब तुम्हें मुझे महासम्राट् कहना होगा। उस दिन के लिए अभी से अभ्यास कर लो, कहीं ऐसा न हो कि तुम्हारा स्नेह ही कहीं आगे चलकर मेरे अपमान का कारण बन जाए।"

वेणी मुँह खोले विस्मित-सी सुनती रही। सिर झुकाकर चिंताग्रस्त मणिबन्ध ने धीरे से कहा—"विश्वास करो। विश्वास ही जीवन की शक्ति है। मैं तुम्हें अवश्य महासाम्राज्ञी बनाऊँगा।"

वेणी ने कहा—"करती हूँ।"

किंतु उसकी आँखों में घोर अविश्वास था।

18

विशाल प्रासाद के सम्मुख के बड़े मैदान में आज चहल-पहल थी। अनेक व्यक्ति सैनिक वेश में पंक्ति बनाकर खड़े थे। उनके हाथों में चमचमाते भाले थे और कटिबन्ध में म्यानों के अंदर तलवारें लटक रही थीं। वे सब नए व्यक्ति थे। उन्हें प्रतिज्ञा करनी पड़ी थी कि वे आमरण महाश्रेष्ठि मणिबन्ध की आज्ञा का पालन करेंगे। कल तक वे भूख से लाचार थे। उत्तर के अकाल के कारण वे विवश होकर महानगर में आए थे। उनके पास और कोई चारा न था। अन्यथा वे केवल दास हो जाते। यहाँ वे दास तो नहीं होंगे। युद्ध के समय अवश्य उनकी आवश्यकता पड़ेगी अन्यथा अच्छा भोजन, अच्छे वस्त्र और अच्छा वेतन प्राप्त होगा। उनके पाँवों में अब अधिकारों के साथ-साथ जो दासत्व के नए रूप की शृंखला पड़ गई थी उसकी ओर उनको ध्यान देने का अवकाश नहीं था।

सेनाध्यक्ष की सज्जा आज अपूर्व थी। वह ठेठ मिश्री था। उसकी नियुक्ति भी नई ही हुई थी। आमेन-रा ने उसे छाँटा था। वही कुलीनों की पहचान अच्छी करता था। सेनाध्यक्ष की बड़ी-बड़ी आँखों में एक भय उत्पन्न कर देने की शक्ति थी। वह कठोर और दृढ़ था। प्रत्येक बार जब उसका मुख खुलता तब आवश्यकता से अधिक कठोर शब्द सुनकर सब एकदम दब जाते। उसकी तलवार की मूठ चाँदी से मँढ़ी हुई थी।

उसका दास एक हब्शी था, जो अत्यंत बलिष्ठ था। वह उसके पीछे उसकी छाया बनकर घूमा करता और अवकाश के समय उसे चषक भर-भरकर मदिरा पिलाता। रात को उसके लिए स्त्री का प्रबंध करता और सैनिकों को शराब पिलाकर गाने-नाचनेवाली अधनंगी वेश्याओं से अकेले में प्रेम करता, जिसको देखकर उन वेश्याओं का हँसते-हँसते बुरा हाल हो जाता। इस गुप्त प्रबंध को बहुत कम लोग जान सके थे और जो जान सके थे वे पूर्ण ज्ञान प्राप्त न होने के कारण पूरी तरह से समझने में असमर्थ हो गए थे। और मणिबन्ध का अकारण प्रकट रूप से विरोध करने का किसी को भी साहस नहीं होता था।

मुख्य कार्य्य था क़िले बनाने का। आमेन-रा ने रात-रात भर जागकर अनेक नक्शे बनवाए थे। मोअन-जो-दड़ो के जिन-जिन प्रांतों में दृढ़ रक्षा की आवश्यकता थी उन्हें बहुत ध्यान से ढूँढ़ निकाला गया था। आमेन-रा के कुशल निर्माण-दक्षों ने उन स्थानों पर सुदृढ़ दुर्ग

बनाने के व्यय का भी परिमाण बता दिया था। देर तक उस पर विचार किया गया। यदि मणिबन्ध दुर्ग-निर्माण पर अकेला धन व्यय करे, तो निस्संदेह दिन दूनी बढ़नेवाली वाहिनी का ख़र्च चलाने में आगे चलकर कठिनाई पड़ने लगेगी। अंत में बहुत सोच-विचार के बाद आमेन-रा ने दाढ़ी पर हाथ फेरते हुए इसका भी एक हल निकाल डाला।

नागरिक संघ में जब मणिबन्ध के अपने चाटुकार सदस्य थे तब चुपचाप उसके लिए कोष में से धन-प्राप्ति की व्यवस्था की गई। धन एक बार मिल जाए, उसके बाद उसे रद्द कर दे ऐसा कोई वीर उस सभा में नहीं था। रक्षा का कारण वास्तव में प्रमुख था। मणिबन्ध ने गण की दुहाई देकर कहा कि गण ही एकमात्र शक्ति है जो देश की रक्षा कर सकती है। विशालाक्ष को उस समय दक्षिण समुद्र तीर पर गए दो दिन हो चुके थे और क्योंकि उसका स्वास्थ्य अच्छा न था, उसके शीघ्र लौटने की आशा भी न थी। गण प्रधान ने देखा और तुरंत कपड़े के लेख पर अपनी मुद्रा अंकित कर दी। उसने केवल अनेक नागरिकों की स्वीकृति-भर देखी।

आज मणिबन्ध अपनी गोरखरों द्वारा खींची गई गाड़ी पर खड़ा था। उसके शीश पर धातु का कठोर शिरस्त्राण था और वक्षस्थल पर चमचमाता कवच। गोरखरों की रेखाएँ चमक रही थीं। मिश्र में बैलों के रथ नहीं चलते। फ़राऊन गोरखरों की गाड़ी में ही चलता है। दृप्त मणिबन्ध स्वयं अपने ही हाथों में लगाम खेंचकर पकड़े हुए था।

सैनिकों ने उसे देखकर तुरंत सावधान होकर ऊपर सिर उठा दिया तो मणिबन्ध उनका निरीक्षण कर रहा था। सैनिकों ने अपने-अपने खड्ग खींचकर उसका अभिवादन किया।

इसी समय दास ने प्रवेश करके कहा—"महाप्रभु ! श्रीमान् बयाद उपस्थित हैं !"

"आ गए ?" मणिबन्ध ने गाड़ी से उतरते हुए पूछा।

"महाप्रभु !" दास ने सिर झुकाकर कहा।

"उपस्थित करो।"

दास चला गया। मणिबन्ध ने प्रधानाध्यक्ष से कहा—"श्रीमान्, आमेन-रा ने ठीक समय पर भेजा है। ऐसे ज्ञानियों का उपदेश अवश्य सुनना चाहिए। सैनिकों को बुद्धि अवश्य मिलनी चाहिए।"

बयाद गंभीर था। उसके पाँव धीरे-धीरे उठ रहे थे। आज उसके हाथ में टेकने के सुवर्ण-दंड के स्थान पर स्वर्ण-मूठ की तलवार थी। मणिबन्ध को देखकर उसने दूर ही से हाथ उठाकर आशीर्वाद दिया। मणिबन्ध ने मुस्कराकर कहा—"स्वागत ! श्रीमान् ! स्वागत !"

बयाद के पास आ जाने पर प्रधानाध्यक्ष ने पुकारकर कहा—"आज श्रीमान् बयाद जैसे वयोवृद्ध ने हमें आशीर्वाद देने के लिए कष्ट उठाया है। महावीर महासेनापति मणिबन्ध की वाहिनी को जिस मशाल की आवश्यकता थी आज वह जल उठी है। सैनिको ! स्वागत करो।"

और सैनिकों ने भाले झुकाकर उसका स्वागत किया। वृद्ध गद्‌गद हो गया। उसने चारों ओर हर्ष से देखा। मणिबन्ध का भव्य रूप देखकर उसकी आँखें झुक गईं। उसने कहा—"सैनिको ! एक बार की बात है कि एक कुत्ते को कहीं भी कुछ खाने को नहीं मिला। जब उसे भूख बहुत ज़ोर से लगने लगी तो वह हाथी की ओर देखकर भूँकने लगा कि यदि मैं इसको मार डालूँ तो साल भर तक आराम से बैठा-बैठा खा सकूँगा। हाथी अपने कान फड़फड़ाता थोड़ी देर तक तो सुनता रहा लेकिन जब कुत्ता बहुत चिल्लाया तब हाथी ने दया करके पूछा कि 'कुत्ते ! तू इतना चिल्लाएगा तो तेरा गला न सूख जाएगा ? तू पानी चाट-चाटकर

पीता है, यह भी नहीं कि हमारी भाँति गटगट पी जाए। सो भूखा तो तू है ही और अब चिल्लाएगा तो तुझे प्यास भी सताएगी। क्योंकि तू कुत्ता है, जहाँ नाली में गँदला पानी होगा वहीं पी भी सकेगा। हर जगह तो तुझे मिलेगा नहीं। अतः बुद्धिमान वही है जो अपनी शक्ति और साधन देखकर अपना व्यय करता है, मूर्ख तो सब जगह सबसे पहले टूट पड़ते हैं।'

"भूखा कुत्ता अपने-आपको मूर्ख कहा जाता सुनकर बिगड़ उठा और उसने कहा— 'तेरा समय पास आ गया है तभी तूने मुझ जैसे बलिष्ठ वीर को ललकारा है।'

"हाथी ने हँस दिया और कहा—'ओहो वीर! तू यह नहीं देखता कि मैं तुझसे कितना बड़ा हूँ?'

"कुत्ते ने कहा—'हाँ, हाँ, उससे क्या हुआ? देखने को तो आदमी तुझसे बहुत ही छोटा है।'

"हाथी ने कहा—'ओ सड़क के दोगले कुत्ते! तेरी जाति में भी ईमानदार हैं। यह कौन नहीं मानता कि जिसका नमक खाकर रहते हैं, उसी के लिए जान दे देते हैं।' "

सैनिक चुपचाप सुनते रहे। बयाद कहता रहा—" 'पर तू? तू मुझे कोई नीच वंश का प्रतीत होता है। मनुष्य की हम क्या बराबरी करेंगे? आदमी दूसरों को पालता है, कोई मुफ़्त काम तो नहीं लेता?'

"कुत्ते ने कहा कि तू मुझे नीच कहता है? ओ पाँवों में शृंखला बँधवानेवाले मूर्ख, देख मैं स्वतंत्र हूँ।'

"हाथी ने हँसकर कहा—"क्या है तेरी स्वतंत्रता? खाने को नहीं, पीने को नहीं। दर-दर ठोकर खाता है, दास तुझे मारते हैं और गंदी जगह मुँह डालता फिरता है। अच्छा है मेरा यह दासत्व कि श्रीमान् मेरी पीठ पर चढ़ते हैं, अच्छा खाता हूँ, अच्छा पीता हूँ और जब चलता हूँ तो दस लोग मुझे देखकर विस्मय करते हैं और अपने-आप रास्ता छोड़कर हट जाते हैं।' और सैनिको! कुत्ता लज्जित होकर भाग गया।"

सबने हर्ष की ध्वनि की। प्रधानाध्यक्ष प्रसन्न हो गया। सैनिक निवृत्त हो गए। मणिबन्ध बयाद को लेकर भीतर आ गया। मणिबन्ध ने कहा—"श्रीमान्! मुझे विस्मय होता है आप इतने ज्ञान की बातें इतनी सरलता से कैसे समझा देते हैं?"

"सब महाश्रेष्ठि का प्रताप है," बयाद ने कहा—"इसी के कारण आज श्रीमानों ने मुझे अपनी सभा में स्वीकार किया है, अन्यथा मैं क्या था?"

मणिबन्ध गद्‌गद हो गया।

जब बयाद चला गया, ग्रामणी आकर सब समझाने लगा। काफ़ी उथल-पुथल हो रही है। कोई किसी की नहीं सुनता। सब अपनी मनमानी करना चाह रहे हैं। मणिबन्ध ने चिंताग्रस्त स्वर से कहा—"किंतु ग्रामणी! ग्रामों में यह हलचल क्यों? पहले तो कोई झगड़ा न था?"

"महाप्रभु! जब से उत्तर से भागते लोगों ने आ-आकर उन्हें भयाक्रांत कर दिया है वे सब दक्षिण की ओर भाग जाना चाहते हैं।"

"ओह!" मणिबन्ध ने कहा—"मैं तुम्हारे साथ चलता हूँ। ग्राम में योद्धा मिल सकेंगे?"

"क्यों नहीं महाप्रभु! वे सब आपकी प्रजा हैं। क्या वे आपके लिए प्राण देने में आगा-पीछा करेंगे?"

मणिबन्ध का रथ चल पड़ा। ग्रामणी पीछे बैठ गया।

मणिबन्ध ने पूछा—"ग्रामणी ! तुम्हारे पशुओं के चरने के स्थान तो अच्छे हैं ?"

"हाँ प्रभु, चारों ओर सघन वन है। पर्वत के देवताओं की अपार कृपा है। वन-देवियाँ सदा ही घूमती रहती हैं।"

"तुमने किसी को देखा ?"

"प्रभु ! इतने भाग्य कहाँ ?"

"पहले यह ग्राम किसका था ?"

"प्रभु ! पहले यह दास का ही था। सब अपना ही कुटुंब है। प्रपितामह के समय जब महानगर इतना विराट् नहीं था, सुनते हैं सबकुछ एकत्र करके ग्राम में बाँट लिया जाता था। फिर एक बार अकाल पड़ा। अनेक व्यक्ति महानगर आए। यहाँ से मिश्र गए। कहा जाता है उसी के बाद दास और स्वामी हो गए। प्रभु ! वह समय दिव्य रहा होगा। उसी के बाद देवताओं ने ग्राम आना छोड़ दिया।"

दंडनायक के घर पर जाकर रथ रुक गया। ग्रामीणों की भीड़ ने मणिबन्ध का जय-जयकार किया। अपने स्वामी को देखकर उनमें प्रमाद-सा छा गया। वे एक बार आँखें भरकर देख लेना चाहते थे।

चारों ओर चहल-पहल मच गई। सबसे सुंदर, बहुमूल्य जो भी वस्तु थी वही मणिबन्ध के स्वागत के लिए एकत्र की गई थी। दंडनायक एक धनी-सा व्यक्ति था। मणिबन्ध रथ से उतरा। पाँवों के नीचे क़ालीन बिछा दिया गया। एक सुंदरी युवती मुद्राभंगिमामय नृत्य करती हुई आगे-आगे चलने लगी। अनेक प्रकार के वाद्य बजने लगे। युवती के हाथों और कानों में गेहूँ की बालें थीं जैसे वह लहलहाती फ़सल थी जो पृथ्वी पर मत्त होकर झूम रही थी, अतिथि का स्वागत करने को उसका हृदय आतुर पुलकायमान हो उठा था। मणिबन्ध उसे देखता हुआ धीरे-धीरे बढ़ने लगा। ग्रामीण दोनों ओर से उसको देखकर अपना शीश झुका देते। आमेन-रा के शब्द मणिबन्ध के कानों में गूँज उठे। उसने देखा सारा संसार ऐसे ही सिर झुका रहा था।

मणिबन्ध बैठ गया। दंडनायक पाँवों की ओर जा बैठा। फिर सुंदरी युवती ने ग्राम में बनाया तीखा मद्य चषक में भरकर उपस्थित किया। अच्छी मदिरा पीनेवाले मणिबन्ध को एक चषक पीते ही तीव्र आघात-सा हुआ। तनिक कड़वी भी थी, फिर उन्होंने उसके सामने अनेक वस्त्र बिछा दिए और ग्राम के सम्मानित व्यक्ति आ-आकर दंडनायक के बाद अपने-अपने स्थान पर बैठने लगे। ग्रामीण मणिबन्ध की सरलता पर मुग्ध हो रहे थे। कैसा व्यक्ति है जिसे तनिक भी गर्व नहीं ? सिंधु की ऊर्जस्वित उर्म्मियाँ जिसकी कीर्त्ति को धवल पालवाली नौकाएँ ढो ले जाती हैं, जिसका नाम सुनकर संसार के महानतम व्यक्ति अपनी उत्सुकता को रोकने में असमर्थ हो जाते हैं वही एक साधारण व्यक्ति की भाँति बैठा है, कि अभिमान इसे तनिक छू भी नहीं गया ? वे सब उसकी प्रजा हैं। उसे कर देते हैं और उनका स्वामी आज उन्हीं की भाँति उनके बीच में बैठा मुस्करा रहा है ?

दंडनायक ने कहा—"प्रभु कृतार्थ करें।" भोजन आने लगा और वे लोग एकसाथ खाने लगे। मणिबन्ध साधारण व्यक्तियों का भोजन और उनके समान खाने की रीति को भूल चुका था। उसने उन्हें देखकर उनकी नक़ल करने का प्रयत्न भी किया किंतु सफल नहीं हो सका। और ग्रामीणों को उसके धीरे-धीरे खाने की प्रवृत्ति ने बहुत प्रभावित किया। उन्हें ऐसा लगा जैसे वे स्वयं पशु मात्र थे जो खाना देखकर संयम नहीं कर पाते थे और एकदम टूट पड़ते थे। खाने

में दूध बहुतायत से था। फल, फिर मांस, फिर रोटी।

दास और दासियों की भीड़ थी। वही लोग परोस रहे थे। उनमें महानगर के दास-दासियों का-सा गांभीर्य्य नहीं था। किंतु उनके मुख पर अधिक जड़ता थी। मणिबन्ध ने देखा। सुन्दरी युवती नृत्य निरत थी। और अनेक स्त्रियाँ मंगलगीत गा रही थीं। युवती के श्याम शरीर पर चाँदी के आभूषण भले लग रहे थे। भरा-भरा अंग-अंग था उसका। और चलचितवन वह ऐसी जोम-भरी नृत्य कर रही थी जैसे आज मणिबन्ध को वह एकदम अपने यौवन की मार से व्याकुल कर उठेगी। स्त्री का स्वभाव ही है कि बली, यशस्वी और आदरणीय को रिझाकर उसकी निकटता से अपना महत्त्व बढ़ाने का सदैव प्रयत्न किया करती है। वह स्यात् यह सोच रही थी कि यदि उसने मणिबन्ध को जीत लिया तो वह न जाने क्या हो जाएगी····

साँझ होनेवाली थी।

मणिबन्ध प्रसन्न था। ग्रामणी परामर्श में लगा हुआ था।

जब रथ लौटा, अँधेरा-सा छाने लगा था। तीखे मद्य के प्रभाव से मणिबन्ध की आँखें आज असमय भारी हो गई थीं।

प्रासाद के विशाल भवन में नृत्यकुशल नर्त्तकी घूम रही थी। और वेणी अकेली बार-बार इस प्रकार घूमते-घूमते थक गई। क्या बात है? आजकल महाश्रेष्ठि इतने व्यस्त क्यों हैं? क्या वे मोअन-जो-दड़ो का सबकुछ बदल देंगे? क्या वे महासम्राट् हो जाएँगे? और वेणी तब महासाम्राज्ञी कहलाएगी?

वेणी का हृदय एक बार पुलक उठा। आनंद से, फिर भय से। किंतु कीकटाधिपति की इतने छोटे राज्य में इतनी स्त्रियाँ थीं तो सम्राट् की कितनी नहीं होंगी? वेणी का हृदय अपने-आप छोटा होने लगा? क्या मणिबन्ध खेल कर रहा है? यह सब क्या एक इंद्रजाल मात्र है?

मणिबन्ध····सम्राट् ····एकच्छत्र सम्राट्····और वेणी····साम्राज्ञी ····साम्राज्ञी ····

जब मन नहीं लगा तब वह रथ पर बैठकर घूमने निकल पड़ी। विचार था कि आचार्य्य के यहाँ कुछ समय व्यतीत किया जाए फिर उधर सिंधुतट पर होते हुए प्रासाद लौट आया जाए। इसी से अकेली जाना ही अच्छा लगा।

जब रथ महानगर के राजपथ पर पहुँचा, वेणी ने गति धीमी कर दी और इधर-उधर की शोभा देख ही रही थी कि कोई चिल्ला उठा—"ओ अंधी! यह पथ तेरे बाप का नहीं है।"

और एक कठोर अट्टहास गूँज उठा। वेणी चौंक उठी। स्वर तुरंत पहचान लिया। इच्छा हुई चुपचाप निकल जाए। किंतु दो-चार व्यक्ति इधर-उधर देखकर हँस रहे थे, और उसने विश्वजित् को देखा, वह और ठट्ठा मारकर हँस उठा।

"विंश्वजित्!" वेणी ने कहा—"आप? महाश्रेष्ठि!! विश्वविजयी??"

"हाँ, हाँ, मैं।" विश्वजित् ने कहा—"चापलूसी मत कर। कहाँ है तेरा वह साथी, भिखारिन? मैंने कहा था कि तुम परस्पर प्रेम नहीं करते थे। मैंने कहा था कि जिस दिन तू सबकुछ भूल जाएगी, उस दिन मैं तुझे याद दिलाने आऊँगा। लेकिन नर्त्तकी! मैंने कहा था कि तू पत्थरों को खा ले, मोअन-जो-दड़ो के मनुष्यों को खा ले। उस दिन तू बुरा मान गई थी। लेकिन आज तू पत्थरों को तो खा चुकी है, और मैं जानता हूँ वह दिन दूर नहीं है जब तू यहाँ के मनुष्यों को भी खाने लगेगी।"

वेणी ने देखा। भय से हृदय का रक्त जम-सा गया। इस व्यक्ति के सामने वह कुछ भी नहीं कह सकी जैसे उसमें इतना साहस ही नहीं था। वह चुपचाप देखती रही। पागल हँस रहा था। वेणी लौट आई। रथ छोड़कर भीतर जाकर देखा। मणिबन्ध उसी समय बाहर से आकर बैठा था। दास उसके पदत्राण खोल रहा था, वेणी उसके समीप चली गई। मणिबन्ध ने देखा और मुस्कराया। वेणी बैठ गई।

"कहाँ गई थीं?"

"घूमने।"

मणिबन्ध ने सिर हिलाया जैसे अच्छा! और तभी मणिबन्ध के वक्ष पर पड़े हीरकजटित हार को अपनी उँगलियों में दबाते हुए उसने कहा—"मणिबन्ध!"

संबोधन का सामीप्य एक बार स्वयं महाश्रेष्ठि को चकित कर गया। आज यह प्रमाणित हो गया था कि वह स्वर एक व्यथा से सिक्त परिवार का निर्माण कर देनेवाला था जिसमें एक-दूसरे से अपना सुख-दुख कहा करते हैं।

"क्या हुआ वेणी?"

वेणी ने कहा। मणिबन्ध गंभीर हो गया। दास पादत्राण खोलकर चला गया। मणिबन्ध ने कहा—"यह सब गण की भूलें हैं। मणिबन्ध यह सब मिटा देगा। वह इस प्रकार के अपमान नहीं सह सकता।"

"क्यों महाश्रेष्ठि! क्या विश्वजित् अबध्य है?"

"कहते हैं किसी समय वह महानगर का सर्वश्रेष्ठ श्रेष्ठि था। किंतु वेणी साम्राज्ञी है। जिसे उसके सामने अभिमान होगा वह जीवित नहीं रह सकेगा।"

दोनों ने एक-दूसरे की ओर देखा।

रात बीत गई। प्रभात की बेला में मणिबन्ध ने वेणी से आकर कहा—"देवी! मैं अभी तनिक सैनिकों का निरीक्षण कर आऊँ। आज से इस विषय का प्रतिपादन कर देना है कि महानगर के द्वार केवल दिन में खुला करें और उनके समीप सदैव दृढ़ सैन्य बल प्रहरी बनकर खड़ा रहेगा। इस प्रकार अपने-आप महानगर चारों ओर से मेरी सेना से घिर जाएगा। सेना गण के नाम पर नहीं महाश्रेष्ठि मणिबन्ध के नाम पर एकत्र की जा रही है।"

मणिबन्ध चला गया। वेणी सोचने लगी। फिर उसने जाकर स्नान किया और ज्यों ही शृंगार समाप्त हुआ, मणिबन्ध ने भीतर प्रवेश किया। वह कुछ आज अधिक प्रसन्न था। पास आकर एक बार ऊपर से नीचे तक देखा और वह हँस पड़ा। उसके हास्य में आज एक अटूट दर्प भरा हुआ था। मणिबन्ध ने कहा—"देवी!"

"महाप्रभु!"

"आज कितना मनोरम दिवस है वेणी। कहीं चलोगी नहीं?"

"कहाँ जाएँगे महाश्रेष्ठि?"

"कहीं भी। चलो रथ ही में घूम आएँ। घर में तो मन नहीं लगता।"

"चलिए।"

नर्त्तकी ने स्वीकार कर लिया। मणिबन्ध ने प्रासाद में जाकर अपनी सज्जा बदली। दोनों ने एक बार एक-दूसरे को देखा और मुस्कराए। फिर मणिबन्ध ने अपने केशों में कंघी की। और अचानक ही टूटे बालों पर उसकी दृष्टि पड़ी। उनमें से एक सफ़ेद था। शीघ्रता से मणिबन्ध ने

उनका गुच्छा बनाकर फेंक दिया किंतु उसका हृदय भारी हो गया और उसने दबी आँखों से देखा—वेणी का यौवन गदरा रहा था, जैसे पकने लगा था। उसकी आँखें नीचे झुक गईं।

दोनों हाट चल पड़े। शीघ्र ही वे बाहर निकल गए। बाहर के ये पथ अत्यंत सुंदर थे। चारों ओर की शोभा बलात् हृदय को अपनी ओर आकर्षित कर लेती थी। किंतु मणिबन्ध तनिक उद्विग्न-सा था। क्या वह सचमुच बूढ़ा हो गया है? क्या वह वेणी के योग्य नहीं है? जितना ही मणिबन्ध इस विचार से घृणा करता है उतना ही वह सबल होकर उतरता चला जा रहा है। क्या करे यह दुर्मद विलासी हृदय जो संसार की प्रत्येक स्त्री से आशा करता है कि आकर उसकी पूजा करे और वह अहंकार से यह कहने का दुरभिमान करे कि स्त्री तू पाप है, कीचड़-सी गंदी है....

सुना जाता था उत्तर में अकाल बढ़ रहा था। लोग घर छोड़-छोड़कर भाग रहे थे अतः उनके खेत उनके नहीं रहे थे। नित्य के आक्रमणों से उनके पाँव उखड़ चुके थे।

अब उसने देखा, राह के दोनों ओर अनेक पुरुष और स्त्रियाँ पड़ी हैं। पेड़ की छाया ही उनका घर है और वे फटे चिथड़े से अपने-आपको ढँक रहे हैं। देखने को वे जंगली मालूम देते हैं। उनके पास तीर-कमान और ऐसे ही कुछ आयुध हैं। वहीं खाना बना रहे हैं, ईंटों-पत्थरों पर, वहीं सो रहे हैं....

उन भीड़ों को देखकर मणिबन्ध ने निश्चय किया, अवश्य यह वही गृहहीन हैं। क्यों न इनमें से भी पुरुषों को सेना में ले लिया जाए। अवश्य वह लौटकर अपने सेवकों को भेजेगा जो इन्हें आश्वासन देंगे कि तुम्हें रहने का स्थान मिलेगा, खाने का प्रबंध हो जाएगा।

अपनी इस कल्पना से मणिबन्ध प्रसन्न हुआ।

वेणी इस सन्नाटे को नहीं सह सकी। उसने कहा—"महाश्रेष्ठि! भाग्य भी क्या वस्तु है? कल तक इनके घर थे, ये स्वामी थे, आज ये पराजित हैं, घर नहीं तो कुछ नहीं और पराजय के कारण आत्मसम्मान से हीन बर्बर कहलाते हैं। कोई भी कुछ कह सकता है इन्हें...."

मणिबन्ध ने सुना। वेणी के स्वर में व्यथा थी। और उसकी बात कानों में जाकर अटकने लगी। मणिबन्ध को वह सहानुभूति अच्छी नहीं लगी। कुछ दूर और जाने पर उसने रथ लौटा दिया।

"क्यों महाश्रेष्ठि? मन ऊब गया।"

"नहीं देवी! प्यास लग रही है।"

उसकी आँखों का वह मादक अल्हड़पन देखकर वेणी मन-ही-मन सिहर उठी और उसे अचानक ही उस गई-गुजरी बात—भूले हुए विल्लिभित्तूर का ध्यान हो आया। जाने क्यों उसे लगा कि यह अनुचित था। कल श्रेष्ठि सम्राट् हो जाएगा। तब भी क्या वह अपने अधिकारों को सुरक्षित और जीवित रख सकेगी। फिर एक और भी भयानक बात उसके दिमाग़ में घूम गई। कहाँ है आज नीलूफ़र? उसने कहा—"महाश्रेष्ठि! एक बात पूछूँ?"

"कहो देवी?"

"रुष्ट तो न होंगे?"

"मैं और तुमसे रुष्ट?"

"देव! नीलूफ़र कहाँ है?"

"कौन जाने?"

"किंतु उसे ढूँढ़ा नहीं गया?"

मणिबन्ध प्रसन्न था। यह स्पर्धा, यह विद्वेष किसलिए। काँटा काँटे को क्यों निकालना चाहता है, ताकि अपनी अपनी रहे, दूसरे को उखाड़कर फेंक दिया जाए। यही न? उसने कहा—"जो देवी की आज्ञा होगी, वही होगा।"

"अर्थात्?"

"मैं नीलूफ़र को खोकर अहंकार करने का अवसर नहीं दूँगा देवी। उसे तुम्हारे सामने बंदिनी के वेश में उपस्थित होना पड़ेगा। उसे अपनी दासी बनाओगी?"

उसे जैसे कोई चिंता नहीं। वेणी काँप उठी। वह भयानक स्त्री उसकी हत्या कर देगी।

"नहीं महाश्रेष्ठि! वह बहुत भयानक है।"

मणिबन्ध हँसा। उसने कहा—"तुम भूल रही हो देवी। मणिबन्ध के सामने चीते भी कुत्ते की भाँति दुम दबाकर चलते हैं।"

रथ रुक गया। वे लोग भोजन करने चले गए। जब लौटे, मणिबन्ध की पलकें भारी हो रही थीं। वेणी को छोड़कर मणिबन्ध अपने शयनागार में चला गया। वेणी का मन भारी था। किंतु मणिबन्ध निश्चिंत था। और शीघ्र ही वह सो गया। प्रासाद में निस्तब्धता छा रही थी। दास अपने-अपने काम शीघ्रता से समाप्त करके अपने कक्षों में चले गए। तभी वेणी ने प्रधान को बुलाया और कुछ देर बाद जब अक्षय निकला तो गर्व से उसका शीश तना हुआ था। उसे एक नई आज्ञा मिली थी और वह जिसने स्वामी को जीत रखा है, उसे अपना इतना विश्वासपात्र समझती है, सोचकर तो उसकी आशा फूली नहीं समाती थी।

वेणी कुछ देर उदासीन-सी घूमती रही फिर अपने-आप चषक में मदिरा ढाल-ढालकर पीने लगी। वह अपने-आपको शिथिल कर देना चाहती थी।

हेका ने मोटी-मोटी रोटियाँ पकाकर सामने रख दीं। और स्वयं खाते हुए कहा, "खाओ।" नीलूफ़र खाने लगी। पड़ोस के दास नई सेना के बारे में बातें कर रहे थे।

दासकक्ष में नीलूफ़र बैठी-बैठी यह सब सुनती रही। आज कितने ही दिन बाद वह हेका से मिलने आई थी। उसने पूछा—"यह सेना क्या है हेका?"

"प्रभु ने नई सेना संगठित की है।" और हेका उसे जो कुछ जानती थी सविस्तार बताने लगी। फिर कहा—"इतने दिन कहाँ रहीं?"

"एक छोटा-सा गुप्त घर ले लिया है।" और नीलूफ़र ने अपना निवास-स्थान तथा वहाँ तक जाने की राह को समझा दिया। हेका ने वह सब सुनकर कहा, "किंतु खाती क्या है?"

"चोरी, उठाईगिरी।" नीलूफ़र हँस दी।

"अकेली है?" हेका ने पूछा।

"नहीं, मेरा पति है।" उसका सिर झुक गया।

"तेरा पति?" हेका जैसे आकाश से पृथ्वी पर गिर पड़ी। वह हँसी। उसने छिपकर बाहर झाँका और देखा कोई नहीं था तब फिर कहा—"हाँ जी! यह नया खेल कैसा?"

"क्यों?" नीलूफ़र ने मुस्कराकर कहा—"मेरा पति नहीं हो सकता?"

"सुनूँ तो किसने विवाह कराया?"

"किसी ने नहीं। विवशता ने।"

"मैं समझी नहीं। मुझे जल्दी बता दे। तेरे पति के कोई और है?"

"हाँ, उसके देश की एक लड़की और है?"

"ओहो! पूरा कुटुंब है!!" विस्मय से आँखें खुल गईं और उत्सुकता से हेका ने प्रश्न किया—"वह है कौन?"

"गायक?"

"गायक!!!" हेका भय से काँप उठी—"अब तू उसकी पत्नी बनकर रहती है?"

नीलूफ़र ने सिर हिलाकर तृप्त दृष्टि से स्वीकार किया। फिर कहा—"मैं नहीं जानती थी कि मेरे जीवन में भी इतना सुख होगा। सच हेका! अब मैं पूर्ण रूप से संतुष्ट हूँ। दुनिया की किसी बात से मतलब नहीं। हम तीनों वेश बदलकर रहते हैं। लोग समझते हैं चंद्रा मेरी बहिन है और मैं एक लड़का हूँ और विल्लिभित्तूर चंद्रा का पति है।"

"अरे!" हेका ने विस्मय से कहा—"काम नहीं करते कुछ?"

"क्यों नहीं? मैं पुरुष वेश में गाती हूँ, चंद्रा नाचती है और इस प्रकार हम····" नीलूफ़र ने कहा—"कुछ कमा लेते हैं। किंतु यह काम हम महानगर की अनजान वीथिकाओं में करते हैं जहाँ न हमें पहचाने जाने का डर रहता है, न कुछ। चंद्रा साँप का तमाशा करना भी जानती है। कभी-कभी हम सँपेरे बनकर निकल जाते हैं।"

"यह चंद्रा कौन है?"

नीलूफ़र ने इधर-उधर देखा। फिर धीरे से कहा—"कीकट की राजकुमारी है। कल तक शरीर बेचने को विवश हो गई थी। अब अत्यंत प्रसन्न रहती है।"

हेका कुछ देर चुप रही। फिर कहा—"नीलूफ़र! तभी तुझे अब हमारी याद नहीं आती।"

"आती तो है किंतु बार-बार इधर आते भय लगता है और तुम्हारे लिए भी तो वह ठीक नहीं है।" फिर रुककर कहा—"और सच तो यह भी है कि नीलूफ़र को अब संसार की उथल-पुथल से कोई मतलब नहीं। रूखा-सूखा खा लेते हैं, सो लेते हैं। गायक मुझे बहुत चाहता है। हेका! स्त्री को चाहिए ही क्या? यदि उसका पति उससे प्यार करे, तो संसार कहीं भी जाए उसे मतलब? तू कहेगी मुझमें स्वार्थ भर गया है, किंतु बता न? उसके बिना और मैं कर भी क्या सकती हूँ? अब मुझसे भटका नहीं जाता। नहीं हेका, मुझे क्या करना है किसी का। जाए मणिबन्ध। वेणी मेरे स्थान को ले ले। यहाँ क्या मेरे जीवन का कोई मोल था? अब मेरे पास मेरा सुहाग है। जो जन्म और वंश नहीं दे सका, वह इतनी ठोकरें खिलाने के बाद भाग्य ने दिया है, तो क्या उसे मैं यों ही छोड़ दूँ····"

और हेका अवाक् भय से विस्मित-सी सुनती रही। नीलूफ़र कहती गई—"अब भोर अपनी होती है, साँझ अपनी होती है। कहीं कोई हाहाकार नहीं। विवशताओं में भी हम सुखी हैं। न दासत्व है, न स्वामित्व। न किसी से कुछ माँगते हैं, न किसी को कुछ देते हैं। व्यापार, राज्य, अधिकार, यह सब हाहाकार की जड़ हैं। प्रसिद्धि मनुष्य की शांति की सबसे बड़ी शत्रु है जो उसके हृदय की कोमलता का हनन करती है, उसे एक क्षण चैन से नहीं बैठने देती। हृदय की पूर्ण परितृप्ति आसक्ति और प्रेम में है, न कि दूसरों को अपने अधीन करके उस पर अपना यश जगाने में, हमें कहो न अब क्या चाहिए? सुख में, दुख में, मेरा साथी है, तभी हेका, पूर्वजों

ने स्त्री के लिए पति ही सबसे बड़ा सुख बताया है। किंतु पति वह नहीं जो परंपरा बना दे, पति वह जो प्रेमी भी हो। और प्रेम वह नहीं जो मस्ती में हो, वरन् विवशता में जिसका जन्म हो, कठोरताओं में जिसकी अग्नि-परीक्षा हुआ करे।" उच्छ्वसित-सी नीलूफ़र कहती रही, किंतु हेका की कुछ समझ में नहीं आया। उसने सिर हिलाकर कहा—"मैं नहीं जानती तू क्या कह रही है। किंतु एक बात कहूँ?"

"क्या?"

"मणिबन्ध मिश्री ढंग से सेना बढ़ा-बढ़ाकर संगठित कर रहा है।"

"क्यों?"

हेका ने उसके प्रश्न पर ध्यान न देते हुए कहा—"नित्य नए सैनिक भर्ती किए जाते हैं। अपार धन व्यय हो रहा है। नवीन आयुध ख़रीदे जा रहे हैं। दुर्ग बनवाने की योजना बन रही है। सैनिकों को सब प्रकार से सुविधाएँ दी जा रही हैं।"

"आख़िर क्या होनेवाला है?" नीलूफ़र ने कहा।

"मणिबन्ध फ़राऊन बनने के सुपने देख रहा है।"

"हेका!"

"सच कहती हूँ।"

"तुझे कैसे मालूम हुआ?"

हेका हँसी। कहा—"नीलूफ़र शायद हेका को भूल गई है। मुझे तो मालूम था कि नीलूफ़र लौट आएगी। पहले तो मैंने समझा यह सेना तेरे विरुद्ध बन रही है, पर फिर देखा, एक स्त्री के लिए इतनी सेना? तब मैंने पता लगाने का निश्चय किया। और रात को मैं सेनाध्यक्ष की सेवा में नर्त्तकी बनकर जा पहुँची और उसने मुझे शराब पिलाई। जब वह निश्चिंत हो गया कि मैं नशे में थी, अपने साथियों को बुलाकर परामर्श करने लगा, तब मैंने सब बातें सुनीं। मणिबन्ध और फ़राऊन!!" हेका फिर हँस दी।

"वह ईश्वर महान के समान है हेका।" नीलूफ़र ने काटकर कहा—"मणिबन्ध उसकी बराबरी करेगा?"

"यही तो कहती हूँ," हेका ने हँसकर कहा—"अब जो न हो वह थोड़ा है।"

"फ़राऊन क्या आदमी धन के बल पर हो सकता है?"

"और मणिबन्ध तो स्वयं फ़राऊन के सामने सिर झुका चुका है?"

"फ़राऊन!" नीलूफ़र ने कहा—"फ़राऊन!"

हेका ने कहा—"मणिबन्ध का अंत दूर नहीं लगता मुझे। मनुष्य को इतना अभिमान?"

नीलूफ़र काँप उठी।

फ़राऊन!! वह तो मनुष्यों में सर्वश्रेष्ठ है। आज तक कोई उसकी समानता नहीं कर सका। माना कि मणिबन्ध अत्यन्त धनी है किंतु फ़राऊन के सामने तो संसार का बड़े से बड़ा योद्धा और ज्ञानी भी दासों के समान है! उसके सामने स्त्री कभी कटाक्ष तक करने का साहस नहीं करती। उसके वंश के लोग साधारण लोगों की भाँति हर बात पर नहीं हँसते। वे जो काम करते हैं वे असाधारण होते हैं। उनका देवताओं का-सा गांभीर्य्य! और नीलूफ़र ने कहा—"हेका! फ़राऊन! मणिबन्ध को क्या हो गया है? फ़राऊन का स्वर्ग में आवागमन है। वह तो साक्षात् सर्वशक्तिमान से बातें करता है? जहाँ उसकी दृष्टि जाती है वह सब उसका हो

जाता है। भूमि भी उसी की है। उससे समानता। हेका! एक दिन मैंने ओसिरिस और आइसिस से मणिबन्ध के दुरभिमान को क्षमा कर देने की प्रार्थना की थी। यदि मैं उसी दिन देवताओं के क्रोध को और भड़काती तो आज यह दिन कभी भी देखने में नहीं आता। तू समझती है यह केवल पृथ्वी के अधिकार और वैभव की चाह मात्र है? अरी यह तो धर्म का उल्लंघन लगता है मुझे? तू क्या सोच रही है? कुछ बता न?"

हेका नहीं समझी। उसने कहा—"कुछ नहीं। मैं तो जो सेनाध्यक्ष ने कहा था तुझे बता रही थी। तू ही जाने क्या-क्या ले उड़ी। यह सब तो न मैंने सोचा था, न अपाप ने। यह देवताओं की बात क्या कह रही है तू, मैं नहीं जानती।"

"यही कि फ़राऊन ईश्वर की छाया है। बात एक और है हेका। यह महानागरिक समझते हैं कि इनका महादेव सबसे अधिक शक्ति रखता है। यह क्या जानें ज्वालामुखि देवता प्ताह का क्रोध, यह क्या जानें कि ओसिरिस की शक्ति कितनी दुर्दमनीय है? यह तो समझते हैं कि धन ही धन है।"

"पर," हेका ने कहा—"सेनाध्यक्ष तो कहता था कि मणिबन्ध का मंत्रित्व आमेन-रा कर रहा है?"

"आमेन-रा!" नीलूफ़र सिहर उठी—"तब वह भी पागल हो गया। बूढ़ा व्यापार की तृष्णा में सठिया गया है। तभी उसे अब उल्टी-उल्टी बातें सूझने लगी हैं। हेय-श्रेय का ज्ञान नहीं रहा उसे।"

इसी समय अपाप ने प्रवेश किया। उसने आते ही कहा—"कौन? तुम? तुम कब आईं?" फिर मुड़कर हेका से कहा—"पहली बात। हेका। जा तो, कुछ देख। पाकशाला में इस समय प्रधान नहीं है। हो सके तो कुछ ले आ।"

मतलब चोरी से था। नीलूफ़र मुस्कराई। उसने देखा। वही अपरिमित स्नेह! अपाप दैत्याकार और हेका वही छोटी-सी।

हेका ने कहा—"न, न, अपाप। मैं नहीं जाऊँगी। प्रधान का क्या? अब है, अब नहीं है। जाने कब आ पहुँचे।"

अपाप हँस दिया। हेका ने फिर नीलूफ़र से कहा—"तू तो कहती थी कि तू चली जाएगी। पर अब तो तू नहीं है पर अक्षय प्रधान तो अभी भी वैसा ही जीवित है जैसा पहले। कौन जाने? सभी दासियाँ उससे तंग हैं। कोई नहीं जो उसकी हत्या कर सके। एक बार मुझे सुयोग मिले तो तुरंत समाप्त कर दूँ उसे।"

घृणा से उसके दाँत भिंच गए। विवशता का वह अभिशाप!! नीलूफ़र सोचने लगी। यदि वह अक्षय की हत्या कर दे तो। किसे मालूम होगा? वह चुपचाप भाग जाएगी। कोई भी पता नहीं चल सकेगा। किंतु तब हेका पकड़ी जाएगी। मणिबन्ध जानता है कि इतना साहस, इतनी घृणा और किसी में भी नहीं है।

उसने कहा—"तू उसे एक पाठ क्यों नहीं सिखा देती?"

"क्या?"

"अबके आए तो खूब कोलाहल करना। तंग करना। दो-चार दास मिलकर उसे मारना?"

"और मणिबन्ध?"

"कहना, यह बहुत तंग करता है। स्वामी का नाम लेने पर कहता है—क्या कर लेगा मणिबन्ध? वह क्या तुम्हारी बात पर ध्यान देगा। तुम दास हो दास।" फिर मुड़कर अपाप से कहा—"मैं समझती हूँ, इसका स्यात् कुछ प्रभाव पड़े। क्यों?"

"निश्चय नहीं है।" अपाप ने कहा। "एक बार प्रयत्न किया जाए। मैं तो एक बार में दो टूक करके रख देना चाहता हूँ।"

हेका उठकर बाहर चली गई।

नीलूफ़र ने अपाप को अपनी कहानी सुनाई। अपाप विस्मित रह गया। नीलूफ़र ने कहा—"चलोगे? हम सब दक्षिण भाग जाएँगे। वहाँ हमें कोई भी पहचान नहीं सकेगा। अब तो यहाँ कोई मोह नहीं। महानगर में भयानक उथल-पुथल होनेवाली है, कहते हैं उत्तर बिल्कुल उजाड़ हो गया है, कौन जाने क्या होनेवाला है।"

अपाप ने कहा—"होनेवाला क्या है? जो होगा वह भी देखा जाएगा। मौत कहाँ नहीं आ सकती।"

"किंतु यहाँ तो अधर्म होगा।"

"दास को क्या धर्म? क्या अधर्म? दास का धर्म सेवा है। उसमें तो कोई चूक नहीं की हमने। की है तो तुम्हारे भले के लिए। उसका दंड मिलेगा तो तुम्हारे पुण्य का भाग भी हमें अवश्य ही मिलेगा। चिंता क्यों? जो होना होगा होता रहेगा।"

नीलूफ़र ने धीरे से कहा—"यहाँ की अशांति में कोई सुरक्षित नहीं है। मणिबन्ध की यह नई बातें सुनकर तो मन एकदम काँप उठा है।"

"मैं नहीं जानता। मैं दास हूँ।" अपाप ने कहा। "किंतु तुम मिश्री हो तो फ़राऊन को यह सब समझती हो। देवताओं का ज्वर चढ़ आया है तुम्हें। यहाँ वाले तो इसे यह रूप नहीं देंगे। नगर अरक्षित है। एक सेनापति की आवश्यकता है। जिसमें शक्ति है वह उठ खड़ा हो। बस। क्या देवता, क्या धर्म? यहाँ कोई विश्वास नहीं करता। वे तो कहते हैं कि महामाई असंतुष्ट है और अहिराज उत्पात कर रहा है...."

नीलूफ़र ने काटकर कहा—"किंतु मैं मिश्री हूँ। मैं अपने देवता को सत्य समझती हूँ। ये सब तो हमारे जैसे नहीं।"

अपाप हँसा। उसकी वह घुटती हुई आवाज़ कक्ष में थरथरा उठी। नीलूफ़र ने गंभीरता से देखा। कंठ सूख-सा गया था। एक बार गला हल्के से खाँसकर साफ़ किया। फिर उत्तर की प्रतीक्षा में कुछ समय बीत गया। और तब अपाप ने कहा—"दासों का क्या नीलूफ़र! तुम मानुषी नहीं हो, तुम दैवी शक्ति धारण करती हो। हम क्या तुम्हारी बराबरी कर सकते हैं? तुमने जीवन का कौन-सा सुख नहीं भोगा? दास तुम्हारी पालकी को कन्धों पर ढोकर चलते थे। आज भाग्य ने तुम्हें यह दिन दिखाया है। मुझे विश्वास है तुम फिर एक दिन स्वामिनी बनोगी। कहीं न जाओ। इतनी व्याकुल क्यों होती हो? हमारे असत्य कहने मात्र से ही सब झूठ हो जाएगा?"

नीलूफ़र ने सिर झुकाकर चुपचाप सुना। कहना चाहकर भी चुप ही रही। हेका लौट आई। वह संत्रस्त-सी थी। उसने कहा—"नीलूफ़र! आज अक्षय प्रधान को आज्ञा मिली है और उस द्रविड़ नर्त्तकी ने तुझे खोजने को उसे भेजा है।"

"किंतु वह मुझे पाएगा कहाँ?"

"तू जा।"

नीलूफ़र उठ खड़ी हुई। नेपथ्य में कहीं कुछ कोलाहल-सा हो रहा था।

पूछा—"यह क्या है?"

"अक्षय किसी दास को मार रहा है। वह उससे भेद निकलवाना चाहता है।"

नीलूफ़र काँप उठी।

अपाप ने कहा—"वह निकलवाएगा क्या? मूर्ख! मन में आता है उसे चटनी करके धर दूँ।"

उस समय उसका वक्ष और भुजदंड फूल गए। आँखों में पशुओं की-सी निर्दयता झलक उठी। नीलूफ़र डर गई। उसने भयार्त्त स्वर में कहा—"अपाप! यह क्या हो रहा है तुझे?"

"कुछ नहीं; कुछ नहीं," अपाप ने कहा। उसने हँसने की चेष्टा की। प्रतिहिंसा का दीपक बुझ गया था। हेका ने देखा। उसका क्रोध अब भीतर-ही-भीतर तड़प उठा। क्यों हुआ है यह विक्षोभ अपाप को? केवल उसी के कारण? क्या वह अब भी इतनी स्पृहणीय है....

और खोज हो रही थी। नीलूफ़र ने हेका के हाथ पकड़कर कहा—"मैं तो जाती हूँ हेका। याद रखना। अच्छा?"

हेका ने ऐसे सिर हिलाया जैसे अच्छा। नीलूफ़र जा रही है। उसके पास अपनी भावना व्यक्त करने को शब्द नहीं हैं और वह कहे भी क्या? क्या इस मौन से भी अधिक कुछ है जो साकार होकर भावना ही बन जाए? अपाप खड़ा रहा। उसे नीलूफ़र के प्रति श्रद्धा है। कितना साहस है इस स्त्री में।

और एक बार छः आँखों में ममता बारी-बारी से घूम गई और नीलूफ़र अपने उसी पुरुष वेश में बाहर निकल गई। उसे जाते हुए बहुत कम लोग देख पाए और जिन्होंने देखा भी उस पर ध्यान नहीं दिया। दासकक्ष में दासियों के पास छिपकर अनेक कर्मचारी आया-जाया करते थे। और कह देते कि मैं अक्षय प्रधान का सेवक हूँ....

थोड़ी देर बाद हेका ने कहा—"लगता है, अब भय करने की कोई आवश्यकता नहीं रही है, नीलूफ़र निकल गई होगी अन्यथा कोलाहल मच उठता।"

अपाप ने कहा—"मैं जाता हूँ।"

उसके जाने की देर थी कि पाकशाला के प्रधान ने भीतर प्रवेश किया। हेका ने कहा—"क्या है?"

"प्रिये! नीलूफ़र को खोजते-खोजते मैं तो हैरान हो गया, न जाने कुतिया कहाँ जाकर छिप गई है।" और आदत के अनुसार उसके हाथ अपने-आप हेका की कमर को घेर उठे। हाथ हटाकर हेका पीछे हट गई। उसका हृदय क्रोध से तप रहा था। अक्षय प्रधान ने विस्मय से सुना और हाँफती हुई हेका ने कहा—"अक्षय प्रधान! कुत्ता तो तू है। याद रख, एक दिन वह स्वामिनी थी। महाप्रभु को क्या? वे उससे जो चाहें कहें किंतु तू तो वह अधिकार नहीं रखता।"

अक्षय ने सिर हिलाया जैसे यह बात है! एक तो वह हाथ हटाकर पीछे हटने से ही क्रुद्ध-सा हो गया था, इस बात से उसका मन बहुत बिगड़ गया। वह थोड़ी देर घूरता रहा, और उसकी आँखों को देखकर मन-ही-मन हेका सहम गई, किंतु क्रोध से उसने अपने नीचे का होंठ काट लिया।

प्रधान हँसा। उसने झपटकर हेका को पकड़ लिया और कहा—"प्रिये! तू भी मेरी स्वामिनी है। आ! आज तुझे फिर सारे अधिकार दे डालूँ।"

प्रधान ने उसके मुख की ओर अपना मुख बढ़ाया।

सड़ाक्! एक ध्वनि हुई और हेका का चाँटा गूँज उठा। प्रधान ने क्रोध से उसे नीचे गिरा दिया और बलपूर्वक उसके गाल पर अपने होंठों को दबाकर पैशाचिक बर्बरता के आह्लाद से हँस उठा।

हेका की आँखें क्रोध से लाल हो उठीं। और दोनों एक-दूसरे को धक्का देने लगे। हेका अपने हाथों से उसे नोचने-खसोटने लगी। और प्रधान क्रुद्ध-सा उसके वक्ष पर बैठकर उसके मुँह पर ज़ोर-ज़ोर से चाँटे मार उठा। हेका रोई नहीं। उसने उसके पाँव को ज़ोर से दाँतों से काट लिया। विक्षोभ की गरिमा जैसे फूट निकलना चाहती थी। और उधर से दासों का कोलाहल निकट ही सुनाई दिया। वह शोर कुछ अस्वाभाविक था, अर्थात् चीत्कार के स्थान पर उसमें हुंकार की मात्रा अधिक थी।

पाँव काटने से प्रधान उछलकर हट गया और हेका उठकर खड़ी हो गई। प्रधान ने एक बार आग्नेय नेत्रों से देखा और ज्योंही उसकी दृष्टि पड़ी कि वह एक छोटा-सा शरीर मात्र था, स्त्री का, उसका हाथ वेग से उठा और प्रबल शक्ति से उसने मुँह पर दो घूँसे मारे, हेका की आँखों के सामने अँधेरा छा गया। वह मूर्छित होकर गिर गई।

प्रधान तीव्रता से चला गया।

दासों का कोलाहल बढ़ रहा था। अब वे बाहर आ गए थे। एक दासी चिल्ला-चिल्लाकर गालियाँ दे रही थी। जैसे उसे कोई भय नहीं था। अन्य दास उसे चुप कराने का प्रयत्न कर रहे थे। उन्हें भय था।

एक ने कहा—"ओ चुप रह। महाप्रभु की निद्रा भंग हो जाएगी तो तेरी जीभ खिंचवा लेंगे।"

दासी रोने लगी। दास बिखर गए। हेका के द्वार पर एक ठिठक गया। उसने भीतर का दृश्य देखा। अन्यों को बुलाया। जिस समय दासों ने प्रवेश किया और उन्होंने देखा हेका मूर्छित पड़ी थी और उसके बाल और वस्त्र अस्तव्यस्त थे। एक दास ने मुँह पर पानी के छींटे दिए। हेका चैतन्य होकर बैठ गई।

"अब कैसी है?"

"ठीक हूँ।" फिर कहा—"वह पशु कहाँ गया?"

"कौन?"

"अक्षय। मैंने उसका पाँव बड़ी ज़ोर से काट खाया है। बड़ी ज़ोर से...."

"काट खाया है?" दास हँस पड़े। उन्हें अत्यंत संतोष हुआ। एक ने कहा—"उसने तुझे मारा लगता है?" स्वीकृति-सूचक सिर हिलाती हेका उठकर बाहर चली आई।

मणिबन्ध जाग गया था। हेका उसके पास चली गई और उसके पाँवों पर सिर रख दिया।

मणिबन्ध ने देखकर पूछा—"क्या है हेका?"

"महाप्रभु," हेका ने रोते हुए कहा—"अक्षय प्रधान ने मुझे ऐसा मारा है, जैसे वह किसी पुरुष को मारता...."

वह फफक उठी। मणिबन्ध को दया आ गई। कहा—"अच्छा जा। अब नहीं मारेगा वह, तूने क्या किया था?"

"कुछ नहीं स्वामी। वह मदिरामत्त था।" हेका ने रोते-रोते ही कहा।

द्वार पर शंख बज रहा था। मणिबन्ध के पास अधिक समय नहीं था। वह अब तैयार हो जाना चाहता था। उसने अपने शरीर पर मालिश करते वैद्यों से पूछा—"अभी कितनी देर है?"

नौसिखियों ने तुरंत कहा—"अभी स्वामी! हो गया। हो गया।"

मणिबन्ध ने हेका से कहा—"हाँ फ़िर!"

"डरती हूँ, स्वामी।"

"अभय! कह तो।"

"मैंने" हेका ने डरते-डरते कहा—"उसका पाँव काट खाया।" मणिबन्ध ठठाकर हँसा। शस्त्रों की खड़खड़ाहट सुनाई दे रही थी। उसकी हँसी डूब गई।

"हाँ, फिर?"

"उसने मुझे बहुत मारा प्रभु!" हेका ने फिर कहा—"मैं आपकी दासी हूँ। मेरे जीवन और मृत्यु के स्वामी आप हैं। मैं नहीं रह सकूँगी उसकी छाया में। वह मुझे बहुत तंग करता है। कहता है तुझे मार डालूँगा।"

"अच्छा, अच्छा, जा।" मणिबन्ध हँसते हुए स्नान के लिए उठ गया। दास उसे नहलाने चले गए। जब वह स्नान-सज्जा करके निकला, वह दमक रहा था। अपार पौरुष था उसके मुख पर। देखनेवालों की दृष्टि अपने-आप नोचे झुक गई जैसे वे सब परास्त हो गए थे। हेका ने देखा और हृदय काँप उठा।

आमेन-रा के रथ को देखकर जयध्वनि हुई। रथ भीतर चला गया।

आमेन-रा सैनिक वेश में था। अब वह गण की सभा में आने-जाने का अपने को स्वयं ही अधिकारी समझने लगा था।

दास ने कहा—"स्वागत प्रभु!"

अलिंद में देखा, महाश्रेष्ठि शिरस्त्राण पहने प्रतीक्षा कर रहा था।

दास बाहर ही खड़े हो गए। सैनिक अब खड़े व्यायाम कर रहे थे। प्रासाद का सिंहद्वार बंद हो गया था। अलिंद में से आमेन-रा ने क्षण-भर देखा फिर संतोष से सिर हिलाया और तब आमेन-रा और मणिबन्ध भीतर आ गए।

मणिबन्ध ने कहा—"श्रीमान्! प्रसन्न हैं?"

आमेन-रा ने कहा—"महाप्रभु! लज्जित न करें। देखता हूँ तो लगता है अब जीवन का प्रारंभ हो रहा है। एक बात कहूँ महाप्रभु?"

मणिबन्ध ने आँखें उठाईं।

"इस वैभव का क्या होगा?"

"मतलब?"

"मेरा मतलब एक उत्तराधिकारी से है, जो आपकी जगह ले सके।" आमेन-रा ने कहा—"कुलीन स्त्री के गर्भ से उत्पन्न औरस पुत्र, जिसमें आपका आभिजात्य पूर्णरूपेण प्रतिबिंबित हो। महाप्रभु! देवता विवाह करते हैं। आत्मा का पूर्ण विकास कहाँ होता है? पितर कब संतुष्ट होते हैं? मृत्यु के बाद आत्मा कैसे तृप्त हो सकती है यदि अपना ही अंश एक क़ब्र

न बनवा सके जहाँ मृत मनुष्य की आत्मा के सुख और शांति के लिए उसकी प्रत्येक वस्तु न जुटा दी जाए?"

"मैं समझा नहीं।" मणिबन्ध ने भूले हुए स्वर से पूछा।

"महाप्रभु! आमेन-रा ने कहा—"परम देवता के प्रसाद से इस दास के चौदह पुत्र हैं, और वे सब आमेन-रा के कारण एक हैं। अनेक स्त्रियों के गर्भ से उनका जन्म हुआ है किंतु वे सब स्त्रियाँ कुलीन वंशी हैं। निम्न कोटि की स्त्री केवल मनोरंजन के लिए होती है। उसकी क्या मर्य्यादा महाप्रभु! स्त्री वह जिसका कुछ वंश हो, जिसके होंठों पर मुस्कराहट छाना भी एक कठिन काम हो, जिसके हृदय में अखंड पातिव्रत हो, पति की अपार सेवा हो। वह तो काम आ सकती है। दुख में, सुख में वही वास्तविक सांत्वना दे सकती है। आमेन-रा के पुत्र उसका अपार व्यापार चलाते हैं। वृद्ध होकर भी वह वृद्ध नहीं है। किंतु महाप्रभु! आप अभी युवक हैं। आपका अखंड साम्राज्य आपके बाद यदि पुत्र नहीं होगा तो छिन्न-भिन्न हो जाएगा। प्रजा मनुष्य के प्रताप को सिर झुकाती है और फिर उसके अंश को, उत्तराधिकारी को अपना सहज स्वामी समझती है।"

मणिबन्ध ने सुराही उठा ली। वह कहने लगा—"ठीक है श्रीमान्! किंतु मैंने आज तक विषय को इस पक्ष से नहीं सोचा था। मैं सोचता था जैसा अकेला आया हूँ, वैसा ही अकेला चला जाऊँगा। किंतु अब वह नहीं होगा। मर्य्यादा पूर्ण होकर ही रहेगी श्रीमान्—अवश्य पूरी होगी।"

अब मदिरा गिरने लगी। आमेन-रा के मुख पर आनंद की रेखाएँ काँपने लगी थीं। उसके मुख से निकला—"महाप्रभु!"

"यही होगा श्रीमान्! निस्संदेह मणिबन्ध सम्राट् होकर निरंतःपुर नहीं रह सकेगा। अन्यथा संसार की स्त्रियों के सौंदर्य्य का मूल्य ही क्या होगा?"

"कोई नहीं महाप्रभु कोई नहीं। किंतु आपकी पत्नी, साम्राज्ञी अवश्य एक कुलीन स्त्री होनी चाहिए...वह जो आपके गुरुतर अधिकार की मर्य्यादा को प्राण देकर भी, अपने-आपको तृणवत् समझकर भी, जीवित रख सके, जिसमें साधारण व्यक्तियों की-सी निर्बलताएँ न हों...."

मणिबन्ध ने सिर उठाकर देखा। आमेन-रा ने देखा कि अब उसका प्याला भर चुका था, बुलबुले उफन रहे थे। हठात् मणिबन्ध का हाथ काँप उठा। वेणी! वह वेणी से कह चुका है। क्या वह सब झूठ होगा? क्या इस महान कार्य्य का प्रारंभ ही एक प्रतिज्ञा के खंडन पर आश्रित होगा?

मदिरा नीचे गिर गई। आमेन-रा ने कहा—"क्या हुआ महाप्रभु!"

"कुछ नहीं श्रीमान्! नशा बाहर फैल गया। उसे चषक में सीमित रहना चाहिए था। वह मेरी भूल थी।"

"क्या महाप्रभु?"

"कि मदिरा बाहर गिर गई।"

आमेन-रा नासमझा-सा देखता रहा। मणिबन्ध ने हठात् कहा—"श्रीमान्, चषक आतुर हो रहा है न?"

आमेन-रा ने कहा—"ओह!" और प्याला मुँह से लगा लिया।

19

राजपथ पर भीड़ चल रही थी। अनेक नगरवासी उद्वेग से भर गए थे। वे नगर में होनेवाली इन नवीन बातों का कारण जानना चाहते थे। कोई बात कितनी भी गुप्त रखी जाए किंतु कब तक छिपी रह सकती है? एक ओर नित्य नवीन सैनिक हाट-बाज़ारों में घूमते दिखाई देते हैं, दूसरी ओर नवीन उपकरणों से नगर बदलता जा रहा है। इस सबका कारण? और नगर में सैनिक जब चलते हैं तो वे किसी की चिंता ही नहीं करते। जैसे जो कुछ हैं वे ही हैं। कभी दूकानदारों को पकड़कर मारते हैं, कभी नगरवासियों से उनका झगड़ा होने लगता है। उनके पास आयुध हैं। वे कवच और शिरस्त्राण पहनते हैं। संगठित रहते हैं। निस्संदेह असंगठित नागरिक उनके सामने ठहर नहीं पाते। वे इस प्रकार के आचरण के अभ्यस्त नहीं हैं।

मद्य की दूकान पर युवक भर-भरकर पी रहे हैं और नगर-भर की बदनामियाँ यहीं से प्रारंभ होती हैं। वे सब विषयों पर अपनी सम्मति देना जानते हैं, किंतु नर्त्तकियों के अधनंगे शरीर से जब दृष्टि अटकती है तब वे सब भूलकर आवाज़ें कसने लगते हैं, और नर्त्तकियाँ प्रसन्न होकर अश्लील अंगचालन करती हैं और वे विलासी और मदिरा पीकर मत्त हो जाते हैं। उन्हें किसी भी बात की चिंता नहीं है। सैनिक यहाँ आकर एकत्र होते हैं। उन्हें यह विलासी खूब मदिरा पिलाते हैं, फिर झगड़े होते हैं, किंतु किसी को याद नहीं रहते।

"हाँ, हाँ, मणिबन्ध साधारण आदमी नहीं है," राह चलता कोई कह उठता है।

"साधारण नहीं है तो क्या," दूसरा कह उठा, "किंतु यह गण है। यहाँ सब समान हैं।"

तभी सैनिकों का एक गिरोह उधर से धक्कमधक्का करता हुआ निकलता है, वह व्यक्ति राह पर गिर जाता है। मद्यप उसकी अवस्था देखकर ठठाकर हँसते हैं। जैसे बहुत ठीक हुआ। इसी में तो जीवन का आनंद है। और राह पर पड़ा व्यक्ति भीड़ में कुचल जाने के भय से सरककर एक ओर हो जाता है और चुपचाप भाग जाता है। सैनिकों से लड़ने का साहस उसमें नहीं रहा है।

आकाश में भयानक अंधियारा छा गया। उसकी छाया से पृथ्वी पर भी असमय ही अंधकार-सा छाने लगा। मद्य की दूकान में बैठे एक नशे में मत्त युवक ने कहा—"एक चषक और!"

और युवती स्त्री उसके चषक में मदिरा ढालने लगी। मद्य की दूकान के स्वामी को उस स्त्री की बड़ी-बड़ी आँखों पर गर्व था। वह उसे बड़े दामों पर ख़रीदकर लाया था। उसके कारण उसकी बिक्री बढ़ गई थी। युवक ने कहा—"क्यों चंचले! उत्तर के बर्बर आएँगे तो तू क्या करेगी?"

चंचला ने कहा—"मैं उन्हें बुलाकर मदिरा पिलाऊँगी और फिर जब नशे में वे चूर जाएँगे...."

युवक ने झूमते हुए वाक्य पूरा किया—"कटाक्षों से उनकी हत्या कर दूँगी।"

एक ठहाके से दूकान गूँज उठी—"नर्त्तकियों के नूपुर बजने लगे।"

तभी दूकानदार चिल्ला उठा—"द्वार बंद कर दो! द्वार!!"

धूलि के झोंके उड़ने लगे थे। वस्तुओं का एक-दूसरी से टकराकर गिर जाने का भय था।

"क्यों ?" युवक ने कहा—"आ गए? आने दो उन्हें। द्वार क्यों बंद करते हो? चंचला को आगे खड़ा कर दो।"

फिर एक ठहाका लगा। युवक का परिहास प्रसिद्ध था। दूकान की प्रत्येक सेविका उससे अत्यन्त प्रसन्न थी। वह नित्य ही मुफ्त पीता था। जिस दिन जुए में जीतता था, जो भी मिलता, बिना गिने दूकानदार को दे जाता और कभी-कभी बैठकर जीती हुई स्वर्ण-मुद्राएँ दूकान की स्त्रियों को बाँटा करता।

आसमान पर डरावनापन छाने लगा था। चारों ओर भयानक खूनी रंग दीख रहा था। जैसे आकाश में सघन रक्त बूँद-बूँद करके इकट्ठा हो गया हो। नगरवासियों ने घरों से निकलकर देखा! वे काँप उठे! समझ नहीं सके यह क्या था! ऐसा तो पहले कभी नहीं हुआ।

स्त्रियों का हृदय भय से सहम गया। उन्होंने अपने नन्हे दुधमुँहे बच्चों को अपने वक्षस्थल से चिपका लिया और लड़के-लड़कियों का हाथ पकड़-पकड़कर आशंका से घर के भीतर करने लगीं। उन्होंने समझा कि अब थोड़ी ही देर में रक्त बरसने लगेगा।

इसके बाद पीला अँधेरा छा गया। आकाश की ललाई अपने-आप पीलेपन में बदल गई जैसे अब पृथ्वी और आकाश एकदम डर गए थे। सिंधु का गंभीर जल भी एकदम कपिश दिखाई देने लगा। जिसने दूध उठाया, पात्र भय से छूट गया। दूध पीला हो गया था। चावल पीले हो गए थे। क्या था जो एकदम पीला नहीं था।

मद्य की दूकान में बैठे विलासी भी डर गए थे। चंचला की बड़ी-बड़ी आँखों में सफ़ेदी के स्थान पर पीलापन छा गया था। क्षण-भर जब उसने बाहर झाँका तो अन्य मद्यप उसे देखकर डर गए। उसकी पीली-पीली आँखें भयानक लग रही थीं और हवा फिर तेज़ होती जा रही थी। कभी-कभी धूल सरसराती। दूर पेड़ों के हिलने का शब्द सुनाई देता और लगता, अहेरी की भाँति प्रभंजन अपने किसी शिकार का वेग से पीछा करता भागता चला जा रहा है····

जब आकाश साफ़ हुआ तब वही स्निग्धता लौट आई। आँधी उतर गई थी। हर वस्तु पर धूलि-ही-धूलि छा चुकी थी। जिन्होंने भय के कारण मुँह खोलकर आकाश की ओर देखा था, अब चैतन्य होने पर थूकने लगे थे क्योंकि धूलि उनके मुँह में भर गई थी। कुछ देर को जो पथ निर्जन हो गए थे उन पर फिर मनुष्यों का स्वर सुनाई देने लगा, और लोगों के चित्त अभी पूर्ण रूप से सुस्थिर भी नहीं हुए थे कि अचानक ही हृदय हिलाते शब्द करती हुई पृथ्वी गड़गड़ाने लगी। स्त्रियों के क्रंदन से वह बीभत्सता अधिक ही हो गई। वे रोने लगीं और बालक अपनी माताओं की यह हालत देखकर भय से चिल्लाने लगे। पुरुषों के मुख विवर्ण हो गए। वे कुछ भी नहीं कह सके। उनके कण्ठ भय से सूख गए। वृद्ध घुटने टेककर बैठ गए और गिड़गिड़ाकर प्रार्थना करने लगे, आज आकाश भी शत्रुता कर रहा है, पृथ्वी भी, फिर वे कहाँ रहेंगे····

और जब गड़गड़ाहट कानों को बहरा बनाने लगी, उन्हें शंका हुई कि अब वे सब पृथ्वी द्वारा ध्वस्त कर दिए जाएँगे, तब वे लोग भयानक चीत्कार करने लगे। उनके उस स्वर से सबका साहस छूट गया और पागलों की भाँति आर्त्तनाद करते लोग, घरों से बाहर भागने लगे।

पृथ्वी का वह तुमुल निनाद महानगर के नर-नारियों के भीषण चीत्कार में मिलकर इतना भयानक बन गया कि आकाश का हृदय फट चला, लगा वह भी प्रतिध्वनि करके उस गंभीरतम रौद्र निर्घोष को दूर-दूर फैला देगा, और वह स्वर अप्रतिहत गूँजने लगा जिससे प्रभंजन के स्तर

दरकने लगे और वह भी प्रचंड वेग से पृथ्वी पर, घरों और दीवारों पर हाहाकार करता हुआ प्रहार करने लगा जिससे सड़क पर निस्सहाय भागते वे प्राणी एक-दूसरे से टकराकर गिरने लगे और बुरी तरह चिल्लाने लगे। जैसे कभी भी वहाँ शांति नहीं रही थी और सैनिकों के खड्ग भूलकर म्यानों के भीतर ही रह गए, उनके नयन आकाश की ही ओर अटके रह गए और वे भयभीत से प्रतीक्षा करने लगे कि मृत्यु अब गरजकर उन्हें कच्चा चबा जाएगी और उस समय हठात् महायोगिराज की आँखें खुल गईं। उन्होंने अभिमान से उस भयानक तूफ़ान में एक बार सिर उठाकर आकाश की ओर देखा और उनका कठोर अट्टहास उस प्रलय के घोर शब्द को चुनौती देता-सा थहर उठा। आनंद में विभोर उनके हाथ खुल गए। जैसे आ! मेरे भीतर लय हो जा।

किंतु तूफ़ान काफ़ी देर तक चलता रहा। महायोगिराज उतरकर सिंधु की ओर चल दिए। तूफान अभी भी उसी गति से चल रहा था। अनेक लोग सड़कों पर घायल हो गए। महानगर के बाहरी भाग में बसे उटज उड़ गए थे और लोग बकरियों की भाँति निस्सहाय से सहमे हुए खड़े-खड़े मृत्यु की प्रतीक्षा कर रहे थे।

अंत में तूफ़ान उतर गया। लोगों ने हर्ष से चीत्कार किया। घरों की ओर लौटने लगे। भय कुछ हल्का हो गया था। वे अब भी मन-ही-मन काँप उठते थे। महानगर में हर जगह यही बात हो रही थी।

लौटकर महायोगिराज फिर अपनी समाधि में तल्लीन हो गए, वे भी आज वह तूफ़ान रोक नहीं सके थे। स्यात् उन्हें इसी का घोर विक्षोभ था। वे फिर से शक्ति केंद्रित करने में लग गए।

साँझ के समय राह पर विश्वजित् चिल्ला उठा—"मोअन-जो-दड़ो के सुसभ्यो! देख लिया आज अपने वैभव का दुरभिमान! क्या हो तुम? एक दीपक की भाँति मोअन-जो-दड़ो बुझ जाएगा। आकाश के असंख्य नक्षत्रों में प्रत्येक रात एक तारा टूट जाता है किंतु किसी ने आज तक आकाश को ख़ाली होते हुए देखा? असंख्य वर्षों से पृथ्वी पर मनुष्य रहते आए हैं। जब-जब मनुष्य अहंकार करता है तब-तब उसका ध्वंस होता है। पृथ्वी का क्रोध नहीं, मनुष्य का अहंकार तुम्हें नष्ट कर देगा। समझे! मोअन-जो-दड़ो नहीं रहेगा किंतु पृथ्वी ख़ाली नहीं होगी। आज मुझे भूख लग रही है। महाश्रेष्ठि विश्वविजयी आज पेट भरकर खाएगा। आए जो भूखा हो, मेरे पीछे आए। मैं उन्हें खाने को दूँगा...."

द्रविड़ों की भीड़ एकत्र हो गई। बहुत दिनों से वे राहों पर भिखारियों की भाँति घूम रहे थे। कहीं भी उनका सम्मान नहीं था। जिस आशा से वे महानगर आए थे वह पूरी नहीं हो सकी थी। गण ने उनकी बात पर कोई ध्यान नहीं दिया था। विलासी उनकी स्त्रियों को छेड़ा करते, और उनके स्त्रीत्व को अपमानित किया करते। पुरुष कुत्तों की भाँति सड़क पर पड़े रहते। यह आवाहन सुनकर वे दल-के-दल लहराने लगे। जैसे उनमें एक नया जीवन हरहरा उठा। वह भीड़ भयानक लगती थी। नागरिकाओं ने उसे देखकर द्वार बंद कर लिए। दूकानें बंद होने लगीं।

शांतिरक्षक सन्नद्ध हो गए। उन्होंने अपने भाले उठा लिए। किंतु भीड़ निर्भय लगती थी जैसे भूखे आज महानगर को खा जाएँगे। क्योंकि न उनके घर था, न उन्हें कोई स्वार्थ ही था। उनके पास और कोई राह न थी। राह पर कर्कश कोलाहल भर गया। विश्वजित् का पागलपन जैसे निखर उठा था। वह ताली बजाकर नाच रहा था और जो मन में आता था, बकने लगता

था।

शांतिरक्षकों के प्रहार का कोई फल नहीं निकला। द्रविड़ों की भीड़ में यद्यपि अनेक मरने लगे किंतु भूखे सिंहों की भाँति उन्होंने उनके भालों को छीन लिया, और उन्हीं पर प्रहार करते हुए घोर गर्जन करने लगे। एक दिन जिस वेग से उन्होंने आर्य्यों के दाँत खट्टे कर दिए थे वही उनमें आज फिर जाग उठा था। क्षण-भर शांतिरक्षकों ने देखा और फिर वे सिर पर पाँव रखकर भाग चले। आज तक नागरिकों ने, दासों ने कभी भी प्रत्युत्तर नहीं दिया था। द्रविड़ हर्ष से चिल्ला उठे।

इसी समय मणिबन्ध की सेना ने चारों ओर से घेर लिया। यह योद्धा बड़ी-बड़ी ढालें लिए संगठित रूप से बढ़ते चले आ रहे थे। वे असंख्य थे। उनके हाथों में जलती मशालें थीं और उनके शीश पर शिरस्त्राण भी थे। शांतिरक्षकों की भाँति यह सब तो था किंतु उनका संगठन बहुत सुदृढ़ था और उनके पास खड्ग और भालों के अतिरिक्त बाण और धनुष भी थे। एक ओर वे बैठ गए और बाणों की बौछार होने लगी जिससे बहुत से द्रविड़ घायल हो गए। भूखे बाघ के समान द्रविड़ों ने बाण फेंकनेवालों की पंक्ति को छिन्न-भिन्न कर दिया और उन पर भालों से प्रहार करने लगे। अधिकांश के पास कोई भी आयुध न था। वे राह पर लोट गए किंतु शीघ्र ही उठ बैठे और दूसरी ओर से भी सैनिकों को बढ़ते देखकर भय और क्रोध से हुंकार उठे और पल ही भर में राह से उठा-उठाकर द्रविड़ पत्थर फेंकने लगे। न जाने इतने पत्थर कहाँ मिल गए? उन्होंने कहीं-कहीं ईंटों से जड़ी सड़क तक को तोड़ दिया। भयानक पाषाण-वर्षा के कारण क्षण-भर को सैनिक सामने से तितर-बितर हो गए, किंतु फिर दूसरे ही क्षण सैन्य बल ने चारों ओर से बिजली के-से वेग से प्रहार किया और इससे पहले कि कोई कुछ कर सके, उनके तेज़ भाले मनुष्य के मांस में खचाखच घुसने लगे। पृथ्वी रक्त से भीग गई। स्त्रियों और पुरुषों के आर्त्तनाद से महानगर गूँज उठा। श्रेष्ठि विश्वजित् एक भाले की चोट से मूर्छित होकर गिर गया। प्रहार प्रबलतम होता गया। अधिक सह सकना असंभव हो गया और फिर करुण चीत्कार करते हुए अंधकार में टकराते, गिरते हुए वे निशस्त्र द्रविड़ एक-दूसरे से सटने लगे। किंतु सैनिकों के मुख से कठोर गर्जन फूट रहा था। मशालों के प्रकाश में देखा, नए सैनिक आ रहे थे। द्रविड़ भागने लगे। उनका आर्त्तनाद सैनिकों में पैशाचिक उन्माद भरने लगा। अन्न जो उनके भीतर शक्ति बन चुका था वह धमनियों को आतुर करने लगा। वह भागते हुए द्रविड़ों को चुन-चुनकर मारने लगे और इसमें उन्हें आनंद आने लगा।

और रात में फिर महानगर में सन्नाटा छा गया। केवल पथों पर मणिबन्ध की उन्मत्त सेना की भारी पगध्वनि सुनाई दे रही थी। वे स्यात् पहरा दे रहे थे। और सब भय से भीतर छिप गए थे।

भोर की धुँधली छाया में सब संत्रस्त-से थे, और बाहर चलते लोगों के हृदय शंका से पूर्ण थे, सहमे-सहमे से, किंतु विश्वजित् चिल्लाने लगा—"मोअन-जो-दड़ो के निवासियो ! तुम डर गए हो ? तुम मुझे पागल कहते हो। किंतु मैं पागल नहीं हूँ। मैं तुम्हारी विलासिता से घृणा करता हूँ। तुमने मुझे पागल बना दिया है। अन्यथा मैं अब भी मनुष्य हूँ। मणिबन्ध के दे बर्बर सैनिक, क्या तुम इनके शस्त्रों से डर जाओगे ? क्या मनुष्य अपनी स्वतंत्रता को धातु की मार से डरकर खो देगा। उठो ! और देखो कि मनुष्य की शक्ति इस बर्बरता को नष्ट करने में कितना रक्त चाहती है....

इसी समय दो सैनिकों ने उसे पकड़ लिया और राह के पत्थर पर दे मारा। बूढ़ा मूर्छित हो गया। रक्त से उसका सिर भीग गया। वह पत्थर पर गिरकर फट गया था। सैनिक शस्त्रों को खड़खड़ाते चले गए।

कुछ देर बाद विश्वजित् चैतन्य हुआ। राह पर चलते लोगों में किसी को भी साहस नहीं हुआ कि उसे उठाएँ। वे देखते और चले जाते। अपने प्रिय विश्वजित् की यह अवस्था देखकर उनका हृदय विक्षुब्ध हो गया और आँखें करुणा से भीग गईं। किसके लिए यह वृद्ध इतना युद्ध कर रहा है। विश्वजित् सड़क चलतों को देख रहा था।

एकाएक सामने खड़े विल्लिभित्तूर को देखकर वह अट्टहास कर उठा मानो वह हारा नहीं है। कुछ भी उसके अपराजित मानव को दबा नहीं सकता। बर्बरता को सभ्यता कहकर दमन करनेवाले अत्याचारियों के प्रति मनुष्य की घृणा अभी भी अंधकार में जलती मशाल के समान आलोक फैला रही है, धधक रही है।

नीलूफ़र पुरुष वेश में थी। वह वृद्ध को देखकर सहम गई। वृद्ध ने विल्लिभित्तूर की ओर आँखें उठाकर कहा—"तुम भी? तुम भी पराजित हो गए हो? तुम? तुम भी डर गए हो?"

नीलूफ़र ने कहा—"भाग चलो गायक। स्थान निरापद नहीं है।"

किंतु विल्लिभित्तूर खड़ा रहा। उसकी आँखों में रक्त उतर आया था जैसे महानगर की ईंट से ईंट बजा देगा। कोई खेल है।

वृद्ध का प्रश्न कानों में गूँज रहा है। नीलूफ़र ने चंद्रा से कहा—"तुम कहो न चंद्रा। इनसे कहो न? हमें इन लोगों से क्या लेना है? चलो, भाग चलें।"

बात व्यर्थ हो गई। नीलूफ़र ने मनुहार करके उसके मुख की ओर देखा, किंतु चंद्रा खड़ी रही। वह निर्भीक थी। कल वह अपने स्वदेश को छोड़कर आई है। कहाँ जाएगी वह? मनुष्य मनुष्य को दास बनाने में अपनी शक्ति व्यय कर रहा है? और कल महानगर भुवनविख्यात गण था। उसमें यह क्या अनाचार? यह आज क्या हो रहा है?

नीलूफ़र की आँखों में आँसू भर आए। गायक और चंद्रा चलने लगे। नीलूफ़र का हृदय काँप रहा था। घर जाकर वह रोने लगी, जिससे वे दोनों चुप हो गए किंतु उनके हृदय में घोर विक्षोभ हो रहा था। और वह नीलूफ़र जो इतनी साहसदृप्ता थी आज यह उसे क्या हो गया है? क्या उसमें शक्ति नहीं रही बिल्कुल? नीलूफ़र किसी से भी नहीं बोली। वह दिन-भर रोती रही। जाने क्यों वह इतनी निर्बल हो गई थी। स्वार्थ स्त्री को तब घेरता है जब उसे दांपत्य का सुख मिल जाता है।

महानगर में सनसनी फैलती गई। नागरिकों का विक्षोभ घर-घर में गूँजने लगा। यह क्या हम सब पराजित हो जाएँगे? किसने दिया है मणिबन्ध को इतना अधिकार? यदि उसके पास धन है तो क्या वह मनुष्यों को कीड़ों की भाँति कुचल देगा? स्त्रियाँ आतुर स्वर से विवाद करने लगीं। नागरिक पथ पर अपमानित किए जा रहे थे। उन्हें कुछ भी नहीं सूझा। बात धीरे-धीरे गणसदस्य विशालाक्ष के पास पहुँची। वह तुरंत रथ पर बैठकर गण-प्रधान के पास पहुँचा। गण-प्रधान सुन चुके थे। उन्होंने भीत स्वर से कहा—"किंतु जानते हो, उसके पास सेना है।"

विशालाक्ष को विस्मय हुआ। उसने कहा—"गणपति, आप यह कह रहे हैं? महानगर हमारी ओर है।"

गणपति लाचार होकर बैठ गए। विशालाक्ष के अनुचर प्रत्येक गण-सदस्य के पास संदेश पहुँचाने लगे। धीरे-धीरे समाचार नगर-भर में फैल गया और भीड़ टूटने लगी। सैनिकों ने पहले तो रोकने का प्रयत्न किया किंतु भीड़ बढ़ती ही जा रही थी और संध्या समय गण की खुली सभा होने लगी।

वृद्ध गणपति अनुपस्थित थे। विशालाक्ष ने उठकर कहा—"मोअन-जो-दड़ो के गणप्रवर सुनें। महानगर के अधिवासी सुनें! आज गणपति अनुपस्थित हैं। मैं प्रार्थना करता हूँ कि उनकी जगह····"

एक आवाज़ आई—"उपगणपति बैठें।"

"नहीं, नहीं" की गंभीर गर्जना चारों ओर गूँज उठी।

आमेन-रा ने उठकर कहा—"यदि गणपति के स्थान पर उपगणपति को बैठने का अधिकार नहीं है तो गण का न्याय कहाँ है?"

मणिबन्ध ने कहा—"मोअन-जो-दड़ो के गणप्रवर सुनें। आज गण में न्याय नहीं रहा।"

किंतु भीड़ चिल्ला रही थी—"वह पिशाच है। उसे उस पवित्र स्थान पर बैठने का अधिकार नहीं है। उसे निकाल दो। हमें उसका रक्त चाहिए।"

मणिबन्ध की भृकुटि तन गई। उसके सैनिकों ने चारों ओर घेरा डालकर उसको सुरक्षित कर दिया और चारों ओर फैलने लगे। मशालों के प्रकाश में गणमंच काँप-सा रहा था।

विशालाक्ष ने फिर चिल्लाकर कहा—"शांत होइए! महागणप्रवर सुनें। सब उपगणपति पर नगरवासियों को विश्वास नहीं है तब उन्हें बैठने का कोई अधिकार नहीं है। मैं चाहता हूँ आज सारे गणसदस्य अपना निर्णय दें।"

उसी समय भीड़ में कुछ लड़ाई-झगड़े का-सा शब्द सुनाई दिया। सैनिकों और प्रजा में युद्ध हो रहा था।

विशालाक्ष ने देखा, सैनिक धीरे-धीरे मंच को घेरते जा रहे हैं। उसने चिल्लाकर कहा—"नगरवासियो! सैनिक मंच घेरते जा रहे हैं····"

और अर्राकर दल के कुल आदमी मंच की ओर हुंकारकर टूटने लगे। समवेत स्वर उठा—"किसका साहस है कि गण के पवित्र मंच पर रक्तपात करे····सैनिक तुरंत हट गए।"

वेणी कुछ भी तय नहीं कर सकी। उसके हाथ में कटार चमक उठी। उसने चिल्लाकर कहा—"महानागरिको! आज आपकी यह नगरवासिनी उनकी हत्या करेगी जो गण का अपमान करेंगे।" उस समय अनेक शांतिरक्षकों ने गणमंच घेरकर गण का जयकार किया, और सहस्रों नागरिकों ने उस स्वर को दुहरा दिया, किंतु जब स्वर शांत हुआ वज्रध्वनि से मणिबन्ध का नाम ले-लेकर जयध्वनि होने लगी और एक बार सब स्तब्ध हो गए जब उन्होंने सुना—"अधिपति अधिराज सर्वश्रेष्ठ नरपुंगव मणिबन्ध की जय।" नगरवासी चिल्ला उठे—"मणिबन्ध का सर्वनाश, मणिबन्ध के मिश्री व्यापारी का सर्वनाश····"

परिस्थिति विकट होती जा रही थी। गणसदस्यों के हाथों में खड्ग चमक रहे थे। सब चुप हो गए।

किंतु विश्वजित् पुकार उठा—"महानागरिको! देखते हो, यह मेरे सिर पर क्या है? रक्त। किसका रक्त है यह? महानगर की स्वतंत्रता का। क्या तुम सब दास हो जाओगे। वह रहा मणिबन्ध का मिश्री व्यापारी। इसी का कुचक्र है सब। इसके ही देश में मनुष्य जघन्य पाप

करता है। पकड़ लो इसे, जाने न पाए। आज मणिबन्ध को जीवित मत छोड़ो।"

विशालाक्ष के होंठों से हुंकार फूट निकली। गणसदस्यों के हाथों में खड्ग हिलने लगे। उसी समय मणिबन्ध की सेना हुंकार उठी और आमेन-रा गरज उठा—"सावधान! रक्त की प्यासी तलवारों का खेल करना सहज नहीं होता मूर्खो!" और उसने हाथ उठाकर चिल्लाकर कहा—"सम्राट् मणिबन्ध की...."

सेना का विशाल जनसंगठन चिल्ला उठा—"जय!"

तीन बार आमेन-रा ने जयध्वनि की, जिसको सुनकर सब काँप उठे और स्तब्ध रह गए। विश्वजित् हँस उठा और फिर चारों ओर कोलाहल मचने लगा। विश्वजित् ने कहा—"बोलो महानागरिको! नरपिशाच मणिबन्ध का सर्वनाश। मणिबन्ध जैसे कुत्ते का सर्वनाश!"

भीड़ ने घोर निनाद किया और हर्ष से उसे उठा लिया और विश्वजित् उनके कंधों पर पुकार उठा—"प्राचीन मोअन-जो-दड़ो के निवासियो! आज तुम्हारी सभ्यता की परीक्षा है।"

तब ध्वनि उठी—"सम्राट् मणिबन्ध की...."

भीड़ के 'सर्वनाश' ने 'जय' को दबा दिया। द्रविड़, दास, नागरिक सब एक स्वर से चिल्ला उठे थे।

भय ने पहला पग उठाया। आमेन-रा ने एक बार मणिबन्ध की ओर देखा। इंगित पर सैनिक हिल उठे। आमेन-रा अपने रथ पर जा बैठा। सेना से घिरा हुआ मणिबन्ध अपने रथ पर जा खड़ा हुआ। और रथ चल पड़े। जब वे दोनों नहीं रहे, सब चिल्लाने लगे और एक स्वर से उन्होंने दोनों के लिए मृत्युदंड नियत किया। किंतु उस मृत्युदंड को कार्यान्वित करने की तरकीब किसी की समझ में नहीं आई। उन्हें परस्पर एक-दूसरे पर क्रोध आने लगा। अपमान से घोर विक्षोभ हो रहा था। आज गण की सर्वमान्यता समाप्त हो गई, आज मोअन-जो-दड़ो में कोई न्याय नहीं रहा। अब किसका भय रहेगा? किस मूल शक्ति के चारों ओर महानगर के व्यापार केंद्रित होंगे? आज वे सब निःशक्त हो गए हैं।

इसी समय किसी ने आकर संवाद प्रकट किया कि किसी ने गण के मंत्रणागृह में आग लगा दी है। सब भय से चिल्ला उठे। असंयत होकर सब बोलने का प्रयत्न करने लगे, पुकारने लगे और सभा विसर्जित हो गई। भीड़ अंधकार में भटकने लगी। जहाँ भी सैनिक मिलते वहीं उनसे मुठभेड़ होती और रक्तपात होता। हताहतों को लेकर चलने की कोई भी नहीं सोचता।

महानगर रात-भर गूँजता रहा। टोलियों में लोग चिल्लाते—"मणिबन्ध का सर्वनाश...." और कभी अंधकार में गूँज उठता—"सम्राट् मणिबन्ध की जय।"

सैनिकों से सुरक्षित आमेन-रा के प्रासाद के आगे जाकर दोनों रथ ठहर गए। जब वे लोग भीतर जाकर बैठ गए, आमेन-रा ने कहा—"महाप्रभु! कार्य्य पूर्ण हो गया। अब कोई झगड़ा शेष नहीं रहा।"

"अर्थात्?"

"गण समाप्त हो गया।"

"किंतु," मणिबन्ध ने कहा—"गण की शक्ति तो समाप्त नहीं हुई? वह तो अभी जीवित है। महानगर पागल हो रहा है।"

आमेन-रा हँसा—"प्रभु! आपने यह दृश्य स्यात् कभी देखे नहीं। क्षमा हो।"

मणिबन्ध समझा नहीं। उसने पूछा—"क्या मतलब?"

"मतलब यह कि यही होना आवश्यक था और यही ठीक हुआ।" आमेन-रा ने कहा—"क्योंकि अब वे आपकी सेना पर आक्रमण करेंगे और सैनिक अपनी रक्षा करने के लिए उन पर प्रहार करेंगे। निस्संदेह सैनिकों की विजय होगी। वे संगठित हैं। नगरवासियों के पास उनकी जीभ के अतिरिक्त क्या है? जिन्हें शांतिरक्षक दबा सकते हैं उन्हें सेना के सामने खड़े रहने का साहस कभी भी नहीं हो सकेगा?"

मणिबन्ध ने उत्तर दिया—"किंतु फिर शांतिरक्षक भी तो हमारी ओर नहीं हैं?"

"नहीं हैं अभी, सब हो जाएँगे।"

"अब हम पीछे नहीं लौट सकते।"

"मैं जानता हूँ महाप्रभु! और कोई राह नहीं है।"

"महानगर गूँज रहा है। मूर्ख कुछ भी नहीं समझते। उन्हें तब ज्ञात होता जब द्रविड़ उन्हें लूटते और पागल उन्हें बिल्कुल पागल बना देता।" कहते-कहते मणिबन्ध का श्वास फूल गया किंतु आमेन-रा कह उठा—"वह सबकुछ नहीं होगा सम्राट्।"

'सम्राट्' शब्द सुनकर मणिबन्ध एक बार चौंककर सिहर उठा। तभी गर्जन हुआ—"मणिबन्ध का सर्वनाश।"

मणिबन्ध उठकर खड़ा हो गया। आमेन-रा ने तुरंत अनुसरण किया। उसने कहा—"सम्राट् उद्विग्न न हों...."

और फिर सुन पड़ा—"सम्राट् मणिबन्ध की जय।" मणिबन्ध बैठ गया। आमेन-रा की तीव्र आँखें प्रकोष्ठ में घूम गईं। पर्दे के पीछे कुछ हिल-सा उठा।

आमेन-रा ने देखा और फिर कहने लगा—"आप वास्तव में सम्राट् हैं। आमेन-रा आज से आपके सम्मुख बिना आज्ञा बैठकर सिंहासन का, पवित्र राज्य-शक्ति का अपमान करने का दुस्साहस नहीं करेगा।"

वह पीछे हट गया और स्तंभ के पास जा खड़ा हुआ। उसने इधर-उधर देखकर कहा—"सम्राट् का जीवन सबसे मूल्यवान वस्तु है। प्रजा उसका दासत्व करने के लिए है....और" दो पग आगे बढ़कर गंभीर स्वर में आमेन-रा ने फिर कहा—"कोई भी सम्राट् का विरोध करने का अधिकार नहीं रखता। जो सम्राट् के विरुद्ध है वह ईश्वर के विरुद्ध है। क्योंकि वह अपनी सत्ता का कोई न्याय नहीं दे सकता, जैसे किसी गर्भिणी स्त्री के हाथ में यह...." आमेन-रा ने फिर कहा—"यह सम्राट्!" झुका और एक भाला हाथ में उठा लिया। फिर कहा—"क्या गर्भिणी स्त्री इसे चला सकती है? जब वह अपने अंदर का भार सहने में असमर्थ हो जाती है, जब वह पालती है, तब वह दूसरों का भार क्या उठाएगी? भाला उठाने के लिए हाथ में शक्ति चाहिए। सम्राट् का विश्वस्त अनुचर होने के लिए बुद्धि होनी चाहिए...."

"ठहरो आमेन-रा," मणिबन्ध ने उठकर कहा—"बुद्धि और भाले का क्या न्याय-संगत सामंजस्य है?"

"है सम्राट्," आमेन-रा ने कहा—"जिसके बुद्धि नहीं है वह भाले को अपने ही मार लेगा।"

आमेन-रा भाला हाथ में उठाए आगे बढ़ आया। वह वृद्ध हाथ भाला दृढ़ता से पकड़े हुए थे।

"जो सम्राट् के सामने सिर नहीं झुकाएँगे, उन्हें हटा दिया जाएगा। उन्हें कुचल दिया

जाएगा क्योंकि उसकी कोई आवश्यकता संसार को नहीं रहेगी। मिटा देंगे और यदि विद्रोह भी होगा तो····विश्वासघात भी होगा तो····"

"तो····" मणिबन्ध ने पूछा। काटकर आमेन-रा ने कहा, "तो इस प्रकार····" और उसने वेग से भाला उठाकर पर्दे पर प्रहार किया। पलक मारते ही भाला उधर जाकर गड़ गया। पर्दा फट गया। एक व्यक्ति धड़ाम से गिर गया। भाला उसके पेट में घुस गया था। कुछ देर वह पृथ्वी पर तड़पता रहा फिर मर गया। रक्त से पृथ्वी भीग गई। आमेन-रा ने घृणा से उस पर थूक दिया। मणिबन्ध ने विस्मय से उसकी ओर देखा। वह आगे आ गया था।

"यह तुमने कैसे देख लिया?"

"सम्राट्! मिश्र में यह बहुत होता है। दीवारों के भी कान होते हैं।"

मणिबन्ध ने कहा—"तुम धन्य हो।"

"नहीं सम्राट्, यही बुद्धि और भाला हैं।"

और प्रकोष्ठ में दास का रक्त बहने लगा। आमेन-रा ने दास के वस्त्रों पर फिराकर भाले को पोंछ दिया और वहीं रख दिया। वह ऐसे निश्चिंत था जैसे कुछ हुआ ही नहीं। मणिबन्ध का हृदय अभी इतना भावहीन नहीं था, किंतु कहीं अधिक बोलने से अपनी निर्बलता प्रकट न हो जाए, इसलिए वह इस पर कुछ न बोला। अपने आसन पर गंभीरता से जा बैठा।

आमेन-रा ताली बजा दी। तीन दासों ने प्रवेश किया। वे उस दास की ओर देखकर सिहर उठे।

आमेन-रा ने कहा—"ले जाओ इसे। छिपकर बातें सुनकर पाप कर रहा था। गुप्तचर था।"

दासों ने भय से अपने सिर झुका लिए और आगे बढ़े। आमेन-रा ने मुस्कराकर एक बार मणिबन्ध की ओर देखा जो इस समय कुछ और सोचने लगा था।

और दास उसे उठाकर ले गए।

प्रकोष्ठ में फिर नीरवता छा गई। फिर मणिबन्ध उठकर टहलने लगा। आज उसके हृदय में खलभल हो रही थी। रात की पर्तें अब दुस्तर होती जा रही हैं। बाहर कभी-कभी शंखध्वनि सुनाई देती है, कभी शस्त्रों की वह गूँजती हुई खड़खड़ाहट और कभी-कभी जयध्वनि, जिसको सुनकर मणिबन्ध का रोम-रोम, अज्ञात हर्ष और आशंकामिश्रित भय से काँप उठता है। वह नहीं समझ पाता कि उसे क्या करना चाहिए, क्या नहीं।

आमेन-रा इस बात को समझ गया। उसने चषक में मदिरा ढाली और इंगित करने को अपनी झालर पर थपकी दी। एक सुंदरी युवती ने प्रवेश किया।

आमेन-रा के इंगित से उस स्त्री ने चषक और पात्र अपने हाथ में ले लिया और मणिबन्ध को मदिरा पिलाने लगी। स्त्री के सिर पर सुर्खाब के परों का ढेर था। अंग-अंग पर वह लहरा रहे थे। मणिबन्ध क्षण-भर उसकी ओर देखता रहा। स्त्री कुलबुला रही थी।

आमेन-रा ने कहा—"महाप्रभु! आज महानगर में आपकी यशस्वी गाथा रक्त से लिखी जा रही है। शत्रुओं का'ध्वंस अनिवार्य है। आज उनकी स्त्रियाँ अपने-अपने सुहाग को आँचल में लपेटकर हाहाकार करेंगी।"

मणिबन्ध ने सुना कि तृष्णा धधक उठी।

आमेन-रा ने कहा—"कुछ भी हो। इस भयानक उपद्रव का दमन करना ही होगा सम्राट्!

किसलिए होता है विद्रोह? क्यों शांति में बाधा डाली जाती है? क्यों वे हमारे सैनिकों पर पत्थर बरसाते हैं? सम्राट्! न्याय! न्याय चाहिए।"

उस समय मणिबन्ध उस स्त्री को सबकुछ भूलकर घूर रहा था। और स्त्री पात्र रखकर हट गई। मणिबन्ध ने एक बार हाथ फैला दिए जैसे प्यासी अग्नि में तेल गिरने पर और भी प्यास से लपटें ऊँची होकर लपक उठती हैं, और जलने के लिए, और जलने के लिए····

स्त्री बैठकर तारों का वाद्य बजाने लगी। उसकी सुरीली तान प्रकोष्ठ के बाहर निकलकर फैलने लगी। ऐसे भयानक समय में बर्बर योद्धा को कितना मादक बना सकता है स्त्री का यह सौंदर्य्य और संगीत की यह कोमल लहरियाँ कि मणिबन्ध ने गर्व से एक बार खड्ग उठाकर आकाश की ओर देखा, और तभी आमेन-रा ने कहा—"महाप्रभु! महानगर में इस समय महाध्वंस हो रहा है····"

मणिबन्ध ने बाएँ हाथ को उठाकर इंगित किया जैसे चुप रहो और स्त्री फिर गाने लगी····वाद्य में से हृदयाकर्षक ध्वनि गूँजने लगी····

और गीत की कोमलता पर महानगर के वासियों का भीषण कोलाहल धीरे-धीरे छाने लगा। आमेन-रा बाहर चला गया। मणिबन्ध सोचता रहा। स्त्री ने देखा, अब वह धीरे-धीरे व्यर्थ हो गई थी। उसने एक बार याचना-भरी दृष्टि से मणिबन्ध की ओर देखा। फिर कहा—"सम्राट्!"

मणिबन्ध ने मुड़कर देखा। भृकुटि ऐसी खिंच गई जैसे प्रश्न किया गया।

स्त्री ने कहा—"देव! मुझे अपनी सेवा करने का सुयोग दीजिए।"

प्रश्न किया—"क्यों?"

सुंदरी का सिर झुक गया। तभी आमेन-रा घुस आया। वह स्यात् सुन चुका था। उसने दूर से ही कहा—"अच्छा, अच्छा। आज ही भेज दूँगा तुझे। सम्राट्! महानगर में अवस्था शोचनीय होती जा रही है। भयानक संघर्ष हो रहा है।"

मणिबन्ध ने कहा—"हम जा रहे हैं।"

आमेन-रा द्वार तक पहुँचाने आया। सैन्यबल से घिरा हुआ मणिबन्ध का रथ फिर चल पड़ा। रात की अँधेरी में वेग से जब मणिबन्ध घर पहुँचा, वह उद्विग्न था।

वह सोचने लगा, क्या यह हो सकेगा? क्या यह असंख्य प्रजा दबाई जा सकेगी? क्या वह निस्संदेह एक-एक करके सबको अपने प्रचंड पराक्रम से कुचल सकेगा?

इसी समय मणिबन्ध ने आँख उठाकर देखा, वह सुंदरी युवती द्वार पर औंधी गिरकर उसका अभिवादन कर रही थी। वह तनिक विस्मित हुआ। इस तूफ़ानी रात में यह स्त्री! जब चारों ओर प्रलय मच रहा है? उसने स्त्री को अपने पास बिठा लिया। वह उसे देखकर हँस दिया। और उद्वेग की चरम आसक्ति में मणिबन्ध अधीर हो उठा। उसने सेनाध्यक्ष को बुलवाया।

कुछ देर बाद जब सेनाध्यक्ष ने प्रवेश किया उसने देखा, स्वामी के निकट एक सुंदरी बैठी-बैठी केले छील-छीलकर खा रही है और उसके सामने अन्य भी अनेक फल रखे हैं। मणिबन्ध के हाथ में अंगूरों का गुच्छा है।

उसने आकर शीश झुका दिया। उसके कवच पर जो एक स्थान पर रक्त के निशान थे, रक्त वहाँ स्यात् जम गया था। उसके शरीर में आज एक हृदय हिला देनेवाली स्फूर्ति थी।

मणिबन्ध ने देखा। कहा—"सेनाध्यक्ष! कोई विशेष समाचार?"

"सम्राट्! नगरवासी अभी भी उद्दंड हैं। शीघ्र ही उन्हें इसका फल मिलेगा।"

आकाश में फिर आँधी छा गई थी। वही डरावनी आँधी।

मणिबन्ध ने कहा—"तुम्हें इसका पुरस्कार मिलेगा सेनाध्यक्ष।"

"दास विनीत है।" सेनाध्यक्ष ने फिर कहा—"दक्षिण की ओर जो सेना समुद्र तीर की ओर भेज दी गई थी, मैं सोचता हूँ उसे वापस बुला लिया जाए तो कार्य्य में सुविधा हो जाए।"

"तुम ऐसा सोचते हो?" मणिबन्ध ने कहा।

"प्रभु! मेरा अनुभव मुझे यही बताता है। अब स्यात् तूफ़ान में नगरवासी बहुत ऊधम करें।"

दीप के प्रकाश में लेखक लाबान् कपड़े पर चित्रलिपि में लिखने लगा। हवा का एक तेज़ झोंका आया। सुंदरी चिल्ला उठी क्योंकि दीपक बुझ गया। तुरंत दास-दासियाँ अनेक दीपक रख गए और उन्होंने देखा, सुंदरी उस समय मणिबन्ध की बाईं भुजा से चिपकी हँस रही थी।

एक और दास ने मणिबन्ध के समीप लाकर एक दीपस्तंभ खड़ा कर दिया और उसने मणिबन्ध की ओर लाक्षा बढ़ा दी। अब वह लाख लगाकर उस पर हाथीदाँत की मुद्रा अंकित कर दी जाएगी। वह मोअन-जो-दड़ो के सर्वप्रथम सम्राट् का चित्र धारण करनेवाली मुद्रा है। ऐसी मुद्रा आज तक कभी नहीं चली।

आँधी गरजने लगी थी। लाबान् लिख चुका, मणिबन्ध ने उसे अपने हाथ में ले लिया। सेनाध्यक्ष ने विनीत होकर कहा—"प्रभु! मुझे भी सुनने का अधिकार है?"

मणिबन्ध त्रसन्न हुआ।

उसने आज्ञापत्र पढ़कर उस पर मुद्रा लगा दी। फिर आज्ञापत्र को लपेट दिया गया।

सुंदरी ने हँसकर कहा—"सेनापति! कल भोर तक सब शांत हो जाएगा न? इस कोलाहल से मेरे सिर में दर्द होता है।"

स्वयं मणिबन्ध चौंक उठा। यह कौन भयानक स्त्री है जिसके सिर में केवल दर्द होता है।

सेनाध्यक्ष ने कहा—"देवी! आपकी आज्ञा का पालन करने में कोई संकोच नहीं होगा। जहाँ तक होगा हम कार्य्य शीघ्रता से संपन्न करेंगे।" सुंदरी के दाँत चमक उठे। और तब सेनाध्यक्ष चला गया।

प्रकोष्ठ में फिर दो ही रह गए। सुंदरी युवती और मणिबन्ध।

"तुम कौन हो?" मणिबन्ध ने अचरज से पूछा—"तुम कोई दासी तो नहीं लगतीं।"

"आपकी दासी ही हूँ।"

मणिबन्ध निरुत्तर हो गया। उसने पूछा—"तुम किस देश की रहनेवाली हो?"

स्त्री ने कहा—"देश आपका है। मैं आपकी प्रजा हूँ।"

अधीर यौवन का भुजपाश उठ गया, जैसे ललकते साँप हों। देखा। मणिबन्ध ने देखा। पर नहीं देखा, नहीं देखा और फिर मणिबन्ध ने देखा वह मादक तन्द्रा-सी छवि नटिनी, और इन्द्रजाल-सी रात, और तूफ़ान के वे सरसराते झोंके जिनके विक्षोभ में सम्राट् की वाहिनी की विजय घोषणा हो रही है, और यह टिमटिमाते, अँधियारे में काँपते दीपक····और वह पागल कर

देनेवाली वज्रघोष करती सम्राट् की जयध्वनि और सामने यह एक रहस्यमयी स्त्री····

मणिबन्ध का सिर फटने लगा। साम्राज्य की शक्ति और सम्राट् के गौरव की पहली रात। स्त्री अब चषक में मदिरा ढाल रही है, सर्वश्रेष्ठ, सुगंधित, लाल चमकती मदिरा····पीकर जिसे मनुष्य झूम उठे, उसके जीवन की युग-युग की तंद्रा एक घूँट में सफल हो जाए, पुकार उठे कि मादक यौवन बुद्‌बुद बनकर फूट नहीं रस बनकर भँवर मार, काँप उठे।

आँधी की डरावनी आवाज़ गूँज रही थी। कहीं दूर अब शंखध्वनि हो रही है, कहीं दूर अब नगर में कोलाहल हो रहा है, और रात वह फैलता आँचल जैसे इस युवती के यह घने घुँघराले बाल और वह तूफ़ान जैसे इसके मादक श्वास-निःश्वास····और वह भुजपाश····वह साम्राज्य का विराट् अभिमान····तूफ़ान जय के गीत गा उठा है, मणिबन्ध उसे सुन रहा है····और यह कीड़े उसका विरोध करेंगे····

चषक होंठों पर लगा है। आँख अलग रूपसुधा पी रही हैं····आनंद ····विभोर आनंद···· उधर धरती रक्त पी रही है····रक्त का उन्माद····युवती के आभूषणों में मंजु क्वणन हो रहा है, उधर सेना के शस्त्र खड़खड़ा रहे हैं····

प्रेम और विजय, आनंद और अधिकार, स्त्री और पुरुष, गुलाम और साम्राज्य····

तूफ़ान गरज रहा है····

हृदय बज रहा है। धमनियों में रक्त के स्थान पर मदिरा काँप रही है····

और प्रबल थपेड़े मारता वह आकाश को हिलाता हुआ शब्द—"सम्राट् मणिबन्ध की जय!"

और वह संत्रस्त नगरवासियों के क्रंदन····

मणिबन्ध चिल्ला उठा—"एक चषक और सुंदरी····एक चषक और····"

सुंदरी खिलखिलाकर हँसने लगी।

उस समय चंद्रा, विल्लिभित्तूर और गायिका नीलूफ़र अपने घर में बैठे थे। धुँधला दीपक जल रहा था। रह-रहकर वातायन में से हवा छन-छनकर भीतर आती और दीपक की लौ को कँपाती हुई लौट जाती।

गायक ने कहा—"समस्त द्रविड़ जाति आज मृत्यु के मुख में पड़ी है····"

चंद्रा ने कहा—"आज दास विनाश की दाढ़ों में त्राहि-त्राहि कर रहे हैं····"

नीलूफ़र कह उठी—"किंतु हमें इस सबसे क्या? हम तो न किसी का कुछ लेते हैं, न किसी की हानि ही करते हैं, क्या चुपचाप वे हमें जीवित नहीं रहने देंगे····"

"नहीं नीलूफ़र, वे आज हमें सचमुच ही नहीं रहने देंगे····"

"किंतु यदि भाग्य ही हमसे रूठ गया हो तो? क्या हम उसे बदल सकेंगे। क्या आँसुओं से पत्थर की रेखाएँ मिट जाएँगी, जो होना है वही तो होगा।"

उन्होंने देखा, वह काँप रही थी।

गायक ने कहा—"नीलूफ़र? क्या हो गया है तुझे? यह तू क्या कह रही है? आज जीवन और मृत्यु का प्रश्न····"

किंतु नीलूफ़र ने गायक को झपटकर पकड़ लिया और गिड़गिड़ाने लगी—"मेरे जीवन में जो कुछ हो, तुम हो, यदि तुम भी नहीं तो क्या होगा फिर! मैं तुम्हें नहीं जाने दूँगी कहीं। गायक, मैं तुम्हें कहीं भी नहीं जाने दूँगी। चारों ओर तूफ़ान गरज रहा है गायक, मैं अकेली हूँ,

नितांत अकेली, और भाग्य का भयानक अँधेरा...."

गायक ने तड़पकर कहा—"नीलूफ़र! तुम मेरा ही नहीं, अपना अपमान कर रही हो। किसलिए हुआ है तुम्हें इतना मोह? किसलिए काँप रही हो तुम?"

नीलूफ़र ने हाथ खोलकर कहा—"मैं याचना करती हूँ, दो, मुझे आज मेरे जीवन का स्वर्ग दान दे दो...."

आज हठात् नीलूफ़र के मुँह पर विल्लिभित्तूर का हाथ बज उठा और ध्वनि हुई—"कायर! तूने आज मेरी आशाओं को चूर-चूर कर दिया। निर्वीर्य्य जीवित रहेंगे हम? हम संघर्षों के बीच जन्मे हैं, संघर्षों के बीच जिएँगे...."

नीलूफ़र को एक चक्कर-सा आया। उसने कहा—"गायक! तुमने मुझे मारा है?"

गायक ने कहा—"मुर्दे पर हाथ उठाकर क्या मैंने अन्याय किया है?"

"मैं मुर्दा हूँ?" नीलूफ़र ने कहा—"तुमने मेरा अपमान किया है गायक!"

"अपमान!" गायक ने कहा—"तब तो तुम जीवित हो।"

और कहीं पास में दास के कोड़ों से पिटने की आवाज़ कर्कश होकर गूँज उठी।

चंद्रा ने कहा—"सुन रही हो?"

नीलूफ़र ने सुना। विल्लिभित्तूर ने सुना। उस समय प्राचीन मोअन-जो-दड़ो का महानगर यही सुन रहा था। आँखों पर दीपक का प्रकाश पड़ने लगा।

विल्लिभित्तूर बढ़कर खड़ा हो गया। दीपक की धुँधली लौ काँप रही थी। एक बार वह अधिक प्रकाश देकर काँपा और फक से बुझ गया। अब रूई की बत्ती के कोने से धुआँ उठ रहा होगा।

आवाज़ सुनाई दे रही थी। वे दहशत से भरे सुनते रहे। और महानगर में वही भीषण डरावनी ध्वनियाँ, कभी-कभी सेना का धौंसा बज उठता और लगता, महानगर की प्राचीरें अर्राकर टूट जाएँगी। और वह कठोर स्वर दिगंतों से टकरा रहा है। साम्राज्य की हत्याओं का पिशाच आकाश में डोल रहा है....

नीलूफ़र रो उठी। चंद्रा ने देखा, उसे सँभाल लिया।

नीलूफ़र ने फफककर कहा—"इसका बदला लेना होगा।"

हर्ष से गायक और चंद्रा के मुख से आनंद की अस्फुट ध्वनि निकली। उन्होंने कहा—"इसका बदला...." और अंधकार ने हिलकर कहा—"इसका बदला...."

बाहर आँधी गरज रही थी। सर...सूँ ....साँ—जैसे अंधड़ प्यास से तड़पकर हाँफ रहा हो, जैसे अत्याचारी दास को मारते-मारते थककर साँस ले रहा हो। और दास की घुटन काँप रही हो—'इसका बदला....'

20

दासों की उस भीड़ में नीलूफ़र ने कहा—"आज मैं तुम्हारे सामने एक बहुत कठिन बात समझाने आया हूँ। तुम्हें उसे बहुत ध्यान से सुनना है, अन्यथा तुम उसे समझ नहीं सकोगे।"

दास पास-पास बैठ गए। पुरुष वेश में नीलूफ़र ने कहा—"चारों ओर हाहाकार मच रहा है। उत्तर से बर्बरों के आक्रमण की संभावना है और महानगर में मणिबन्ध की सेनाएँ घूम रही हैं, लूट मचा रही हैं। स्त्रियों को खुलेआम अपमानित किया जा रहा है...."

एक दास ने कहा—"क्या मतलब? जो स्वामी है वह तो स्त्रियों से जो चाहे करेगा। उसमें किसी का क्या लेना-देना?"

"नहीं," नीलूफ़र ने कहा—"अपने इस दासत्व को छोड़ दो। तुम जहाँ तक हो शरीर के दास बनो, न कि मन के भी। यदि तुम्हारी बुद्धि भी दासत्व में फँसी रहेगी तो कभी भी तुम्हारी मुक्ति नहीं होगी।"

"मुक्ति?" एक काने दास ने कहा—"मुक्ति क्या? अब दुनिया के नियम ही बदल जाएँगे? क्या अब संसार में दास और स्वामी ही नहीं रहेंगे?"

दास ठठाकर हँस पड़े। उन्होंने आज अद्‌भुत बात सुनी थी। यह कैसे हो सकता है? यह तो सनातन से होता चला आया है। दास दास ही है, स्वामी स्वामी ही है। यह कैसे बदला जा सकता है?

उनकी कुछ समझ में नहीं आया। बल्कि परिहास का एक अच्छा विषय बन गया। स्त्रियाँ भी हँस पड़ीं। यह मानापमान का क्या झगड़ा। जो ख़रीदेगा वह उस वस्तु को अपने व्यवहार में भी नहीं लाएगा?

एक ने कहा—"तो तुम मणिबन्ध के शत्रु हो! किंतु उसका-सा प्रतापी क्या महानगर में कोई और है? अच्छा तो यों कहो युवक कि तुम स्वयं हमारे स्वामी बन जाना चाहते हो? तो तुम हमें ख़रीद क्यों नहीं लेते। मणिबन्ध को धन दे दो, हम तुम्हारे हो जाएँगे। इतनी-सी बात के लिए इतना कोलाहल क्यों करते हो? नियम भंग करके तो किसी को भी काम में नहीं लगा सकोगे?"

दूसरे ने कहा—"किंतु उसके लिए धन चाहिए धन? और श्रीमान् के पास बात के अतिरिक्त और कोई धन नहीं है। उनके शरीर को देखो। है कोई आभूषण? और पुरुष होकर जो इन्होंने स्त्री के-से कोमल हाथ पाए हैं यदि यही इनके आभूषण मान लिए जाएँगे तो भी क्या यह हाथ देकर हमें छुड़ा सकेंगे...."

उसके इस परिहास से दास हँस पड़े। काना दास कान पर हाथ रखकर ही-ही करके हँसने लगा।

कोई बीच में ही चिल्ला उठा—"मुक्त हो जाएँगे हम सब? यह कभी नहीं हो सकता। मरने के बाद भी हम स्वामी के साथ रहेंगे। जो आज तक कभी नहीं हुआ वही तुम अब कर दिखाना चाहते हो? क्यों हैं हम दास? भाग्य है यह हमारा। देवताओं ने जो नियम बनाए हैं उन्हें आदमी चाहे कि वह बदल दे, यह कैसे हो सकता है? हमारा माता नहीं, पिता नहीं, क्योंकि जो दूसरों की संपत्ति है वह कैसे इन बातों का दावा कर सकता है और तुम हमें वह बनाने का स्वप्न देख रहे हो जो कि कुलीनवंशी हैं? युवक! तेरा सिर फिर गया है। तू अभी लड़का ही है। सोच नहीं सकता। तभी हमसे आकर परिहास करता है। तू यदि कुलीन है तो क्या इसलिए कि जले पर आकर और नमक छिड़के?"

चारों तरफ़ कोलाहल मच उठा। काना दास सबसे अधिक बोल रहा था। उसको तो देवताओं ने ऐबी करार दिया था क्योंकि वह अंगहीन हो गया था। वे सब परस्पर बातें करते

और नीलूफ़र की ओर देखकर इंगित करके हँसते। एक दासी ने कहा—"बेचारा कुछ बुरा तो नहीं कहता। तुम्हारा ही तो भला करना चाहता है! क्यों उसको भला-बुरा कहते हो? देखो तो, देवताओं ने उसे क्या नहीं दिया। किसके लिए इस सुकुमार काया को लेकर कष्ट उठा रहा है? तुम्हारे लिए।"

एक और दासी ने कहा—"सुंदर है? अभी तो छोटा है। बड़ा होने दो इसे। महानगर की सर्वश्रेष्ठ सुंदरी इसके पाँवों के नीचे पलक-पाँवड़े बिछाती फिरेगी।"

उस कोलाहल को सुनकर नीलूफ़र को भय लगने लगा। और हेका ने नीलूफ़र की ओर देखा कि अब कुछ कहेगी वह? पहले ही कहा था कि ये दास वास्तव में पशु हैं, ये कभी भी अपनी भलाई नहीं सोच सकते। जो इनके अच्छे की बात करेगा उसी पर अविश्वास करेंगे किंतु जो इन्हें पैरों के नीचे कुचलकर रखेगा ये उसको देवता समझकर उसकी पूजा करेंगे।

नीलूफ़र की दुविधा देखने योग्य थी। उसे भय था कि यदि इस समय मणिबन्ध को ज्ञात हो गया तो वह निस्संदेह पकड़ी जाएगी और फिर···

'फिर' एक भयानक शब्द है, जिसको याद करते ही नीलूफ़र को लगता है कि लपटें उसे लपलपाती हुई भूनकर राख कर देंगी। उसने लाचार होकर हेका की ओर देखा। हेका ने अपनी तीखी आवाज़ में चिल्लाकर कहा—"तुम सुनते क्यों नहीं? नहीं जानते कि तुमसे कौन बोल रहा है? एक क्षण यदि सुनते तो तुम्हें ज्ञात हो जाता कि यह सब तुम्हारे ही भले के लिए है। यह कौन है जिसे तुमसे इतनी सहानुभूति है। तुम यदि कुलीनों की बात पर भी ध्यान नहीं दे सकते तो तुम दास कैसे हो? तुम्हारा काम है सुनना। क्या मैं दासी नहीं हूँ। क्या मैं कभी तुम्हारी हानि करनेवाले को तुम्हारे पास लाती?"

हेका ने चुप होकर अपनी बात का प्रभाव देखा। सब दास शांत हो गए।

सच ही तो है? यदि युवक कुलीन है तो वह दासों में क्यों आया है? क्या वह उन्हें अपने प्रासाद में नहीं बुलवा सकता था? इसकी देह देखकर तो लगता है कि इसे आज तक कभी धूप भी नहीं लगी और यह शृंगारहीन हमारे, गन्दे दासों के, बीच खड़ा है? क्यों? आख़िर हेका इसे कुछ सोचकर ही तो लाई होगी।

और वे उत्सुकता से देखने लगे। नीलूफ़र फिर बोलने को आगे आ गई। ज्योंही उसे देखा उनमें अविश्वास की छाया काँपने लगी। वे चौंक उठे और उठकर एक ने कहा—"हेका! तू कहती है हम विश्वास कर लें। किंतु हमें इस युवक को देखकर भय-सा लगता है। इसका अनिन्दित रूप और अद्‌भुत सुकुमारता देखकर तो लगता है कि यह दूध का बना है और फूल से भी अधिक कोमल है, किंतु शृंगारहीन और फिर दासों में? यह आख़िर है कौन? कौन है यह रहस्यमय युवक?" कहनेवाला बैठ गया और नीलूफ़र ने हेका की ओर आँखें फाड़कर देखा। दासों ने उसका भय देखकर समझ लिया। "यह कौन है? यह कौन है?" की पुकार चारों ओर से सुनाई देने लगी।

नीलूफ़र ने धीरे से कहा—"हेका! अब?"

हेका भयभीत-सी खड़ी रही। उसका गला रुँध गया लगता था। बड़ी कठिनता से उसने कहा—"तुम मेरा विश्वास नहीं करते?"

एक दास ने कहा—"तू हमारा विश्वास क्यों नहीं करती? क्या बस हम ही तेरा विश्वास किए जाएँ? तू हमें एक भी बात नहीं बता सकती? तूने कहा इसकी बात सुनो। हमने मना

किया? फिर अब यह हिचकिचाहट कैसी? तू तो कहती थी यह हमारा मित्र है?"

लगा जैसे अब काम नहीं चलेगा। हेका और नीलूफ़र दोनों की आँखें एकसाथ एक-दूसरी की ओर घूम गईं। अब? अब क्या उपाय है? और सामने का द्वार भी बन्द है क्योंकि दासों की भीड़ ने उसे बन्द कर लिया है। जैसे-जैसे दास आते जा रहे हैं, पीछे की ओर खड़े होते जा रहे हैं। अब आगे पथ रुद्ध है। और उस विषम घड़ी में एक बार लगा कि दास अब उसे पकड़ लेंगे और मणिबन्ध के सामने ले जाकर खड़ा कर देंगे और मणिबन्ध की चतुर आँखें देखते ही पहचान जाएँगी और फिर···

आँखों के सामने अँधेरा-सा छा गया। लगा वह अब पृथ्वी पर गिर जाएगी। किंतु फिर एक बार उसने देखा। और हठात् नीलूफ़र ने सिर से उष्णीष उतार दिया।

दासों में से एक चिल्ला उठा—"नीलूफ़र!"

"स्वामिनी!!" भय से दो आगे के दास पीछे हट गए।

'स्वामिनी' शब्द सुनकर वे सब काँप उठे।

"हाँ, मैं हूँ नीलूफ़र," उसने गंभीर स्वर से कहा—"क्या इतनी शीघ्रता से भूल गए?"

उपेक्षा से उसके होंठों पर व्यंग नाच उठा। परिणाम की शंका ने उसे अधिक दृढ़ बना दिया था।

दास चौंक उठे।

यह वह क्या देख रहे हैं? तभी यह जो रूप है किसी भी भाँति छिपना नहीं चाहता था। नीलूफ़र अनिंद्य रूपसी, जिसकी एक-एक लट के स्थान पर देवताओं के सर्प खेला करते हैं किंतु कभी सूर्य्य जैसे प्रदीप्त मुख को देखकर काटते नहीं, वह नीलूफ़र आज इस छद्म वेश में? और आज शरीर पर एक भी आभूषण तक नहीं? कहाँ थी यह आज तक? यह तो मणिबन्ध को त्याग गई थी न?

रहस्यमयी स्त्री को देखकर उनके हृदय में विस्मय हुआ और उससे भी अधिक हुआ भय। उन्हें लगा आज वे सब किसी भयानक जाल में फँस गए थे। हो न हो, यह कोई भीषण कुचक्र है जो उनकी घोर हानि करने के लिए रचा गया है।

उन्होंने क्रुद्ध और विस्फारित नेत्रों से हेका की ओर देखा। वे निश्चय नहीं कर सके कि इस इन्द्रजाल का वास्तव में अर्थ क्या है?

एक ने कहा—"नीलूफ़र! तुम तो स्वामिनी थीं? फिर यह तुम्हें क्या हुआ? क्या तुम फिर किसी नए खेल का प्रबंध कर रही हो? क्या अब तुम फिर से स्वामिनी होना चाहती हो? किंतु हम तो आज तक यही नहीं समझ सके कि तुम छोड़कर चली क्यों गईं? क्या कोई स्त्री इससे भी अधिक सुख पा सकती थी?"

नीलूफ़र अवाक् खड़ी रही। कोई भी उसके मुख से नहीं समझ सका कि आख़िर वह उस समय क्या सोच रही थी। निर्विकार, अतींद्रिय, गंभीर, खड़ी रही वह नीलूफ़र··· प्रशांत···निश्चेष्ट ····

दूसरा कह उठा—"तुम क्या जानो कि दासों का जीवन अब भी वही है। तुम तो बहुत दिनों स्वामिनी रह चुकी हो। तुमने हमें अपना पशु बनाकर नहीं रखा था जो आज कहती हो दास माने पशु है····"

"सचमुच, तुम ठीक कहते हो।" नीलूफ़र ने कहा—"नहीं सह सकी थी स्वामित्व की

विडंबना, वह छलमय पाप तभी उसे छोड़कर चली गई थी।" नीलूफ़र अपना उष्णीष बाँधने लगी। उसे अंदर-ही-अंदर भय हो रहा था। शीघ्र ही वह फिर युवक लगने लगी। तब तक हँसी बंद हो चुकी थी। उसने ज्योंही उन लोगों से कुछ कहने को अपना मुख खोला त्योंही उसी दास ने फिर कहा—"झूठ कहती हो तुम। चली तो इसलिए गई थीं कि तुम्हारी प्रतिद्वंद्विता के लिए एक और स्वामिनी आ गई थी जिसके सामने तुम्हारी कुछ भी नहीं चली, और तुम भाग गईं, क्योंकि यदि वैसा नहीं करतीं तो कुचली हुई फूलों की माला की भाँति पड़ी रह जातीं, और नर्त्तकी तुम पर पाँव रखकर नृत्य करती। मैंने स्वयं स्वामी को तुम्हारे लिए गुप्तद्वारों की खोज करते देखा है। एक दिन वे एक प्रकोष्ठ में घुसे, फिर वहाँ से नहीं निकले, किंतु मैंने उन्हें बाहर पाया। कारण? और यह नित्य जो अक्षय प्रधान तुम्हारे कारण हमें तंग किया करता है वह किसलिए? निस्संदेह, तुमने त्याग नहीं किया, तुम विवश थीं, तुम्हारे पास और कोई चारा नहीं था। यदि तुम स्वामिनी बनी रहतीं तो वह तुम्हारी हत्या कर देता।"

नीलूफ़र विक्षुब्ध हो गई।

क्या कहे वह? किंतु दास ने सत्य कहा है। वास्तविकता तो यही है। किस मुँह से नीलूफ़र कहे कि यह सब झूठ है और वह स्वयं सबमें ठोकर मारकर चली गई थी।

काने दास ने कहा—"हम जानते हैं यह प्रभु ने हमारी परीक्षा लेने का प्रयत्न किया है। देवी! तुम हमें अपराधी प्रमाणित करके दंड दिलवाना चाहती हो? हमने तो तुम्हारा कुछ नहीं बिगाड़ा। जब तुमने कहा तभी तुम्हारी आज्ञा का पालन किया है हमने? फिर आज यह नया रूप क्यों?"

उसे उन पशुओं पर झुँझलाहट हुई। उसने चिल्लाकर कहा—"सबकुछ कहो किंतु देवी मत कहो मुझे तुम। मैं अब स्वामिनी नहीं हूँ। मैं तुम्हारी ही भाँति एक दुखिया हूँ। जो पाप मैंने स्वामिनी बनकर कुछ दिनों किया है उसी के लिए मैं आज अपना रक्त देने को तैयार हूँ, अपना रक्त देकर तुमसे भीख माँगती हूँ कि तुम मुझे अपना आत्मसम्मान दिखा दो, दिखा दो कि तुम पशु नहीं हो, मनुष्य हो। शताब्दियों के अत्याचार ने तुम्हारी बुद्धि को पंगु बना दिया है। तुम सब सोचने में असमर्थ हो गए हो। मैं कुछ नहीं चाहती। बस भूलो मत कि तुम मनुष्य हो और यदि तुम्हारे स्वामी बननेवाले को सुख भोगने का अधिकार है तो तुम्हें भी है...."

तभी एक दास ने काटकर कहा—"दास को अधिकार? अद्‌भुत। यह तो आज तक नहीं हुआ!!"

नीलूफ़र का कंठ रुद्ध हो गया। आँखों में विक्षोभ से पानी छलक आया। उसे कुछ भी नहीं सूझा। लगा, वह रो देगी। हेका ने उसे पकड़ लिया।

उसी दास ने फिर कहा—"तुम रोती हो। जब हम प्रश्न करते हैं तुम्हारी आँखों में पानी छलक आता है। तुम चाहती हो कि तुम्हारी आँखों का पानी हमें इतना अंधा बना दे कि हम अपना भला-बुरा भी न सोच सकें?"

"भला, बुरा!!" नीलूफ़र ने तिक्त स्वर से कहा जैसे आज तक कभी भी उसे ऐसी भयानक चोट नहीं पहुँची थी। अब परिस्थिति फिर हाथ के बाहर लगती थी। सब कोलाहल प्रारंभ कर रहे थे। किंतु उठकर खड़े होते हुए आगे बढ़कर हाथ उठाकर उसी समय अपाप ने कहा—"मेरे मित्रो! दास तो हम हैं ही किंतु क्या दास होने से ही हम पशु भी हैं?"

"नहीं, नहीं," वे एकसाथ बोल उठे—"कोई भी मनुष्य किसी भी परिस्थिति में अपने-आपको पशु स्वीकार करने का साहस नहीं कर सकता।"

अपाप ने फिर कहा—"तो क्या हमारी स्त्रियाँ प्रभु स्वामियों की व्यभिचार-तृष्णा की पूर्त्ति के लिए हैं? उनकी स्त्रियों की ओर तो कोई दृष्टि उठाकर भी नहीं देख सकता!"

"ठीक है," काने ने कहा—"यह सरासर अत्याचार है। यह हम मान सकते हैं। किंतु दास तो हम हैं। नीलूफ़र तो कहती है हम दास ही नहीं हैं। नहीं, वह नहीं हो सकता।"

"जो हो सकता है उसी पर ध्यान दो, तुम इधर-उधर क्यों भटकते हो। नीलूफ़र स्वामिनी रह चुकी है। वह जो कुछ कहती है वह सब हमारे लिए ठीक नहीं हो सकता। दास तो हम हैं और भाग्य ही ऐसा है कि हम दास ही बने रहेंगे। मैं भी इसी बात को मानता हूँ। जो स्वामी आज्ञा देंगे वही हमें करना पड़ेगा। और क्या हमारे लिए कोई और पथ है? मैं तो कुछ भी और नहीं सोच पाता। दास होकर जो हम मनुष्य हैं यही शायद नीलूफ़र बता देना चाहती है।"

यह बात उन्हें जम गई। उन्होंने सिर हिलाया जैसे यह बिल्कुल ठीक है। अब ठीक कहा गया है। पहले तो आकाश की बातें की जा रही थीं।

"हम यह नहीं होने देंगे।" स्वर एक युवक दास का था और उसकी आँखों से दृढ़ता टपक रही थी। उसके साथ बीस-पच्चीस युवकों ने स्वीकृति से सिर हिलाया मानो वे भी बिल्कुल सहमत हैं। एक स्वर से उन्होंने कहा—"यह अत्याचार है, इसे रोकना ही होगा।"

हेका ने प्रसन्न आँखों से नीलूफ़र की ओर देखा। आज उसके मन की युगों की जलन ठंडी हुई। वह आज अनुभव कर रही थी कि वह भी संसार में सिर उठाकर चल सकती थी। उसका हर्ष देखकर नीलूफ़र को सांत्वना हुई। नारी का सम्मान आज जाग उठा और पुरुष से जब स्वीकृति हो गई तब वह सुलभ हो गया, मान्य हो गया।

नीलूफ़र मुस्करा दी। "नीलूफ़र!" अपाप ने कहा, "बस हो गया तुम्हारा काम?"

"मेरा काम कहाँ हुआ?"

"और क्या चाहती हो?" काने ने कहा—"वह नहीं हो सकता, कभी भी नहीं हो सकता।"

तभी युवक बोल उठा—"हम तैयार हैं। वह क्यों नहीं हो सकता?"

काना हँस पड़ा। उसने कहा—"अभी आँख भी नहीं खुली तभी इतना उछल रहा है...."

युवक ने काटकर कहा—"एक तो पहले ही बैठ गई है और अब भी अपने को खुली आँखोंवाला कहता है?" काना क्रुद्ध हो गया। हँसी का फव्वारा छूट निकला, और बातों में ही दासों की भीड़ छँट गई।

नीलूफ़र भारी हृदय से देखती रही। उसकी सारी चेष्टा व्यर्थ हो गई। तो क्या कोई उपाय नहीं?

उसने कहा—"अपाप! यह तुमने क्या किया? क्या तुम्हें स्वतंत्र होने का अधिकार नहीं है?"

"यदि स्वामी चाहें तो क्यों नहीं है?"

नीलूफ़र ने चेतकर कहा—"स्वामी कभी चाह सकता है?"

"बयाद को चाहा कि नहीं?"

"वह तो एक उदाहरण है लाखों में।"

"एक ही भाग्य से फ़राऊन होता है। सभी कुलीन क्यों नहीं हो जाते?"

नीलूफ़र निरुत्तर हो गई। अपाप चला गया। नीलूफ़र की आँखों में क्रोध और विक्षोभ से पानी भर आया : क्यों वह इतना-सा सत्य भी उन तक नहीं पहुँचा सकी? क्या ये लोग इतना भी समझ नहीं सकते? क्या इनकी बुद्धि बिल्कुल नष्ट हो गई है?

और नीलूफ़र और हेका फिर अलग हट गईं। एक युवक दास ने आकर कहा—"हेका! हम तैयार हैं।"

उसे अकेला देखकर हेका ने विस्मय से कहा—"क्यों रे! तू हम कब से हो गया?"

"हम माने हम कई हैं।"

"लगभग?" नीलूफ़र ने पूछा।

"चालीस।" युवक ने सिर उठाकर कहा। वह बलिष्ठ था।

"तब तो मुझे तुम्हारी आवश्यकता होगी।" नीलूफ़र ने कहा—"तैयार रहना।"

युवक ने कहा—"जैसा तुम कहोगी।"

"बड़ा कठिन काम है। सोच लो।"

"मैं जानता हूँ।" तभी शंखध्वनि होने लगी। मणिबन्ध और प्रधान बाहर से लौट रहे थे।

"इसका परिणाम मृत्यु भी हो सकती है।"

"दास और मुर्दे में भेद नहीं होता।"

नीलूफ़र के होंठों पर मुस्कराहट छा गई। हेका ने विस्मय से देखा। जब नीलूफ़र चली गई तब वह अपने कक्ष में आकर बैठ गई। आज मन में एक आघात हो रहा है। मरता हुआ मनुष्य जब जिलाया जाता है तब उसको अत्यन्त परिश्रम करना पड़ता है और क्षण-भर लगता है कि इस यातना से तो मृत्यु ही अच्छी। हेका को यह परिश्रम अत्यंत भारी लगा। उद्वेग के कारण वह लेट गई।

अक्षय प्रधान मणिबन्ध की फटकार सुन चुका था। प्रतिवाद करने का उसका साहस नहीं हुआ था किंतु मन-ही-मन वह भुन गया था और उसने बदला लेने का दृढ़ निश्चय कर लिया था। अब नगर में सनसनी है। मणिबन्ध को स्वामिभक्तों की आवश्यकता है न कि दासों की। यह सोचकर ही पाकशाला के प्रधान ने आज अपना काम पूरा करने का इरादा किया और वह चुपचाप दासकक्ष में जा पहुँचा। देखा, हेका अकेली लेटी है। अक्षय के पाँव में अभी तक पट्टी बँधी थी। वह उस पर जड़ी-बूटी तो लगा चुका था किंतु उससे कोई लाभ नहीं हुआ था।

उसने जाकर पैर से हेका के शरीर को हिलाकर कहा—"ऐ! उठ! बहुत सो ली। दिन-भर सोने के अतिरिक्त और भी काम है? क्यों लोगों के यहाँ रात-रात भर जागती है जो दिन में नींद फटी पड़ती है।"

हेका ने देखा और गाली देने लगी। उसका स्वर आज और दिनों की अपेक्षा कहीं अधिक तीव्र था, और शब्दों में भी कहीं अधिक गूँज थी। प्रधान को पहले तो विस्मय हुआ। आख़िर इस दासी के पीछे ऐसी कौन-सी शक्ति है जो यह इतना बढ़-बढ़कर बोल रही है। और तो किसी भी दासी में इतना साहस नहीं है। फिर याद आया : यह स्वामी के प्रिय शब्दों का फल है।

उसने घृणा से कहा—"सावधान दासी ! तू जानती है किससे बातें कर रही है ?" हेका उठकर बैठ गई, फिर खड़ी हो गई और हेका ने उपेक्षा से कहा—"एक नीच कुत्ते से," और थूक दिया।

अक्षय क्रोध से काँपने लगा। उसने गरजकर कहा—"जानती है मेरा नाम अक्षय है और मैं चाहूँ तो अभी तेरी खाल खिंचवा लूँ।"

हेका ने कहा—"सावधान, जो मुझसे ऐसी बात कहेगा तू ? तू स्वामी से भी बढ़कर हो गया ?" और वह चिल्ला-चिल्लाकर कहने लगी—"तू महास्वामी से आज मणिबन्ध मात्र कहेगा ! तेरा इतना साहस कि उनका नाम ले ! मैं अभी तेरी खाल खिंचवा दूँगी नीच ? समस्त पाकशाला की चीज़ें दिन-रात चुराया करता है, आज तू स्वामी को भी गाली दे रहा है !" अक्षय प्रधान घबरा गया : यह क्या कह रही है ? किंतु प्रधान ने उसके हाथों को पकड़ लिया। और कोई उपाय नहीं था, उसको दीवार की ओर धक्का देते हुए कहने लगा—"आज तेरी मृत्यु तेरे सिर पर डोल रही है दासी····आज मैं तेरी हत्या कर दूँगा। मुझसे चाल चलकर मुझी को मात करना चाहती है तू ? समझा होगा कि जीत जाएगी यों ही····याद रख मेरा नाम अक्षय प्रधान है, मैं तेरी इस चाल को अभी कुचलकर रख दूँगा····"

"और मैं तुझे कुचलकर रख दूँगा।" इस गंभीर स्वर के साथ एक बलिष्ठ काले हाथ ने अक्षय की गर्दन को पकड़कर उठा लिया। अक्षय प्रधान लटक गए। हेका जो निरंतर संघर्ष कर रही थी अब हर्ष से चिल्ला उठी—"अपाप ! !"

अपाप उसे उठाए हुए ही उसको अपनी ओर मोड़कर हँसा। उसकी आँखों में वही डरावनापन उतर आया था। अक्षय काँपने लगा। उसका शरीर शिथिल हो गया और कंठ से निकला—"तुम मेरे पिता हो····"

किंतु अट्टहास में वह गिड़गिड़ाहट डूब गई और दीर्घकाय बलिष्ठ अपाप ने उसे दोनों हाथों से उठाकर दो बार हवा में घुमाया और ज़ोर से पृथ्वी पर दे मारा। अक्षय के मुँह से एक बहुत ही भयानक चीत्कार निकला। पृथ्वी पर मुँह के बल गिरने से उसका सिर फट गया था और रक्त के फव्वारे छूट निकले। वह थोड़ी देर तक छटपटाता रहा किंतु चोट बहुत गहरी थी। वह वहीं ढेर हो गया जैसे पूँछ पकड़कर झटका देकर फेंका हुआ साँप निश्चेष्ट-सा पड़ा रह जाता है, जिसकी हड्डियों के टूट जाने से उसमें इतनी भी शक्ति नहीं रहती कि चींटियाँ उसमें नहीं लगें····

हेका ने भय से कहा—"यह तुमने क्या किया अपाप ? यह कुत्ता तो मर गया····"

किंतु अपाप ठहाका मारकर हँस रहा था। उसे आज हार्दिक प्रसन्नता हुई थी।

कुछ समय बाद एक दास ने भीतर प्रवेश किया।

"महाप्रभु !" दास ने हाँफते हुए कहा।

"क्या है ?" मणिबन्ध व्याघात से कुढ़ गया। वेणी सामने बैठी थी।

"महाप्रभु !" दास ने काँपते हुए स्वर में फिर कहा।

"क्या है ? कह न ?" मणिबन्ध ने झुँझलाकर कहा—"मूर्ख ! कहता कुछ नहीं, बस महाप्रभु ! महाप्रभु !"

दास काँप रहा था। भय से उसके मुँह से फिर निकल गया—"महाप्रभु !"

"दास !" मणिबन्ध गरज उठा—"लगता है आज तेरा सिर तेरे कंधों पर बहुत भारी हो

गया है ?"

दास नीचे लोट गया। मणिबन्ध को उसकी यह अवस्था देखकर विस्मय हुआ। उसने देखा, वह अत्यन्त डरा हुआ था। अतः उसने संयत होकर सांत्वना देते हुए कहा—"क्या है दास ? क्या बात है ?"

"प्रभु ! अभय दीजिए प्रभु ! अभय दीजिए।" दास ने गिड़गिड़ाकर कहा।

वेणी ने कहा—"निर्भीक होकर कह दास। क्या कहना है तुझे ?"

"स्वामिनी ! मैंने देखा है, मैं अभी देखकर आया हूँ...."

"क्या देखकर आया है ?"

"प्रभु ! रक्त...."

"रक्त ?" वेणी ने पूछा—"कैसे निकला ?"

"नहीं देवी ! हत्या !"

मणिबन्ध ने सुना और हठात् उठकर खड़ा हो गया।

"हत्या ! !" मणिबन्ध ने गंभीर गर्जन किया—"कैसी हत्या ! किसकी हत्या ! !"

नगर में तो युद्ध हो रहा है, यह हत्या कैसी ? उसने फिर कहा—"दास ! शीघ्र कह !"

"प्रभु ! दासकक्ष के प्रांगण में अक्षय प्रधान...."

"अक्षय प्रधान ?"

"कहने दीजिए प्रभु !" वेणी ने कहा—"मूर्ख डर गया है।"

मणिबन्ध ने चुप होकर देखा। दास ने फिर कहा—"अक्षय प्रधान की हत्या हो गई है। उसका सिर फट गया है और रक्त से पक्का प्रांगण भीग गया है...."

"सच कह रहा है तू ?" मणिबन्ध ने फिर पूछा।

"देव ! मैं निरपराध हूँ।" दास की गिड़गिड़ाहट से मणिबन्ध को घृणा हो गई।

वेणी चौंक उठी—"हत्या ! अक्षय प्रधान की हत्या ! ! और श्रेष्ठि के प्रासाद में ? जहाँ कोई व्यक्ति सशस्त्र घुस ही नहीं सकता ? सेना का पहरा लगा है। केवल दास-दासियों तथा सेवक कर्मचारियों को आने-जाने की आज्ञा है !"

"किसने की है वह हत्या ?" वेणी ने पूछा।

किंतु दास बक रहा था—"मैं नहीं जानता प्रभु, मैं निरपराध हूँ...."

वातायन से देखा, प्रधान का शव पड़ा था। तब तो दास ने सत्य कहा है। सब नीच मिल गए हैं। कोई नहीं बताएगा हत्यारे को और मणिबन्ध रथ पर भाग चला। उसके रथ को घेरकर सेना भाग चली। वह उसकी अंगरक्षक टुकड़ी थी जिसमें दो सौ बलिष्ठ दीर्घकाय सशस्त्र वीर योद्धा थे, चुने हुए। अब मणिबन्ध महानगर में अकेला नहीं आ-जा सकता था। सारा नगर उसका शत्रु था ! कहीं-कहीं अब भी युद्ध हो रहा था।

"सारथी !" मणिबन्ध ने पुकारकर कहा—"आमेन-रा के प्रासाद की ओर !"

सारथी चाबुक फटकारने लगा। रथ आगे निकलने लगा। मणिबन्ध ने कहा—"धीरे सारथी !"

अंगरक्षक फिर पास आ गए। राह में जहाँ भी सैनिक मिलते, वे जयध्वनि करते—"सम्राट् की जय...."

मणिबन्ध का शीश गर्व से उठ गया, वह अब पृथ्वी की ओर देखना नहीं चाहता....

आमेन-रा ने देखा, बैलों के मुख से फेन गिर रहा था। वह उस उद्विग्नता का कारण नहीं समझ सका।

मणिबन्ध के भीतर आ बैठने पर उसने कहा—"आज्ञा सम्राट्।"

मणिबन्ध ने सब सुनाया। आमेन-रा धैर्य्य से एक-एक बात सुनता रहा।

"फिर?"

"फिर मैं तुम्हारे पास आया हूँ।"

"कृतार्थ हुआ महाप्रभु! किंतु हत्यारे का पता नहीं चला?"

मणिबन्ध ने निराशा से सिर हिलाया।

फिर कहा—"इसके लिए आभारी हूँ।" इंगित भरे चषक की ओर था।

ऐसे लगता था जाने कुछ होनेवाला है। उनके हृदय भारी हो गए थे। दासों की यह गड़बड़ उन्होंने पहले सोची भी न थी।

तब यह एक नया शत्रु उठ खड़ा हुआ। आमेन-रा चुपचाप सोचता रहा। उसके मुख पर कोई भाव दृष्ट नहीं था। वह हँसा जैसे कोई विशेष बात नहीं हुई। यह भी सत्य है कि मणिबन्ध ने ठीक कहा है। आज, कल, परसों भी दासों ने काफ़ी अनमने मन से काम किया था। इसी से आमेन-रा भी मन-ही-मन तो चिढ़ा बैठा था। "किंतु," उसने कहा—"सम्राट्! एक भेंट स्वीकार हो। सम्राट्! आज आपका यह वृद्ध...."

मणिबन्ध ने कहा—"उपदेशक महामंत्री...."

आमेन-रा ने कहा—"अपने सम्राट् को प्रसन्नता के कारण पहली भेंट दे रहा है...."

उसने ताली बजाई। दासियाँ एक दास को ले आईं। आमेन-रा ने उस ओर देखा। दासियाँ चली गईं। दास रह गया। मणिबन्ध ने उस दैत्य शरीरी हब्शी को देखा।

आमेन-रा ने कहा—"यह असली स्वामिभक्त है सम्राट्! यह सबकुछ है। किंतु वे सब...."

और आमेन-रा ने कोड़ा उठा लिया। उसने अपना वाक्य पूरा किया—"इसके योग्य हैं। यही है जो शासन ने गैंडा काटकर बनाया है, सम्राट्! यदि गैंडे की खाल काटी जा सकती है तो क्या यह नहीं हो सकता?....दास!"

"महाप्रभु!" दास ने सिर झुकाकर कहा।

"तू जा।" आमेन-रा ने कहा। दास तुरंत चला गया। आमेन-रा ने फिर कहा—"सम्राट्! अब दासी भी.... ?"

वह हँसा। और व्यंग से नीचे का होंठ एक बार बाहर निकल आया, लगा जैसे वह घृणा से थूक देगा। उसने फिर कहा—"सम्राट्! आपकी वाहिनी दुर्दांत, दुर्दमनीय है। आप जैसे पराक्रमी का उस पर वरदहस्त है।"

आमेन-रा ने फिर कहा—"चलिए सम्राट्!"

मणिबन्ध उठ गया।

दुंदुभि बजने लगी। आमेन-रा के प्रासाद की विराट् प्राचीर पर धौंसा बजने लगा और दिगंत उसकी रोर से भर गए। वह अत्यंत स्फूर्त्तिदायक शब्द था। सैनिकों ने जहाँ-जहाँ भी थे, वहीं से जयनिनाद किया और धौंसे का वह लगातार बजता हुआ भयानक स्वर जब जय-निनाद से मिलने लगा तब योद्धा नागरिकों ने आवाज़ लगाई—"हम वह धौंसा फाड़ देंगे। मणिबन्ध

का सर्वनाश !"

उस समय घर-घर से यही आवाज़ उठी—"अत्याचारी को कुचल दो। निकाल दो।" किंतु धौंसा फिर भी जय-जय करता बजता रहा। नगरवासियों में फिर नया भय छा गया। शस्त्रहीन वे कभी-कभी हार खाकर भाग जाते थे। नगर का काम बंद था। दूकानें किसी ने भी नहीं खोली थीं। कुछ विदेशियों ने पहले अपना हाट सजाया किंतु शीघ्र ही शांतिरक्षकों ने उसके लुट जाने के भय से बंद करा दिया। अन्यथा शांतिरक्षक नागरिकों से मिल गए थे। नागरिक भूखे भेड़ियों की भाँति हमला करके अस्त्र छीनने का प्रयत्न करते और सफल भी होते, असफल भी। किंतु इस सबका परिणाम क्या होगा? गणपति क्यों नहीं बोलता? सहस्रों व्यक्ति उसे ढूँढ़ चुके हैं। वे क्या जानें कि बूढ़ा, आमेन-रा के प्रासाद में भूखा-प्यासा बंदी बनकर पड़ा है। स्वयं मणिबन्ध तक को नहीं मालूम।

लोग कुछ भी समझ नहीं पा रहे थे। क्या होगा? यही प्रश्न गूँज रहा था। माताएँ बच्चों की ओर ममता-भरी आँखों से देखतीं और उनकी आँखों में बलात् भय और आशंका से पानी भर आता। वृद्ध मुँह लटकाए चुपचाप बैठे रहते। जो भी बाहर रह जाता उसी को संकट आ घेरता।

उस समय उस वीथिका में गायक और चंद्रा बैठे हेका की कथा सुन रहे थे। अपाप पास बैठा था। हत्या का नाम सुनकर सब गंभीर हो गए और सबका दिल दहल उठा।

अब हेका नीलूफ़र की गोद में सिर दिए रो रही थी। नीलूफ़र ने कहा—"छिः पगली! रोती क्यों है?"

हेका ने कहा—"अब क्या होगा नीलूफ़र?"

"कुछ भी हो, किंतु रोने से तो कुछ भी नहीं होगा।" और नीलूफ़र ने कहा—"क्यों अपाप? तूने उसे उठाकर दे मारा!"

अपाप ने सिर हिलाकर स्वीकार किया। गायक की आँखें विस्मय से विस्फारित हो गईं।

नीलूफ़र हँस दी। चंद्रा ने अपने हाथ से उसके हाथ की मांसपेशी को दबाकर देखा। अपाप वज्र था, कहीं से भी नहीं दबा सकी।

"अरे बाप रे!" कहकर उसने हाथ छोड़ दिया। सब हँस पड़े।

नीलूफ़र उठी। उसने कहा—"सबका खाना बनाऊँगी।"

गायक ने कहा—"कहाँ से बनाएगी?"

"तो क्या होगा?" वह बैठ गई।

चन्द्रा ने कहा—"हाट तो बन्द है।"

"फिर?"

"मैं सोचती थी," नीलूफ़र ने कहा—"समस्या एक पड़ेगी कि अब हम इतने आदमी छिपकर कब तक रह सकेंगे? मणिबन्ध के गुप्तचर घूम रहे होंगे ही। पर वह तो कल-परसों की बात हो गई, अब इस समय क्या किया जाए!"

गायक ने कहा—"कितना चावल है?"

"बस इतना होगा।" उसने दोनों हाथ मिलाकर बड़ी ओक-सी बनाकर दिखाते हुए कहा।

"तो काफ़ी है।"

"हम सब खाएँगे।" गायक ने कहा।

"नहीं तो," नीलूफ़र बोली—"और कर भी क्या सकते हो?"

कुछ नहीं। कोई कुछ नहीं बोला। सबके सिर झुक गए।

"क्यों हैं हम ऐसे अशक्त?" गायक कुछ पूछ उठा।

नीलूफ़र ने सुना। देखा। कहा—"क्योंकि दरिद्र हैं, अपराधी हैं।"

सब चुप हो गए। विवशता के कारण आज दयनीयता न होकर उन्हें ग्लानि हो रही थी जैसे उस सबके लिए वे स्वयं उत्तरदायी हैं। पर बोला कोई नहीं।

नीलूफ़र चावल पकाने लगी। हेका और चंद्रा उसे मदद देने लगीं। गायक लेट गया। अपाप बैठा ही रहा।

गायक ने कहा—"लेट जाओ! तुम थक गए होगे?"

अपाप ने दाँत निकालकर कहा—"जी नहीं। आप सोइए।"

गायक का हृदय एकबारगी झनझना उठा। क्या सुन रहा है वह? थकान से चूर आँखें। और यह क्या कहा उसने? कितना भयानक था सबकुछ। दासत्व का पिशाच इस मनुष्य का गला घोंटे हुए है। उसकी चेतना में यह उतर गया है कि उसको इस प्रकार लेट जाने का कोई अधिकार नहीं है।

गायक ने टालकर कहा—"मणिबन्ध जान गया होगा अब तो।"

अपाप ने कहा—"स्वामी?"

"स्वामी नहीं मूर्ख," गायक ने तड़पकर कहा—"वह स्वामी नहीं है, अत्याचारी है। कह, उसे बर्बर कह, अत्याचारी कह...."

विस्मय से गायक ने सुना, अपाप कह रहा था, "निस्संदेह वह अत्याचारी है...."

गायक हर्ष से पुकार उठा—"नीलूफ़र! देख तो!" नीलूफ़र ने सुना और आनंद से विह्वल होकर रो उठी।

फिर पृथ्वी गड़गड़ाने लगी। उस समय महानगर के संघर्ष में यह एक व्याघात-सा हो गया। भय के कारण नागरिक और सैनिक दोनों हत्‌बुद्धि से इधर-उधर भागने लगे, उस समय वे अपनी शत्रुता भूल गए। यद्यपि परस्पर युद्ध का परिणाम भी एक की मृत्यु ही था किंतु यह मृत्यु सबको डरा उठी। उसमें वीरत्व की छलना थी, इसमें निरीह विवशता थी। और असहाय होने के कारण वे कुछ भी नहीं सोच सके। जिसको जिधर से भी राह मिली वह उधर ही भाग चला। पृथ्वी से भयानक शब्द आ रहा था और फिर लहरों के गड़गड़ाने के समान वह शब्द किसी वस्तु से टकराया और फिर गड़गड़ाहट के समान लौट चला।

पृथ्वी काँप उठी और महामार्ग के पश्चिम में अहिराज के मंदिर के सामने की प्राचीर गिर गई। उसके गिरने का प्रचंड शब्द हुआ जिसे रथ में प्रासाद की ओर लौटते हुए मणिबन्ध ने भी सुना।

"अहिराज!" उसके मुख से फूट निकला—"तेरी भूख अभी भी नहीं मिटी?"

रथ रुक गया। संग दौड़ते अंगरक्षक रुक गए। मणिबन्ध ने कहा—"सैनिको! अहिराज क्रुद्ध हो उठा है। महामहिमामयी से प्रार्थना करो कि वे इस अकारण उपद्रव को रुकवा दें।"

"जो आज्ञा देव!" सैनिक ने कहा—"सारथी! महामाई के मंदिर की ओर।" रथ मंदिर की ओर चलने लगा और भारी पगध्वनि गुँजाते, शस्त्रों को झनकारते सैनिक भी उसी ओर दौड़ने लगे। उस संगठित बल को देख-देखकर सब राह छोड़ देते।

भय से नगर छोड़-छोड़कर जाने की बातों से महानगर गूँजने लगा। वे कहने लगे कि इस प्रकार रहने से लाभ ही क्या है? खाने को नहीं, पीने को नहीं। कोई कहता है उत्तर से मृत्यु आ रही है, कोई कहता है महादेव का महाध्वंस नृत्य अब शीघ्र प्रारंभ हो जाएगा और सारा महानगर भग्न हो जाएगा। नगर में कोई व्यवस्था नहीं रही है। जो चाहे, इस समय जिसकी चाहे, हत्या कर दे। कोई किसी को दंड देनेवाला नहीं है।

धीरे-धीरे यही चर्चा चारों ओर फैलने लगी जिसने आग में तेल का काम किया। अशांति की लपटें हरहराकर और भी अधिक भड़कने लगीं।

उधर महामाई के मंदिर के द्वार पर सेना को छोड़कर मणिबन्ध भीतर चला गया। मोअन-जो-दड़ो के भव्य गौरव, प्रशांत, महायोगिराज, इस समय भी अपनी योगमुद्रा के आसन में ध्यानस्थ बैठे थे। उन्होंने पृथ्वी की गड़ागड़ाहट को जैसे नहीं सुना।

मणिबन्ध ने योगिराज के चरणों पर सिर झुकाकर कहा—"हे महायोगी! आज जीवन करवट बदल रहा है। प्रभु! आप जब समाधि में तल्लीन हो जाते हैं तब मृत्यु आपसे अभय माँगने आपके सामने हाथ बाँधे खड़ी रहती है, क्योंकि तब आप साक्षात् महादेव हो जाते हैं....

"हे महायोगी! आपने समय को स्थिर करके स्वयं देवताओं की गतिविधि को भी अपनी महान शक्ति से बद्ध कर दिया है, आप त्रिकाल के ज्ञाता हैं, मर्म की वेदना को पहचानते हैं।....

"आज मैं आपके द्वार पर आया हूँ। बड़ी-बड़ी आशाएँ लेकर आया हूँ, हे साक्षात् महादेव! आज मैं आपसे याचना करने आया हूँ....

"एक सम्राट् भिखारी बनकर आपके चरणों पर सिर टेक रहा है। हे महायोगी! आज सिंधु का स्वामी आपकी सेवा में स्वयं आकर उपस्थित हुआ है। मुक्त कर दीजिए अपने यह लोचन जिनमें प्रभात का-सा दिव्य आलोक है, जीवन की महान कल्याणदायिनी शक्ति है....अमरता जिनका हल्का-सा एक कंपनमात्र है....हे निर्भय योगिराज! आज मैं निस्सहाय हो उठा हूँ...."

किंतु योगिराज ने कोई उत्तर नहीं दिया। उनके नयन वैसे ही मुँदे रहे। और अधीर मणिबन्ध को क्रोध हो आया। आज वह सम्राट् था, किसी को भी उसकी बात की उपेक्षा करने का अधिकार नहीं था और उसकी आँखें जल उठीं किंतु क्षण-भर बाद ही वह क्रोध ठंडा हो गया।

उस नीरव निश्चेष्टता की ओर देखकर उसे घृणा हो आई और जीवन में पहली बार उसे विचार आया कि वह एक मुर्दे से बात कर रहा था, एक पत्थर के टुकड़े से जीवन की भीख माँग रहा था। तिक्त हो गया उसका मन और वह उस निर्वीय्य सन्नाटे को अधिक नहीं सह सका।

मणिबन्ध निराश-सा लौट चला। सैनिकों ने देखा, सम्राट् का शरीर शिथिल-सा था। वे धीरे-धीरे चल रहे थे। उन्हें शंका हुई।

मणिबन्ध रथ पर बैठ गया। अनेक विचार उसके मस्तिष्क में दौड़ने लगे। रथ चलने लगा। अंगरक्षक अनुसरण करने लगे। किंतु वह अत्यंत अशांत था। योगी की उस निस्तब्धता को देखकर उसके हृदय पर एक काली छाया गिरने लगी थी।

घर आकर उसने चषक भर मदिरा पी और अनुभव किया कि वह विश्रांत था। आमेन-रा के प्रासाद से आई युवती वेणी की दासी बन गई थी। मन हुआ किसी को बुला ले। किंतु फिर

सोचा, नहीं।

सिर उठाकर देखा, नया हब्शी दास सिर झुकाए खड़ा था, जैसे कोई दैत्य, भयानक कुरूप दैत्य उसके अधीन हो गया था, जैसे वह स्वयं कोई जादूगर था।

मणिबन्ध अपनी मुलायम शैय्या पर लेट गया। सिर भारी हो रहा था। नींद नहीं आ रही थी। उसने आँखें बंद कर लीं। हृदय बार-बार उसी स्थान पर जा पहुँचता था।

स्वामी को सोया हुआ जानकर, दास प्रकोष्ठ में थोड़ी देर टहलता रहा। वह रक्षक था। मणिबन्ध ने उसकी हल्की पगध्वनि सुनी। थोड़ी देर बाद घंटे बजने लगे और आधी रात बीती जान दास मुँह के बल सो रहा।

मणिबन्ध उठकर बैठ गया। आकाश में अंधकार छा रहा था। स्यात् बादल घिर रहे थे। उनमें कभी-कभी बिजली कौंध उठती थी। उसके प्रकाश में सारा प्रकोष्ठ काँप उठता था। बाहर अब बड़ी-बड़ी बूँदें गिर रही थीं। हवा सनसना रही थी और मणिबन्ध अपने हाथीदाँत के आसन पर अधलेटा-सा बैठा रहा। उसके हाथ सिंह-मुख पर थे और वह एक हल्का ऊनी दुशाला घुटनों पर डाले था।

रात्रि की नीरवता में अचानक ही कहीं दूर कोई जयध्वनि सुनाई दे जाती थी जिसके शब्द समझ में नहीं आते थे। मणिबन्ध ने सुनने का प्रयत्न किया किंतु वह उसे समझ नहीं सका। बलवती तृष्णा का दीपक जल रहा था, कामना की लौ काँप रही थी और अधीर मादकता बार-बार गरज उठती थी।

रात धीरे-धीरे बीत चली। आकाश में सफ़ेदी छाने लगी और मणिबन्ध ने देखा, अब पूर्व में दूर-दूर तक लालिमा छा रही थी जैसे सारा आकाश रक्त से रँग गया था, भीग गया था....

दास ने उठकर देखा, स्वामी आसन पर अधलेटे-से कुछ सोच रहे थे। वह भय से काँप उठा।

21

जब से मंत्रणागृह में आग लग गई, महानगर का कोई प्रबंध नहीं रहा। नीच प्रवृत्ति और स्वभाव के लोगों के हृदय से भय जाता रहा। वे बहुधा लोगों के घर में से चोरी करने लगे और महानगर में वह बातें होने लगीं जो पहले असंभाव्य थीं। सबको घोर विक्षोभ हुआ। उनके देखते-ही-देखते आज न्याय के स्थान पर बर्बरता और जड़ता का आधिपत्य जम गया था। भले स्वभाव के लोगों ने देखा कि वे वास्तव में बहुत दुर्बल हो गए थे।

किंतु कोई भी क्या कर सकता था? उन्हीं का तो सारा अपराध था। उत्तर से आते बर्बरों से रक्षा के नाम पर मणिबन्ध शक्ति एकत्र करता जा रहा था और वे सब चुप बैठे थे, उन्होंने सोचा था कि इस प्रकार यह द्रविड़ सिर नहीं उठा सकेंगे और उनका धन सुरक्षित बना रहेगा।

गणसदस्यों को अपनी सभा करने के लिए स्थान के विषय में सोचना पड़ा। और कोई ठौर तो निकालनी ही थी। उनका हृदय जल उठता था। अनेक काम पड़े थे। उनके विषय में कुछ निश्चय करना था। अभी तक वे अपने-आपको शासक समझ रहे थे।

अंत में उन्होंने निश्चय किया कि कुछ भी हो यदि मणिबन्ध सेना के बल पर गर्व करता है तो वह आख़िर कितने दिन चल सकेगा? महानगर के अधिवासी तो सब उन्हीं के पीछे हैं और वे भी नगर-शरीर की विभिन्न नाड़ियाँ हैं।

श्रेष्ठि विशालाक्ष के निवास-स्थान पर सभा होना निश्चित हुआ। रथ पर बैठकर, अथवा पैदल ही जिसको सुयोग मिला, विशालाक्ष के विराट् भवन की ओर चल पड़ा। सबके हृदय में आशंका थी। जाने किस समय क्या हो जाए, इसको कोई नहीं जानता। किंतु उन सबका व्यापार आज ख़तरे में पड़ गया था।

धीरे-धीरे सारे सदस्य एकत्र होने लगे। विशाल मध्य प्रकोष्ठ के अधिकांश आसन ढँक गए। उनके मुखों से बोल नहीं निकल पाते थे, क्रोध के कारण जब मुँह खोलते, स्वर फुसफुसा जाता। उधर संवाद आ रहे थे कि मणिबन्ध की सेनाएँ महानगर में घोर उत्पात मचा रही हैं।

वाराह अपनी दाढ़ी पर हाथ फेर रहा था। उसने मूँछों की हजामत कर दी थी। यह भी महानगर का एक नियम था।

जब सब बैठ गए, और नीरवता छा गई, विशालाक्ष उठ खड़ा हुआ। सब उसे देखकर एक नए साहस से भर गए। मणिबन्ध की टक्कर का आदमी आज महानगर में वही समझा जा सकता था जिसका बहुत सम्मान था।

विशालाक्ष ने कहा—"मोअन-जो-दड़ो के गणसदस्यो! गण आज खंडित हो रहा है, चारों ओर घोर अन्याय हो रहा है। आत्मसम्मान को बर्बर अपने पादत्राणों के नीचे कुचले दे रहे हैं। कल तक जहाँ हम संसार के सर्वश्रेष्ठ नागरिक थे आज कुछ नहीं, केवल दास बने जा रहे हैं। आज मैं आपसे पूछता हूँ कि क्या यही उस भुवनविख्यात गरिमा का अंत है? क्या यही भविष्य था उस मदविह्वल अतीत का कि हम निर्वीर्य्य-से देखते रहें और अत्याचार से सामना न करके सिर झुका दें। महानागरिको! रक्त पुकार रहा है, पथ पर पड़ी हुई बूँदों से आवाज़ें आ रही हैं कि इसका बदला लेना होगा। आज महानगर का प्रतिशोध धधक उठा है....

उसका स्वर क्रोध के कारण ऊँचा उठ गया। उसने हाथ उठाकर कहा—"याद रहे कि गण के कंधों पर आज भी महानागरिकों की स्वतंत्रता का भार है। गण के सिर पर आज हत्याओं का अंबार झूम रहा है कि सोओ नहीं, तुम्हें बदला लेना होगा। महानागरिको! एक दिन प्रजा ने हम पर विश्वास करके हमें सारे अधिकार दिए थे। क्या इसीलिए कि हम सुख में उन पर शासन करते रहें और जब विपत्ति आए तब बुद्धिमत्ता कहकर अपने-आपको पीछे कर लें? बोलिए गणप्रवर! न्याय पुकार रहा है।"

अब भी वीणा बैठी तकली ही कात रही थी। बात की ओर हठात् उसका ध्यान गया। उसने कहा—"क्या हुआ?"

किसी ने भी उत्तर नहीं दिया। उसको विस्मय हुआ। वह तो चाहती थी कि खड्गों की झनकार उठे। धन कमाया है, लुटा देंगे। किंतु स्वतंत्रता! वह कमाकर रक्षित की जाती है। उसकी दृष्टि में सुख वह है जब स्वतंत्रता हो, चाहे उसके लिए कितनी ही कठिनाइयाँ क्यों न उठाई जाएँ। सदस्य मौन थे। वे सब चिंता में पड़ गए थे। वीणा ने कुछ देर तक देखा और फिर चुपचाप अपनी तकली घुमाने में लग गई। वह निर्विकार थी।

श्रेष्ठि चंद्रहास अभी तक चुप था। अब बोला—"सच है गणप्रवर, यह सब सच है, किंतु यदि मणिबन्ध पागल हो रहा है तो क्या हमें भी सोच-विचार छोड़ देना चाहिए? बुद्धिमत्ता इसी

में है कि पहले पक्ष-प्रतिपक्ष की हर एक बात अच्छी तरह जाँच लें।"

सब चौंक उठे। एक और व्यक्ति उठ खड़ा हुआ। सबकी दृष्टि उसी ओर फिर गई। भारी और मोटी आवाज़ में नाटे और स्थूलकाय गणसदस्य वाराह ने कहना प्रारंभ किया—"श्रेष्ठि विशालाक्ष ने जो कहा है वह सत्य हो सकता है किंतु श्रेष्ठि चन्द्रहास ने जो कहा है वह भी विचारणीय है। क्या कारण है कि अचानक ही नगर की सब व्यवस्था में उलट-पुलट हो गया-सा लगता है। जब बीज धरती में से फूटता है तब फूटी हुई पृथ्वी क्या उसे अपने ऊपर प्रहार करनेवाला नहीं समझती? किंतु मनुष्य की आँखों को वह ध्वंस भी एक आनेवाले महान कल्याण का प्रतीक प्रतीत होता है। महानागरिको! समय गंभीर है, विकट है। व्यापार विच्छिन्न हो रहा है। धर्म और विलास के केंद्र इस भुवनविख्यात महानगर की ख्याति का आधार वास्तव में व्यापार है। परस्पर युद्ध करके क्या हम अपने को जीवित रख सकेंगे? क्या मोअन-जो-दड़ो संसार में इतना ही महान बना रह सकेगा?"

लोग विक्षोभ से देखने लगे। यह वह क्या सुन रहे थे। विशालाक्ष ने कहा—"किंतु गणप्रवर! यह परस्पर युद्ध नहीं। न्याय और अन्याय का युद्ध है, यदि हम नहीं लड़ेंगे तो निस्संदेह दास हो जाएँगे, क्योंकि मणिबन्ध अधिकार चाहता है, वह धन-लोलुप...."

"मणिबन्ध धनलोलुप नहीं है।" काटकर वाराह ने दृढ़ता से कहा—"यदि वह धन-लोलुप होता तो आज उसने समस्त महानगर को ख़रीद लिया होता। उसने विदेशियों को समानता का अधिकार नहीं दिलाया होता। क्या उसमें उसके अधिकार कम नहीं हो रहे थे?"

उपस्थित सदस्य बोल उठे—"वह पागल हो रहा है, धनलोलुपता ने उसे अंधा बना दिया है।"

चन्द्रहास पुकार उठा—"ठीक है, ठीक है, मणिबन्ध धनलोलुप है।" आज उसके मन की जलन बुझी। बहुत दिनों से वह मन-ही-मन कुढ़ रहा था। "किंतु," उसने कहा, "श्रेष्ठि वाराह की बात में निस्संदेह सार है। क्या वास्तव में मणिबन्ध हमें अपना दास बनाना चाहता है? गणपति होते तो आज हम सब जान पाते। क्या जाने वह इसी से चिढ़ गया है कि उसकी बात उस दिन नहीं सुनी गई और उपगणपति होते हुए भी उसे गणपति के स्थान पर उनकी अनुपस्थिति में नहीं बैठने दिया गया, यद्यपि नियम से तो उसने उचित ही कहा था। आख़िर यह सब उसने क्यों किया? क्या रक्तपात सभ्यों का कार्य्य है? मैं कुछ समझ नहीं पाता हूँ गणप्रवर, इसमें भेद है", और सबने विस्मय से सुना—"क्यों न एक बार हम मणिबन्ध को लिखकर पूछ देखें?"

वीणा चौंककर खड़ी हो गई। उसने कहा—"असंभव श्रेष्ठि चन्द्रहास! असंभव! मणिबन्ध कुछ सुनेगा?"

"क्यों नहीं सुनेगा?" वाराह ने हाथ फैलाकर कहा—"न सुनने का कोई कारण भी तो हो? आख़िर सभ्य ही सभ्य की बात समझ सकता है देवी। महानगर का गौरव इसी में निहित है कि हम परस्पर मिलकर काम करते रहें। मणिबन्ध एक कर्त्तव्यनिष्ठ शक्तिशाली व्यक्ति है। वह क्या खिलवाड़ कर सकता है? महानगर ने आज तक उस पर गर्व किया है।"

और तब विश्वजित ने गरजना प्रारंभ किया। "गर्व किया है तुमने एक बर्बर पर? धिक्कार है तुम्हारी इस सभ्यता को। आज तक जो पाप ढँके हुए थे उनको बाहर आते देखकर तुम्हारी आत्मा भय से काँप रही है? तुम्हारा गौरव इसी में निहित था कि तुम मनुष्य का अपमान करते जाओ और तुम्हारे भांडारों में आँखों को चौंधिया देनेवाला स्वर्ण भरा रहे।

महानागरिक गणप्रवर! सीमा हो गई है। समुद्र अपनी सीमा छोड़ दे, पर्वत धरती के भीतर धसक जाएँ किंतु श्रेष्ठि संप्रदाय अपना स्वार्थ छोड़ने को कभी भी स्वीकार नहीं करना चाहता। रक्त का कोई मूल्य नहीं? तुम्हारी दृष्टि में रक्त पानी है क्योंकि तुमने अपने लाभ के लिए आज तक मनुष्य को पशु बनाकर रखा है। आज तुम्हारा भुवनविख्यात महानगर तुम्हारी ही निर्बलताओं का शिकार बनकर तुम्हें ही डरा उठा है। महानागरिको! मणिबन्ध को तुम लिखकर पूछना चाहते हो कि वह क्या चाहता है, तुम बाज से पूछना चाहते हो कि वह छोटे-छोटे पक्षियों से क्या चाहता है, तुम चीते से पूछना चाहते हो कि बदले में खाने के लिए कितनी घास लेकर वह मनुष्य को छोड़ देगा? महानागरिक गणप्रवर! अच्छा होता कि तुम मुर्दे हो गए होते, किंतु नागरिक कम-से-कम इतनी नीच बात कहने का कभी भी साहस नहीं करता।" मणिबन्ध की निंदा रुक गई। विश्वजित् हाँफ उठा। किंतु वाराह ने उत्तर दिया—"हो सकता है कि महाश्रेष्ठि विश्वजित् ने ठीक कहा है, किंतु कौन नहीं समझ सकता कि वे उत्तेजित हैं और अकारण ही विचलित हो गए हैं। परस्पर व्यक्तिगत विद्वेष छोटे-छोटे प्रांतों की वस्तु है, समुद्र की लहरें हमारी रस्सियाँ हैं, जिनसे हमने देश-देश को नाव की तरह अपने महानगर के लंगर से बाँध रखा है। लंगर के टूटते ही यह सब नावें अलग-अलग हो जाएँगी। महानगर के गंभीर विचारको! आज तक कभी ऐसी विकट परिस्थिति हमारे सामने नहीं आई। यह भी सत्य है कि मणिबन्ध इस लंगर की एक बहुत बड़ी शक्ति है, अनेक व्यापारियों का धन उसके पास फँसा हुआ है, अर्थात् नगर की शक्ति फँसी हुई है।"

विश्वजित् फिर चिल्लाने लगा—"तुम अपने स्वार्थों के लिए जघन्य से जघन्य कृत्य करने में भी नहीं हिचकिचाते। तुम गण का अपमान कर रहे हो। महानगर को ऐसा गौरव नहीं चाहिए जिसमें उसकी शक्ति एक बर्बर से बँधी हुई हो। उसे यदि तुम सभ्यता कहते हो तो तुम्हारी आँखों में एक भी लज्जा का लाल डोरा नहीं रहा है। मनुष्यों को लूटनेवाले तुम श्रेष्ठि! तुम मनुष्य का अभिमान नहीं जानते क्योंकि तुम्हारा लक्ष्य केवल धन है। यदि धन होगा तो तुम्हारी सम्मति में संसार का प्रत्येक सुख होगा। तुम मुट्ठी-भर नरपिशाच! तुम समझते हो महानगर के निवासी तुम्हारे इस न्याय को स्वीकार कर लेंगे? उनका रक्त बहा है। वह रक्त का प्रतिशोध चाहते हैं। कीकट के नागरिक अपने भाइयों से अपने अपमान का बदला चाहते हैं। इस समय एक बर्बर तुम्हारे वक्षस्थल पर लात मार रहा है और तुम उसे स्वीकार कर रहे हो? धिक्कार है तुम्हें महानागरिक गणप्रवर! तुम्हारा कायर गणपति छिपकर बैठ गया है और तुम तूफ़ान में झूलती नाव की भाँति डगमगाते रहे हो। कहाँ है तुम्हारा वह दंभ कि तुमने किसी के सामने अपना सिर नहीं झुकाया, कहाँ है तुम्हारा वह आदर्श कि तुम संसार के सर्वश्रेष्ठ मनुष्य हो। बोलो गणप्रवर! आज मनुष्य का रक्त बोल रहा है, है तुममें इतना साहस कि उसकी ज्वाला बुझा सको?"

विश्वजित् खाँसने लगा। निरंतर बोलने से उसका श्वास फूल गया। विशालाक्ष का सिर नीचा हो गया। वह सोचने लगा। विश्वजित् झूठ तो नहीं कहता। उसका हृदय आत्मवेदना से तड़फड़ा उठा। उसे प्रतीत हुआ कि विश्वजित् के प्रत्येक शब्द में सत्य का दूत अपनी उँगली उठाकर उनके भीतर छिपे पाप को दिखा रहा था। उसने सिर उठाकर कहा—"महानागरिक गणप्रवर! श्रेष्ठि विश्वजित् अपने पुराने अनुभव के कारण हमारे पूज्य हैं...."

तभी वाराह काटकर कह उठा—"श्रेष्ठि होकर आपने यह कहा श्रीमान्। अनुभव उसका

होता है जिसके श्रम का फल देखकर संसार ईर्ष्या करता है।" सब हँस पड़े।

विशालाक्ष ने फिर कहा—"आप इस समय सारी बातों को केवल अपने हानि-लाभ के दृष्टिकोण से देख रहे हैं...."

किंतु गणसदस्य अपनी बात पर ही अड़े रहे। उन्होंने एक भी बात स्वीकार नहीं की। वीणा ने विशालाक्ष की ओर देखकर पूछा—"यह क्या हो रहा है श्रेष्ठि?"

विशालाक्ष चुप हो गया था। उसने सिर झुका लिया। वीणा उठकर बाहर चली गई। उससे और नहीं सहा गया। उसके चले जाने पर जैसे वे सब और स्वतंत्र हो गए। उन्होंने तुरंत कपड़े पर लिखना प्रारंभ किया। गणपति की मुद्रा उस पर अंकित कर दी गई और वे सब संतुष्ट हो गए। धवल वृषभ जोतकर रथ पर श्वेत पताका लगा दी गई और दिन में जलती मशालें लेकर दो लड़के खड़े कर दिए गए। प्रस्तावनापत्र लेकर बीच में एक कुमारी षोडशी बैठ गई। रथ अकेला चल पड़ा। सारथी ने बैलों को सँभालकर हल्के-हल्के से मन-ही-मन गालियाँ देना प्रारंभ किया। वे ऊँचे-ऊँचे बैल वास्तव में अत्यंत सुंदर थे। उनकी स्कंधानुलंबिनी झूल अत्यंत बहुमूल्य थी। षोडशी के हाथ स्थिर हो चले।

रथ प्रांगण के बाहर निकल गया। गणसदस्यों ने एक ठंडी साँस ली और उपेक्षा से पाषाणवत् खड़े हुए गंभीर विशालाक्ष को देखा। रथ की घंटियाँ अब सुनाई देना बंद हो गईं और चकित सहस्रों नागरिकों ने इसे देखा और वे परस्पर बातें करने लगे—"यह क्या है?"

श्वेत पताका? किसलिए? क्या यह संधि का प्रस्ताव है? क्या अत्याचारी मणिबन्ध इतना शक्तिशाली है कि आज समस्त गण उसके प्रचंड बाहुबल को देखकर थर्रा उठा है?

सूखे-सूखे चेहरेवाले वे सब विस्मय से एक-दूसरे की ओर देखते और परामर्श में मग्न हो गए। यदि यह सत्य है तो इससे बढ़कर वास्तव में और कोई भी ऐसी बात शेष नहीं रहती, जिसे अपमान कहा जा सकता था।

चन्द्रहास की कुमारी षोडशी प्रस्तावनापत्र लेकर जा रही है? महानगर की परंपरा में ऐसा तब होता है जब पराजय की आशंका हो। स्त्री को दिखाकर आशा की जाती है कि शत्रु उस पर अपना अस्त्र नहीं उठाएगा। क्या आज परिस्थिति इतनी घृणित हो चुकी है? अपना आत्मसम्मान बेचकर, स्वतंत्रता की बलि देकर और क्या बचता है जिसकी रक्षा की फिर आवश्यकता बाक़ी रह जाती है? वे कुछ भी नहीं समझे। तब उन्होंने जाकर विशालाक्ष का घर घेर लिया। कोलाहल सुनकर विशालाक्ष अलिंद में आ गया। नगरवासियों ने देखा, उसका मुख उतरा हुआ था। उनका संदेह जड़ पकड़ने लगा। एक व्यक्ति ने हाथ उठाकर कहा—"शांत! आप सब शांत हो जाइए।" भीड़ चुप हो गई। उस उत्सुक सन्नाटे को तोड़कर, आगे बढ़कर, विनम्र शरीर, श्वेत केशी चुभती आवाज़ वाले, एक वृद्ध ने विशालाक्ष को देखकर कहना प्रारंभ किया—"क्या यह सच है विशालाक्ष? एक दिन हमने आप पर विश्वास करके आपको गणसदस्य स्वीकार किया था। एक दिन हमारी बहू-बेटियों ने आपका स्वागत करते हुए मंगल गीत गाए थे, आप पर फूलों की वर्षा की थी। एक दिन हमारे मुखों पर आपका नाम सुनकर हर्ष की रेखाएँ खेलने लगती थीं। किंतु आज यह हम क्या सुन रहे हैं? क्या महानद सिंधु में जल के स्थान पर, जीवन के स्थान पर, विष बहने लगेगा? आज जो हमने अपनी आँखों से देखा है, उस पर विश्वास करने को सचमुच जी नहीं चाहता।" वृद्ध की आवाज़ काँपने लगी, "हमने देखा है कि हमारे विश्वस्त गण ने आज शांति के नाम पर अत्याचारी को खड्ग उपहार में दिया

है कि ले इससे इन निरीहों की हत्या कर, हम तेरा साथ देंगे। हम तेरे दास बनने के लिए प्रतीक्षा कर रहे हैं, मणिबन्ध। हम तेरा विश्वास करते हैं न कि इन दरिद्रों का, क्योंकि यह मूर्ख अपनी जान तक देने के लिए पागलों की भाँति घूम रहे हैं, हम युद्ध के लिए तत्पर हैं····तुझसे नहीं, इनसे जिन्होंने हम पर विश्वास किया है, इनको हम अपना शत्रु समझते हैं····"

"वयोवृद्ध····" विशालाक्ष ने दुखित स्वर से हाथ हिलाते हुए कहा जैसे वह नहीं सुन सकेगा, किंतु वृद्ध कहता गया—"सुन लो विशालाक्ष! अंतिम उद्‌गार तो सुनने ही होंगे तुम्हें। जब तक एक भी हममें से जीवित रहेगा, हम तुम्हारे इस न्याय को स्वीकार नहीं करेंगे जिसमें चीता हिरणों के झुंड का स्वामी बना दिया जाए। हमारी बहू-बेटियों की मर्य्यादा तुम्हारी इस शांति का लुट-लुटकर मोल चुकाएगी, तब तुम बैठकर अपनी वीणा बजाना।"

विशालाक्ष का सिर झुक गया। वृद्ध कहता ही गया—"नया सार्थ सजाकर व्यापार करने के लिए सुदूर माइनोन तक पोतारूढ़ करके भेज देना····"

विशालाक्ष पुकार उठा—"नहीं-नहीं, नहीं····"

किंतु कोलाहल में किसी ने उन शब्दों को नहीं सुना। वे हताश-से चले गए। विशालाक्ष सिर पकड़कर अलिंद के स्तंभ के सहारे खड़ा रह गया। उस समय गणसदस्य भीतर बैठे-बैठे दिमाग़ लड़ा रहे थे। आशाओं से उनकी आँखों के सामने रंगीन स्वप्न नाच रहे थे।

साँझ हो गई। अँधेरा-सा हो आया। वाराह दो बार आकर बाहर देख गया किंतु रथ नहीं लौटा था। धीरे-धीरे उनका हृदय शंका से भरने लगा, उन्हें भय लगने लगा। क्या शांति का संवाद पहुँच गया होगा? सनातन की यही परंपरा थी। जब दो में परस्पर लड़ाई होती थी, यही हुआ करता था।

और अँधेरा अब गाढ़ा हो चला। आकाश भी निर्जन हो गया। वे अभी तक प्रतीक्षा कर रहे थे। रथ अभी तक नहीं लौटा था। वे व्याकुल-से वातायन में से झाँकने लगे। तनिक भी शंका होती तो द्वार की ओर दृष्टि उठ जाती कि कहीं कोई आ तो नहीं गया?

दासों ने दीपक जला दिए।

एक दासी ने विशालाक्ष से आकर निवेदन किया—"प्रभु! भोजन!!"

"नहीं।"

दासी लौट गई। विशालाक्ष के घर की स्त्रियाँ सब सुनकर भय से काँप उठीं। गृहस्वामिनी ने आकर कहा—"प्रभु! क्या अब हम सब बच सकेंगे?"

"देवी! उन्होंने मेरी बात पर ध्यान नहीं दिया।"

लोगों का विक्षोभ उन्हें बार-बार झकझोरने लगा, दोनों ने चुप होकर एक-दूसरे की ओर देखा।

विशालाक्ष ने कहा—"देवी! वे हमारे अतिथि हैं। उनका सत्कार करना होगा।"

"मैंने पूछा था। वे भोजन करने को तैयार नहीं हैं।"

विशालाक्ष मुस्करा दिया।

"जानती हो?" उसने कहा—"विशालाक्ष अब कहीं का नहीं रहा?"

देवी ने देखा और उनकी आँखों में पानी छलक आया।

उधर जब रथ प्रशस्त राजपथ पर पहुँचा, आमेन-रा के सैनिकों ने उसे घेर लिया। एक सैनिक ने सारथी को घूँसा मारते हुए कहा—"नीच! सुनता नहीं, हम रुकने की आज्ञा दे रहे हैं।"

सारथी काँप रहा था। उसका हाथ मुँह पर पड़े भारी घूँसे की चोट सहला रहा था। सैनिकों ने फिर गरजकर अपना प्रश्न दुहरा दिया। लड़की स्तब्ध बैठी रही। डरते-डरते काँपते हुए स्वर से उन लड़कों ने कहा—"हम...हम गण के दूत हैं। संधि की प्रस्तावना लेकर हमें भेजा गया है। हम और कुछ नहीं जानते। हम महाश्रेष्ठि मणिबन्ध के पास यह प्रस्तावनापत्र पहुँचाकर उत्तर प्राप्त करना चाहते हैं।"

"कहाँ है?" एक सैनिक ने आगे बढ़कर पूछा।

"यह जो है।" लड़के ने घबराहट में कहा।

सैनिक ने विद्युत गति से उसे छीन लिया। लड़की चिल्ला उठी। लड़कों के मुँह से भी भय से चीत्कार निकल गया। सारथी थर-थर काँपता रहा। उसे लग रहा था कि किसी भी क्षण बर्बर उसकी हत्या कर देंगे।

सैनिक ठठाकर हँस पड़े। वे उन्हें पकड़कर मणिबन्ध के बजाय अपने स्वामी आमेन-रा के प्रासाद की ओर ले चले।

लड़की ने गिड़गिड़ाकर कहा—"सैनिक! प्रस्तावनापत्र मुझे दे दो।"

सैनिक ने कहा—"घबराती क्यों हो? हम तुम्हें ही किसी को दे देंगे। प्रस्तावनापत्र से तो तुम कहीं अधिक मूल्यवान हो?"

और वे फिर गरजते हुए हँस उठे। लड़कों का मुख सफ़ेद हो गया। षोडशी भय से रोने लगी, किंतु सैनिकों ने इन बातों पर तनिक भी ध्यान नहीं दिया।

एक लड़के ने कहा—"किंतु श्रेष्ठि मणिबन्ध तो इधर नहीं रहते?"

"श्रेष्ठि नहीं मूर्ख," एक सैनिक ने कहा—"सम्राट् कह, अन्यथा अभी ठीक कर दिया जाएगा।" लड़का चुप हो गया।

आमेन-रा ने देखा। उसके होंठों पर एक कुटिल हँसी काँप उठी। सबसे पहले सैनिक ने उसे पथ की कहानी सुना दी। आमेन-रा की वृद्ध दृष्टि ने षोडशी को घूरकर देखा।

वह भीतर प्रकोष्ठ की ओर चल पड़ा। सैनिकों ने तीनों को वहीं उपस्थित कर दिया था। बाहर सैनिकों ने सारथी को बाँधकर पटक दिया था कि कहीं भाग न जाए। आमेन-रा थोड़ी देर तक घूमता रहा। प्रस्तावनापत्र ने तो सारी कठिनाई हल कर दी थी। सामने देखा, लड़के और षोडशी सहमे हुए खड़े थे जैसे चीते को हठात् सामने पाकर हरिण डर जाते हैं। उसने इंगित किया। सैनिक हट गए।

आमेन-रा ने कहा—"मैंने सुना है कि तुम यह प्रार्थनापत्र...."

"देव! पितृव्य ने इसे प्रस्तावनापत्र कहा था।"

"बालक, तू आवश्यकता से अधिक चपल है। गुरुजनों से इसी प्रकार बात करने की शिक्षा मिली है तुझे?" आमेन-रा ने डाँटकर कहा। किंतु उतना प्रभाव नहीं पड़ा जितना पड़ सकता था। लड़के ने फिर कहा—"श्रीमान्! मैं अपराध करने पर क्षम्य हूँ।"

षोडशी ने कहा—"देव! हम बंदी हैं या दूत?"

"श्रीमान्! आपके सैनिकों ने हमारा अपमान किया है। हमें इसकी आशा न थी...." आमेन-रा की घूरती आँखों को देखकर लड़का कहते-कहते चुप हो गया। आमेन-रा अपलक देख रहा था। उसकी आँखों में निर्दयता धधक रही थी। उसने कहा—"तुम दोनों कौन हो?"

लड़का उत्तर नहीं दे सका। उसने षोडशी की ओर देखा, फिर साथी की ओर, और फिर

काँपते स्वर से कहा—"हमारे पिता गणसदस्य हैं।"

वह डर गया था। आमेन-रा प्रसन्न हुआ। आज यह बालक, बालक नहीं, एक-एक, चाहे वह कोई भी क्यों न हो, शत्रु है। इधर या उधर। बीच का कोई मध्य पथ नहीं। आमेन-रा ने फ़िर कहा—"किंतु तू कौन है लड़की?"

"मैं," लड़की ने एक बार इधर-उधर देखा, "श्रेष्ठि चन्द्रहास की एकमात्र पुत्री हूँ। संधि प्रस्तावना लाने का कार्य्य मुझी को दिया गया है, क्योंकि महानगर में यही नीति परंपरा से होती रही है।" षोडशी ने उत्तर दिया।

"महानगर!" आमेन-रा ने कहा—"नीति! उन बातों को छोड़कर और बात करो। सम्राट् से मिलना चाहते हो?"

"सम्राट् कौन?" लड़का पूछ उठा।

"सम्राट् मणिबन्ध!" आमेन-रा ने गंभीर स्वर से कहा और परिणाम के लिए उनकी ओर देखा। एक लड़के का सिर झुक गया। उसने फिर कहा, "हम महाश्रेष्ठि मणिबन्ध के पास भेजे गए हैं, न कि सम्राट् के। हम नहीं जानते वह कौन है?"

"मूर्ख, यह भी नहीं जानते? किंतु समय पर तुम्हें सब ज्ञात हो जाएगा।"

आमेन-रा ने प्रसन्न होकर कहा—"परम देवता ओसिरिस, तू महान है।" वह इस विचार से पुलकित हो उठा था कि घर बैठे सारी समस्या हल हो गई। चन्द्रहास एक कुलीन वंशी है। षोडशी यदि मणिबन्ध के लिए रख ली जाए? अभी छोटी है, किंतु साम्राज्ञी का गौरवमय पद क्या इसे उन्मत्त नहीं बना सकेगा। आमेन-रा स्त्री को आज तक ख़रीदता रहा है, आज भी वही करेगा। यदि स्त्री के पेट में अन्नमात्र से शांति पहुँचती है तो उससे भी पुरुष की ही भाँति दासत्व कराया जा सकता है। उसने फिर पूछा—"सभा कहाँ हो रही है?"

एक लड़के ने कहा—"गणसदस्य श्रेष्ठि विशालाक्ष के भवन में।"

"बालक, तू सच कह रहा है?"

"देव, मुझे झूठ बोलना नहीं सिखाया गया।"

आमेन-रा भीतर की ओर चला गया। लड़के प्रतीक्षा करते रहे। आमेन-रा शीघ्र ही लौट आया। उसने कहा—"मैं देख लूँगा कि तुमने क्या सीखा है और क्या नहीं सीखा?"

लड़के ने कहा—"देव! मैं अपराधी नहीं हूँ।"

आमेन-रा ने कहा—"तुम क्या चाहते हो?"

"प्रभु! उत्तर!"

"उत्तर?" आमेन-रा ने कहा—"कैसा उत्तर?"

"देव! प्रस्तावनापत्र का उत्तर।"

"ओह," आमेन-रा ने कहा—"अभी ठहरो।"

लेखक बुलाया गया। वह एक पतला-दुबला बूढ़ा मिश्री था। और वृद्ध ख़ेम लिखने लगा।

आमेन-रा ने उससे मिश्री में कुछ कहा जिसे बालक-बालिका नहीं समझे। ख़ेम उसका मोअन-जो-दड़ो की भाषा में अनुवाद करके लिखने लगा।

आमेन-रा ने दास से कहा—"सम्राट् की मुद्रा ले आ।"

उसके बाद उसने मुद्रा अंकित करके प्रस्तावनापत्र को पढ़कर एक बार आनंद से सिर

हिलाया और उसे लपेटकर लड़कों की ओर बढ़ाते हुए कहा—"बालको ! कहना जाकर, महामंत्री ने अपने हाथ से हमें इसे दिया है। समझे—क्या कहोगे ? लो, इसे ले जाओ।"

एक लड़के ने उसे ले लिया। और वह चलने लगा। दूसरा नालक अभी देख ही रहा था। उसने भी पग उठाया।

आमेन-रा ने कहा—"तुम्हारे पिता ने अभिवादन करना नहीं सिखाया ?"

"भूल हुई देव," और उन्होंने उसका अभिवादन किया। उनके पीछे षोडशी चलने लगी किंतु उसे उसी समय किसी ने रोक दिया। दो बलिष्ठ हब्शी दासियों ने उसको पकड़ लिया। षोडशी ने कहा—"मुझे छोड़ दो। मैं उनके ही साथ आई हूँ····"

वह रोने लगी थी। भय से त्रस्त नयन विस्फारित हो गए थे।

आमेन-रा ने हँसकर कहा—"कोई किसी के साथ न आता है पगली, न कोई किसी के साथ जाता है। उन्हें जाने दे। वे तेरे कोई नहीं हैं। बालक ! श्रेष्ठि चन्द्रहास से कहना वे निश्‍चिंत रहें।"

लड़के भय से रो उठे। षोडशी अभी बल-प्रयोग करके अपने को छुड़ा लेने की चेष्टा कर रही थी। हब्शी दासियों ने उसे एक बार ज़ोर से झटका दिया और कहा—"सावधान लड़की। चुप रह, अन्यथा देख····"

हाथों में खड्‌ग चमक उठे। षोडशी काँपने लगी।

आमेन-रा ने हँसकर षोडशी से कहा—"घबराओ नहीं, मैं तुम्हें कोई कष्ट नहीं दूँगा। डरती क्यों हो ? उनको जाने दो। तुम्हारा काम तो पूर्ण हो चुका है। मैंने उत्तर लिखकर दे दिया है न ? फिर इतनी चिंता क्यों ? तुम सभ्यों के बीच में हो। कोई तुम्हारे प्राण नहीं लेगा। बालिका ! तू क्या जाने कि आमेन-रा ने जो उपकार आज तेरे साथ किया है उसके लिए संसार की कोई भी स्त्री व्याकुल और आतुर रहती। मैं तुझे सम्राट् मणिबन्ध की विवाहिता पत्नी बनाऊँगा और तू ? तू साम्राज्ञी कहलाएगी।"

षोडशी चिल्लाकर मूर्छित हो गई। हब्शी दासियों ने उसे उठा लिया और भीतर ले चलीं। लड़कों ने देखा और एक भय का चीत्कार उनके मुख से निकल गया।

आमेन-रा ने उन्हें घूरकर कहा—"बालक ! समय व्यर्थ नष्ट करना दूत के लिए शोभनीय नहीं होता। जाओ।"

बालक चले गए। सारथी को सैनिकों ने खोल दिया। किसी के भी मुँह से भय के कारण बोल नहीं निकल पाता था। सारथी रथ हाँकने लगा। अंधकार में किसी ने उन पर ध्यान नहीं दिया। मशालें अब बुझ गई थीं।

जब रथ पहुँचा उस समय दास बाहर खड़े-खड़े रथ देख रहे थे। उद्वेग से गणसदस्य उठ खड़े हुए, उनके कंधों पर लटकते 'टुगों' के कारण वे दीर्घकाय प्रतीत हो रहे थे।

विशालाक्ष गंभीर, हाथ बाँधे पीछे ही खड़ा रहा। लड़कों ने प्रकोष्ठ में प्रवेश किया। बाहर सारथी रो रहा था। लड़कों के विवर्ण मुख देखकर प्रकोष्ठ में गणसदस्यों का हृदय दहल उठा। वे अपने-अपने आसनों पर बैठ गए। चारों ओर निस्तब्धता छा गई। उनके मुखों पर आशंका जागकर फिर छा गई।

दासों ने पास जाने पर देखा कि सारथी की बात सच थी। उसके शरीर को इतनी ज़ोर से बाँधा गया था कि रस्सियों के निशान पड़ गए थे और पताका नहीं थी। ऊपर मणिबन्ध का

झंडा खड़ा था। वह डर गए। उन्होंने देखा, वह रथ अब शांति का नहीं, सम्राट् का हो गया था।

चन्द्रहास ने साहस करके पूछा—"बालक ! कार्य्य पूर्ण हो गया ?"

लड़के विक्षुब्ध-से थे। उन्होंने कुछ नहीं कहा। एक बार विशालाक्ष की ओर उनकी आँखें घूम गईं और फिर एक लड़का धीरे-धीरे आगे बढ़ने लगा। उस नीरवता के सघन भार में लड़के ने पत्र चन्द्रहास के हाथ में दे दिया।

चन्द्रहास पढ़ने लगा—

"सम्राट् की आज्ञा से विद्रोहियों को सूचित किया जाता है कि जो आत्मसमर्पण करके स्वामिभक्ति दिखाएँगे उन्हें क्षमा कर दिया जाएगा। हमने निश्चय किया है कि सभ्यता की रक्षा के लिए हम अपने सुयोग्य हाथों में शक्ति केंद्रित कर लें क्योंकि परस्पर वैमनस्य अच्छा लक्षण नहीं।" और फिर मुद्रांकन पढ़ा—"सम्राट् मणिबन्ध····" पत्र हाथ से छूट गया। आकुल विक्षोभ में, काँपते कंठ से चन्द्रहास ने कहा—"मेरी पुत्री ?"

बालक चुप ही रहे।

"मेरी बालिका कहाँ है, बालको !" वृद्ध ने फिर कहा—"कहाँ है मेरी आँखों की ज्योति ? मैंने उसे बहुत स्नेह से पाला है बालको ! कहाँ है वह ? मैं उसके बिना कभी भी जीवित नहीं रह सकूँगा।"

लड़के ने कहा—"श्रेष्ठि चन्द्रहास की कन्या को आमेन-रा ने पकड़कर रख लिया है····वह साम्राज्ञी बनेगी····"

"आमेन-रा ने !" चन्द्रहास ने हठात् उठकर कहा—"मेरी कन्या को ? महागणप्रवर····"

"चुप रहो।" विशालाक्ष ने गरजकर कहा—"अबके और एक कन्या भेज दो।" सब चुप रहे और चन्द्रहास रोने लगा।

गणसदस्यों के सिर झुक गए।

लड़के ने कहा—"उसने बार-बार हमारा अपमान किया। हमें मणिबन्ध से मिलने भी न दिया····"

वाराह उठकर बोल उठा—"तुम मणिबन्ध से नहीं मिले ? तुम आमेन-रा से मिलकर आए हो ?" किंतु लड़के चुप हो गए। सब नीरव हो गए और उस निस्तब्धता में एक हास्य गूँज उठा। उन्होंने देखा, वह विश्वजित् था जिसके मुख पर एक घृणा से तिक्त व्यंग झलमला रहा था, जैसे इस समय उसे घोर आनंद हुआ था।

उसने आगे बढ़कर चन्द्रहास से कहा—"श्रेष्ठि ! तुम्हारी कन्या साम्राज्ञी बनेगी ? कुछ दान-दक्षिणा नहीं दोगे ?"

चन्द्रहास ने घूरकर देखा।

"लड़ोगे ?" विश्वजित् ने कहा। "ऐसा न करना श्रेष्ठि ! यह तो सब मूर्ख हैं। तुम कल सम्राट् के श्वसुर हो जाओगे। क्या जाने उत्तर के बर्बरों से युद्ध करने को वे कहीं तुम्हें ही सेनापति बनाकर न भेज दें ?"

और वह एक बीभत्स हँसी हँसने लगा। समस्त गणसदस्यों ने विक्षोभ से मुँह फेर लिया।

चन्द्रहास गिड़गिड़ाने लगा—"तुम नहीं जानते विश्वजित् ! तुम तो भिखारी हो····"

"जानता हूँ महाश्रेष्ठि," विश्वजित् ने टोककर कहा—"तुम्हारे पास संपत्ति है। बचाना

चाहिए न उसे। अवश्य बचाओ। देखो याद रखना। कल के दिन इन सबको एक-एक करके ऐसा दंड दिलवाना कि यह भी सब घमंड भूल जाएँ...."

विशालाक्ष ने चिल्लाकर कहा—"पागल हो रहे हो तुम विश्वजित्! आज तक इतना सुंदर न्याय कभी भी नहीं हुआ। चन्द्रहास के यदि एक और कन्या हो तो उसे भी भेज दो। उसे आमेन-रा रख लेगा...."

विश्वजित् ज़ोर से हँसा। उसने कहा—"विशालाक्ष, थोड़ी देर पहले तुमने सिर नीचा कर लिया था। चलो अच्छा है, इस समय वह ऊपर उठ गया है।" एकाएक मुड़कर कहा—"कौन जा रहा है वह?" सबने देखा, व्यक्ति जा चुका था।

"शायद वाराह है...." विशालाक्ष ने कहा।

"वाराह? तो सँभल जाओ। अब वह मणिबन्ध के पास चला गया है। शांतिरक्षकों का प्रधान उधर चला गया है...."

विशालाक्ष ने कहा—"अर्थात्.... ?"

उस समय बाहर शस्त्रों की खड़खड़ाहट सुनाई दी और वज्रकण्ठ से सैनिकों ने सम्राट् मणिबन्ध की जय का निनाद किया। गणसदस्य स्तब्ध रह गए। एक दास ने दौड़कर प्रवेश करके कहा—"प्रभु! मणिबन्ध की सेना आ रही है...."

विश्वजित् ने आगे बढ़कर कहा—"श्रीमान्! अर्थात्....देख लिया अर्थात्?"

विशालाक्ष स्तब्ध रह गया। विश्वजित् की हँसी कठोर हो चली थी।

वे सब उठ खड़े हुए—"क्या हुआ?"

विश्वजित् एक बार ठहाका लगाकर हँसा—"और अब श्रेष्ठियो, घबराते क्यों हो? तुम सब मणिबन्ध के साले बन जाना, समझे?" और विश्वजित् अंधकार में छिपकर भाग चला। विशालाक्ष ने क्षण-भर सोचकर कहा—"कितनी दूर है?"

"प्रभु! हम घिर गए हैं।" दास ने घबराते हुए कहा।

"द्वार बंद कर दो।"

दास चला गया। विशालाक्ष ने कहा—"गणसदस्यो! कहते हैं प्राचीनकाल में प्रत्येक गणसदस्य घोर योद्धा हुआ करता था। पवित्र गण की शपथ खाओ कि तुम आमरण शस्त्र को नीचे नहीं डालोगे।"

बाहर कोलाहल होने लगा। द्वार पर प्रहार होने लगे। दासों ने लकड़ी के बाधकों पर बहुत बल प्रयोग किया किंतु धक्के बढ़ते ही गए।

उस समय गणसदस्यों ने खड्ग उठाकर शपथ ली। चन्द्रहास पृथ्वी पर गिरकर रो रहा था। स्त्रियों ने गर्व से शीश उठा दिए और थोड़ी ही देर बाद सैनिकों ने द्वार तोड़ दिया। दासों पर उन्होंने घोर प्रहार करना प्रारंभ किया। कुछ दास तो भाग गए किंतु अन्य वीरता से युद्ध करते रहे। सिंहद्वार लाशों से ढँक गया। मशालों के प्रकाश में नई सेना आ पहुँची जिसने फिर भीषण जयध्वनि की। रात तड़कने लगी। सैनिक वायुवेग से भीतर घुसने लगे। जो भी सेवक राह में आता उसी पर उनका खड्ग चलता और उसे वे निर्दयता से काटकर फेंक देते। एक दीर्घ योद्धा ने एक दासी के सिर पर खड़ा वार किया जिससे उसका सिर दो भागों में खिल गया। उस बीभत्स प्रहार को देखकर युवती स्त्रियाँ चिल्ला उठीं। तब तड़पकर प्रभु-पत्नी ने कहा—"कायर! स्त्रियों पर हाथ उठाते हो! तुम्हें लाज नहीं आती?"

सैनिकों ने बर्बर अट्टहास करते हुए कहा—"प्रिये ! क्यों आतुर होती है ? अभी तेरे मन की इच्छा भी पूर्ण हो जाएगी।"

वे सब फिर हँसे किंतु विशालाक्ष की पत्नी के हाथ से फेंका हुआ छुरा, कहनेवाले सैनिक के पेट में भुक से घुस गया और वह चिल्लाकर मुँह के बल गिर गया। गणसदस्य ठठाकर हँसे।

दासों ने भीतर से निकलकर फिर सैनिकों पर दूसरा प्रहार किया। क्रोध से वे चिल्ला रहे थे किंतु उनके पास शस्त्र पूरे नहीं थे। वह शीघ्र ही हटने लगे। विशाल प्रकोष्ठ में सब टूट-फूट गया और जहाँ किसी समय मांगलिक उत्सवों में मदिरा की गंध झूमती थी, आज रक्त ही रक्त फैल गया।

और सैनिकों ने उनका ढेर लगा दिया। फिर एक बार जयध्वनि हुई। उन्होंने कहा—"पकड़ लो इन्हें। जीवित पकड़ लो।"

दो सैनिक स्त्रियों की ओर बढ़ने लगे।

विशालाक्ष की पत्नी ने गरजकर कहा—"सावधान, एक पग भी आगे न बढ़ना····"

और फिर बिजली-सी चमक उठी। एक बड़ा भाला आकर एक बढ़ते हुए सैनिक के वक्षस्थल में ज़ोर से आ गड़ा, वह लुढ़ककर गिर गया, गणसदस्य हर्ष से चिल्ला उठे और सैनिक टूट पड़े। वे विक्षुब्ध और क्रुद्ध थे। गणसदस्यों के हाथों में तलवारें चमकने लगी थीं। उन्होंने चिल्लाकर कहा—"जब तक जीवन है," दूसरी ओर से आवाज़ आई—"सिर नहीं झुकाएँगी !" फिर खड्ग की झंकार पर स्त्रियों की निर्भय वाणी उठी—"अत्याचारी का," पुरुषों ने गर्जन किया—"सर्वनाश करेंगे।"

खचाखच हो गया। स्त्रियाँ अपने स्वामियों को भाले उठा-उठाकर देतीं और स्वयं कोई-कोई खड्ग उठाकर टूट पड़ीं, युद्ध होने लगा। घमासान युद्ध होने लगा। गृहपत्नी ने फिर पुकार लगाई—"जय-जय" ····उत्तर में समवेत होकर स्वर गूँजा, "महादेव !" उस समय उनमें से किसी को भी ज्ञान न था कि यह शब्द सहस्रों शताब्दियों तक पृथ्वी पर इसी तरह गूँजता रहेगा····

खड्गों की झंकार पर रक्त चमकने लगा और उस कठोर संघर्ष में योद्धा दोनों ओर लहूलुहान हो गए, उनके शरीर से स्वेद झर-झर बहने लगा। गणसदस्यों को युद्ध का अधिक अभ्यास भी नहीं रहा था।

चन्द्रहास भय से काँपता लुढ़ककर एक बड़े आसन के नीचे छिप गया। और वहीं आँख मूँदकर भय से काँपता हुआ बैठकर प्रार्थना करने लगा—"हे महादेव ! यह क्या हो रहा है····मैं वृद्ध हूँ····"

और अपने स्वर्णकोष की स्मृति आते ही उसकी आँखों में फिर आँसू भर आए। कुछ ही देर में नई सेना भीतर घुसने लगी। अब सैनिक बहुत अधिक हो गए। गणसदस्य घायल हो-होकर गिरने लगे। प्रत्येक गिरते समय चिल्लाता—"मणिबन्ध का सर्वनाश," बाक़ी लोग चिल्लाते—"पवित्र गण की जय !"

और तब विशालाक्ष का सिर कटकर पृथ्वी पर गिर गया। चारों ओर भगदड़ मच गई। सैनिक चुन-चुनकर एक-एक को मारने लगे। गृहपत्नी ने चिल्लाकर कहा—"मणिबन्ध का····"

और 'चुप रह बुढ़िया' के साथ एक खड्ग ऐसा सधा हुआ पड़ा कि तुरंत गृहपत्नी की

जय वहीं हो गई।

एक बर्बर योद्धा ने ज़ोर से कहा—"पकड़ लो इन स्त्रियों को...."

पीछे से स्वर उठा—"बलात्कार ...."

किंतु इससे पहले कि वे उन्हें पकड़ते, बिजली के-से वेग से एक बार अनेक छुरे चमक उठे और अनेक स्त्रियाँ नीचे गिरीं और उनके मुख से निकला—"पवित्र गण की जय...."

उस संगठित आत्मबलिदान को देखकर सब स्तब्ध रह गए। फिर हँसे और सैनिकों ने उस विशाल गृह को लूटना प्रारंभ कर दिया। पहले उन्होंने उन वस्तुओं का नाश किया जिन्हें वे लेकर भाग नहीं सकते थे। उन्मत्त सैनिकों ने मदिरा के सारे पात्रों को ढूँढ़-ढूँढ़कर ख़ाली कर दिया और फिर जिसके जो हाथ में आता वही उठा-उठाकर सँभालने लगा। अक्ष वंश अनेक पीढ़ियों से व्यापार करता आ रहा था। उस विशाल भवन में अनेक बहुमूल्य वस्तुएँ थीं। अधिकांश सैनिक अब प्रकोष्ठ की विशाल छत के नीचे इकट्ठे होने लगे थे।

एक सैनिक ने कहा—"कुछ और तो नहीं रहा? देख तो तनिक।"

सैनिक सारी चीज़ों को फिर उलट-पुलट करने लगे, वे झुक-झुककर ढूँढ़ने लगे।

एक सैनिक ने चंद्रहास को देख लिया। वह चिल्ला उठा—"यह रही, यह रही...."

आवाज़ सुनकर अनेक नशे में चूर सैनिक 'कहाँ है', 'पकड़ लो,' 'जाने न पाए' चिल्लाते हुए उधर लपके। सैनिकों ने काँपते हुए चंद्रहास को बाहर खींच लिया। आए हुए सैनिक चिल्ला उठे—"आहा! क्या मनोरम सुंदरी है?"

भीतर सैनिकों ने आग लगा दी थी। धुआँ उठ रहा था। सैनिक ने क्रोध से चंद्रहास को ज़ोर से एक चाँटा मारकर कहा—"तू था! मूर्ख समझता है हमें?"

इसी समय आग धधक उठी।

चन्द्रहास ने गिड़गिड़ाकर कहा—"मुझे मत मारो। मैं सम्राट् का भावी श्वसुर हूँ, मैं तुम्हारे पाँव पड़ता हूँ...."

सैनिक ठठाकर हँस पड़े। एक ने कहा—"अरे सम्राट् के श्वसुर पाँव पड़ रहे हैं? महान् व्यक्ति है यह कोई। इसको स्यात् ठंड लग रही है, तभी इतना काँप रहा है। इसे ताप मिलना चाहिए।"

उसने एक चाँटा और दिया।

"यह नहीं, यह नहीं," एक सैनिक ने आगे बढ़कर कहा—"मैं इसे असली ताप दूँगा। इससे क्या काम चलेगा? सम्राट् के श्वसुर के लिए बड़ी-बड़ी बातों की आवश्यकता है" और सैनिक ने चन्द्रहास को उठाकर अग्नि में फेंक दिया। चन्द्रहास का चीत्कार उनके प्रबल अट्टहास में डूब गया। वे गीत गाते हुए बाहर निकल चले। उनके बाहर निकलने के कुछ समय बाद पीछे की छत अर्राकर गिर गई। मोअन-जो-दड़ो के महान और कुशल शिल्प का एक महान उदाहरण साम्राज्य की भूख ने सदा के लिए खा लिया।

धीरे-धीरे सैनिकों का संगीत दूर से दूरतम होकर विलीन हो गया। आज गण पूर्ण रूप से समाप्त हो गया। उसकी कोई भी शक्ति शेष नहीं रही। संवाद महानगर में तुरंत फैलने लगा और भीड़ उसी ओर टूटने लगी। संधि-प्रस्ताव का उचित उत्तर मिल चुका था।

रात के अंधकार में हवा और तेज़ हो गई और लपटें हरहरा उठीं। उसकी भूख की विराट् जलन थपेड़े मारती और सहस्रमुखी सर्पों की-सी लपलपाती लपटें हवा के कंधों पर

चढ़कर थरथराने लगीं और उनके आलोक में समस्त वायुमण्डल काँपने लगा जैसे इस विकराल क्रोध में सबकुछ सदा के लिए भस्म हो जाएगा और फिर हवा के स्थान पर भभकती लपटें खेला करेंगी।

आग पड़ोस में फैलने लगी। हवा ने उसे दूर-दूर तक फैलाना प्रारंभ कर दिया और पड़ोस में रखी लकड़ियों ने उसे पकड़ लिया और हवा ने उसे खींचकर वीणा के पति के नए मकान में छुला दिया जिसे बल्लियाँ उछालने लगीं और आग बल्लियों के सहारे वेग से आकाश की ओर चढ़ने लगी। और दूर-दूर से लोगों ने आकाश में छाई ललाई को देखा और उस विराट् ईंगुरवर्णी छाया को देखकर उन्हें प्रतीत हुआ कि आकाश जल उठा था।

लोग चीत्कार करते भाग चले। उन्हें अब कोई चिंता नहीं है। भागे जा रहे हैं क्योंकि भाग सकते हैं। अब क्या होगा? अब कोई आत्मसम्मान नहीं। मृत्यु आ रही है, उसके भय से अनजाने ही प्राण काँप रहे हैं, भय हो रहा है और फिर जो मरना ही है, मरना ही है, फिर एक फुसफुसाहट···मृत्यु ···फिर एक भय से लरजता स्वर···जीवन का अंत···

भीड़ भाग रही है। वे सुनसान पथ, रात का अंधकार, जलता हुआ आकाश और पाँवों में एक दबी हुई साँस है पृथ्वी की जो ज़ोर से नहीं छूटना चाहती···डर रही है, निस्तब्ध-सी, कायर संभावना-सी···

फिर वे राह पर कोलाहल करने लगे, और फिर वे चुप हो गए···है भी, नहीं भी है···

माँ को पुत्र नहीं है···

पिता कुटुंब को भूल गया है···

पति पत्नी से दूर है···

बच्चे भीड़ में कुचल जाते हैं···

साम्राज्य का शासन प्रारंभ हो गया है। न्याय की सत्ता डोल रही है। शक्ति का केंद्रीकरण हो चुका है···किंतु वे सब विक्षुब्ध हो रहे हैं···

सैनिक ठहाके लगाते हुए चले जा रहे थे। उन्होंने भीड़ को देखकर फिर प्रहार किया। भीड़ तितर-बितर होकर भाग चली। और सैनिकों ने कुछ स्त्रियों को पकड़ लिया। एक सैनिक ने एक स्त्री की गोद में से उसका रोता हुआ बच्चा अग्नि में फेंक दिया जिससे उसका शरीर कुछ झुलस गया और फिर नीचे गिर गया। स्त्रियों को पकड़कर वे ले चले।

उन्हें अब कोई चिंता न थी। हो गया जो कुछ होना था। स्त्रियाँ भय से चुप थीं। कई तो भय से उनको देखकर मूर्छित हो गईं। किंतु सैनिक उन्हें घसीटते हुए लेकर चले गए। नगरवासियों ने कोई प्रतिवाद नहीं किया।

भीड़ विश्रांत होकर कातर और संत्रस्त नयनों से देखती एक जगह रुक गई। अब नहीं चला जाता क्योंकि मंज़िल का पता नहीं है। कहाँ जाएँ? क्या बचा है जिसके लिए युद्ध किया जाए? और फिर उससे भी बड़ा प्रश्न है, क्यों जाएँ? क्या उससे कोई लाभ है?

इसी समय लपटों के सामने एक अधजले बच्चे को उठाकर विश्वजित् एक ऊँचे स्थान से चिल्ला उठा—"धन्य हो नगरनिवासी! धन्य है तुम्हारा साहस! धन्य है तुम्हारी शक्ति···"

किंतु भीड़ उसे देखकर चिल्ला उठी—"चुप रहो। नहीं चाहिए हमें तुम्हारा उपदेश···"

और विश्वजित् घोर अट्टहास कर उठा। उसने अपने माथे पर बहते ताज़े रक्त को हाथ से छूकर दिखाते हुए कहा—"विश्वजित् नहीं बोलता मूर्खो, विश्वजित् के भीतर पलता मनुष्य

बोल रहा है…”

रात्रि के अंधकार में फिर से संवाद बिजली की भाँति फैलने लगा। लोगों के टूटे हृदयों में फिर एक आशा का संचार होने लगा। और फिर भीड़ उधर ही एकत्र होने लगी। विश्वजित् को देखकर न जाने वे क्यों एकदम सदा ही उसे अपना विश्वस्त मित्र मान लेते थे। कारण यही था कि विश्वजित् की कथनी और करनी में भेद न था। वह जीवन के सब सुख भोग चुका था। द्रविड़ों की भीड़ उसी भीड़ में मिल गई। अनेक दास आ-आकर इकट्ठे होने लगे। उनकी आँखों में जीवन का बुझता हुआ दीपक फिर से जल उठने का प्रयत्न कर रहा था। आग की लपटें अब हरहराकर चारों ओर हिलता हुआ उजाला कर रही थीं।

विल्लिभित्तूर, नीलूफ़र, चंद्रा, हेका, अपाप उसी ओर भाग चले। उनको सबकुछ सुनाई दे रहा था। यद्यपि नीलूफ़र ने कुछ क्षण को एक हिचकिचाहट दिखाई किंतु वह उन सबको रोकने में असमर्थ हो गई और वे सब भीड़ में आ मिले। विल्लिभित्तूर कुहनियों से लोगों को ठेलता आगे निकल चला। यह लोग भी उसके द्वारा चीरी गई भीड़ में से आगे ही आगे की ओर बढ़ने लगे। उस समय विश्वजित् एक बालक को उठाए चिल्ला रहा था—“जानते हो, तुम्हारी यह परिस्थिति किसलिए हुई है? क्योंकि,” उसने गरजकर कहा—“गण लोलुप हो गया था। याद रखो कि सबसे बड़ा पाप गुलाम बनकर उसे स्वीकार कर लेना है। आत्महत्या करने से शत्रु का कुछ नहीं बिगड़ा करता। यदि तुम चाहते हो तो मैं कुछ भी नहीं कहूँगा किंतु देखो,”—उसने बच्चा उठाकर कहा—“कल तुम्हारा जीवन यही बनकर रह जाएगा। देख रहे हो? अधजला है इसका शरीर, किंतु मृत्यु की असह्य यातना को झेलते हुए भी यह जीवित है…महानागरिको! क्या इसे तुम जीवन कहकर स्वीकार कर लेने को तैयार हो?”

एक स्वर उठा—“नहीं, कदापि नहीं।”

फिर कुछ स्त्रियाँ चिल्लाईं—“नहीं, कदापि नहीं।”

और फिर भीड़ ने उन पवित्र शब्दों को महामाई के मंदिर में होती हुई प्रार्थना के समान दुहराया नहीं, कदापि नहीं, फिर आकाश में से गूँज हुई, नहीं, कदापि नहीं और फिर आग में जलते मकानों की गिरती ईंटें चिंघाड़ उठीं—“नहीं, कदापि नहीं…”

विश्वजित् ने कहा—“शपथ करो महानगरवासियो! यह तुम्हारा जीवन था। शपथ करो, दासो, शपथ करो द्रविड़ो! जब-जब अत्याचार होगा तुम देश के बंधन भूलकर मनुष्य रूप में मनुष्य की सहायता करोगे!” स्त्रियाँ रोने लगीं। पुरुषों के होंठों से पागल हुंकार फूट निकली। और विल्लिभित्तूर की आँखों से चिनगारियाँ निकलने लगीं। हेका क्रोध से काँपने लगी। अपाप की आँखें घृणा से फैल गईं। बार-बार लोगों की आँखें भीग गईं।

विश्वजित् ने कहा—“गौरव! आत्मसम्मान से बुभुक्षित प्राणियो! बदला!! मर्य्यादा के वीर स्तंभो! जय!” और निस्तब्धता के स्तरों को फाड़ते हुए त्वरित गति से वेग से ही, द्रविड़ दास और नागरिकों की उस भीड़ पर विश्वजित् ने बच्चे को उठाकर फेंक दिया और हाहाकार करते हुए उसने कहा—“ले जाओ अपने हृदय के यह टुकड़े। आज मनुष्य का पुत्र केवल मांस का एक लोथड़ा मात्र रह गया है। रक्षा का दंभ करनेवाले यह शासक कल तुम्हारी उसी भाँति हत्या करेंगे जैसे आज तक वे पेट भरने के लिए अपने पशुओं की करते रहे हैं। जानते हो? आज मनुष्य की समानता उसका न्याय नहीं है। आज स्वर्ण के मुकुट को मनुष्य के सत्य से ऊँचा स्थान दिया गया है? महानागरिको! याद रखो कि पृथ्वी पर तब तक शांति नहीं होगी

जब तक तुम राजमुकुट को खंड-खंड करके समुद्र में नहीं फेंक दोगे। जब तक यह सेनाएँ तुम्हारी सेवा में नहीं होंगी तब तक पृथ्वी पर कभी भी मनुष्यत्व का प्रकाश नहीं फैलेगा। नगरवासियो! जाओ! देखो कि वह जो हड्डियों और लाशों के ढेर पर बैठकर धार्मिक उपदेशकों से अपनी पूजा करवाता हुआ तुम्हारे ऊपर अपने शिकारी कुत्ते छुड़वाकर, तुम्हें नुचवा-नुचवाकर फड़वा रहा है, वह निरीह नहीं है। युगांतर तक उस स्थान पर मनुष्य बैठकर हत्या किया करेगा। उठाकर उसे कुचल दो। ऐसा स्थान ही नहीं रहे जहाँ मनुष्य के श्वास में विष की ज्वाला हो।"

उसने फिर कहा—"वह दिन दूर नहीं है जब अज्ञान तुम पर छा जाएगा। यह सोने पर बैठनेवाला हत्यारा धर्म के नाम पर तुम्हारी हड्डी-हड्डी कुरेदकर उनका सत् निकाला करेगा जैसे मिश्र के घृणित पुजारी उस पाषाण से भी कठोर फ़राऊन की उपासना किया करते हैं। महानागरिको! किसलिए बनाया था हमारे पूर्वजों ने यह गण? और इन स्वर्ण के भूखे व्यापारियों ने हमारे पवित्र महानगर को दासत्व सिखाया और आज वे उसे उतना ही भयानक और निर्जन बना देना चाहते हैं जितना मिश्र है। गौरव! महानागरिको! मेरे माथे पर लिखा है आज मनुष्य का गौरव! युग-युग तक इस रक्त को शीश पर देखकर मनुष्य का खून खौला करेगा। युग-युग तक मनुष्य का रक्तरंजित शीश उठा करेगा और रात का अँधियारा टुकड़े-टुकड़े होकर भाग जाएगा। युग-युग तक गौरव का यह उन्माद मनुष्य की धमनियों में बजा करेगा..."

उसके शब्द हथौड़े की भाँति मस्तिष्क में जाकर वेग से सीधी चोट कर रहे थे। एक-एक बात भीतर उतरती चली जा रही थी। उनकी आँखों के सामने उजाला छाने लगा। विश्वजित् का स्वर भर्रा गया था। वृद्ध थक चला था किंतु फिर भी अविश्रांत बोलता चला जा रहा था जैसे यही धन उसके हृदय में आज तक संचित था जिसे वह आज अधीर होकर लुटा देगा। "नहीं जीतोगे तुम एक-एक लड़कर! तुम सबको एक होना होगा जैसे पाँच उँगलियों के दृढ़ बंधन से वज्रमुष्टि बन जाती है..."

विश्वजित् चिल्लाता रहा—"उत्तर से आते बर्बरों से रक्षा करने के नाम पर तुम्हारी रक्षा का दंभ किया जा रहा है, तुम्हें छला जा रहा है; तुम्हें शक्ति दी जा रही है तुम्हारा सिर कुचलकर, तुम्हारी रक्षा की जा रही है। तुम्हारे घर ध्वस्त करके, तुम्हें सम्मान सिखाया जा रहा है। तुम्हारी स्त्रियों पर बलात्कार करके, तुम्हें जीवन का दान दिया जा रहा है। तुम्हारे बालकों की कोमल देही को आग की लपटों पर भूनकर? बोलो नगरवासियो? यही है तुम्हारे भविष्य का सुपना जिसको सत्य बना देने के लिए तुम चाहते हो कि रात-भर अंधकार से लड़कर कल प्रातःकाल फिर सूर्य्य निकले और उसका मुख लज्जा के कारण लाल हो जाए? बोलो। बोलो कि किसलिए चाहिए यह शव, कि कंधे जिसके भार से टूट जाएँ..."

भीड़ स्तब्ध होकर सुनती रही। विश्वजित् कहता गया—"यदि तुम चाहते हो कि तुम मनुष्य बनकर रहो तो प्रतिज्ञा करो कि तुम मणिबन्ध से नहीं झुकोगे, तुम उसकी सेना से नहीं रुकोगे, तुम उसका सिंहासन तोड़कर फेंक दोगे, तुम उसको लातों से कुचल दोगे, तुम उसके प्रासाद की ईंट से ईंट बजा दोगे, तुम अपने बच्चों, स्त्रियों, माता, पिता और भाइयों के खून का गिन-गिनकर बदला लोगे। शत्रु के शरीर पर प्रत्येक घाव मानवता की, दरिद्रों की, दासों की, पीड़ितों की जय होगी। रात का पाप चटक जाएगा। प्रतिज्ञा करो कि तुम किसी भी भाँति उस नरपिशाच सम्राट् और उसके प्रतिनिधियों से समझौता नहीं करोगे..."

तब एक क्षण के लिए एकदम सन्नाटा-सा छा गया। विश्वजित् का दम फूल गया। वह खाँसने लगा। एक स्वर सुनाई दिया—"नहीं करेंगे, हम कभी भी संधि नहीं करेंगे, हम शपथ करते हैं कि उनकी बातों को हम सदैव नारकीय पैशाचिकता का प्रतिनिधित्व करती स्वार्थ भरा झूठ समझेंगे क्योंकि वे अन्याय को शांति कहते हैं।"

और उन्होंने देखा कि विल्लिभित्तूर अपने हाथ से बच्चा उठाए सामने खड़ा था। भीड़ हिल उठी। एक स्त्री ने आगे बढ़कर विल्लिभित्तूर के दूसरे हाथ में कुछ दिया। और पीछे हट गई। विल्लिभित्तूर ने गरजकर कहा—"कौन कहता है हम निर्बल हैं? कौन कहता है हम अशक्त हैं। आज उन्होंने हमारे घरों को मटियामेट कर दिया है, उनमें आग लगा दी है? नगरवासियो! हम उनके द्वारा लगाई लपटों पर उनका रक्त डालकर उनको बुझाने की शपथ करते हैं, हम उनके रक्त से अपने सभ्य संसार के पथों से उनके कलुषों को धो देंगे...."

उसके दाएँ हाथ में खड्ग चमक उठा—लपटों के प्रकाश में वह एकबारगी लाल दिखाई दिया जैसे रक्त से भीगा हुआ हो। और विल्लिभित्तूर ने उसे आकाश की ओर उठाते हुए कहा—"यह है वह वस्तु जिससे हमारा ध्वंस करने का प्रयत्न हो रहा है। हम धातु से धातु का नाश करेंगे जिससे मनुष्य कभी धातु को मनुष्य के हनन के लिए न पिघला सके।"

भीड़ कुछ चेतन हो गई। बात साफ़ थी। कोई कारण नहीं था कि वे उसे नहीं समझ पाते। उनकी मर्मर बंद हो गई और वे दत्तचित्त होकर सुनने लगे। विल्लिभित्तूर का खड्ग हिल उठा। लोगों ने आँखें उठा दीं। और उस उत्तेजना के बीच विल्लिभित्तूर ने संयत स्वर से कहा—"मैं कवि हूँ। आज मैंने तुम्हें वह वस्तु दिखाई है जो तुम भूल गए हो। मैं गाऊँगा और तुम्हें मेरे स्वर पर तलवारें बजानी होंगी। मेरे विद्रोही गीतों पर जब तक तुम्हारे खड्गों की झंकार नहीं झूमेगी, आत्मा का गौरव तुम्हारे कर्त्तव्यों में स्पष्ट नहीं होगा। हम दीन-हीन कोई लुटेरे नहीं हैं। हम बर्बरता से घृणा करते हैं। हमारे मांगलिक आनंद में आज यह आग किसने लगाई है? जो हमारी सामूहिकता छीनकर अपनी व्यक्तिगत तृष्णा से हमें जला देना चाहता है, जो घर-घर में वह भयानक आतंक फैला देना चाहता है कि हमारे अबोध बालकों के रोने में भी उसका जय-जयकार गूँजा करे, जो यह चाहता है कि पत्नी के पाँव पर पति के रक्त का आलक्तक लगा करे, जो यह चाहता है कि हमारे मृतक क़ब्रों में न गड़कर उसके प्रासादों की नींवों में गड़ा करें। महानागरिको! भूल जाओ कि अत्याचारी सर्वशक्तिमान है। कीकट की मर्य्यादा को उसके अधिपति ने अपने प्राणों की भीख माँगने के लिए बेच दिया था क्योंकि वह प्रजा का पालक नहीं, प्रजा का पीड़क था। और वे बर्बर जीत गए? जीत गए क्योंकि वे निर्दयी और विश्वासघाती युद्ध करते थे क्योंकि वे असंख्य थे और कीकट ग्रामों में खंड-खंड बसा हुआ था...."

भीड़ चुप खड़ी रही। विल्लिभित्तूर कहता गया—"वे बर्बर जो इतना भी नहीं जानते कि हम देवता की संतान हैं, हमारे प्रयत्न से धरती स्वर्ण कलमों से ढँक जाती है, अन्न के लिए लुटेरों की भाँति घूमा करते हैं। देवता ने उन्हें रुककर रहने तक का वरदान नहीं दिया। न उन्हें घर बनाने की शिल्पकला आती है, न चित्रकला। वे नहीं जानते कि मनुष्य के प्रयत्न से देवता भी आकर उसके पत्थरों में सशरीर निवास करते हैं। बर्बर हैं वे जो सोते हुए सिंह पर प्रहार करके अपने-आपको विजयी समझते हैं....यही है अंत। मणिबन्ध या उत्तर के बर्बर...कोई भी हों....यही है परिणाम महानगरवासियो, यही है परिणाम...." एक हाथ से बच्चे को ऊँचा करके

सबको दिखाता हुआ विल्लिभित्तूर कहता ही गया—"यह रहा मेरे जीवन का नक्षत्र ! यह रहा मेरे जीवन का केंद्र ! इसका बदला लेना है। यह कल एक महानागरिक होता। कौन जाने यह कितना भव्य शिल्पी होता या गीतिकार? बोलो नगरवासियो ! यह क्या इसीलिए पैदा हुआ था कि मदिरामत्त कुछ बर्बर, सोने और हड्डियों के ढेर पर बैठे एक नीच कुत्सित कुत्ते की भूँक पर भौंकनेवाले, इसको उठाकर एक दिन अग्नि में फेंक दें? निरपराधों की हत्या पर मणिबंध के साम्राज्य की नींवें पड़ी हैं। निकालकर फेंक दो उसकी एक-एक ईंट, महानगरवासियो ! आज प्रतिशोध का समय आ पहुँचा है, आज धरती में से आवाज़ आ रही है क्योंकि वह निरपराधों के रक्त से भीगकर पंकिल हो गई है, वह अपने पुत्रों का बदला चाहती है...."

हठात् एक स्त्री ने आगे बढ़कर कहा—"लाओ, मेरा बच्चा मुझे दे दो...."

विल्लिभित्तूर ने काँपते स्वर से कहा—"बच्चा? देवी ! यह तो मर चुका है !"

"जानती हूँ !" स्त्री ने दृढ़ स्वर से कहा। उसकी आँखें जल रही थीं। वस्त्र फटे थे, बाल खुले थे। वह धूलि-धूसरित थी। "माँ होकर मैं नहीं जान सकूँगी इतना भी? मेरा बच्चा मुझे दे दो। महानगर के वासियों को मैं आज एक उपहार देना चाहती हूँ।" विल्लिभित्तूर ने बच्चा दे दिया। स्त्री ने चिल्लाकर कहा—"महानागरिको ! लो ! एक दिन तुम्हारा एक भाई मुझसे अपने नगर से विवाह करने आया था। आज वह तो बर्बर सैनिकों के हाथों मारा जा चुका है, किंतु यह लो, उसकी जगह तुम्हारे वंश का गौरव मैं तुम्हें लौटा रही हूँ," और स्त्री ने बच्चा भीड़ पर फेंक दिया और चंद्रा चिल्ला उठी—"एक-एक बूँद के लिए बीस-बीस सैनिकों का गंदा रुधिर बहाना होगा।"

स्त्री हँस रही थी। स्यात् वह पागल हो गई थी। उसने चिल्लाकर कहा—"मेरा बच्चा जीवित है। मेरा बच्चा...."

समस्त भीड़ ने एक स्वर से उसे दुहराया—"जीवित है। वह कभी नहीं मर सकता। प्रत्येक साँस में उसका अचानक बंद हो गया श्वास चल रहा है, उसने मरकर हमें जीवनदान दिया है। हम शपथ करते हैं माँ, कि तेरा बच्चा जीवित होकर लौटेगा और रक्त से सने इतने बेटे लौटेंगे कि तू उस दिन हर्ष से पागल हो उठेगी।"

विल्लिभित्तूर ने फिर कहा—"महानगरवासियो ! बेला बीतती जा रही है। व्यर्थ समय नष्ट करने से कोई लाभ नहीं है। आज हमें अधिक सोचने की भी आवश्यकता नहीं रही। याद रखो उस दिन हम अपनी तलवार नीचे रखेंगे जिस दिन सिंधु की निर्मोही सिकता रक्त से इतनी तृप्त हो जाएगी कि बालू भी कीचड़ लगने लगेगा।"

चंद्रा ने आगे बढ़कर कहा—"महानागरिको ! आज कीकट की भस्म में से हुंकार उठ रही है। आज तुम्हें उसका बदला लेना होगा। महानगर के अधिवासियों ने आज तक कीकट की स्त्रियों को पशु बनाकर उनका अपमान किया है...."

हठात् विश्वजित् ने चिल्लाकर कहा—"सुन लिया महानागरिको ! क्या तुम इतने भीषण पतन के खड्ड में गिर गए थे कि तुमने अपने पवित्र महानगर में पेट के लिए स्त्रियों को शरीर बेचते हुए देखा? बोलो महानागरिको ! तुम उन नीचों को सदा के लिए धरती पर से मिटा दोगे?"

लोग क्रोध से हुंकार उठे। ग्लानि के कारण उनके नेत्र सूख गए। उन्होंने चंद्रा की ओर हाथ उठाकर कहा—"देवी ! हमें क्षमा करो। हम एक-एक नरपिशाच से प्रतिशोध लेने के लिए

तत्पर हैं। रक्त खौल रहा है। आज्ञा दो माँ!!!"

विल्लिभित्तूर ने खड्ग उठाकर कहा—"निकालो अपने खड्ग। क्यों भूल गए हो कि इसी के बल पर वे हम पर अत्याचार कर रहे हैं। कटिबन्ध अमृत रखकर मृत्यु की ओर आकर्षित हो रहे हो? क्यों भूल गए हो कि तुम्हारे हाथों में भी बिजली चमक सकती है? असंख्य वाहिनी है तुम्हारी, तुम्हारी ठोकरों से वह दंभ की ऊँची-ऊँची चोटियाँ लड़खड़ा रही हैं, विद्रोहियो! उठाओ अपने खड्ग और शपथ करो कि ये प्यासे खड्ग बिना प्यास बुझाए म्यान में कभी नहीं लौटेंगे।"

उस समय भीड़ में से अनेक खड्ग सिरों के ऊपर चमकने लगे और उन्होंने भीषण स्वर से शपथ ली—"कभी नहीं लौटेंगे।"

विश्वजित् ने कहा—"प्रारंभ! प्रारंभ हो गया है। विद्रोह की घोषणा कर दो। आज से अत्याचारी के सिर के टुकड़े-टुकड़े करके चील-कौवों को खिला दो...."

गायक ने चिल्लाकर कहा—"आज बर्बर शासकत्व का अभिमान करनेवाले पापियों का स्वागत करने के लिए नरक के द्वार पर कुत्ते जीभ लपलपाए प्यास से व्याकुल हो उठे हैं...."

विल्लिभित्तूर ने खड्ग ऊपर उठाकर गर्जन किया—"युद्ध!" महानागरिकों ने चिल्लाकर कहा—"युद्ध!" फिर स्त्रियों ने पुकारकर कहा—"युद्ध!" और फिर समस्त अंतराल में वह समवेत स्वर अपने पीछे हृदय के एक महान उद्वेग की स्फूर्त्ति प्रदर्शित करता हुआ रह-रहकर गूँज उठा—एकमात्र—'युद्ध!' 'युद्ध!!'

भीड़ व्याकुल हो गई। ठट्ठ से ठट्ठ हरहराने लगे और ऐसे हिल उठे जैसे समुद्र की उत्तुंग तरंगें हों।

उस समय हेका आगे बढ़ आई और उसने कहा—"नागरिको! मैं दासी हूँ! मुझमें बुद्धि नहीं है किंतु मन इसे स्वीकार करता है कि मैं पशु नहीं हूँ। आज तक मेरे शरीर को खिलौना बनाकर खेला गया है। विल्लिभित्तूर ने कहा कि मैं न पशु हूँ और न पापिन! आज मेरा मन चिल्ला रहा है—मणिबन्ध का सर्वनाश?"

"सर्वनाश!" गायक ने कहा।

भीड़ चिल्लाई—"मणिबन्ध का सर्वनाश!" ध्वनि डोल उठी। दूर-दूर तक बिखरे हुए नगरवासी अब आकर भीड़ को और घना बनाने लगे—अंधकार में उसका कहीं भी अंत दिखाई नहीं देता था, वे सहस्रों थे, लाखों थे, अपार समुद्र की उर्म्मियों से कोलाहल करते हुए उन्मत्त....प्यासे ....

विश्वजित् ने चिल्लाकर कहा—"उसके विदेशी व्यापारियों का सर्वनाश...."

और लोग बिना सोचे हुए चिल्ला उठे—"आमेन-रा का सर्वनाश! हम विदेशी अत्याचारियों की खाल खींच लेंगे। हम उनके शरीर को फाड़कर रख देंगे, हम...."

जिसके जो मन में आता था वह अब वही बक रहा था। भीड़ के अनेक व्यक्तियों ने पत्थर उठा लिए। अनेक भाले, लकड़ी आदि लेकर तत्पर से लग रहे थे। जिसके जो हाथ पड़ा वही उठा लिया। कुछ होना चाहिए हाथ में! बस।

प्रजा की वह विराट् लहराती भीड़ तथा उसकी जाग्रत चेतना को देखकर, तथा प्रतिशोध की गर्जना सुन-सुनकर आनंद से बहुत दिनों की तृप्ति जैसे अचानक ही मिल गई। व्याकुल विश्वजित् रो उठा, जिसको देखकर सब विस्मित हो गए। विश्वजित् ने गायक को अपने वक्ष

से लगा लिया। उसकी आँखों से पानी गिरने लगा। हृदय में आनंद समाना नहीं चाहता। "जब तक जिएँगे, सिर उठाकर जिएँगे...."

नीलूफ़र ने देखा, विल्लिभित्तूर गंभीर खड़ा था। विश्वजित् के रक्त से गायक का कंधा भीग गया।

गायक ने कहा—"यह आपका है देव?"

"नहीं," वृद्ध ने कहा—"यह उन सबका है। मैं आज मैं नहीं रहा।"

विल्लिभित्तूर की आँखों में रक्त चमक रहा था। उसका वक्षस्थल फूल गया और भुजदंड फड़क उठे। आज नीलूफ़र ने उसका वह प्रशांत रूप देखा था जिसमें लगता था कि देवता खेल रहे हैं। आज पहली बार उसने देखा कि भृकुटि खिंच गई है और विल्लिभित्तूर के होंठ फड़क रहे हैं। वह दुर्दम्य प्रतीत हो रहा है।

उसने बढ़कर कहा—"गायक?"

गायक ने देखा और मुस्कराकर कहा—"कौन? ओह! नीलूफ़र! तू कहाँ थी?"

"मैं देख रही थी।"

"ठीक है?"

"तुम क्या बिना सोचे करोगे कुछ?"

कोलाहल होने लगा।

"क्या करना है हमें?" आवाज़ें आने लगीं—"क्या करें हम?" "किस प्रकार प्रारंभ करें?"

विश्वजित् ने कहा—"महानागरिको! तुमने ठीक कहा। क्या तुम मेरा विश्वास करते हो?"

पुकार आई—"करते हैं, विश्वजित् हमारा पिता है।"

विश्वजित् विचलित-सा दिखाई दिया। वह एकदम चंचल हो उठा। स्वर फिर उठा—"गणपति विश्वजित् की...."

प्रतिध्वनि हुई—"जय!"

फिर आकाश की ओर खड्ग उठे और गर्जन हुआ—"गणपति विश्वजित् की जय...."

"मैं तुम्हें एक सेना देता हूँ, महानगरवासियो! मैं तुम्हें सेनापति देता हूँ...." विश्वजित् ने विल्लिभित्तूर के माथे पर एक घायल स्त्री के रक्त का टीका लगाया और कहा—"तुम आज से इनके सेनापति हो।" और मुड़कर कहा—"महानागरिको! आज यह जो सेनापति खड़ा है यदि कल यह नहीं रहा तो तुम दूसरा चुन लेना। यदि वह भी नहीं रहा तो फिर चुनना होगा। किंतु शत्रु के सामने कोई भी सिर नहीं झुकाएगा। आज बदला लेने के लिए तुममें से प्रत्येक सेनापति है, बच्चा-बच्चा जानता है कि शत्रु को समाप्त करने के लिए सेनापति की आज्ञा की आवश्यकता आज नहीं रही है।"

उस समय वे सब चिल्लाने लगे। हृदय अब फट जाना चाहता था। वह भीड़ अपने-आप भयानकतम होती गई और विल्लिभित्तूर का स्वर बज उठा—"शंख फूँक दो। महादेव का विराट् नृत्य प्रारंभ होनेवाला है, सारी सृष्टि थरथरा रही है, धरती में से रक्त के सोते फूट निकलनेवाले हैं...."

तभी किसी ने शंख में श्वास भरकर फूँका और वह शब्द इतना आवेशकारी होकर

प्रमाणित हुआ कि फिर भयानक शोर होने लगा।

"विद्रोहियो!" सेनापति ने कहा—"रक्त!" स्त्रियों ने कहा—"रक्त!" पुरुषों ने कहा—"रक्त!!!"

"रक्त! महामाई को प्यास लग रही है। आज उसका कंठ सूख रहा है। आज..." विल्लिभित्तूर ने कहा—"मानवता तड़प रही है...."

खुला विद्रोह प्रारंभ हो गया। अब वे सब मरने-मारने के लिए तैयार थे। विल्लिभित्तूर ने फिर वज्र कंठ से कहा—"नागरिको! विजय हमारी है, हम सत्य के अन्वेषक हैं, हम कभी अपने पथ से विचलित नहीं होंगे। अपने बच्चों की लाशें हमारी आँखों के सामने नाच रही हैं—आज अपमान के कारण हमें घोर विक्षोभ हो रहा है। बोलो, एक बार फिर..."

और एक बार भीड़ गरज उठी—"मणिबन्ध का सर्वनाश..."

प्राचीन महानगर काँप उठा।

22

एकाएक हेका चौंक उठी! उसने विस्मय से देखा, नीलूफ़र की आँखों में पानी छलक आया था।

उसने पूछा—"क्या हुआ नीलूफ़र! क्या बात है? यह तेरी आँखों में इस समय पानी?"

कोई उत्तर नहीं।

हेका ने फिर कहा—"आख़िर बात क्या है? तू इतनी विह्वल क्यों हो गई है? एकदम इतनी शिथिल? आख़िर क्यों?"

नीलूफ़र ने उसके वक्ष में अपना मुँह छिपा लिया। हेका ने उसके बालों पर हाथ फेरते हुए कहा—"कारण नीलूफ़र? कुछ कहेगी भी?"

नीलूफ़र ने रुकते-रुकते कहा—"अब क्या होगा हेका? क्या होगा अब? मुझे तो सब बहुत भयानक-सा लगता है।"

हेका ने विस्मय से कहा—"किंतु तू तो युद्ध चाहती थी न? और अब रो रही है?"

"अब भी चाहती हूँ, परंतु हृदय नहीं मानता।"

"डरता है?" हेका ने पूछा।

"हाँ।" उसने स्वीकार किया।

"किंतु तुझे अपने प्राणों का इतना मोह क्यों?"

"अपने लिए नहीं।"

"तो मेरी चिंता की कोई आवश्यकता नहीं। मुझे अपने सेनापति पर पूर्ण विश्वास है...."

"किंतु गायक बहुत कोमल है हेका?" काटकर नीलूफ़र ने हठात् कह दिया। हेका को यह अच्छा नहीं लगा। नीलूफ़र आज जीवन का एक नया पक्ष लेकर कर्त्तव्य के पथ में आ खड़ी हुई थी। और फिर नारी की कौन-सी तृप्ति है जो आज इस निःशक्ति को अपनी शक्ति मान बैठी है? वह स्त्री क्या जो पुरुष की निर्बलता को कोमलता कहकर उसे न्यायसंगत बनाकर उसे अपना दुलार दे?"

और गायक! जिसके लिए यह इतनी व्याकुल है वह स्वयं? क्या है वह स्वयं? वह सेनापति है। गणपति ने रक्त से उसका टीका किया है। वह निस्संदेह महावीर, महाबली और निर्भीक योद्धा है।

"तू गायक का अपमान कर रही है नीलूफ़र!" हेका ने उपेक्षा से रुक्ष स्वर से कहा—"तू नहीं जानती कि जिसके लिए तू व्याकुल हो उठी है वह तेरी व्याकुलता को देख अपने जीवन की सबसे बड़ी क्षुद्रता को विराट् बनकर आँखों के सामने जाग उठते हुए देखेगा। नीलूफ़र, शक्ति एकत्र कर! तेरा सौभाग्य है कि आज तेरे पति को सारी भीड़ ने अपना सेनापति चुना है। कितना भारी गौरव है यह नीलूफ़र और तू डर रही है? विस्मय! नीलूफ़र! घोर विस्मय!!"

"हेका!" नीलूफ़र का स्वर काँप उठा। वह क्या कुछ नहीं कहना चाहती? किंतु क्या किसी में इतना हृदय है कि वह उसकी वेदना को समझ सकेगा? और आज यह परिस्थिति पहुँच गई है कि स्वयं हेका भी उसकी बात को अनुचित समझती है? हेका ने इसे कुछ-कुछ पहचाना। वह झुँझला उठी। स्नेह और उपेक्षा का अद्‌भुत मिलन हुआ और हेका ने ऊबे हुए स्वर से कहा—"अच्छा ठीक है। माना कि गायक कोमल है। पर क्या वह तेरी कोई बात सुनेगा अब? तो तू करेगी क्या? तेरे सामने कोई दृष्टिपथ है?"

"है हेका! मेरे सामने पथ है, किंतु वह अत्यंत कठिन है।"

"क्या है। मैं भी तो सुनूँ आख़िर।"

"मैं अपने जीवन को सदा के लिए मिटाकर नष्ट नहीं करना चाहती हेका! मैं उसे बचाकर अपने लिए सुरक्षित रखना चाहती हूँ। सहस्त्रों की इस भीड़ में वह ही अपने को सबसे आगे कर दे और तू उसे उचित कहती है? मुझे विस्मय हो रहा है। जय का लाभ सदा वे उठाते हैं जो पीछे रहते हैं। आगेवाले सदा बलिदान दिया करते हैं।"

हेका ने सुना, नीलूफ़र का स्वर काँप रहा था। जैसे वह प्राणपण से लड़ रही थी और उसे अपने ऊपर ही कोई विश्वास नहीं रहा था।

हेका स्तब्ध खड़ी रही। आज वह कितनी निष्ठुर लग रही थी। नीलूफ़र ने रोते हुए कहा—"मैं नहीं कहती कि वह युद्ध न करे। मैं स्वयं युद्ध में उसके साथ जाऊँगी, किंतु एक बात चाहती हूँ। हमें नहीं करना है राज, हम नहीं करना चाहते वह विलास जो एकदम इतनी गहरी कीचड़ में फँस जाए। मेरा सुहाग मुझे तू दिलवा सकती है, एकमात्र तू है जिससे मैं कह सकती हूँ। मैं भीख माँगती हूँ हेका····एक दिन मैंने तेरी वेदना को पहचाना था, आज क्या तू मेरी यह छोटी-सी बात भी नहीं समझ सकेगी?"

हेका ने कहा—"अर्थात्?"

"किसी और को सेनापति बनवा दे हेका! वह यश का भूखा नहीं है। उसे रहने दे।"

हेका चिल्ला उठी। उसने विक्षोभ से मुख विकृत करके कहा—"मैं तुझसे घृणा करती हूँ नीलूफ़र! मैं तेरी इस स्वार्थ-भरी बात से घृणा करती हूँ। तूने मुझे कीचड़ में से निकालकर इस पथ पर खड़ा कर दिया और अब जब चलने का समय आया है तेरे पाँव पीछे की ओर लौट रहे हैं? कितनी निर्बल है तू नीलूफ़र! इतनी भी मर्य्यादा तुझमें शेष नहीं रह सकी जो आकर इस निर्लज्जता से····"

अपाप ने कहा—"हेका!"

हेका ने मुड़कर कहा—"अपाप? तू भूल रहा है। तू नहीं जानता, इससे गायक का हृदय

टूट जाएगा। और यह पागल हो गई है या डर गई है, रक्त की बात सुन-सुनकर यह इतनी बौखला गई है, कायर···कि कुछ सोच ही नहीं पाती।"

"कायर!"

नीलूफ़र दो पग पीछे हट गई।

"कायर!"

शब्द फिर बज उठा—"कायर!!"

"नीलूफ़र? कायर??"

सारा संसार चिल्ला उठा—"नीलूफ़र कायर है!!"

नीलूफ़र का हृदय कराह उठा। और हेका कह रही है कि वह कायर है? वह नीलूफ़र जिसकी भृकुटि के तनने के साथ यह सत्वर झुककर वंदना किया करती थी।

किंतु उसने सबकुछ भुलाकर कहा—"मेरे साथ चलेगी?"

उत्तर मिला—"नहीं।"

अविश्वास ने ममता की ठोकर से व्याकुल होकर सिर उठाया और नीलूफ़र ने पूछा—"नहीं चलेगी?"

"नहीं। कभी नहीं।"

नीलूफ़र घूरती रही, फिर कहा—"अच्छा जाने दे। परीक्षा की घड़ी बार-बार नहीं आया करती।"

कठोर स्वर से हेका ने पूछा—"अर्थात्"—और साथ ही 'नहीं, नहीं' ने जैसे मुद्रांकन कर दिया।

"तब मैं अकेली जाऊँगी।"

"आत्महत्या क्यों नहीं कर लेती?"

नीलूफ़र हँस दी। उसने कहा—"आत्महत्या! किसने कहा यह मुझसे? हेका! क्या तू कह रही है?" आत्महत्या! नीलूफ़र! सचमुच यही तो शेष रह गया है, और वह इसके अतिरिक्त कर भी क्या सकती है?

नीलूफ़र की आँखें सूख गई थीं। फटी-सी आँखों से उसने शून्य की ओर देखते हुए कहा—"आत्महत्या! कितना सुंदर शब्द है। मेरा प्रेम आज मुझे कितना मनोहर उपहार दिला रहा है!!"

नीलूफ़र पगली के समान हँस दी। हेका अविचलित खड़ी रही।

अपाप ने कहा—"हेका! क्या कहा तूने?"

हेका ने उसी मुद्रा से कहा—"अपना सुख-दुख जो सबके सुख-दुख के ऊपर सोचते हैं वे बहुत शीघ्र नष्ट हो जाते हैं। इसमें सदा से ही भावावेश के हाथ में पड़कर बहक जाने की आदत है।"

अपाप को यह अच्छा नहीं लगा। कहा—"किंतु ऐसा क्यों है हेका? तूने देखा नहीं, मिट्टी का पात्र बहुत गरम करके एकदम ठंडा करने से टूट जाया करता है। जा न? पूछ तो आख़िर? इस समय कहाँ जाना चाहती है यह।"

"मैं नहीं जाऊँगी।" हेका का स्वर दृढ़ था।

अपाप अवाक् रह गया। क्षण-भर शब्द उसके कंठ में अटककर रह गए। फिर उसने धीरे

से कहा—"हेका !"

"अपाप ! !" हेका ने पीछे हटकर कहा—"यह मुझे आज पागल बना देगी। जीवन में आज मुझे पहली बार सुख हुआ था। उसके बीच में इसने कैसा बुरा व्याघात डाला है। मन करता है इसकी एक बात भी नहीं सुनूँ। और तू कह अपाप ! मैं तो समझ ही नहीं पा रही कि यह आख़िर चाहती क्या है ?"

अपाप ने कहा—"पर नीलूफ़र ! तुम कहतीं क्यों नहीं ? व्यर्थ क्यों समय नष्ट कर रही हो ?"

नीलूफ़र रो उठी।

"हाँ," उसने कहा—"आज मैं व्यर्थ हो गई हूँ। एक क्षण भी मुझे किसी को अपना कहने का कोई भी अधिकार नहीं देना चाहता, मैं किसी की दया नहीं चाहती, मुझे छोड़ दो, जीना होगा जीऊँगी, मरना होगा मर जाऊँगी...."

अपाप ने कहा—"किंतु ऐसी आख़िर बात क्या है ? क्यों ? हेका से इतनी क्रुद्ध क्यों हो गईं तुम ? हेका न करेगी, मैं करूँगा। यह मित्रता कोई नई वस्तु तो है नहीं। आज तक जीवन के सुख और दुख किसी ने भी एक-दूसरे से छिपाकर नहीं रखे, फिर आज यह कैसी विषैली गाँठ पड़ गई कि जब खोलने को हाथ बढ़ाया जाता है तब उसका छोर ही दिखाई नहीं देता...."

और नीलूफ़र ने कहा—"हेका से पूछो न ?"

उन्होंने देखा। हेका चली गई थी। आज जीवन की मर्य्यादा का प्रश्न जब उठा तब वह सारे बंधनों को ठोकर मारकर चली गई थी, अकेली उस विराट् जन-समूह की लहरों में बूँद की भाँति खो जाने, व्यक्ति की चरम सफलता और महानता का जहाँ से पहला सर्ग प्रारंभ हो जाता है। किंतु अपाप ने यह नहीं सोचा। उसने कहा—"नीलूफ़र ! हेका मुझे छोड़ गई है। आज हेका मुझे छोड़ गई है !"

उस दैत्याकार शरीर से कभी इतनी करुण पुकार उस समय निकल सकेगी जब तलवारों की झंकार से आकाश गूँज रहा हो, यह नीलूफ़र को स्वप्न में भी आशा नहीं थी।

"तब मैं नहीं जाऊँगी अपाप, तब मैं नहीं जाऊँगी।" उसने कहा—"मैं नहीं चाहती कि तुम दोनों एक-दूसरे से अलग हो जाओ।"

"आज उसकी चिंता करने की अपाप को कोई आवश्यकता नहीं। अपाप और हेका की वह कड़ियाँ समय ही तोड़ सकेगा, मनुष्य नहीं...."

"किंतु अपाप, वह चली गई है।"

"तुम्हें जानना चाहिए कि हेका को मुझसे अभिमान करने का अधिकार है।"

नीलूफ़र निरुत्तर हो गई। उसने लाचार होकर कहा—"अपाप ! नीलूफ़र प्रेम करती है किंतु इसलिए नहीं कि उसके प्रेमी का उसके कारण अपमान हो।"

"अपमान ? कैसा अपमान ?" अपाप ने चौंककर पूछा।

"क्योंकि नीलूफ़र का अपमान हुआ है। आज हेका चली गई है। मैं जाना चाहती हूँ, आज मैं एक जगह जाना चाहती हूँ...."

उसके नेत्रों में चिनगारी-सी चमक उठी जैसे उसे घोर विक्षोभ हो रहा था।

अपाप चुप रहा।

"मैं वेणी के पास जाना चाहती हूँ।"

अपाप ने अविचलित स्वर से पूछा—"कारण ?"

"कारण ? वही इस युद्ध की जड़ है। यदि वह न होती तो इतना रक्तपात भी न होता।"

अपाप ने कहा—"मैं नहीं समझता। किंतु क्या एक स्त्री इतनी बर्बरता का कारण हो सकती है। मुझे लगता है, यह गुरुतम स्वार्थ है।"

"किंतु चलने में हानि है ?" नीलूफ़र ने सिर उठाकर पूछा।

"हानि तो नहीं। अपाप डरता नहीं। फिर भी सोचता हूँ व्यर्थ है।"

"तुम मरने से डरते हो।" स्त्री ने पुरुष को चुनौती दी।

मृत्यु ! !

अपाप ने कहा—"मैं ?" वह हँस दिया। "मृत्यु !" और कुछ नहीं कहा। केवल एक बार फिर हँस दिया। पूछा—"तुम समझती हो, तुम कभी अकेली नहीं हो। किंतु क्या यह भूल नहीं होगी ?"

"भविष्य इसका निर्णय करेगा ? मुझे सोचने की क्या आवश्यकता ?" कहकर नीलूफ़र हँस दी।

"तो चलो नीलूफ़र," अपाप ने कहा—"यही होगा।" प्रतीत हुआ कि पहाड़ पर झूलता विशाल काला बादल उठ गया और सूर्य्य की किरणें फूट निकलीं। नीलूफ़र हर्षित हो गई।

उसने कहा—"अपाप ! तू कितना अच्छा है।"

"क्योंकि तुम एक असाधारण स्त्री हो, यह मैं भूल नहीं पाता।"

नीलूफ़र ने एक लड़के को बुलाकर कहा—"एक काम करोगे ?"

लड़के ने कहा—"तुम तो वही हो जिसने सेनापति को खड्‌ग उठाकर दिया था ?"

"हाँ, हाँ," नीलूफ़र ने कहा—"वही हूँ। तूने मुझे पहचान लिया… ?"

उसने वस्त्रों में से वही आभूषण निकालकर कहा—"एक काम करेगा मेरे भइया ? कैसा अच्छा है भइया मेरा…"

"क्या बात है ?" लड़के ने उत्सुकता से पूछा।

"देख, बात यह है कि मैं सेनापति की पत्नी हूँ…"

"आप ?" लड़के ने आदर और विस्मय से कहा—"आप सेनापति की पत्नी हैं ? मैं धन्य हुआ।"

नीलूफ़र ने काटकर कहा—"देख, यह गहना है न ? इसे ले जाकर किसी भी भाँति सेनापति के पास पहुँचा देना। यदि पूछें तो कहना वह मणिबन्ध के घर गई है…"

लड़के ने चौंककर कहा—"आप वहाँ जा रही हैं ?"

"हाँ, हाँ, मैं उसकी स्त्री की हत्या करने जा रही हूँ।"

लड़के ने कहा—"तो मैं भी चलूँगा।"

"तू रहने दे। जो कहा जाए वह तो पहले कर ले। तू अभी छोटा है।" लड़का मान गया।

"भूलेगा तो नहीं ?" नीलूफ़र ने फिर पूछा।

"नहीं देवी ! प्राण रहते अवश्य पहुँचा दूँगा। आप मुझ पर विश्वास करें। सेनापति हमारे लिए प्राण देगा, मैं उसे यह भी न दे सकूँगा ?"

"ऐसी बुरी बात क्यों कहता है रे पागल ! कह—सेनापति हमारे लिए शत्रु के प्राण

लेगा।"

लड़के ने कहा—"मेरा मतलब तो यही था। आप समझीं नहीं।"

नीलूफ़र ने कहा—"अच्छा बालक! अब जाओगे?"

"जाता हूँ देवी," कहकर बालक चला गया। नीलूफ़र उसे तब तक देखती रही जब तक अंधकार में मिलकर दृष्टि से ओझल नहीं हो गया। उसके बाद उसने कहा—"अपाप! यह वही आभूषण है जिसे एक दिन हेका चुराकर लाई थी और राह में अक्षय प्रधान मिल गया था।"

अपाप ने सिर उठाकर देखा, शून्य की ओर। नीलूफ़र कहती गई—"मैं कहती थी इसे बेचने का प्रयत्न करो किंतु गायक कहा करता था कि यह धरे रखो। किसी-न-किसी दिन अवश्य काम में आएगा।" रुककर कहा—"आज यह काम में आ गया।" फिर हठात् कहा—"सबकुछ हो चुका है। और कुछ शेष नहीं रहा। अब चलो अपाप..."

अपाप ने कहा—"चलो नीलूफ़र।"

दोनों चल पड़े। हृदय उद्वेग से भरा हुआ था। नीलूफ़र को रह-रहकर हेका का चला जाना याद आता था और वह उसके अभिमान पर एक कठोर ऐंठन-सी बनकर उसकी आत्मा को कचोट उठता।

"अपाप! हेका क्या सोचती होगी?" वह ठहर गई। कंधे पर पड़ा उष्णीष सिर पर बाँधने लगी।

"मैं नहीं जानता। किंतु वह क्रुद्ध होगी। अरे, यह क्यों?"

"वास्तव में यह समय वहाँ जाने का नहीं है। मैं पुरुष वेश में चलूँगी।"

"तो फिर क्यों चल रही हो? मैंने समझा तुम सैनिकों से डर रही हो। क्यों?"

"मन नहीं मानता। सैनिक मेरा क्या कर सकेंगे?"

"ठहरो, ठोकर न खा जाना।" फिर कहा—"उफ़, कैसा भयानक अंधकार है।"

चारों ओर मार-काट हो रही थी। वे दोनों शीघ्र नगर की वीथिकाओं में छिप-छिपकर तेज़-तेज़ चलने लगे और जब वहाँ सामने ही मणिबन्ध का प्रासाद दिखाई देने लगा, दोनों ठहर गए। देखा, अनेक सैनिक सिंहासन पर पहरा दे रहे थे। अनेक इधर-उधर घूम रहे थे।

कुछ क्षण वे सोचते रहे। घुसना अत्यंत कठिन काम था।

"अपाप, अब कैसे होगा?"

"मैं क्या जानूँ? तुम ही बताओ।"

नीलूफ़र ने कहा—"प्राणों की बाज़ी है।"

"यह तो जानता हूँ।"

"तो मैं उद्यान के गुप्त द्वार से चलूँगी। चलो मेरे साथ।"

अंधकार में वे लेट गए और धरती पर खिसकने लगे। बड़ी देर में वे उद्यान की प्राचीर के पास पहुँच गए। इसके बाद तुरंत भीतर हो गए। सघन वृक्षों की छाया में छिपकर चलने लगे। और थोड़ी देर के बाद नीलूफ़र ने फुसफुसाकर कहा—"एक दिन यह मेरा प्रकोष्ठ था। मैं यहाँ की स्वामिनी थी।"

वह विचलित हो गई थी। तभी कुछ सुनाई दिया। दोनों सुनने लगे। आमेन-रा ने अपनी बात समाप्त कर दी थी और उसका उत्तर देते हुए गंभीर स्वर से अटक-अटककर मणिबन्ध कह रहा था—"साम्राज्य की रक्षा के लिए सबकुछ किया जा सकता है श्रीमान्..."

"धन्य हो सम्राट्! आप महान हैं किंतु अब समझिए, यह कार्य्य तो समाप्त हो ही गया। अब तो आप साम्राज्य का वैभव फैलाने का प्रबन्ध करने की कृपा करिए।"

"वह भी हो जाएगा श्रीमान्! क्या वास्तव में विद्रोही समाप्त हो चुके हैं? गण समाप्त हो गया है और उनका स्वामित्व कर भी कौन सकता है?"

आमेन-रा ने कहा—"कोई नहीं देव! सम्राट् का वैभव सम्राट् को स्थायित्व देता है। शीघ्र ही उस कन्या से विवाह कर लीजिए, श्रेष्ठि चंद्रहास का रक्त कुलीन है, उससे महानागरिकों का सिर झुक जाएगा और आपकी विजय को दृढ़ता मिल जाएगी। क्षमा करें सम्राट्! न नीलूफ़र मुझे रुचती थी, न देवी वेणी ही उस महान पद के उपयुक्त हैं। जो स्त्री सड़क पर नाच-गाकर भीख माँग चुकी है उसे सिंहासन पर देखकर क्या लोग व्यंग से हँसेंगे नहीं? क्या कहेंगे मिश्र के कुलीन? कि तुम्हारा सम्राट्! जहाँ भिखारिन साम्राज्ञी है?"

नीलूफ़र ने सुना। फिर कोई शब्द नहीं आया। केवल पगध्वनि।

नीलूफ़र और अपाप आगे बढ़ गए।

नीलूफ़र ने फुसफुसाकर कहा—"सुना तूने?"

"सुना। क्या विस्मय है?"

"कुछ नहीं। किंतु मेरा कार्य्य तो सरल हो रहा है?"

"भाग्य ही जाने।"

जाकर देखा। झाँका। और कोई नहीं। केवल उदास-सी वेणी बैठी थी। क्षण-भर नीलूफ़र उसे देखती रही। श्यामा थी तो क्या? थी वास्तव में सुंदरी ही। किंतु अब कितने दिन की बात है?

एक छाया हिली। वेणी कुछ नहीं बोली। उसने देखा ही नहीं।

फिर एक आहट, बहुत धीमी, बहुत धीमी····वेणी चौंक उठी। पूछा—"कौन है?"

कोई उत्तर नहीं।

"कौन है?" वेणी उठकर खड़ी हो गई।

"मैं हूँ प्रिये!"

"विल्लिभित्तूर!!"

"शः! नहीं, सुन्दरी मैं हूँ।"

वेणी ने देखा। एक लड़का। अपरूप सौंदर्य्य! दीपकों की झिलमिल में घबरा रहा था।

"तुम? तुम कौन हो? अभी से प्रेम करने लगे?"

"मुझे नहीं पहचानतीं? मैं तुम्हारे लिए तड़प-तड़पकर मर रहा हूँ और तुम निठुर मुझे जानतीं नहीं?"

युवक ने उष्णीष खोल दिया और एक बार हल्के से नीलूफ़र हँस दी। उसके बाल उसके कंधों पर लहरा उठे।

"यही वेश था मेरा," नीलूफ़र ने कहा—"जिसमें मैं नित्य तेरे प्रासाद में आकर तेरे दर्शन कर जाया करती थी।"

"मेरे दर्शन?"

"हाँ प्रिये! तेरे ही।" नीलूफ़र फिर घुटती हुई हँसी हँस दी। "चिल्लाना नहीं। श्रेष्ठि और आमेन-रा पास ही हैं। वे मुझे मार डालेंगे और तू भी बची नहीं रहेगी क्योंकि तेरे पास मेरा

इस समय आना काफ़ी संदेहोत्पादक है।"

वेणी डर से हट गई।

नीलूफ़र ने कहा—"तू डरती है?"

"नहीं। मैं सोच रही हूँ।"

"पहले तो कभी भी नहीं सोचा, आज ही इसकी क्या आवश्यकता पड़ गई?"

व्यंग को वेणी ने समझा। वह प्रकोष्ठ के मध्य की ओर चलने लगी। नीलूफ़र ने उसका अनुसरण किया। वेणी ने मुड़कर कहा—"नीलूफ़र! याद है मैं तेरी शत्रु हूँ?"

"याद है।"

"फिर भी तू मेरे पास निर्भीक होकर आई है, यही मुझे विस्मित कर रहा है।"

"नीलूफ़र सदा ही विस्मय का कारण रही है।"

अपाप पर्दे के पीछे छिप गया और सुनने लगा। द्वार के पास ही पीछे की ओर स्तंभ था, उसने उससे पीठ टेक दी।

वेणी ने कहा—"तू मृत्यु के मुख में आ गई है मूर्ख स्त्री! मृत्यु को भी विस्मित कर सकेगी?"

"मैं वेणी के पास आई हूँ। जानती हूँ वह दूसरों की सहायता के बिना मेरा कुछ भी नहीं बिगाड़ सकती!"

वेणी ने फूत्कार किया—"उस दिन तुम भी अकेली नहीं थीं। मन में आता है, तुम्हारी हत्या कर दूँ।"

नीलूफ़र हँस दी।

"तू समझती है, मैं गायक की भुजा के नीचे आश्रित थी? पगली! क्यों आज हम तुम बड़े प्रेम से बातें कर रहे हैं?"

"नीलूफ़र!" वेणी ने कहा—"तू आज से मेरी दासी बन जाएगी।"

"मेरा स्वामी तेरा दास है नर्त्तकी! वही क्या काफ़ी नहीं है?"

वेणी ने हठात् गंभीर होकर कहा—"तू क्यों आई है?"

"ओहो! स्वामिनी को डर लग रहा है कि कहीं कोई देख न ले। स्त्री, मैं तुझसे भीख माँगने नहीं आई हूँ कि आकर तेरी आज्ञा पर नृत्य करूँ। समझी? यदि तुझे यह अभिमान है कि तू मेरा चाहे जो कर सकती है तो यह तेरी भूल है। तू नहीं कर सकती, तेरा स्वामी कर सकता है क्योंकि उसके पास दास हैं, सेवक हैं, सेना है और एक व्यक्ति को यदि बहुत-से लोग घेर लें तो वह न शक्ति की जीत है, न सत्य की। मैं तुझ पर विश्वास करके आई हूँ अन्यथा तेरे पास मैं कभी थूकती भी नहीं।"

वेणी हँस दी। उसने कहा—"आज वेणी पर नीलूफ़र ने विश्वास किया है? धन्य भाग्य मैं, ऐसा और कहाँ होता…"

और वह फिर हँस दी।

"भीख देने आई हो?" वेणी ने रुककर कहा—"तो उसके लिए साधन हैं?"

"साधन क्या धन पर आश्रित हैं, वह भी दूसरे के?"

"इस समय मेरे पास? क्यों? मैं तो कोई कारण नहीं सोच पा रही हूँ। हो सकता है, तुम्हें कोई आवश्यक सम्मति देनी हो, अथवा सूचना ही, कौन जाने?"

वेणी बात कहती हुई मदिरा के पात्र की ओर बढ़ गई। चषक में ढालकर कहा—"बताया नहीं अभी तक?" फिर चषक बढ़ाकर कहा—"पियोगी?"

"नहीं।" नीलूफ़र ने विक्षुब्ध होकर उत्तर दिया।

"नहीं, तुम समझो कि मेरे पास एक ही चषक है, वह बात नहीं, मेरे पास कई हैं। देखो वह जो है वह रत्नजटित है, सोने के चषक में नहीं, शायद तुम्हें रत्न के चषक में पीने की आदत हो। कहो तो उसी में उपस्थित करूँ!"

"नहीं।" नीलूफ़र ने नीचे का होंठ काट लिया।

"बिल्कुल छोड़ दी?" वेणी ने विस्मय से कहा—"बड़ा संयम है। लेकिन बड़ी महँगी आती है। ऐसी तो कहाँ मिलती होगी अब। जाने दो। तुम क्या जानोगी अब कि जीवन में यह भी सुख हैं।"

वेणी ने एक घूँट पीकर कहा—"दिन बीत जाते हैं, नीचे से ऊपर उठना, फिर ऊपर से नीचे गिरना···सच बड़ी दुखदायी वस्तु है?"

वह घृणा से मुस्कराई—"क्यों नीलूफ़र, कभी अपने स्वामिनीत्व के दिन याद आते हैं?"

"नहीं, मुझे वह दिन याद आते हैं जब मैं स्वामिनी थी और तू सड़कों पर नाच-गाकर भीख से पेट भरती थी।"

पथों पर गर्जन हो रहा था। सैनिकों और नागरिकों में मुठभेड़ प्रारंभ हो गई थी। उनके शस्त्रों की झंकार पर उनके जयनिनाद सुनाई दे जाते थे। नीलूफ़र ने सुना। मुस्कराकर कहा—"प्रारंभ हो गया।"

वेणी ने चषक फिर से भरते हुए कहा—"और शीघ्र ही समाप्त भी हो जाएगा।"

और हठात् ही वेणी ने फिर पूछा—"तेरा नया प्रेमी कहाँ है?"

नीलूफ़र घबराई नहीं। बोली—"वही जिसे तू धोखा दिया करती थी? तेरा पुराना प्रेमी?"

वेणी ने चषक पी लिया, वह हँसी और कहा—"तू तो उसे लेकर भाग गई थी?"

"मैंने उससे कहा था, भाग चलें किंतु उसने मुझसे कहा, 'नीलूफ़र! प्रेम एक व्यक्तिगत वस्तु है। और यह समूहों की मर्य्यादा का प्रश्न है। जब तक समूह स्वतंत्र नहीं है तब तक व्यक्ति स्वतंत्र नहीं है। आज मनुष्य की स्वतंत्रता का प्रश्न है और गुलाम कभी प्रेम का अधिकारी नहीं होता क्योंकि वह अपनी इच्छा का तनिक भी स्वामी नहीं होता।' "

वेणी ने कहा—"स्वामी!! सचमुच वह निर्बल हृदय था।"

नीलूफ़र ने कहा—"और तू शक्तिमान थी? तभी तो वह बिचारा भिखारी ही बना रहा और तू एकदम सर्वश्रेष्ठ नागरिक की रखैल बन गई····"

"जो मुझसे पहले स्यात् तू ही थी।"

तलवार पर तलवार बज रही थी। दोनों में कोई भी क्रोध दिखाकर अपनी निर्बलता प्रकाशित नहीं करना चाहती। बात तो तब है जब बिना आक्रमण के दूसरा 'त्राहि-त्राहि' कर उठे।

"किंतु तुम कहती हो वह तुमसे प्रेम करता था?"

"हूँ। किंतु मैं क्या कर सकती हूँ?" नीलूफ़र ने कहा—"प्रेम? वेणी!! प्रेम तो तू भी कर रही है!" वह हँसी। वेणी ने चषक फिर भरते हुए कहा—"तू भी तो किया करती थी?"

"मैं और प्रेम ?" नीलूफ़र ने कहा, "नहीं।"

"नहीं ?" वेणी ने विस्मय से कहा, "श्रेष्ठि तो यही कहते थे ?"

"श्रेष्ठि मूर्ख स्त्रियों से ऐसी ही बातें किया करते हैं।"

"स्त्री ! !" वेणी तमककर बोल उठी।

"क्रुद्ध हो उठीं। बाँध टूट गया ?"

"तुझे अपने ऊपर ग्लानि नहीं ?"

"मैं एक दासी थी वेणी ! और आज भी एक दासी ही हूँ। मणिबन्ध ने मुझे ख़रीदा था। उसने मुझ पर आभूषणों का ढेर लगाकर कहा—'इनको पहनकर मुझे रिझाया कर, मैं तुझसे खेला करूँगा।' यदि मैं स्वीकार नहीं करती तो करती भी क्या ? यदि अपनी इच्छा से प्रारंभ होकर वह वृक्ष फलता-फूलता तो गुण-दोष की बात हो सकती थी। किंतु पहले ही मुझे तो बाँध दिया गया था ?" और नीलूफ़र ने उसके पास जाकर कहा—"और तुझे उसने समझाया है कि वह मेरा विश्वासघात था ? हाँ, वह आज भी शक्ति का संपत्तिशाली स्वामी है। जो वह कहेगा उसी को तो उसके टुकड़ों पर पलनेवाले दुहराएँगे, अन्यथा क्या उन्हें कभी पेट-भर मिल सकेगा ? असंभव। मैं नहीं सह सकी कि जीवनपर्यंत उसी विडंबना में फूली रहूँ। इसीलिए मैंने उसे अपना स्वामी बना लिया जो आज सेनापति बनकर दीनों की रक्षा के लिए उठ खड़ा हुआ है। वेणी ! तू नहीं जान सकती कि न्याय की ओर से लड़नेवाले कितने महान होते हैं ? दास खड़े हैं, नगरवासी खड़े हैं, द्रविड़ खड़े हैं। और आज वह निर्वासित उनका सेनानायक है जो एक दिन एक चंचल लालची लड़की के पीछे अपना सबकुछ त्याग आया था।"

"नीलूफ़र !" वेणी की भृकुटि चढ़ गई। यह वेणी की दूसरी हार थी। क्योंकि वह विचलित हो गई थी। नीलूफ़र कहती रही—"वह एक दिन तेरे जीवन के सबसे कोमल स्वप्नों का निर्माता था। एक दिन उसके लिए तूने झूठ कहा था, तू संसार में सबकुछ कर सकेगी ? फिर आज ? आज क्या हुआ है जो तू उसकी शत्रु है ? अभागिन, आज तेरे देश के लोग भूख से तड़प रहे हैं। स्त्रियाँ अपना सुहाग बचा रही हैं, भय और अपमान, आज कुछ भी शेष नहीं रहा है। इस समय तू एक अत्याचारी के विशाल भवन में मदिरा पीकर मत्त हो रही है और तुझे एक बार भी यह विचार तक नहीं आता कि तू उन्हीं में से एक है ? कि तू एक द्रविड़ है ?"

वेणी ने हँसकर कहा—"मैं द्रविड़ हूँ। उन्हीं में से एक हूँ ? आज याद दिलाने आई हो जब मेरे बिना काम नहीं चल सकता ? उस दिन सब भूल गए थे जब द्रविड़ों का अधिपति मुझसे बलात्कार करना चाहता था और द्रविड़ों के पुजारी उस बलात्कार को धर्म से न्याय करने के लिए तत्पर बैठे थे। उस दिन कोई नहीं था ? माता, पिता, भाई, भगिनी, कीकट नगरवासी किसी में भी इतना साहस न था कि वे एक अत्याचारी का गला घोंट सकें ?"

"तुझमें भी तो नहीं था।"

"मुझमें ? क्या नहीं था मुझमें ? किंतु उस दिन मैं भूल गई थी। उस दिन मैं भटक गई थी। मैं उस जाति की होकर हानि के अतिरिक्त और कुछ नहीं पा सकती तो क्यों जाऊँ उसी ओर ? इतने दिन हो गए। निशांत से अधिक धन है, बल है, अधिकार है किंतु आज तक मणिबन्ध ने मेरी इच्छा के प्रतिकूल कोई काम नहीं किया ? क्यों ? मैं पूछती हूँ क्यों ? उत्तर है क्योंकि····मणिबन्ध पुरुष सिंह हैं····"

"मणिबन्ध कुत्ता है····" नीलूफ़र ने काटकर कहा।

वेणी ने घूरकर कहा—"सावधान स्त्री ! तू लगता है पागल हो गई है ? तुझे याद नहीं रहा कि तू कहाँ किससे बातें कर रही है ? अपनी इस चक-चक करती जिह्वा को रोक अन्यथा…"

"क्यों ? दासों को बुलाना चाहती हो ?" नीलूफ़र ने कहा—"वही तो तुम्हारा गौरव है एकमात्र।"

"दास नहीं।" वेणी ने कहा—"उनकी तेरे लिए कोई आवश्यकता नहीं, निरीह स्त्री !"

इस बार नीलूफ़र को विस्मय हुआ। उसने सोचने का प्रयत्न किया : क्यों नहीं बुलाती वेणी किसी दास को ? आख़िर क्यों ? क्या कोई विश्वास करेगा कि वेणी ने नीलूफ़र से ऐसा व्यवहार किया ?

उसने कहा—"क्यों वेणी ? क्यों ? तुम आख़िर किससे भयभीत हो ? दासों को क्यों नहीं बुलातीं ?

"याद है, एक दिन तुमने कहा था—'गायक ! मैं इसे बता रही थी कि यदि यह अपने को चतुर समझती है तो मैं भी इससे किसी भी परिस्थिति में कम नहीं हूँ। नीलूफ़र ने कभी सिर नहीं झुकाया। यदि इस स्त्री शरीरी पशु में मनुष्यता होगी तो इसे आज की रात की नीलूफ़र सदा याद रहेगी। क्षमा से बढ़कर मनुष्य के लिए कोई दंड नहीं होता…' "

"याद है किंतु उसको दुहराने से लाभ ?"

"लाभ ? और तूने कहा था—किंतु यह होती तो कभी भी ऐसा नहीं करती, क्योंकि यह स्वभाव से ही नीच है। मैं इसे जीने दूँगी जिससे मन का पाप सजीव बनकर इसके कलेजे को नाख़ूनों से कुरेदा करे।' "

और वेणी वीभत्सता से हँस उठी। उसने कहा—"दंड पाकर मनुष्य को पश्चात्ताप की असह्य यातना से छुटकारा तो मिल जाता है ! चली जाओ यहाँ से ! मैं नहीं चाहती कि तुम्हें अपना रक्त देना पड़े। इसलिए कि जाओ और खड्ग का सम्मान करना सीखो। यदि अंतिम बार तूने प्रेम किया है तो दुरभिमान में उसे अपने प्रेमी की घृणा में समाप्त मत कर। आज तक मैं तुझसे बदला लेना चाहती थी, किंतु आज देखती हूँ तू कितनी क्षुद्र है, अकिंचन, अपदार्थ, और आज मैं जिस उच्च स्थान पर हूँ उसके लिए यह शोभा नहीं देता कि मैं तुझे बराबर बना दूँ…"

"और तुम दासी नहीं हो ?" नीलूफ़र ने कहा, "तुम क्या हो वेणी ?" वह तू से तुम पर आ गई थी क्योंकि वेणी का प्रहार उसे तिलमिला गया था। अब वैसी बातचीत करना अपनी लघुता का प्रदर्शन था। उसने फिर कहा—"तुम अपने जन्म को भूल गई हो। आज भी क्या हो तुम ? श्रेष्ठि तुम्हारा स्वामी है जैसे एक दिन वह मेरा स्वामी था। वह तुम्हें जब चाहे निकाल देगा…"

"नहीं, मैं साम्राज्ञी हूँ मूर्ख स्त्री।"

किंतु वह मन-ही-मन काँप उठी। नीलूफ़र ने हँसकर कहा—"पागल स्त्री ! तू रेत को पानी समझकर भाग रही है। जानती है, आमेन-रा क्या कर रहा है ? साम्राज्य के सामने स्त्री का कोई मोल नहीं होता। उसने प्रबंध कर लिया है। मैंने अपने कानों से श्रेष्ठि को उसकी बात स्वीकार करते सुना है। श्रेष्ठि चन्द्रहास की कन्या साम्राज्ञी बनेगी क्योंकि वह कुलीन है, क्योंकि तू इस योग्य नहीं समझी गई। जानती है कारण ? तू नाचकर भीख माँग-माँगकर पथों पर पेट भरती थी।"

वेणी चिल्ला उठी। नीलूफ़र ज़ोर से हँसी। वेणी ने दोनों हाथों से अपना सिर पकड़ लिया। चषक नीचे गिर गया। उसकी इस अवस्था को देखकर नीलूफ़र का विक्षोभ एकदम विलीन हो गया। उसने चषक उठाकर कहा—"देवी ! स्वर्ण का इतना अपमान किसलिए, जब उसी के लिए अपने-आपको बेच दिया है ?"

वेणी ने धीरे से कहा—"सच कहती है तू नीलूफ़र ? मैं कभी तेरी बात पर विश्वास नहीं करूँगी। तू चाहे कुछ भी कह ले। मणिबन्ध ऐसा नहीं है। वह ऐसा कभी नहीं है। तू उसे भूल रही है ?" और तड़पकर बोल उठी—"समझ गई हूँ मैं तेरा यह कुचक्र स्त्री ! मैं तेरा षड्यंत्र समझ गई हूँ। तू संसार का कोई भी नीच कृत्य कर सकती है...."

नीलूफ़र ने काटकर कहा—"देवी ! जो आप कहती हैं वह मैं विल्लिभित्तूर के जीवन से तुलना करके जाँच रही हूँ और आप क्या इसी प्रकार याद रखना सीखी हैं ? गायक बिचारा अब भी रोया करता है।"

वह फिर हँस दी। हास्य नारी-विद्रूप का भयानक शस्त्र है जिसे पुरुष तो क्या स्वयं एक स्त्री दूसरे का नहीं सह सकती। नीलूफ़र ने तीखे स्वर में कहा—"किंतु मैं याद रखना जानती हूँ। क्योंकि जीवन की मर्य्यादा मेरा चरम लक्ष्य है, प्रेम हो या घृणा। मणिबन्ध द्वारा मैं कुत्ते की भाँति ख़रीदी गई थी। गायक तुझे स्वतंत्र रखता था। दोनों में कोई तुलना नहीं। विल्लिभित्तूर ने तुझे दास बनाकर नहीं रखा था। मैंने गायक को तब पकड़ा जब उसने कहा—'तू दासी मत रह, स्वतंत्र हो जा,' और तूने मणिबन्ध के पाँवों को तब चाटा जब गायक ने तुझसे कहा कि 'वेणी ! तेरे लिए मैं सबकुछ करने को तत्पर हूँ। तेरे मन में जो हो, वही कर।' और वही किया तूने जिसे कोई भी कुत्ता कर सकता था कि मिष्टान्न देखा और उसी ओर मुँह उठाकर दुम हिला दी। मैं नहीं जानती। मैं यहाँ प्रेरणा से आई हूँ—गायक ! वह भोर के आकाश से भी अधिक पवित्र है। मणिबन्ध और गायक की कोई तुलना नहीं। मणिबन्ध धन का लोलुप भेड़िया है, वह कभी भी मनुष्य के हृदय की महानता को नहीं पहचान सकता। मुझसे बार-बार हेका कहा करती थी कि नीलूफ़र ! स्वामिनी होकर तू कहीं मुझे भूल न जाना। नहीं भूली मैं उसे कभी भी, क्योंकि स्वामिनीत्व का पिशाच कभी भी मेरा गला नहीं घोंट सका। आज वही हेका विद्रोह में आगे चल रही है। दासी की अपराजित चेतना की जाली फट गई है। आज, चन्द्रा जो एक दिन अपने राजवंश की ज्वाला में जल रही थी, भिखारिणी बनकर द्रविड़ों का नायकत्व कर रही है, और तू ? तू यहाँ इस बर्बर के यहाँ मदिरा पी रही है ? जैसे वे सब तेरे कोई नहीं ? दासों का, द्रविड़ों का, महानागरिकों का एक स्वर गूँज उठा। किंतु मैं घृणा करती हूँ स्त्री ? मैं इस युद्ध को नहीं चाहती। तू मणिबन्ध की हत्या कर सकती है। सहस्रों निरपराधों का रक्तपात नहीं होगा...."

वेणी ने हँसकर कहा—"और सेना ? सेना क्या करेगी ? श्रेष्ठि वाराह क्या करेगा ?"

नीलूफ़र ने काँपते स्वर से कहा—"वह सब तो निःशस्त्र से हैं। उसे बचा ले स्त्री। उसके जीवन की रक्षा करना आज तेरे हाथ का खेल है...."

वेणी ने आसन पर बैठते हुए कहा—"बस ! यही तेरे अभिमान का अंत है ? इसी की इतनी स्फूर्त्ति तुझमें रह-रहकर मचल उठती थी ?"

"नहीं, हम दास हैं, वेणी," नीलूफ़र ने कहा—"मैं तुझे साम्राज्ञी समझकर तुझसे बात नहीं करती। मैं तुझे अपनी ही भाँति एक पीड़ित दासी समझती हूँ जो आज चकमक में

अपने-आपको भूल गई है। वेणी ! अधिकार के सामने नहीं, तेरे सामने सिर झुकाती हूँ क्योंकि एक दिन गायक ने तुझे प्यार किया था। याद रख कि हम सब दास एक-से हैं, संसार में हम सब एक-से हैं। मिश्र का फ़राऊन बर्बर है, कीकट का अधिपति बर्बर था, मणिबन्ध बर्बर है, किंतु हेका, चंद्रा और नीलूफ़र कभी बर्बर नहीं हो सकतीं। इन तीनों का संसार में कोई सहारा नहीं है। यह तीनों निस्सहाय हैं। हमारे कोई स्वार्थ नहीं—हम किसी के भी अधिकारी नहीं। यह संसार के अत्याचारी समान रूप से हमारा हनन करते रहे हैं और आज भी कर रहे हैं। मैं जानती हूँ कि तू बिल्कुल ही मिट्टी नहीं हुई है। आज तूने इस समय मुझ पर यह जो दास न बुलाकर उपकार किया है, इसने मुझे विश्वास दिलाया है कि तू बर्बर के साथ नहीं, मनुष्यों की ओर खड़ी होगी। भीख दे दे मुझे वेणी ! मैं तेरी बहिन हूँ। गायक के जीवन का प्रश्न है। आज तुझ पर सहस्त्रों मनुष्यों, स्त्री-पुरुषों के प्रतिशोध का भार है।"

वेणी चुप हो गई। नीलूफ़र कहती गई—"युद्ध होगा। जीत भी हो सकती है, पराजय भी। गायक महान सेनापति भी हो सकता है, मृतक भी। किंतु यह नहीं है मेरे मन की उलझन का अंत। स्नेह का एक कण भी यदि हृदय में शेष है तो उसके भविष्य के लिए मैं कभी अपनी मर्य्यादा का दंभ नहीं करूँगी। वेणी ! आज नीलूफ़र सबसे अलग हो गई है। क्यों ? क्योंकि उसने गायक से स्नेह किया है। जो सुनेगा वही कहेगा, वह कायर थी। उसने अपने सुख के लिए जाकर अत्याचारी से अपने उस योग्य पति के प्राणों की भीख माँगी जो उस समय विद्रोह से गरज रहा था। उस स्त्री ने उसका अपमान किया। आज अंतिम बार तुम मुझे यह नाम न दो वेणी ! तुम्हें दासी समझकर आई हूँ, कि तुममें मनुष्यत्व अवश्य होगा।" वेणी ने देखा। उसने कहा—"नीलूफ़र ! तू जीत गई है। किंतु मैं नहीं जानती कि मैं क्या करूँ ? मणिबन्ध ! ! वह श्रेष्ठि चन्द्रहास की पुत्री से विवाह करेगा ? आज विल्लिभित्तूर के साथ नीलूफ़र घूम रही है। मैं क्या जानूँ ? द्रविड़ ! ! आज तो मैं द्रविड़ नहीं हूँ...."

उसने उठकर चषक भरकर दो घूँट पीकर कहा—"और मैं ? किंतु मैं ?" चषक पूरा पी लिया। फिर लड़खड़ाती-सी आकर आसन पर बैठ गई। अधमुँदी आँखों से देखते हुए कहा—"जा स्त्री ! तू भाग जा। मुझे सोने दे।"

"वेणी ! !" नीलूफ़र चीख़ उठी।

वेणी हँसकर लेट-सी गई। उसने हाथ से जाने का इंगित किया।

नीलूफ़र ने कहा—"तू कुत्ते से भी नीच है स्त्री। तुझमें आज कोई आत्मसम्मान शेष नहीं रहा है। तूने अपनी आत्मा तक को बेच दिया है। मैं तो लौट जाऊँगी किंतु याद रखना, संसार कहेगा कि नीलूफ़र सबसे अधिक करुण थी। उसने शत्रु के पशु को उसके चंगुल से छुड़ाकर मनुष्य बना देने का प्रयत्न किया था।" फिर कहा—"इससे तो श्रेष्ठ यही था कि तू मुझे यहीं मरवा देती...."

वेणी ने अधमुँदी आँखों को चलाकर कहा—"तेरी यातना समाप्त हो जाएगी नीलूफ़र ! वह मेरी करुणा नहीं चाहती। शक्तिहीन होकर जब तू मेरे सामने मेरे पगों पर पटक दी जाएगी तब मैं तुझे जीवन-दान दूँगी कि तू मेरी दासी बन जा...."

एक बीभत्सता से नीलूफ़र का मुख विकृत हो गया। उसने चाहा कि वेणी की हत्या कर दे किंतु तभी वह चिल्ला उठी—"वेणी ! तू मृत्यु के मुख में हँस रही है। नीलूफ़र सदा अभिमानी को गिराकर कुचला करती है...."

वेणी हँस दी। कहा—"जा, जा, यहाँ से····व्यर्थ क्यों मरना चाहती है····मैं तुझे क्षमा करती हूँ मूर्ख स्त्री। जाकर अपने पति से कह देना कि नीलूफ़र को उस निर्बल आत्मा का एकमात्र रक्षक समझकर मैंने उसे क्षमा कर दिया, अन्यथा उसके आज टुकड़े-टुकड़े करके चील-कौओं को खिला दिए जाते····"

वह फिर हँसी, जैसे शिथिल होती जा रही थी····

"नींद आ रही है, नीलूफ़र, सोने दो। जाकर अपने पति से कहना कि वेणी को उसने कभी पहचानने का भी प्रयत्न नहीं किया अन्यथा वह उस निरीह का सदैव पालन किया करती और कभी इस प्रकार उसे छोड़ नहीं देती····"

वह फिर हँसी में झूम गई। मदिरा अपना प्रभाव करने लगी थी।

नीलूफ़र प्रकोष्ठ से निकली ही थी कि एक खड्ग उसके पास चमक उठा। नीलूफ़र भय से पीछे हट गई। उसने चिल्लाकर कहा—"नीच स्त्री! तू कहती थी कि कोई नहीं आएगा। यही है तेरी क्षमा?"

किंतु वेणी तब झूम रही थी, गीत गुनगुना रही थी। वह कुछ भी नहीं सुन सकी। नीलूफ़र ने देखा, सामने ही खड्ग उठाए विकराल मूर्त्ति आमेन-रा खड़ा था। आमेन-रा!!! जीवन का सबसे बड़ा भय। वेणी की इस चाल पर उसे अत्यन्त विक्षोभ हुआ।

उसने कहा—"तुम····"

"हाँ, मैं," आमेन-रा ने कहा और झपटकर उसकी गर्दन पकड़ ली। बायाँ हाथ नीलूफ़र को झुकाने लगा।

नीलूफ़र के हाथ में छुरा चमक उठा और उसने हवा में दो-एक बार आघात भी किए। नीलूफ़र प्राणपण से छूटकर भागने की चेष्टा करने लगी। फिर भी आमेन-रा के उस पुरुष हाथ से वह नहीं छूट सकी। एक ज़ोर की चीख़ गूँज उठी और एक झटका लगा, साथ-ही-साथ नीलूफ़र का सिर कटकर पृथ्वी पर गिर गया।

आमेन-रा ने उसको छोड़ दिया। शव गिर गया। अब नीलूफ़र नहीं रही। एक क्षण में आमेन-रा ने उस सत्ता को मिटा दिया जिस पर वह हँस उठा।

उसी समय दो बलिष्ठ हाथों ने पीछे से आमेन-रा की ग्रीवा को पकड़ लिया। आमेन-रा छटपटाने लगा। वे कठोर उँगलियाँ अब अपनी शक्ति से पास आने लगीं। आमेन-रा के हाथ-पाँव ढीले हो गए। जीभ लटक गई। आँखें निकल पड़ीं। अपाप हँस रहा था। बहुत दिनों की जलन आज रह-रहकर बुझ रही थी। उसने एक बार फिर उसकी ग्रीवा को पूर्ण शक्ति से दबाया। शरीर उसके हाथों में झूल गया। और अपाप ने उसे घृणा से ढकेलकर छोड़ दिया। वृद्ध आमेन-रा गिर गया। अपाप ने देखा, इस समय वह और अधिक विकराल हो गया था। उसे देखकर हृदय को घोर घृणा होती थी क्योंकि उसकी आँखों में वीरों की पवित्रता नहीं, अत्याचारियों की जड़ता थी, पापों का भीषण भय था····

अपाप ने देखा। आमेन-रा महामंत्री ठंडा पड़ गया था। वह मर गया था। अपाप को भय हुआ। आमेन-रा!! महामंत्री! और दास के हाथ से मारा गया? स्वयं मणिबन्ध के प्रासाद में! वह काँप उठा। फिर दृष्टि मुड़ी। नीलूफ़र का सिर मुस्करा रहा था। गुलाम का आत्मसम्मान छलक रहा था।

अपाप ने नीलूफ़र का शीश उठा लिया। एक बार उसकी आँखें डबडबा आईं। आज

नीलूफ़र यह रूप धारण किए है ! आज उस रूप और साहस का यही अंत है ?

हठात् एक शब्द-सा सुनाई दिया। वह भाग चला किंतु गुप्तपथ भूल गया और फिर वह वेणी के ही प्रकोष्ठ में जा पहुँचा।

वेणी नशे में अर्द्धचेतन-सी थी। पिशाच-से अपाप को देखकर वह डर गई। अपाप पीछे हटने लगा। वेणी चिल्ला उठी—"चोर ! चोर ! !"

दास और दासियाँ उसी ओर टूट पड़े। स्वामिनी के प्रकोष्ठ में चोर! अपाप चारों ओर से घिर गया।

कोलाहल सुनकर मणिबन्ध बाहर आ गया। उसने दूर से देखा और पहचाना। हाथों ने हथेलियाँ खोल दीं। आमेन-रा के दिए हुए हब्शी दास ने उसमें पहले धनुष रखा, फिर बाण।

अपाप प्राणपण से छूटकर भागने की चेष्टा कर रहा था। किंतु वह जानता था कि राह भूलकर अब उसके लिए निकल जाना असंभव था। उसका एक हाथ नीलूफ़र का शीश पकड़े रहने के कारण घिरा हुआ था। किंतु महाश्रेष्ठि को अपने दासों पर भी विश्वास नहीं हुआ।

वीर अपाप के ऊपर चारों ओर से प्रहार हो ही रहे थे कि मणिबन्ध का तीर उसके वक्ष में गड़ गया। अपाप को एक ज़ोर का झटका-सा लगा। क्षण-भर वह खड़ा रहा फिर उसने एक बार नीलूफ़र का सिर उठाकर देखा और चिल्ला उठा, "मणिबन्ध का सर्वनाश ! गण की जय।"

मणिबन्ध हँस पड़ा। उसने कहा—"अच्छा ! दास भी ?" घायल अपाप धड़ाम से गिर गया। कुछ देर वह वीर तड़पता रहा और मणिबन्ध ने उस पर थूक दिया। शब्द निकले—"कृतघ्न ! नीच !"

वेणी कोलाहल सुनकर अचकचाकर उठ बैठी। उसने देखा, परस्पर युद्ध-सा हो रहा था।

उसने चिल्लाकर कहा—"कारण ! क्यों लड़ते हो ?"

मणिबन्ध उसी की ओर बढ़ने लगा। अचानक ही उसके पाँव को ठोकर लगी। नीलूफ़र का सिर वेणी के पाँवों पर जा गिरा। दीपकों के धुँधले झिलमिलाते आलोक में वेणी ने उसे उठा लिया। किंतु दृष्टि पड़ते ही भय से चिल्ला उठी और शीश उसके हाथ से छूट गया। हत्या ! ऐसी बर्बर हत्या ! !

फिर झुककर उसे उठा लिया। उसके मुँह से फूट निकला—"नीलूफ़र ! हत्या ! ! प्रतिशोध ! बर्बर ! ! !"

वह अधिक कुछ नहीं सोच सकी। हँस पड़ी। चरम विरक्ति आज अंतिम पराजय बन गई थी। तभी पीछे खड़े हुए गंभीर मणिबन्ध ने कहा—"देवी ! काँटा दूर हो गया। इसे सुरक्षित रखना दासी," उसने आमेन-रा की दी हुई सुंदरी दासी की ओर देखते हुए कहा—"काँटे से काँटा निकालने में कल सहायता होगी।"

दास अपाप का शव उठाकर ले जा रहे थे। वेणी ने देखा। मन किया, रो दे। किंतु मणिबन्ध सामने खड़ा था। उसने चषक भरा और गटगट पी गई। मणिबन्ध मुस्करा रहा था।

वेणी ने देखा—दासी नीलूफ़र का सिर उठाकर एक कपड़े में लपेटकर ले जा रही थी....

उसी समय एक सैनिक ने कहा—"सम्राट् ! सैनिक आवश्यक सूचना लाया है...."

"क्या हुआ ?"

"देव, हत्या ! !"

सैनिक के साथ मणिबन्ध ने जाकर देखा। एक व्यक्ति अंधकार में मरा पड़ा था। दासों

ने अपनी मशालें झुका दीं। मणिबन्ध ने झुककर देखा। उसका सिर घूम गया। एक बार ज़ोर का चक्कर आया। उसके प्रासाद में, सुदृढ़ प्राचीरों को, उसकी महाबली वाहिनी को भेदकर उसके निकटतम मित्र की ऐसी निर्भीक हत्या ! ! वह काँप उठा। आज वह अकेला रह गया है।

आमेन-रा ! !

चला गया है वह जिसको अपने स्वप्नों के पूर्ण होने तक भी देवताओं ने जीवित नहीं रहने दिया। कल विजय होगी। कितना प्रसन्न होता यह व्यक्ति ! कितनी-कितनी अभिलाषाएँ थीं इसकी ? मणिबन्ध सम्राट् होगा ! फ़राऊन उससे मित्रता का हाथ बढ़ाएगा ! आज वह विराट् मेधावी एक दास के घृणित पंजों के बीच में घुट-घुटकर मरा है क्योंकि वह वृद्ध हो गया था ? और मणिबन्ध उसकी रक्षा भी नहीं कर सका ? आमेन-रा का वह विकृत मुख उसकी ओर घूर रहा है, अंतिम आवाहन है कि आज कुलीन रुधिर के अपमान का बदला लेना होगा···

मणिबन्ध क्रोध से चिल्ला उठा—"प्रतिशोध !"

फिर सुस्थिर होकर कहा—"सैनिक !"

"महाप्रभु !" सैनिक ने सिर झुकाकर कहा।

"कल विद्रोहियों की हड्डी की नींव डालकर आमेन-रा की विराट् क़ब्र बनानी होगी और विराट् वाहिनी मृत आत्मा का अभिवादन करेगी।"

"जो आज्ञा सम्राट् !" सैनिक ने झुककर कहा।

कुछ देर के बाद मिश्र के वे वैद्य आ गए जो शव की रक्षा करने को उसके शरीर पर लेप लगाने लगे। आज ही के लिए आमेन-रा उन्हें मिश्र से लाया था।

हिंसा से हिंसा का निवारण हो गया।

23

पथों पर युद्ध बढ़ता जा रहा था। सैनिकों की बर्बरता ने प्रजा को तनिक भी भयभीत नहीं किया। वह वीरता से जहाँ भी सुयोग मिलता वहीं डटी रहती और दोनों ओर से बराबर की चोटें होतीं। हताहत पथों पर पड़े-पड़े तड़पते रहते और घायलों के चीत्कार नीरवता में गूँजा करते। सबको अपनी-अपनी पड़ी थी और इतना व्यस्त था आज प्रत्येक नगरवासी कि संबंध छूट गए। घरों से युवकों में से किसी को भी मोह नहीं। राहों पर गूँज उठती रहती है जैसे कहीं लहरें बड़े वेग से किसी वस्तु से टकराकर बार-बार बिखर जाती हों। उस समय भीड़ को एकत्र करके उन्नतशीश विल्लिभित्तूर गाने लगा—

"आओ महानगर के वासियो ! जब मनुष्य का अपमान होता है उस समय तुम चैन से नहीं बैठ सकते। जब घर में आग लग रही हो उस समय तुम आँखें बंद करके नहीं सो सकते।

"मनुष्य की शक्ति जब विद्रोह करती है तब धमनियों में उच्छृंखल महानद का-सा गर्जन होता है जो अत्याचारी की बर्बरताओं को देख-देखकर खौला करता है।

"आओ दासो, द्रविड़ो, स्त्रियों और पुरुषो, अपने रक्त को बहाकर तुमने धरती को स्वर्ग बनाने का दृढ़ निश्चय किया है, इस राजमुकुट नाम की ढाल को तोड़कर चटका दो जिसके

अंधकार में छिपा हुआ साँप पलता है···विष पलता है···"

लोगों में एक उत्साह फिर भर गया। फिर वे युद्ध के लिए निकल पड़े। जिसको भी कहीं सैनिक मिल जाता वहीं उसकी आफ़त आ जाती। आज सारा महानगर एक था। आज तक वे असंगठित थे।

महानगर की स्त्रियाँ आज विशेष रूप से कार्य्यरत थीं। घरों पर अग्नि, गर्म तेल और पत्थर लेकर वे छतों पर बैठ गई थीं और जब सैनिक उधर से निकलते वह उन पर खौलता हुआ तेल फेंक देतीं और चारों ओर से पत्थर की भीषण वर्षा करने लगतीं।

शांतिरक्षक वाराह के आदेश से मणिबन्ध की ओर से लड़ रहे थे। उन्होंने केवल प्रधान की बात को सुना था और वे कोई भी दूसरा स्वर पहचानने में असमर्थ थे। नागरिकों को ज्यों ही ज्ञात हुआ वे क्षण-भर विचलित हो गए किंतु इस समय पीछे हटने का अवकाश नहीं था। आत्मसमर्पण का अंत पराजय ही नहीं, आज मृत्यु था।

बालकों में नई स्फूर्त्ति भर गई। वे दलों में बँट गए और छिप-छिपकर शत्रु का पता लगाने लगे। उनके नए रक्त की स्फूर्त्ति देखकर बड़े-बड़ों ने दाँतों तले उँगली दबा ली। आज परिस्थिति के कारण इन बालकों में गंभीरता आ गई थी। सैनिक जब किसी को देख पाते तुरंत उस बालक को पकड़ लेते और तलवारों का भय दिखाकर उससे भेद पाते किंतु जब कोई परिणाम न निकलता, वे उसे काटकर मकानों में फेंक देते या दीवारों पर टाँग देते।

वृद्ध जीवन की अंतिम घड़ियों में आज यह दृश्य देखकर काँप उठते थे। जब साँझ हो गई उनमें से अनेक पथ पर पड़े शवों में से जीवितों को उठा-उठाकर घरों में लाने लगे। और उन्हें पानी पिलाकर व्यजन करके होश में लाने का प्रयत्न करने लगे।

विदेशी व्यापारी आज तक चुपचाप हवा का रुख देख रहे थे किंतु अब उनके लिए और प्रतीक्षा करना कठिन हो गया। उनके दूतों ने मणिबन्ध को जाकर सिर झुकाया। उसकी रक्षा में उनका व्यापार सुरक्षित था।

और महानगर का वह भयानक स्वरूप धीरे-धीरे अधिक-से-अधिक कट्टर होता जा रहा था। दोनों पक्षों का क्रोध बढ़ता जा रहा था।

तुला का एक संतुलन था। कोई नहीं जानता था वह किधर झुक जाएगी।

गायक और हेका खड़े परस्पर बातें कर रहे थे। दोनों के हाथ में नंगे खड्ग थे।

एक लड़के ने गायक के पास आकर कहा—"सेनापति! मैं आपको रात से ढूँढ़ रहा हूँ किंतु आप दलों के साथ तब से ऐसे घूम रहे हैं कि मैं आपसे मिल ही नहीं सका। यह रात को आपकी पत्नी ने मुझे दिया था। उन्होंने कहा था, मैं इसे आपके पास अवश्य पहुँचा दूँ···"

और बालक ने गहना विल्लिभित्तूर के हाथ पर रख दिया। गायक ने देखा। हेका भी पास आ गई। उसने भी पहचाना।

"यह?" हेका ने कहा—"बालक! वह क्या कह गई है?"

"कह गई थीं कि वे मणिबन्ध की पत्नी की हत्या करने जा रही थीं।"

हेका ने कहा—"बालक! यह कब की बात है?"

"देव! कल रात की।" बालक ने उत्तर दिया।

"हेका! वह कायर नहीं थी।" विल्लिभित्तूर ने धीरे से कहा।

"तब वह क्यों नहीं आई गायक? रात तो कभी की बीत गई?" हेका सिहर उठी।

"अपाप उसके साथ गया था ?" विल्लिभित्तूर ने पूछा।

हेका ने सिर हिलाया—"हाँ।"

"ममता ने उसे पागल बना दिया था हेका," गायक ने फिर कहा—"अन्यथा वह ऐसी मूर्खता कभी भी नहीं करती। उसने व्यक्तिमात्र को ही सोचा, क्योंकि वह जीवन-भर व्यक्तिमात्र का ही युद्ध करती रही थी। वह हमारे युद्ध को पूरी तरह समझ नहीं सकी। तुम उससे घृणा तो नहीं करतीं ?"

हेका चुप रही। विल्लिभित्तूर ने फिर कहा—"इतनी निष्ठुर न बनो हेका! उस पर अन्याय नहीं करो। वह बुरी नहीं थी...."

"किंतु वह रुक गई थी," हेका ने कहा।

"हाँ, सबकुछ मानकर भी वह अपने-आपका ध्यान नहीं भुला सकी थी, यही उसकी सबसे बड़ी निर्बलता थी हेका! यदि उसे वह और छोड़ सकती तो कोई भय नहीं था फिर वह किसी से भी अधिक सशक्त हो जाती। किंतु यह उसका दोष नहीं है। युग-युग की प्यासी सरलहृदया नारी और क्या करती हेका ?"

हेका का सिर नीचे हो गया। विल्लिभित्तूर कहता गया—"किंतु ऐसे समय में भी नीलूफ़र किसी के पथ का काँटा नहीं बनी। आज यदि हम सब साथ होकर एक न हों तो मणिबन्ध हमको वास्तव में कुचल देगा।"

"किंतु नीलूफ़र नहीं लौटी है गायक! उसका जाने क्या हुआ होगा ?"

आशंका से हृदय काँप उठा। कितनी गहरी अनुभूति थी वह जिसमें वेदना हर ओर से उफनी आ रही थी। और याद कर-करके हेका की आँखों में आँसू आ गए। उसने उसका अपमान किया था। बालक ने कहा—"मेरे लिए क्या आज्ञा है ?"

"बालक, इसे तू ही रख ले।" गायक ने आकाश की ओर देखते हुए कहा—"यदि हममें से कोई भी न रहे तो तू ही हमारी याद तो कर सकेगा!"

"महानगर में," बालक ने चौंककर कहा—"आपको कौन भूल सकेगा ?"

"तू अभी बालक है न ?" हेका ने कहा—"तू नहीं समझेगा। जा खेल!"

बालक चला गया। और हेका और गायक ने एक-दूसरे की ओर देखा। ममता के बंधन जीवन-संग्राम के रणक्षेत्र में हृदय को बुला रहे थे। उस समय भीड़ इकट्ठी होने लगी थी। शंख बजने लगा। हेका और गायक चौंक उठे। बेला निकट आती जा रही थी।

सैनिकों की भाँति वे अपने-अपने खड्ग लिए गर्जन करने लगे। हेका और विल्लिभित्तूर अपनी बातें भूल गए, मानव जो अकेले में इतना महत्त्वपूर्ण मालूम देता था, इस भीड़ के जीवन के सामने उसका कोई मूल्य न था।

अब महानगर में मणिबन्ध के सैनिक जत्थों और टुकड़ियों में बँट गए थे और छिप-छिपकर प्रहार करते। जब देखते कि कोई पुरुष उपस्थित नहीं है तब वे घरों के द्वार तोड़ देते और भीतर घुसकर लूट प्रारंभ कर देते और हत्या और बलात्कार के बाद उनके घरों में आग लगा देते। इस नई रीति के कारण बहुत ही करुण हाहाकार मचने लगा। स्त्रियाँ जहाँ मौक़ा मिलता तुरंत आत्महत्या करने का प्रयत्न करतीं। संघ शक्तिमय युवक दौड़कर हमला करते और कभी-कभी घायल माता को जब सँभाल लेते तब माँ की आँखों में आँसू आ जाते।

एक दहशत छाई थी और दहशत के कगारों से प्रजा की प्रचंड लहरें टकरातीं और फिर

खड्गों की झंकार पर मनुष्य का रक्त झर-झर गिर पड़ता।

घरों से धुआँ उठने लगा। कहीं-कहीं धुएँ के पीछे आग की लपटें दिखाई देतीं। एक विराट् भट्ठी की भाँति महानगर धधक उठा। किंतु उन ईंटों और पत्थरों से भी अधिक धधक उठा था प्रजा का क्रोध, जो भाप की भाँति मणिबन्ध को, उसकी समस्त वाहिनी को आकाश में उड़ा देना चाहता था। और धुआँ आकाश को काला बनाने लगा जैसे यह इस बात का प्रमाण था कि मनुष्य की बर्बरता का पाप, उसके स्वार्थों का कलुष आज अपनी सीमा के बाहर निकल गया है।

वे स्त्रियों पर बलात्कार की बात सुनते तो उनकी आँखों के आगे अपनी हँसमुख कोमल बहिनों और पवित्र पूजनीय माताओं के मुख घूम जाते और उनकी आँखों में खून उतर आता। वे कार्य्य-कारण की शक्ति को खोकर पागल हो उठते और यही वह भीषण प्रतिशोध की चिनगारी थी जिसने प्रतिज्ञा की थी कि वह मणिबन्ध के उस गौरव को भस्म ही नहीं कर देंगे, वरन् उस भस्म को भी अपमानित करेंगे क्योंकि उसमें उनकी माँ और बहिनों के अपमान का बदला है, क्योंकि एक बर्बर ने जिसे शांति कहकर उनका अपमान करने के लिए, कुचल देने के लिए, अपना पग उठाया है, वे उस साम्राज्य के स्तंभ को तोड़ देंगे जिससे कभी भी उनकी पवित्र धरती पर वैसा विषैला फूल नहीं उगे, और वायु में कभी मृत्यु का संतरण नहीं हो।

इसी समय मणिबन्ध अपने गोरखरों के रथ पर अंगरक्षकों से घिरा हुआ निकल चला। उस समय प्रासाद पर धौंसा बजना प्रारंभ हो गया और प्रजा ने दूर-दूर तक उसे सुना और दुगुने क्रोध से वे चिल्लाने लगे। सुना था मणिबन्ध ने अपने ग्रामों से नई भर्ती की गई सेना बुला ली थी जिसका प्रताप था कि वह बच्चों को जलाने के विषय में आनंद प्राप्त करती थी।

नगर के मध्य चतुष्पथ की विराट् भूमि में मणिबन्ध का रथ ठहर गया। उसने खड़े होकर उनको उकसाना प्रारंभ किया—"सैनिको! आज एक कठिन समय है किंतु मनुष्य वही है जिसके पथ में पग-पग पर काँटे बिछे हों, और सैनिको! मनुष्य वही है जो उन सबको निर्दयता से कुचलता चला जाए। विद्रोही दल के दल इकट्ठे हो रहे हैं। वे आज न न्याय स्वीकार करने को तैयार हैं, न सत्य। क्योंकि उन्हें कुछ द्रविड़ स्वार्थी अपने स्वार्थों की सिद्धि के लिए भड़काते फिर रहे हैं। प्रजा मूर्ख है, वह उनके पीछे भाग रही है। एक वह पागल उनका सेनानायक है जो एक दिन मोअन-जो-दड़ो का सर्वश्रेष्ठ नागरिक था, किंतु अपने विलास के कारण इतना मदमत्त हो गया कि देवताओं ने उसे भीषण दंड दिया और उससे सबकुछ छीन लिया। एक वह द्रविड़ है जो एक दिन एक लड़की को प्रलोभन देकर भगा लाया था, जिसने कीकट में संकट फैलाने का प्रयत्न किया था। सैनिको! मनुष्य और प्रजा का कल्याण आज तुम्हारे भुजदंडों पर आश्रित है। उत्तर से वे सब बर्बर हमारी सभ्यता को मिटा देने के लिए बढ़ते आ रहे हैं। हम उन नीचों को कैसे मिटा सकेंगे यदि गृहयुद्ध में हम अपनी शक्ति को खंड-खंड किए भूले रहेंगे। महानागरिकों ने अपने व्यापार के स्वार्थ में पड़कर अपने-आपको नष्ट कर दिया। अंतिम समय तक महान स्वर्गीय आमेन-रा महामात्य ने उन्हें सावधान किया किंतु उनकी आँखें नहीं खुलीं। वे परस्पर ही युद्ध करते रहे। आज उनमें से एक बुद्धिशाली व्यक्ति श्रेष्ठि वाराह शांतिरक्षकों को लेकर हमारी ओर आ खड़े हुए हैं, न्याय और सत्य की ओर खड़े हुए हैं। सैनिको! साम्राज्य की दूर-दूर तक फैली हुई सीमाएँ आज तुम्हारे खड्गों की ऐसी झंकार सुनना चाहती हैं कि समुद्र की प्रबल तरंगें भी लज्जा से अपनी मर्मर छोड़ दें। सूर्य्य के-से प्रदीप्त भाल जब तुम ऊँचे

उठाओ तब धरित्री थर-थर काँपने लगे, तुम्हारी भीषण पगध्वनि को सुनकर सिंधु जैसा महानद भी स्तब्ध रह जाए और तुम निर्भीक तूफ़ान की तरह बढ़ते चले जाओ।"

उसके शब्दों ने उनमें एक नवीन स्फूर्त्ति भर दी।

"ग्राम-ग्राम से," उसने फिर कहा—"अपार योद्धा! इस वाहिनी को तुमने अगाध बना दिया है। सैनिको! प्रजा एक दही के समान है। सैनिक अपने खड्गों की रई चलाकर, पानी की जगह रक्त डालकर मक्खन-सा पवित्र साम्राज्य निकालते हैं, अपने बल से रक्षित करते हैं। हम आज तुम्हें अपने नायकत्व में संसार का स्वामी बना देंगे। महादेव का कथन कभी झूठा नहीं हो सकता। स्वयं अहिराज की शक्ति आज हमारे खड्गों को वज्र से भी कठोर बना रही है।"

और मणिबन्ध ने खड्ग उठाकर कहा—"हत्या! सैनिको, विद्रोहियों की हत्या! आज आकाश के ये काले मेघ तुम्हें अपने वज्रों से मारकर गिरा देने होंगे अन्यथा साम्राज्य नहीं रहेगा, मनुष्य निराश्रय हो जाएगा, देवता अप्रसन्न होकर भीषण व्याधाओं को हम पर प्रहार करने को भेज देंगे...."

"हत्या! हत्या!!" सैनिकों ने घोर गर्जन किया और सुनाई दिया—"पृथ्वी के महादेव—मणिबन्ध की जय," "ईश्वर की आज्ञा है—विद्रोह का दमन करो", "पाप के विनाश के लिए, साम्राज्य की रक्षा करो...."

और महानगर की ईंट से ईंट बजने लगी। आज कोई जीवित नहीं रहेगा। अब यह खड्ग एक वेग से ऊपर उठते हैं और मनुष्य को ऐसे काटने लगे हैं जैसे गाजर-मूली काटी जा रही है। और रक्त धीरे-धीरे उन पर गाढ़ा होता जा रहा है जो अंधकार में काला-काला-सा प्रतीत हो रहा है। सैनिकों के मुख से हत्या के बाद एक अत्यंत हर्ष स्फुटित ध्वनि गूँज उठती है जिसके स्वर पर 'मारो, मारो' का भीषण कोलाहल आकाश और पृथ्वी के बीच काँप रहा है, अविनश्वर घोर गौरवमय, और ऐसे उठ रहा है जैसे मणिबन्ध का धवल यश पिंड बनकर ऊपर, ऊपर की ओर उठा जा रहा है....उठा जा रहा है कि थोड़ी ही देर में गगन में सम्राट् का वह रक्तवर्ण झंडा फरफरा उठेगा और फिर करोड़ों प्रजा घुटने टेककर सिर झुकाकर आर्त्तस्वर से चिल्लाने लगेगी।

सैनिकों के शस्त्रों की झंकार और भी बढ़ रही है क्योंकि करुण चीत्कार लपटों-सी चमचमाती तलवारों को हवा की भाँति नई शक्ति दे रहे हैं और वे खड्ग इतनी त्वरित गति से चल रहे हैं कि मनुष्य के चीत्कार कंठ में अटके रह जाते हैं और कंठ कट जाता है, चीत्कार कट जाते हैं, और वह भयानक निनाद हो रहा है कि रौद्र कंपन से मनुष्यों की आँखें आवेश में फटी जा रही हैं, फटी जा रही हैं....

तभी जनसमूहों की भीषण पगध्वनि हो रही है, अब खड्ग पर खड्ग बज रहे हैं, जय और नाश का प्रचंड कोलाहल गूँज रहा है जैसे उमड़े हुए महानद सिंधु को गंभीर समुद्र ने हाथ उठाकर पीछे ठेल दिया हो, धातु और धातु की प्रबल टंकार में आज मनुष्य की शाश्वत करुणा कट-कटकर समाप्त हो गई है और आज स्त्रियों के वक्षस्थल काट दिए गए हैं, पुरुषों के धड़ पर शीश नहीं हैं, भालों पर छिदे हुए अर्द्धमृत बालक टाँग दिए गए हैं, तब भी तृष्णा बुझना नहीं चाहती। यह रक्त की प्यास, प्यास जिसका दाह आज समस्त पृथ्वी को निचोड़कर पी जाना चाहता है, रक्त से कंठ गीला कर लेना चाहता है और वह जयनिनाद अब उठ रहा है—विजयोन्माद में लहरता-घहरता—कि—सम्राट् मणिबन्ध की जय, और जय का मूल्य है,

आज वह रक्त से लिख गया है, कीर्त्ति बनकर युगों तक खड़ा रहेगा, किंतु अपराजित! तब 'सर्वनाश', 'सर्वनाश' का तुमुल गर्जन उठा है और फिर वज्र पर वज्र का कर्कश निनाद हुआ है, अंतराल चटक रहा है, आँखें चढ़ गई हैं, क्योंकि बहते रक्त में मदिरा से भी अधिक नशा है और फिर वही जय और फिर वही सर्वनाश, फिर वही जय, फिर वही सर्वनाश, बिजली की भाँति धातु चमक रही है, फूलों की भाँति मनुष्य की देह गिर रही हैं, उन्मत्त पिपासा का भीषण तांडव हो रहा है, और अब भी धौंसे का वह प्रलय के डमरू का-सा गौरव गर्जन अंधा बनाए दे रहा है, एक और हुंकार कि एक और गर्जन, पवन कड़ककर गिर रहा है, जैसे वज्र, वज्र का भयानक अंधकारमय अट्टहास....

रात होने लगी। मणिबन्ध हाथ में नंगा खड्ग लिए स्वयं सैनिकों को उत्साहित करता रथ में घूम रहा था। उसके अंगरक्षक चारों ओर से उसे घेरकर धनुष पर बाण चढ़ाए चल रहे थे। आज सिंधु की लहरें जब तक चिल्ला न उठेंगी वह हाथ नीचे नहीं गिरेगा, आज जब तक तारे भय से स्तब्ध नहीं हो जाएँगे तब तक हत्या नहीं रुकेगी, आज चंद्र यदि आकाश में उठेगा तो सम्राट् मणिबन्ध महान का कीर्त्ति-दीप बनकर, अन्यथा पृथ्वी रसातल में डूब जाएगी।

सेनाध्यक्ष ने आकर कहा—"सम्राट्! चारों ओर घोर युद्ध हो रहा है। सैनिक थक चले-से लगते हैं। विद्रोहियों का कोई अंत नहीं लगता, समुद्र की भाँति वे लहरा रहे हैं...."

सेनाध्यक्ष हाँफ रहा था। उसके वस्त्र रक्त से भीग गए थे।

मणिबन्ध ने हुंकारकर कहा—"आज समुद्र को दास बनाकर उसे स्तब्ध कर दो सेनाध्यक्ष! आज जो मरेगा वह सदा के लिए अमर हो जाएगा। फूँक दो शंख, फूँक दो नरसिंगे, और ऐसा प्रहार करो कि विद्रोही समझें कि सुदूर दक्षिण से विराट् पर्वत इधर बढ़ते जा रहे हैं...."

और सेना ने वह शब्द सुना। रक्त फिर खौल उठा, तड़प उठा, और सेना झपटकर टूटने लगी। अबके ऐसा लगा कि प्रभंजन खंड-खंड होकर अपनी अक्षुण्ण शक्ति लिए भीम प्रहार कर रहा था।

उन्होंने देखा, मणिबन्ध का रथ घूमने लगा और जिधर उसका खड्ग उठता विद्रोही मिट जाते, वह अपार भीड़ फटकर काई-सी दरक जाती, तब उनकी शक्ति का अंत नहीं रहा, उन्हें लगा साक्षात् महादेव उनका नायकत्व कर रहे थे तभी वे विद्रोही इतने निर्बल होकर रह-रहकर पृथ्वी पर गिर-गिरकर तड़पने लगते थे।

और विद्रोहियों की भीड़ में अपने पूरे स्वर से उन्मत्त गायक चिल्ला रहा था—"महानागरिको! शपथ है तुम्हें अपनी माँ की लाज की, सारा संसार आज तुम्हें देख रहा है, आज मणिबन्ध के दाँत खट्टे हो रहे हैं, शत्रु की मुट्ठी-भर सेना रक्त से भीग गई है, आज तुम्हारे प्रचंड भुजदंडों के वज्र प्रहार से साम्राज्य का दंभ टूक-टूक हो रहा है, जय! महानागरिको, मनुष्य अपनी विजय का पथ, अपने रक्त से भिगोकर बना रहा है, आज हत्यारा बचकर नहीं जा सकता। देवता तुम्हारी ओर से युद्ध कर रहे हैं, मनुष्य का युग-युग का विक्षोभ आज महास्फुरण से उल्कापात की भाँति तुम्हारी शक्ति बनकर आकाश में डोल रहा है, अब वह शत्रु पर गिरकर उसे खंड-खंड कर देगा। महावीर! पराक्रमी संतान! सृष्टि के नियंता बढ़े चलो, विजय तुम्हारी है...."

इधर से मणिबन्ध अपने सैनिकों को उत्साहित कर रहा था—"एक पग और सैनिको!

एक पग और! शत्रु काँप रहा है। विजय का चंद्रमा आकाश में चढ़नेवाला है, कल सूर्य्य के आलोक-सा तुम्हारा प्रताप संसार के कोने-कोने में फैल जाएगा। सैनिको! आज यह खड्ग प्यासे नहीं लौटेंगे····"

और फिर विल्लिभित्तूर का स्वर—"आज मणिबन्ध के रात्रि के अंधकार के-से पाप को हमारे सत्य के आलोक के नक्षत्रों ने जगह-जगह तोड़ दिया है, महानागरिको! प्रतिशोध की अग्नि को आज उसके रक्त के अतिरिक्त कुछ भी नहीं बुझा सकेगा, आज स्त्रियों ने तुम्हारी ओर से खड्ग उठाया है महादेव! आज महामाई साक्षात् करवाल लेकर तुम्हारी ओर से युद्ध कर रही है, शत्रु का महाध्वंस करने के लिए वे हुंकारकर बढ़ रही है····सावधान, एक-एक रक्त की बूँद का एक-एक इतिहास युगों तक मनुष्य के गीत दुहराया करेंगे, जब तुम नहीं रहोगे तब मनुष्य की संतान का शीश तुम्हारे बलिदान को सुन-सुनकर गर्व से उठ जाया करेगा।" पूरा मोर्चा जम गया। अब कुछ नहीं। युद्ध अपनी भयानकता की सीमा पार कर गया। एक योद्धा का वक्षस्थल फाड़कर एक विद्रोही मुँह लगाकर उसका रक्त पीने लगा और विद्रोहियों ने उसे देखकर भीषण जय-ध्वनि की और 'जय जय महादेव', 'जय जय महामाई', 'पवित्र गण की जय' के साथ फिर एक हमला किया कि हमले के कारण दिशाएँ स्तब्ध हो गईं, इतना घोर शब्द हुआ कि लोगों के कान फटने लगे····

मणिबन्ध के सैनिक शिथिल होने लगे।

सेनाध्यक्ष भागता हुआ आकर बोल उठा—"सम्राट्! सैनिक शिथिल हो रहे हैं।"

मणिबन्ध ने कहा—"सामने कुछ सैनिकों को छोड़कर शेष सैनिकों से चारों ओर विद्रोहियों को घेर लो, जयध्वनि करो, बाजे बजने दो····"

और बाजे तुरंत बजने लगे, जिसने उनमें फिर नवीन रक्त-संचार किया, चीत्कार अब डूब गए। मणिबन्ध ने इंगित किया और जयध्वनि से वाद्यध्वनि भी डूब गई। और फिर रथ चारों ओर भागने लगा। मणिबन्ध फिर एक बार खड्ग उठाकर आवाहन देने लगा।

रणस्थल तीरों से भर गया। हाथ और शीश, उड़-उड़कर गिरने लगे और विद्रोही उत्साह से बढ़े आ रहे थे। किंतु अंगरक्षकों ने मणिबन्ध को फिर घेर लिया। विल्लिभित्तूर उत्साहित करता बढ़ा आ रहा था। मशालों के प्रकाश में वह चमक उठा।

तभी विद्रोही चारों ओर से घेर लिए गए। वे एकदम घबरा गए। उन्हें लगा, वे चारों ओर से घेर लिए गए थे और स्यात् नई सेना आ गई थी। विद्रोही अब विवश होकर मुड़-मुड़कर युद्ध करने लगे जिससे उनकी शक्ति खंडित-सी हो गई।

विल्लिभित्तूर चौंक उठा। विद्रोही हट रहे थे। बड़ा प्रचंड प्रहार था और गर्जन हुआ : 'सम्राट् मणिबन्ध की जय!' 'पृथ्वी के महादेव की जय'। उस जयध्वनि को सुनकर उन्हें लगा कि वे वास्तव में उस पराक्रमी से नहीं जीत सकेंगे। चारों ओर से जो अंधकार में ध्वनि उठी तो वे समझे बस सेना ही सेना है, प्रजा बहुत नष्ट हो गई है। उनका साहस घटने लगा।

एक तीर आकर हेका के वक्ष में घुसा और 'मणिबन्ध का सर्वनाश' चिल्लाती हुई झूल गई। बाण के साथ-साथ रक्त बह निकला। हेका ने उसे अपने हाथ से पकड़ लिया और कराह उठी। गायक ने देखा। वह गिरनेवाली थी। तभी खड्ग का चलाना रोक गायक ने उसे सँभाल लिया।

"वह····वह ····" हेका ने उँगली से इंगित किया—"मणिबन्ध ····"

गायक ने देखा। रथ दूर चला गया था। गायक के नयनों में क्रोध के कारण आँसू आ गए। उसने कहा—"हेका···तू भी हेका···"

"गायक ! सेनापति ! मुझे छोड़ दो," हेका ने क्षीण कंठ से कहा—"असंख्य हेका यहाँ प्राण दे चुकी हैं···किसका शोक···याद रखना···"

और हेका का सिर झूल गया। गायक क्षण-भर को भूल गया कि वह युद्धक्षेत्र में था। उसने करुण कंठ से कहा—"हेका ! चली गई तू भी हेका ! ! यह क्या किया तूने महादेव···"

फिर गर्जन हुआ और गायक ने चौंककर खड्ग उठा लिया। फिर एक ममता। खड्ग झुक गया। मन नहीं हुआ कि शव को छोड़ दिया जाए। देह दुखेगी नहीं। और धीरे से गायक ने उसे लिटाकर फिर खड्ग उठा लिया।

वह मृत्युंजय स्वर से चिल्ला उठा—"रक्त ! महानागरिको ! रक्त ! शत्रु बिखरकर वार कर रहा है।"

"मारो, मारो ! !" और झंकार, वही तलवारों की झंकार, अब गायक पागल हो उठा है, वह अपने-आपको भूल गया है····भूल गया है वह विद्रोही····अब शक्ति गरज रही है····

तभी शंख बजने लगा और तुमुल निनाद पर जयध्वनि हुई। एक क्षण को लगा जैसे समुद्र की हलचल थम गई, और महानागरिक, द्रविड़ प्रजा, दास, चौंककर ऐसे स्तब्ध खड़े रह गए जैसे उन्हें शक्ति ने आहत कर दिया हो। और मणिबन्ध के सैनिक उस समय उन्मत्त कोलाहल करते हुए तूफ़ान की भाँति झपटे और इतना प्रबल प्रहार हुआ कि विद्रोही हाहाकार कर उठे और युद्ध करना भूलकर चिल्लाने लगे; फिर एक प्रचंड गर्जन हुआ—"सम्राट् मणिबन्ध की जय," और विद्रोही भागने लगे। जिसको जिधर पथ मिला उधर ही भागने में तत्पर हो गया। पत्थर टूट गया था, अब भीतर से पानी फूट निकला था। गायक ने विक्षोभ से देखा। उसने चिल्लाकर कहा—"कायरो ! कहाँ भाग रहे हो ? कल मणिबन्ध तुम्हारी हत्या कर देगा···"

पर स्वर डूब गया। हृदय की संपूर्ण शक्ति लगाकर गायक फिर चिल्लाने लगा—"महानागरिको ! साहस ! महानागरिको ! ! शत्रु की शक्ति समाप्त हो चली है। विजय तुम्हारी ही है। किसलिए चाहिए तुम्हें जीवन यदि तुम कल दास बना दिए जाओगे। तुम्हें अपने बच्चों और स्त्रियों की हत्याओं का प्रतिशोध लेना है, तुम्हें संसार का पाप रक्त से धो देना है। भागो नहीं, मृत्यु ही गौरव है, महानागरिको····"

स्वर हाहाकार में डूब गया। गायक थक गया, किंतु····किंतु वे नहीं रुक सके। भयानक बाण-वर्षा हो रही थी। आकाश का दिखना भी बंद हो गया था। जो सिर उठाता उसी में एक तो आ घुसता।

गायक ने देखा। फिर खड्ग उठा और प्रचंड वेग से चलने लगा। अब देह क्षत-विक्षत हो गई, जगह-जगह से रक्त निकल रहा था····

अंतिम बार गायक का स्वर उठा—"मणिबन्ध का सर्वनाश···"

किंतु इससे पहले कि वह ध्वनि आकाश में विलीन होती, एक बाण उसके कंधे में आकर लगा। गायक मूर्छित होकर गिर गया।

विद्रोही भाग गए। अनेक सैनिकों ने भागते हुओं का पीछा किया और असंख्य प्रजा भागते समय काट डाली गई।

उस समय भीषण गर्जन हो रहा था। मणिबन्ध ने खड्ग आकाश की ओर उठाकर

कहा—"महादेव ! तेरी जय हो।"

आनंद के कारण शब्द रुक गए। मशाल के प्रकाश में श्रेष्ठि वाराह ने पास से देखा कि जब उसका खड्ग ऊपर उठा तब उसमें से रक्त की एक बूँद टपकी और मणिबन्ध के मस्तक पर गिर गई। वह विस्मय से काँप उठा। शत्रु के रक्त से आज देवता ने उसकी विजय का स्वागत किया है।

उसने खड्ग उठाकर कहा—"सैनिको ! सम्राट् का अभिवादन करो।" वे जय-ध्वनि करते हुए लौट गए।

रात बहुत हो गई थी। उस समय प्रासाद के मध्य प्रकोष्ठ में अनेक दास काँपते हुए स्तब्ध से, मणिबन्ध के अंगों पर सुगंधित तैल मल रहे थे। अनेक सेनापति उसके सामने बैठे थे। अहिराज के विशाल मंदिर में सहस्र निनाद करता विशाल घंटा बज रहा था। बाहर सैनिकों को थकान दूर करने के लिए मदिरा बाँटी जा रही थी। नर्त्तकियाँ नृत्य करके उन्हें लुभा रही थीं। अगरु-लहरियाँ झूम रही थीं। दीपों के आलोक में लगता था, आकाश से स्वर्ग पृथ्वी पर आया था। किंतु रणक्षेत्र नीरव पड़ा था। घायलों की कराहों से कभी-कभी आकाश के नक्षत्र तक काँप उठते थे मानो उनका प्रश्न था कि क्या तू इसी को सभ्यता कहता है मनुष्य ? पाप, स्वार्थ, और तृष्णा के लिए एक-दूसरे की हत्या करके अपनी सुंदर कल्पनाओं का अपने-आप हनन किया करता है ?

और घंटा बज रहा था जैसे स्वयं देवता स्वर्ग में सम्राट् मणिबन्ध महान की विजय की घोषणा कर रहे थे।

और घायलों की कराहें आकाश में करुण चीत्कार कर रही हैं। उस समय एक स्त्री हाथ में मशाल लिए धीरे-धीरे लाशों में कुछ ढूँढ़ती हुई चल रही है। उसका हृदय पत्थर का हो गया-सा प्रतीत हो रहा है क्योंकि वे घायलों के क्रंदन उसे विचलित नहीं कर पाते। वह एक अद्‌भुत तन्मयता से मशाल झुकाती है और फिर पहचानकर हट जाती है। युद्धक्षेत्र में गीदड़ इकट्ठे होने लगे हैं। उनकी हू-हू से रात और भी अधिक बीभत्स हो रही है। आज महानगर के मध्य चतुष्पथ पर सभ्यता की पराकाष्ठा हो गई है। एक दिन यहाँ सहस्रों व्यक्ति सामूहिक नृत्य किया करते। अब दूर-दूर मशालें जलने लगी थीं। साम्राज्य के सैनिक नगर में रक्षा करने के निमित्त घूमने लगे थे।

किंतु स्त्री का ध्यान उधर नहीं गया। घायलों के बीच में हठात् वह रुक गई। अहिराज के मंदिर में घंटे निरंतर बज रहे थे। स्त्री काँप उठी।

"पानी ! पानी !" का आर्त्त स्वर सुनाई दिया। स्त्री ने मशाल झुकाकर देखा, और जैसे खोया धन मिल गया। वह चिल्लाकर कह उठी—"विल्लिभित्तूर !" अपनी मशाल को एक शव के सहारे खड़ी करके स्त्री बैठ गई। घायल अर्द्धमूर्छित-सा था। स्त्री ने चारों ओर देखा। पानी कहीं भी न था। तब अंधकार में वह रो दी। उसने कहा—"गायक !"

गायक नहीं बोला। स्त्री ने फिर कहा—"युद्ध समाप्त हो गया है सेनापति ! किंतु जीवन संग्राम समाप्त तो नहीं हुआ। उसकी जय करने के लिए क्या तुम्हारा पुरुषार्थ गर्व से गर्जन नहीं करेगा ?"

घायल ने सुना। उसने धीरे से कहा—"कौन ?"

स्त्री ने गायक को अपने सहारे बिठा दिया। और कहा—"रात सदा नहीं रहेगी। प्राणों

के इस झूठे आवरण को फाड़कर स्वच्छ प्रभात देखने का प्रयत्न करो अभागे प्राणी····"

गायक चैतन्य हो उठा। उसने करुण स्वर से कहा—"रोक दो इन वज्रनिनाद करनेवाले घंटों को रोक दो। इस गर्जना से मेरा हृदय विदीर्ण हो रहा है देवी! इस भयंकर हाहाकार में जो आनंद की कलुषित छलना है, मैं उसे नहीं सुनना चाहता····"

किंतु स्त्री ने दृढ़ स्वर से कहा—"गायक! संहार से भयभीत न हो। विश्व की समस्त करुणा का आवाहन करो, यह महाप्रलय का मेघ गर्जन है, विक्षुब्ध प्रभंजन अपने विह्वल केशपाश को खोले संकुल तरंगों में आघात कर उठेगा····"

गायक ने सुना। कहा—"देवी! तुम बर्बरता का कठोर सत्य देख रही हो, जीवन व्याकुल-सा पददलित पड़ा है। लगता है, आकाश के ग्रह-उपग्रह भीषण आलोड़न कर रहे हैं····विद्युत-सा महादेव का कोप भीषण अधरों में स्फुरण कर रहा है, केशपाशों का मुक्त प्रवाह वेग मेघों में उलझा हुआ है, धरिणी काँप रही है। एक सुनसान निर्जन की भयंकरता नूपुरों के घोरनाद से अट्टहास मचा रही है, प्रतिध्वनि की गुंजार से सृष्टि में धड़कन हो रही है, संहार से बद्ध जीवन भिक्षा माँग उठा है, देवी! वह कितना भयानक निनाद है, उसे रोक दो, उसे रोक दो····"

गायक का सिर स्त्री के कंधे पर टिक गया। स्त्री के नेत्रों में पानी छलक आया। यही है वह प्रचंड सेनानी जो आज शत्रु को बार-बार हिला देता था? अब इतना निस्सहाय····

गायक ने कहा—"देवी! यह बाण····इसे खींच लो। बड़ी पीड़ा हो रही है।"

"विल्लिभित्तूर!!" स्त्री रो उठी। उसने झुककर देखा। रक्त बह रहा था। गायक ने देखा। मशाल का प्रकाश स्त्री के मुख पर पड़ा। गायक ने कहा—"तुम? चंद्रा! ओह!"

वह गिरने लगा। चंद्रा ने उसे थाम लिया।

"बड़ी पीड़ा हो रही है चंद्रा! इसे बाहर खींच लो।"

चंद्रा ने आँसू-भरी आँखों से देखा। फिर वह हृदय पर पत्थर रखकर उसे बाहर खींचने लगी। नारी का हृदय ममता से घुमड़ आया। उसने उसे बहुत धीरे, बहुत धीरे से खींचा। गायक कराह उठा।

"धीरे चंद्रा, धीरे। लगता है बाण के साथ प्राण बाहर खिंच जाएँगे।"

"नहीं कवि," चंद्रा ने कहा—"डरो नहीं। कंधे का घाव है, पुर जाएगा। रक्तस्राव बहुत हो गया है। अभी बाण निकल आएगा। तुम सारे संसार के शरीर से अपमान का बाण निकालकर फेंकने के लिए उठे थे कवि! क्या यह धातु उससे भी अधिक पीड़ा दे रही है?"

गायक ने सिर हिलाया जैसे नहीं। तीर बाहर निकल आया। गायक मूर्छित हो गया। चंद्रा ने अपना वस्त्र फाड़कर उसके कंधे को खूब कसकर पट्टी बाँध दी। और अश्रुपूर्ण नेत्रों से उसे देखती रही, निस्तब्ध, नीरव।

कुछ देर बाद फिर गायक चैतन्य हुआ। चंद्रा ने कहा—"गायक, तूफ़ान के बाद कितनी शांति है?"

गायक कराह उठा—"शांति नहीं चंद्रा, हृदय कसक रहा है, भीतर ही भीतर एक सुलगन प्राणों को तड़पा रही है····"

चंद्रा ने हँसकर कहा—"आशा की मिठास मेरे गायक में फिर हलाहल भर रही है?"

गायक ने करुण स्वर से कहा—"चंद्रा! मैं क्या करूँ? चारों ओर अँधेरा ही अँधेरा छा

रहा है। आज मैं अपना पथ भूल गया हूँ जैसे चारों ओर विशाल वृक्ष खड़े हैं। साम्राज्य! विद्रोह! चंद्रा! आज मैं इतना उन्मत्त क्यों, क्यों हो गया हूँ मैं ऐसा पागल चंद्रा?" फिर रुककर कहा—"हेका चली गई? वह अंत तक लड़ती रही। और नीलूफ़र? चंद्रा! आज अंतिम समय में इतना व्याकुल क्यों हो उठा हूँ?"

चंद्रा ने देखा, कंधे का रक्त अब बहना बंद हो गया था। उसने गायक के सिर पर हाथ फेरते हुए कहा—"गायक! तुम घबरा रहे हो? जानते हो, तुम कवि हो! तुम्हें दुख? नीलूफ़र चली गई। उसने युद्ध भी नहीं किया। जाने दो सब, आज अपाप लौटकर आएगा तब क्या कहेंगे हम? कहाँ है मेरी हेका, तो क्या उत्तर देंगे हम विल्लिभित्तूर? प्रेमी जिसके चरणों पर अपना सर्वस्व अर्पण कर दे और उसे उपहार मिले दो उपेक्षित ठोकरों की सिसक, तब उसे किसलिए निर्दयता पर मोहित होकर अपना बलिदान देना चाहिए?" फिर रुककर कहा—"कितनी दुर्भेद्य उलझन है गायक, नारी-हृदय अपनी कोमलता में केवल रो सकता है। युद्ध किया किंतु भाग्य ने पराजित कर दिया। सचमुच इस पराजय में भी कितना गौरव है कि हमने अंत तक सिर नहीं झुकाया। आज व्यथा का कोई अंत नहीं····इस जीवन में मनुष्य सुनहले प्रभात से प्रारंभ करके प्रखर मध्याह्न की ज्वाला में तपता संध्या में पहुँचकर आगे अँधेरा ही देखता है। उजाले का पक्ष कितना छोटा लगता है····जीवन के सत्य बड़े कठोर हैं····उन्हें हम त्यागने का प्रयत्न नहीं कर सकते। इस कठोरता को अब आत्मसंवेदना से मीठा करना होगा विल्लिभित्तूर! जिससे सब स्नेह से मिले रहें और यह अनियमित वेदना एक तारतम्य से बँधी रहे····"

"कौन-सा स्नेह चंद्रा," गायक कराहकर कह उठा—"अब नहीं, अब नहीं, अब सदा के लिए पृथ्वी पर से पवित्रता उठ गई, मनुष्य दास हो गया है, अब उसके गीतों में कभी भी प्रभात की नीहारिका की-सी शुभ्र दीप्ति नहीं जगमगाएगी····"

चंद्रा ने कहा—"तुम कवि हो, तुम्हें आँसू के स्थान पर संगीत प्रिय है विल्लिभित्तूर, मैं तो साधारण मानवी हूँ····"

"कवि होने से ही," गायक ने धीरे से कहा—"कोई महान नहीं हो जाता चंद्रा। हँसो! जीवन में कुसुम परिमलों की स्निग्धता बिछलेगी कभी? और आँसू कोरों तक आ जाएँ तब छलकाओ नहीं, गंभीर हो जाओ। संसार के दुखों से तुलना करके अपने दुखों को घटाने का, हल्का करने का प्रयत्न करो, अन्यथा रोने से आँसू बहाकर भी हृदय घुमड़ता ही रहेगा। कितनी घोर निराशा ने अब भविष्य को ग्रस लिया है। मैंने कहा था, मैं मनुष्य के दंभ को चूर-चूर कर दूँगा। इतना अन्याय सहकर जीवित रहना, उसके विरुद्ध खड़ा नहीं होना, मनुष्यत्व का अपमान है····किंतु ····किंतु मैं हार गया चंद्रा! मैं पराजित हो गया हूँ····जीवन की व्यवहार में पराजित न होने देना ही देवताओं का सत्य है····किंतु चंद्रा, वह अब कुछ नहीं हो सकेगा, अब वे सब दास हो जाएँगे····मणिबन्ध उनका रक्त पिएगा, महानगर में पिशाच भीषण नृत्य करेंगे····"

चंद्रा ने कहा—"उद्वेग से परे हो गायक! अब तो कोई बन्धन नहीं। अब वह संसार ही नहीं रहा जिसमें मनुष्य रहते थे।"

"मैं क्या समझाऊँ, यह हृदय तो पागल हुआ जा रहा है, चंद्रा, नीलूफ़र!! मैं यह सब नहीं सह सकूँगा, मेरा सिर चकरा रहा है, चंद्रा····चंद्रा ····"

गायक फिर मूर्छित हो गया। चंद्रा अब अपने आँसू और रोक सकने में असमर्थ हो गई।

वह रो पड़ी। कुछ देर बीत गई। होश में आने पर गायक ने कहा—"मैं पागल हो गया हूँ चंद्रा!"

"नहीं, गायक," चंद्रा ने स्नेह से कहा—"झंझा और लहर में पड़ी नाव डगमगा गई थी।" और चंद्रा व्याकुल हृदय-सी अपने वस्त्र से उसे व्यजन करने लगी। गायक कराह उठा।

"क्या हुआ गायक?"

"चंद्रा! अब स्पर्धा नहीं रही। मैं अकेला रह गया हूँ। वे सब सम्मिलित हैं, वह अब भी मेरे सत्य का हनन करने की घात लगाए बैठे हैं...."

"सत्य का कभी हनन होता है कवि?" चंद्रा ने कहा—"वे भी तो अमर नहीं हैं?"

"किंतु जीवन की बात और है चंद्रा! मैं मृत्यु से बढ़कर जीवन को समझता रहा हूँ। युगों तक मणिबन्ध के सैनिक मनुष्य को कुचलते रहेंगे...."

"किंतु यदि मनुष्य होंगे तो वे सब विल्लिभित्तूर होंगे कवि! वे युगों तक अपराजित युद्ध करते रहेंगे, मणिबन्ध मर जाएगा, किंतु विल्लिभित्तूर कभी नहीं मरेंगे...."

गायक ने कहा—"चंद्रा! सुख-स्वप्नों का आज विनाश हो गया है।"

तब चंद्रा ने कहा—"सच है गायक! चलो, कहीं दूर चले जाएँ जहाँ हम इस दुखमय संसार से सदा के लिए अलग हो जाएँ, कहीं किसी निर्जन तट पर छोटा-सा एक कुटीर बनाकर, कंद-मूल खाकर बिता देंगे यह जीवन...."

"यह पराजित जीवन व्यतीत करोगी चंद्रा, योद्धा होकर?"

"उत्तेजित होकर मन न बहकाओ विल्लिभित्तूर!" वह रो उठी। कहा—"यह संसार कलुषित है, यहाँ विद्रोह भी एक भूल है, मैं तुमसे याचना करती हूँ गायक! अब जीवन में अपना और क्या है, कौन है जिसके लिए हम इस यातना को भोगते रहें?"

"सच है चंद्रा! तुमने ठीक कहा। आज गायक विल्लिभित्तूर घायल होकर गिर गया है। मुझे ले चलो। मैं जानता हूँ, व्यक्ति का सुख, समष्टि की विजय और सुख का अंत है, किंतु चलो, जब स्पर्धा ही शेष नहीं रही तब इस जीवन को जितना हो सके उतना ही आवेग से दूर करके, काल्पनिक सुखों में मग्न रहें। महादेव! हमें क्षमा कर...."

गायक रोने लगा। आज वह निर्बल हो गया था। बालकों की भाँति उसकी आँखों में पानी भर आया। और चंद्रा ने देखा। दोनों रो उठे। पराजय! अपमान! अंधकार! हृदय वेदना से तड़प रहा था। गायक ने कहा—"क्या ही अच्छा होता यदि यह बाण कंधे पर न लगकर मेरे हृदय को फाड़ गया होता। फिर कभी इस वेदना के सागर में अनुभूति की लहर नहीं उठती। चंद्रा! अपराधों को भूल जाना। मुझे छोड़ दो। मैं कहीं नहीं जाऊँगा। अपनी पराजय में मुझे अपने-आपको भूल जाने दो, वह मेरी ममता थी जो मैं चलना चाहता था। मेरा जीवन समाप्त हो रहा है। तुम जाओ चंद्रा, जीवन-पथ पर जाओ, अंधकार से उजाले में जाओ...."

"किंतु मैं किसलिए जीवित रहूँ विल्लिभित्तूर?"

"यदि तुम संसार के लिए जीवित नहीं रह सकतीं तो भी अपने लिए तुम्हें जीवित रहना ही होगा चंद्रा! मैं जब तक अन्यों का कल्याण न हो, आत्मविध्वंस करना कायरता समझता हूँ...."

"किंतु मैं तो अब कोई संधि नहीं रखती?"

"फिर भी गति के लिए रहना होगा। विश्राम कहीं नहीं है। तुम कदाचित् आगे ही बढ़ती

रहो किंतु वही शायद घूमकर पीछे की ओर लौटना भी हो सकता है।"

"नहीं, विल्लिभित्तूर! अब कोई तृष्णा शेष नहीं रही। चलो, हम कहीं चलें जहाँ नया देश हो, नई सृष्टि हो, चलो यह थोड़ा-सा पथ है, इसे चलकर ही काट दें...."

विल्लिभित्तूर ने धीरे से कहा—"मेरे लिए कोई देश अपना नहीं, कोई पराया नहीं, जहाँ संतोष से मनुष्य मुस्कराता है, वहीं मेरा स्वर्ग है। जहाँ असाम्य और विद्वेषों में घृणा हँसती है, वही मेरी भावनाओं की टक्कर का क्षेत्र है। यह पृथ्वी किसी की अपनी नहीं। मानव के सुख के लिए वसुंधरा अपनी विभूति को फैलाए पड़ी है। स्वतंत्रता मेरा ध्येय है। अपने दुख को दूसरों के दुखों के सामने खो देना मेरा कर्त्तव्य है। मनुष्य को सहायता देना मेरा एकमात्र धर्म है और पृथ्वी को स्वर्ग की कल्पना ही न रखकर, पृथ्वी पर स्वर्ग उतार लाने का श्रम मेरे महादेव की शक्ति है। जाओ....जहाँ तुम्हारी इच्छा है, मैं वह पूर्ण सामूहिकता चाहता हूँ जहाँ जीवन मंगलमय कर्म और ज्योतिर्मय विचारों से परितृप्त है, जहाँ गति में घृणा उच्छृंखलता नहीं, आगे बढ़ने की त्वरा मर्य्यादा है, कठोर कर्कशता नहीं, एक साम्य संगीत पर चलता चिंतन क्षेत्र है, विश्व का आनंदमय क्षेत्र है...."

"भूल जाओ इन स्वप्नों को विल्लिभित्तूर....संतप्त हृदय इस प्रकार सांत्वना नहीं पा सकेगा। कितना सूनापन! यही जीवन-पथ है। हम मिलते हैं, छूटते हैं, पर निर्मम से बढ़ते ही जाते हैं।" कंठ रुद्ध हो गया।

"रोओ नहीं चंद्रा!"

"नहीं रोऊँगी, अब नहीं रोऊँगी।" उसने अपने आँसू पोंछ लिए।

"घंटे बज रहे हैं। आकाश और धरती पर भयानक हाहाकार हो रहा है। चंद्रा! नीलूफ़र! कहाँ है नीलूफ़र! चंद्रा, मेरा हृदय पागल हो रहा है।"

"नीलूफ़र! ओह! वह चली गई।"

"चली गई! मेरे हृदय पर अंतिम प्रहार करनेवाली बर्बर! क्या इसी से तेरे हृदय का महानाद अट्टहास बन सकता था? चंद्रा! उसके बिना, उसके बिना....कितना अँधियारा छा रहा है!!"

चंद्रा काँप उठी। उसने कहा—"गायक! तुम थक गए हो। कुछ क्षण सो रहो।"

किंतु गायक कहता रहा—"विल्लिभित्तूर मूर्ख नहीं है नीलूफ़र! वह सेनापति है। यदि उसे अपने जीवन से मोह होता तो वह कभी समुद्र की भीषण तरंगों को कुचलने का साहस नहीं करता पगली!" फिर वह हँस पड़ा—"पौरुष का दर्प! सर्पिणी के फन पर आघात? तू वेणी के पास गई थी? क्या गई थी नीलूफ़र! फिर लौटी भी नहीं? युद्ध समाप्त हो गया। देख मैं घायल हो गया हूँ। तुझे एक बार याद नहीं आई कि आज वह पागल रणक्षेत्र में घायल पड़ा होगा? नीलूफ़र! एक बार भी नहीं आएगी! देख, आज अपने जीवन का संचित कोष, अंतिम बार, मैं तेरे चरणों पर न्यौछावर कर दूँ...."

चंद्रा रोने लगी। गायक कह रहा था—"तुझमें हृदय नहीं है नीलूफ़र! सच, स्त्रियों के हृदय नहीं होता। मैं नहीं जानता मैं कैसे हूँ? मैं तुझे भूलने का प्रयत्न करता हूँ किंतु कोई कहता है पागल—वह तुझे भूल गई है....तेरे रूप की भीषण ज्वाला में कितने क्षण और हैं जो हृदय तड़पता रहेगा....यदि तू आती है तो उन आँखों की स्निग्धता से मेरा हृदय, यह जलता हुआ मरुस्थल लहलहा उठता....अमावस-सी आँखों में स्नेह का एक भी जुगनू नहीं? न भुजाओं में

पूनम का ज्वार, न अधरों पर यौवन रस का उफ़ान····खँडहर की प्राचीरों में भग्नावशेष से यह अरमान····कितने दिन····कितनी रातें····लहरें टकराकर बिखर रही हैं····कितना दुर्बल है यह हृदय किंतु इतना दुख भी तो यही सह सका है····अब और नहीं····नहीं····"

चंद्रा सिसक उठी—"विल्लिभित्तूर !"

"तुम नहीं जानतीं चंद्रा ! हृदय जल-जलकर कैसे भस्म हुआ करता है; निर्झर के संसर्ग से पत्थर तक गा उठता है। भयावनी रात का रुदन तभी दूर्वा पर चमकता है जब नभ में उषा आती है, जानती हो ? विष-भरी आँखों को हृदय में अमृत मिलता है ? नीलूफ़र····तुम कहाँ हो नीलूफ़र ! !····"

गायक मूर्छित हो गया। जब कुछ देर बीत गई, गायक को चेतना लौट आई। उसने चौंककर पूछा—"कौन ? कहाँ हूँ मैं ?"

चंद्रा ने स्नेह से कहा—"मैं हूँ विल्लिभित्तूर ! भूल जाओ वह कलुष-भरी दुनिया, वह एक काला दुकूल है जो बार-बार रँग दिया जाता है, आराधना को केंद्रित करके उठो गायक ! निरुपाय जीवन का एक मोहक क्षण युगों अंधकार से अच्छा है। बाँध टूट गया, ज्वालामुखी फूट गया किंतु तुम रोओ नहीं····"

"आज भी नहीं रोने दोगी चंद्रा, कैसा वज्रहृदय है जो आज भी टूक-टूक नहीं होना चाहता ?"

"नहीं, आज भी नहीं कवि ! जब तक जीवित हैं तब तक अंगारे बने घूमते रहेंगे····अपराधों का अभिषेक आँसुओं से करना बड़ी बात नहीं है कवि, रक्त से करना होगा····"

गायक शक्ति लगाकर उठकर बैठ गया। चंद्रा कहती रही—"दिशाएँ हाहाकार कर रही हैं, भीषण अत्याचार की ज्वाला अपनी लपटों से आज समस्त विश्व को धधका रही है, खोए हुए पथिक ! यह देख, जीवन एक संग्राम है····जीवन और मरण दोनों के अंधकार में मनुष्य जुगनू की भाँति चला जा रहा है, चारों ओर घनघोर घटाएँ मँडरा रही हैं, वज्र कड़क रहे हैं····अभागे देख, यही तेरी तृष्णा का अंत है····"

"नहीं, नहीं," गायक पुकार उठा—"यह नहीं चंद्रा, यह नहीं।"

चंद्रा ने मुस्कराकर कहा—"पागल घबरा गए ?"

"नहीं चंद्रा। चलो। घायलों के बीच में मैं नहीं सो सकूँगा। मुझे स्वस्थ मनुष्य चाहिए, स्वस्थ, सशक्त····"

चंद्रा ने सहारा दिया। गायक श्रम करके उठ खड़ा हुआ और विश्रांत से वे दोनों घायलों पर पाँव रखते हुए बढ़ने लगे। लड़खड़ाते हुए गायक को चंद्रा ने सँभाल लिया। पूछा—"पथ बहुत कठिन है ?"

"चंद्रा !" गायक ने पराजित स्वर से कहा और चारों ओर कराहते हुए घायलों को देखा। "वे सब अमर हो गए हैं।"

"यह भी एक छल है गायक ! घायलों और अशक्तों पर पाँव रुकें नहीं; बढ़ते हुए चलो। हम जीवित हैं। जिन्होंने मृत्यु का द्वार खटखटाया है हम उनके साथी नहीं, हमारा द्वार पूर्व का वह आकाश है जिसमें से सूर्य्य आता है····"

भोर का धुँधला प्रकाश फूटने लगा था। घंटे रुक गए थे। गायक और चंद्रा चलते रहे। वे दोनों चुप हो चुके थे।

दूर से सैनिकों ने देखा और एक सैनिक पुकार उठा—"कौन जा रहा है वहाँ। ठहर जाओ !"

दोनों ने देखा। फिर एक-दूसरे की ओर देखा।

"सैनिक ? अब भी नहीं जाने देंगे हमें चंद्रा ?"

"तुम सेनापति हो गायक ! आज भी, अब भी तुम ही सेनापति हो। तुम्हारा स्वर कातर हो रहा है। तुम्हारा हृदय काँप उठा है ?"

गायक ने कहा—"चंद्रा ! मैं थक गया हूँ।"

"फिर भी नहीं कवि ! आज यदि तुम झुक गए तो फिर संसार का आत्मसम्मान सदा के लिए समाप्त हो जाएगा···"

"वह नहीं होगा चंद्रा, वह नहीं होगा," गायक पुकार उठा।

चंद्रा ने कहा—"विल्लिभित्तूर ! हमें पकड़ लेंगे।"

"तो क्या हुआ ?"

"किंतु वे जघन्य हैं !" चंद्रा ने कहा—"वे स्त्री का अपमान करते हैं।"

गायक ने समझा। उसने देखा, चंद्रा की आँखें जल रही थीं।

"वे मुझे किसी भी भाँति नहीं पकड़ सकेंगे गायक, वह मुझे कभी भी नहीं पकड़ सकेंगे।"

गायक ने विस्मय से देखा वह क्रोध से काँप रही थी। उसने कहा—"तुम भाग नहीं सकते गायक ? वह तुम्हारी हत्या कर देंगे।"

गायक मुस्करा दिया। उसने कहा—"भागने की शक्ति नहीं रही है किंतु मरने से डर नहीं लगता।"

सैनिक पास आ रहे थे। गायक ने देखा, अब वे पहले से कुछ बड़े लगने लगे थे। उनके नख-शिख पहले से साफ़ दिखने लगे थे। कैसा हृदय स्तब्ध कर देनेवाला क्षण था वह, जैसे मनुष्य जानता था और फिर भी मृत्यु की प्रतीक्षा कर रहा था। हठात् विल्लिभित्तूर ने चंद्रा का हाथ पकड़ लिया। रक्षा का भाव पुरुष में उठा और सो गया। वह अशक्त था। गायक ने कहा—"मुझे छोड़ दो चंद्रा, तुम भाग जाओ।"

चंद्रा ने कहा—"नहीं, सेनापति !"

किंतु सैनिकों ने उन्हें घेर लिया था, एक बार चंद्रा के हाथ में कटार चमकी और दूसरे ही क्षण उसका शरीर पृथ्वी पर गिरकर तड़पने लगा।

एक सैनिक ने कहा—"बड़ी पागल औरत है !"

गायक बैठ गया। उसने कहा—"चंद्रा !"

"विल्लिभित्तूर !" चंद्रा ने कठिनता से कहा।

"विल्लिभित्तूर !" सैनिक हर्ष से चिल्ला उठे—"तो तू अभी जीवित है ?"

गायक ने उत्तर नहीं दिया। एक सैनिक ने उसे पकड़कर झकझोरकर उठा दिया और गरजकर कहा—"बोलता नहीं ? अभी तेरा अभिमान नहीं गया ?"

गायक ने करुण कंठ से कहा—"वह मर रही है···"

"मर रही है, मर जाने दे। तू क्या रोक लेगा ? अच्छा यह कीड़े अपने-आप ही मर जाया करें।"

"सैनिक," चंद्रा ने कहा—"वह सेनापति है। तुम्हारे मणिबन्ध के समान है। तुम्हें सभ्यता सीखनी····"

किंतु बोला नहीं गया। सिर लुढ़क गया। गायक ने कहा—"चंद्रा, तू भी····"

किंतु सैनिक गायक को पकड़कर ले चले। उन्होंने उसे अंतिम समय उससे बोलने भी नहीं दिया। उन्हें पुरस्कार की आशा थी। वे विद्रोह की जड़ को ढूँढ़ लाए थे।

प्रभात का शीतल समीरण डोलने लगा था। आलोक फूट चला। वेणी नीलूफ़र का शीश लिए बैठी थी। एक-एक बात याद आने लगी। कितना भयानक था वह सब! और नशे की वह उखड़ी-उखड़ी बातें ऐसी याद आतीं जैसे बहुत दिन बीत गए थे, अब उन्हें याद रखना भी कठिन था। रक्तहीन शीश सामने रखा है।

मणिबन्ध ने प्रवेश किया। देखा। नारी की निर्बलता को देखकर उसे आनंद हुआ जैसे एक के द्वारा दूसरी को उसने अप्रत्यक्ष शिक्षा दे दी थी।

"देवी! क्या देख रही हैं?"

वेणी सकपकाकर उठ गई। कहा—"कुछ नहीं, यों ही····"

"जी ठंडा कर रही हो?"

वह हँसा। वेणी सिहर उठी। जी ठंडा! क्या उसके जी को वास्तव में इतनी ठंडक की आवश्यकता थी। एकदम कंठ चटक-सा उठा। प्यास लगने लगी। उसने इंगित किया। उसका मुख विवर्ण हो गया था। मणिबन्ध ने देखा और संदेह से देखा।

आमेन-रा के यहाँ से आई दासी ने सिर को कपड़े में लपेट लिया। दासी चली गई। तब वेणी चषकों में मदिरा ढालने लगी।

एक चषक मणिबन्ध को दे दिया। मणिबन्ध ने संदेह से देखा और कहा— "देवी! आज प्रथम दिवस है। आनंद का महासृजन हुआ है, तुम मुझे राह दिखाओ····"

वेणी ने समझा। गटगट पी गई। और उसके अनंतर मणिबन्ध ने एक घूँट पिया। वेणी चषक फिर भर रही थी। मणिबन्ध ने कहा—"पूर्ण विजय हो चुकी है वेणी!"

और वेणी को याद आया। उस दिन कीकट में जब किसी में शक्ति न थी, स्वयं वह भी साहस खो बैठी थी, तब विल्लिभित्तूर था जिसने उसकी रक्षा की थी।

"सबसे बड़े आनंद का कारण जानती हो?" मणिबन्ध ने पूछा।

"क्या सम्राट्!" वेणी ने चषक मुँह से लगाते हुए कहा—"कारण?"

"विद्रोहियों का अगुआ मारा नहीं गया, पकड़ा गया है।"

"कौन सम्राट्!"

"तुम्हीं बताओ वेणी?"

वेणी ने चषक खाली कर दिया। वह फिर भर रही थी। उसने कहा—"सम्राट् बताएँगे।"

और हँस दी। आज वह कुछ बताना नहीं चाहती, कुछ सोचना नहीं चाहती। मणिबन्ध ने कहा—"उसी ने उन पशुओं में इतनी उत्तेजना भर दी थी, अन्यथा वे किसी भी योग्य न थे····"

वेणी ने दो घूँट पीकर नशीली आँखों से देखते हुए कहा—"कौन ? पागल ? विश्वजित् ?"

"नहीं वेणी।" मणिबन्ध ने उपेक्षा से कहा—"वह तो पागल है। वह अब भी निर्बंध घूमेगा। वह साम्राज्य के वैभव का महान गौरव होगा।"

मणिबन्ध हँसा, वेणी भी। उसमें एक बार भी सोचने की शक्ति न थी कि वह क्यों हँस रही थी, किंतु अब हँसी रस्सियाँ तुड़ा रही थीं। वेणी फिर चषक भर रही थी। मणिबन्ध ने आगे बढ़कर उसका हाथ पकड़कर कहा—"इतना उन्माद क्यों वेणी !"

"विजय हुई है मणिबन्ध," वह फिर हँस दी। फिर कहा—"बताया नहीं, वह विद्रोही कौन था ?"

मणिबन्ध घूरकर देखता रहा, फिर उसने कहा—"नहीं सोच पातीं ?"

"नहीं।"

"विल्लिभित्तूर !" शब्द दृढ़ता से गूँज उठा। सुना, समझा, और वेणी पागलों की भाँति हँस दी। उस समय सैनिक बाहर गर्जन कर रहे थे। आज पहली राजसभा होनेवाली थी।

24

स्थान-स्थान पर जले हुए मकानों से धुआँ निकल रहा था। खँडहरों में घायल दबे पड़े थे। किसी का सिर नहीं है, तो किसी के हाथ-पाँव काटकर डाल दिए गए हैं। कहीं किसी के वक्षस्थल को भाला आर-पार छेदकर गड़ गया है, कहीं बच्चों की लाशें टँगी हुई हैं, किंतु दूकानें सजाई जा रही हैं। विदेशी व्यापारी अपनी-अपनी दूकानें विशेष रूप से शोभित कर रहे हैं। उन्होंने आज विशेष प्रसन्नता दिखाई है।

किंतु महानागरिकों का मस्तिष्क अभी भी ठीक नहीं हुआ था। एक ही भय सब जगह छाया हुआ था। चतुष्पथ साफ़ किया जा रहा था। बैलगाड़ियों में लाशें ढो-ढोकर ले जाई जा रही थीं। धीरे-धीरे वहाँ छिड़काव होने लगा। रक्तरंजित धरती को धोकर स्वच्छ कर दिया गया। पुष्पमालाएँ बाँधी जाने लगीं। एक मंच बीचोंबीच में बनाया गया जो पत्थर के प्राचीन मंच के ठीक सामने पड़ने लगा।

विजय से दृप्त सैनिक पथों पर घूम रहे थे। उन्होंने आज नए स्वच्छ वस्त्र धारण किए थे। आज धरती पर उनके पाँव पड़ने में हिचकिचा रहे थे। द्वार तोरण सजाए जाने लगे। पताकाएँ हवा में काँपने लगीं। सैनिकों की भीड़ मदिरा की दूकानों के आगे लग गई। नर्त्तकियाँ अधनंगी-सी उनका हृदय भर रही थीं। पुष्पमालाएँ ख़रीदकर वे उन पर न्यौछावर करने लगे।

धीरे-धीरे मध्याह्न हो चला। धूप ढल चली। आज न्याय का दिन था। प्रजा सबकुछ पराजय को समर्पित करके भी अंतिम दिन उन लोगों का अंत देखना चाहती थी जो उसकी अपनी शक्ति थे, जिन्हें उसने आज तक अपना कहकर पहचाना था। उनका रक्त धमनियों में धीरे-धीरे चल रहा था। वह भूल गए थे कि कभी उनमें इतना दुस्साहस भी था कि उन्होंने इसी वाहिनी से सामने खड़े होकर टक्कर ली थी।

सुमेरु के योद्धा का रथ रुका। उसने एलाम के पुजारी को पहचानकर प्रणाम किया। दोनों पाषाण के मंच पर चढ़ने लगे। राजपथ के चतुष्पथ पर भीड़ एकत्र होने लगी। असंख्य प्रजागण अब सिर झुकाए भयभीत-सी आती जा रही थी। जब पीछे का धक्का लगता तब आगेवाले पंक्ति के बाहर हो जाते। तभी टुकड़ी का अधिपति चिल्ला उठता—"पीछे हटो, पीछे हटो," और देर करता देखकर तुरंत सैनिक उन पर दंड प्रहार कर उठते थे। लोग पीछे हट जाते। किसी के सिर पर चोट आती, किसी के हाथ में, कैसा किंतु वे कुछ नहीं बोलते। आज वे वास्तव में भेड़ों के ही तो समान थे भी। उनसे और व्यवहार किया जाता?

सैनिक फिर भी अपनी उद्दंडता छोड़ने को तत्पर नहीं थे। लोगों के चेहरे सूख रहे थे। वे भूखे भी थे, किंतु आज उनकी भूख मिट जानेवाली थी। अब वे कभी अपनी भूख पर स्वयं नहीं खा सकेंगे। क्योंकि आज से वे किसी दूसरे की इच्छा पर नाचने के लिए खिलौने मात्र रह गए थे। इसकी याद करने से भी क्या लाभ कि वे कल क्या थे?

स्त्रियाँ अपने बच्चों को छाती से चिपकाए खड़ी थीं। उन्हें अत्यन्त भय था। आज न कोई घर था, न घर की कोई बड़ी-बूढ़ी। पहले जब उत्सव होता था वे बच्चों को बुढ़ियों के पास छोड़ आती थीं। किंतु अब तो वह नहीं हो सकता। अब तो कोई निश्चिंतता की ठौर नहीं है जहाँ उनके अरमान चैन से पालने में झूला करें और उधर इनके नूपुरों की रण-रण की ध्वनि गूँजा करे। यही क्या कम था कि वे अभी तक अपमानित नहीं हुई थीं क्योंकि वे युद्ध में उस समय आगे नहीं रही थीं।

और आभूषण प्राप्त करनेवाला बालक भीड़ में सबसे आगे की पंक्ति में बैठ गया था। एक सैनिक ने ठोकर मारकर कहा—"जा जा, अपना काम कर, वरना यदि यहाँ बैठा रहेगा तो...."

सब निश्चल और शांत हो गए। आज तक मोअन-जो-दड़ो के उत्सवों में कभी भी मौत की यह निस्तब्धता नहीं छाई थी।

धौंसा बजने लगा। उसकी प्रचंड गर्जना से अनेक उपस्थित सदस्यों को रात के वे दृश्य याद आने लगे....

वे काँप उठे।

उसी समय दास ने पुकारकर कहा—"सम्राट् मणिबन्ध महान, सिंधु तथा विराट् द्रविड़ देशों के एकछत्र शासक, धर्मरक्षक...."

समस्त सभा उठकर खड़ी हो गई।

मणिबन्ध को देखकर सैनिक चिल्ला उठे—"सम्राट् मणिबन्ध महान की—जय।"

मणिबन्ध सिंह के समान धीरे-धीरे पग रखकर चल रहा था। उसके पीछे वेणी थी, फिर दास और दासियाँ, मदिरा-पात्र तथा चषक लेकर प्रवेश कर रहे थे। एलाम के पुजारी ने उठकर अपनी भाषा में आशीर्वाद दिया और सुमेरु के योद्धा ने सिर झुकाकर अभिवादन किया। कीकट, किरात, पणिय आदि का कोई प्रतिनिधि न था। जब सैनिकों का निनाद समाप्त हो गया तब कुछ देर नीरवता छा गई।

और फिर उन भूखों के मुख से निकला—"सम्राट् मणिबन्ध महान की—जय।"

सेनाध्यक्ष ने चिल्लाकर कहा—"पृथ्वी के महादेव की जय!"

एक भारी गले से प्रजा ने उसे दुहराया किंतु उनका हृदय उदास था और उन्हें जैसे घोर

विक्षोभ हो रहा था। किंतु स्वर्ण के सिंहासन पर आज जो व्यक्ति बैठेगा, वही आज से उनका वास्तविक जीवनदाता है, मृत्युदाता है, और अब उनमें विरोध का साहस नहीं था। मणिबन्ध के बैठने पर वे सब भी बैठ गए। प्रजा खड़ी ही रही।

विल्लिभित्तूर मुस्करा उठा।

सैनिकों ने दासों को हटा दिया। उनके स्थान पर वे बंदियों को लाने लगे जिनके हाथ पीछे की ओर बँधे हुए थे। वे एक मोटी रस्सी से बाँध दिए गए थे।

वेणी बैठी अधखुली आँखों से सबकुछ देख रही थी। मन कहीं नहीं लग रहा है। पीछे खड़ी दासी की ओर देखा। सारा कोलाहल व्यर्थ हो रहा है। वेणी भावशून्य-सी देख रही है जैसे नयनों पर छाया गिरती है मिट जाती है, वेणी के लिए उन सबका कोई महत्त्व नहीं।

दासी ने चषक भरकर वेणी को दिया। वेणी एक-एक घूँट करके पीने लगी।

सुमेरु के योद्धा ने मंच पर से हँसकर ही कहा—"देवी ! तुम धन्य हो।"

वेणी ने देखा और हँस पड़ी। उसकी आँखें मदविह्वल हो रही थीं। उनमें कितना-कितना विष आज ऊपर नहीं छलक आया था। बार-बार आज शरीर में मरोर उठती है। अद्भुत रहस्यमयी-सी वह बैठी है, सबकुछ भूली हुई....

एकाएक वेणी चौंक उठी। उसकी दृष्टि रुक गई। सामने से बंदी निकल रहे थे। भूली हुई स्मृति ने कहा—'वेणी जानती है, क्या हो रहा है ? आज निरपराध प्रजा में आतंक फैलाने के लिए उसकी हत्या की जा रही है। और तू भूली-भूली-सी देख रही है ?' सिर भारी होने लगा।

हठात् वेणी चौंक उठी। उसने हाथ उठाकर मणिबन्ध की ओर उन्मुख होकर लड़खड़ाती जिह्वा से कहा—"सम्राट् ! वह ? वह कौन है सम्राट् ?"

मणिबन्ध गंभीर बैठा था। उसने हाथ का इंगित देखा। देखी उँगली की दिशा, और फिर उसकी ओर आँखें गड़ाकर देखते हुए, धीरे से आश्वस्त स्वर में, अभिमान से कहा—"वह विद्रोही गायक है देवी !"

"गायक !" वेणी ने पूछा—"गायक कौन ?"

"विल्लिभित्तूर !"

वेणी ने सुना। हँसी। कहा—"वह भी, वह भी...." मणिबन्ध ने चौंककर देखा। वेणी ने कहा, "दासी !"

"स्वामिनी !" दासी ने सिर झुकाकर कहा।

"एक चषक दे ना ?" वेणी ने निश्चिंतता से कहा।

दासी ने चषक भरकर दिया। वेणी उसे लेकर एक ही साँस में पी गई।

और मणिबन्ध ने मुड़कर दासी से कहा—"दासी !"

"प्रभु !"

"तू नहीं।" फिर इधर-उधर देखकर आमेन-रा की दी हुई दासी की ओर इंगित किया। दासी पास आ गई ? मणिबन्ध ने उससे कान में कुछ कहा।

"जो आज्ञा, सम्राट् !" कहकर दासी तुरंत चली गई। सिर और भारी हो रहा था। वेणी इसी से कुछ नहीं समझी। मणिबन्ध फिर व्यस्त हो गया।

वेणी हँस उठी।

अब फिर याद आ रहा है। नीलूफ़र ने कहा था यह अत्याचारी चाहे मोअन-जो-दड़ो के

हों, चाहे कीकट के····चाहे एलाम····और फिर खेल गया, माइनोन नहीं, मिश्र नहीं, सुमेरु····सब सब····एक से····नीलूफ़र कहती थी····एक से····एक से····अत्याचारी ····दास नहीं, वेणी की पलकें अब भारी हो गई हैं। निस्तब्धता चाहता है यह हृदय, पर प्रजा मर्मर कर रही है, सैनिक चिल्ला-चिल्लाकर बातें करते हैं····क्या कहते हैं वे? धीरे-धीरे नहीं कह सकते? विल्लिभित्तूर, वह भी, वह भी····वह भी····विद्रोही ····विद्रोही ····सेनापति ····रक्षक ····

एक-एक करके विद्रोही लाए जाने लगे। मणिबन्ध ने गर्व से आकाश की ओर देखा। आज उसकी विराट् यशगाथा समीरण आकाश में चढ़कर सुना रहा था। और वे घायल बंदी, वस्त्र फट गए हैं उनके, शरीर पर घाव हैं, फिर भी सिर नहीं झुकाया है उन्होंने····जैसे यह जो दो पल हैं जीवन का समस्त गर्व, अक्षुण्ण मर्य्यादा आज उनकी निर्भीक आँखों में केंद्रित हो गई है····

कहाँ है मणिबन्ध का सम्राटत्व जो इनके सामने अपने सत्य को परखे, उनके सामने उसने केवल खड्ग से सबकुछ निर्णय करने का प्रबन्ध किया है····जैसे और कुछ नहीं····

नगरवासी भयातुर से चुपचाप देखते रहे। बधिक अब बीच के मंच पर तैयार होने लगे थे। उनके भीमकाय काले-काले शरीर, और वे हब्शी, मदिरा पीने से उनकी लाल आँखें, उन्हें और भी अधिक डरावना बनाए दे रही थीं। उनकी हँसी में कभी-कभी उनके दाँत चमक उठते थे। देखकर ही लगता था कि रक्तांबर पहननेवाले उन मनुष्यों में मनुष्यत्व का नाम नहीं था।

और नगरवासी फिर मर्मर में डूब गए। सामने ही वह धातु-दंड है जिस पर बंदी को झुका दिया जाएगा, और फिर वे चौड़े खड्ग उठेंगे····फिर ····

अपने-अपने संबंधियों को उस भीड़ में देखकर हृदय फटने लगा। कल तक जो बालक था, जिसे बूढ़े पिता ने अपने घुटनों पर बिठाकर लुभा-लुभाकर खाना खिलाया था, वह आज····यह आज····

गणसदस्य वाराह मणिबन्ध के चरणों के पास बैठा था। उसके शरीर पर भी स्वर्ण-मुकुट था। आज आमेन-रा नहीं रहा, नहीं सही। श्रेष्ठि वाराह, जिसके इंगित पर समस्त शांतिरक्षक एकदम मणिबन्ध की ओर हो गए थे, आज प्रधान अमात्य बनकर बैठा था। नगरवासी उसकी ओर क्रोध से देखते और घृणा से उनका मन तिक्त हो जाता।

वेणी फिर देख रही है। अपार जनसमूह खड़ा है। निर्वीर्य्य····अवश ····दुर्बल ····वेणी को घृणा हो रही है····और मन फिर करुणा क्यों करना चाहता है····समझ में नहीं आता····अरे धूप कहाँ चली गई····क्या अब अँधेरा छा जाएगा····

और वेणी ने कहा—"दासी····"

दासी ने वेणी को फिर एक चषक भरकर दिया।

वेणी ने हँसकर कहा—"दासी! तू पहले स्वर्ग में थी न? सचमुच तू बहुत अच्छी है।"

तभी आमेन-रा की दी हुई दासी लौट आई। उसने कहा—"सम्राट्! आज्ञा पूर्ण हुई।"

सम्राट् के मुख पर आनंद काँप उठा। दासी चली गई। वेणी ने देखा, मणिबन्ध साक्षात् अहंकार बनकर बैठा था। सेना का प्रधान अध्यक्ष चिल्लाया—"सावधान! नगरवासियो! सुनो! सुनो!!" फिर कहा—"सम्राट् मणिबन्ध महान सिंधु तथा द्रविड़ देशों के एकछत्र शासक, धर्मरक्षक, प्रवीर, यशस्वी की आज्ञा से आज विद्रोहियों को देवता का अपमान करने का दंड दिया जाता है। जिस प्रकार कृषक अपने खेत को पालता है उसी भाँति सम्राट् तुम्हें अभय देते

हैं····नगरवासियो! बोलो····सम्राट् मणिबन्ध की····" प्रतिध्वनि हुई : "जय।" दुंदुभि बजने लगी।

एक बधिक ने खड्‌ग उठाया। दो ने बंदी का सिर झुका दिया और नगरवासियों ने भय से देखा, शीश लुढ़ककर नीचे गिर गया। शरीर मंच के भीतरी भाग में डाल दिया गया। चारों ओर भय से पुकार मच गई। किंतु सैनिक सन्नद्ध खड़े रहे। नगरवासी फटी आँखों से पागल-से देखते रहे। हृदय विक्षोभ से फटने लगा। उनकी आँखों में भय समा गया था। धीरे-धीरे कटे सिरों का ढेर लग गया। एक-एक बंदी आता जा रहा था और निस्संकोच बधिक का खड्‌ग ऊपर उठता। उस समय उसके खड्‌ग से रक्त की बूँदें टपकतीं। और बधिक थककर हट गया। उसकी जगह एक दूसरा विशालकाय दैत्य खड्‌ग उठाकर खड़ा हो गया। सबने देखा, वह भीमाकार पशु चंचल हो रहा था।

एकाएक नगरवासी पुकार उठे—समवेत ध्वनि केवल कोलाहल बनकर फैल गई। कोई कुछ समझ नहीं पाया। मणिबन्ध ने शीश उठाकर देखा। सुमेरु के योद्धा ने विस्मय से कहा—"यह तो, यह तो वही है न जो उस दिन महामाई के मंदिर में····"

किंतु एलाम का पुजारी उस समय मग्न था, उसने उसकी बात नहीं सुनी।

विल्लिभित्तूर खड़ा-खड़ा उन्हें देख रहा था। सामने मणिबन्ध बैठा है। और एलाम, सुमेरु, मिश्र, माइनोन सब उसके चरणों पर बैठे हुए हैं····और क्या चाहिए अहंकार को?

उसने बधिक से मुड़कर कहा—"घबराओ नहीं।"

बधिक चौंक उठा। यह कौन है इतना निर्भय! विल्लिभित्तूर मंच पर किसी को ढूँढ़ने लगा।

विल्लिभित्तूर और वेणी के नयन मिले। विल्लिभित्तूर गर्व से सिर उठाए खड़ा था। उसके होंठों पर एक मुस्कान थी। वस्त्र फट गए थे। कंधा रक्त से भीगा हुआ था। फिर भी वह लगता था जैसे पवित्रता साक्षात् आ खड़ी हुई थी। और वेणी ने देखा, विल्लिभित्तूर के गले में नीलूफ़र का कटा सिर लटक रहा था। उसके बाल खोलकर गले के चारों ओर बाँध दिए गए थे। हृदय काँप उठा। गायक ने चारों ओर देखा, आज वह अकेला सबसे ऊपर देख रहा है, इस समय सम्राट् से भी ऊँचा····

वेणी उस दृष्टि को नहीं सह सकी। उसका सिर झुक गया। फिर मन हुआ, वह चिल्ला उठे और तभी हाथ उठा। वेणी ने चषक को फिर एक घूँट में ही ख़ाली कर दिया।

चारों ओर निस्तब्धता छा रही थी। आज सेनापति खड़ा है। इस समय बोलकर उसका अपमान नहीं किया जाएगा। नीलूफ़र का सिर उसके गले में लटक रहा है। वह कायर नहीं थी। उसने पति से पहले अपने्-आपको बलिदान कर दिया।

तभी सैनिकों ने गर्जन किया। वे उस निस्तब्धता से डर गए थे। जयध्वनि उठी और निराधार-सी लय हो गई। किंतु जनसमूह निर्द्वंद्व खड़ा रहा।

विल्लिभित्तूर मुस्करा उठा।

उस समय न जाने भीड़ में से कौन चिल्ला उठा—"विल्लिभित्तूर! तू भी विल्लिभित्तूर! अब इन पापियों से प्रतिशोध कौन लेगा विल्लिभित्तूर!"

रोते-रोते नगरवासी प्राणों का भय भूलकर चिल्ला उठे—"विल्लिभित्तूर! विल्लिभित्तूर तुम जा रहे हो, न जाओ सेनापति····"

किंतु विल्लिभित्तूर सचमुच जा रहा है, पर वह उनके हृदय से कभी नहीं जाएगा। सैनिक टूट पड़े। वे समझे फिर कुछ भयानकता फैलनेवाली है....

फिर प्रजा में ध्वनि हुई—"हमारे सेनापति विल्लिभित्तूर की जय...."

सहस्रों कंठों ने दुहराया। कवि ने मुस्कराकर वेणी की ओर देखा। किंतु लोग चिल्लाते ही रहे। आज वे अंतिम बार अपने सेनापति का अभिवादन कर रहे थे। आज हृदय फट जाना चाहता है। खड़ा है वह निर्भीक ! कौन कहेगा कि वह हार गया है ? मणिबन्ध ! आज सचमुच विल्लिभित्तूर जीत गया है। अंतिम समय उसकी सेना ने उसका अभिवादन किया है, अंतिम समय नीलूफ़र उसके वक्षस्थल पर अब भी अपनी अमर गाथा लिख रही है, उसके हृदय की धड़कन को सुन रही है, अंतिम बार वेणी देख रही है, आज वह अपराजित खड़ा है....

कोलाहल को बढ़ता देखकर मणिबन्ध ने चिल्लाकर कहा—"सेनाध्यक्ष ! कार्य्य शीघ्र समाप्त करो।"

सेनाध्यक्ष का श्वास शंख में भरकर गूँज उठा।

विल्लिभित्तूर ने कहा—"बधिक !"

बधिक भीड़ की जयध्वनि सुनकर विचलित हो गया था। उसने कहा—"आज्ञा देव !"

उस समय भीड़ के सहस्रों हाथ उठ गए। माताओं ने चिल्लाकर कहा—"पुत्र ! तू जा रहा है ?"

बधिकों ने उसे झुका दिया।

भीड़ एक बार हिल उठी। विल्लिभित्तूर ने एक बार हाथ उठाकर भीड़ की ओर इंगित किया। अब बिदा....और भीड़ ने जयध्वनि की—"विल्लिभित्तूर महान की जय, प्राणरक्षक की जय।"

फिर निस्तब्धता छा गई। अब नहीं कहना है कुछ। कितना भव्य है यह अंतिम समय। मनुष्य अपने-आप कराह उठा है। और कुछ देर बाद वह नहीं रहेगा, कोई पिरेमिस नहीं बनेगी, पर वह जीएगा, हाँ वह मरेगा नहीं। विल्लिभित्तूर ने अंतिम बार सिर उठाकर वेणी की ओर देखा और उसके होंठों पर एक मुस्कान छा गई।

निस्तब्धता ! वेणी देख रही है, सारा संसार, आकाश के बादल, धरती, सब....सबकुछ घूम रहा है....घूम रहा है....बधिक का खड्ग उठा। लोगों ने अपनी आँखें मींच लीं। माताओं के, स्त्रियों के कंठ से करुण चीत्कार फूट निकले—"विल्लिभित्तूर !" लोग भागने लगे, रो उठे—"सेनापति...." पर वह फिर भी निर्भीक है। गहना ले जानेवाला बालक बालक लगा। सैनिकों ने उसे पीछे ठेल दिया।

सदा के लिए विल्लिभित्तूर के वक्षस्थल पर नीलूफ़र का शीश लटका रहेगा.... नहीं वह गिर गया। और गायक का सिर भी कटकर गिर गया। चारों ओर हाहाकार मच उठा। उस समय फिर वही भर्राई आवाज़ गूँज उठी—"विल्लिभित्तूर महान की...."

जनता ने रोते-रोते चीत्कार किया—"जय !"

सचमुच वह जीत गया था। जनसमुद्र हिल उठा। सम्राट् मणिबन्ध ने देखा वह भीड़ विचलित हो उठी थी, और घृणा से वह क्रुद्ध हो गया।

और फिर बन्दी शीघ्रता से कट-कटकर मरने लगे। साम्राज्य का राजपथ बनाने के लिए पत्थरों को चूर-चूर किया जा रहा था, वे पत्थर जो चूर्ण होकर भी पानी में नहीं घुलेंगे, युग-युग

तक सम्राटों की रोटी में रेत बनकर किरकिराया करेंगे। अपराधी चुक गए। दुंदुभि बज उठी।

और भीड़ बिखरने लगी। अपमानित जनसमुदाय लौट चला। आकाश के नक्षत्रों के नीचे मनुष्य असहाय हो गया। अब कभी वहाँ वह मांगलिक नृत्य नहीं होंगे क्योंकि उनकी आत्मा का मंगल सदा के लिए छीन लिया गया था। वे चले जा रहे थे....

किंतु विल्लिभित्तूर अंतिम बार उसकी ओर देखकर मुस्कराया था। क्या उसकी दृष्टि में व्यंग था? नहीं।

मणिबन्ध ने देखा, वेणी स्तब्ध बैठी थी। विल्लिभित्तूर ने उसे क्षमा कर दिया था। महाश्रेष्ठि की आज्ञा से नीलूफ़र का सिर उसके पास पहुँचा दिया गया था। अच्छा ही हुआ। अन्यथा वह उसे निस्संदेह कायर समझता और मृत्यु के समय भी उसे साहस नहीं होता। आज वह प्रजा का एकमात्र हृदय विजयी स्वामी बनकर मिट गया है....द्रविड़ कवि के गीत अब नहीं उठेंगे, अब प्रजागण सभाएँ नहीं करेंगे....अब वह सब कुछ नहीं होगा....

सारा संसार काँप रहा है। ममता का शरीर खंडित होकर लहूलुहान हो गया है....वे चीत्कार कर रहे हैं....क्यों? एक व्यक्ति के लिए सहस्रों में इतना स्नेह क्यों है? क्यों उनकी आँखें आँसुओं से भीग गई हैं....

मणिबन्ध उठ खड़ा हुआ। वेणी अपने ध्यान में मग्न बैठी थी। उसने कहा—"चलो देवी।"

वेणी ने सुना। समझ में नहीं आया। मणिबन्ध की ओर शून्य नयनों से देखा।

"चलो देवी।" मणिबन्ध ने फिर कहा।

वेणी चौंककर उठ खड़ी हुई। उसके पाँव लड़खड़ा रहे थे। मणिबन्ध ने कहा—"देवी! तुमने अति कर दी।"

"मैंने कर दी?" वेणी ने कहा और वह हँस दी। झूम गई। मणिबन्ध ने उसका हाथ पकड़कर उसे रोक लिया। वेणी के मुख पर अभी भी मुस्कराहट खेल रही थी। मणिबन्ध के सहारे-सहारे वह चल पड़ी। उसकी आँखों के आगे तारे घूम रहे थे। रथ चल पड़ा। घंटियाँ बज उठीं। सैनिक आगे और पीछे अपनी गंभीर पगध्वनि गुँजाते हुए चलने लगे। वाद्यध्वनि होने लगी।

सहस्रों व्यक्ति सिर झुकाकर दोनों ओर से अभिवादन कर रहे थे।

वेणी ने देखा। विस्मय हुआ, फिर हँसकर कहा—"क्यों झुकते हैं वे सम्राट्? उनकी कमर टूट गई है?"

मणिबन्ध ने चौंककर कहा—"देवी!" वेणी हँस रही थी। पथ के दोनों ओर से आवाज़ें आ रही थीं। जयध्वनि उठ रही थी। उसके बीच में से निकलते रथ पर अब दोनों ओर से फूल बरसाए जा रहे थे। बाह्य आवरण का वह आनंद चारों ओर से उमड़ता हुआ दिखाई दे रहा था। मणिबन्ध गंभीर बैठा रहा। वेणी उसके कंधे पर झूमी-सी बैठी थी। वेणी का वह स्वरूप देखकर मणिबन्ध को एक बार लगा जैसे स्त्री इतने वैभव को देखकर पागल हो गई थी।

रथ रुक गया। मणिबन्ध ने सहारा देकर वेणी को उतार दिया। फिर वह सहारा देकर ही उसे भीतर ले चला। दासियाँ आ गईं। वेणी अपने प्रकोष्ठ की ओर चली गई। दासियों के कंधों पर हाथ रखकर वह हँस रही थी। मणिबन्ध क्षण-भर चुपचाप सोचता रहा। कुछ समझ में नहीं आया। वह अपने मध्य प्रकोष्ठ में जाकर बैठ गया। आज वह सम्राट् था! क्या बदल

गया है उसमें? वे सब भय करते हैं। उसका अपना तो आज भी कोई नहीं। वह आज भी अकेला ही है!

वाराह ने आकर कहा—"सम्राट्!"

"कौन है?" मणिबन्ध ने मुड़कर देखा।

"अमात्य!"

"सम्राट्! आज्ञा की प्रतीक्षा है। श्रीमान् आमेन-रा के यहाँ अभी तक गणपति और श्रेष्ठि चन्द्रहास की कन्या बंदी है। उनके साथ क्या व्यवहार किया जाए देव!"

"उनको छोड़ दो।"

अमात्य ने कहा—"देव! वे प्रजा में फिर विद्रोह फैलाने का प्रयत्न करेंगे। अभी लोगों की आँखों में विल्लिभित्तूर जीवित है।"

"तो उनका वध कर दो अमात्य! उत्तेजना का कारण देकर प्रजा की हत्या मैं बार-बार नहीं करना चाहता।"

वाराह चला गया। मणिबन्ध अकेला बैठा रहा। वह चाहता है कि सूर्य्य उसके इंगित पर काँपा करे। पवन उसकी उँगली के हिलने पर स्तब्ध हो जाए····आकाश के नक्षत्र उसके पाँवों को चूमा करें····

अथाह तृष्णा····

संसार का स्वामी अब सृष्टि को दास बनाना चाहता है। अँधेरा छा गया था। दीपक जला दिए गए। समस्त प्रासाद अगरु की सुगंधित लहरियों पर झूमने लगा। कोई-कोई स्त्री अब वाद्यों पर कलकंठ से तान छेड़ने लगी और फिर प्रासाद में मांगलिक ध्वनियाँ उठने लगीं। एक मादक तंद्रा अतीन्द्रिय छलना लेकर आकाश से उतर आई।

सिंहद्वार पर सब हँसी में व्याप्त थे। किसका भय शेष रहा है अब? वे संसार के स्वामी हैं। द्वारपाल बैठे अट्टहास कर रहे हैं। कहानियाँ सुनाई जा रही हैं, सच बहुत कम, झूठ बहुत। सैनिक मदमत्त-से मदिरा पी रहे थे। एक सुंदरी अधनंगी नर्त्तकी बीच में पात्र लिए उनके प्यालों में ढालती हुई गा-गाकर झूम रही थी। सैनिक प्रसन्नता से नशे में झूल चले थे। स्त्री का वह मांसल शरीर, उनकी भेड़ियों की-सी घूरती आँखें आज पागल होकर देख रही थीं किंतु नर्त्तकी स्वयं मत्त थी। नाचते-नाचते वह एक मोटे सैनिक पर गिर गई। सब कोलाहल करने लगे।

तभी एक बूढ़ा उद्यान की प्राचीर कूदकर भीतर आ रहा। उसे भीतर कूदते हुए किसी ने भी नहीं देखा। वह देखने को पागल-सा लगता था। उसके वस्त्र और केश मैले थे, उन पर रक्त था। बाल जम गए थे। मस्तक पर भी रक्त था। उसके हाथ में एक कटार थी। अंधकार में वह चमक नहीं सकी। वृद्ध कुछ देर भूमि पर लेटकर आहट लेता रहा। साँस भी धीमी कर दी। बहुत देर बीत गई। कोई नहीं आया। तब साहस करके वह उठा और पेड़ों की अँधियारी छाया में घुस गया।

इधर-उधर देखकर विश्वजित् आगे बढ़ने लगा। आज उसका हृदय पत्थर की भाँति जड़ हो गया था। एक ही बात हृदय में गूँज रही थी। वह अपने हाथों से आज मणिबन्ध की हत्या करने आया था। वह और कुछ नहीं कर सकता। अब जीकर भी क्या होगा? सबकुछ खो चुका है—सबकुछ खो चुका है।

विश्वजित् स्तंभों की आड़ में छिपकर धीरे-धीरे बढ़ चला। एक प्रकोष्ठ नीरव पड़ा था।

विश्वजित् ने साँस रोककर देखा और प्रासाद की छाया में वह खो गया।

गीत की मनोहर लहरियाँ वातावरण में काँप रही थीं। विभोर शिथिल तंद्रा अपरूप वासना का उद्रेक कर रही थी। सब अपने-आपको भूले हुए थे।

और गीत कभी उतर जाता, कभी चढ़ जाता, कभी झूमता, अपने हाथ पसारकर याचना करता फिर नूपुरों के मंजुक्कणन के हाथ पकड़कर घूमने लगता, चारों ओर जैसे अनंत काल तक वह उसी प्रकार घूमता रहेगा।

और प्रासाद पर दीपमालाएँ जल रही थीं। अंधकार की घनी चादर पर वे स्वर्ण के छोटे-छोटे चमचमाते बिंदु, दूर से देखकर लगता जैसे अनंत आकाश में असंख्य नक्षत्र टिमटिमा रहे थे। सहस्रों दीपकों की विलोल किरणें एक काँपता उजियाला फैला रही थीं।

पुष्पमालाएँ लटक रही थीं। तरुणियों ने किलकारियाँ मारते हुए उन्हें उपवन से तोड़ा था और अपने लाल-लाल हाथों से उन्हें गूँथा था। फिर चंचल हाथों की उँगलियों ने अनेक मुद्राएँ धारण करके उन्हें लटका दिया था जैसे सुंदरियाँ अपने बालों पर स्वर्ण की लड़ियाँ लटका देती थीं। उनकी सुरभि से समीरण तृप्त हो गया था।

दीर्घ प्रकोष्ठ में अगरु धूप जल रहा था। वेणी और मणिबन्ध एक-दूसरे के सामने बैठे थे। वेणी अभी कुछ समय पूर्व सोकर उठी थी। मदिरा की खुमारी स्नान और शृंगार से और भी उतर गई। बंकिम भ्रूवेक्षिणी वेणी ने मणिबन्ध की ओर सालस देखा और नेत्र झुका लिए। मणिबन्ध को लगा, नारी ने पौरुष का अभिनंदन किया था।

मणिबन्ध ने पात्र उठाकर चषक भरा। गिरती मदिरा का रक्त वर्ण देखकर वेणी फिर काँप उठी। उसने कितने भयानक स्वप्न देखे थे आज मध्याह्न! याद करते ही रोम-रोम काँप उठता है। किंतु इस समय वह प्रयत्न करके शांति से बैठ गई थी।

मदिरा से हीरकजटित चषक भर गया। फेन उफनने लगे।

मणिबन्ध ने पात्र रख दिया। फिर चषक उठाकर वेणी की ओर बढ़ाकर कहा—"प्रिये!" आज देवी भी नहीं? नारी का हृदय शंकित हो रहा था और विसुध रमणी वेणी सूनी आँखों से देख रही थी।

वेणी ने चषक लेकर ऊपर उठाकर कहा—"हलाहल···· एक घूँट हलाहल····"

और तब याद आया, विल्लिभित्तूर ने उसे क्षमा कर दिया था।

मणिबन्ध धीरे-धीरे पीता गया। किंतु वेणी हँस पड़ी। अब उसे नशा चढ़ गया था। दिन-भर पीने से वैसे ही इंद्रियाँ शिथिल पड़ चुकी थीं। इस समय एकाएक शरीर में तो गर्मी और स्फूर्त्ति मालूम दी किंतु मस्तिष्क लगता था, नितांत जड़ हो चुका था। मौन के अवकाश पर थोड़ी देर नीरवता झूलती रही, फिर मणिबन्ध के धीर स्वर में डूब गई। उसने मादक आँखों से देखते हुए कहा—"आज, जानती हो वेणी, जीवन का एक कठोर कर्त्तव्य पूरा हो गया। आज मैं महान हो गया हूँ। कोई नहीं जो मेरी समानता कर सके। मिश्र का फ़राऊन भी मेरे सामने सिर झुकाएगा। आज तक मोअन-जो-दड़ो ने उन सबको व्यापार और कला-कौशल में पराजित किया था, आज मणिबन्ध अपने सबल भुजदंडों से उन्हें अपने सामने झुका देगा। नहीं है इतना साहस आज संसार के किसी भी व्यक्ति में जो मणिबन्ध के सम्मुख आकर अपना शीश उठाए। वह आज अपराजित है, उसने महादेव के समान विराट् शक्ति से भीषण युद्ध किया है, और शत्रु उसके सामने विध्वस्त होकर बिखर गए हैं।"

मणिबन्ध उच्छ्वसित हो रहा था। चषक में मदिरा आतुर-सी काँप रही थी। उसने उसे पी लिया। वेणी ने तब मणिबन्ध का चषक फिर भर दिया। मणिबन्ध ने कहा—"जीवन एक अनियंत्रित मायाजाल की भाँति फैला हुआ था, आज उसे एक केंद्र मिल गया है, जो सबकुछ नियंत्रित करेगा।"

"मैं," मणिबन्ध ने गर्व से वक्ष फुलाकर कहा—"सबका नियंत्रण करूँगा।"

चषक फिर ख़ाली हो गया। वेणी ने फिर भर दिया। मणिबन्ध की आँखों में लाली छा गई। उसने फिर कहा—"किंतु वेणी! यदि आज आमेन-रा होता तो उसे कितना हर्ष होता वेणी! आज उसके जीवन के सब स्वप्न पूरे हो गए। आज ही के लिए वह मुझे बार-बार सावधान किया करता था, जब बंदियों को दंड दिया जा रहा था। एक भी क्षण वह मेरी आँखों से ओझल नहीं हुआ...."

वेणी हँस दी। मणिबन्ध चौंक उठा। उसने पूछा—"क्यों वेणी! हँसी किसलिए?"

"कुछ नहीं," वेणी ने कहा—"वह होता तो क्या हो जाता? मेरे लिए तो वह सदा हानिकारक ही था। आज यदि वह जीवित रहता तो क्या होता? मणिबन्ध किसी कुलीन स्त्री से विवाह कर चुका होता और वेणी, वह कहीं खो जाती।" मणिबन्ध ने देखा।

"कुलीन स्त्री!" उसने विस्मय से कहा।

"कुलीन स्त्री!" वेणी ने उत्तर दिया। स्वर में एक कठोरता थी, "क्योंकि वेणी एक नाचने-गानेवाली स्त्री थी। साम्राज्य का वैभव चाहता है कि स्वर्ण के सिंहासन पर कोई उच्च वंश की कन्या बैठे अन्यथा संभ्रांत राजकुलीन पदाधिकारी उसके सामने अपना सिर नहीं झुकाएँगे, क्योंकि उन्हें याद बना रहेगा कि वेणी एक दिन और कुछ नहीं, भीख माँगकर पेट भरती थी। उस समय क्या सम्राट् का अपमान नहीं होगा? उस समय सम्राट् का हृदय नहीं देखा जाएगा। उनके अधिकार और स्वर्ण का मूल्य कूता जाएगा।"

मणिबन्ध हँस दिया। वेणी ने चिल्लाकर कहा—"मणिबन्ध! क्या इसीलिए तुमने मुझसे प्रतिज्ञा की थी? क्या यही अंत था। तुमने वेणी से विश्वासघात किया है। चंद्रहास की षोडशी कन्या से विवाह करोगे तुम? और मैं देखती रहूँगी।...."

वेणी ठठाकर हँस पड़ी। किंतु मणिबन्ध तनिक भी विचलित नहीं हुआ। वह उस समय निर्विघ्न-सा शांत मन अपना चषक भर रहा था।

"तुम लोगी, देवी?"

"नहीं।"

मणिबन्ध ने हँसकर कहा—"उत्तेजित न हो वेणी! आज जो यह मणिबन्ध तुम देख रही हो, एक दिन यह कौन था? एक साधारण-सा कमकर सिंधुदत्त। जानती हो, मोअन-जो-दड़ो मेरा अपना क्यों है? एक दिन मुझे मँछेरों ने यहाँ समुद्र के तीर पर पाया था। उन्होंने मुझे पालकर बड़ा किया...."

मणिबन्ध ने एक घूँट पीकर कहा—"सिंधु ने दान दिया था। मेरा नाम सिंधुदत्त पड़ा। दुःखों से अभिभूत मैं जहाज़ में छिपकर मिश्र भाग गया था। वहाँ मैंने जीवन के अनेक अनुभव किए। और मेरे नेत्र खुल गए। संसार मेरे सामने पड़ा था।"

पर्दे के पीछे विश्वजित् चौंक उठा।

मणिबन्ध कहता गया—"और मुझे लगा, वह मेरे दृढ़ चरणों के नीचे आक्रांत हो जाने के

लिए बार-बार मुझे आवाहन दे रहा था। वीर पराक्रमी के चरण उठे। बड़े-बड़े धनकुबेर मेरे सामने अपने शीश झुकाने लगे।"

विश्वजित् का श्वास प्रायः स्तब्ध हो गया। वह एकाग्रचित्त खड़ा रहा। रक्त ऊपर की ओर भाग चला। जैसे जीवन-भर जिस रहस्य की प्रतीक्षा की थी वह आज खुल रहा था। वह सुनने लगा।

दासी ने प्रवेश करके दूसरा मदिरा का पात्र लाकर रख दिया और दीपकों की लौ उकसा दी। जिनकी बत्तियाँ जल चुकी-सी थीं उनमें फिर से तेल डालकर उन्हें जला दिया।

मणिबन्ध ने चषक भरकर वेणी की ओर बढ़ाते हुए कहा—"देवी ! एक पात्र और। आज मन चाहता है वह इतना पिए, इतना पिए कि सारा संसार विह्वल हो जाए।"

वेणी हँस पड़ी। पराजय का अंधकार जैसे आर्त्तनाद कर उठा। नारी ने बार-बार अपने हृदय की गहराइयों में उतरने का प्रयत्न किया है किंतु वह आज उथला हो गया है। लहरें सघन और निर्जीव हैं, उनमें कोई स्पंदन अब काँप नहीं सकता। दिमाग़ में एक ही वाक्य गूँज रहा है—बड़े-बड़े धनकुबेर मेरे सामने सिर झुकाने लगे। किंतु यह सत्य है, कठोर सत्य। इसे वह चाहे तो अपने भयानकतम कटाक्ष से भी नहीं मिटा सकती। और तभी वह हँस दी, जैसे मान और अपमान का भेद करना आत्मा भूल गई है।

मणिबन्ध ने फिर कहा—"संसार की कोई शक्ति अब सिर उठाने का साहस नहीं कर सकती, वह सब अपनी बाहुशक्ति के नीचे रुद्ध हैं, पाँवों के नीचे रुँदे पड़े हैं...."

और तभी उसने अचानक कहा—"दासी ! तू यहाँ क्यों खड़ी है ?"

दासी ने झुककर कहा—"भूल हुई देव !"

वेणी मुस्कराई। मन को इस अद्‌भुत बात पर विस्मय भी हुआ। दासी हट गई।

"उसे क्यों हटा दिया सम्राट् !"

"आज वह नहीं, वेणी, आज वह भी नहीं। आज अजस्र आनंद की रात की बेला है, आज कोई नहीं; मैं कितना हर्षित हो रहा हूँ वेणी ! आज जब मैं सोचता हूँ कि वे सब, वे सब मेरी जय बोल रहे थे, तब....तब वेणी सोच सकती हो, मुझे कितना सुख हुआ था ?"

विश्वजित् ने होंठ काट लिए। नितांत पशु ! मनुष्य ने अपना आत्मसम्मान खोकर उसकी जयध्वनि की थी और उससे इसे करुणा नहीं हुई, बल्कि इसके अहंकार की लपटों को उसने हवा बनकर और अधिक भड़काया है ? कितना बर्बर है इसका हृदय। और विश्वजित् सिहर उठा। इसे यह वीरता कहता है जिसमें मनुष्य से मनुष्य का अधिकार छीन लिया गया है। उसे लगा, विशालाक्ष और विल्लिभित्तूर की आत्माएँ उससे बदले का खून माँग रही थीं।

वह कभी क्षमा नहीं करेगा। वह उसे कभी भी क्षमा नहीं करेगा। किंतु विश्वजित् का हृदय झनझना उठा। क्या वह ऐसा कर सकेगा ? क्या उसमें इतना साहस है ? क्यों उमड़ा आ रहा है उसका रक्त हृदय में ? वह इतना उद्वेलित क्यों हो गया है ! मणिबन्ध महान हो गया है। किंतु वह है कौन ? जिसकी धमनियों में वही भीषण उच्छृंखलता हो और वह ऐसा भी न बने ? जब वह गर्भ में रहा होगा, तब क्या उसका पिता ऐसी ही बातें उसकी माता को नहीं सुनाया करता था ?

निस्संदेह वह उसी का पुत्र था। मणिबन्ध विश्वजित् का पुत्र है। आज तक संदेह था, आज वह पूरा हो गया है। अब कोई संशय बाक़ी नहीं। किंतु कुलीन ! रक्त की कुलीनता का

यह दंभ कितना भीषण दुराचार है इस लोलुप मनुष्य का, जो अपने पाप को न्याय देने का प्रयत्न करता है? फिर शब्द कानों में गूँज उठा—कुलीन!!!

और विश्वजित् मन ही मन हँसा। कुलीन! वह स्वयं ही कुलीन नहीं था। वह गर्व से सिर उठाकर चलता था जैसे सारा संसार उसी के पाँवों के नीचे रुँद जाने को था। तभी हठात् एक दिन उस पर वज्र गिरा। अभी तक जो सोचा था जीवन की वह सब मान्यताएँ एक क्षण में गिरकर बिखर गईं....

जीवन की जिस घड़ी में उसे ज्ञात हुआ था कि उसकी माँ का एक दास से संबंध था, आँखों के सामने तारे नाचने लगे थे। घृणा और क्रोध से उसका हृदय फटने लगा था। क्या मनुष्य इतना नीचे भी गिर सकता है कि वह एक दास से प्रेम कर सके? क्या कमी थी माँ को? और वह उसका वास्तविक पिता नहीं था जिसे संसार ने दिखाकर कहा था—विश्वजित्, यह तेरा पिता है। और विश्वजित् माँ की हत्या करने चला था। किंतु उसका पिता दास था! वह सबकुछ जानकर भी सदैव दास ही बना रहा। विश्वजित् ने लौटकर रहस्य बतानेवाली वृद्धा की हत्या कर दी। विश्वजित् उस द्वंद्व में सबकुछ भूल गया। पिता! रक्त नहीं मानता कोई बंधन। कितनी घोर पीड़ा है कि पुत्र स्वर्ग में पला है और पिता ने दास बनकर उसका पालन किया है। और विक्षोभ ने ग्लानि का जाल बिछा दिया। मस्तिष्क निर्बल हो गया। वह कुछ भी न सोच सका और पीने लगा। बस पीने लगा। नहीं चाहता मन कि माता कुलटा याद रहे, न दास पिता, न वह मूर्ख जो उसे आज तक अपना पुत्र समझता रहा है। उसने मद की धाराएँ बहा दीं। वह अपने-आपको भूल चला। विलास की पराकाष्ठा को देखकर महानगर काँप उठा। उन दिनों विश्वजित् सुंदरियों की पग-पायल पर झूमा करता। सारा संसार मदिरा और कामिनी में डूब गया था।

और एक दिन उसका सार्थ मिश्र के मरुस्थल में बर्बरों ने लूट लिया। जब संवाद विश्वजित् ने सुना, चषक उल्टे हो गए और मदिरा पृथ्वी पर फैल गई। वह दरिद्र हो गया था। और उस विक्षोभ में ही उस समय उसने सुना कि उसकी पत्नी जिस पोत में आ रही थी, तूफ़ान ने उसे डुबो दिया, और उसका बालक भी समुद्र की भूखी लहरें निगल गईं....

एक बार एक भयानक अट्टहास पथ पर गूँज उठा। विश्वजित् पागल हो गया था।

अनेक वर्ष बीत गए। और आज? आज उसके पुराचीन पापों का उत्कर्ष सामने बैठा है। उसका पुत्र एक नर्त्तकी को सामने बैठाकर मदिरा पिला रहा है। आज एक भिखारी का पुत्र सम्राट् बनकर बैठा है....

और आज?? आज पिता अपने पुत्र की हत्या करने के लिए छुरा लिए प्रतीक्षा कर रहा है? असंभव! यह नहीं हो सकता, यह कभी नहीं हो सकता। वह अपने ही शरीर को काटेगा? वह अपने ही रक्त से पृथ्वी रँगेगा....

तब विल्लिभित्तूर की आत्मा ठठाकर हँसी। अधजले बालक ने कहा—"मुझे भी भूल गए? कौन है तेरा पुत्र? किंतु नहीं....तेरा पुत्र मर चुका है...."

"मर चुका है? किसने कहा, मर चुका है वह? तब यह कौन बैठा है सामने? सम्राट्!"

विश्वजित् का पागल फिर हँस उठा! आज नहीं, विश्वजित् आज नहीं....वह तेरा पुत्र नहीं है....वह सहस्रों व्यक्तियों का हत्यारा है....लाखों पति, पिता, पुत्रों का रक्त अपना प्रतिदान माँग रहा है....विश्वजित् सावधान....

वह उसकी हत्या अवश्य करेगा। तभी उसने सुना, वेणी कह रही थी—"मणिबन्ध ! तुम पागल तो नहीं हो रहे हो····"

"नहीं वेणी," मणिबन्ध पागल-सा कह उठा—"इतने दिन बीत गए, मैंने कभी भी तुमसे कुछ नहीं माँगा, आज मैं सब जीत चुका हूँ, मुझे अपने हृदय का स्वामी नहीं कहोगी ?"

वेणी के हास्य से प्रकोष्ठ गूँज उठा। मणिबन्ध चौंक उठा। उसने कहा—"वेणी, यह क्या हो गया तुम्हें वेणी ?"

वेणी हँसे जा रही थी, पागल-सी, उन्मत्त····

मणिबन्ध चिल्ला उठा—"वेणी !"

वेणी हठात् चुप हो गई। मणिबन्ध ने झूमते हुए कहा—"आज भी प्रिये····आज भी····"

वह लड़खड़ाता-सा उठ खड़ा हुआ····

शब्द फूटे—"आज मन का बाँध टूट गया है····तुम इतनी निष्ठुर क्यों हो वेणी ?"

वेणी खड़ी हो गई थी। उसकी आँखें फट-सी गई थीं। वह भय से देख रही थी जैसे हिरनी अपनी ओर बढ़ते चीते को देखकर स्तब्ध रह गई थी। क्या आज वह सचमुच पराजित हो जाएगी ? आज तक तो उसने कभी भी कुछ नहीं कहा ?

मणिबन्ध मत्त-सा उसे पकड़ने को उसकी ओर बढ़ चला। वह कह रहा था—"अब मणिबन्ध किसी की भी अवहेलना नहीं सह सकता वेणी ! वह पवन वेग से वसुंधरा पर झनझनाया करेगा। आज तुम अभिमान नहीं कर सकतीं। आज पृथ्वी मेरी है, राज्य मेरा है, सेना मेरी है, तुम मेरी हो····मैं संसार-भर का स्वामी हूँ····"

वेणी चिल्ला उठी—"तुम पागल हो रहे हो मणिबन्ध ! लगता है, तुम बहुत पी गए हो ? क्या आज तुममें सोचने की भी शक्ति नहीं रही····"

वह पीछे हटने लगी। मणिबन्ध बढ़ा आ रहा था; विघूर्णित नयनों से घूरता, उसके होंठ प्यास से फड़क रहे थे। वेणी ने देखा, उसके शब्द निष्फल हो गए····

मणिबन्ध का अट्टहास गूँज उठा—"मैं पागल हो गया हूँ स्त्री कि तू पागल हो गई है, जानती है मैं कौन हूँ ? मैं सम्राट् हूँ, महादेव का साक्षात् प्रतिनिधि····"

"झूठ !" वेणी चिल्ला उठी—"तुम हत्यारे हो। तुम नर के रूप में पिशाच हो····तुमने उसे मार डाला····तुमने, निष्ठुर दैत्य····तुमने उसे मार डाला····तुम कायर हो····वह महावीर था····वह नायक था····किंतु संसार तुमसे घृणा करता है, नारकीय पशु····"

वह हाँफ रही थी। मणिबन्ध क्रोध से चिल्ला उठा—"तो आज तू बचकर नहीं जा सकती अभिमानिनी ! कल मैं तेरी खाल खिंचवा लूँगा····प्रेमी की याद आ रही है····आज तुझे अपने प्रेमी की आग सता उठी है····" मणिबन्ध आगे बढ़ने लगा और वेणी भाग चली····प्रासाद के बाहर की ओर, चिल्लाती। मणिबन्ध उसके पीछे-पीछे भाग चला।

उस समय पृथ्वी गड़गड़ाने लगी और इतना भयानक नाद हुआ कि सारा संसार क्षण-भर को लगा जैसे चलते-चलते हठात् थम गया। वेणी उद्यान-द्वार से बाहर निकल गई। सैनिक अपनी-अपनी प्राणरक्षा में तत्पर इधर-उधर भागने में लगे थे। मणिबन्ध वेणी के पीछे भाग चला। उसके पीछे-पीछे विश्वजित् था। वेणी जी तोड़कर भाग रही थी····

मणिबन्ध चिल्ला रहा था—"वेणी ! वेणी ! कहाँ जा रही हो ?"

किंतु वेणी ने नहीं सुना। वह अब एक बड़े मैदान में भागने लगे।

विश्वजित् पुकारता पीछे भाग चला। आकाश के बादलों ने गरजकर उसकी आवाज़ को निःशक्त कर दिया। किंतु स्वर फिर उठा—"मणिबन्ध! तू मेरा पुत्र है····तू मेरा पुत्र है, देख तेरा पिता····"

वह भूल गया था कि एक हत्यारा था, पिता की ममता उमड़ आई थी, तूफ़ान में वह भागा जा रहा है····

एक बार मणिबन्ध ने मुड़कर देखा। देखा, वही पागल भिखारी हाथ में छुरा लिए भागा आ रहा है····

क्यों न पहले इसी को समाप्त कर दिया जाए? सम्राट् का अंतिम शत्रु····

मणिबन्ध ने इसे जीवनदान देने का विचार किया था, किंतु बिजली फिर चमकी····उधर ····आगे ····वेणी तो भागी जा रही थी····वह तो नहीं रुकेगी····

आज वह निकलकर नहीं जा सकेगी। एक दिन नीलूफ़र भागी थी, आज वेणी····

और वेणी पुकार उठी—"कहाँ हो तुम गायक? कहाँ हो····अत्याचारी से बचाओ····"

किंतु उत्तर नहीं मिला। केवल बादलों ने कुछ अस्फुट मर्मर किया और वह फिर पुकार उठी—

"विल्लिभित्तूर! विल्लिभित्तूर!!"

वेणी का स्वर करुण प्रतिध्वनि से उस रौद्र कोलाहल में गूँज रहा था।

आज याद आई है उस अभागे की जब वह संसार में ही नहीं रहा····उसकी आत्मा को जगानेवाली मानुषी, जब वह जीवित था तब तो तू नागिन बनी बैठी थी कायर! उसने तुझे घूरकर देखा था अंतिम समय, उसने तुझे ढूँढ़ा था अभिमानिनी····

"विल्लिभित्तूर! विल्लिभित्तूर!" वेणी हाथ फैलाकर चिल्ला रही थी····किंतु वह तो लौटकर नहीं आ सकता।

एकाएक विश्वजित् ने मणिबन्ध को पकड़ लिया।

"कहाँ जा रहा है मणिबन्ध? छोड़ दे उस स्त्री को····"

मणिबन्ध ने चिल्लाकर कहा—"तू कौन है मुझे रोकनेवाला····आज वह नहीं बच सकेगी। स्वयं देवता भी मेरा क्रोध नहीं झेल सकते।"

फिर गुत्थमगुत्था होने लगी।

"तब मैं तेरी हत्या करूँगा····" विश्वजित् ने घरघराते स्वर से कहा। छुरा चमक उठा और फिर बिजली बादलों में छिप गई और फिर चमकी, छुरेवाला हाथ मणिबन्ध ने दृढ़ता से पकड़ लिया····

फिर एक झटके के साथ वह उठ खड़ा हुआ। उस समय छुरा उसके हाथ में था। विश्वजित् पागल-सा उठकर उसकी ओर चला····

बिजली फिर चमकी····विश्वजित् का भयानक आर्त्तनाद गूँज उठा····

"पुत्र! तूने ही····" स्वर रुक गया। वक्ष पर हाथ धरे विश्वजित् गिर गया। मणिबन्ध ने देखा। घृणा से छुरा उसी पर फेंक दिया। फिर उसके हाथ उठ गए। वह उसे नहीं देख सकता, कहाँ है उसके पास इतना अवकाश कि बैठकर उसकी एक भी बात शांति से सुन सके····उसने देखा, बिजली चमक उठी····

वेणी दीख रही है। वह हाथ खोले दौड़ी जा रही है जैसे अब वह मणिबन्ध का अपने

ऊपर अधिकार नहीं सह सकेगी। किंतु क्या वह उसके साम्राज्य के बाहर चली जाएगी, नहीं छोड़ सकेगा उसे मणिबन्ध। नहीं सह सकेगा आज वह अपना अभिमान कि अपने ही सामने इस प्रकार अपमानित होकर चूर-चूर हो जाए।

पृथ्वी में से रौद्र नाद आ रहा है। हृदय काँप रहा है, किंतु मणिबन्ध का नहीं। वह पागल हो उठा है, आज एक स्त्री उससे जीत जाएगी, जब सहस्रों-लाखों व्यक्तियों ने उसके सामने सिर झुका दिया?

विश्वजित् एक बार ज़ोर से हँस उठा। फिर मणिबन्ध हठात् रुक गया। उसने सुना—"पुत्र!"

"पुत्र!" मणिबन्ध ने आँखें फाड़कर सुना। पुत्र! तूफ़ान गहर उठा। पुत्र! आज एक बूढ़ा अपने हत्यारे को 'पुत्र' नाम से पुकार उठा है और उसके स्वर में हृदय की समस्त ममता करुण चीत्कार करती हुई रो उठी है कि आज वह अत्यंत सुखी है····

"विश्वजित्!" मणिबन्ध चिल्ला उठा।

"मणिबन्ध!" विश्वजित् ने कराहकर कहा—"बेटा! मैं तेरा···मैं तेरा पिता हूँ मणिबन्ध···तूने मुझे घायल कर दिया है····मैंने सब सुना है····तू मुझे····तू मुझे····"

क्या सुन रहा है मणिबन्ध! उधर वेणी भागी चली जा रही है····और यह करुण चीत्कार···पुत्र ····

और विश्वजित् ने करुण स्वर से फिर अटक-अटककर कहा—"तूने मुझे नहीं पहचाना, पर बेटा! मैं तो आज तक तेरी प्रतीक्षा कर रहा था····मेरे लाल····"

आकाश नहीं फट रहा है, मणिबन्ध का हृदय फट जाना चाहता है, और तूफ़ान अंधकार में गरज रहा है।

तभी पृथ्वी बहुत ज़ोर से गरज उठी····जैसे पहाड़ फट गए, और आकाश में अनेक वज्र एकसाथ कड़क उठे····

मणिबन्ध के हाथ में उसका खड्ग उठ गया। म्यान कटिबंध पर सूनी हो गई। एक बार संपूर्ण शक्ति से अंधकार को चुनौती देता हुआ चिल्ला उठा····"वेणी! वेणी!!" जैसे वह विश्वजित् की बात नहीं सुनना चाहता, नहीं चाहता वह उस पागल के शब्द को····

किंतु सम्राट् की पुकार उस रौद्रनाद में डूब गई····वह हाँफ गया। फिर क्रोध से अंग फड़कने लगे।

हठात् मणिबन्ध चौंक उठा। यह क्या हो रहा है? कहाँ जाएगा वह? पृथ्वी हिलने लगी····यह तो हिल रही है। होंठों से शब्द निकला। भूकंप! भूकंप आ गया है····वेणी! मरने दो उसे,····मणिबन्ध, ····भूकंप ····कहाँ हैं दिशाएँ····

तभी एक हृदय की कोमलता से सिक्त घरघराता स्वर सुनाई दिया—"बेटा···· पृथ्वी डोल रही है····आ मेरे हृदय से लग जा····कहीं तुझे कुछ····"

मणिबन्ध को लगा, वह खड़ा नहीं रह सकेगा—कौन है यह व्यक्ति?

मकान गिरने लगे। उनके गिरने से प्रचंड शब्द गूँज उठा। इतना भयानक था शब्द कि वह पृथ्वी की डरावनी गड़गड़ाहट भी उससे क्षण-भर को दब गई। बड़े-बड़े पाषाण चटककर अर्रा उठे। द्वार, स्तंभ, प्राचीर कोई भी उस विराट् झटके को नहीं झेल सका। मणिबन्ध उनसे दूर है। वह नहीं देख सकेगा अब कि धरती काँप रही है। एक बार दृष्टि उठी। उसने असंख्य ईंटों

को गर्जन करते हुए, पहाड़ों पर गिरती बर्फ़ के समान निपतित होते देखा⋯वह स्तब्ध रह गया⋯

कितनी देर चलेगी पृथ्वी की यह बर्बरता⋯कब शांत होगा प्रकृति का यह घोर उत्पात⋯

फिर वही आत्मा की सम्मोहन पुकार—'मणिबन्ध⋯' जैसे ममता ने मृत्यु को भी हाथ से ठेलकर रोक दिया है, प्राण कंठ में अटक रहे हैं, किंतु वह मर नहीं सकता⋯क्योंकि एक अभिलाषा अभी भी बाक़ी रह गई है⋯

और चारों ओर मृत्यु का तांडव होने लगा। गिरती ईंटों और पत्थरों के नीचे नगरवासी दब-दबकर आर्त्तनाद करने लगे। बहुतों के स्वर कंठों में ही अटककर रह गए। क्योंकि वे चिल्लाने के पूर्व ही ढेर हो गए। बाक़ी लोग पथों पर भागने लगे और उनका चीत्कार वायु के थपेड़ों पर सुरसुराता काँपने लगा। पृथ्वी की गड़गड़ाहट ऊँचे और घने मेघों के गर्जन को पकड़ने के लिए फैलने लगी, जिससे अंधकार का साम्राज्य भी दूना हो गया⋯

कोलाहल से आकाश फटने लगा था। उस समय मणिबन्ध के हृदय की गति रुक-सी गई। इतनी ज़ोर से गर्जन हुआ कि उसे लगा जैसे किसी ने उसके वक्ष पर ज़ोर से एक घूँसा जमा दिया और वह क्षण-भर के लिए धक्-से रह गया⋯

उस समय एक बार घावों के दर्द से कुत्तों की भाँति विश्वजित् चिल्ला उठा—"महादेव! क्या अंतिम समय भी वह मुझे नहीं मिलेगा? क्या सचमुच वह सम्राट् होकर पत्थर हो गया है⋯" और फिर विश्वजित् एक बार हँसा—"अब ठीक है पिता⋯पुत्र⋯"

आज उसका पुत्र ही उसकी हत्या कर गया था? अंतिम समय विद्रोही पराजित हो गया था, वह भूमि पर पड़ा-पड़ा तड़पने लगा⋯

और मणिबन्ध की आँखों के सामने अँधेरा-सा छा गया⋯

करुण है वह पुकार⋯ममता की केंद्रीभूत रक्त की संचारिणी तृष्णा⋯ पिता⋯नहीं, ⋯नहीं ⋯उसने अभी उसकी हत्या की है⋯वह नहीं, वह नहीं⋯एक सम्राट् का पिता एक पागल⋯महादेव ⋯साम्राज्य गया⋯किंतु अंतिम समय क्या सुन रहा है यह मणिबन्ध ⋯वेणी! वेणी! वह चली गई⋯वह हत्यारा है⋯उसने अपने पिता की हत्या की है⋯आज तक वह निराधार रहा⋯क्या आवश्यकता थी उसे आज इस वृद्ध की⋯जो अब वह उसे मिला है⋯महामहिमामयी! यह तेरी कैसी बर्बर निष्ठुरता थी कि आज तूने उसे इतना भीषण सत्य दिखा दिया है? क्या, क्या इसके बिना कोई काम रुका पड़ा था?

रक्त! रक्त बह रहा है⋯वही रक्त जो मणिबन्ध की धमनियों में है⋯रक्त जिसकी परंपरा में सम्राट् हुआ है⋯झूठ ⋯बिल्कुल झूठ⋯किंतु वृद्ध का स्वर तो दृढ़ है⋯महामाई! महादेव!! हृदय कसक उठा। पिता पुत्र की हत्या करने आया था, पिता ने पुत्र से विद्रोह किया था, और पुत्र ने ही पिता की हत्या कर दी। उधर वेणी चली गई है। तूफ़ान सबकुछ नष्ट किए दे रहा है⋯आज मणिबन्ध सम्राट् है⋯आज उसका साम्राज्य दूर-दूर तक फैल गया है, किंतु आज वह एक⋯केवल एक भिखारी का पुत्र है⋯

और वृद्ध ने सबकुछ भूलकर कहा था—"पुत्र! तूफ़ान में बाहर मत रह⋯"

और मणिबन्ध को बार-बार इच्छा हुई कि पत्थर पर सिर पटककर आत्महत्या कर ले। कहाँ उसका साम्राज्य? कहाँ उसकी अधिकार मादकता? वह पापी है, वह हत्यारा है⋯उसने अपने पिता की हत्या की है⋯

दूर उधर पश्चिम में खलबली नियमों का लंघन कर गई। खरस्त्रविणी एक विराट् चपेट

में थरथर काँपने लगी जैसे वासना से मत्त युवती शैय्या पर कंपित उरोजिनी सिहर उठती है, क्षण-भर अपने-आपमें बद्ध और फिर महावेग से उन्माद उसे उच्छृंखल बना देता है, वह अपनी मर्य्यादा को भूलकर उन्मत्त-सी हलचल में संसार डुबाने के लिए लालिम नेत्रों से एक बार इधर-उधर देखती है····और खरस्रविणी की तरंगें हिलने लगीं, लहरों में से टंकार और गर्जन उठा और फिर गंभीर गर्जन करती हुई धरती बीच में से टेढ़ी होकर उठ गई और पानी भीमाकार होकर पूर्व की ओर दौड़ चला, और ऐसा लगा जैसे अहिराज की फूत्कार करती सेना के विशालकाय सर्प लपलपाती जीभों को पसारकर उमड़ चले हों। उत्तर की ओर खरस्रविणी की धरती फट गई और प्रचंड निनाद करता हुआ पानी भीतर घुसने लगा जिसे धरती की आग ने घोर शब्द करके बाहर फेंकना प्रारंभ किया।

और सिंधु की तरंगें अब आकाश को देखकर ताल ठोंकने लगीं जैसे आ जा आज तुझे अपने पैरों के नीचे कुचल दें पापी, बहुत दिनों से अपलक आँखों से झाँका करता था अत्याचारी····

और तूफ़ान देख रहा है कि मणिबन्ध अपने पिता को घूर रहा है, पागल-सा उन्मत्त। और खरस्रविणी की विराट् जलधारा की मोटी तह में दूर-दूर के ग्राम बहने लगे, धारा ही धारा छा गई और कहीं भी कुछ नहीं रहा। मनुष्य, घर, वन, उपवन, उसकी चपेट में डूबकर बहने लगे और अरररर करता वह भीषण जल ऐसे बह उठा जैसे महानदी अपनी एक दूसरी सखी से मिलने इधर चली आ रही थी और जब यह दोनों नदियाँ आकर एक-दूसरी में मिल गईं तब पानी का पाट इतना चौड़ा हो गया, इतना चौड़ा, विराट् और विस्तृत केवल विस्तृत हो गया कि अंधकार उस पर क्रोध से हिलने लगा और लहरों ने कहा—"सावधान, तूने यौवन तनिक भी स्पर्श किया।" दोनों जूझ गए। वृक्ष टूट-टूटकर गिरने लगे और उनके विराट् थपेड़ों में सबकुछ डूब गया, बार-बार डूब गया····अब जल में से प्रबल हुंकार उठी और लहरों ने फिर क्रोध से थप्पड़ मारा····

आकाश के मेघों ने गरजकर कहा—एक बार और, और जल ने फिर घूँसा मारकर कहा—"सावधान····" तब मणिबन्ध चिल्ला उठा—"पिता!" वह रो उठा।

तब करोड़ों लहरें बिजलियों से पिटकर आर्त्तनाद करते काले मेघों को देखकर हर्ष से गर्जन करने लगीं और अट्टहास कर उठीं।

प्रासादों के उस घोर पतन से धरती विक्षुब्ध हो गई। अनेक बहुमूल्य वस्तु आज बिल्कुल निःशेष होने लगीं। शताब्दियों से मनुष्य की अनेक पीढ़ियों ने जो सौंदर्य्य अपने हाथों से बनाया था, आज तक रक्षित किया था, वह हठात् ही एकदम विध्वस्त हो उठा। अब बचने का कोई प्रश्न नहीं उठता। कितनी शांति है! पिता पुत्र की गोद में दम तोड़ रहा है, यही तो मनुष्य की अंतिम सफल अभिलाषा है····

मोअन-जो-दड़ो डूब रहा है। अब देवताओं का नाम लेकर चिल्लाने से कोई लाभ नहीं होगा। जगह-जगह अंधकार में पत्थर सिर उठाकर मनुष्यों को गिरा देते हैं। पृथ्वी फट गई····लगा जैसे करोड़ों हथौड़ों के भयंकर क्रोध से सारा संसार, समस्त त्रैलोक्य चिल्ला उठा—"हमें नहीं, हमें नहीं" और फिर बादलों ने बदला चुकाते हुए हँसकर बड़बड़ाया—"अभी ठहरे रहो····समय आ गया है····"

और प्रत्येक वस्तु ने अंधकार से काँपकर पूछा—"समय आ गया है····"

और जब अंधकार थरथरा उठा, बिजलियों ने उसके बदन पर घाव कर दिए और वह उठा—एक ही आवाज़ आकाश से पृथ्वी, पृथ्वी से आकाश तक गूँजने लगी, जैसे घोर कोलाहल आज मोअन-जो-दड़ो की धरती पर साक्षात् आकर खड़ा हो गया।

अब दरिद्र-धनी का कोई प्रश्न नहीं। दोनों की वेदनाओं और व्यक्तित्व, तथा संबंधों, परिमाणों का न कोई मूल्य है, न महत्त्व। अब न वेदना है, न कवित्व, न कौशल, न कला क्योंकि आज हाहाकार से कोई संवेदना नहीं उमड़ती, क्योंकि मनुष्य की शक्ति आज कीड़ों के बराबर भी नहीं रही।

"पुत्र!" विश्वजित् का ऊर्ध्व श्वास चलने लगा था। उसने बड़ी कठिनता से कहा—"तू चला जा···"

तभी अंगार फूट निकले, अंधकार की उस घनी चादर पर जैसे असंख्य नक्षत्र ऊपर दौड़ने लगे और पृथ्वी ने उन्हें फिर नीचे खींच लिया, तूफ़ान चिंघाड़ उठा, अंगारे···वे दहकते अंगारे दूर-दूर तक फैल गए।

और मणिबन्ध देख रहा है···कहाँ जाएगा अब वह बचकर? यदि वह पिता की हत्या न भी करता तो क्या वे बच पाते···और मणिबन्ध को क्षण-भर लगा वह एक बालक मात्र था, अभी उसका पिता जीवित है···अभी भी वह अनाथ नहीं है···

सारा नगर जलने लगा···अब अंधकार में लपटें उठने लगीं और हवा ने लपटों से कहकर एक चाँटा मारा, जिससे क्रुद्ध होकर अग्नि ने अपना फन शत-शत खंडों में विभाजित करके प्रहार किया और जब मुँह पर दूसरा थप्पड़ बज उठा, वह सहस्र खंड होकर दूसरी ओर भाग चली और फिर उजाला-सा छा गया, फिर हवा का झोंका लगा और अग्नि धकधकाकर जल उठी···

एक हिचकी आई। विश्वजित्! वह मर गया था! मणिबन्ध निस्तब्ध बैठा रहा। पिता मर गए हैं। सम्राट् के नहीं, मणिबन्ध के पिता संसार से चले गए हैं, ऐसे समय जब सब मर गए हैं किंतु मणिबन्ध गंभीर बैठा है···पिता की हत्या सफल हो गई है···क्यों वह इतना अंधा हो गया था कि अपने बाप तक को नहीं पहचान सका···पिता ···

मणिबन्ध की आँखों से दो बूँद टपक पड़े। आज पत्थर का हृदय भीग गया है। उन आँखों में अनेक बार मौत के मुँह पर पड़े तड़फड़ाते मनुष्यों की छाया गिर चुकी है और विलीन हो चुकी है किंतु आज उनमें चंचलता छाई है, प्रथम बार, बस एक बार···किंतु आज यह प्रथम ही तो अंतिम बन गई है···किसी की ममता का क्या मूल्य है यदि उसका कोई अधिकार नहीं···

फिर याद आया—वेणी! कहाँ है अब वेणी! कहाँ गई वह पुरुष की तृष्णा जो स्त्री को एक फूल की भाँति उँगलियों में मसल देना चाहती थी और लक्ष्य था मात्र गंध सूँघ लेने का कि अब कोई नहीं रहा···केवल पिता···केवल पुत्र···पुत्र एक क्षण बाद···पिता एक क्षण पहले···

और तभी दिशाएँ फटने लगीं जैसे क्षितिज का वक्षस्थल फट गया था, और उसमें से रक्त नहीं निकला था, समुद्र की भाँति अथाह गरजती सिंधु बढ़ी आ रही थी, डुबोती, सबकुछ मिटाती···

कैसा तुमुल निनाद हो रहा था, मनुष्य कहाँ खड़ा रह सकेगा आज? आज देवताओं की वासना जाग उठी है। आज बहुत दिन बाद महादेव के नेत्र खुले हैं और महामाई ने उन्हें आह्वान दिया है, जिसका आलोड़न-विलोड़न हो रहा है।

और मणिबन्ध ग्लानि से पानी-पानी हो गया। पिता का शव गोद में रखकर वह उस

नीच स्त्री के विषय में सोच रहा है ? कितना नीच है मणिबन्ध ! आज सम्राट् के पिता की मृत्यु हुई है। साम्राज्य की पताकाएँ झुक गई होतीं। बड़ी क़ब्र में पिता सोते। और अब आत्मा युग-युग तक भटका करेगी····काश ! वह एक बार उनकी भस्म और अस्थि को पात्र में रखकर क़ब्र में प्राचीन कुलीन परंपरा से दफ़ना सकता····

मणिबन्ध व्याकुल हो गया। हृदय बार-बार काँप उठा।

और तब उस प्रलय के घोर कोलाहल में अहिराज, लगा, एक बार धमाचौकड़ी मचाता हुआ अब पाताल फोड़कर आनंद से पृथ्वी पर वज्रघोष करता हुआ गरजने लगा और उसने ठोकर मारकर सिंधु को खलबला दिया कि आ पापेश्वरी, अनावृत होकर आज अपनी वासना तृप्त कर ले और तब वह अंधकार सजीव होकर बोलने लगा और लपटों पर लाल छाया ऐसी तड़प उठी जैसे अहिराज की जिह्वा लपलपा उठी हो····

तब मणिबन्ध उठकर खड़ा हो गया। अब क्यों बैठा रहे वह ? किसके लिए बैठा रहे ? कौन रहा है आज ? किंतु मणिबन्ध फिर भी जीवित रहेगा। आज सम्राट् होकर वह क्या देवताओं से कम है ? पृथ्वी काँपने लगी। मणिबन्ध ने अपने को सँभालने का प्रयत्न किया किंतु वह गिर गया। धरती इस समय ऐसे काँप रही थी जैसे सिंधु की उन्मत्त तरंगों में नौका थर-थर काँपने लगती है। कहाँ जा रही है यह पृथ्वी····कौन इसे कहाँ खेये जा रहा है····

कहाँ ले जा रहा है इसे शून्य के समुद्र में खेता हुआ ? क्या यह तूफ़ान इसीलिए है कि शून्य में हलचल मच गई है, लहरें टकरा रही हैं, सघन प्रभंजन-सी ?

बिजली की कौंध में देखा। पिता शांत पड़े हैं। मणिबन्ध प्रयत्न करके आगे बढ़ने लगा। प्राण कंठ में आकर एकत्र हो गए थे। उसकी आँखें भय से फट गईं, मुँह फटा-सा खुल गया था और पसीने से वह भीग गया। अभी वह अपने को सँभाल भी न सका था कि घोर शब्द करके कुछ फिर फटा और अग्नि की लपटों से घिरी हुई पास की प्राचीर गिरी, जिसके जलते पत्थर छितरकर बिखरने लगे। अब आग आती जा रही है, लपटें हँस उठी हैं—कहाँ जाएगा बचकर मूर्ख····ठहर जा बस····

और मणिबन्ध, हाथ में खड्ग लिए राजमुकुट पहननेवाला सम्राट् महान मणिबन्ध भय से पीछे हट गया। अब आग और अंधकार का घोर युद्ध हो रहा है और स्तर पर स्तर जमे जलधर ऊपर से दबाए चले जा रहे हैं, बीच में भीषण झंझा चल रही है, समस्त अंतराल घोरनाद से काँप रहा है और फिर वह पीछे भाग चला। किंतु ईंटों और पत्थरों का मलबा पीछे इकट्ठा हो गया है, अब वह कहीं नहीं जा सकता और मणिबन्ध चिल्ला उठा—"महादेव ! परमपिता महादेव ! !" उसका स्वर गिड़गिड़ा गया किंतु तूफ़ान हँस उठा।

वह क्या जाने आज पुत्र अंतिम समय पिता को छोड़कर कायर की भाँति भाग रहा। और किसी ने पलटकर कहा—कायर पुत्र नहीं। वह पिता क्या जो पुत्र को अपनी रक्षा में न रख सका····किंतु पुत्र ही ने तो हत्या की है····क्यों नहीं मार सका था विद्रोही···· क्योंकि वह पिता था, मणिबन्ध फिर रो उठा····कितना निर्बल हो गया है वह आज ! वह सम्राट्, क्या उसे शोभा देता है कि वह स्त्रियों की भाँति रोए ? सम्राट् का पुत्र पहले पिता की मृत्यु पर रोता नहीं, उस शव को लाँघकर पहले उसे सिंहासन पर बैठना पड़ता है तब वह अकेले में रोता है····

उस समय लहरों ने महामहिमामयी महामाई के मंदिर में एक ज़ोर की ठोकर दी। विराट् मूर्त्ति को एक चपेट ने हिला दिया और फिर वह महान महामहिमामयी भी डूबने लगी और फिर

लहरें हिल-हिलकर किलकिलाने लगीं। जहाँ सहस्रों व्यक्ति खड़े-खड़े जयध्वनि किया करते थे वहाँ लहरें एकत्र हो गई थीं और आज उन्होंने घोर पूजा की थी। स्तंभ लड़खड़ाकर टक्कर खाकर गिरने लगे और वे खंड-खंड होकर टूट गए और एक बार जल उमड़ा, महायोगिराज बह गए। उनकी समाधि खुल गई और आज मोअन-जो-दड़ो की स्थाणु शक्ति चपेटों में बहने लगी। महायोगिराज मूर्छित हो गए। लहरों ने उन्हें पत्थरों पर ले जाकर पटक दिया। महायोगिराज का कपाल फट गया।

उधर अहिराज का मंदिर लहरों से भर गया। पत्थर के सर्पों से सजीव सर्पों-सी लहरें फूत्कार करती हुई मिलने लगीं और फिर एक बार बादल गरजे और लहरों ने कहा—'तू भी?' और एक चपेटा लगा कि पवन का हाथ अहिराज के मंदिर में लटके उस विराट् घंट को हिला उठा—और वह वज्रनिनाद करता घंटा फिर सबकुछ को स्तब्ध करने लगा और मृत्यु की आवाज़ भर गई—घंटा बजने लगा, जैसे महामाई की वासना में इस समय उसकी किंकिणि बज रही थी और उसके व्याकुल गर्म श्वास सबकुछ जला रहे थे, दाह से आकाश धधक रहा था और फिर अंधकार, प्रगाढ़ आलिंगन, मदमत्त हाँफता आलिंगन····

और धीरे-धीरे वह भुवनविख्यात स्नानागार भी लहरों ने ढँक दिया और जहाँ एक दिन सुंदरियाँ अपने गुरुनितंब तथा मांसल पयोधरों की थिरकन पर मत्त होकर अपनी नूपुरध्वनि पर आप ही झूम जाती थीं, जहाँ पुरुषों का अट्टहास एक आनंदमयी कल्पना और विजय की सृष्टि करता था, आज वहाँ केवल विनाश छा रहा था, विनाश घोर विनाश, जिसका कोई मूल्य नहीं। जलाशय का पानी बाहर के पानी से एक हो गया और लहरों का प्रचंड गर्जन होने लगा और पानी-पानी के अतिरिक्त और कुछ भी दिखाई नहीं देता। डूब गई हैं वे सीढ़ियाँ जिन पर बैठकर विलासी, कटि में हाथ डालकर अधमुँदी आँखोंवाली स्त्रियों का चुंबन करते थे, जहाँ नृत्यों की कोमलता झंकार में शताब्दियों की मुद्राएँ अपना मनोहर संसार रचा करती थीं और आज वहाँ एक निनाद है····

अंधकार, अंधकार, नितांत अंधकार, घोर अंधकार और कुछ नहीं केवल विनाश, अभीप्सित विनाश····देवताओं की भृकुटि चढ़ गई है, अहिराज ने आकाश में अपना पुच्छ फटकारा है तभी बिजली चमक रही है, और काले-काले भैंसों के-से बादल दल-के-दल अर्राकर भाग चले हैं····

आज क्या शेष है? क्या शेष है आज? कुछ नहीं, कुछ भी नहीं।

मणिबन्ध भागा, फिर एक दीवार गिरी और फिर पीछे भागा, फिर वह सब ओर भागने लगा। पिता दूर छूट गए····किंतु अब सब ओर से पथ रुक गया और विक्षोभ कंठ में सुबकने लगा और मणिबन्ध ने अपना खड्ग दूर फेंक दिया। आज वह अपनी रक्षा नहीं कर सकता। एक दिन इस खड्ग ने सारा संसार झुका दिया था, एक दिन इसके इंगित पर स्त्रियों के पयोधर काट लिए गए, पुरुषों के मुंड रक्त से भीगकर धूल में सन गए थे, बालकों की देह इसकी नोक पर छटपटाकर दोटूक होकर गिर गई थी····आज वही खड्ग उसने दूर फेंक दिया।

एक बार फिर इच्छा बलवती हो उठी? क्यों न वह लौट जाए? क्या वह वहाँ जाने योग्य नहीं है····पिता ····पुत्र ····अभागा है मनुष्य कि उसकी सुंदर कल्पना विष के भँवर में कमल बनकर उगी आ रही है····

अब पृथ्वी में से फूटती भस्म ने आकाश को ढँक दिया और फिर वेग से उसका चढ़ना

इतना अंधकारित है, इतना सघन कि वह अब बरस रही है····

और मणिबन्ध का सारा शरीर झुलसने लगा। अब अकस्मात् एक ताप छा गया है। त्वचा जली जा रही है, मणिबन्ध चिल्लाने लगा और इतनी ज़ोर से चिल्ला उठा कि तूफ़ान फिर हँस उठा, अभिमान की हँसी, उन्माद की हँसी, वही अपना कठोर विध्वंसक डरावना हास्य····

मणिबन्ध खड़ा रहा। अब कहाँ जाए वह मदमत्त प्राणी जो क्षण-भर पहले एक स्त्री से बलात्कार करना चाहता था। जो सबको अपने सामने झुका लेना चाहता था, सम्राट् का भयानक गौरव जिसकी धमनियों में विष बन चुका था और आज ही उस अंतिम तृष्णा का अंतिभ हाहाकार है····

सम्राट् !

और सम्राट् भस्म से काला हो गया। पागल की तरह उसके हाथों ने उसके बहुमूल्य वस्त्र फाड़ दिए। मणिबन्ध ने अपने सिर से आज राजमुकुट उतारकर आकाश में फेंक दिया और अपने बालों को नोच उठा। यह बाल सदैव सुचिक्कण रहा करते थे किंतु अब वे भस्म से रूखे हो गए थे····

आज वह सम्राट् था, आज वह संसार का स्वामी था। मणिबन्ध ठठाकर हँस पड़ा। कितना भीषण आनंद था। करोड़ों लहरों ने साम्राज्य से टक्कर ली है और लाखों व्यक्तियों के निमुंड धड़ पृथ्वी पर लोट रहे थे। प्रातःकाल, तब सम्राट् हँसा था, अब नहीं हँसेगा···· ?

मणिबन्ध ! सम्राट् !

"महादेव ! तेरी जय !" मणिबन्ध उन्मत्त-सा पुकार उठा—"महामहिमामयी महामाई तेरी जय।"

न्याय का यह आनंद उसे पागल किए दे रहा है, और मणिबन्ध हँस पड़ा। रौद्र आकाश के नीचे बरसती भस्म में तपता सम्राट् हाथ खोलकर देवताओं को चुनौती देता-सा एक बार नहीं बार-बार सिर उठाकर घोर अट्टहास कर उठा—किंतु उसका स्वर किसी ने भी नहीं सुना। क्योंकि पवन ने चिल्लाकर कहा—अब कोई नहीं रहा····लहरें गरज उठीं···· कोई नहीं रहेगा····ध्वंस कर दो····इस सृष्टि को····महाध्वंस कर दो····

और वही स्वर गूँज रहा है, गूँज घुमड़कर स्तब्ध रह गई है, अर्थात् वह विराट् निनाद अपने-आपमें केंद्रीभूत हो गया है····कि कुछ नहीं रहेगा, अब केवल यह नाद पिंड ही ब्रह्मांड में गूँजा करेगा····घूमा करेगा····

आज फिर मणिबन्ध अकेला है····एक दिन वह जीवन-पथ पर बिल्कुल अकेला निकला था, तब उसने सुना था—उसके माँ थी, जिसने उसे समुद्र में फेंक दिया था, उस दिन मणिबन्ध लहरों से हारा नहीं····उस दिन भी आकाश में घोर अंधकार था····आज भी वह अकेला ही है, आज उसने अपना पिता देखा है, जिसने उसे प्रलय में छोड़ दिया····किंतु आज भी वह कभी नहीं हारेगा, आज भी आकाश अंधकार से काला हो रहा है····

मणिबन्ध ! सम्राट् ! क्या इसी दिन के लिए मिला था उसे यह गौरव ? प्याला जब मुँह की ओर उठाया तभी झटके से गिरकर टूट गया, मदिरा फैल गई थी····क्या आज वह सबका स्वामी है····क्यों उसने शांति से रहनेवाले मनुष्यों की हत्या की ? क्यों उसने पृथ्वी को रक्त से एकदम व्यर्थ ही रँग दिया !

आकाश कड़क रहा है ! आज यह धरती खंड-खंड होकर बिखर जाएगी और स्वर्ग के

देवता देखेंगे—अब वह अपने घर में घिर गए हैं, अब वे कभी पृथ्वी पर पाँव नहीं रख सकेंगे····

पाताल का वक्षस्थल फट गया है और थोड़ी ही देर में यह पानी गड़गड़ाकर नीचे की ओर भागने लगा। अहिराज के प्रासाद भर जाएँगे और फिर आग ही आग खेला करेगी····

महासिंधु का पाट अब फैलकर इतना चौड़ा, इतना विस्तृत हो गया है, कि उसका कहीं भी अंत नहीं, सूर्य्य उगेगा तो उसी में डूब जाएगा····

प्राचीन मोअन-जो-दड़ो का अब धरती पर मान भी नहीं रहेगा। इतिहास भूल जाएगा कि एक दिन पृथ्वी पर मनुष्य ने इतना विलास किया था, एक दिन उसके हृदय में भी अनुभूति थी, सुख में मुस्कराता था, और दुख में उसकी आँखों में भी आँसू छलक आते थे····वेदना कचोट उठती थी····अब पृथ्वी पर मनुष्य नहीं रहेगा, अब पृथ्वी ही नहीं रहेगी। भीष्म निनाद से लहरें उसे खा जाएँगी, शून्य में अथाह जल ही जल छा जाएगा और कीचड़-सी मुलायम पृथ्वी उसमें घुल-घुलकर मिट जाएगी।

भाग्य! भीषण भाग्य!!

सृष्टि रो रही है, किंतु मणिबन्ध आज भी नहीं रोएगा। जन्म ने उसे जो कठोर निर्भीकता दिखाई है, मृत्यु में भी वह उसे नहीं छोड़ेगा। उसका पिता भी पहले सर्वश्रेष्ठ धनिक था और भिखारी हो गया, आज मणिबन्ध भी सम्राट् से भिखारी हो गया है····जन्म के समय उसकी आँखें बंद थीं किंतु मृत्यु के समय वह आँखें खोलकर खड़ा है।

आग की लपटें भभक उठीं। आलोक हो उठा। एक कराह····उस प्रलय में मणिबन्ध ने एक कराह सुनी है····उसने दुख से व्याकुल मनुष्य का स्वर सुना है····करुण व्यथित····

कौन है? वेणी!

सिर घूम गया। फिर सँभलकर आगे बढ़कर देखा। उसने शक्ति लगाकर एक पत्थर उठा दिया और फिर आँखें फाड़कर देखा।

मणिबन्ध ने देखा, एक लड़का छटपटा रहा है। अभी भी जीवित है यह? तब तो मणिबन्ध का यह गर्व भी झूठा हो गया कि वह सम्राट् होने के कारण अभी तक जीवित है। वह भी····वह भी····और एक बालक है यहाँ, जो स्यात् संगमर्मर या काँच की गोलियों से दिन-भर खेलता, माँ को किलकारियों से रिझाया करता। इस कठोर समय में भी बालक की छोटी-सी देह में प्राण अभी तक युद्ध कर रहे हैं, उसे विस्मय हुआ। बालक के हाथ ऊपर उठते थे और पत्थरों में दबे मुँह को बार-बार वह हिलाने का प्रयत्न करता था जैसे वह बच निकलना चाहता है, और जीवित रहना चाहता है। मणिबन्ध का हृदय करुणा से भर गया। इच्छा हुई, उठा दे। उसने पत्थरों को उठा-उठाकर फेंकना प्रारंभ किया।

सहसा उसकी दृष्टि एक चमकती चीज़ पर जा गिरी। उसने उसे झपटकर उठा लिया। और लपटों के आलोक में उसने उसे उठाकर देखा।

"आभूषण!!"

एक दिन उसने इसे अपने हाथ से नीलूफ़र को दिया था, एक दिन उसने इसे अपने प्रेम का प्रतीक बनाया था, वही जो गायक से मिल गई, प्रेम को भुला गई····

मणिबन्ध हँस उठा।

आज वही आभूषण खँडहरों में पड़ा है। क्या है आज उसके प्रेम का मूल्य??

मणिबन्ध! सम्राट्!

तूफ़ान गरज रहा है····

मृत्यु घिरती चली आ रही है····

वह घुटने टेककर बैठ गया। उसने कंपित आर्त्त स्वर से कहा— "महामहिमामयी! यह तेरा पुत्र अहिराज आज क्या कर रहा है? क्या उसकी भूख इतनी भीषण हो गई थी, माँ! तेरे नयनों में त्रिभुवन रहते हैं, फिर भी हमारी, अपनी उपासक संतान की रक्षा नहीं कर सकती? क्या तेरे पति, पालक, महादेव का यह अपमान नहीं है? यह तो न्याय नहीं है, माँ! महामहिमामयी! तेरा अहिराज क्या तेरा सामना कर सकता है···रोक दे, इस महाध्वंस को रोक दे माँ! तू तो महादेव की प्रिया है····"

किंतु कोई उत्तर नहीं मिला। काँपता हुआ मणिबन्ध उठ खड़ा हुआ। हृदय कुछ हल्का-सा लगता था। क्या महामाई ने उसकी प्रार्थना सुन ली?

मणिबन्ध ने स्नेह से बालक को हाथों पर उठा लिया। उसी समय एक बार बड़ी ज़ोर से बिजली कड़ककर कहीं गिरी और मणिबन्ध की आँखें मिच गईं।

मृत्यु का प्रसार, अंगारों का नर्त्तन, अंधकार, फिर लपटें, गर्जन, तुमुल निनाद, कुछ नहीं, कुछ नहीं, न कभी था, न होगा, फिर अट्टहास, मात्र अट्टहास····

ताप बवंडर, तूफ़ान की भीषण प्रतिहिंसा, फिर एक स्वर···महानाश, प्रतिध्वनि भी महानाश···फिर एक हाहाकार···मात्र हाहाकार···

फिर एक बार बिजली बड़े वेग से कड़क उठी और एक बार वज्रनिनाद से फिर घोर उल्कापात हुआ और लगा कि आकाश चटककर पृथ्वी पर झर-झर करके गिर गया, और लहरें भयानक आर्त्तनाद करती हुई, आकाश तक चमकते अंगारों को देखकर चिल्ला उठीं।

संकुल प्रताड़न हुआ, फिर सब थम गया, सब रुक गया। एक क्षण को सब स्तब्ध हो गया, निस्तब्ध···मणिबन्ध चलने लगा। अंधकार में वह ठोकर खाकर गिर गया। उसने स्नेह से बालक को वक्ष से चिपका लिया। हत्यारा पिता, अनजान पुत्र···हृदय को एक तृप्ति हुई···सारा कलुष लगा, पल-भर में मिट गया···भूल ····भयानक भूल···· अत्याचारी तूफ़ान से हार गया···

उसी समय पृथ्वी घोर निनाद कर रुक गई, अंगार फूट निकले और एकदम मूसलाधार वर्षा होने लगी, और चारों ओर पानी-ही-पानी हो गया, जैसे समुद्र उमड़ आया। प्रभंजन ने गरजकर कहा—"जागते रहो!" किंतु अंधकार उस समय प्रगाढ़ हो गया था, और तूफ़ान पागल-सा भटकने लगा—लहरों के भीम गर्जन में उसका हाहाकार डूब गया—लय हो गया···।

• • •

७५ 75 YEARS आपसे हैं हम